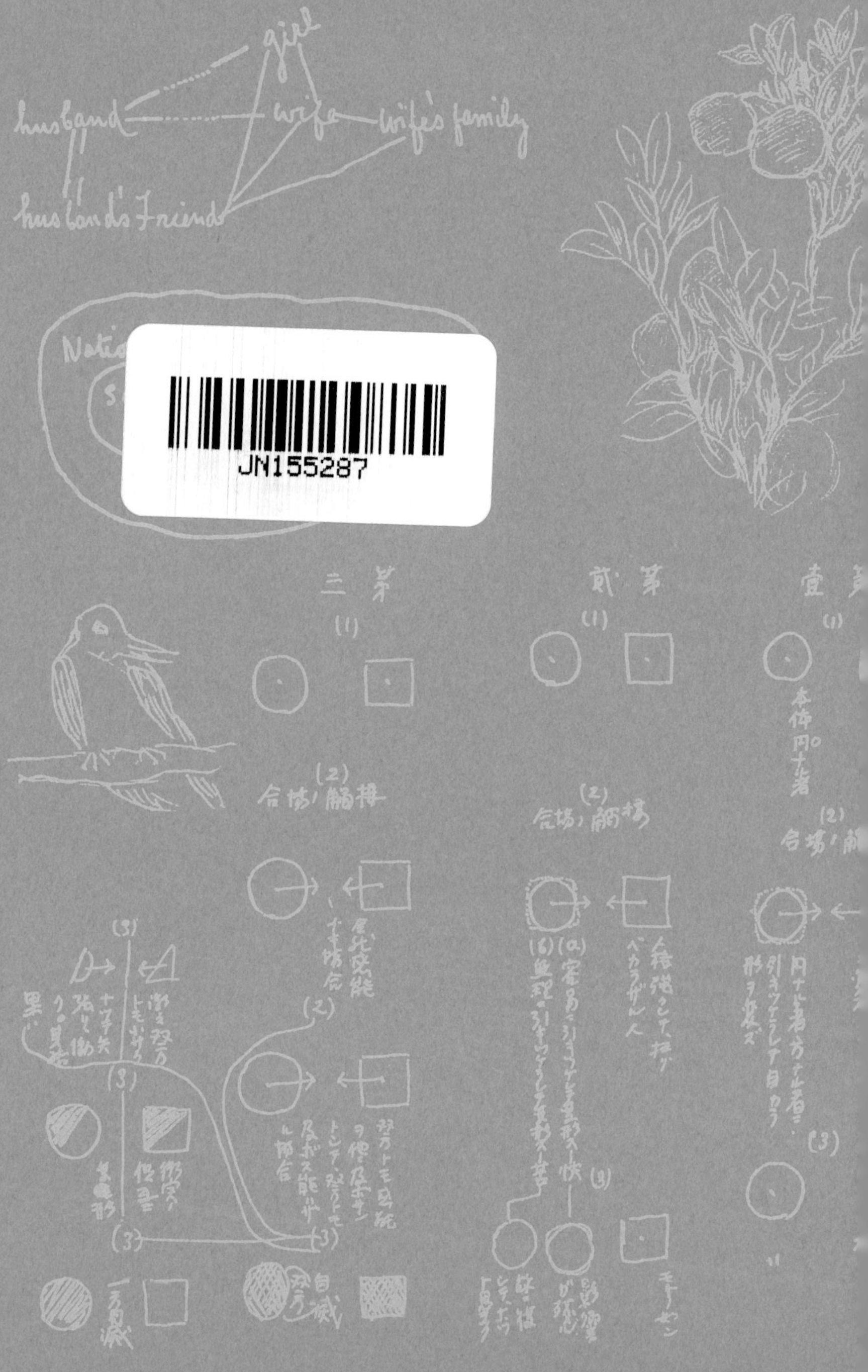
girl
husband
wife
wife's family
husband's Friend
(1)
(2)
(3)

定本
漱石全集

第二一巻

岩波書店

ars longa, vita brevis.

明治二十九年四月，愛媛県尋常中学校卒業記念写真.（三列左より二人めが漱石）

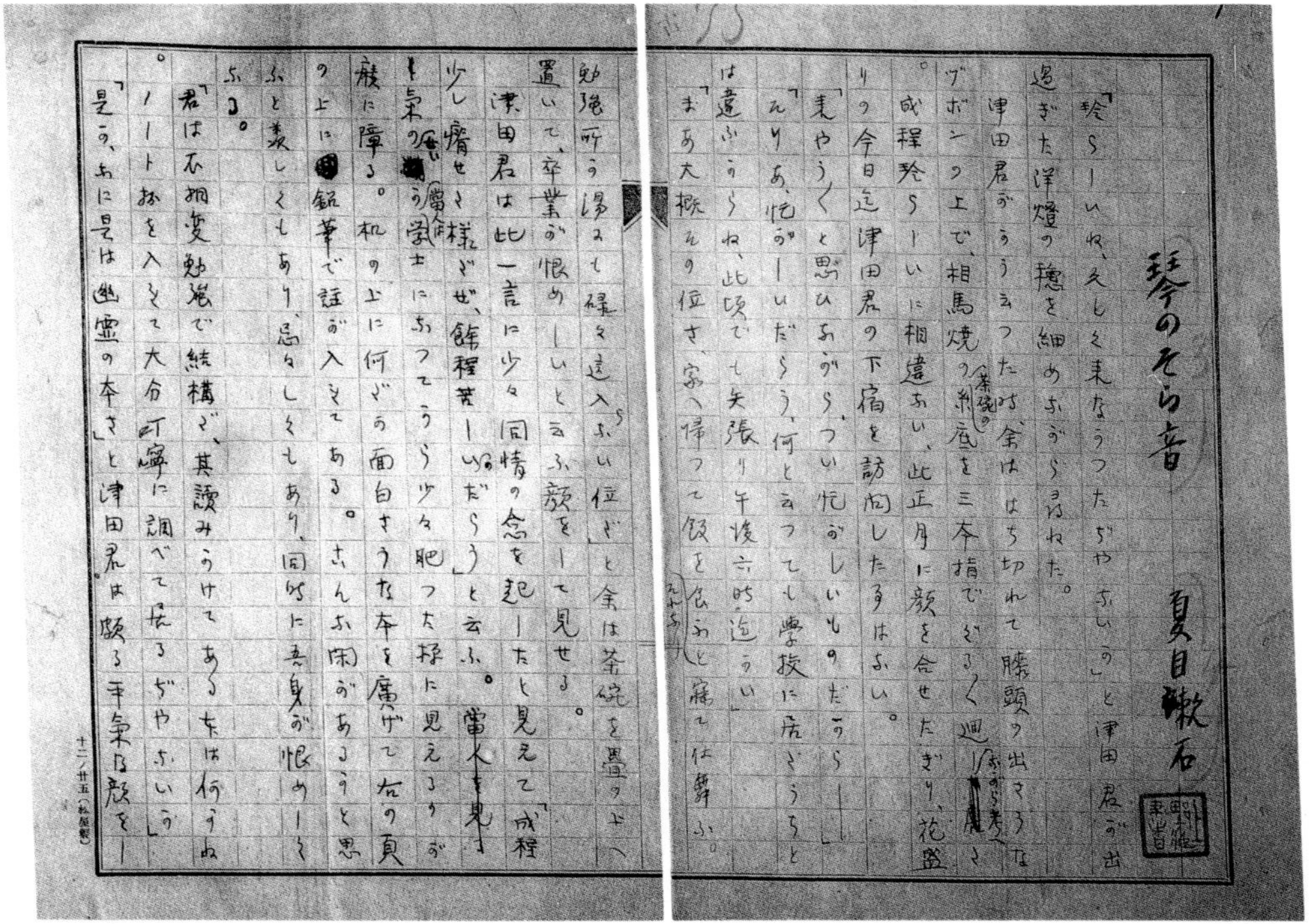

自筆原稿『琴のそら音』冒頭

第二巻

倫敦塔《ロンドンとう》ほか・坊っちゃん

目次

倫敦塔

*二年の留学中只一度*倫敦塔《ロンドン》を見物した事がある。其後再び行かうと思つた日もあるが止めにした。人から誘はれた事もあるが断つた。一度で得た記憶を二返目に打壊《うちこ》はすのは惜い、三たび目に拭ひ去るのは尤《もつと》も残念だ。「塔」の見物は一度に限ると思ふ。

行つたのは着後間もないうちの事である。其頃は方角もよく分らんし、地理抔《など》は固《もと》より知らん。丸で*御殿場《ごてんば》の兎が急に日本橋の真中へ抛《ほう》り出された様な心持ちであつた。表へ出れば人の波にさらはれるかと思ひ、家に帰れば汽車が自分の部屋に衝突しはせぬかと疑ひ、朝夕安き心はなかつた。此響き此群集の中に二年住んで居たら吾が神経の繊維も遂には鍋の中の麩海苔《ふのり》の如くべとく〳〵になるだらうと*マクス、ノルダウの*退化論を今更の如く大真理と思ふ折さへあつた。

しかも余は他の日本人の如く紹介状を持つて世話になりに行く宛《あて》もなく又在留の旧知とては無論ない身の上であるから恐々《こわごわ》ながら一枚の地図を案内として毎日見物の為め若《もし》くは用達《ようたし》の為め出あるかねばならなかつた。無論汽車へは乗らない、馬車へも乗れない、滅多な交通機関を利用仕様《しよう》とすると、どこへ連れて行かれるか分らない。此広い倫敦を*蜘蛛手《くもで》十字《じゆうじ》に往来する汽車も馬車も電気鉄道も*綱条鉄道も余には何等の便宜をも与へる事が出来なかつた。余は已《やむ》を得ないから四ッ角へ出る度に地図を披《ひら》いて通行人に押し返されながら足の向く方角を定める。地図で知れぬ時は人に聞く、人に聞いて知れぬ時は巡査を探す、巡査でゆかぬ時は又他の人に尋ねる、何人でも合点《がてん》の行く人に出逢ふ迄は捕へては聞き呼び掛ては聞く。かくして漸《ようや》くわが指定の地に至るのである。

「塔」を見物したのは恰《あたか》も此方法に依らねば外出の出来ぬ時代の事と思ふ。*来《きた》るに来所《らいしょ》なく去るに去所《きょしょ》を知らずと云ふと禅語めくが余はどの路を通つて「塔」に着したか又如何《いか》なる町を横《よこぎ》つて吾家に帰つたか未だに判然しない。どう考へても思ひ出せぬ。只「塔」を見物した丈《だけ》は慥《たし》かである。「塔」其物の光景は今でもあり〱と眼に浮べる事が出来る。前はと問はれると困る、後はと尋ねられても返答し得ぬ。只前を忘れ後を失したる中間が会釈もなく明るい。恰も闇を裂く稲妻の眉に落ると見えて消えたる心地がする。倫敦塔は*宿世《すくせ》の夢の焼点の様だ。*倫敦塔の歴史は英国の歴史を煎じ詰めたものである。過去と云ふ怪しき物を蔽《おお》へる戸帳《とばり》が自づと裂けて*龕中《がんちゅう》の幽光を二十世紀の上に反射するものは倫敦塔である。凡《すべ》てを葬る時の流れが逆《さか》しまに戻つて古代の一片が現代に漂ひ来れりとも見るべきは倫敦塔である。人の血、人の肉、人の罪が結晶して馬、車、汽車の中に取り残されたるは倫敦塔である。

此倫敦塔を塔橋*の上からテームス河を隔てゝ眼の前に望んだとき、余は今の人か将《は》た古への人かと思ふ迄我を忘れて余念もなく眺め入つた。冬の初めとはいひながら物静かな日である。空は灰汁桶《あくおけ》を掻き交ぜた様な色をして低く塔の上に垂れ懸つて居る。壁土を溶し込んだ様に見ゆるテームスの流れは波も立てず音もせず無理矢理に動いて居るかと思はるゝ。*帆懸舟《ほかけぶね》が一隻《いつせき》塔の下を行く。風なき河に帆をあやつるのだから不規則な三角形の白き翼がいつ迄も同じ所に停つて居る様である。*伝馬《てんま》の大きいのが二艘《にそう》上つて来る。只一人の船頭が艫《とも》に立つて艪《ろ》を漕ぐ、是も殆んど動かない。塔橋の欄干のあたりには白き影がちら〳〵する、大方鷗《かもめ》であらう。見渡した処凡《すべ》ての物が静かである、物憂げに見える、眠つて居る、皆過去の感じである。そうして其中に冷然と二十世紀を軽蔑する様に立つて居るのが倫敦塔である。汽車も走れ電車も走れ、苟《いやしく》も歴史の有《あら》ん限りは我のみは斯《か》くてあるべしと云はぬ許りに立つて居る。其偉大なるには今更《いまさら》の様に驚かれた。此建築を俗に塔と称《とな》へて居るが塔と云ふは単に名前のみで実は幾多の櫓《やぐら》から成り立つ大きな*地城《じしろ》である。並び聳《そび》ゆる櫓には丸きもの角張りたるもの色々の形状はあるが、何《いず》れも陰気な灰色をして前世紀の記念を永劫に伝へんと誓へる如く見える。*九段の遊就館《ゆうしゆうかん》を石で造つて二三十並べてそうして其《それ》を虫眼鏡で覗いたら或《あるい》は此「塔」に似たものは出来上りはしまいかと考へた。余はまだ眺めて居る。セピヤ色の水分を以て飽和したる空気の中にぼんやり立つて眺めて居る。

二十世紀の倫敦がわが心の裏《うち》から次第に消え去ると同時に眼前の塔影が幻の如き過去の歴史を吾が脳裏に描き出して来る。朝起きて啜《すす》る渋茶に立つ烟りの寐足《ねた》らぬ夢の尾を曳《ひ》く様に感ぜらるゝ。暫《しばら》くすると向ふ岸から長い手を出して余を引張るかと怪しまれて来た。今迄佇立《ちょりつ》して身動きもしなかつた余は急に川を渡つて塔に行き度《たく》なつた。長い手は猶々《なおなお》強く余を引く。余は忽《たちま》ち歩を移して塔橋を渡り懸けた。長い手はぐい〳〵牽《ひ》く。塔橋を渡つてからは一目散に*塔門迄馳せ着けた。見る間に三万坪に余る過去の一大磁石は現世に浮游する此小鉄屑《しょうてつくず》を吸収し了《おわ》つた。門を入つて振り返つたとき

*憂の国に行かんとするものは此門《この》を潜れ。
永劫の呵責に遭はんとするものは此門をくゞれ。
*迷惑の人と伍せんとするものは此門をくゞれ。
正義は高き主を動かし、神威われを作る。
最上智、最初愛。我が前に物なし只無窮あり我は無窮に忍ぶものなり。
此門を過ぎんとするものは一切の望を捨てよ。

といふ句がどこぞに刻んではないかと思つた。余は此時既に常態を失つて居る。

空濠《からぼり》にかけてある石橋を渡つて行くと向ふに一つの塔がある。是は丸形の石造で石油タンク

の状をなして恰《あたか》も巨人の門柱の如く左右に屹立《きつりつ》して居る。其中間を連ねて居る建物の下を潜つて向へ抜ける。*中塔とは此事である。少し行くと左手に*鐘塔《しゆとう》が峙《そばだ》つ。*真鉄《まがね》の楯、黒鉄《くろがね》の甲《かぶと》が野を蔽《おお》ふ秋の陽炎《かげろう》の如く見えて敵遠くより寄すると知れば塔上の鐘《かね》を鳴らす。星黒き夜、壁上を歩む哨兵の隙を見て、逃れ出づる囚人の、逆《さか》しまに落す松明《たいまつ》の影より闇に消ゆるときも塔上の鐘を鳴らす。心傲《おご》れる市民の、君の政《まつりごと》非なりとて蟻の如く塔下に押し寄せて犇《ひし》めき騒ぐときも亦《また》塔上の鐘を鳴らす。塔上の鐘は事あれば必ず鳴らす。*ある時は無二に鳴らし、ある時は無三に鳴らす。*祖来《きた》る時は祖を殺しても鳴らし、仏来《ぶつきた》る時は仏を殺しても鳴らした。霜の朝《あした》、雪の夕《ゆうべ》、雨の日、風の夜を何遍となく鳴らした鐘は今いづこへ行つたものやら、余が頭をあげて蔦《つた》に古りたる櫓を見上げたときは寂然《せきぜん》として既に百年の響を収めて居る。

又少し行くと右手に*逆賊門がある。門の上には*聖タマス塔が聳えて居る。逆賊門とは名前からが既に恐ろしい。古来から塔中に生きながら葬られたる幾千の罪人は皆舟から此門迄護送されたのである。彼等が舟を捨てゝ一度《ひとた》び此門を通過するや否や娑婆の太陽は再び彼等を照さなかつた。テームスは彼等にとつての三途《さんず》の川で此門は冥府《よみ》に通ずる入口であつた。彼等は涙の浪に揺られて此洞窟の如く薄暗きアーチの下迄漕ぎ付けられる。口を開けて鰯《いわし》を吸ふ鯨の待ち構へて居る所迄来るや否やキーと軋《きし》る音と共に厚樫《あつがし》の扉は彼等と浮世の光りとを長《とこし》へに隔てる。彼等はかくして遂に宿命の鬼の餌食となる。明日食はれるか明後日《あさって》食はれるか或は又十年の後に食はれるか鬼より外に知るものはない。此門に横付《よこづけ》につく舟の中に坐して居る罪人の途中の心はどんなであつたろう。櫂《かい》がしわる時、雫《しずく》が舟縁《ふなべり》に滴《した》たる時、漕ぐ人の手の動く時毎に吾が命を刻まるゝ様に思つたであらう。*白き髯を胸迄垂れて寛《ゆる》やかに黒の法衣《ほうえ》を纏へる人がよろめきながら舟から上る。是は*大僧正クランマーである。青き頭巾を眉深《まぶか》に被《かぶ》り空色の絹の下に鎖り帷子《かたびら》をつけた立派な男は*ワイアツトであらう。是は会釈もなく舷《ふなべり》から飛び上る。はなやかな鳥の毛を帽に挿して黄金作りの太刀の柄《え》に左の手を懸け、銀の留め金にて飾れる靴の爪先を、軽げに石段の上に移すのは*ローリーか。余は暗きアーチの下を覗いて、向ふ側には石段を洗ふ波の光の見えはせぬかと首を延ばした。水はない。逆賊門とテームス河とは堤防工事の竣功《しゅんこう》以来全く縁がなくなつた。幾多の罪人を呑み、幾多の護送船を吐き出した逆賊門は昔しの名残りに其裾を洗ふ笹波《ささなみ》の音を聞く便りを失つた。只向ふ側に存する*血塔の壁上に大なる鉄環が下がつて居るのみだ。昔しは舟の纜《ともづな》を此環に繫《つな》いだといふ。

左りへ折れて血塔の門に入る。今は昔し*薔薇《しょうび》の乱に目に余る多くの人を幽閉したのは此塔である。草の如く人を薙《な》ぎ、鶏《にわとり》の如く人を潰し、乾鮭《からさけ》の如く屍《しかばね》を積んだのは此塔である。血塔と名をつけたのも無理はない。アーチの下に交番の様な箱があつて、其側《かたわ》らに甲形《かぶとがた》の帽子をつけた兵隊が銃を突いて立つて居る。頗《すこぶ》る真面目な顔をして居るが、早く当番を済まして例の酒舗《しゆほ》*で一杯傾けて、一件*にからかつて遊び度《たい》といふ人相である。塔の壁は不規則な石を畳み上げて厚く造つてあるから表面は決して滑《なめらか》ではない。所々に蔦がからんで居る。高い所に窓が見える。建物の大きいせいか下から見ると甚だ小《ちいさ》い。鉄の格子がはまつて居る様だ。番兵が石像の如く突立ちながら腹の中で情婦と巫山戯《ふざけ》て居る傍らに、余は眉を攅《あつ》め*手をかざして此高窓を見上げて佇《たた》ずむ。格子を洩れて古代の色硝子《いろガラス》に微かなる日陰がさし込んできら〳〵と反射する。やがて烟の如き幕が開いて空想の舞台があり〳〵と見える。窓の内側は厚き戸帳《とばり》が垂れて昼もほの暗い。窓に対する壁は漆喰《しつくい》も塗らぬ丸裸の石で隣りの室とは世界滅却の日に至るまで動かぬ仕切りが設けられて居る。只其真中の六畳許りの場所は冴えぬ色のタペストリで蔽はれて居る。地は納戸色《なんどいろ》*、模様は薄き黄で、裸体の女神の像と、像の周囲に一面に染め抜いた唐草である。石壁の横には、大きな寐台《ねだい》が横はる。厚樫の心《しん》も透れと、深く刻みつけたる葡萄と、葡萄の蔓《つる》と葡萄の葉が手足の触るゝ場所丈《だけ》光りを射返す。此寐台の端に二人*の小児が見えて来た。一人は十三四、一人は十歳位と思はれる。幼*なき方は床に腰をかけて、寝台の柱に半ば身を倚《も》たせ、力なき両足をぶらりと下げて居る。右の肱を、傾けたる顔と共に前に出して年嵩《としかさ》なる人の肩に懸ける。年上なるは幼なき人の膝の上に金にて飾れる大きな書物を開《ひろ》げて、其あけてある頁の上に右の手を置く。象牙を揉《も》んで柔かにしたる如く美しい手である。二人とも烏の翼を欺《あざむ》く程の黒き上衣を着て居るが色*が極めて白いので一段と目立つ。髪の色、眼の色、偖《さて》は眉根鼻付から衣装の末に至る迄両人共殆んど同じ様に見えるのは兄弟だからであらう。

兄が優しく清らかな声で膝の上なる書物を読む。

「*わが眼の前に、わが死ぬべき折の様を想ひ見る人こそ幸あれ。日毎夜毎に死なんと願へ。やがては神の前に行くなる吾の何を恐るゝ……」

弟は世に憐れなる声にて「アーメン」と云ふ。折から遠くより吹く木枯しの高き塔を撼《うご》かして一度びは壁も落つる許りにゴーと鳴る。弟はひたと身を寄せて兄の肩に顔をすり付ける。雪の如く白い蒲団の一部がほかと膨《ふく》れ返る。兄は又読み初める。

「朝ならば夜の前に死ぬと思へ。夜ならば翌日ありと頼むな。覚悟をこそ尊べ。見苦しき死に様ぞ恥の極みなる。……」

弟又「アーメン」と云ふ。其声は顫《ふる》へて居る。兄は静かに書をふせて、かの小さき窓の方へ歩みよりて外《と》の面《も》を見様とする。窓が高くて脊が足りぬ。床几《しょうぎ》を持つて来て其上につまだつ。百里をつゝむ黒霧の奥にぼんやりと冬の日が写る。屠《ほふ》れる犬の生血にて染め抜いた様である。兄は「今日も亦斯《またこ》うして暮れるのか」と弟を顧みる。弟は只「寒い」と答へる。「*命さへ助けて呉るゝなら

*伯父様に王の位を進ぜるものを」と兄が独り言の様につぶやく。弟は「母様に逢ひたい」とのみ云ふ。此時向ふに掛つて居るタペストリに織り出してある女神の裸体像が風もないのに二三度ふわり〳〵と動く。

忽然《こつぜん》舞台が廻る。見ると塔門の前に一*人の女が黒い喪服を着て悄然として立つて居る。面影は青白く窶《やつ》れては居るが、どことなく品格のよい気高い婦人である。やがて錠のきしる音がしてぎいと扉が開くと内から一人の男が出て来て恭《うやうや》しく婦人の前に礼をする。

「逢ふ事を許されてか」と女が問ふ。

「否《いな》」と気の毒さうに男が答へる。「逢はせまつらんと思へど、公けの掟なれば是非なしと諦め給へ。私の情《なさけ》売るは安き間の事にてあれど」と急に口を緘《つぐ》みてあたりを見渡す。濠の内からかいつぶりがひよいと浮き上る。

女は頸に懸けたる金の鎖を解いて男に与へて「只束の間を垣間見んとの願なり。女人の頼み引き受けぬ君はつれなし」と云ふ。

男は鎖りを指の先に巻きつけて思案の体《てい》である。かいつぶりはふいと沈む。やゝありていふ「牢守りは牢の掟を破りがたし。御子等《みこら》は変る事なく、すこやかに月日を過させ給ふ。心安く覚して帰り給へ」と金の鎖りを押戻す。女は身動きもせぬ。鎖ばかりは敷石の上に落ちて*鏘然《そうぜん》と鳴る。

「如何にしても逢ふ事は叶《かな》はずや」と女が尋ねる。

「御気の毒なれど」と牢守が云ひ放つ。

「黒き塔の影、堅き塔の壁、寒き塔の人」と云ひながら女はさめ〴〵と泣く。

舞台が又かわる。

丈の高い黒装束の影が一つ中庭の隅にあらはれる。苔寒《こけさむ》き石壁の中からスーと抜け出た様に思はれた。夜と霧との境に立つて朦朧とあたりを見廻す。暫《しばら》くすると同じ黒装束の影が又一つ陰の底から湧いて出る。櫓の角に高くかゝる星影を仰いで「日は暮れた」と脊の高いのが云ふ。「昼の世界に顔は出せぬ」と一人が答へる。「人殺しも多くしたが今日程寐覚《ねざめ》の悪い事はまたとあるまい」と高き影が低い方を向く。「タペストリの裏で二人の話しを立ち聞きした時は、いつその事止《や》めて帰らうかと思ふた」と低いのが正直に云ふ。「絞める時、花の様な唇がぴり〳〵と顫《ふる》ふた」「透き通る様な額に紫色の筋が出た」「あの唸《うな》つた声がまだ耳に付いて居る」。黒い影が再び黒い夜の中に吸ひ込まれる時櫓の上で時計の音ががあんと鳴る。

空想は時計の音と共に破れる。石像の如く立つて居た番兵は銃を肩にしてコトリ〳〵と敷石の上を歩いて居る。あるき乍《なが》ら一件と手を組んで散歩する時を夢みて居る。

血塔の下を抜けて向へ出ると奇麗な広場がある。其真中が少し高い、其高い所に白塔*がある。白塔は塔中の尤《もつと》も古きもので昔しの天主である。竪二十間、横十八間、高さ十五間、壁の厚さ一丈五尺、四方に角楼《すみやぐら》が聳えて所々にはノーマン*時代の銃眼さへ見える。千三百九十九年国民が三十三ヶ条の非を挙げてリチャード二世*に譲位をせまつたのは此塔中である。僧侶、貴族、武士、法士の前に立つて彼が天下に向つて譲位を宣告したのは此塔中である。爾時《そのとき》譲りを受けたるヘンリー*は起つて十字を額と胸に画して云ふ「父と子と聖霊の名によつて我れ、ヘンリーは此大英国の王冠と御代とを、わが正しき血、恵みある神、親愛なる友の援《たすけ》を藉《か》りて襲《つ》ぎ受く」と。偖《さて》先王の運命は何人も知る者がなかつた。其死骸がポント、フラクト城*より移されて聖ポール寺*に着した時、二万の群集は彼の屍を繞《めぐ》つて其骨立《こつりつ》せる面影に驚かされた。或は云ふ、八人の刺客がリチャードを取り巻いた時彼は一人の手より斧を奪ひて一人を斬り二人を倒した。去れどもエクストン*が背後より下せる一撃の為めに遂に恨を呑んで死なれたと。或る者は天を仰いで云ふ「あらず〳〵。リチャードは断食をして自らと、命の根をたゝれたのぢや」と。何《いず》れにしても難有《ありがた》くない。帝王の歴史は悲惨の歴史である。

階下の一室は昔しヲルター、ロリーが幽囚の際万国史*の草を記した所だと云ひ伝へられて居る。彼がエリザ式*の半ヅボンに絹の靴下を膝頭で結んだ右足を左りの上へ乗せて鵞《が》ペンの先を紙の上へ突いたまゝ首を少し傾けて考へて居る所を想像して見た。然し其部屋は見る事が出来なかつた。

南側から入つて螺旋状《らせんじよう》の階段を上ると玆《ここ》に有名な武器陳列場*がある。時々手を入れるものと見えて皆ぴか〳〵光つて居る。日本に居つたとき歴史や小説で御目にかゝる丈で一向要領を得なかつたものが一々明瞭になるのは甚だ嬉しい。然し嬉しいのは一時の事で今では丸で忘れて仕舞つたから矢張り同じ事だ。只猶《ただなお》記憶に残つて居るのが甲冑《かつちゆう》である。其中でも実に立派だと思つたのは慥《たし》かヘンリー六世*の着用したものと覚えて居る。全体が鋼鉄製で所々に象嵌《ぞうがん》がある。尤《もつと》も驚くのは其偉大な事である。かゝる甲冑を着けたものは少なくとも身の丈七尺位の大男でなくてはならぬ。余が感服して此甲冑を眺めて居るとコトリ〳〵と足音がして余の傍《そば》へ歩いて来るものがある。振り向いて見るとビーフ、イーター*である。ビーフ、イーターと云ふと始終牛でも食つて居る人の様に思はれるがそんなものではない。彼は倫敦塔の番人である。絹帽《シルクハツト》を潰《つぶ》した様な帽子を被《かぶ》つて美術学校*の生徒の様な服を纏ふて居る。太い袖の先を括《くく》つて腰の所を帯でしめて居る。服にも模様がある。模様は蝦夷《えぞ》人の着る半纏《はんてん》について居る様な頗る単純の直線を並べて角形に組み合はしたものに過ぎぬ。彼は時として槍をさへ携へる事がある。穂《ほ》の短かい柄の先に毛の下がつた三国誌*にでも出さうな槍をもつ。其ビーフ、イーターの一人が余の後ろに止まつた。彼はあまり脊の高くない、肥り肉の白髯《じし》の多いビーフ、イーターであつた。「あなたは日本人では有りませんか」と微笑しながら尋ねる。余は現今の英国人と話をして居る気がしない。彼が三四百年の昔から一寸、顔を出したか又は余が急に三四百年の古へを覗いた様な感じがする。余は黙して軽くうなづく。こちらへ来給《きたま》へと云ふから尾《つ》いて行く。彼は指を以て日本製*の古き具足を指して、見たかと云はぬ許りの眼付をする。余は又だまつてうなづく。是は蒙古よりチヤーレス*二世に献上になつたものだとビーフ、イーターが説明をして呉れる。余は三たびうなづく。

白塔を出てボーシャン塔*に行く。途中に分捕《ぶんどり》の大砲が並べてある。其前の所が少しばかり鉄柵で囲ひ込んで鎖の一部に札が下がつて居る。見ると仕置場*の跡とある。二年も三年も長いのは十年も日の通はぬ地下の暗室に押し込められたものが或る日突然地上に引き出さるゝかと思ふと地下よりも猶《なお》恐しき此場所へ只据えらるゝ為めであつた。久しぶりに青天を見てやれ嬉しやと思ふ間もなく、目がくらんで物の色さへ定かには眸中《ぼうちゆう》に写らぬ先に白き斧の刃がひらりと三尺の空を切る。流れる血は生きて居るうちから既に冷めたかつたであらう。烏が一疋《いつぴき》下りて居る。翼をすくめて黒い嘴《くちばし》をとがらせて人を見る。百年碧血《へきけつ》*の恨が凝つて化鳥の姿となつて長く此不吉な地を守る様な心地がする。吹く風に楡《にれ》の木がざわ〳〵と動く。見ると枝の上にも烏が居る。暫《しばら》くすると又一羽飛んでくる。何処《どこ》から来たか分らぬ。傍に七つ許りの男の子を連れた若い女が立つて烏を眺めて居る。希臘《ギリシア》風の鼻と、珠を溶いた様にうるはしい目と、真白な頸筋を形づくる曲線のうねりとが少からず余の心を動かした。小供は女を見上げて「鴉《からす》が、鴉が」と珍らしさうに云ふ。それから「鴉が寒むさうだから、麺麭《パン》をやりたい」とねだる。女は静かに「あの鴉は何にもたべたがつて居やしません」と云ふ。小供は「なぜ」と聞く。女は長い睫の奥に漾《ただよ》ふて居る様な眼で鴉を見詰めながら「あの鴉は五羽居ます」といつたぎり小供の問には答へない。何か独りで考へて居るかと思はるゝ位済して居る。余は此女と此鴉の間に何か不思議の因縁でもありはせぬかと疑つた。彼は鴉の気分をわが事の如くに云ひ、三羽しか見えぬ鴉を五羽居ると断言する。あやしき女を見捨てゝ余は独りボーシヤン塔に入る。

倫敦塔の歴史はボーシヤン塔の歴史であつて、ボーシヤン塔の歴史は悲酸の歴史である。十四世紀の後半にエドワード三世*の建立にかゝる此三層塔の一階室に入るものは其入るの瞬間に於て、百代の遺恨を結晶したる無数の紀念を周囲の壁上に認むるであらう。凡《すべ》ての怨《うらみ》、凡ての憤《いきどおり》、凡ての憂と悲みとは此怨、此憤、此憂と悲の極端より生ずる慰藉と共に九十一種*の題辞となつて今に猶《なお》観《み》る者の心を寒からしめて居る。冷やかなる鉄筆に無情の壁を彫つてわが不運と定業《じょうごう》とを天地の間に刻み付けたる人は、過去といふ底なし穴に葬られて、空しき文字のみいつ迄も娑婆の光りを見る。彼等は強ひて自らを愚弄するにあらずやと怪しまれる。世に反語といふがある。白といふて黒を意味し、小と唱へて大を思はしむ。凡ての反語のうち自ら知らずして後世に残す反語程猛烈なるはまたと有《ある》まい。墓碣《ぼけつ》と云ひ、紀念碑といひ、賞牌《しょうはい》と云ひ、綬章《じゅしょう》と云ひ此等が存在する限りは、空しき物質に、ありし世を忍ばしむるの具となるに過ぎない。われは去る、われを伝ふるものは残ると思ふは、去るわれを傷ましむる媒介物の残る意にて、われ其物の残る意にあらざるを忘れたる人の言葉と思ふ。未来の世迄反語を伝へて泡沫の身を嘲《あざけ》る人のなす事と思ふ。余は死ぬ時に辞世も作るまい。死んだ後は墓碑も建てゝもらふまい。肉は焼き骨は粉にして西風の強く吹く日大空に向つて撒《ま》き散らしてもらはう抔《など》と入《い》らざる取越苦労をする。

　題辞の書体は固《もと》より一様でない。あるものは閑に任せて叮嚀な楷書を用い、あるものは心急ぎてか口惜《くや》し紛れかがり〱と壁を掻いて擲《なぐ》り書きに彫り付けてある。又あるものは自家の紋章を刻み込んで其中に古雅な文字をとゞめ、或《あるい》は楯の形を描いて其内部に読み難き句を残して居る。書体の異なる様に言語も亦《また》決して一様でない。英語は勿論の事、以太利《イタリー》語も羅甸《ラテン》語もある。左り側に「*我が望は基督《キリスト》にあり」と刻されたのはパスリユといふ坊様の句だ。此パスリユは千五百三十七年に首を斬られた。其傍に*JOHAN DECKER と云ふ署名がある。デツカーとは何者だか分らない。階段を上つて行くと戸の入口に*T. C. といふのがある。是も頭文字丈で誰やら見当がつかぬ。其から少し離れて大変綿密なのがある。先づ右の端に十字架を描いて心臓を飾り付け其脇に骸骨と紋章を彫り込んである。少し行くと楯の中に下の様な句をかき入れたのが目につく。「運命は空しく我をして心なき風に訴へしむ。時も摧《くだ》けよ。わが星は悲かれ、われにつれなかれ」。次には「凡《すべ》ての人を尊べ。衆生《しゆじよう》をいつくしめ。神を恐れよ。王を敬へ」とある。

斯んなものを書く人の心の中はどの様であつたらうと想像して見る。凡《およ》そ世の中に何が苦しいと云つて所在のない程の苦しみはない。意識の内容に変化のない程の苦しみはない。使へる身体は目に見えぬ縄で縛られて動きのとれぬ程の苦しみはない。生きるといふは活動して居るといふ事であるに、生きながら此活動を抑《おさ》へらるゝのは生といふ意味を奪はれたると同じ事で、その奪はれたを自覚する丈が死よりも一層の苦痛である。此壁の周囲をかく迄に塗抹《とまつ》した人々は皆此死よりも辛い苦痛を嘗《な》めたのである。忍ばるゝ限り堪へらるゝ限りは此苦痛と戦つた末、居ても起つてもたまらなく為《な》つた時始めて釘の折《おれ》や鋭どき爪を利用して無事の内に仕事を求め、太平の裏《うち》に不平を洩し、平地の上に波瀾を画いたものであらう。彼等が題せる一字一画は、号泣、涕涙《ているい》、其他凡《すべ》て自然の許す限りの排悶的《はいもんてき》手段を尽したる後猶《なお》飽く事を知らざる本能の要求に余儀なくせられたる結果であらう。

又想像して見る。生れて来た以上は生きねばならぬ。敢《あえ》て死を怖るゝとは云はず只生きねばならぬ。生きねばならぬと云ふは耶蘇《ヤソ》孔子以前の道で、又耶蘇孔子以後の道である。何の理窟も入《い》らぬ、只生きたいから生きねばならぬのである。凡ての人は生きねばならぬ。此獄に繋がれたる人も亦《また》此大道に従つて生きねばならなかつた。同時に彼等は死ぬべき運命を眼前に控へて居つた。如何《いか》にせば生き延びらるゝだらうかとは時々刻々彼等の胸裏に起る疑問であつた。一度《ひとた》び此室に入るものは必ず死ぬ。生きて天日《てんじつ》を再び見たものは千人に一人しかない。彼等は遅かれ早かれ死なねばならぬ。去れど古今に亘《わた》る大真理は彼等に誨《おし》へて生きよと云ふ、飽く迄も生きよと云ふ。彼等は已《やむ》を得ず彼等の爪を磨《と》いだ。尖《と》がれる爪の先を以て堅き壁の上に一と書いた。一をかける後も真理は古への如く生きよと囁《ささや》く、飽く迄も生きよと囁く。彼等は剝がれたる爪の癒ゆるを待つて再び二とかいた。斧の刃に肉飛び骨摧《くだ》ける明日を予期した彼等は冷やかなる壁の上に只一となり二となり線となり字となつて生きんと願つた。壁の上に残る横縦の疵《きず》は生を欲する執着の魂魄《こんぱく》である。余が想像の糸を玆迄《ここまで》たぐつて来た時、室内の冷気が一度に脊の毛穴から身の内に吹き込む様な感じがして覚えずぞつとした。さう思つて見ると何だか壁が湿つぽい。指先で撫でゝ見るとぬらりと露にすべる。指先を見ると真赤だ。壁の隅からぽたり〳〵と露の珠が垂れる。床の上を見ると其滴《したた》りの痕が鮮やかな紅《くれな》ゐの紋を不規則に連ねる。十六世紀の血がにじみ出したと思ふ。壁の奥の方から唸り声さへ聞える。唸り声が段々と近くなると其が夜を洩るゝ凄い歌と変化する。こゝは地面の下に通ずる穴倉で其内には人が二人居る。鬼の国から吹き上げる風が石の壁の破れ目を通つて小《ささ》やかなカンテラを煽《あお》るから只さへ暗い室の天井も四隅も煤色の油煙で渦巻いて動いて居る様に見える。幽かに聞えた歌の音は窖中《こうちゆう》に居る一人の声に相違ない。歌の主は腕を高くまくつて、大きな斧を轆轤《ろくろ》の砥石《といし》にかけて一生懸命に磨《と》いで居る。其傍には一*挺の斧が抛《な》げ出してあるが、風の具合で其白い刃がぴかりぴかりと光る事がある。他の一人は腕組をした儘《まま》立つて砥《と》の転《まわ》るのを見て居る。髯の中から顔が出て居て其半面をカンテラが照す。照された部分が泥だらけの仁参《にんじん》の様な色に見える。「かう毎日の様に舟から送つて来ては、首斬り役も繁昌だなう」と髯がいふ。「左様《さう》さ、斧を磨ぐ丈でも骨が折れるは」と歌の主が答える。是は脊の低い眼の凹んだ煤色の男である。「昨日は美しいのをやつたなあ」と髯が惜しさうにいふ。「いや顔は美しいが頸の骨は馬鹿に堅い女だつた。御蔭で此通り刃が一分《いちぶ》許りかけた」とやけに轆轤《ろくろ》を転《ころ》ばす。シユ〳〵〳〵と鳴る間から火花がピチ〳〵と出る。磨ぎ手は声を張り揚げて歌ひ出す。

　切れぬ筈だよ女の頸は恋の恨みで刃が折れる。

シユ〳〵〳〵と鳴る音の外には聴えるものもない。カンテラの光りが風に煽《あお》られて磨ぎ手の右の頬を射る。煤の上に朱を流した様だ。「あすは誰の番かな」と稍《やや》ありて髯が質問する。「あすは例の婆様の番さ」と平気に答へる。

　生へる白髪を浮気が染める、首を斬られりや血が染める。

と高調子に歌ふ。シユ〳〵〳〵轆轤が転ばる、ピチ〳〵と火花が出る。「アハヽヽもう善からう」

と斧を振り翳《かざ》して灯影《ほかげ》に刃を見る。「婆様ぎりか、外に誰も居ないか」と髯が又問をかける。「それから例のがやられる」「気の毒な、もうやるか、可愛相になう」といへば「気の毒ぢやが仕方がないは」と真黒な天井を見て嘯《うそぶ》く。

忽《たちま》ち窖《あな》も首斬りもカンテラも一度に消えて余はボーシヤン塔の真中に茫然と佇《たたず》んで居る。ふと気が付いて見ると傍に先刻《さつき》鴉に麵麭《パン》をやりたいと云つた男の子が立つて居る。例の怪しい女ももとの如くついて居る。男の子が壁を見て「あすこに犬がかいてある」と驚いた様に云ふ。女は例の如く過去の権化《ごんげ》と云ふべき程の屹《きつ》とした口調で「犬ではありません。左りが熊、右が獅子で是はダ*ツドレー家の紋章です」と答へる。実の所余も犬か豚だと思つて居たのであるから、今此女の説明を聞いて益《ますます》不思議な女だと思ふ。さう云へば今ダツドレーと云つたとき其言葉の内に何となく力が籠つて恰《あたか》も己れの家名でも名乗つた如くに感ぜらるゝ。余は息を凝らして両人を注視する。女は猶《なお》説明をつゞける。「此紋章を刻んだ人はジヨン、ダツドレーです」恰もジヨンは自分の兄弟の如き語調である。「ジヨンには四人の兄弟があつて、其兄弟が、熊と獅子の周囲に刻み付けられてある草花でちやんと分ります」見ると成程四通りの花だか葉だかが油絵の枠の様に熊と獅子を取り巻いて彫つてある。「こゝにあるのは Acorns で是は Ambrose の事です。こちらにあるのが Rose で Robert を代表するのです。下の方に忍冬《にんどう》が描いてありませう。忍冬は Honeysuckle だから Henry に当るのです。左りの上に塊《かたま》つて居るのが Geranium で是は G*……」と云つたぎり黙つて居る。見ると珊瑚の様な唇が電気でも懸たかと思はれる迄にぶる〳〵顫《ふる》へて居る。蝮《まむし》が鼠に向つたときの舌の先の如くだ。しばらくすると女は此紋章の下に書き付けてある題辞を朗らかに誦《じゆ》した。

Yow* that these beasts do wel behold and se,
May deme with ease wherefore here made they be,
Withe borders eke wherein
4 brothers' names who list to serche the grovnd.

女は此句を生れてから今日迄毎日日課として諳誦した様に一種の口調を以て誦し了《おわ》つた。実を云ふと壁にある字は甚だ見悪《みにく》い。余の如きものは首を捻つても一字も読《よめ》さうにない。余は益《ますます》此女を怪しく思ふ。

気味が悪くなつたから通り過ぎて先へ抜ける。銃眼のある角を出ると滅茶苦茶に書き綴られた、模様だか文字だか分らない中に、正しき画で、小く「ジエーン」と書いてある。余は覚えず其前に立留まつた。英国の歴史を読んだものでジエーン*、グレーの名を知らぬ者はあるまい。又其薄命と無残の最後に同情の涙を濺《そそ》がぬ者はあるまい。ジエーンは義父と所天《おつと》の野心の為めに十八年の春秋を罪なくして惜気もなく刑場に売つた。揉《も》み躙《にじ》られたる薔薇《ばら》の蕊《しべ》より消え難き香《か》の遠く立ちて、今に至る迄史を繙《ひもと》く者をゆかしがらせる。希臘語《ギリシア》を解しプレートー*を読んで一代の碩学アスカムをして舌を捲かしめたる逸事は、此詩趣ある人物を想見するの好材料として何人の脳裏にも保存せらるゝであらう。余はジエーンの名の前に立留つたぎり動かない。動かないと云ふより寧《むし》ろ動けない。空想の幕は既にあいて居る。

始は両方の眼が霞んで物が見えなくなる。やがて暗い中の一点にパツと火が点ぜられる。其火が次第〳〵に大きくなつて内に人が動いて居る様な心持ちがする。次にそれが漸々《だんだん》明るくなつて丁度双眼鏡の度を合せる様に判然と眼に映じて来る。次に其景色が段々大きくなつて遠方から近づいて来る。気がついて見ると真中に若い女が座つて居る、右の端には男が立つて居る様だ。両方共どこかで見た様だなと考へるうち、瞬たく間にズツと近づいて余から五六間先で果《はた》と停る。男は前に穴倉の裏《うち》で歌をうたつて居た、眼の凹んだ煤色をした、脊の低い奴だ。磨*ぎすました斧を左手に突いて腰に八寸程の短刀をぶら下げて見構《みがま》へて立つて居る。余は覚えずギヨツトする。女は白き手巾《ハンケチ》で目隠しをして両の手で首を載せる台を探す様な風情に見える。首を載せる台は日本の槙割台《まきわりだい》位の大きさで前に鉄の環が着いて居る。台の前部に藁《わら》が散らしてあるのは流れる血を防ぐ要慎《ようじん》と見えた。背後の壁にもたれて二三人の女が泣き崩れて居る、侍女でゞもあらうか。白い毛裏《けうら》を折り返した法衣《ほうえ》を裾長く引く坊さんが、うつ向いて女の手を台の方角へ導いてやる。女は雪の如く白い服を着けて、肩にあまる金色の髪を時々雲の様に揺らす。ふと其顔を見ると驚いた。眼こそ見えね、眉の形、細き面、なよやかなる頸の辺りに至迄《いたるまで》、先刻《さつき》見た女其儘《そのまま》である。思はず馳《か》け寄らうとしたが足が縮んで一歩も前へ出る事が出来ぬ。女は漸く首斬り台を探り当てゝ両の手をかける。唇がむつ〳〵と動く。最前男の子にダツドレーの紋章を説明した時と寸分違はぬ。やがて首を少し傾けて「わが夫*ギルドフォード、ダツドレーは既に神の国に行つてか」と聞く。肩を揺り越した一握りの髪が軽くうねりを打つ。坊さんは「知り申さぬ」と答へて「*まだ真《まこ》との道に入り玉ふ心はなきか」と問ふ。女屹《きつ》として「まことゝは吾《われ》と吾夫《わがおつと》の信ずる道をこそ言へ。御身達の道は迷ひの道、誤りの道よ」と返す。坊さんは何にも言はずに居る。女は稍《やや》落ち付いた調子で「吾夫が先なら追付う、後ならば誘ふて行かう。正しき神の国に、正しき道を踏んで行かう」と云ひ終つて落つるが如く首を台の上に投げかける。眼の凹んだ、煤色の、脊の低い首斬り役が重た気に斧をエイと取り直す。余の洋袴《ズボン》の膝に二三点の血が迸《ほとば》しると思つたら、凡ての光景が忽然と消え失せた。

　あたりを見廻はすと男の子を連れた女はどこへ行つたか影さへ見えない。狐に化かされた様な顔をして茫然と塔を出る。帰り道に又鐘塔《しゆとう》の下を通つたら高い窓から*ガイ、フォークスが稲妻の様な顔を一寸出した。「今一時間早かつたら……。此*三本のマッチが役に立たなかつたのは実に残念である」と云ふ声さへ聞えた。自分ながら少〻気が変だと思つてそこ〳〵に塔を出る。塔橋を渡つて後ろを顧みたら、北の国の例か此日もいつの間にやら雨となつて居た。糠粒《ぬかつぶ》を針の目からこぼす様な細かいのが満都の紅塵《こうじん》と煤煙を溶かして濛々と天地を鎖《とざ》す裏《うち》に地獄の影の様にぬつと見上げられたのは倫敦塔であつた。

　無我夢中に宿に着いて、主人に今日は塔を見物して来たと話したら、主人が鴉が五羽居たでせうと云ふ。おや此主人もあの女の親類かなと内心大《おおい》に驚ろくと主人は笑ひながら「あれは奉納の鴉です。昔しからあすこに飼つて居るので、一羽でも数が不足すると、すぐあとをこしらへます、夫だからあの鴉はいつでも五羽に限つて居ます」と手もなく説明するので、余の空想の一半は倫敦塔を見た其日のうちに打ち壊はされて仕舞つた。余は又主人に壁の題辞の事を話すと、主人は無造作に「えゝあの落書ですか、詰《つま》らない事をしたもんで、切角奇麗な所を大なしにして仕舞ひましたねえ、なに罪人の落書だなんて当になつたもんぢやありません、贋《にせ》も大分ありますさあね」と済ましたものである。余は最後に美しい婦人に逢つた事と其婦人が我々の知らない事や到底読めない字句をすら〳〵読んだ事抔《など》を不思議さうに話し出すと、主人は大に軽蔑した口調で「そりあ当り前でさあ、皆んなあすこへ行く時にや案内記を読んで出掛るんでさあ、其位の事を知つてたつて何も驚くにやあたらないでせう、何頗《すこぶ》る別嬪《べつぴん》だつて、倫敦にや大分別嬪が居ますよ、少し気を付けないと険呑《けんのん》ですぜ」と飛んだ所へ火の手が揚る。是で余の空想の後半が又打ち壊はされる。主人は二十世紀の倫敦人である。

夫からは人と倫敦塔の話しをしない事に極めた。又再び見物に行かない事に極めた。

此篇は事実らしく書き流してあるが、実の所過半《かはん》想像的の文字であるから、見る人は其心で読まれん事を希望する、塔の歴史に関して時々戯曲的に面白さうな事柄を撰《えら》んで綴《つづ》り込んで見たが、甘《うま》く行かんので所々不自然の痕迹が見えるのは已《やむ》を得ない。其中エリザベス(エドワード四世の妃)が幽閉中の二王子に逢ひに来る場と、二王子を殺した刺客の述懐の場は沙翁《さおう》の歴史劇リチャード三世のうちにもある。沙翁はクラレンス公爵の塔中で殺さるゝ場を写すには正筆を用い、王子を絞殺する模様をあらはすには仄筆《そくひつ》を使つて、刺客の語を藉《か》り裏面から其様子を描出して居る。嘗《かつ》て此劇を読んだとき、其所《そこ》を大に面白く感じた事があるから、今其趣向を其儘《そのまま》用いて見た。然し対話の内容周囲の光景等は無論余の空想から捏出《ねつしゆつ》したもので沙翁とは何等の関係もない。夫から断頭吏の歌をうたつて斧を磨ぐ所に就いて一言して置くが、此趣向は全く「エーンズウオース」の倫敦塔と云ふ小説から来たもので、余は之《これ》に対して些少《さしよう》の創意をも要求する権利はない。「エーンズウオース」には斧の刃のこぼれたのを*ソルスベリ伯爵夫人を斬る時の出来事の様に叙してある。余が此書を読んだとき断頭場に用うる斧の刃のこぼれたのを首斬り役が磨いで居る景色抔は僅に一二頁に足らぬ所ではあるが非常に面白いと感じた。加之《しかのみならず》磨ぎながら乱暴な歌を平気でうたつて居ると云ふ事が、同じく十五六分の所作ではあるが、全篇を活動せしむるに足る程の戯曲的出来事だと深く興味を覚えたので今其趣向其儘を踏襲したのである。但し歌の意味も文句も、二吏の対話も、暗《あん》窖《こう》の光景も一切趣向以外の事は余の空想から成つたものである。序《ついで》だからエーンズウオースが獄門役に歌はせた歌を紹介して置かう。

*The axe was sharp, and heavy as lead,
As it touched the neck, off went the head!
Whir-whir-whir-whir!
Queen Anne laid her white throat upon the block,
Quietly waiting the fatal shock;
The axe it severed it right in twain,
And so quick—so true—that she felt no pain!
Whir-whir-whir-whir!

Salisbury's countess, she would not die
As a proud dame should—decorously.
Lifting my axe, I split her skull,
And the edge since then has been notched and dull.
Whir-whir-whir-whir !
*Queen Catherine Howard gave me a fee—
A chain of gold—to die easily ;
And her costly present she did not rue,
For I touched her head and away it flew !
Whir-whir-whir-whir !

此全章を訳さうと思つたが到底思ふ様に行かないし、且《かつ》余り長過ぎる恐れがあるから已《や》めにした。

二王子幽閉の場と、ジエーン所刑の場に就ては有名なるドラロツシ*の絵画が尠《すくな》からず余の想像を助けて居る事を一言して聊《いささ》か感謝の意を表する。

舟より上る囚人のうちワイアツトとあるは有名なる詩人の子にてジエーンの為め兵を挙げたる人、

父子同名なる故《ゆえ》紛れ易《やす》ひから記して置く。

塔中四辺の風致景物を今少し精細に写す方が読者に塔其物を紹介して其地を踏ましむる思ひを自然に引き起させる上に於て必要な条件とは気が付いて居るが、何分《なにぶん》かゝる文を草する目的で遊覧した訳ではないし、且年月が経過して居るから判然たる景色がどうしても眼の前にあらはれ悪《にく》い。従つて稍《やや》ともすると主観的の句が重複して、ある時は読者に不愉快な感じを与へはせぬかと思ふ所もあるが右の次第だから仕方がない。(三十七年十二月二十日)

カーライル博物館

*公園の片隅に通り掛《がかり》の人を相手に*演説をして居る者がある。向ふから来た*釜形の尖つた帽子を被《か》づいて古ぼけた外套を猫脊に着た爺さんがそこへ歩みを佇《とど》めて演説者を見る。演説者はぴたりと演説をやめてつか〱と此*村夫子《そんぷうし》のたゞずめる前に出て来る。二人の視線がひたと行き当る。演説者は濁りたる田舎調子にて御前は*カーライルぢやないかと問ふ。如何《いか》にもわしはカーライルぢやと村夫子が答へる。*チエルシーの哲人《セージ》と人が言囃《いいはや》すのは御前の事かと問ふ。成程世間ではわしの事をチエルシーの哲人《セージ》と云ふ様ぢや。*セージと云ふは鳥の名だに、人間のセージとは珍らしいなと演説者はから〱と笑ふ。村夫子は成程猫も杓子《しやくし》も同じ人間ぢやのに殊更《ことさら》に哲人抔と異名をつけるのは、あれは鳥ぢやと渾名すると同じ様なものだのう。人間は矢張り当り前の人間で善《よ》かりさうなものだのに。と答へて是もから〱と笑ふ。

余は晩餐前に*公園を散歩する度《たび》に川縁《かわべり》の椅子に腰を卸して向側を眺める。倫敦《ロンドン》に固有なる濃霧は殊《こと》に岸辺に多い。余が桜の杖に頤《あご》を支へて真正面を見て居ると遥かに対岸の往来を這ひ廻る霧の影は次第に濃くなつて五階立の町続きの下から漸々《ぜんぜん》此揺曳《たなび》くものゝ裏《うち》に薄れ去つて来る。仕舞には遠き未来の世を眼前に引き出したる様に窈然《ようぜん》たる空の中に取り留のつかぬ鳶色《とびいろ》の影が残る。其時此鳶色の奥にぽたり〳〵と鈍き光りが滴《したた》る様に見え初める。三層四層五層共に瓦斯《ガス》を点じたのである。余は桜の杖をついて下宿*の方へ帰る。帰る時必ずカーライルと演説使ひの話しを思ひだす。彼《か》の溟濛《めいもう》たる瓦斯の霧に混ずる所が往時此《この》村夫子の住んで居つたチエルシーなのである。

カーライルは居らぬ。演説者も死んだであらう。然しチエルシーは以前の如く存在して居る。否《いな》*彼の多年住み古した家屋敷さへ今猶《なお》儼然と保存せられてある。千七百八年チエイン*、ロウが出来てより以来幾多の主人を迎へ幾多の主人を送つたかは知らぬが兎に角今日迄昔の儘で残つて居る。カーライルの没後は有志家の発起で彼の生前使用したる器物調度図書典籍を蒐《あつ》めて之《これ》を各室に按排し好事《こうず》のものには何時《いつ》でも縦覧せしむる便宜さへ謀《はか》られた。

文学者でチエルシーに縁故のあるものを挙げると昔しはトマス、モア*、下つてスモレット*、猶下つてカーライルと同時代にはリ*、ハント抔尤《もつと》も著名である。ハントの家はカーライルの直近《じききん》傍《ぼう》で、現にカーライルが此家に引き移つた晩尋ねて来たといふ事がカーライルの記録に書いてある。又ハント*がカーライルの細君にシエレー*の塑像を贈つたといふ事も知れて居る。此外にエリ*オツトの居つた家とロセツチ*の住んだ邸がすぐ傍《そば》の川端に向いた通りにある。然し是等は皆既《すで》に代がかはつて現に人が這入つて居るから見物は出来ぬ。只カーライルの旧廬《きゆうろ》のみは六ペンスを払へば何人《なんぴと》でも又何時《なんどき》でも随意に観覧が出来る。

チエイン、ローは河岸端の往来を南に折れる小路でカーライルの家は其右側の中頃に在る。番地は二十四番地だ。

毎日の様に川を隔てゝ霧の中にチエルシーを眺めた余はある*朝遂に橋を渡つて其有名なる庵《いお》りを叩いた。

庵りといふと物寂びた感じがある。少なくとも瀟洒《しょうしゃ》とか風流といふ念と伴ふ。然しカーライルの庵はそんな脂《やに》つこい華奢なものではない。往来から直ちに戸が敲《たた》ける程の道傍《みちばた》に建てられた四階作の真四角な家である。

出張つた所も引き込んだ所もないのべつに真直に立つて居る。丸で大製造場の烟突の根本を切つてきて之《これ》に天井を張つて窓をつけた様に見える。

是が彼が北の田舎から始めて倫敦へ出て来て探しに探し抜いて漸々《ようよう》の事で探し宛てた家である。彼は西を探し南を探しハンプステツド*の北迄探して終《つい》に恰好《かっこう》の家を探し出す事が出来ず、最後にチエイン、ローへ来て此家を見てもまだすぐに取極める程の勇気がなかつたのである。四千万の愚物と天下を罵つた彼も住家には閉口したと見えて、其愚物の中に当然勘定せらるべき妻君へ向けて委細を報知して其意向を確めた。細君の答に「*御申越《おんもうしこし》の借家は二軒共不都合もなき様《よう》被存候《ぞんぜられそうら》へば私倫敦へ上り候迄双方共御明け置願度若《ねがいたくも》し又それ迄に取極め候必要相生《あいしよう》じ候節《そろせつ》は御一存にて如何《いかが》とも御取計らひ被下度候《くだされたくそろ》」とあつた。カーライルは書物の上でこそ自分独りわかつた様な事をいふが、家を極めるには細君の助けに依らなくては駄目と覚悟をしたものと見えて、夫人の上京する迄手を束《つか》ねて待つて居た。四五日すると夫人が来る。そこで今度は二人して又東西南北を馳《か》け廻つた揚句の果《はて》矢張チエイン、ローが善《い》いといふ事になつた。両人がこゝに引き越したのは千八百三十四年の六月十日で、引越の途中に*下女の持つて居たカナリヤが籠の中で囀《さえず》つたといふ事迄知れて居る。夫人が此家を撰《えら》んだのは大に気に入つたものか外に相当なのがなくて已《やむ》を得なんだのか、いづれにもせよ此烟突の如く四角な家は年に*三百五十円の家賃を以て此新世帯の夫婦を迎へたのである。カーライルは此*クロムエルの如き*フレデリック大王の如き又製造場の烟突の如き家の中でクロムエルを著はしフレデリック大王を著はし*ヂスレリーの周旋にかゝる*年給を擯《しりぞ》けて四角四面に暮したのである。

余は今此四角な家の石階の上に立つて鬼の面のノツカーをコツ〳〵と敲《たた》く。暫《しばら》くすると内から五十恰好《かつこう》の肥つた婆さんが出て来て御這入《おはい》りと云ふ。最初から見物人と思つて居るらしい。婆さんはやがて名簿の様なものを出して御名前をといふ。余は倫敦滞留中四たび此家に入り四たび此名簿に*余が名を記録した覚えがある。此時は実に余の名の記入初であつた。可成《なるべく》叮嚀に書く積りであつたが例に因つて甚だ見苦しい字が出来上つた。前の方を繰りひろげて見ると*日本人の姓名は一人もない。して見ると日本人でこゝへ来たのは余が始めてだなと下らぬ事が嬉しく感ぜられる。婆さんがこちらへと云ふから左手の戸をあけて町に向いた部屋に這入る。是は昔し客間であつたさうだ。色々なものが並べてある。壁に画やら写真やらがある。大概はカーライル夫婦の肖像の様だ。後ろの部屋にカーライルの意匠に成つたといふ書棚がある。夫に書物が沢山詰つて居る。六づかしい本がある、下らぬ本がある、古びた本がある、読めさうもない本がある、其外にカーライルの八十の誕生日の記念の為めに鋳《い》たといふ銀牌と銅牌がある。金牌は一つもなかつた様だ。凡ての牌と名のつくものが無暗《むやみ》にかち〳〵して何時迄も平気に残つて居るのを、もらうた者の烟の如き寿命と対照して考へると妙な感じがする。夫から二階へ上る。こゝに又大きな本棚が有つて本が例の如く一杯詰つて居る。矢張り読めさうもない本、聞いた事のなささうな本、入《い》りさうもない本が多い。勘定をしたら*百三十五部あつた。此部屋も一時は客間になつて居つたさうだ。*ビスマークがカーライルに送つた手紙と*普魯西《プロシア》の勲章がある。フレデリック大王伝の御蔭と見える。細君の用いた寐台《ねだい》がある。頗《すこぶ》る不器用な飾り気のないものである。

案内者はいづれの国でも同じものと見える。先《さ》つきから婆さんは室内の絵画器具に就て一々説明を与へる。五十年間案内者を専門に修業したものでもあるまいが非常に熟練したものである。

何年何月何日にどうしたかうしたと恰《あたか》も口から出任せに喋舌《しやべ》つて居る様である。然も其流暢な弁舌に抑揚があり節奏《せつそう》がある。調子が面白いから其方《そのほう》ばかり聴いて居ると何を言つて居るのか分らなくなる。始めのうちは聞き返したり問い返したりして見たが仕舞には面倒になつたから御前は御前で勝手に口上を述べなさい、わしはわしで自由に見物するからといふ態度をとつた。婆さんは人が聞かうが聞くまいが口上丈は必ず述べますといふ風で別段厭《あ》きた景色もなく怠る様子もなく何年何月何日をやつて居る。

余は東側の窓から首を出して一寸近所を見渡した。眼の下に十坪程の庭がある。右も左も又向ふも石の高塀で仕切られて其形は矢張り四角である。四角はどこ迄も此家の附属物かと思ふ。カーライルの顔は決して四角ではなかつた。彼は寧《むし》ろ懸崖《けんがい》の中途が陥落して草原の上に伏しかゝつた様な容貌であつた。細君は上出来のらつ薑《きよう》の様に見受けらるゝ。今余の案内をして居る婆さんはあんぱんの如く丸るい。余が婆さんの顔を見て成程丸いなと思ふとき婆さんは又何年何月何日を誦《じゆ》し出した。余が再び窓から首を出す。

カーライル云ふ。裏の窓より見渡せば見ゆるものは茂る葉の木株《きかぶ》、碧《みど》りなる野原、及びその間に点綴《てんてつ》する勾配の急なる赤き屋根のみ。西風の吹く此頃の眺めはいと晴れやかに心地よし。

余は茂る葉を見様と思ひ青き野を眺め様と思ふて実は裏の窓から首を出したのである。首は既に二返許り出したが青いものも何にも見えぬ。右に家が見える、左りに家が見える、向にも家が見える。其上には鉛色の空が一面に胃病やみの様に不精無精《ふしようぶしよう》に垂れかゝつて居るのみである。余は首を縮めて窓より中へ引き込めた。案内者はまだ何年何月何日の続きを朗らかに読誦《どくじゆ》して居る。

カーライル又云ふ倫敦の方《かた》を見れば眼に入るものはエ*ストミンスター、アベーとセ*ント、ポールスの高塔の頂きのみ。其他幻の如き殿宇《でんう》は煤を含む雲の影の去るに任せて隠見す。

「倫敦の方」とは既に時代後れの語である。今日チエルシーに来て倫敦の方を見るのは大家《たいけ》の中に座つて家の方を見ると同じ理窟で自分の眼で自分の見当を眺めると云ふのと大した差違はない。然《しかし》カーライルは自ら倫敦に住んで居るとは思はなかつたのである。彼は田舎に閑居して都の中央にある大伽藍を遥かに眺めた積りであつた。余は三度び首を出した。そして彼の所謂「倫敦の方」へと視線を延ばした。然しエストミンスターも見えぬ、セント、ポールスも見えぬ。数万の家数十万の人数百万の物音は余と堂宇との間に立ちつゝある、漾《ただよ》ひつゝある動きつゝある。千八百三十四年のチエルシーと今日のチエルシーとは丸で別物である。余*は四度び首を引き込めた。婆さんは黙然として余の背後に佇立《ちよりつ》して居る。

三階に上る。部屋の隅を見ると冷やかにカーライルの寝台が横《よこた》はつて居る。青き戸帳が物静かに垂れて空しき臥床《ふしど》の裡《うち》は寂然として薄暗い。木は何の木か知らぬが細工は只無器用で素朴であるといふ外に何等の特色もない。其上に身を横《よこた》へた人の身の上も思ひ合はさるゝ。傍らには彼が平生使用した風呂桶が*九鼎《きゆうてい》の如く尊げに置かれてある。風呂桶とはいふものゝバケツの大きいものに過ぎぬ。彼が此大鍋の中で倫敦の煤を洗ひ落したかと思ふと益《ますます》其人となりが忍ばるゝ。不図首を上げると壁の上に彼が往生した時に取つたといふ漆喰《しつくい》製の面型《マスク》がある。此顔だなと思ふ。此炬燵櫓《こたつやぐら》位の高さの風呂に入つて此質素な寝台の上に寝て四十年間八釜敷《やかまし》い小言を吐き続けに吐いた顔は是だなと思ふ。婆さんの淀みなき口上が電話口で横浜の人の挨拶を聞く様に聞える。

宜《よろ》しければ上りませうと婆さんがいふ。余は既に倫敦の塵と音を遥かの下界に残して五重の塔の天辺《てつぺん》に独座する様な気分がして居るのに耳の元で「上りませう」といふ催促を受けたからまだ上があるのかなと不思議に思つた。さあ上らうと同意する。上れば上る程怪しい心持が起りさうであるから。

四階へ来た時は縹緲《ひようびよう》として何事とも知らず嬉しかつた。嬉しいといふよりはどことなく妙であつた。こゝは屋根裏である。天井を見ると左右は低く中央が高く馬の鬣《たてがみ》の如き形ちをして其一番高い脊筋を通して硝子《ガラス》張りの明り取りが着いて居る。此アチック*に洩れて来る光線は皆頭の上から真直に這入る。さうして其頭の上は硝子一枚を隔てゝ全世界に通ずる大空である。眼に遮るものは微塵もない。カーライルは自分の経営で此室を作つた。作つて此を書斎とした。書斎としてこゝに立籠《たてこも》つた。立籠つて見て始めてわが計画の非なる事を悟つた。夏は暑くて居りにくゝ冬は寒くて居りにくい。案内者は朗読的にこゝ迄述べて余を顧りみた。真丸な顔の底に笑の影が見える。余は無言の儘うなづく。

カーライルは何の為に此天に近き一室の経営に苦心したか。彼は彼の文章の示す如く電光的の人であつた。彼の癇癖《かんぺき》は彼の身辺を囲繞《いにょう》して無遠慮に起る音響を無心に聞き流して著作に耽るの余裕を与へなかつたと見える。洋琴《ピアノ》の声、犬の声、鶏の声、鸚鵡《おうむ》の声、一切の声は悉《ことごと》く彼の鋭敏なる神経を刺激して懊悩已《や》む能《あた》はざらしめたる極《きょく》遂に彼をして天に最も近く人に尤《もつと》も遠ざかれる住居を此四階の天井裏に求めしめたのである。

彼のエイトキン夫人*に与へたる書翰にいふ「此夏中は開け放ちたる窓より聞ゆる物音に悩まされ候事《そろこと》一方ならず色々修繕も試み候へども寸毫も利目無之《ききめこれなく》夫より篤と熟考の末家の真上に二十尺四方の部屋を建築致す事に取極め申候是は壁を二重に致し光線は天井より取り風通しは一種の工夫をもつて差支《さしつかえ》なき様致す仕掛に候へば出来上り候上は仮令《たとい》天下の鶏共一時に鬨《とき》の声を揚げ候とも閉口仕《つかまつ》らざる積に御座候《ござそろ》」

斯《かく》の如く予期せられたる書斎は二千円*の費用にて先づ〳〵思ひ通りに落成を告げて予期通り

の功果を奏したが之《これ》と同時に思ひ掛けなき障害が又も主人公の耳辺に起つた。成程洋琴《ピアノ》の音もやみ、犬の声もやみ、鶏の声鸚鵡の声も案の如く聞えなくなつたが下層に居るときは考だに及ばなかつた寺の鐘、汽車の笛偖《さて》は何とも知れず遠きより来る下界の声が呪の如く彼を追ひかけて旧の如くに彼の神経を苦しめた。

声。英国に於てカーライルを苦しめたる声は独逸に於て*シヨペンハウアを苦しめたる声である。シヨペンハウア云ふ。「*カントは*活力論を著せり、余は反《かえ》つて活力を弔《とむら》ふ文を草せんとす。物を打つ音、物を敲《たた》く音、物の転がる音は皆活力の濫用にして余は之《これ》が為めに日々苦痛を受くればなり。音響を聞きて何等の感をも起さゞる多数の人我説をきかば笑ふべし。去れど世に理窟をも感ぜず思想をも感ぜず詩歌をも感ぜず美術をも感ぜざるものあらばそは正に此輩なる事を忘るゝ勿《なか》れ。彼等の頭脳の組織は*麁獷《そこう》にして覚り鈍き事其源因たるは疑ふべからず」カーライルとシヨペンハウアとは実に十九世紀の好一対である。余が此の如く回想しつゝあつた時に例の婆さんがどうです下りませうかと促がす。

一層を下る毎に下界に近づく様な心持ちがする。冥想の皮が剝げる如く感ぜらるゝ。楷段《かいだん》を降り切つて最下の欄干に倚《よ》つて通りを眺めた時には遂に依然たる一個の俗人となり了《おわ》つて仕舞つた。案内者は平気な顔をして厨《くりや》を御覧なさいといふ。厨は往来よりも下にある。今余が立ちつゝある所より又五六段の楷を下らねばならぬ。是は今案内をして居る婆さんの住居になつて居る。隅に大きな竈《かまど》がある。婆さんは例の朗読調を以て「千八百四十四年十月十二日有名なる詩人*テニソンが初めてカーライルを訪問した時彼等両人は此竈の前に対坐して*互に烟草を燻《くゆ》らすのみにて二時間の間一言も交えなかつたのであります」といふ。天上に在つて音響を厭《いと》ひたる彼は地下に入つても沈黙を愛したるものか。

　最後に勝手口から庭に案内される。例の四角な平地を見廻して見ると木らしい木草らしい草は少しも見えぬ。婆さんの話しによると昔は桜もあつた、葡萄もあつた。胡桃《くるみ》もあつたさうだ。カーライルの細君はある年二十五銭許りの胡桃を得たさうだ。婆さん云ふ「庭の東南の隅を去る五尺余の地下にはカーライルの愛犬*ニロが葬むられて居ります。ニロは千八百六十年二月一日に死にました。墓標も当時は存して居りましたが惜《おし》いかな其後取払はれました」と中々精《くわ》しい。

　カーライルが麦藁帽を阿弥陀に被つて寝巻姿の儘啣《くわ》へ烟管で逍遥したのは此庭園である。夏の最中には蔭深き敷石の上に*さゝやかなる天幕《テント》を張り其下に机をさへ出して余念もなく述作に従事したのも此庭園である。星明かなる夜最後の一ぷくをのみ終りたる後彼が空を仰いで「嗚呼《ああ》余が最後に汝を見るの時は瞬刻《しゅんこく》の後ならん。全能の神が造れる無辺大の劇場、眼に入る無限、手に触るゝ無限、是も亦《また》我が眉目を掠めて去らん。而《しか》して余は遂にそを見るを得ざらん。わが力を致せるや虚ならず、知らんと欲するや切なり。「而《しか》もわが知識は只此《かく》の如く微なり」と叫んだのも此庭園である。

余は婆さんの労に酬《むく》ゆる為めに婆さんの掌の上に一片の銀貨を載せた。難有《ありがと》うと云ふ声さへも朗読的であつた。一時間の後倫敦の塵と煤と車馬の音とテームス河とはカーライルの家を別世界の如く遠き方へと隔てた。

幻影《まぼろし》の盾

一心不乱と云ふ事を、目に見えぬ怪力をかり、縹緲《ひょうびょう》たる背景の前に写し出さうと考へて、此趣向を得た。是を日本の物語に書き下さなかつたのは此趣向とわが国の風俗が調和すまいと思ふたからである。浅学にて古代騎士の状況に通ぜず、従つて叙事妥当を欠き、描景真相を失する所が多からう、読者の誨《おしえ》を待つ。

遠き世の物語である。*バロンと名乗るものゝ城を構へ濠を環《めぐ》らして、人を屠《ほふ》り天に驕れる昔に帰れ。今代《きんだい》の話しではない。

何時《いつ》の頃とも知らぬ。只*アーサー大王の御代《みよ》とのみ言ひ伝へたる世に、*ブレトンの一士人がブレトンの一女子に懸想《けそう》した事がある。其頃の恋はあだには出来ぬ。思ふ人の唇に燃ゆる情けの息を吹く為には、吾肱《わがひじ》をも折らねばならぬ、吾頸《わがくび》をも挫かねばならぬ、時としては吾血潮さへ容赦もなく流さねばならなかつた。懸想されたるブレトンの女は懸想せるブレトンの男に向つて云ふ、君が恋、叶《かな》へんとならば、残りなく*円卓の勇士を倒して、われを世に類ひなき美しき女と名乗り給へ、アーサーの養へる名高き鷹を獲て吾許《わがもと》に送り届け給へと、男心得たりと腰に帯びたる長き剣《つるぎ》に盟《ちか》へば、天上天下に吾志を妨ぐるものなく、遂に*仙姫《せんき》の援《たすけ》を得て悉《ことごと》く女の言ふ所を果す。鷹の足を纏へる細き金の鎖の端に結びつけたる羊皮紙《ようひし》を読めば、三十一ケ条の愛に関する法章であつた。所謂《いわゆる》*「愛の庁《ちょう》」の憲法とは是である。……楯の話しは此憲法の盛に行はれた時代に起つた事と思へ。

行く路を扼《やく》すとは、其上《そのかみ》騎士の間に行はれた習慣である。幅広からぬ往還に立ちて通り掛りの武士に戦を挑む。二人の槍の穂先が撓《しわ》つて馬と馬の鼻頭《はなづら》が合ふとき、*鞍壺《くらつぼ》にたまらず落ちたが最後無難に此関を踰《こ》ゆる事は出来ぬ。鎧、甲《かぶと》、馬諸共《もろとも》に召し上げらるゝ。路を扼する侍は武士の名を藉《か》る山賊の様なものである。期限は三十日、傍《かたえ》の木立に吾旗を翻へし、喇叭《らつぱ》を吹いて人や来ると待つ。今日も待ち明日も待ち明後日も待つ、五六《ごろく》三十日の期が満つる迄は必ず待つ。時には我意中の美人と共に待つ事もある。通り掛りの*上臈《じようろう》は吾を護る侍の鎧の袖に隠れて関を抜ける。守護の侍は必ず路を扼する武士と槍を交へる。交へねば自身は無論の事、二世かけて誓へる女性をすら通す事は出来ぬ。千四百四十九年に*バーガンデの私生子と称する豪のものが*ラ、ベル、ジヤルダンと云へる路を首尾よく三十日間守り終せたるは今に人の口碑《こうひ》に存する逸話である。三十日の間私生子と起居を共にせる美人は只*「清き巡礼の子」といふ名に其本名を知る事が出来ぬのは遺憾である。……楯の話しは此時代の事と思へ。

此楯は何時の世のものとも知れぬ。パギース*と云ふて三角を倒《さかし》まにして全身を蔽ふ位な大きさに作られたものとも違ふ。ギージ*といふ革紐にて肩から釣るす種類でもない。上部に鉄の格子を穿《あ》けて中央の孔から鉄砲を打つと云ふ仕懸《しかけ》の後世のものでは無論ない。いづれの時、何者が錬《きた》へた盾かは盾の主人なるヰリアム*さへ知らぬ。ヰリアムは此盾を自己の室《へや》の壁に懸けて朝夕眺めて居る。人が聞くと不可思議な盾だと云ふ。霊の盾だと云ふ。此盾を持つて戦に臨むとき、過去、現在、未来に渉《わた》つて吾願を叶へる事のある盾だと云ふ。名あるかと聞けば只幻影《まぼろし》の盾と答へる。ヰリアムは其他を言はぬ。

盾の形は望《もち》の夜の月の如く丸い。鋼で饅頭形《まんじゆうがた》の表を一面に張りつめてあるから、輝やける色さへも月に似て居る。縁を繞《めぐ》りて小指の先程の鋲が奇麗に五分《ごぶ》程の間を置いて植ゑられてある。鋲の色も亦銀色である。鋲の輪の内側は四寸許りの円を画して匠人《しようじん》の巧を尽したる唐草が彫り付けてある。模様があまり細か過ぎるので一寸見ると只不規則の漣漪《れんい》*が、肌に答へぬ程の微風に数へ難き皺《しわ》を寄する如くである。花か蔦《つた》か或は葉か、所々が劇しく光線を反射して余所《よそ》よりも際立ちて視線を襲ふのは昔し象嵌《ぞうがん》のあつた名残でもあらう。猶《なお》内側へ這入ると延板の平らな地になる。そこは今も猶《なお》鏡の如く輝やいて面にあたるものは必ず写す。ヰリアムの顔も写る。ヰリアムの甲《かぶと》の挿毛《さしげ》のふわ〱と風に靡く様も写る。日に向けたら日に燃えて日の影をも写さう。鳥を追へば、こだまさへ交へずに十里を飛ぶ*俊鶻《しゅんこつ》の影も写さう。時には壁から卸して磨くかとヰリアムに問へば否と云ふ。霊の盾は磨かねども光るとヰリアムは独《ひと》り語《ごと》の様に云ふ。

盾の真中が五寸許りの円を描いて浮き上る。是には怖ろしき夜叉の顔が隙間もなく鋳出されて居る。其顔は長《とこ》しへに天と地と中間にある人とを呪ふ。右から盾を見るときは右に向つて呪ひ、左から盾を覗くときは左に向つて呪ひ、正面から盾に対《むか》ふ敵には固《もと》より正面を見て呪ふ。ある時は盾の裏にかくるゝ持主をさへ呪ひはせぬかと思はるゝ程怖しい。頭の毛は春夏秋冬の風に一度に吹かれた様に残りなく逆立つて居る。しかも其一本〱の末は丸く平たい蛇の頭となつて其裂け目から消えんとしては燃ゆる如き舌を出して居る。毛と云ふ毛は悉《ことごと》く蛇で、其蛇は悉く首を擡《もた》げて舌を吐いて纏《もつ》るゝのも、捻《ね》ぢ合ふのも、攀《よ》ぢあがるのも、にじり出るのも見らるゝ。五寸の円の内部に獰悪《どうあく》なる夜叉の顔を辛うじて残して、額際から顔の左右を残なく塡《うず》めて自然に円の輪廓を形ちづくつて居るのは此毛髪の蛇、蛇の毛髪である。遠き昔しの*ゴーゴンとは是であらうかと思はるゝ位だ。ゴーゴンを見る者は石に化すとは当時の諺であるが、此盾を熟視する者は何人も其諺のあながちならぬを覚るであらう。

盾には創《きず》がある。右の肩から左へ斜に切りつけた刀の痕が見える。玉を並べた様な鋲の一つを半ば潰してゴーゴン、*メヂューサに似た夜叉の耳のあたりを纏ふ蛇の頭を叩いて、横に延板の平な地へ微かな細長い凹《くぼ》みが出来て居る。ヰリアムに此創の因縁を聞くと何にも云はぬ。知らぬかと云へば知ると云ふ。知るかと云へば言ひ難しと答へる。

人に云へぬ盾の由来の裏には、人に云へぬ恋の恨みが潜んで居る。人に云はぬ盾の歴史の中には世も入《い》らぬ神も入らぬと迄思ひつめたる望の綱が繋がれて居る。ヰリアムが日毎夜毎に繰り返す心の物語りは此盾と浅からぬ因果の羈絆《きずな》で結び付けられて居る。いざといふ時此盾を執つて……望は是である。心の奥に何者かほのめいて消え難き前世の名残の如きを、白日の下に引き出して明《あか》ら様に見極むるは此盾の力である。いづくより吹くとも知らぬ*業障《ごうしょう》の風の、隙《すき》多き胸に洩れて目に見えぬ波の、立ちては崩れ、崩れては立つを浪なき昔、風吹かぬ昔に返すは此盾の力である。此盾だにあらばとヰリアムは盾の懸かれる壁を仰ぐ。天地人を呪ふべき夜叉の姿も、彼が眼には画ける天女の微かに笑《えみ》を帯べるが如く思はるゝ。時にはわが思ふ人の肖像ではなきかと疑ふ折さへある。只抜け出して語らぬが残念である。

思ふ人！　ヰリアムが思ふ人はこゝには居らぬ。小山を三つ越えて大河を一つ渉りて二十哩《マイル》先の夜鴉《よがらす》の城に居る。夜鴉の城とは名からして不吉であると、ヰリアムは時々考へる事がある。然し其夜鴉の城へ、彼は小児の時度々遊びに行つた事がある。小児の時のみではない成人してからも始終訪問《おとず》れた。クラヽの居る所なら海の底でも行かずには居られぬ。彼はつい近頃迄夜鴉の城へ行つては終日クラヽと語り暮したのである。恋と名がつけば千里も行く、二十哩《マイル》は云ふに足らぬ。夜を守る星の影が自づと消えて、東の空に紅殻《べにがら》を揉《も》み込んだ様な時刻に、白城の刎橋《はねばし》の上に騎馬の侍が一人あらはれる。……宵の明星が本丸の櫓《やぐら》の北角にピカと見え初《そ》むる時、遠き方より又蹄の音が昼と夜の境を破つて白城の方へ近づいて来る。馬は総身に汗をかいて、白い泡を吹いて居るに、乗手は鞭を鳴らして口笛をふく。戦国のならひ、ヰリアムは馬の背で人と成つたのである。

去年の春の頃から白城の刎橋の上に、暁方の武者の影が見えなくなつた。夕暮の蹄の音も野に逼る黒きものゝ裏に吸ひ取られてか、聞えなくなつた。其頃からヰリアムは、己れを己れの中へ引き入るゝ様に、内へ内へと深く食ひ入る気色《けしき》であつた。花も春も余所《よそ》に見て、只心の中に貯へたる何者かを使ひ尽す迄はどうあつても外界に気を転ぜぬ様に見受けられた。武士の命は女と酒と軍《いく》さである。吾思ふ人の為めにと箸の上げ下しに云ふ誰彼に倣《なら》つて、わがクラヽの為めにと云はぬ事はないが其声の咽喉《のど》を出る時は、塞がる声帯を無理に押し分ける様であつた。血の如き葡萄の酒を髑髏《どくろ》形の盃にうけて、縁《ふち》越すことをゆるさじと、髭の尾迄濡らして呑み干す人の中に、彼は只額を抑へて、斜めに泡を吹くことが多かつた。山と盛る鹿の肉に好味《こうみ》の刀を揮《ふる》ふ左も顧みず右も眺めず、只わが前に置かれたる皿のみを見詰めて済す折もあつた。皿の上に堆《うずた》かき肉塊の残らぬ事は少ない。武士の命を三分して女と酒と軍さが其三ケ一を占むるならば、ヰリアムの命の三分二は既に死んだ様なものである。残る三分一は？ 軍《いくさ》はまだない。

　ヰリアムは身の丈六尺一寸、痩せては居るが満身の筋肉を骨格の上へたゝき付けて出来上つた様な男である。四年前の戦《たたかい》に甲《かぶと》も棄て、鎧も脱いで丸裸になつて城壁の裏に仕掛けたる、*カタパルトを彎《ひ》いた事がある。戦が済んでから其有様を見て居た者がヰリアムの腕には鉄の瘤が出るといつた。彼の眼と髪は石炭の様に黒い。其髪は渦を巻いて、彼が頭を掉《ふ》る度にきら〳〵する。彼の眼の奥には又一双《いつそう》の眼があつて重なり合つて居る様な光りと深さとが見える。酒の味に命を失ひ、*未了《みりよう》の恋に命を失ひつゝある彼は来るべき戦場にも亦命を失ふだらうか。彼は馬に乗つて終日終夜野を行くに疲れた事のない男である。彼は一片の麵麭《パン》も食はず一滴の水さへ飲まず、未明より薄暮迄働き得る男である。年は二十六歳。夫で戦が出来ぬであらうか。夫で戦が出来ぬ位なら武士の家に生れて来ぬがよい。ヰリアム自身もさう思つて居る。ヰリアムは幻影の盾を翳《かざ》して戦ふ機会があれば……と思つて居る。

　白城の城主*狼のルーファスと夜鴉の城主とは二十年来の好《よし》みで家の子郎党《ろうとう》の末に至る迄互に往き来せぬは稀な位打ち解けた間柄であつた。確執の起つたのは去年の春の初からである。源因は私ならぬ政治上の紛議の果《はて》とも云ひ、あるは鷹狩の帰りに獲物争ひの口論からと唱へ、又は夜鴉の城主の愛女クラ、の身の上に係る衝突に本づくとも言触《いいふ》らす。過ぐる日の饗筵《きようえん》に、卓上の酒尽きて、居並ぶ人の舌の根のしどろに緩む時、首席を占むる隣り合せの二人が、何事か声高に罵る声を聞かぬ者はなかつた。「月に吠ゆる狼の……ほざくは」と手にしたる盃を地に抛つて、夜鴉の城主は立ち上る。盃の底に残れる赤き酒の、斑《まだ》らに床を染めて飽きたらず、摧《くだ》けたる*觥片と共にルーファスの胸のあたり迄跳ね上る。「夜迷《よま》ひ烏の黒き翼を切つて落せば、地獄の闇ぞ」とルーファスは革に釣る重き剣に手を懸けてする〳〵と四五寸許り抜く。一座の視線は悉《ことごと》く二人の上に集まる。高き窓洩る夕日を脊に負ふ、二人の黒き姿の、此世の様とも思はれぬ中に、抜きかけた剣のみが寒き光を放つ。此時ルーファスの次に座を占めたるヰリアムが「渾名《あだな》こそ狼なれ、君が剣に彫《きざ》める文字に恥ぢづや」と右手を延ばしてルーファスの腰のあたりを指す。幅広き刃の鍔《つば》の真下に *pro gloria et patria と云ふ銘が刻んである。水を打つた様な静かな中に、只ルーファスが抜きかけた剣を元の鞘に収むる声のみが高く響いた。是より両家の間は長く中絶えて、ヰリアムの乗り馴れた栗毛の駒は少しく肥えた様に見えた。

近頃は戦《いく》さの噂さへ頻《しき》りである。*睚眦《がいさい》の恨は人を欺《あざむ》く笑の衣に包めども、解け難き胸の乱れは空吹く風の音にもざわつく。夜となく日となく磨きに磨く刃の冴《きえ》は、人を屠《ほふ》る遺恨の刃を磨くのである。君の為め国の為めなる美しき名を藉《か》りて、*毫釐《ごうり》の争に千里の恨を報ぜんとする心からである。正義と云ひ人道と云ふは朝嵐《あさあらし》に翻がへす旗にのみ染め出すべき文字で、繰り出す槍の穂先には*瞋恚《しんい》の焔《ほむら》が焼け付いて居る。狼は如何にして鴉と戦ふべき口実を得たか知らぬ。鴉は何を叫んで狼を誣《し》ゆる積りか分らぬ。只時ならぬ血潮と迄見えて迸《ほと》ばしりたる酒の雫の、胸を染めたる恨を晴さでやとルーファスが*セント、ジョージに誓へるは事実である。尊き銘は剣にこそ彫れ、抜き放ちたる光の裏《うち》に遠吠ゆる狼を屠らしめ玉へとありとあらゆるセイントに夜鴉の城主が祈念を凝《こら》したるも事実である。両家の間の戦は到底免かれない。いつといふ丈が問題である。

末の世の尽きて、其末の世の残る迄と誓ひたる、クラヽの一門に弓をひくはヰリアムの好まぬ所である。手創《てきず》負ひて斃《たお》れんとする父とたよりなき吾とを、敵の中より救ひたるルーファスの一家に、事ありと云ふ日に、膝を組んで動かぬのはヰリアムの猶《なお》好まぬ所である。封建の代《よ》のならひ、主と呼び従と名乗る身の危きに赴《おもむ》かで、人に卑怯と嘲けらるゝは彼の尤《もっと》も好まぬ所である。甲も着様《きよう》、鎧も繕《つくろ》はう、槍も磨かう、すはといふ時は真先に行かう……然しクラヽはどうなるだらう。負ければ打死をする、クラヽには逢へぬ。勝てばクラヽが死ぬかも知れぬ。ヰリアムは覚えず空に向つて十字を切る。今の内姿を窶《やつ》して、クラヽと落ち延びて北の方へでも行かうか。落ちた後で朋輩《ほうばい》が何といふだらう。ルーファスが人でなしと云ふだらう。内懐《うちぶところ》からクラヽの呉れた一束ねの髪の毛を出して見る。長い薄色《うすいろ》の毛が、麻を砧《きぬた》で打つて柔かにした様にゆるくうねつてヰリアムの手から下がる。ヰリアムは髪を見詰めて居た視線を茫然とわきへそらす、それが器械的に壁の上へ落ちる。壁の上にかけてある盾の真中で優しいクラ、の顔が笑つて居る。去年分れた時の顔と寸分違はぬ。顔の周囲を巻いて居る髪の毛が……ヰリアムは呪はれたる人の如くに、千里の遠きを眺めて居る様な眼付で石の如く盾を見て居る。日の加減か色が真青だ。……顔の周囲を巻いて居る髪の毛が、先《さき》つきから流れる水に漬けた様にざわ〱と動いて居る。髪の毛ではない無数の蛇の舌が断間《たえま》なく震動して五寸の円の輪を揺り廻るので、銀地に絹糸の様に細い炎が、見えたり隠れたり、隠れたり見えたり、渦を巻いたり、波を立てたりする。全部が一度に動いて顔の周囲を廻転するかと思ふと局部が纔《わず》かに動きやんで、すぐ其隣りが動く、見る間に次へ次へと波動が伝はる様にもある。動く度《たび》に舌の摩《す》れ合ふ音でもあらう微かな声が出る。微かではあるが只一つの声ではない、漸《ようや》く鼓膜に響く位の静かな音のうちに——無数の音が交つて居る。耳に落つる一の音が聴けば聴く程多くの音がかたまつて出来上つた様に明かに聞き取られる。盾の上に動く物の数多き丈、音の数も多く、又其動くものゝ定かに見えぬ如く、出る音も微かであらゝかには鳴らぬのである。……ヰリアムは手に下げたるクラ、の金毛を三たび盾に向つて振りながら「盾！　最後の望は幻影の盾にある」と叫んだ。

戦《たたかい》は潮の河に上る如く次第に近付いて来る。鉄を打つ音、鋼を鍛へる響、槌の音、やゝすりの響は絶えず中庭の一隅に聞える。ヰリアムも人に劣らじと出陣の用意はするが、時には殺伐な物音に耳を塞いで、高き角櫓《すみやぐら》に上つて遥かに夜鴉の城の方を眺める事がある。霧深い国の事だから眼に遮ぎる程の物はなくても、天気の好い日に二十哩《マイル》先は見えぬ。一面に茶渋を流した様な曠野《こうや》が逼《せま》らぬ波を描いて続く間に、白金《しろがね》の筋が鮮かに割り込んで居るのは、日毎の様に浅瀬を馬で渡した河であらう。白い流れの際立ちて目を牽《ひ》くに付けて、夜鴉の城はあの見当だなと見送る。城らしきものは霞の奥に閉ぢられて眸底《ぼうてい》には写らぬが、流るゝ銀の、烟と化しはせぬかと疑はる迄末広に薄れて、空と雲との境に入る程は、翳《かざ》したる小手の下より遥かに双の眼に聚《あつ》まつてくる。あの空とあの雲の間が海で、浪の嚙む切立《きつた》ち岩の上に巨巌を刻んで地から生へた様なのが夜鴉の城であると、ヰリアムは見えぬ所を想像で描き出す。若《も》し其薄黒く潮風に吹き曝された角窓の裏に一人物を画き足したなら死龍《しりよう》は忽ち活きて天に騰《のぼ》るのである。*点睛《てんせい》に比すべきものは何人であらう、ヰリアムは聞かんでも善く知つて居る。

目の廻る程急がしい用意の為めに、昼の間は夫となく気が散つて浮き立つ事もあるが、*初夜過ぎに吾が室に帰つて、冷たい臥床《ふしど》の上に六尺一寸の長軀を投げる時は考へ出す。初めてクラヽに逢つたときは十二三の小供で知らぬ人には口もきかぬ程内気であつた。只髪の毛は今の様に金色であつた……ヰリアムは又内懐《うちぶところ》からクラ丶の髪の毛を出して眺める。クラ丶はヰリアムを黒い眼の子、黒い眼の子と云つてからかつた。クラ丶の説によると黒い眼の子は意地が悪い、人がよくない、猶太人《ユダヤ》かジプシイでなければ黒い眼色のものはない。ヰリアムは怒つて夜鴉の城へはもう来ぬと云つたらクラ丶は泣き出して堪忍《かんにん》してくれと謝した事がある。……二人して城の庭へ出て花を摘んだ事もある。赤い花、黄な花、紫の花――花の名は覚えて居らん――色々の花でクラ丶の頭と胸と袖を飾つてクヰーンだクヰーンだと其前に跪《ひざま》づいたら、槍を持たない者はナイトでないとクラ丶が笑つた。……今は槍もある、ナイトでもある、然しクラ丶の前に跪く機会はもうあるまい。ある時は野へ出て蒲公英《たんぽぽ》の蕊《しべ》を吹きくらをした。花が散つてあとに残る、むく毛を束《つか》ねた様に透明な球をとつてふつと吹く。残つた種の数でうらなひをする。思ふ事が成るかならぬかと云ひながらクラ丶が一吹きふくと種の数が一つ足りないので思ふ事が成らぬと云ふ辻うらであつた。するとクラ丶は急に元気がなくなつて俯向《うつむ》いて仕舞つた。何を思つて吹いたのかと尋ねたら何でもいゝと何時になく邪慳《じやけん》な返事をした。其日は碌々口もきかないで塞ぎ込んで居た。……春の野にありとあらゆる蒲公英をむしつて息の続づかぬ迄吹き飛ばしても思ふ様な辻《つじ》占《うら》は出ぬ筈だとヰリアムは怒る如くに云ふ。然しまだ盾と云ふ頼みがあるからと打消す様に添える。……是は互に成人してからの事である。夏を彩《いろ》どる薔薇《ばら》の茂みに二人座をしめて琉璃に似た青空の、鼠色に変る迄語り暮した事があつた。騎士の恋には四期があると云ふ事をクラヽに教へたのは其時だとヰリアムは当時の光景を一度に目の前に浮べる。「第一を躊躇《ちゆうちよ》の時期と名づける、是は女の方で此恋を斥《しりぞ》けやうか、受けやうかと思ひ煩《わずら》ふ間の名である」といひながらクラヽの方を見た時に、クラヽは俯向いて、頰のあたりに微かなる笑《えみ》を漏した。「此時期の間には男の方では一言も恋をほのめかすことを許されぬ。只眼にあまる情けと、息に漏るゝ嘆きとにより、昼は女の傍《かた》へを、夜は女の住居の辺りを去らぬ誠によりて、我《わが》意中を悟れかしと物言はぬうちに示す」クラヽは此時池の向ふに据ゑてある大理石の像を余念なく見て居た。「第二を祈念の時期と云ふ。男、女の前に伏して懇《おもむ》ろに我が恋叶へ玉へと願ふ」クラヽは顔を背《そむ》けて紅の薔薇の花を唇につけて吹く。一瓣《ひとひら》は飛んで波なき池の汀《みぎわ》に浮ぶ。一瓣は梅鉢の形ちに組んで池を囲へる石の欄干に中《あた》りて敷石の上に落ちた。「次に来るは応諾の時期である。誠ありと見抜く男の心を猶《なお》も確めん為め女、男に草々《くさぐさ》の課役をかける。剣の力、槍の力で遂ぐべき程の事柄であるは言ふ迄もない」クラヽは吾を透す大いなる眼を翻して第四はと問ふ。「第四の時期を Druerie* と呼ぶ。武夫《もののふ》が君の前に額付《ぬかず》いて渝《かわ》らじと誓ふ如く男、女の膝下に跪《ひざま》つき手を合せて女の手の間に置く。女かたの如く愛の式を返して男に接吻する」クラヽ、遠き代の人に語る如き声にて君が恋は何《いず》れの期ぞと問ふ。思ふ人の接吻さへ得なばとクラヽの方に顔を寄せる。クラヽ頰に紅《くれない》して手に持てる薔薇の花を吾が耳のあたりに抛《なげう》つ。花びらは雪と乱れて、ゆかしき香りの一群《ひとむ》れが二人の足の下に散る。……Druerie の時期はもう望めないはとヰリアムは六尺一寸の身を挙げてどさと寐返《ねがえ》りを打つ。間《けん》にあまる壁を切りて、高く穿《うが》てる細き窓から薄暗き曙光が漏れて、物の色の定かに見えぬ中に幻影の盾のみが闇に懸る大蜘蛛の眼の如く光る。「盾がある、まだ盾がある」とヰリアムは烏の羽の様な滑かな髪の毛を握つてがばと跳ね起る。中庭の隅では鉄を打つ音、鋼を鍛へる響、槌の音、やすりの響が聞え出す。戦《たたかい》は日一日と逼つて来る。

其日の夕暮に一城の大衆が、無下《むげ》に天井の高い食堂に会して晩餐の卓に就いた時、戦の時期は愈《いよいよ》狼将軍の口から発布された。彼は先づ夜鴉の城主の武士道に背ける罪を数へて一門の面目を保つ為めに七日の夜を期して、一挙に其城を屠れと叫んだ。其声は堂の四壁を一周して、丸く組み合せたる高い天井に突き当ると思はるゝ位大きい。戦は固《もと》より近づきつゝあつた、ヰリアムは戦の近づきつゝあるを覚悟の前で此日此夜を過ごして居た。去れど今ルーファスの口から愈七日の後と聞いた時はさすがの覚悟も蟹の泡の、蘆の根を遶《めぐ》らぬ淡き命の如くにいづくへか消え失せて仕舞つた。夢ならぬを夢と思ひて、思ひ終《おお》せぬ時は無理ながら事実とあきらめる事もある。去れど其事実を事実と証する程の出来事が*驀地《ばくち》に現在せぬうちは夢と思ふて其日を過すが人の世の習ひである。夢と思ふは嬉しく、思はぬがつらいからである。戦は事実であると思案の臍《ほぞ》を堅めたのは昨日や今日の事ではない。只事実に相違ないと思ひ定めた戦ひが、起らんとして起らぬ為め、であれかしと願ふ夢の思ひは却《かえ》つて「事実になる」の念を抑ゆる事もあつたのであらう。一年は三百六十五日、過ぐるは束の間である。七日とは一年の五十分一にも足らぬ。右の手を挙げて左の指を二本加へればすぐに七である。名もなき鬼に襲はれて、名なき故に鬼にあらずと、強いて思ひたるに突然正体を見付けて今更眼力の違はぬを口惜しく思ふ時の感じと異なる事もあるまい。ヰリアムは真青になつた。隣りに坐したシワルド*が病気かと問ふ。否と答へて盃を唇につける。充たざる酒の何に揺れてか縁を越して卓の上を流れる。其時ルーファスは再び起つて夜鴉の城を、城の根に張る巌もろともに海に落せと盃を眉のあたりに上げて隼《はやぶさ》の如く床の上に投げ下す。一座の大衆は*フラーと叫んで血の如き酒を啜《すす》る。ヰリアムもフラーと叫んで血の如き酒を啜る。シワルドもフラーと叫んで血の如き酒を啜りながら尻目にヰリアムを見る。ヰリアムは独り立つて吾室《へや》に帰りて、人の入らぬ様内側から締りをした。

盾だ愈《いよいよ》盾だとヰリアムは叫びながら室の中をあちらこちらと歩む。盾は依然として壁に懸つて居る。ゴーゴン、メヂューサとも較ぶべき顔は例に由《よ》つて天地人を合せて呪ひ、過去現世未来に渉つて呪ひ、近寄るもの、触るゝものは無論、目に入らぬ草も木も呪ひ悉《つく》さでは已《や》まぬ気色《けしき》である。愈此盾を使はねばならぬかとヰリアムは盾の下にとまつて壁間を仰ぐ。室の戸を叩く音のする様な気合《けはい》がする。耳を峙《そばだ》てゝ聞くと何の音でもない。ヰリアムは又内懐《うちぶところ》からクラ、の髪毛を出す。掌《たなごころ》に乗せて眺めるかと思ふと今度はそれを叮嚀に、室の隅に片寄せてある三本脚の丸いテーブルの上に置いた。ヰリアムは又内懐へ手を入れて胸の隠しの裏から何か書付の様なものを攫《つか》み出す。室の戸口迄行つて横にさした鉄の棒の抜けはせぬかと振り動かして見る。締《しまり》は大丈夫である。ヰリアムは丸机に倚《よ》つて取り出した書付を徐《おもむ》ろに開く。紙か羊皮か慥《たし》かには見えぬが色合の古び具合から推すと昨今の物ではない。風なきに紙の表てが動くのは紙が已れと動くのか、持つ手の動くのか。書付の初めには「*幻影の盾の由来」とかいてある。すれたものか文字のあとが微かに残つて居る許りである。「汝が祖ヰリアムは此盾を北の国の巨人に得たり……」茲《ここ》にヰリアムとあるはわが四世の祖だとヰリアムが独り言ふ。「黒雲の地を渡る日なり。北の国の巨人は雲の内より振り落されたる鬼の如くに寄せ来る。拳の如き瘤のつきたる鉄棒を片手に振り翳《かざ》して骨も摧《くだ》けよと打てば馬も倒れ人も倒れて、地を行く雲に血潮を含んで、鳴る風に火花をも見る。人を斬るの戦にあらず、脳を砕き胴を潰《つぶ》して、人といふ形を滅せざれば已《や》まざる烈しき戦なり。……」ヰリアムは猛き者共よと眉をひそめて、舌を打つ。「わが渡り合ひしは巨人の中の巨人なり。銅板に砂を塗れる如き顔の中に眼懸りて稲妻を射る。我を見て南方の犬尾を捲いて死ねと、かの鉄棒を脳天より下す。眼を遮らぬ空の二つに裂くる響して、鉄の瘤はわが右の肩先を滑べる。

繋《つな》ぎ合せて肩を蔽へる鋼鉄の延板の、尤《もっと》も外に向へるが二つに折れて肉に入る。吾がうちし太刀先は巨人の盾を斜に斫《き》つて戛《かつ》と鳴るのみ。……」ヰリアムは急に眼を転じて盾の方を見る。彼の四世の祖が打ち込んだ刀痕は歴然と残つて居る。ヰリアムは又読み続ける。「われ巨人を切る事三度、三度目にわが太刀は鍔元《つばもと》より三つに折れて巨人の戴く甲の鉢金の、内側に歪むを見たり。巨人の椎《つい》を下すや四たび、四たび目に巨人の足は、血を含む泥を蹴て、木枯の天狗の杉を倒すが如く、薊《あざみ》の花のゆらぐ中に、落雷も恥ぢよと許り鞺《どう》と横たはる。横たはりて起きぬ間を、疾《と》くも縫へるわが短刀の光を見よ。吾ながら又なき手柄なり。……」ブラヅー*とヰリアムは小声に云ふ。「巨人は云ふ、老牛の夕陽に吼ゆるが如き声にて云ふ。幻影の盾を南方の豎子《じゆし》*に付与す、珍重に護持せよと。われ盾を翳して其所以《ゆえん》を問ふに黙して答へず。強いて聞くとき、彼両手を揚げて北の空を指して曰く。ワルハラ*の国オヂン*の座に近く、火に熔けぬ黒鉄《くろがね》を、氷の如き白炎に鋳たるが幻影の盾なり。……」此時戸口に近く、石よりも堅き廊下の床を踏みならす音がする。ヰリアムは又起つて扉に耳を付けて聴く。足音は部屋の前を通り越して、次第に遠ざかる下から、壁の射返す響のみが朗らかに聞える。何者か暗窖《あんこう》*の中へ降りていつたのであらう。「此盾何の奇特《きどく》かあると巨人に問へば曰く。盾に願へ、願ふて聴かれざるなし只其身を亡ぼす事あり。人に語るな語るとき盾の霊去る。……汝盾を執つて戦に臨めば四囲の鬼神汝を呪ふことあり。呪はれて後蓋《がい》*

天蓋地《てんがいち》の大歓喜に逢ふべし。只盾を伝へ受くるものに此秘密を許すと。南国の人此《この》不祥の具を愛せずと盾を棄てゝ去らんとすれば、巨人手を振つて云ふ。われ今浄土ワルハラに帰る、幻影の盾を要せず。百年の後南方に赤衣《せきい》の美人あるべし、其歌の此盾の面に触るゝとき、汝の児孫《じそん》盾を抱いて*抃舞《べんぶ》するものあらんと。……」汝の児孫とはわが事ではないかとヰリアムは疑ふ。表に足音がして室の戸の前に留つた様である。「巨人は薊《あざみ》の中に斃れて、薊の中に残れるは此盾なり」と読み終つてヰリアムが又壁の上の盾を見ると蛇の毛は又揺《うご》き初める。隙間なく縺《もつ》れた中を下へ下へと潜《もぐ》りて盾の裏側迄抜けはせぬかと疑はるゝ事もあり、又上へ上へともがき出て五寸の円の輪廓丈が盾を離れて浮き出はせぬかと思はるゝ事もある。下に動くときも上に揺り出す時も同じ様に清水が滑かな石の間を縈《めぐ》る時の様な音が出る。只其音が一本々々の毛筋が鳴つて一束の音にかたまつて耳朶《じだ》に達するのは以前と異なる事はない。動くものは必ず鳴ると見えるに、蛇の毛は悉《ことごと》く動いて居るから其音も蛇の毛の数丈はある筈であるが――如何にも低い。前の世の耳語《ささや》きを奈落の底から夢の間に伝へる様に聞かれる、ヰリアムは茫然として此微音を聞いて居る。戦も忘れ、盾も忘れ、我身をも忘れ、戸口に人足の留つたのも忘れて聞いて居る。こと〳〵と戸を敲《たた》くものがある。ヰリアムは魔がついた様な顔をして動かうともしない。こと〳〵と再び敲く。ヰリアムは両手に紙片を捧げたまゝ椅子を離れて立ち上る。夢中に行く人の如く、身を向けて戸口の方に三歩許り近寄る。眼は戸の真中を見て居るが瞳孔に写つて脳裏に印する影は戸ではあるまい。外の方では気が急《せ》くか、厚い樫の扉を拳にて会釈なく夜陰に響けと叩く。三度目に敲いた音が、物静かな夜を四方に破つたとき、偶像の如き丰リアムは氷盤《ひょうばん》を空裏に撃砕する如く一時に吾に返つた。紙片を急に懐へかくす。敲く音は益《ますます》逼つて絶間なく響く。開けぬかと云ふ声さへ聞える。

「戸を敲くは誰《た》ぞ」と鉄の栓張《しんばり》をからりと外す。切り岸の様な額の上に、赤黒き髪の斜めにかゝる下から、鋭どく光る二つの眼が遠慮なく部屋の中へ進んで来る。

「わしぢや」とシワルドが、進めぬ先から腰懸の上にどさと尻を卸す。「今日の晩食に顔色が悪う見えたから見舞に来た」と片足を宙にあげて、残れる膝の上に置く。

「左《さ》した事もない」と丰リアムは瞬きして顔をそむける。

「夜鴉の羽搏きを聞かぬうちに、花多き国に行く気はないか」とシワルドは意味有気《ありげ》に問ふ。

「花多き国とは？」

「南の事ぢや、トルバダウの歌の聞ける国ぢや」＊

「主《ぬし》がいに度《たい》と云ふのか」

「わしは行かぬ、知れた事よ。もう六つ、日の出を見れば、夜鴉の栖《す》を根から海へ蹴落す役目があるは。日の永い国へ渡つたら主《ぬし》の顔色が善くならうと思ふての親切からぢや。ワハヽヽヽ」とシワルドは傍若無人《ぼうじやくぶじん》に笑ふ。

「鳴かぬ鳥の闇に滅《め》り込む迄は……」と六尺一寸の身をのして胸板を拊《う》つ。

「霧深い国を去らぬと云ふのか。其金色の髪の主となら満更嫌《まんざら》でもあるまい」と丸テーブルの上を指す。テーブルの上にはクラ、の髪が元の如く乗つて居る。内懐へ収めるのをつひ忘れた。

ヰリアムは身を伸《の》した儘口《まま》籠る。

「鴉に交る白い鳩を救ふ気はないか」と再び叢中《そうちゆう》に蛇を打つ。

「今から七日過ぎた後なら……」と叢中の蛇は不意を打れて已《やむ》を得ず首を擡《もた》げかゝる。

「鴉を殺して鳩丈《だけ》生かさうと云ふ注文か……夫は少し無理ぢや。然し出来ぬ事もあるまい。南から来て南へ帰る船がある。待てよ」と指を折る。「さうぢや六日目の晩には間に合ふだらう。城の東の船付場へ廻して、あの金色の髪の主を乗せやう。不断は帆柱の先に白の小旗を揚げるが、女が乗つたら赤に易《か》へさせやう。軍《いく》さは七日目の午過《ひる》からぢや、城を囲めば港が見える。柱の上に赤が見えたら天下太平……」

「白が見えたら……」とヰリアムは幻影《まぼろし》の盾を睨む。夜叉《やしや》の髪の毛は動きもせぬ、鳴りもせぬ。クラ、かと思ふ顔が一寸見えて又もとの夜叉に返る。

「まあ、よいは、何《ど》うにかなる心配するな。夫よりは南の国の面白い話でもせう」とシワルドは渋色の髭を無雑作に掻《か》いて、若き人を慰める為か話頭を転ずる。

「海一つ向へ渡ると日の目が多い、暖かぢや。夫に酒が甘《うま》くて金《かね》が落ちて居る。土一升に金一升……うそぢや無い、本間《ほんま》の話ぢや。手を振るのは聞きとも無いと云ふのか。もう落付いて一所に話す折もあるまい。シワルドの名残の談義だと思ふて聞いて呉れ。さう滅入らんでもの事よ」

宵に浴びた酒の気がまだ醒めぬのかゲーと臭いのをヰリアムの顔に吹きかける。「いや是は御無礼……何を話す積りであつた。おゝ夫だ、其酒の湧く、金の土に交る海の向での」とシワルドはヰリアムを覗き込む。

「主が女に可愛がられたと云ふのか」

「ワハヽヽ女にも数多《あまた》近付はあるが、それぢやない。ボーシイルの会を見たと云ふ事よ」*

「ボーシイルの会？」

「知らぬか。薄黒い島国に住んで居ては、知らぬも道理ぢや。プロヴンサルの伯とツールースの伯の和睦の会はあちらで誰れも知らぬものはないぞよ」

「ふむ夫が？」とヰリアムは浮かぬ顔である。

「馬は銀の沓《くつ》をはく、狗《いぬ》は珠の首輪をつける……」

「金の林檎《りんご》を食ふ、月の露を湯に浴びる……」と平かならぬ人のならひ、ヰリアムは嘲《あざけ》る様に話の糸を切る。

「まあ水を指さずに聴け。うそでも興があらう」と相手は切れた糸を接《つな》ぐ。

「試合の催しがあると、*シミニアンの大守が二十四頭の白牛を駆つて埒《らち》の内を奇麗に地ならしする。ならした後へ三万枚の黄金を蒔《ま》く。すると*アグールトの太守がわしは勝ち手にとらせる褒美を受持たうと十万枚の黄金を加へる。*ギレムはわしは御馳走役ぢやと云ふて蠟燭の火で煮焼《にたき》した珍味を振舞ふて、銀の皿小鉢を引出物に添へる」

「もう沢山ぢや」とヰリアムが笑ひながら云ふ。

「ま一つぢや。仕舞に*レイモンドが今迄誰も見た事のない遊びをやると云ふて先づ試合の柵の中へ三十本の杭を植ゑる。夫れに三十頭の名馬を繋ぐ。裸馬ではない鞍も置き鐙《あぶみ》もつけ轡手綱《くつわたづな》の華奢《きやしや》さへ尽してぢや。よいか、そして其真中へ鎧、刀是《これ》も三十人分、甲《かぶと》は無論小手脛当《すねあて》迄添へて並べ立てた。金高にしたらギレムの御馳走よりも、嵩が張らう。夫から囲りへ薪を山の様に積んで、火を掛けての、馬も具足も皆焼いて仕舞ふた。何とあちらのものは豪興《ごうきよう》をやるではないか」

と話し終つてカラ〳〵と心地よげに笑ふ。

「さう云ふ国へ行つて見よと云ふに主も余程意地張《いじば》りだなあ」と又ヰリアムの胸の底へ探りの

石を投げ込む。

「そんな国に黒い眼、黒い髪の男は無用ぢや」とヰリアムは自ら嘲る如くに云ふ。

「矢張り其金色の髪の主の居る所が恋しいと見えるな」

「言ふ迄もない」とヰリアムは屹《きつ》となつて幻影の盾を見る。中庭の隅で鉄を打つ音、鋼を鍛へる響、槌の音、ヤスリの響が聞え出す。夜はいつの間にかほの〴〵と明け渡る。

七日に逼る戦は一日の命を縮めて愈《いよいよ》六日となつた。ヰリアムはシワルドの勧むる儘にクラヽへの手紙を認《したた》める。心が急《せ》くのと、わきが騒がしいので思ふ事の万分一も書けぬ。「御身の髪は猶《なお》わが懐にあり、只此使と逃げ落ちよ、疑へば魔多し」とばかりで筆を擱《お》く。此手紙を受取つてクラヽに渡す者はいづこの何者か分らぬ。其頃流行《はや》る楽人の姿となつて夜鴉の城に忍び込んで、戦あるべき前の晩にクラヽを奪ひ出して舟に乗せる。万一手順が狂へば隙を見て城へ火をかけても志を遂げる。是丈の事はシワルドから聞いた。其あとは……幻影の盾のみ知る。

逢ふはうれし、逢はぬは憂《う》し。憂し嬉しの源から珠を欺《あざむ》く涙が湧いて出る。此清き者に何故流れるぞと問へば知らぬと云ふ。知らぬとは自然と云ふ意か。マリアの像の前に、跪《ひざまず》いて祈願を凝《こら》せるヰリアムが立ち上つたとき、長い睫がいつもより重た気に見えたが、なぜ重いのか彼にも分らなかつた。誠は誠を自覚すれども其他を知らぬ。其夜の夢に彼れは五彩の雲に乗るマリアを見た。マリアと見えたるはクラ、を祭れる姿で、クラ、とは地に住むマリアであらう。祈らるゝ神、祈らるゝ人は異なれど、祈る人の胸には神も人も同じ願の影法師に過ぎぬ。祭る聖母は恋ふ人の為め、人恋ふは聖母に跪く為め。マリアとも云へ、クラ、とも云へ。ヰリアムの心の中に二つのものは宿らぬ。宿る余地あらば此恋は嘘の恋ぢや。夢の続か中庭の隅で鉄を打つ音、鋼を鍛へる響、槌の音、ヤスリの響が聞えて、例の如く夜が明ける。戦は愈《いよいよ》せまる。五日目から四日目に移るは俯《ふ》せたる手を翻《ひる》がへす間と思はれ、四日目から三日目に進むは翻がへす手を故《もと》に還す間と見えて、三日、二日より愈戦の日を迎へたるときは、手さへ動かすひまなきに襲ひ来る如く感ぜられた。「飛ばせ」とシワルドはヰリアムを顧みて云ふ。並ぶ轡《くつわ》の間から鼻*嵐が立つて、二つの甲《かぶと》が、月下に躍る細鱗の如く秋の日を射返す。「飛ばせ」とシワルドが踵《かかと》を半ば馬の太腹に蹴込む。二人の頭の上に長く挿したる真白な毛が烈しく風を受けて、振り落さるゝ迄に靡《なび》く。夜鴉の城壁を斜めに見て、小高き丘に飛ばせたるシワルドが右手を翳《かざ》して港の方を望む。「帆柱に掲げた旗は赤か白か」と後れたるヰリアムは叫ぶ。「白か赤か、赤か白か」と続け様に叫ぶ。鞍壺に延び上つたるシワルドは体をおろすと等しく馬を向け直して一散に城門の方へ飛ばす。「続け、続け」とヰリアムを呼ぶ。「赤か、白か」とヰリアムは叫ぶ。「阿呆《あほう》、丘へ飛ばすより濠の中へ飛ばせ」とシワルドは只管《ひたすら》に城門の方へ飛ばす。港の入口には、埠頭を洗ふ浪を食つて、胴の高い船が心細く揺れて居る。魔に襲はれて夢安からぬ有様である。左右に低き帆柱を控へて、中に高き一本の真上には――「白だッ」とキリアムは口の内で言ひながら前歯で唇を噛む。折柄《おりから》戦の声は夜鴉の城を撼《うご》かして、淋しき海の上に響く。

城壁の高さは四丈。丸櫓《まるやぐら》の高さは之《これ》を倍して、所々に壁を突き抜いて立つ。天の柱が落ちて其真中に刺された如く見ゆるは本丸であらう。高さ十九丈、壁の厚《あつさ》は三丈四尺、之《これ》を四階に分つて、最上の一層にのみ窓を穿《うが》つ。真上より真下に降る井戸の如き道ありて、所謂《いわゆる》*ダンジョンは尤《もつと》も低く尤も暗き所に地獄と壁一重を隔てゝ設けらるゝ。本丸の左右に懸け離れたる二つの櫓は本丸の二階から家根《やね》付の橋を渡して出入の便りを計る。櫓を環《めぐ》る三々五々の建物には厩《うまや》もある、兵士の住居もある。乱を避くる領内の細民が隠るゝ場所もある。後ろは切岸《きりぎし》に海の鳴る音を聞き、砕ける浪の花の上に舞ひ下りては舞ひ上る鷗《かもめ》を見る。前は牛を呑む*アーチの暗き上より、石に響く扉を下して、刎橋《はねばし》を鉄鎖に引けば人の踰《こ》えぬ濠である。

濠を渡せば門も破らう、門を破れば天主も抜かう、志ある方に道あり、道ある方に向へとルーファスは打ち壊したる扉の隙より、黒金《くろがね》につゝめる狼の顔を会釈もなく突き出す。あとに続けと一人が従へば、尻を追へと又一人が進む。一人二人の後は只我先にと乱れ入る。むくむくと湧く清水に、こまかき砂の浮き上りて一度に漾《ただよ》ふ如く見ゆる。壁の上よりは、ありとある弓を伏せて、蝟《い》の如く寄手の鼻頭《はなさき》に、鉤《かぎ》と曲る鏃《やじり》を集める。空を行く長き箭《や》の、一矢毎に鳴りを起せば数千の鳴りは一と塊りとなつて、地上に蠢《うごめ》く黒影の響に和して、時ならぬ物音に、沖の鷗を驚かす。狂へるは鳥のみならず。秋の夕日を受けつ潜《くぐ》りつ、甲《かぶと》の浪鎧《よろい》の浪が寄せては崩れ、崩れては退《ひ》く。退くときは壁の上櫓《やぐら》の上より、傾く日を海の底へ震ひ落す程の鬨《とき》を作る。寄するときは甲の波、鎧の浪の中より、吹き捲くる大風の息の根を一時にとめるべき声を起す。退く浪と寄する浪の間にヰリアムとシワルドがはたと行き逢ふ。「生きて居るか」とシワルドが剣で招けば、「死ぬ所ぢや」とヰリアムが高く盾を翳す。右に峙《そばだ》つ丸櫓の上より飛び来る矢が戛《かつ》と夜叉の額を掠めてヰリアムの足の下へ落つる。此時崩れかゝる人浪は忽《たちま》ち二人の間を遮つて、鉢金《はちがね》を蔽ふ白毛の靡《なび》きさへ、暫《しばら》くの間に、旋《めぐ》る渦の中に捲き込まれて見えなくなる。戦は午を過ぐる二た時余りに起つて、五時と六時の間にも未だ方付《かたづ》かぬ。一度びは猛き心に天主をも屠る勢であつた寄手の、何にひるんでか蒼然たる夜の色と共に、城門の外へなだれながら吐き出される。搏《う》つ音の絶えたるは一時の間か。暫らくは鳴りも静まる。

日は暮れ果てゝ黒き夜の一寸の隙間なく人馬を蔽ふ中に、砕くる波の音が忽ち高く聞える。忽ち聞えるは始めて海の鳴るにあらず、吾が鳴りの暫らく已《や》んで空しき心の迎へたるに過ぎぬ。此浪の音は何里の沖に萌《きざ》して此磯の遠きに崩るゝか、思へば古き響きである。時の幾代《いくよ》を揺《うご》かして知られぬ未来に響く。日を捨てず夜を捨てず、二六時中*繰り返す真理は永劫無極の響きを伝へて、剣《つるぎ》打つ音を嘲り、弓引く音を笑ふ。百と云ひ千と云ふ人の叫びの、果敢《はか》なくて憐むべきを罵るときかれる。去れど城を守るものも、城を攻むるものも、おのが叫びの纔《わず》かにやんで、此深き響きを不用意に聞き得たるとき恥づかしと思へるはなし。ヰリアムは盾に凝《こ》る血の痕を見て「汝われをも呪ふか」と剣を以て三たび夜叉の面《おもて》を叩く。ルーファスは「烏なれば闇にも隠れん月照らぬ間に斬つて棄よ」と息捲《いきま》く。シワルドばかりは額の奥に嵌《は》め込まれたる如き双《そう》の眼を放つて高く天主を見詰めたるまゝ一言もいはぬ。

海より吹く風、海へ吹く風と変りて、砕くる浪と浪の間にも新たに天地の響を添へる。塔を繞《めぐ》る音、壁にあたる音の次第に募《つの》ると思ふうち、城の内にて俄《にわ》かに人の騒ぐ気合《けはい》がする。それが漸々烈敷《だんだんはげしく》なる。千里の深きより来る地震の秒を刻み分を刻んで押し寄せるなと心付けば其が夜鴉の城の真下で破裂したかと思ふ響がする。――シワルドの眉は毛虫を撲《う》ちたるが如く反り返る。――櫓の窓から黒烟《くろけむ》りが吹き出す。夜の中に夜よりも黒き烟りがむく〳〵と吹き出す。狭き出口を争ふが為めか、烟の量は見る間に増して前なるは押され、後なるは押し、並ぶは互に譲るまじとて同時に溢れ出づる様に見える。吹き募る野分《のわき》は真《ま》ともに烟を砕いて、丸く渦を巻いて迸《ほとばし》る鼻を、元の如く窓へ圧《お》し返さうとする。風に喰ひ留められた渦は一度になだれて空に流れ込む。

暫くすると吹き出す烟りの中に火の粉が交り出す。夫が見る間に殖える。殖えた火の粉は烟諸共《もろとも》風に捲かれて大空に舞ひ上る。城を蔽ふ天の一部が櫓を中心として大なる赤き円を描いて、其円は不規則に海の方《かた》へと動いて行く。火の粉を梨地《なしじ》に点じた蒔絵の、瞬時の断間《たえま》もなく或《あるい》は消え或は耀《かがや》きて、動いて行く円の内部は一点として活きて働かぬ箇所はない。――「占《し》めた」とシワルドは手を拍つて雀躍《こおどり》する。

黒烟りを吐き出して、吐き尽したる後は、太き火焔が棒となつて、熱を追ふて突き上る風諸《もろ》共《とも》、夜の世界に流矢《ながれや》の疾《と》きを射る。飴を煮て四斗樽大《しとだる》の喞筒《ポンプ》の口から大空に注《そそ》ぐとも形容される。沸《た》ぎる火の闇に詮なく消ゆるあとより又沸ぎる火が立ち騰《のぼ》る。深き夜を焦《こが》せとばかり煮え返る焔の声は、地にわめく人の叫びを小癪《こしやく》なりとて空一面に鳴り渡る。鳴る中に焔は砕けて砕けたる粉が舞ひ上り舞ひ下りつゝ海の方へと広がる。濁る波の憤る色は、怒る響と共に薄黒く認めらるゝ位なれば櫓の周囲は、煤を透す日に照さるゝよりも明かである。一枚の火の、丸形に櫓を裏《つつ》んで飽き足らず、横に這ふて堞《ひめがき》の胸先にかゝる。炎は尺を計つて左へ左へと延びる。たまく一陣の風吹いて、逆に舌先を払へば、左へ行くべき鋒《ほこさき》を転じて上に向ふ。旋《めぐ》る風なれば後ろより不意を襲ふ事もある。順に撫《な》でゝ焔を馳《か》け抜ける時は上に向へるが又向き直りて行き過ぎし風を追ふ。左へ左へと溶けたる舌は見る間に長くなり、又広くなる。果《はて》は此所《ここ》にも一枚の火が出来る、かしこにも一枚の火が出来る。火に包まれたる堞《ひめがき》の上を黒き影が行きつ戻りつする。たまには暗き上から明るき中へ消えて入《い》つたぎり再び出て来ぬのもある。

焦《や》け爛れたる高櫓の、機熟してか、吹く風に逆《さか》らひてしばらくは焰と共に傾くと見えしが、奈落迄も落ち入らでやはと、三分二を岩に残して、倒《さか》しまに崩れかゝる。取巻く焰の一度にパッと天地を燬《や》く時、堞《ひめがき》の上に火の如き髪を振り乱して停《たたず》む女がある。「クラヽ!」と卆リアムが叫ぶ途端に女の影は消える。焼け出された二頭の馬が鞍付のまゝ宙を飛んで来る。

疾《と》く走る尻尾を攫《つか》みて根元よりスパと抜ける体《てい》なり、先なる馬が卆リアムの前にて礑《はた》ととまる。とまる前足に力余りて堅き爪の半ばは、斜めに土に喰ひ入る。盾に当る鼻づらの、二寸を隔てゝ夜叉の面《おもて》に火の息を吹く。「四つ足も呪はれたか」と卆リアムは我とはなしに鬣《たてがみ》を握りてひらりと高き脊に跨がる。足乗せぬ鐙《あぶみ》は手持無沙汰に太腹を打つて宙に躍る。此時何物か「南の国へ行け」と鉄被《き》る剛《かた》き手を挙げて馬の尻をしたゝかに打つ。「呪はれた」と卆リアムは馬と共に空《くう》を行く。

卆リアムの馬を追ふにあらず、馬の卆リアムに追はるゝにあらず、呪ひの走るなり。風を切り、夜を裂き、大地に疳走る*《かんばしる》音を刻んで、呪ひの尽くる所迄走るなり。野を走り尽せば丘に走り、丘を走り下れば谷に走り入る。夜は明けたのか日は高いのか、暮れかゝるのか、雨か、霰か、野分か、木枯か――知らぬ。呪ひは真一文字に走る事を知るのみぢや。前に当るものは親でも許さぬ、石蹴る蹄には火花が鳴る。行手を遮るものは主でも斃《たお》せ、闇吹き散らす鼻嵐を見よ。物凄《ものすご》き音の、物凄き人と馬の影を包んで、あつと見る睫《まつげ》の合はぬ間に過ぎ去る許りぢや。人か馬か形か影かと惑ふな、只呪ひ其物の吼《たけ》り狂ふて行かんと欲する所に行く姿と思へ。

ヰリアムは何里飛ばしたか知らぬ。乗り斃《たお》した馬の鞍に腰を卸して、右手に額を抑へて何事か考へ出さんと力《つと》めて居る。死したる人の蘇る時に、昔しの我と今の我との、あるは別人の如く、あるは同人の如く、繋ぐ鎖りは情けなく切れて、然《しか》も何等かの関係あるべしと思ひ惑ふ様である。半時なりとも死せる人の頭脳には、喜怒哀楽の影は宿るまい。空しき心のふと吾に帰りて、在りし昔を想ひ起せば、*油然《ゆうぜん》として雲の湧くが如くに其折々は簇《むら》がり来るであらう。簇がり来るものを入るゝ余地あればある程、簇がる物は迅速に脳裏を馳け廻るであらう。ヰリアムが吾に醒めた時の心が水の如く涼しかつた丈、今思ひ起す彼此《かれこれ》も送迎に遑《いとま》なき迄、糸と乱れて其頭を悩まして居る。出陣、帆柱の旗、戦……と順を立てゝ排列して見る。皆事実としか思はれぬ。「其次に」と頭の奥を探るとぺらぺらと黄色な焔が見える。「火事だ！」とヰリアムは思はず叫ぶ。火事は構はぬが今心*の眼に思ひ浮べた焔の中にはクラヽの髪の毛が漾《ただよ》つて居る。何故あの火の中へ飛び込んで同じ所で死なゝかつたのかとヰリアムは舌打ちをする。「盾の仕業《しわざ》だ」と口の内でつぶやく。

見ると盾は馬の頭を三尺許り右へ隔てゝ表を空にむけて横《よこた》はつて居る。

「是が恋の果か、呪ひが醒めても恋は醒めぬ」とヰリアムは又額を抑へて、己れを煩悶の海に沈める。海の底に足がついて、世に疎《うと》き迄思ひ入るとき、何処《いずく》よりか、微かなる糸を馬の尾で摩《こす》る様な響が聞える。睡るヰリアムは眼を開いてあたりを見廻す。こゝは何処《どこ》とも分らぬが、目の届く限りは一面の林である。林とは云へ、枝を交へて高き日を遮ぎる一抱へ二抱への大木はない。木は一坪に一本位の割で其大さも径六七寸位のものゝみであらう。不思議にもそれが皆同じ樹である。枝が幹の根を去る六尺位の所から上を向いて、しなやかな線を描いて生えて居る。其枝が聚《あつ》まつて、中が膨《ふく》れ、上が尖がつて欄干の擬宝珠《ぎぼうしゅ》か、筆の穂《ほ》の水を含んだ形状をする。枝の悉《ことごと》くは丸い黄な葉を以て隙間なき迄に綴られて居るから、枝の重なる筆の穂は色の変る、面長な葡萄の珠で、穂の重なる林の態《さま》は葡萄の房の累々と連なる趣きがある。下より仰げば少し宛は空も青く見らるゝ。只眼を放つ遥か向の果に、樹の幹が互に近づきつ、遠《とおざ》かりつ黒く並ぶ間に、澄み渡る秋の空が鏡の如く光るは心行く眺めである。時々鏡の面を羅《うすもの》が過ぎ行様迄横から見える。地面は一面の苔で秋に入つて稍黄食《ややきば》んだと思はれる所もあり、又は薄茶に枯れかゝつた辺もあるが、人の踏んだ痕がないから、黄は黄なり、薄茶は薄茶の儘《まま》、苔と云ふ昔しの姿を存して居る。こゝかしこに歯朶《しだ》の茂りが平かな面を破つて幽情を添へる許りだ。鳥も鳴かぬ風も渡らぬ。

寂然《せきぜん》として太古の昔を至る所に描き出して居るが、樹の高からぬのと秋の日の射透すので、左程《さほど》静かな割合に怖しい感じが少ない。其秋の日は極めて明かな日である。真上から林を照らす光線が、かの丸い黄な無数の葉を一度に洗つて、林の中は存外明るい。葉の向きは固《もと》より一様でないから、日を射返す具合も悉《ことごと》く違ふ。同じ黄ではあるが透明、半透明、濃き、薄き、様々の趣向を夫々に凝《こら》して居る。其れが乱れ、雑《まじ》り、重なつて苔の上を照らすから、林の中に居るものは琥珀の屛《びよう》を繞《めぐ》らして間接に太陽の光りを浴びる心地である。ヰリアムは醒めて苦しく、夢に落付くといふ容子《ようす》に見える。糸の音が再び落ちつきかけた耳朶《じだ》に響く。今度は怪しき音の方へ眼をむける。幹をすかして空の見える反対の方角を見ると――西か東か無論わからぬ――爰許《ここ》りは木が重なり合て一畝《ひとせ》程は際立つ薄暗さを地に印する中に池がある。池は大きくはない、出来損《そこな》ひの瓜の様に狭き幅を木陰に横たへて居る。是も太古の池で中に湛《たた》えるのは同じく太古の水であらう、寒気がする程青い。いつ散つたものか黄な小さき葉が水の上に浮いて居る。こゝにも天《あめ》が下の風は吹く事があると見えて、浮ぶ葉は吹き寄せられて、所々にかたまつて居る。群を離れて散つて居るのはもとより数へ切れぬ。糸の音は三たび響く。滑かなる坂を、護謨《ゴム》の輪が緩々《ゆるゆる》練り上る如く、低《ひ》くきより自然に高き調子に移りてはたとやむ。

ヰリアムの腰は鞍を離れた。池の方に眼を向けた儘《まま》音ある方へ徐《おもむ》ろに歩を移す。ぼろ〳〵と崩る丶苔の皮の、厚く柔らかなれば、あるく時も、座れる時の如く林の中は森《しん》として静かである。足音に我が動くを知るものゝ、音なければ動く事を忘るゝか、ヰリアムは歩むとは思はず只ふら〱と池の汀《みぎわ》迄進み寄る。池幅の少しく逼りたるに、臥す牛を欺《あざむ》く程の岩が向側から半ば岸に沿ふて蹲踞《うずくま》れば、ヰリアムと岩との間は僅《わず》か一丈余ならんと思はれる。其岩の上に一人の女が、眩ゆしと見ゆる迄紅なる衣を着て、*知らぬ世の楽器を弾くともなしに弾いて居る。碧《みど》り積む水が肌に沁む寒き色の中に、此女の影を倒《さか》しまに蘸《ひた》す。投げ出したる足の、長き裳《もすそ》に隠くるゝ末迄明かに写る。水は元より動かぬ、女も動かねば影も動かぬ。只弓を擦《す》る右の手が糸に沿ふてゆるく揺《うご》く。頭を纏ふ、糸に貫いた真珠の飾りが、*湛然《たんぜん》たる水の底に明星程の光を放つ。黒き眼の黒き髪の女である。クラヽとは似ても似つかぬ。女はやがて歌ひ出す。

「岩の上なる我がまことか、水の下なる影がまことか」

清く淋しい声である。風の度《わた》らぬ梢から黄な葉がはら〱と赤き衣にかゝりて、池の面に落ちる。静かな影がちよと動いて、又元に還る。ヰリアムは茫然として佇《たた》ずむ。

「まことゝは思ひ詰めたる心の影を。心の影を偽りと云ふが偽り」女静かに歌ひやんで、ヰリアムの方を顧みる。ヰリアムは瞬きもせず女の顔を打ち守る。

「恋に口惜《くや》しき命の占《うら》を、盾に問へかし、まぼろしの盾」

ヰリアムは崖を飛ぶ牡鹿の如く、踵《くびす》をめぐらして、盾をとつて来る。女「只懸命に盾の面を見給へ」と云ふ。ヰリアムは無言の儘《まま》盾を抱いて、池の縁《ふち》に坐る。*寥廓《りょうかく》なる天の下、*蕭瑟《しょうしつ》なる林の裏《うち》、*幽冷《ゆうれい》なる池の上に音と云ふ程の音は何にも聞えぬ。只ヰリアムの見詰めたる盾の内輪《ないりん》が、例の如く環《めぐ》り出すと共に、昔しながらの微かな声が彼の耳を襲ふのみである。「盾の中に何をか見る」と女は水の向より問ふ。「ありとある蛇の毛の動くは」とヰリアムが眼を放たずに答へる。

「物音は？」「鵞筆《がひつ》の紙を走る如くなり」

「迷ひては、迷ひてはしきりに動く心なり、音なき方に音をな聞きそ、音をな聞きそ」と女半《なか》ば歌ふが如く、半ば語るが如く、岸を隔てゝヰリアムに向けて手を波の如くふる。動く毛の次第にやみて。鳴る音も自から絶ゆ。見入る盾の模様は霞むかと疑はれて程なく盾の面に黒き幕かゝる。見れども見えず、聞けども聞えず、常闇《とこやみ》の世に住む我を怪しみて「暗し、暗し」と云ふ。わが呼ぶ声のわれにすら聞かれぬ位幽《かす》かなり。

「闇に烏を見ずと嘆かば、鳴かぬ声さへ聞かんと恋はめ、――身をも命も、暗《やみ》に捨てなば、身をも命も、暗に拾はば、嬉しからうよ」と女の歌ふ声が百尺の壁を洩れて、*蜘蛛の囲《い》の細き通ひ路より来る。歌はしばし絶えて弓擦《す》る音の風誘ふ遠きより高く低く、ヰリアムの耳に限りなき清涼の気を吹く。其時暗き中に一点白玉の光が点ぜらるゝ。見るうちに大きくなる。闇のひくか、光りの進むか、ヰリアムの眼の及ぶ限りは、四面*空蕩万里《くうとうばんり》の層氷を建て連らねたる如く*豁《ほがら》かになる。頭を蔽ふ天もなく、足を乗する地もなく玲瓏《れいろう》虚無の真中に一人立つ。

「君は今いづくに居《お》はすぞ」と遥かに問ふは彼の女の声である。

「無の中か、有の中か、玻璃瓶《はりびん》の中か」とヰリアムが蘇がへれる人の様に答へる。彼の眼はまだ盾を離れぬ。

女は歌ひ出す。「以太利亜《イタリア》の、以太利亜の海紫に夜明けたり」

「広い海がほの〴〵とあけて、……橙色の日が浪から出る」とヰリアムが云ふ。彼の眼は猶《なお》盾を見詰めて居る。彼の心には身も世も何もない。只盾がある。髪毛の末から、足の爪先に至るまで、五臓六腑を挙げ、耳目口鼻を挙げて悉《ことごと》く幻影の盾である。彼の総身は盾になり切つて居る。盾はヰリアムでヰリアムは盾である。二つのものが*純一無雑の清浄界にぴたりと合ふたとき——以太利亜《イタリア》の空は自から明けて、以太利亜の日は自から出る。

女は又歌ふ。「帆を張れば、舟も行くめり、帆柱に、何を掲げて……」

「赤だつ」とヰリアムは盾の中に向つて叫ぶ。「白い帆が山影を横《よこぎ》つて、岸に近づいて来る。三本の帆柱の左右は知らぬ、中なる上に春風を受けて棚曳《たなび》くは、赤だ、赤だクラ、の舟だ」……舟は油の如く平なる海を滑つて難なく岸に近づいて来る。舳《へさき》に金色の髪を日に乱して伸び上るは言ふ迄もない、クラヽである。

こゝは南の国で、空には濃き藍を流し、海にも濃き藍を流して其中に横はる遠山も亦《また》濃き藍を含んで居る。只春の波のちよろ〳〵と磯を洗ふ端《はし》丈が際限なく長い一条の白布と見える。丘には橄欖《かんらん》が深緑りの葉を暖かき日に洗はれて、其葉裏には百千鳥《ももちどり》をかくす。庭には黄な花、赤い花、紫の花、紅の花――凡ての春の花が、凡ての色を尽くして、咲きては乱れ、乱れては散り、散りては咲いて、冬知らぬ空を誰に向つて誇る。

暖かき草の上に二人が坐つて、二人共に青絹《あおぎぬ》を敷いた様な海の面を遥かの下に眺めて居る。二人共に斑《ふ》入《い》りの大理石の欄干に身を靠《もた》せて、二人共に足を前に投げ出して居る。二人の頭の上から欄干を斜めに林檎の枝が花の蓋《かさ》をさしかける。花が散ると、あるときはクラヽの髪の毛にとまり、ある時はヰリアムの髪の毛にかゝる。又ある時は二人の頭と二人の袖にはら〳〵と一度にかゝる。枝から釣るす籠の内で鸚鵡《おうむ》が時々けたゝましい音《ね》を出す。

「南方の日の露に沈まぬうちに」とヰリアムは熱き唇をクラヽの唇につける。二人の唇の間に林檎の花の一片《ひとひら》がはさまつて濡れたまゝついて居る。

「此国の春は長《とこし》へぞ」とクラヽ窘《たしな》める如くに云ふ。ヰリアムは嬉しき声に Druerie！ と呼ぶ。クラヽも同じ様に Druerie！ と云ふ。籠の中なる鸚鵡が Druerie！ と鋭どき声を立てる。遥か下なる春の海もドルエリと答へる。海の向ふの遠山もドルエリと答へる。丘を蔽ふ凡ての橄欖《かんらん》と、庭に咲く黄な花、赤い花、紫の花、紅の花――凡ての春の花と、凡ての春の物が皆一斉にドルエリと答へる。――是は盾の中の世界である。而《しか》してヰリアムは盾である。

百年の齢《よわ》ひは目出度も難有《ありがた》い。然《しか》しちと退屈ぢや。楽も多からうが憂も長からう。水臭い麦酒を日毎に浴びるより、舌を焼く酒精《アルコール》を半滴味はう方が手間がかゝらぬ。百年を十で割り、十年を百で割つて、贏《あま》す所の半時に百年の苦楽を乗じたら矢張り百年の生を享《う》けたと同じ事ぢや。泰山もカメラの裏《うち》に収まり、水素も冷ゆれば液となる。終生の情けを、分と縮め、懸命の甘きを点と凝《こ》らし得るなら――然しそれが普通の人に出来る事だらうか？――此猛烈な経験を嘗《な》め得たものは古往今来ヰリアム一人《いちにん》である。

琴のそら音《ね》

た。

「珍らしいね、久しく来なかつたぢやないか」と津田君が出過ぎた洋燈《ランプ》の穂を細めながら尋ねた。

津田君がかう云つた時、余ははち切れて膝頭の出さうなヅボンの上で、相馬焼*の茶碗の糸底《いとぞこ》を三本指でぐる〳〵廻しながら考へた。成程珍らしいに相違ない、此正月に顔を合せたぎり、花盛りの今日迄津田君の下宿を訪問した事はない。

「来やう〳〵と思ひながら、つい忙がしいものだから――」

「そりあ、忙がしいだらう、何と云つても学校に居たうちとは違ふからね、此頃でも矢張り午後六時迄かい」

「まあ大概その位さ、家へ帰つて飯を食ふとそれなり寐《ね》て仕舞ふ。勉強所《どころ》か湯にも碌々這入《はい》らない位だ」と余は茶碗を畳の上へ置いて、卒業が恨めしいと云ふ顔をして見せる。

津田君は此一言に少々同情の念を起したと見えて「成程少し瘠せた様だぜ、余程苦しいのだらう」と云ふ。気のせいか当人は学士になつてから少々肥つた様に見えるのが癪《しやく》に障る。机の上に何だか面白さうな本を広げて右の頁の上に鉛筆で註が入れてある。こんな閑があるかと思ふと羨しくもあり、忌々《いまいま》しくもあり、同時に吾身《わがみ》が恨めしくなる。

「君は不相変《あいかわらず》勉強で結構だ、其読みかけてある本は何かね。ノート抔《など》を入れて大分叮嚀に調べて居るぢやないか」

「是か、なに是は幽霊の本さ」と津田君は頗《すこぶ》る平気な顔をして居る。此忙しい世の中に、流行《はや》りもせぬ幽霊の書物を済して愛読する抔といふのは、呑気を通り越して贅沢の沙汰だと思ふ。

「僕も気楽に幽霊でも研究して見たいが、——どうも毎日芝から小石川の奥迄帰るのだから研究は愚《おろ》か、自分が幽霊になりさうな位さ。考へると心細くなつて仕舞ふ」

「さうだつたね、つい忘れて居た。どうだい新世帯の味は。一戸を構へると自から主人らしい心持がするかね」と津田君は幽霊を研究する丈《だけ》あつて心理作用に立ち入つた質問をする。

「あんまり主人らしい心持もしないさ。矢ッ張り下宿の方が気楽でいゝ様だ。あれでも万事整頓して居たら旦那の心持と云ふ特別な心持になれるかも知れんが、何しろ真鍮の薬缶《やかん》で湯を沸かしたり、ブリッキの金盥《かなだらい》で顔を洗つてる内は主人らしくないからな」と実際の所を白状する。

「夫《それ》でも主人さ。是が俺のうちだと思へば何となく愉快だらう。所有と云ふ事と愛惜といふ事は大抵の場合に於て伴なうのが原則だから」と津田君は心理学的に人の心を説明して呉れる。学者と云ふものは頼みもせぬ事を一々説明してくれる者である。

「俺の家《うち》だと思へばどうか知らんが、てんで俺の家だと思ひ度《たく》ないんだからね。そりや名前丈は主人に違ひないさ。だから門口にも僕の名刺丈は張り付けて置いたがね。七円五十銭の家賃の主人なんざあ、主人にした所が見事な主人ぢやない。主人中の属官《ぞくかん》なるものだあね。主人になるなら*勅任《ちよくにん》主人か少なくとも*奏任《そうにん》主人にならなくつちや愉快はないさ。只下宿の時分より面倒が殖《ふ》える許りだ」と深くも考へずに浮気の不平丈を発表して相手の気色《けしき》を窺ふ。向ふが少しでも同意したら、すぐ不平の後陣《ごじん》を繰り出す積りである。

「成程真理は其辺にあるかも知れん。下宿を続けて居る僕と、新たに一戸を構へた君とは自から立脚地が違ふからな」と言語は頗る六づかしいが兎に角余の説に賛成丈はしてくれる。此模様なら、もう少し不平を陳列しても差《さ》し支《つかえ》はない。

「先づうちへ帰ると*婆さんが横綴《と》ぢの帳面を持つて僕の前へ出てくる。今日は御味噌を三銭、大根を二本、鶉豆《うずらまめ》を一銭五厘買ひましたと精密なる報告をするんだね。厄介《やつかい》極まるのさ」

「厄介極まるなら癈《よ》せばいゝぢやないか」と津田君は下宿人丈あつて無雑作な事を言ふ。

「僕は癈してもいゝが婆さんが承知しないから困る。そんな事は一々聞かないでもいゝから好加減にして呉れと云ふと、どう致しまして、奥様の入《い》らつしやらない御家《おうち》で、御台所を預かつて居ります以上は一銭一厘でも間違ひがあつてはなりません、てつて頑として主人の言ふ事を聞かないんだからね」

「夫ぢやあ、只うん〳〵云つて聞いてる振をして居りや、宜《よ》からう」津田君は外部の刺激の如何《いかん》に関せず心は自由に働き得ると考へて居るらしい。心理学者にも似合《にあわ》しからぬ事だ。

「然し夫丈ぢやないのだからな。精細なる会計報告が済むと、今度は翌日《あした》の御菜《おかず》に就て綿密なる指揮を仰ぐのだから弱る」

「見計らつて調理《こしら》へろと云へば好いぢやないか」

「所が当人見計らふ丈に、御菜に関して明瞭なる観念がないのだから仕方がない」

「それぢや君が云ひ付けるさ。御菜のプログラム位訳ないぢやないか」

「夫が容易《たやす》く出来る位なら苦にやならないさ。僕だつて御菜上の智識は頗る乏しいやね。明日の御みおつけの実《み》は何に致しませうとくると、最初から即答は出来ない男なんだから……」

「何だい御みおつけと云ふのは」

「味噌汁の事さ。東京の婆さんだから、東京流に御みおつけと云ふのだ。先づ其汁の実《み》を何に致しませうと聞かれると、実になり得べき者を秩序正しく並べた上で選択をしなければならんだらう。一々考へ出すのが第一の困難で、考へ出した品物に就て取捨をするのが第二の困難だ」

「そんな困難をして飯を食つてるのは情ない訳だ。君が特別に数奇《すき》なものが無いから困難なんだよ。二個以上の物体を同等の程度で好悪するときは決断力の上に遅鈍なる影響を与へるのが原則だ」と又分り切つた事を態々《わざわざ》六づかしくして仕舞ふ。

「味噌汁の実《み》迄相談するかと思ふと、妙な所へ干渉するよ」

「へえ、矢張り食物上にかね」

「うん、毎朝梅干に白砂糖を懸《か》けて来て是非一つ食へッて云ふんだがね。之《これ》を食はないと婆さん頗る御機嫌が悪いのさ」

「食へばどうかするのかい」

「何でも厄病除《やくびようよけ》のまじなひださうだ。さうして婆さんの理由が面白い。日本中どこの宿屋へ留つても朝、梅干を出さない所はない。まじなひが利かなければ、こんなに一般の習慣となる訳がないと云つて得意に梅干を食はせるんだからな」

「成程夫は一理あるよ、凡ての習慣は皆相応の功力があるので維持せらるゝのだから、梅干だつて一概に馬鹿には出来ないさ」

「なんて君迄婆さんの肩を持つた日にや、僕は愈《いよいよ》主人らしからざる心持に成つて仕舞はあ」と飲みさしの巻烟草を火鉢の灰の中へ擲《たた》き込む。燃え残りのマッチの散る中に、白いものがさと動いて斜めに一の字が出来る。

「兎に角旧弊《きゆうへい》な婆さんだな」

「旧弊はとくに卒業して迷信婆々《ばばあ》さ。何でも月に二三返は伝通院*辺の何とか云ふ坊主の所へ相談に行く様子だ」

「親類に坊主でもあるのかい」

「なに坊主が小遣取りに占ひをやるんだがね。其坊主が又余慶《よけい》な事許り言ふもんだから始末に行かないのさ。現に僕が家を持つ時抔も鬼門だとか八方塞《ふさが》りだとか云つて大に弱らしたもんだ」

「だつて家を持つてから其婆さんを雇つたんだらう」

「雇つたのは引き越す時だが約束は前からして置いたのだからね。実はあの婆々《ばばあ》も四谷の宇野の世話で、是なら大丈夫だ独りで留守をさせても心配はないと母が云ふから極めた訳さ」

「夫なら君の未来の妻君の御母《おつか》さんの御眼鏡*で人撰に預つた婆さんだから慥《たし》かなもんだらう」

「人間は慥かに相違ないが迷信には驚いた。何でも引き越すと云ふ三日前に例の坊主の所へ行つて見て貰つたんださうだ。すると坊主が今本郷から小石川の方へ向いて動くのは甚だよくない、屹度《きつと》家内に不幸があると云つたんだがね。――余慶《よけい》な事ぢやないか、何も坊主の癖にそんな知つた風な妄言《もうごん》を吐かんでもの事だあね」

「然しそれが商買《しょうばい》だから仕様がない」

「商買なら勘弁してやるから、金丈貰つて当り障りのない事を喋舌《しゃべ》るがいゝや」

「さう怒つても僕の咎《とが》ぢやないんだから埒《らち》はあかんよ」

「其上若い女に祟《たた》ると御負けを附加《つけた》したんだ。さあ婆さん驚くまい事か、僕のうちに若い女があるとすれば近い内貰ふ筈の宇野の娘に相違ないと自分で見解を下して独りで心配して居るのさ」

「だつて、まだ君の所へは来んのだらう」

「来んうちから心配をするから取越苦労さ」

「何だか洒落か真面目か分らなくなつて来たぜ」

「丸で御話にも何もなりやしない。所で近頃僕の家の近辺で野良犬が遠吠をやり出したんだ。……」

「犬の遠吠と婆さんとは何か関係があるのかい。僕には聯想《れんそう》さへ浮ばんが」と津田君は如何《いか》にも得意の心理学でも是は説明が出来ない と一寸眉を寄せる。余はわざと落ち付き払って御茶を一杯と云ふ。相馬焼の茶碗は安くて俗な者である。もとは貧乏士族が内職に焼いたとさへ伝聞して居る。津田君が三十匁の出殻《でがら》を浪々《なみなみ》此安茶碗についでくれた時余は何となく厭な心持がして飲む気がしなくなつた。茶碗の底を見ると狩野法眼元信《かのうほうげんもとのぶ》*流の馬が勢よく跳ねて居る。安いに似合はず活潑な馬だと感心はしたが、馬に感心したからと云つて飲みたくない茶を飲む義理もあるまいと思つて茶碗は手に取らなかつた。

「さあ飲み給へ」と津田君が促がす。

「此馬は中々勢がいゝ。あの尻尾を振つて鬣《たてがみ》を乱して居る所は野馬《のんま》*だね」と茶を飲まない代りに馬を賞めてやつた。

「冗談ぢやない、婆さんが急に犬になるかと思ふと、犬が急に馬になるのは烈しい。夫からどうしたんだ」と頻《しき》りに後を聞きたがる。茶は飲まんでも差し支へない事となる。

「婆さんが云ふには、あの鳴き声は只の鳴き声ではない、何でも此辺に変があるに相違ないから用心しなくてはいかんと云ふのさ。然し用心をしろと云つたつて別段用心の仕様もないから打《う》ち遣《や》つて置くから構はないが、うるさいには閉口だ」

「そんなに鳴き立てるのかい」

「なに犬はうるさくも何ともないさ。第一僕はぐう〳〵寐て仕舞ふから、いつどんなに吠えるのか全く知らん位さ。然し婆さんの訴へは僕の起きて居る時を択んで来るから面倒だね」

「成程如何に婆さんでも君の寐て居る時をよつて御気を御付け遊《あそば》せとも云ふまい」

「所へもつて来て、僕の未来の細君が風邪を引いたんだね。丁度婆さんの御眺通《おあつらえ》に事件が湊合《*そうごう》したからたまらない」

「それでも宇野の御嬢さんはまだ四谷に居るんだから心配せんでも宜さゝうなものだ」

「それを心配するから迷信婆々《ばばあ》さ。あなたが御移りにならんと御嬢様の御病気がはやく御全快になりませんから是非此《この》月中に方角のいゝ所へ御転宅遊ばせと云ふ訳さ。飛んだ預言者に捕《つら》まつて、大迷惑だ」

「移るのもいゝかも知れんよ」

「馬鹿あ言つてら、此間越した許りだね。そんなに度々引越しをしたら身代限《*しんだいかぎり》をする許りだ」

「然し病人は大丈夫かい」

「君迄妙な事を言ふぜ。少々伝通院の坊主にかぶれて来たんぢやないか。そんなに人を嚇《おど》かすもんぢやない」

「嚇かすんぢやない、大丈夫かと聞くんだ。是でも君の妻君の身の上を心配した積なんだよ」

「大丈夫に極つてるさ。咳嗽《せき》は少し出るがインフルエンザなんだもの」

「インフルエンザ?」と津田君は突然余を驚かす程な大きな声を出す。今度は本当に嚇かされて、無言の儘《まま》津田君の顔を見詰める。

「よく注意し給へ」と二句目は低い声で云つた。初めの大きな声に反して此低い声が、耳の底をつき抜けて頭の中へしんと浸み込んだ様な気持がする。何故だか分らない。細い針は根迄這入る、低くても透る声は骨に答へるのであらう。碧琉璃《へきるり》の大空に瞳《ひとみ》程な黒き点をはたと打たれた様な心持ちである。消えて失せるか、溶けて流れるか、*武庫山卸《むこやまおろし》にならぬとも限らぬ。此瞳程な点の運命は是から津田君の説明で決せられるのである。余は覚えず相馬焼の茶碗を取り上げて冷たき茶を一時にぐつと飲み干した。

「注意せんといかんよ」と津田君は再び同じ事を同じ調子で繰り返す。瞳程な点が一段の黒味を増す。然し流れるとも広がるとも片付かぬ。

「縁喜《えんぎ》でもない、いやに人を驚かせるぜ。ワハヽヽヽ」と無理に大きな声で笑つて見せたが、腑《ふ》の抜けた勢のない声が無意味に響くので、我ながら気が付いて中途でぴたりと已《や》めた。やめると同時に此笑が愈《いよいよ》不自然に聞かれたので矢張り仕舞迄笑ひ切れば善かつたと思ふ。津田君は此笑を何と聞たか知らん。再び口を開いた時は依然として以前の調子である。

「いや実は斯《こ》う云ふ話がある。つい此間の事だが、僕の親戚の者が矢張りインフルエンザに罹《かか》つてね。別段の事はないと思つて好加減《いいかげん》にして置いたら、一週間目から肺炎に変じて、とう〳〵一ヶ月立たない内に死んで仕舞つた。其時医者の話さ、此頃のインフルエンザは性《たち》が悪い、ぢきに肺炎になるから用心をせんといかんと云つたが——実に夢の様さ。可哀さうでね」と言ひ掛けて厭な寒い顔をする。

「へえ、それは飛んだ事だつた。どうして又肺炎抔《など》に変じたのだ」と心配だから参考の為め聞いて置く気になる。

「どうしてつて、別段の事情もないのだが——夫だから君のも注意せんといかんと云ふのさ」

「本当だね」と余は満腹の真面目を此四文字に籠めて、津田君の眼の中を熱心に覗き込んだ。津田君はまだ寒い顔をして居る。

「いやだ〳〵、考へてもいやだ。二十二や三で死んでは実に詰らんからね。しかも所天《おつと》は戦争に行つてるんだから——」

「ふん、女か？　そりや気の毒だなあ。軍人だね」

「うん所天《おつと》は陸軍中尉さ。結婚してまだ一年にならんのさ。僕は通夜にも行き葬式の供《とも》にも立つたが——其夫人の御母《おつか》さんが泣いてね——」

「泣くだらう、誰だつて泣かあ」

「丁度葬式の当日は雪がちら〳〵降つて寒い日だつたが、御経が済んで愈《いよいよ》棺を埋める段になると、御母さんが穴の傍《そば》へしやがんだぎり動かない。雪が飛んで頭の上が斑《まだら》になるから、僕が蝙蝠《こうもり》傘をさし懸けてやつた」

「それは感心だ、君にも似合はない優しい事をしたものだ」

「だつて気の毒で見て居られないもの」

「さうだらう」と余は又法眼元信《ほうげんもとのぶ》の馬を見る。自分ながら此時は相手の寒い顔が伝染して居るに相違ないと思つた。咄嗟《とつさ》の間に死んだ女の所天《おつと》の事が聞いて見たくなる。

「それで其所天《おつと》の方は無事なのかね」

「所天《おつと》は黒木軍*に附いて居るんだが、此方はまあ幸に怪我もしない様だ」

「細君が死んだと云ふ報知を受取つたら嘸《さぞ》驚いたらう」

「いや、それに付いて不思議な話があるんだがね、日本から手紙の届かない先に細君がちやんと亭主の所へ行つて居るんだ」

「行つてるとは？」

「逢ひに行つてるんだ」

「どうして？」

「どうしてつて、逢ひに行つたのさ」

「逢ひに行くにも何にも当人死んでるんぢやないか」

「死んで逢ひに行つたのさ」

「馬鹿あ云つてら、いくら亭主が恋しいったつて、そんな芸が誰に出来るもんか。丸で林屋正*三の怪談だ」

「いや実際行つたんだから仕様がない」と津田君は教育ある人にも似合ず、頑固に愚《ぐ》な事を主張する。

「仕様がないつて——何だか見て来た様な事を云ふぜ。可笑《おか》しいな、君本当にそんな事を話してるのかい」

「無論本当さ」

「是りや驚いた。丸で僕のうちの婆さんの様だ」

「婆さんでも爺さんでも事実だから仕方がない」と津田君は愈《いよいよ》躍起になる。どうも余にからかつて居る様にも見えない。はてな真面目で云つて居るとすれば何か曰《いわ》くのある事だらう。津田君と余は大学へ入つてから科は違ふたが、高等学校では同じ組に居た事もある。其時余は大概四十何人の席末《せきまつ》を汚《けが》すのが例であつたのに、先生は*巋然《きぜん》として常に二三番を下らなかつた所を以て見ると、頭脳は余よりも三十五六枚方明晰に相違ない。其津田君が躍起になる迄弁護するのだから満更《まんざら》の出鱈目ではあるまい。余は法学士である、刻下《こくか》の事件を有《あり》の儘《まま》に見て常識で捌《さば》いて行くより外に思慮を廻《めぐ》らすのは能《あた》はざるよりも寧《むし》ろ好まざる所である。幽霊だ、祟《たたり》だ、因縁だ抔と雲を攫《つか》む様な事を考へるのは一番嫌である。が津田君の頭脳には少々恐れ入つて居る。其恐れ入つてる先生が真面目に幽霊談をするとなると、余も此問題に対する態度を義理にも改めたくなる。実を云ふと幽霊と雲助は維新以来永久癈業したものとのみ信じて居たのである。然るに先刻《さつき》から津田君の容子を見ると、何だか此幽霊なる者が余の知らぬ間に再興された様にもある。先刻机の上にある書物は何かと尋ねた時にも幽霊の書物だとか答へたと記憶する。兎に角損はない事だ。忙がしい余に取つてはこんな機会は又とあるまい、後学の為め話丈でも拝聴して帰らうと漸《ようや》く肚《はら》の中で決心した。見ると津田君も話の続きが話したいと云ふ風である。話したい、聞きたいと事が極れば訳はない。*漢水《かんすい》は依然として西南に流れるのが千古の法則だ。

「段々聞き糺《ただ》して見ると、其妻君と云ふのが夫の出征前に誓つたのださうだ」

「何を?」

「もし万一御留守中に病気で死ぬ様な事がありましても只は死にませんて」

「へえ」

「必ず魂魄《こんぱく》丈は御傍《おそば》へ行つて、もう一遍御目に懸りますと云つた時に亭主は軍人で磊落《らいらく》な気性だから笑ひながら、よろしい、何時《いつ》でも来なさい、戦《いく》さの見物をさしてやるからと云つたぎり満洲へ渡つたんだがね。其後そんな事は丸で忘れて仕舞つて一向気にも掛けなかつたさうだ」

「さうだらう、僕なんざ軍《いく》さに出なくつても忘れて仕舞はあ」

「それで其男が出立をする時細君が色々手伝つて手荷物抔を買つてやつた中に、懐中持《かいちゆうもち》の小さい鏡があつたさうだ」

「ふん。君は大変詳しく調べて居るな」

「なにあとで戦地から手紙が来たので其顛末《てんまつ》が明瞭になつた訳だが。――其鏡を先生常に懐中して居てね」

「うん」

「ある朝例の如くそれを取り出して何心《なにごころ》なく見たんださうだ。すると其鏡の奥に写つたのが――いつもの通り髭だらけな垢染《あかじみ》た顔だらうと思ふと――不思議だねえ――実に妙な事があるぢやないか」

「どうしたい」

「青白い細君の病気に窶《やつ》れた姿がスーとあらはれたと云ふんだがね――いえ夫《それ》は一寸信じられんのさ、誰に聞かしても嘘だらうと云ふさ。現に僕抔も其手紙を見る迄は信じない一人であつたのさ。然し向ふで手紙を出したのは無論こちらから死去の通知の行つた三週間も前なんだぜ。

嘘をつくつたつて嘘にする材料のない時ださ。夫《それ》にそんな嘘をつく必要がないだらうぢやないか。死ぬか生きるかと云ふ戦争中にこんな小説染《じみ》た呑気な法螺《ほら》を書いて国元へ送るものは一人もない訳ださ」

「そりや無い」と云つたが実はまだ半信半疑である。半信半疑ではあるが何だか物凄い、気味の悪い、一言にして云ふと法学士に似合はしからざる感じが起つた。

「尤《もつと》も話しはしなかつたさうだ。黙つて鏡の裏《うち》から夫《おつと》の顔をしけ〴〵*見詰めたぎりださうだが、其時夫の胸の中に訣別の時、細君の言つた言葉が渦の様に忽然と湧いて出たと云ふんだが、こりやさうだらう。焼小手《やきごて》で脳味噌をじゆつと焚《や》かれた様な心持だと手紙に書いてあるよ」

「妙な事があるものだな」手紙の文句迄引用されると是非共《ぜひとも》信じなければならぬ様になる。何となく物騒な気合《けはい》である。此時津田君がもしワツとでも叫んだら余は屹度《きつと》飛び上つたに相違ない。

「それで時間を調べて見ると細君が息を引き取つたのと夫が鏡を眺めたのが同日同刻になつて居る」

「愈《いよいよ》不思議だな」是時に至つては真面目に不思議と思ひ出した。「然しそんな事が有り得る事かな」と念の為め津田君に聞いて見る。

「こゝにもそんな事を書いた本があるがね」と津田君は先刻《さつき》の書物を机の上から取り卸しながら「近頃ぢや、有り得ると云ふ事丈は証明されさうだよ」と落ち付き払つて答へる。法学士の知らぬ間に心理学者の方では幽霊を再興して居るなと思ふと幽霊も愈馬鹿に出来なくなる。知らぬ事には口が出せぬ、知らぬは無能力である。幽霊に関しては法学士は文学士に盲従しなければならぬと思ふ。

「遠い距離に於てある人の脳の細胞と、他の人の細胞が感じて一種の化学的変化を起すと……」

「僕は法学士だから、そんな事を聞いても分らん。要するにさう云ふ事は理論上あり得るんだね」余の如き頭脳不透明なものは理窟を承《うけたまわ》るより結論丈呑み込んで置く方が簡便である。

「あゝ、つまりそこへ帰着するのさ。それに此本にも例が沢山あるがね、其内で*ロード、ブローアムの見た*幽霊杯は今の話しと丸で同じ場合に属するものだ。中々面白い。君ブローアムは知つて居るだらう」

「ブローアム？　ブローアムたなんだい」

「*英国の文学者さ」

「道理で知らんと思つた。僕は自慢ぢやないが文学者の名なんかシエクスピヤとミルトンと其《その》外《ほか》に二三人しか知らんのだ」

津田君はこんな人間と学問上の議論をするのは無駄だと思つたか「夫だから宇野の御嬢さんもよく注意し玉ひと云ふ事さ」と話を元へ戻す。

「うん注意はさせるよ。然し万一の事がありましたら屹度《きつと》御目に懸りに上りますなんて誓は立てないのだから其方《そのほう》は大丈夫だらう」と洒落て見たが心の中は何となく不愉快であつた。時計を出して見ると十一時に近い。是は大変、うちでは嘸《さぞ》婆さんが犬の遠吠を苦にして居るだらうと思ふと、一刻も早く帰りたくなる。「いづれ其内婆さんに近付《ちかづき》になりに行くよ」と云ふ津田君に「御馳走をするから是非来給へ」と云ひながら*白山御殿町《はくさんごてんまち》の下宿を出る。

我からと惜気もなく咲いた彼岸桜に、愈《いよいよ》春が来たなと浮かれ出したのも僅《わず》か二三日の間である。今では桜自身さへ早待《はやま》つたと後悔して居るだらう。生温《なまぬる》く帽を吹く風に、額際《ひたいぎわ》から煮染《にじ》み出す膏《あぶら》と、粘《ねば》り着く砂埃《すなほこ》りとを一所に拭ひ去つた一昨日《おととい》の事を思ふと、丸で去年の様な心持ちがする。それ程きのふから寒くなつた。今夜は一層である。冴返《さえかえ》る抔と云ふ時節でもないに馬鹿々々《ばかばか》敷《しい》と外套の襟を立てゝ*盲唖学校の前から*植物園の横をだら〱と下りた時、どこで撞《つ》く鐘だか、夜の中に波を描いて、静かな空をうねりながら来る。十一時だなと思ふ。――*時の鐘は誰が発明したものか知らん。今迄は気が付かなかつたが注意して聴いて見ると妙な響である。一つ音が粘り強い餅を引き千切つた様に幾つにも割れてくる。割れたから縁が絶えたかと思ふと細くなつて、次の音に繋がる。繋がつて太くなつたかと思ふと、又筆の穂の様に自然と細くなる。――あの音はいやに伸びたり縮んだりするなと考へながら歩行《ある》くと、自分の心臓の鼓動も鐘の波のうねりと共に伸びたり縮んだりする様に感ぜられる。仕舞には鐘の音にわが呼吸を合せ度《たく》なる。今夜はどうしても法学士らしくないと、足早に交番の角を曲るとき、冷たい風に誘はれてポツリと大粒の雨が顔にあたる。

*極楽水はいやに陰気な所である。近頃は両側へ長家が建つたので昔程淋しくはないが、その長家が左右共*関然《げきぜん》として空家の様に見えるのは余り気持のいゝものではない。貧民に活動はつき物である。働いて居らぬ貧民は、貧民たる本性を遺失して生きたものとは認められぬ。余が通り抜ける極楽水《ごくらくみず》の貧民は打てども蘇《よ》み返る景色なき迄に静かである。――実際死んで居るのだらう。ポツリ〳〵と雨は漸く濃《こま》かになる。傘を持つて来なかつた、殊《こと》によると帰る迄にはずぶ濡になる哩《わい》と舌打をしながら空を仰ぐ。雨は闇の底から蕭々《しようしよう》と降る、容易に晴れさうにもない。

五六間先に忽《たちま》ち白い者が見える。往来の真中に立ち留つて、首を延して此白い者をすかして居るうちに、白い者は容赦もなく余の方へ進んでくる。半分《はんぷん》と立たぬ間に余の右側を掠める如く過ぎ去つたのを見ると――*蜜柑箱の様なものに白い巾《きれ》をかけて、黒い着物をきた男が二人、棒を通して前後から担いで行くのである。大方葬式か焼場であらう。箱の中のは乳飲子に違ひない。黒い男は互に言葉も交へずに黙つて此棺桶を担《か》ついで行く。天下に夜中棺桶を担《にな》ふ程、当然の出来事はあるまいと、思ひ切つた調子でコツ〳〵担いで行く。闇に消える棺桶を暫《しばら》くは物珍らし気に見送つて振り返つた時、又行手から人声が聞え出した。高い声でもない、低い声でもない、夜が更《ふ》けて居るので存外反響が烈しい。

「昨日生れて今日死ぬ奴もあるし」と一人が云ふと「寿命だよ、全く寿命だから仕方がない」と一人が答へる。二人の黒い影が又余の傍《そば》を掠めて見る間に闇の中へもぐり込む。棺の後を追つて足早に刻む下駄の音のみが雨に響く。

「昨日生れて今日死ぬ奴もあるし」と余は胸の中で繰り返して見た。昨日生れて今日死ぬ者さへあるなら、昨日病気に罹つて今日死ぬ者は固《もと》よりあるべき筈である。二十六年も娑婆の気を吸つたものは病気に罹らんでも充分死ぬ資格を具へて居る。かうやつて極楽水を四月三日の夜の十一時に上りつゝあるのは、ことによると死にに上つてるのかも知れない。——何だか上りたくない。暫《しば》らく坂の中途で立つて見る。然し立つて居るのは、殊《こと》によると死にゝ立つて居るのかも知れない。——又歩行《ある》き出す。死ぬと云ふ事が是程人の心を動かすとは今迄つい気が付かなんだ。気が付いて見ると立つても歩行いても心配になる、此様子では家へ帰つて蒲団の中へ這入つても矢張り心配になるかも知れぬ。何故今迄は平気で暮して居たのであらう。考へて見ると学校に居た時分は試験とベースボールで死ぬと云ふ事を考へる暇がなかつた。卒業してからはペンとインキと夫から月給の足らないのと婆さんの苦情で矢張り死ぬと云ふ事を考へる暇がなかつた。人間は死ぬ者だとは如何に呑気な余でも承知して居つたに相違ないが実際余も死ぬものだと感じたのは今夜が生れて以来始めてゞある。夜と云ふ無暗《むやみ》に大きな黒い者が、歩行《ある》いても立つても上下四方から閉ぢ込めて居て、其中に余と云ふ形体を溶かし込まぬと承知せぬぞと逼る様に感ぜらるゝ。余は元来呑気な丈に正直な所功名心には冷淡な男である。死ぬとしても別に思ひ置く事はない。別に思ひ置く事はないが死ぬのは非常に厭だ、どうしても死に度《たく》ない。死ぬのは是程いやな者かなと始めて覚《さと》つた様に思ふ。雨は段々密になるので外套が水を含んで触ると、濡れた海綿を圧《お》す様にじく〳〵する。

竹早町を横《よこぎ》つて*切支丹《きりしたん》坂へかゝる。何故切支丹坂と云ふのか分らないが、此坂も名前に劣らぬ怪しい坂である。坂の上へ来た時、ふと先達《せんだつ》てこゝを通つて「日本一急な坂、命の欲しい者は用心ぢや〳〵」と書いた張札が土手の横からはすに往来へ差し出て居るのを滑稽だと笑つた事を思ひ出す。今夜は笑ふ所《どころ》ではない。命の欲しい者は用心ぢやと云ふ文句が聖書にでもある格言の様に胸に浮ぶ。坂道は暗い。滅多に下りると滑つて尻餅を搗《つ》く。険呑だと八合目あたりから下を見て覘《ねらい》をつける。暗くて何もよく見えぬ。左の土手から古榎《ふるえのき》が無遠慮に枝を突き出して日の目の通はぬ程に坂を蔽《おお》ふて居るから、昼でも此坂を下りる時は谷の底へ落ちると同様あまり善い心持ではない。榎は見えるかなと顔を上げて見ると、有ると思へばあり、無いと思へば無い程な黒い者に雨の注《そそ》ぐ音が頻《しき》りにする。此暗闇坂《くらやみざか》を下りて、細い谷道を伝つて、茗荷谷《みょうがだに》を向へ上つて七八丁行けば小日向台町《こびなただいまち》の余が家へ帰られるのだが、向へ上がる迄がちと気味がわるい。

茗荷谷の坂の中途に当る位な所に赤い鮮かな火が見える。前から見えて居たのか顔をあげる途端に見えだしたのか判然しないが、兎に角雨を透《すか》してよく見える。或《あるい》は屋敷の門口に立てゝある瓦斯《ガス》燈ではないかと思つて見て居ると、其火がゆらり〳〵と盆燈籠《ぼんどうろう》の秋風に揺られる具合に動いた。――瓦斯燈ではない。何だらうと見て居ると今度は其火が雨と闇の中を波の様に縫つて上から下へ動いて来る。――是は提灯《ちょうちん》の火に相違ないと漸く判断した時それが不意と消えて仕舞ふ。

此火を見た時、余ははつと露子《つゆこ》の事を思ひ出した。露子は余が未来の細君の名である。未来の細君と此火とどんな関係があるかは心理学者の津田君にも説明は出来んかも知れぬ。然し心理学者の説明し得るものでなくては思ひ出してならぬとも限るまい。此赤い、鮮かな、尾の消える縄に似た火は余をして慥《たし》かに余が未来の細君を咄嗟《とっさ》の際に思ひ出さしめたのである。――同時に火の消えた瞬間が露子の死を未練もなく拈出《ねんしゅつ》した。額を撫《な》でると膏汗《あぶらあせ》と雨でずる〳〵する。余は夢中であるく。

坂を下り切ると細い谷道で、其谷道が尽きたと思ふあたりから又向き直つて西へ〳〵と爪上《つまあが》りに新しい谷道がつゞく。此辺は所謂《いわゆる》山の手の赤土で、少しでも雨が降ると下駄の歯を吸ひ落す程に濘《ぬか》る。暗さは暗し、靴は踵を深く土に据え付けて容易《たやす》くは動かぬ。曲りくねつて無暗矢鱈《むやみやたら》に行くと枸杞《くこ》垣とも覚しきものゝ鋭どく折れ曲る角でぱたりと又赤い火に出喰《でく》はした。見ると巡査である。巡査は其赤い火を焼く迄に余の頰に押し当てゝ「悪るいから御気を付けなさい」と言ひ棄てゝ擦《す》れ違つた。よく注意し給へと云つた津田君の言葉と、悪いから御気をつけなさいと教へた巡査の言葉とは似て居るなと思ふと忽《たちま》ち胸が鉛の様に重くなる。あの火だ、あの火だと余は息を切らして茗荷谷を馳《か》け上る。

どこをどう歩行《ある》いたとも知らず流星《りゅうせい》の如く吾家へ飛び込んだのは十二時近くであらう。*三分心《さんぶしん》の薄暗いランプを片手に奥から駆け出して来た婆さんが頓興《とんきょう》な声を張り上げて「旦那様！　どうなさいました」と云ふ。見ると婆さんは蒼い顔をして居る。

「婆さん！　どうかしたか」と余も大きな声を出す。婆さんは余から何か聞くのが怖《おそろ》しく、余は婆さんから何か聞くのが怖しいので御互にどうかしたかと問ひ掛けながら、其返答は両方とも云はずに双方とも暫時《ざんじ》睨み合つて居る。

「水が——水が垂れます」是は婆さんの注意である。成程充分に雨を含んだ外套の裾と、中折《なかおれ》帽《ぼう》の庇《ひさし》から用捨《ようしや》なく冷たい点滴が畳の上に垂れる。折目をつまんで抛《ほう》り出すと、婆さんの膝の傍《そば》に白繻子《しろじゆす》の裏を天井へ向けて帽が転がる。灰色のチエスターフヒールド*を脱いで、一振り振つて投げた時はいつもより余程重く感じた。日本服に着換へて、身顫《みぶる》ひをして漸く余《われ》に帰つた頃を見計つて婆さんは又「どうなさいました」と尋ねる。今度は先方も少しは落付いて居る。

「どうするつて、別段どうもせんさ。只雨に濡れた丈の事さ」と可成《なるべく》弱身を見せまいとする。

「いへあの御顔色は只の御色では御座いません」と伝通院の坊主を信仰する丈あつて、うまく人相を見る。

「御前の方がどうかしたんだらう。先ッきは少し歯の根が合はない様だつたぜ」

「私は何と旦那様から冷かされても構ひません。——然し旦那様雑談事《じようだんごと》ぢや御座いませんよ」

「え？」と思はず心臓が縮みあがる。「どうした。留守中何かあつたのか。四谷から病人の事でも何か云つて来たのか」

「それ御覧遊ばせ、そんなに御嬢様の事を心配して居らつしやる癖に」

「何と云つて来た。手紙が来たのか、使が来たのか」

「手紙も使も参りは致しません」

「それぢや電報か」

「電報なんて参りは致しません」

「それぢや、どうした――早く聞かせろ」

「今夜は鳴き方が違ひますよ」

「何が？」

「何がつて、あなた、どうも宵から心配で堪《たま》りませんでした。どうしても只事ぢや御座いません」

「何がさ。夫だから早く聞かせろと云つてるぢやないか」

「先達中《せんだつてぢゆう》から申し上げた犬で御座います」

「犬？」

「えゝ、遠吠で御座います。私が申し上げた通りに遊ばせば、こんな事には成らないで済んだんで御座いますのに、あなたが婆さんの迷信だなんて、余《あん》まり人を馬鹿に遊ばすものですから……」

「こんな事にもあんな事にも、まだ何にも起らないぢやないか」

「いえ、さうでは御座いません。旦那様も御帰り遊ばす途中御嬢様の御病気の事を考へて居らしつたに相違御座いません」と婆さんずばと図星を刺す。寒い刃が暗《やみ》に閃めいてひやりと胸打《むねうち》を喰はせられた様な心持がする。

「それは心配して来たに相違ないさ」

「それ御覧遊ばせ、矢っ張り虫が知らせるので御座います」

「婆さん虫が知らせるなんて事が本当にあるものかな、御前そんな経験をした事があるかい」

「有る段ぢや御座いません。昔しから人が烏鳴《からすな》きが悪いとか何とか善く申すぢや御座いませんか」

「成程烏鳴きは聞いた様だが、犬の遠吠は御前一人の様だが——」

「いゝえ、あなた」と婆さんは大軽蔑の口調で余の疑を否定する。「同じ事で御座いますよ。婆や抔は犬の遠吠でよく分ります。論より証拠是は何かあるなと思ふと外れた事が御座いませんもの」

「さうかい」

「年寄の云ふ事は馬鹿には出来ません」

「そりや無論馬鹿には出来んさ。馬鹿に出来んのは僕もよく知つて居るさ。だから何も御前を

——然し遠吠がそんなに、よく当るものかな」

「まだ婆やの申す事を疑つて入らつしやる。何でも宜《よろ》しう御座いますから明朝四谷へ行つて御覧遊ばせ、屹度《きつと》何か御座いますよ、婆やが受合ひますから」

「屹度何か有つちや厭だな。どうか工夫はあるまいか」

「夫だから早く御越し遊ばせと申し上げるのに、あなたが余り剛情を御張り遊ばすものだから——」

「是から剛情はやめるよ。——兎も角あした早く四谷へ行つて見る事に仕様。今夜是から行つても好いが……」

「今夜入《い》らしつちや、婆やは御留守居は出来ません」

「なぜ？」

「なぜつて、気味《きび》が悪くつて居ても起《た》つても居られませんもの」

「それでも御前が四谷の事を心配して居るんぢやないか」

「心配は致して居りますが、私だつて怖しう御座いますから」

折から軒を遶《めぐ》る雨の響に和して、いづくよりともなく何物か地を這うて唸り廻る様な声が聞える。

「あゝあれで御座います」と婆さんが瞳を据えて小声で云ふ。成程陰気な声である。今夜はこゝへ寐る事にきめる。

余は例の如く蒲団の中へもぐり込んだが此唸り声が気になつて瞼さへ合はせる事が出来ない。普通犬の鳴き声といふものは、後も先も鉈刀《なた》で打ち切つた槙雑木《まきざつぽう》を長く継いだ直線的の声である。今聞く唸りはそんなに簡単な無雑作の者ではない。声の幅に絶えざる変化があつて、曲りが見えて、丸みを帯びて居る。蠟燭の灯の細きより始まつて次第に福《ふく》やかに広がつて又油の尽きた燈心の花と漸次《ぜんじ》に消えて行く。どこで吠えるか分らぬ。百里の遠き外から、吹く風に乗せられて微かに響くと思ふ間に、近づけば軒端《のきば》を洩れて枕に塞ぐ耳にも薄《せま》る。ウヽヽ、と云ふ音が丸い段落をいくつも連ねて家の周囲を二三度繞《めぐ》ると、いつしか其音がワヽヽ、に変化する拍子、疾《と》き風に吹き除《の》けられて遥か向ふに尻尾はンンンと化して闇の世界に入る。陽気な声を無理に圧迫して陰鬱にしたのが此遠吠である。躁狂な響を権柄《けんぺい》づくで沈痛ならしめて居るのが此遠吠である。自由でない。圧制されて已《やむ》を得ずに出す声である処が本来の陰鬱、天然の沈痛よりも一層厭である、聞き苦しい。余は夜着の中に耳の根迄隠した。夜着の中でも聞える、而《しか》も耳を出して居るより一層聞き苦しい。又顔を出す。

暫《しば》らくすると遠吠がはたと已む。此半夜《はんや》*の世界から犬の遠吠を引き去ると動いて居るものは一つもない。吾家が海の底へ沈んだと思ふ位静かになる。静まらぬは吾心のみである。吾心のみは此静かな中から何事かを予期しつゝある。去れども其何事なるかは寸分の観念だにない。性《しよう》の知れぬ者が此闇の世から一寸顔を出しはせまいかといふ掛念《けねん》が猛烈に神経を鼓舞するのみである。今出るか、今出るかと考へて居る。髪の毛の間へ五本の指を差し込んで無茶苦茶に掻いて見る。一週間程湯に入《い》つて頭を洗はんので指の股が油でニチヤ〳〵する。此静かな世界が変化したら――どうも変化しさうだ。今夜のうち、夜の明けぬうち何かあるに相違ない。此一秒も待つて過ごす。此一秒も亦《また》待ちつゝ暮らす。何を待つて居るかと云はれては困る。何を待つて居るか自分に分らんから一層の苦痛である。頭から抜き取つた手を顔の前に出して無意味に眺める。爪の裏が垢で薄黒く三日月形に見える。同時に胃嚢《いぶくろ》が運動を停止して、雨に逢つた鹿皮《しかがわ》を天日《てんぴ》で乾《ほ》し堅めた様に腹の中が窮窟になる。犬が吠えれば善いと思ふ。吠えて居るうちは厭でも、厭な度合が分る。かう静かになつては、どんな厭な事が背後に起りつゝあるのか、知らぬ間に醸《かも》されつゝあるか見当がつかぬ。遠吠なら我慢する。どうか吠えて呉れゝばいゝと寐返りを打つて仰向けになる。天井に丸くランプの影が幽かに写る。見ると其丸い影が動いて居る様だ。愈《いよいよ》不思議になつて来たと思ふと、蒲団の上で脊髄が急にぐにやりとする。只眼丈を見張つて慥《たし》かに動いて居《お》るか、居らぬかを確める。――確かに動いて居る。平常から動いて居るのだが気が付かずに今日迄過したのか、又は今夜に限つて動くのかしらん。――もし今夜丈動くのなら、只事ではない。然し或《あるい》は腹具合のせいかも知れまい。今日会社の帰りに*池の端の西洋料理屋で海老のフライを食つたが、ことによるとあれが祟つて居るかもしれん。詰らん物を食つて、銭をとられて馬鹿〻〻しい癈《よ》せばよかつた。何しろこんな時は気を落ち付けて寐るのが肝心だと堅く眼を閉ぢて見る。すると虹霓《にじ》を粉にして振り蒔く様に、眼の前が五色の斑点でちら〱する。是は駄目だと眼を開くと又ランプの影が気になる。仕方がないから又横向になつて大病人の如く、昵《じつ》として夜の明けるのを待たうと決心した。

横を向いて不図《ふと》目に入つたのは、襖の陰に婆さんが叮嚀に畳んで置いた秩父《ちちぶ》銘仙の不断着である。此前四谷に行つて露子の枕元で例の通り他愛もない話をして居た時、病人が袖口の綻《ほころ》びから綿が出懸つて居るのを気にして、よせと云ふのを無理に蒲団の上へ起き直つて縫つてくれた事をすぐ聯想する。あの時は顔色が少し悪い許りで笑ひ声さへ常とは変らなかつたのに――当人ももう大分好くなつたから明日あたりから床を上げませうとさへ言つたのに――今、眼の前に露子の姿を浮べて見ると――浮べて見るのではない、自然に浮んで来るのだが――頭へ氷嚢《ひょうのう》を戴《の》せて、長い髪を半分濡らして、うん〱呻《うめ》きながら、枕の上へのり出してくる。――愈《いよいよ》肺炎かしらと思ふ。然し肺炎にでもなつたら何とか知らせて来る筈だ。使も手紙も来ない所を以て見ると矢っ張り病気は全快したに相違ない、大丈夫だ、と断定して眠らうとする。合はす瞳の底に露子の青白い肉の落ちた頬と、窪んで硝子《ガラス》張の様に凄い眼がありくと写る。どうも病気は癒つて居らぬらしい。しらせは未だ来ぬが、来ぬと云ふ事が安心にはならん。今に来るかも知れん、どうせ来るなら早く来れば好い、来ないか知らんと寐返りを打つ。寒いとは云へ四月と云ふ時節に、厚夜着《あつよぎ》を二枚も重ねて掛けて居るから、只でさへ寐苦しい程暑い訳であるが、手足と胸の中は全く血の通はぬ様に重く冷たい。手で身のうちを撫《な》でゝ見ると膏《あぶら》と汗で湿つて居る皮膚の上に冷たい指が触るのが、青大将にでも這《は》はれる様に厭な気持である。ことによると今夜のうちに使でも来るかも知れん。

突然何者か表の雨戸を破《わ》れる程叩く。そら来たと心臓が飛び上つて肋《あばら》の四枚目を蹴る。何か云ふ様だが、叩く音と共に耳を襲ふので、よく聞き取れぬ。「婆さん、何か来たぜ」と云ふ声の下から「旦那様、何か参りました」と答へる。余と婆さんは同時に表口へ出て雨戸を開ける。――巡査が赤い火を持つて立つて居る。

「今しがた何かありはしませんか」と巡査は不審な顔をして、挨拶もせぬ先から突然尋ねる。余と婆さんは云ひ合した様に顔を見合せる。両方共何とも答をしない。

「実は今こゝを巡行《じゅんこう》するとね、何だか黒い影が御門から出て行きましたから……」

婆さんの顔は土の様である。何か云はうとするが息がはずんで云へない。巡査は余の方を見て返答を促がす。余は化石の如く茫然と立つて居る。

「いや是は夜中甚《はなは》だ失礼で……実は近頃此界隈が非常に物騒なので、警察でも非常に厳重に警戒をしますので——丁度御門が開いて居つて、何か出て行つた様な按排でしたから、もしやと思つて一寸御注意をしたのですが……」

余は漸くほつと息をつく。咽喉《のど》に痞《つか》へて居る鉛の丸《たま》が下りた様な気持ちがする。

「是は御親切に、どうも、——いえ別に何も盗難に罹《かか》つた覚はない様です」

「それなら宜しう御座います。毎晩犬が吠えて御八釜敷《おやかましい》でせう。どう云ふものか賊が此辺ばかり徘徊しますんで」

「どうも御苦労様」と景気よく答へたのは遠吠が泥棒の為めであるとも解釈が出来るからである。巡査は帰る、余は夜が明け次第四谷に行く積りで、六時が鳴る迄まんじりともせず待ち明した。

雨は漸く上つたが道は非常に悪い。足駄《あしだ》をと云ふと歯入屋《はいれや》へ持つて行つたぎり、つい取つてくるのを忘れたと云ふ。靴は昨夜の雨で到底穿《は》けさうにない。構ふものかと薩摩下駄を引掛けて全速力で四谷坂丁迄馳けつける。門は開いて居るが玄関はまだ戸閉りがしてある。書生はまだ起きんのかしらと勝手口へ廻る。清と云ふ下総生れの頬ペタの赤い下女が俎の上で糠味噌《ぬかみそ》から出し立ての細根大根を切つて居る。「御早やう、何《なに》はどうだ」と聞くと驚ろいた顔をして、襷《たすき》を半分外しながら「へえ」と云ふ。へえでは埒《らち》があかん。構はず飛び上つて、茶の間へつか〳〵這入り込む。見ると御母《おつか》さんが、今起き立《たて》の顔をして叮嚀に如鱗木《じよりんもく》*の長火鉢を拭いて居る。

「あら靖雄さん！」と布巾を持つた儘あつけに取られたと云ふ風をする。あら、靖雄さん、でも埒があかん。

「どうです、余程悪いですか」と口早に聞く。

犬の遠吠が泥棒のせいと極まる位なら、ことによると病気も癒つて居るかも知れない。癒つて居てくれゝば宜《よ》いがと御母さんの顔を見て息を呑み込む。

「えゝ悪いでせう、昨日は大変降りましたからね。嘸《さぞ》御困りでしたらう」是では少々見当が違ふ。御母さんの様子を見ると何だか驚ろいて居る様だが、別に心配さうにも見えない。余は何となく落ち付いて来る。

「中々悪い道です」とハンケチを出して汗を拭いたが、矢張り気掛りだから「あの露子さんは……」と聞いて見た。

「今顔を洗つて居ます、昨夕《ゆうべ》*中央会堂の慈善音楽会とかに行つて遅く帰つたものですから、つい寐坊をしましてね」

「インフルエンザは？」

「えゝ難有《ありがと》う、もう薩張《さつぱ》り……」

「何ともないんですか」

「えゝ風邪はとつくに癒りました」

寒からぬ春風に、濛々たる小雨の吹き払はれて蒼空《あおぞら》の底迄見える心地である。日本一*の御機嫌にて候《そろ》と云ふ文句がどこかに書いてあつた様だが、こんな気分を云ふのではないかと、昨夕《ゆうべ》の気味の悪かつたのに引き換へて今の胸の中が一層朗かになる。なぜあんな事を苦にしたらう、自分ながら愚の至りだと悟つて見ると、何だか馬鹿々々しい。馬鹿々々しいと思ふにつけて、たとひ親しい間柄とは云へ、用もないのに早朝から人の家へ飛び込んだのが手持無沙汰に感ぜらるゝ。

「どうして、こんなに早く、——何か用事でも出来たんですか」と御母《おつか》さんが真面目に聞く。どう答へて宜いか分らん。嘘をつくと云つたつて、さう咄嗟《とつさ》の際に嘘がうまく出るものではない。余は仕方がないから「えゝ」と云つた。

「えゝ」と云つた後で、廢《よ》せば善かつた、——一思ひに正直な所を白状して仕舞へば善かつたと、すぐ気が付いたが、「えゝ」の出たあとはもう仕方がない。「えゝ」を引き込める訳に行かなければ「えゝ」を活かさなければならん。「えゝ」とは単簡な二文字であるが滅多に使ふものでない、之《これ》を活かすには余程骨が折れる。

「何か急な御用なんですか」と御母さんは詰め寄せる。別段の名案も浮ばないから又「えゝ」と答へて置いて、「露子さん〳〵」と風呂場の方を向いて大きな声で怒鳴つて見た。

「あら、どなたかと思つたら、御早いのねえ――どうなすつたの、――何か御用なの？」露子は人の気も知らずに又同じ質問で苦しめる。

「あゝ何か急に御用が御出来なすつたんだつて」と御母さんは露子に代理の返事をする。

「さう、何の御用なの」と露子は無邪気に聞く。

「えゝ、少し其、用があつて近所迄来たものですから」と漸く一方に活路を開く。随分苦しい開き方だと一人で肚《はら》の中で考へる。

「それでは、私に御用ぢやないの」と御母さんは少々不審な顔付である。

「えゝ」

「もう用を済まして被入《いらし》つたの、随分早いのね」と露子は大に感嘆する。

「いえ、まだ是から行くんです」とあまり感嘆されても困るから、一寸謙遜して見たが、どつちにしても別に変りはないと思ふと、自分で自分の言つて居る事が如何にも馬鹿らしく聞へる。

こんな時は可成早《なるべく》く帰る方が得策だ。長坐《ながざ》をすればする程失敗する許りだと、そろ〳〵、尻を立てかけると

「あなた、顔の色が大変悪い様ですがどうかなさりやしませんか」と御母さんが逆捻《さかねじ》を喰はせる。

「髪を御刈りになると好いのね、あんまり髭が生へて居るから病人らしいのよ。あら頭にはねが上つてゝよ。大変乱暴に御歩行《ある》きなすつたのね」

「日和下駄《ひよりげた》ですもの、余程上つたでせう」と背中を向いて見せる。御母さんと露子は同時に

「おやまあ！」と申し合せた様な、驚き方をする。

羽織を干して貰つて、足駄《あしだ》を借りて奥に寐て居る御父つさんには挨拶もしないで門を出る。うらゝかな上天気で、しかも日曜である。少々ばつは悪かつた様なものゝ昨夜の心配は紅炉上の雪*《こうろじょう》と消えて、余が前途には柳、桜の春が簇《むら》がるばかり嬉しい。神楽坂迄来て床屋へ這入る。未来の細君の歓心を得んが為だと云はれても構はない。実際余は何事によらず露子の好《す》く様にしたいと思つて居る。

「旦那髯は残しませうか」と白服を着た職人が聞く。髯を剃るといゝと露子が云つたのだが全体の髯の事か顋髯《あごひげ》丈かわからない。まあ鼻の下丈は残す事にしやうと一人で極める。職人が残し

ませうかと念を押す位だから、残したつて余り目立つ程のものでもないには極つて居る。

「源さん、世の中にや随分馬鹿な奴がゐるもんだねえ」と余の顋《あご》をつまんで髪剃《かみそり》を逆に持ちながら一寸火鉢の方を見る。

源さんは火鉢の傍《そば》に陣取つて将碁盤の上で金銀二枚をしきりにパチつかせて居たが「本当にさ、幽霊だの亡者《もうじゃ》だのつて、そりや御前、昔しの事だあな。電気燈のつく今日そんな箆棒《べらぼう》な話しがある訳がねえからな」と王様の肩へ飛車を載せて見る。「おい由公《よしこう》御前かうやつて駒を十枚積んで見ねえか、積めたら安宅鮓*を十銭奢つてやるぜ」

一本歯の高足駄を穿いた下剃《したぞり》の小僧が「鮓《すし》ぢやいやだ、幽霊を見せてくれたら、積んで見せらあ」と洗濯したてのタウエルを畳みながら笑つて居る。

「幽霊も由公に迄馬鹿にされる位だから幅は利《き》かない訳さね」と余の揉み上げを米噛《こめか》みのあたりからぞきりと切り落す。

「あんまり短かゝあないか」

「近頃はみんな此位です。揉み上げの長いのはにやけてゝ可笑《おか》しいもんです。——なあに、み*んな神経さ。自分の心に恐いと思ふから自然幽霊だつて増長して出度《でたく》ならあね」と刃についた毛を人さし指と拇指《おやゆび》で拭ひながら又源さんに話しかける。

「全く神経だ」と源さんが山桜*の烟を口から吹き出しながら賛成する。

「神経って者は源さんどこにあるんだらう」と由公はランプのホヤを拭きながら真面目に質問する。

「神経か、神経は御めえ方々にあらあな」と源さんの答弁は少々漠然として居る。

白暖簾《のれん》の懸つた坐敷の入口に腰を掛けて、先つきから手垢《てあか》のついた薄つぺらな本を見て居た松さんが急に大きな声を出して面白い事がかいてあらあ、よつぽど面白いと一人で笑ひ出す。

「何だい小説か、食道楽*ぢやねえか」と源さんが聞くと松さんはさうよさうかも知れねえと上表紙を見る。標題には浮世心理講義録有耶無耶《うやむや》道人著とかいてある。

「何だか長い名だ、とにかく食道楽ぢやねえ。鎌さん一体是や何の本だい」と余の耳に髪剃《かみそり》を入れてぐる〳〵廻転させて居る職人に聞く。

「何だか、訳の分らない様な、とぼけた事が書いてある本だがね」

「一人で笑つて居ねえで少し読んで聞かせねえ」と源さんは松さんに請求する。松さんは大きな声で一節を読み上る。

「狸が人を婆化《ばか》すと云ひやすけれど、何で狸が婆化しやせう。ありやみんな催眠術でげす……」

した……」


「成程妙な本だね」と源さんは烟に捲かれて居る。

「拙《せつ》が一返《いっぺん》古榎になつた事がありやす。所へ源兵衛村の作蔵と云ふ若い衆が首を縊《くく》りに来やした……」


「何だい狸が何か云つてるのか」

「どうも、さうらしいね」

「それぢや狸のこせへた本ぢやねえか――人を馬鹿にしやがる――夫から？」

「拙《せつ》が腕をニューと出して居る所へ古褌《ふるふんどし》を懸けやした――随分臭《くさ》うげしたよ――……」

「狸の癖《くせ》にいやに贅沢を云ふぜ」

「肥桶《こえおけ》を台にしてぶらりと下がる途端拙《せつ》はわざと腕をぐにやりと卸してやりやしたので作蔵君は首を縊り損《そくな》つてまごく〳〵して居りやす。こゝだと思ひやしたから急に榎の姿を隠してアハヽヽヽと源兵衛村中へ響く程な大きな声で笑つてやりやした。すると作蔵君は余程仰天《ぎょうてん》したと見えやして助けて呉れ、助けて呉れと褌《ふんどし》を置去りにして一生懸命に逃げ出しやした……」

「こいつあ旨《うめ》え、然し狸が作蔵の褌をとつて何にするだらう」

「大方睾丸《きんたま》でもつゝむ気だらう」

アハヽヽと皆一度に笑ふ。余も吹き出しさうになつたので職人は一寸髪剃を顔からはづす。

「面白え、あとを読みねえ」と源さん大に乗気になる。

「俗人は拙が作蔵を婆化《ばか》した様に云ふ奴でげすが、そりやちと御無理でげせう。作蔵君は婆化され様、婆化され様として源兵衛村をのそ〳〵して居るのでげす。その婆化され様と云ふ作蔵君の御注文に応じて拙が一寸婆化して上げた迄の事でげす。すべて狸一派のやり口は今日開業医の用ひて居りやす催眠術でげして、昔しから此手で大分大方の諸君子を胡魔化したものでげす。西洋の狸から直伝《じきでん》に輸入致した術を催眠法とか唱へ、之《これ》を応用する連中を先生抔と崇めるのは全く西洋心酔の結果で拙《せつ》抔はひそかに慨嘆の至に堪《た》へん位のものでげす。何も日本固有の奇術が現に伝つて居るのに、一も西洋二も西洋と騒がんでもの事でげせう。今の日本人はちと狸を軽蔑し過ぎる様に思はれやすから一寸全国の狸共に代つて拙から諸君に反省を希望して置きやせう」

「いやに理窟を云ふ狸だぜ」と源さんが云ふと、松さんは本を伏せて「全く狸の言ふ通だよ昔しだつて今だつて、こつちがしつかりして居りや婆化されるなんて事はねえんだからな」と頻《しき》りに狸の議論を弁護して居る。して見ると昨夜は全く狸に*致《いた》された訳かなと、一人で愛想をつかし乍《なが》ら床屋を出る。

台町《だいまち》の吾家に着いたのは十時頃であつたらう。門前に黒塗の車が待つて居て、狭い格子の隙から女の笑ひ声が洩れる。べるを鳴らして沓脱《くつぬぎ》に這入る途端「屹度《きつと》帰つて入《い》らつしやったんだよ」

と云ふ声がして障子がすうと明くと、露子が温かい春の様な顔をして余を迎へる。

「あなた、来て居たのですか」

「えゝ御帰りになつてから、考へたら何だか様子が変だつたから、すぐ車で来て見たの、さうして、昨夕《ゆうべ》の事を、みんな婆やから聞いてよ」と婆さんを見て笑ひ崩れる。婆さんも嬉しさうに笑ふ。露子の銀の様な笑ひ声と、婆さんの真鍮の様な笑ひ声と、余の銅の様な笑ひ声が稠和《ちようわ》して天下の春を七円五十銭の借家に集めた程陽気である。如何に源兵衛村の狸でも此位大きな声は出せまいと思ふ位である。

気のせいか其後露子は以前よりも一層余を愛する様な素振《そぶり》に見えた。津田君に逢つた時、当夜の景況を残りなく話したら夫はいゝ材料だ僕の著書中に入れさせて呉れろと云つた。文学士津田真方《まかた》著幽霊論の七二頁にK君の例として載つて居るのは余の事である。

一夜

「美くしき多くの人の、美くしき多くの夢を……」と髯ある人が二たび三たび微吟して、あとは思案の体《てい》である。灯に写る床柱にもたれたる直《なお》き脊の、此時少しく前にかゞんで、両手に抱く膝頭に険しき山が出来る。佳句を得て佳句を続《つ》ぎ能《あた》はざるを恨みてか、黒くゆるやかに引ける眉の下より安からぬ眼の色が光る。

「*描けども成らず、描けども成らず」と椽《えん》に端居《はしい》して天下晴れて胡坐《あぐら》かけるが繰り返す。兼ねて覚えたる禅語にて即興なれば間に合はす積りか。剛《こわ》き髪を五分に刈りて髯貯へぬ丸顔を傾けて「描けども、描けども、夢なれば、描けども、成りがたし」と高らかに誦《じゅ》し了《おわ》つて、から〳〵と笑ひながら、室《へや》の中なる女を顧みる。

竹籠に熱き光りを避けて、微かにともすランプを隔てゝ、右手に違ひ棚、前は緑り深き庭に向へるが女である。

「画家ならば絵にもしましよ。女ならば絹を枠に張つて、縫ひ*にとりましよ」と云ひながら、白地の浴衣に片足をそと崩せば、*小豆皮《あずきがわ》の座布団を白き甲が滑り落ちて、なまめかしからぬ程は艶なる居ずまひとなる。

「美しき多くの人の、美しき多くの夢を……」と膝抱く男が再び吟じ出すあとにつけて「縫ひにやとらん。縫ひとらば誰に贈らん。贈らん誰に」と女は態《わざ》とらしからぬ様ながら一寸笑ふ。やがて朱塗の団扇《うちわ》の柄《え》にて、乱れかゝる頰の黒髪をうるさしと許り払へば、柄の先につけたる紫のふさが波を打つて、緑り濃き香油の薫《かお》りの中に躍り入る。

「我に贈れ」と髯なき人が、すぐ言ひ添へて又から〳〵と笑ふ。女の頰には乳色の底から捕へ難き笑の渦が浮き上つて、瞼にはさつと薄き紅を溶く。

「縫へば如何《どん》な色で」と髯あるは真面目にきく。

「絹買へば白き絹、糸買へば銀の糸、金の糸、消えなんとする虹の糸、夜と昼との界《さかい》なる夕暮*の糸、恋の色、恨みの色は無論ありましよ」と女は眼をあげて床柱の方を見る。愁を溶いて錬り上げし珠の、烈しき火には堪へぬ程に涼しい。愁の色は昔しから黒である。

隣へ通ふ路次《ろじ》を境に植え付けたる四五本の檜《ひのき》に雲を呼んで、今やんだ五月雨《さみだれ》が又ふり出す。丸顔の人はいつか布団を捨てゝ椽《えん》より両足をぶら下げて居る。「あの木立は枝を卸した事がないと見える。梅雨も大分続いた。よう飽きもせずに降るの」と独《ひと》り言《ごと》の様に言ひながら、ふと思ひ出した体《てい》にて、吾が膝頭を丁々《ちょうちょう》と平手をたてに切つて敲《たた》く。「脚気《かっけ》かな、脚気かな」

残る二人は夢の詩か、詩の夢か、ちよと解し難き話しの緒《いとぐち》をたぐる。

「女の夢は男の夢よりも美くしかろ」と男が云へば「せめて夢にでも美くしき国へ行かねば」と此世は汚れたりと云へる顔付である。「世の中が古くなつて、よごれたか」と聞けば「よごれました」と*紈扇《がんせん》に軽《かろ》く玉肌《ぎょつき》を吹く。「*古き壺には古き酒がある筈、味ひ給へ」と男も鵞鳥の翼を畳んで紫檀の柄をつけたる羽団扇で膝のあたりを払ふ。「古き世に酔へるものなら嬉しかろ」と女はどこ迄もすねた体《てい》である。

此時「脚気かな、脚気かな」と頻《しき》りにわが足を玩《もてあそ》べる人、急に膝頭をうつ手を挙げて、叱《しっ》と二人を制する。三人の声が一度に途切れる間をク、ーと鋭き鳥が、檜の上枝を掠めて裏の禅寺の方へ抜ける。ク、ー。

「あの声がほと、ぎすか」と羽団扇を棄て、是も椽側《えんがわ》へ這ひ出す。見上げる軒端《のきば》を斜めに黒い雨が顔にあたる。脚気を気にする男は、指を立て、*坤《ひつじさる》の方をさして「あちらだ」と云ふ。*鉄牛寺《ぎゅうじ》の本堂の上あたりでク、ー、ク、ー。

「一声でほと、ぎすだと覚る。二声で好い声だと思ふた」と再び床柱に倚《よ》りながら嬉しさうに云ふ。此髯男は杜鵑《ほととぎす》を生れて始めて聞いたと見える。「ひと目見てすぐ惚れるのも、そんな事でしよか」と女が問をかける。別に恥づかしと云ふ気色も見えぬ。五分刈は向き直つて「あの声は胸がすくよだが、惚れたら胸は痞《つか》へるだろ。惚れぬ事。惚れぬ事……。どうも脚気らしい」と拇指《おやゆび》で向脛《むこうずね》へ力穴《ちからあな》をあけて見る。「*九仞《きゆうじん》の上に一簣《いつき》を加へる。加へぬと足らぬ、加へると危うい。思ふ人には逢はぬがましだろ」と羽団扇が又動く。「然し鉄片が磁石に逢ふたら？」「はじめて逢ふても会釈はなかろ」と拇指の穴を逆《さか》に撫《な》でゝ済まして居る。

「見た事も聞いた事もないに、是だなと認識するのが不思議だ」と仔細《しさい》らしく髯を撚《ひね》る。「わしは*歌麻呂のかいた美人を認識したが、なんと画を活かす工夫はなかろか」と又女の方を向く。「私には――認識した御本人でなくては」と団扇のふさを繊《ほそ》い指に巻きつける。「夢にすれば、すぐに活きる」と例の髯が無造作に答へる。「どうして？」「わしのは斯《こ》うぢや」と語り出さうとする時、蚊遣火《かやりび》が消えて、暗きに潜めるがつと出でゝ頸筋のあたりをちくと刺す。

「灰が湿つて居るのか知らん」と女が*蚊遣筒を引き寄せて蓋をとると、赤い絹糸で括りつけた蚊遣灰が燻《いぶ》りながらふら〳〵と揺れる。東隣で琴と尺八を合せる音が紫陽花《あじさい》の茂みを洩れて手にとる様に聞え出す。すかして見ると明け放ちたる座敷の灯さへちら〳〵見える。「どうかな」と一人が云ふと「人並ぢや」と一人が答へる。女許りは黙つて居る。

「わしのは斯うぢや」と話しが又元へ返る。火をつけ直した蚊遣の烟が、筒に穿《うが》てる三つの穴を洩れて三つの烟となる。「今度はつきました」と女が云ふ。三つの烟りが蓋の上に塊まつて茶色の球が出来ると思ふと、雨を帯びた風が颯《さつ》と来て吹き散らす。塊まらぬ間に吹かるゝときには三つの烟りが三つの輪を描いて、*黒塗に蒔絵を散らした筒の周囲を遶《めぐ》る。あるものは緩く、あるものは疾《と》く遶る。またある時は輪さへ描く隙なきに乱れて仕舞ふ。「*荼毘《だび》だ、荼毘だ」と丸顔の男は急に焼場の光景を思ひ出す。「蚊の世界も楽ぢやなかろ」と女は人間を蚊に比較する。元へ戻りかけた話しも蚊遣火と共に吹き散らされて仕舞ふた。話しかけた男は別に語りつゞけ様ともせぬ。世の中は凡て是だと疾《と》うから知つて居る。

「御夢の物語りは」とやゝありて女が聞く。男は傍らにある羊皮の表紙に朱で書名を入れた詩集をとりあげて膝の上に置く。読みさした所に象牙を薄く削つた紙小刀《かみナイフ》が挟んである。巻に余つて長く外へ食《は》み出した所丈《だけ》は細かい汗をかいて居る。指の尖《さき》で触ると、ぬらりとあやしい字が出来る。「かう湿気てはたまらん」と眉をひそめる。女も「じめ〳〵する事」と片手に袂《たもと》の先を握つて見て、「香でも焚きましよか」と立つ。夢の話しは又延びる。

*宣徳《せんとく》の香炉に紫檀の蓋があつて、紫檀の蓋の真中には猿を彫《きざ》んだ*青玉《せいぎよく》のつまみ手がついて居る。女の手が此蓋にかゝつたとき「あら蜘蛛が」と云ふて長い袖が横に靡《なび》く、二人の男は共に床の方を見る。香炉に隣《とな》る白磁の瓶《へい》には蓮の花がさしてある。昨日の雨を蓑着て剪《き》りし人の情けを床に眺むる莟《つぼみ》は一輪、巻葉は二つ。其葉を去る三寸許りの上に、天井から白金《しろがね》の糸を長く引いて

一匹の蜘蛛が――頗《すこぶ》る雅だ。

「蓮の葉に蜘蛛下《くだ》りけり香を焚く」と吟じながら女一度に数瓣《すうべん》を攫《つか》んで香炉の裏になげ込む。*「蠨蛸懸不揺《しょうしょうかかってうごかず》、篆烟遶竹梁《てんえんちくりょうをめぐる》」と誦《じゅ》して髯ある男も、見て居る儘で払はんともせぬ、蜘蛛も動かぬ。只風吹く毎に少しくゆれるのみである。

「夢の話しを蜘蛛もきゝに来たのだろ」と丸い男が笑ふと、「さうぢや夢に画を活かす話しぢや。きゝたくば蜘蛛も聞け」と膝の上なる詩集を読む気もなしに開く。眼は文字の上に落れども瞳裏《とうり》に映ずるは詩の国の事か、夢の国の事か。

「百二十間の廻廊があつて、百二十個の燈籠をつける。百二十間の廻廊に春の潮が寄せて、百二十個の燈籠が春風にまたゝく、朧の中、海の中には大きな華表*が浮かばれぬ巨人の化物の如くに立つ。……」

折から烈しき戸鈴《ベル》の響がして何者か門口をあける。話し手はぱたと話をやめる。残るはちよと居ずまひを直す。誰も這入つて来た景色はない。「隣だ」と髯なしが云ふ。やがて*渋《しぶ》蛇の目を開く音がして「又明晩」と若い女の声がする。「必ず」と答へたのは男らしい。三人は無言の儘《まま》顔を見合せて微かに笑ふ。「あれは画ぢやない、活きて居る」「あれを平面につゞめれば矢張り画だ」「然しあの声は？」「女は藤紫《ふじむらさき》」「男は？」「さうさ」と判じかねて髯が女の方を向く。女は「緋《ひ》」

と賤《いや》しむ如く答へる。

「百二十間の廻廊に二百三十五枚の額が懸つて、其二百三十二枚目の額に書いてある美人の……」

「声は黄色ですか茶色ですか」と女がきく。

「そんな単調な声ぢやない。色には直せぬ声ぢや。強いて云へば、ま、あなたの様な声かな」

「難有《ありがと》う」と云ふ女の眼の中には憂をこめて笑の光が漲《みな》ぎる。

此時いづくよりか二疋の蟻が這ひ出して一疋は女の膝の上に攀ぢ上る。恐らくは戸迷《とまど》ひをしたものであらう、上がり詰めた上には獲物もなくて下り路をすら失ふた。女は驚ろいた様もなく、うろ〳〵する黒きものを、そと白き指で軽く払ひ落す。落されたる拍子に、はたと他の一疋と*高《こう》麗縁《らいべり》の上で出逢ふ。しばらくは首と首を合せて何かさゝやき合へる様であつたが、此度は女の方へは向はず、*古伊万里《こいまり》の菓子皿の端迄同行して、こゝで右と左へ分れる。三人の眼は期せずして二疋の蟻の上に落つる。髯なき男がやがて云ふ。

「八畳の座敷があつて、三人の客が坐はる。一人の女の膝へ一疋の蟻が上る。一疋の蟻が上つた美人の手は……」

「白い、蟻は黒い」と髯がつける。三人が斉《ひと》しく笑ふ。一疋の蟻は灰吹*を上りつめて絶頂で何か思案して居る。残るは運よく菓子器の中で葛餅《くずもち》に邂逅して嬉しさの余りか、まごぐ\して居る気合《けはい》だ。

「其画にかいた美人が？」と女が又話を戻す。

「波さへ音もなき朧月夜に、ふと影がさしたと思へばいつの間にか動き出す。長く連なる廻廊を飛ぶにもあらず、踏むにもあらず、只影の儘にて動く」

「顔は」と髯なしが尋ねる時、再び東隣りの合奏が聞え出す。一曲は疾《と》くにやんで新たなる一曲を始めたと見える。余り旨《うま》くはない。

「蜜を含んで針を吹く」と一人が評すると

「ビステキの化石を食はせるぞ」と一人が云ふ。

「造り花なら蘭麝《らんじや》でも焚き込めねばなるまい」是は女の申し分だ。三人が三様の解釈をしたが、三様共頗《すこぶ》る解しにくい。

「珊瑚の枝は海の底、薬を飲んで毒を吐く軽薄の児」と言ひかけて吾に帰りたる髯が「それぐ\。合奏より夢の続きが肝心ぢや。――画から抜けだした女の顔は……」と許りで口ごもる。

「描けども成らず、描けども成らず」と丸き男は調子をとりて軽く銀椀を叩く。葛餅を獲たる蟻は此響きに度を失して菓子椀の中を右左りへ馳《か》け廻る。

「蟻の夢が醒めました」と女は夢を語る人に向つて云ふ。

「蟻の夢は葛餅か」と相手は高からぬ程に笑ふ。

「抜け出ぬか、抜け出ぬか」と頻《しき》りに菓子器を叩くは丸い男である。

「画から女が抜け出るより、あなたが画になる方が、やさしう御座んしよ」と女は又髯にきく。

「それは気がつかなんだ、今度からは、こちが画になりましよ」と男は平気で答へる。

「蟻も葛餅にさへなれば、こんなに狼狽《うろた》へんでも済む事を」と丸い男は椀をうつ事をやめて、いつの間にやら葉巻を鷹揚にふかして居る。

五月雨《さみだれ》に四尺伸びたる女竹《めだけ》の、手水鉢《ちようずばち》の上に蔽《おお》ひ重なりて、余れる一二本は高く軒に逼《せま》れば、風誘ふたびに戸袋をすつて椽の上にもはら〳〵と所択ばず緑りを滴《したた》らす。「あすこに画がある」と葉巻の烟をぷつとそなたへ吹きやる。

床柱に懸けたる払子《ほつす》の先には焚き残る香の烟りが染み込んで、軸は*若冲の蘆雁《ろがん》と見える。雁の数は七十三羽、蘆《あし》は固《もと》より数へ難い。籠ランプの灯を浅く受けて、深さ三尺の床なれば、古き画のそれと見分けの付かぬ所に、あからさまならぬ趣がある。「こゝにも画が出来る」と柱に靠《よ》れる人が振り向きながら眺める。

女は洗へる儘の黒髪を肩に流して、丸張りの絹団扇を軽く揺がせば、折々は鬢《びん》のあたりに、そよと乱るゝ雲の影、収まれば淡き眉の常よりは猶《なお》晴れやかに見える。桜の花を砕いて織り込める頰の色に、春の夜の星を宿せる眼を涼しく見張りて「私も画になりましよか」と云ふ。はきと分らねど白地に葛の葉を一面に崩して染め抜きたる浴衣の襟をこゝぞと正せば、暖かき大理石にて刻める如き頸筋が際立ちて男の心を惹く。

「其儘、其儘、其儘が名画ぢや」と一人が云ふと

「動くと画が崩れます」と一人が注意する。

「画になるのも矢張り骨が折れます」と女は二人の眼を嬉しがらせうともせず、膝に乗せた右手をいきなり後ろへ廻はして体をどうと斜めに反らす。丈長き黒髪がきらりと灯を受けて、さら〳〵と青畳に障る音さへ聞える。

「南無三《なむさん》、好事魔多し*」と髯ある人が軽く膝頭を打つ。「刹那に千金を惜まず」と髯なき人が葉巻の飲み殻を庭先へ抛《たた》きつける。隣りの合奏はいつしかやんで、樋《ひ》を伝ふ雨点《うてん》の音のみが高く響く。蚊遣火はいつの間にやら消えた。

「夜も大分更《ふ》けた」

「ほとゝぎすも鳴かぬ」

「寐ましよか」

夢の話しはつい中途で流れた。三人は思ひ〱に臥床《ふしど》に入る。

三十分の後彼等は美くしき多くの人の……と云ふ句も忘れた。ク、ーと云ふ声も忘れた。蜜を含んで針を吹く隣りの合奏も忘れた、蟻の灰吹を攀ぢ上つた事も、蓮の葉に下りた蜘蛛の事も忘れた。彼等は漸《ようや》く太平に入る。

凡てを忘れ尽したる後女はわがうつくしき眼と、うつくしき髪の主である事を忘れた。一人の男は髯のある事を忘れた。他の一人は髯のない事を忘れた。彼等は益々《ますます》太平である。

*昔し阿修羅が帝釈天《たいしやくてん》と戦つて敗れたときは、八万四千の眷属《けんぞく》を領して*藕糸孔中《ぐうしこうちゆう》に入つて蔵《かく》れたとある。*維摩《ゆいま》が方丈の室に法を聴ける大衆は千か万か其数を忘れた。*胡桃《くるみ》の裏《うち》に潜んで、われを尽大千世界《じんだいせんせかい》の王とも思はんとはハムレットの述懐と記憶する。*粟粒芥顆《ぞくりゆうかいか》のうちに蒼天もある、大地もある。*一生師に問ふて云ふ、分子は箸でつまめるものですかと。分子は暫《しばら》く措《お》く。天下は箸の端《さき》にかゝるのみならず、一たび掛け得れば、いつでも胃の中に収まるべきものである。

又思ふ*百年は一年の如く、一年は一刻の如し。一刻を知れば正に人生を知る。日は東より出でゝ必ず西に入る。月は盈《み》つればかくる。徒らに指を屈して白頭に到るものは、徒らに茫々たる時に身神《しんしん》を限らるゝを恨むに過ぎぬ。日月は欺《あざむ》くとも己れを欺くは智者とは云はれまい。一刻に一刻を加ふれば二刻と殖えるのみぢや。*蜀川十様《しよくせんじゆうよう》の錦、花を添へて、いくばくの色をか変ぜん。

八畳の座敷に髯のある人と、髯のない人と、涼しき眼の女が会して、斯《かく》の如く一夜を過した。彼等の一夜を描いたのは彼等の生涯を描いたのである。

何故三人が落ち合つた？　それは知らぬ。三人は如何なる身分と素性と性格を有する？　それも分らぬ。三人の言語動作を通じて一貫した事件が発展せぬ？　人生を書いたので小説をかいたのでないから仕方がない。なぜ三人とも一時に寐た？　三人とも一時に眠くなつたからである。

薤《かい》露《ろ》行《こう》

世に伝ふるマロリー*のアーサー*物語は簡浄素樸と云ふ点に於て珍重すべき書物ではあるが古代のものだから一部の小説として見ると散漫の譏《そしり》は免がれぬ。況《ま》して材を其一局部に取つて纏《まとま》つたものを書かうとすると到底万事原著による訳には行かぬ。従つて此篇の如きも作者の随意に事実を前後したり、場合を創造したり、性格を書き直したりして可成《なるべく》小説に近いものに改めて仕舞ふた。主意は、こんな事が面白いから書いて見様といふので、マロリーが面白いからマロリーを紹介しやうと云ふのではない。其積りで読まれん事を希望する。

実を云ふとマロリーの写したランスロット*は或る点に於て車夫の如く、ギニギア*は車夫の情婦の様な感じがある。此一点丈でも書き直す必要は充分あると思ふ。テニソン*のアイヂルス*は優麗都雅《ゆうれいとが》の点に於て古今の雄篇たるのみならず性格の描写に於ても十九世紀の人間を古代の舞台に躍らせる様なかきぶりであるから、かゝる短篇を草するには大に参考すべき長詩であるは云ふ迄もない。元来なら記憶を新たにする為め一応読み返す筈であるが、読むと冥々《めいめい》のうちに真似がしたくなるからやめた。

一　夢

　百、二百、簇《むら》がる騎士は数をつくして北の方《かた》なる試合へと急げば、石に古《ふ》りたるカメロット*の館には、只《ただ》王妃ギニギアの長く牽《ひ》く衣の裾の響のみ残る。

　薄紅の一枚をむざと許りに肩より投げ懸けて、白き二の腕さへ明らさまなるに、裳《もすそ》のみは軽《かろ》く捌《さば》く珠の履《くつ》をつゝみて、猶《なお》余りあるを後ろざまに石階*の二級に垂れて登る。登り詰めたる階《きざはし》の正面には大いなる花を鈍色《にびいろ》の奥に織り込める戸帳《とばり》が、人なきをかこち顔なる様にてそよとも動かぬ。ギニギアは幕の前に耳押し付けて一重向ふに何事をか聴く。聴き了《おわ》りたる横顔を又真向に反《か》へして石段の下を鋭どき眼にて窺ふ。濃やかに斑《ふ》を流したる大理石の上は、こゝかしこに白き薔《ば》薇《ら》が暗きを洩れて和《やわら》かき香りを放つ。君見よと宵に贈れる花輪のいつ摧《くだ》けたる名残か。しばらくは吾が足に纏《まつ》はる絹の音にさへ心置ける人の、何の思案か、屹《き》と立ち直りて、繊《ほそ》き手の動くと見れば、深き幕の波を描いて、眩ゆき光り矢の如く向ひ側なる室の中よりギニギアの頭《かしら》に戴ける冠を照らす。輝けるは眉間に中《あた》る金剛石ぞ。

　「ランスロット」と幕押し分けたる儘《まま》にて云ふ。天を憚かり、地を憚かる中に、身も世も入《い》らぬ迄力の籠りたる声である。恋に敵なければ、わが戴ける冠を畏れず。

「ギニギア！」と応へたるは室の中なる人の声とも思はれぬ程優しい。広き額を半ば埋めて又捲き返る髪の黒きを誇る許り乱れたるに、頬の色は釣り合はず蒼白い。

女は幕をひく手をつと放して内に入る。裂目を洩れて斜めに大理石の階段を横切りたる日の光は、一度に消えて、薄暗がりの中に戸帳《とばり》の模様のみ際立ちて見える。左右に開く廻廊には円柱の影の重なりて落ちかゝれども、影なれば音もせず。生きたるは室の中なる二人のみと思はる。

「北の方《かた》なる試合にも参り合せず。乱れたるは額にかゝる髪のみならじ」と女は心ありげに問ふ。晴れかゝりたる眉に晴れがたき雲の蟠《わだか》まりて、弱き笑の強いて憂の裏《うち》より洩れ来る。

「贈りまつれる薔薇の香に酔ひて」とのみにて男は高き窓より表の方を見やる。折からの五月である。館を繞《めぐ》りて緩く逝《ゆ》く江《え》に千本の柳が明かに影を蘸《ひた》して、空に崩るゝ雲の峰さへ水の底に流れ込む。動くとも見えぬ白帆に、人あらば節面白き舟歌も興がらう。河を隔てゝ木の間隠れに白く拖《ひ》く筋の、一縷の糸となつて烟に入るは、立ち上る朝日影に蹄《ひづめ》の塵を揚げて、けさアーサーが円卓の騎士*と共に北の方へと飛ばせたる本道である。

「うれしきもの*に罪を思へば、罪長かれと祈る憂き身ぞ。君一人館に残る今日を忍びて、今日のみの縁《えにし》とならばうからまし」と女は安からぬ心の程を口元に見せて、珊瑚の唇をぴり〳〵と動かす。

「今日のみの縁《えにし》とは？　墓に堰《せ》かるゝあの世迄も渝《かわ》らじ」と男は黒き瞳を返して女の顔を昵《じっ》と見る。

「左《さ》ればこそ」と女は右の手を高く挙げて広げたる掌《てのひら》を竪にランスロットに向ける。手頸を纏ふ黄金《こがね》の腕輪がきらりと輝くときランスロットの瞳は吾知らず動いた。「左ればこそ！」と女は繰り返す。「薔薇の香に酔へる病を、病と許せるは我等二人のみ。このカメロットに集まる騎士は、五本の指を五十度繰り返へすとも数へ難きに、一人として北に行かぬランスロットの病を疑はぬはなし。束《つか》の間《ま》に危うきを貪りて、*長き逢ふ瀬の淵と変らば……」と云ひながら挙げたる手をはたと落す。かの腕輪は再びきらめいて、玉と玉と撃てる音か、*戞然《かつぜん》と瞬時の響を起す。

「命は長き賜物ぞ。恋は命よりも長き賜物ぞ。心安かれ」と男は流石《さすが》に大胆である。

女は両手を延ばして、戴ける冠を左右より抑へて「此冠よ、此冠よ。わが額の焼ける事は」と云ふ。願ふ事の叶はば此黄金《こがね》、此珠玉《たま》の飾りを脱いで窓より下に投げ付けて見ばやといへる様である。白き腕《かいな》のすらりと絹をすべりて、高く頭の上に捧げたる冠の光りの下には、渦を巻く髪の毛の、珠の輪には抑へ難くて、頰のあたりに靡きつゝ洩れかゝる。肩にあつまる薄紅の衣の袖は、胸を過ぎてより豊かなる襞《ひだ》を描がいて、裾は強けれども剛《かた》からざる線を三筋《みすじ》程床の上迄引く。ランスロットは只*窈窕《ようちょう》として眺めて居る。前後を截断《せつだん》して、過去未来を失念したる間に只ギニギアの形のみがありくと見える。

機微の邃《ふか》きを照らす鏡は、女の有《も》てる凡てのうちにて、尤《もつと》も明かなるものと云ふ。苦しきに堪へかねて、われとわが頭を抑へたるギニギアを打ち守る人の心は、飛ぶ鳥の影の疾《と》きが如くに女の胸にひらめき渡る。苦しみは払ひ落す蜘蛛の巣と消えて剰《あま》すは嬉しき人の情ばかりである。

「かくてあらば」と女は危うき間《ひま》に際どく擦り込む石火*の楽みを、長《とこし》へに続《つ》づけかしと念じて両頬に笑《えみ》を滴らす。

「かくてあらん」と男は始めより思ひ極めた態《てい》である。

「されど」と少時《しばし》して女は又口を開く。「かくてあらん為め――北の方なる試合に行き給へ。けさ立てる人々の蹄の痕を追ひ懸けて病癒えぬと申し給へ。此頃の蔭口、二人をつゝむ疑の雲を晴し給へ」

「左程《さほど》に人が怖くて恋がなろか」と男は乱るゝ髪を広き額に払つて、わざと乍《なが》らからくと笑ふ。高き室の静かなる中に、常ならず快からぬ響が伝はる。笑へるははたと已《や》めて「此帳《とばり》の風なきに動くさうな」と室の入口迄歩を移してことさらに厚き幕を揺り動かして見る。あやしき響は収まつて寂寞《じやくまく》の故《もと》に帰る。

「宵見し夢の――夢の中なる響の名残か」と女の顔には忽《たちま》ち紅《こう》落ちて、冠の星はきらくと震ふ。男も何事か心躁《さわ》ぐ様にて、ゆふべ見しと云ふ夢を、女に物語らする。

「薔薇咲く日なり。白き薔薇と、赤き薔薇と、黄なる薔薇の間に臥したるは君とわれのみ。楽しき日は落ちて、楽しき夕暮の薄明りの、尽くる限りはあらじと思ふ。その時に戴けるは此冠なり」と指を挙げて眉間をさす。冠の底を二重にめぐる一疋の蛇は黄金《こがね》の鱗を細かに身に刻んで、擡《もた》げたる頭《かしら》には青玉の眼《がん》を嵌《は》めてある。

「わが冠の肉に喰ひ入る許り焼けて、頭の上に衣擦《す》る如き音を聞くとき、此黄金の蛇はわが髪を繞《めぐ》りて動き出す。頭は君の方へ、尾はわが胸のあたりに。波の如くに延びるよと見る間に、君とわれは腥《なまぐ》さき縄にて、断つべくもあらぬ迄に纏《まつ》はるゝ。中四尺を隔てゝ近寄るに力なく、離るゝに術なし。たとひ忌はしき絆《きづな》なりとも、此縄の切れて二人離れ〳〵に居らんよりはとは、其時苦しきわが胸の奥なる心遣《こころや》りなりき。囓《か》まるゝとも螫《さ》さるゝとも、*口縄《くちなわ》の朽ち果つる迄斯《か》くてあらんと思ひ定めたるに、あら悲し。薔薇の花の紅なるが、めら〳〵と燃え出《いだ》して、繫《つな》げる蛇を焼かんとす。しばらくして君とわれの間にあまれる*一尋《ひとひろ》余りは、真中《まなか》より青き烟を吐いて金の鱗の色変り行くと思へば、あやしき臭《にお》いを立てゝふすと切れたり。身も魂もこれ限り消えて失せよと念ずる耳元に、何者かから〳〵と笑ふ声して夢は醒めたり。醒めたるあとにも猶《なお》耳を襲ふ声はありて、今聞ける君が笑も、宵の名残かと骨を撼《うご》かす」と落ち付かぬ眼を長き睫《まつげ》の裏に隠してランスロットの気色《けしき》を窺ふ。七十五度の闘技に、馬の脊を滑るは無論、鐙《あぶみ》さへはづせる事なき勇士も、此夢を奇《く》しとのみは思はず。快からぬ眉根は自ら逼《せま》りて、結べる口の奥には歯さへ喰ひ締《し》ばるならん。

「さらば行かう。後れ馳《ば》せに北の方へ行かう」と拱《こまぬ》いだる手を振りほどいて、六尺二寸の軀《からだ》をゆらりと起す。

「行くか？」とはギニギアの半ば疑へる言葉である。疑へる中には、今更ながら別れの惜まるゝ心地さへほのめいて居る。

「行く」と云ひ放つて、つか〱と戸口にかゝる幕を半ば掲げたが、やがてするりと踵《くびす》を回《めぐ》らして、女の前に、白き手を執りて、発熱かと怪しまるゝ程のあつき唇を、冷やかなる柔らかき甲《こう》の上につけた。暁の露しげき百合の花瓣《はなびら》をひたふるに吸へる心地である。ランスロットは後をも見ずして石階を馳《か》け降りる。

やがて三たび馬の嘶《いなな》く音《ね》がして中庭の石の上に堅き蹄が鳴るとき、ギニギアは高殿《たかどの》を下りて、騎士の出づべき門の真上なる窓に倚《よ》りて、かの人の出《いづ》るを遅しと待つ。黒き馬の鼻面が下に見ゆるとき、身を半ば投げだして、行く人の為めに白き絹の尺ばかりなるを振る。頭に戴ける金冠の、美しき髪を滑りてか、からりと馬の鼻を掠めて砕くる許りに石の上に落つる。

槍の穂先に冠をかけて、窓近く差し出したる時、ランスロットとギニギアの視線がはたと行き合ふ。「忌まはしき冠よ」と女は受けとり乍《なが》ら云ふ。「さらば」と男は馬の太腹をける。白き兜の*挿毛《さしげ》のさと靡くあとに、残るは漠々たる塵のみ。

二　鏡

有《あり》の儘《まま》なる浮世を見ず、鏡に写る浮世のみを見るシャロット*の女は高き台《うてな》の中に只一人住む。活《い》ける世を鏡の裡《うち》にのみ知る者に、面《おもて》を合はす友のあるべき由なし。

春恋し、春恋しと囀《さえ》づる鳥の数々に、耳側《そばだ》てゝ木の葉隠れの翼の色を見んと思へば、窓に向はずして壁に切り込む鏡に向ふ。鮮やかに写る羽の色に日の色さへも其儘である。

シャロットの野に麦刈る男、麦打つ女の歌にやあらん、谷を渡り水を渡りて、幽かなる音の高き台《うてな》に他界の声の如く糸と細りて響く時、シャロットの女は傾けたる耳を掩《おお》ふて又鏡に向ふ。河のあなたに烟る柳の、果ては空とも野とも覚束《おぼつか》なき間より洩れ出づる悲しき調と思へばなるべし。

シャロットの路行く人も亦悉《またことごと》くシャロットの女の鏡に写る。あるときは赤き帽の首打ち振りて馬追ふさまも見ゆる。あるときは白き髯の寛《ゆる》き衣を纏ひて、長き杖の先に小さき瓢《ひさご》を括《くく》しつけながら行く巡礼姿も見える。又あるときは頭より只一枚と思はるゝ真白の上衣被《うわぎかぶ》りて、眼口も手足も確《しか》と分ちかねたるが、けたゝましげに鉦《かね》打ち鳴らして過ぎるも見ゆる。是は癩《らい》をやむ人の前世の業《ごう》を自ら世に告ぐる、むごき仕打ちなりとシヤロツトの女は知るすべもあらぬ。

旅商人《たびあきうど》の脊に負へる包の中には赤きリボンのあるか、白き下着のあるか、珊瑚、瑪瑙《めのう》、水晶、真珠のあるか、包める中を照らさねば、中にあるものは鏡には写らず。写らねばシヤロツトの女の眸《ひとみ》には映ぜぬ。

古き幾世を照らして、今の世のシヤロツトにありとある物を照らす。悉《ことごと》く照らして択ぶ所なければシヤロツトの女の眼に映るものも亦《また》限りなく多い。只影なれば写りては消え、消えては写る。鏡のうちに永く停まる事は天に懸る日と雖《いえど》も難い。活《い》ける世の影なれば斯《か》く果敢《はか》なきか、あるひは活ける世が影なるかとシヤロツトの女は折々疑ふ事がある。明らさまに見ぬ世なれば影ともまことゝも断じ難い。影なれば果敢なき姿を鏡にのみ見て不足はなからう。影ならずば？――時にはむらくと起る一念に窓際に馳けよりて思ふさま鏡の外なる世を見んと思ひ立つ事もある。シヤロツトの女の窓より眼を放つときはシヤロツトの女に呪ひのかゝる時である。シヤロツトの女は鏡の限る天地のうちに跼蹐《きょくせき》*せねばならぬ。一重隔て、二重隔てゝ、広き世界を四角に切るとも、自滅の期《き》を寸時も早めてはならぬ。

去れど有の儘なる世は罪に濁ると聞く。住み倦《う》めば山に遯《のが》るゝ心安さもあるべし。鏡の裏《うち》なる狭き宇宙の小さければとて、憂き事の降りかゝる十字の街《ちまた》に立ちて、行き交ふ人に気を配る辛《つ》らさはあらず。何者か因果の波を一たび起してより、*万頃《ばんけい》の乱れは永劫を極めて尽きざるを、渦捲く中に頭をも、手をも、足をも攫《さら》はれて、行く吾の果は知らず。かゝる人を賢しと云はゞ、高き台《うてな》に一人を住み古りて、しろかねの白き光りの、表とも裏とも分ち難きあたりに、幻の世を尺に縮めて、あらん命を土さへ踏まで過すは阿呆の極みであらう。わが見るは動く世ならず、動く世を動かぬ物の助にて、余所《よそ》ながら窺ふ世なり。*活殺生死《かつさつしようじ》の乾坤《けんこん》を定裏《じようり》に拈出《ねんしゆつ》して、五彩の色相を静中に描く世なり。かく観ずればこの女の運命もあながちに嘆くべきにあらぬを、シヤロツトの女は何に心を躁《さわ》がして窓の外なる下界を見んとする。

鏡の長さは五尺に足らぬ。黒鉄《くろがね》の黒きを磨いて本来の白きに帰す*マーリンの術になるとか。魔法に名を得し彼の云ふ。——鏡の表に霧こめて、秋の日の上れども晴れぬ心地なるは不吉の兆なり。曇る鑑《かがみ》の露を含みて、芙蓉に滴《した》たる音を聴くとき、対《むか》へる人の身の上に危うき事あり。*砉然《けきぜん》と故なきに響を起して、白き筋の横縦に鏡に浮くとき、其人末期《まつご》の覚悟せよ。——シヤロツトの女が幾年月の久しき間此鏡に向へるかは知らぬ。朝に向ひ夕に向ひ、日に向ひ月に向ひて、厭くてふ事のあるをさへ忘れたるシヤロツトの女の眼には、霧立つ事も、露置く事もあらざれば、況《ま》して裂けんとする虞《おそれ》ありとは夢にだも知らず。湛然《たんぜん》として音なき秋の水に臨むが如く、*瑩朗《えいろう》たる面を過ぐる森羅の影の、繽紛《ひんぷん》として去るあとは、太古の色なき境をまのあたりに現はす。無限上に徹する大空《たいくう》を鋳固《いかた》めて、打てば音ある五尺の裏《うち》に圧《お》し集めたるを――シャロツトの女は夜毎日毎に見る。

夜毎日毎に鏡に向へる女は、夜毎日毎に鏡の傍《そば》に座りて、夜毎日毎の*緯《はた》を織る。ある時は明るき緯を織り、ある時は暗き緯を織る。

シャロツトの女の投ぐる梭《ひ》の音を聴く者は、淋しき皐《おか》の上に立つ、高き台《うてな》の窓を恐る〳〵見上げぬ事はない。親も逝き子も逝きて、新しき代《よ》に只一人取り残されて、命長き吾を恨み顔なる年寄の如く見ゆるが、岡の上なるシャロツトの女の住居である。蔦鎖《つたとざ》す古き窓より洩るゝ梭《ひ》の音の、絶間なき振子の如く、日を刻み月を刻むに急なる様なれど、其音はあの世の音なり。静なるシャロツトには、空気さへ重たげにて、常ならば動くべしとも思はれぬを、只此《この》梭の音のみにそゝのかされて、幽かにも震ふか。淋しさは音なき時の淋しさにも勝る。恐る〳〵高き台を見上げたる行人《こうじん》は耳を掩《おお》ふて走る。

シャロツトの女の織るは不断の緯《はた》である。草むらの萌草《もえぐさ》の厚く茂れる底に、釣鐘の花の沈める様を織るときは、花の影のいつ浮くべしとも見えぬ程の濃き色である。うな原のうねりの中に、雪と散る浪の花を浮かすときは、底知れぬ深さを一枚の薄きに畳む。あるときは黒き地に、燃ゆる焔の色にて十字架を描く。濁世《じょくせ》にはびこる*罪障《ざいしょう》の風は、すきまなく天下を吹いて、十字を織れる経緯《たてよこ》の目にも入ると覚しく、焔のみは繒《はた》を離れて飛ばんとす。――薄暗き女の部屋は焚《や》け落つるかと怪しまれて明るい。

恋の糸と誠の糸を横縦に梭《ひ》くゞらせば、手を肩に組み合せて天を仰げるマリヤの姿となる。狂ひを経《たて》に怒りを緯《よこ》に、霰《あられ》ふる木枯の夜を織り明せば、荒野の中に白き髯飛ぶ*リアの面影が出る。恥づかしき紅と恨めしき鉄色をより合せては、逢ふて絶えたる人の心を読むべく、温和《おとな》しき黄と思ひ上がれる紫を交《かわ》る〳〵に畳めば、魔に誘はれし乙女の、我は顔に高ぶれる態《さま》を写す。長き袂に雲の如くにまつはるは人に言へぬ願の糸の乱れなるべし。

シヤロツトの女は眼《まなこ》深く顔広く、唇さへも女には似で薄からず。夏の日の上りてより、刻を盛る砂時計の九《ここの》たび落ち尽したれば、今ははや午過ぎなるべし。窓を射る日の眩ゆき迄明かなるに、室のうちは夏知らぬ洞窟の如くに暗い。輝けるは五尺に余る鉄の鏡と、肩に漂ふ長き髪のみ。右手より投げたる梭《ひ》を左手に受けて、女は不図《ふと》鏡の裡《うち》を見る。研ぎ澄したる剣《つるぎ》よりも寒き光の、例《いつも》ながらうぶ毛の末をも照すよと思ふうちに――底事《なにごと》ぞ！　音なくて颯《さ》と曇るは霧か、鏡の面《おもて》は巨人の息をまともに浴びたる如く光を失ふ。今迄見えたシヤロツトの岸に連なる柳も隠れる。柳の中を流るゝシャロットの河も消える。河に沿ふて往きつ来《きた》りつする人影は無論さゝぬ。――梭《ひ》の音ははたと已《や》んで、女の瞼《まぶた》は黒き睫《まつげ》と共に微かに顫《ふる》へた。「兇事か」と叫んで鏡の前に寄るとき、曇は一刷《いっさつ》に晴れて、河も柳も人影も元の如くに見《あら》はれる。梭は再び動き出す。

女はやがて世にあるまじき悲しき声にて歌ふ。

うつせみの世を、
うつゝに住めば、
住みうからまし、
むかしも今も。」
うつくしき恋、
うつす鏡に、
色やうつろふ、
朝な夕なに。」

鏡の中なる遠柳《とおやなぎ》の枝が風に靡いて動く間に、忽《たちま》ち銀《しろかね》の光がさして、熱き埃《ほこ》りを薄く揚げ出す。銀の光りは南より北に向つて真一文字にシャロットに近付いてくる。女は小羊を覘《ねら》ふ鷲の如くに、影とは知りながら瞬きもせず鏡の裏《うち》を見詰《みつむ》る。十丁にして尽きた柳の木立を風の如くに駈け抜けたものを見ると、鍛へ上げた鋼《はがね》の鎧《よろい》に満身の日光を浴びて、同じ兜の鉢金よりは尺に余る白き毛を、飛び散れとのみ*毿々《さんさん》と靡かして居る。栗毛の駒の逞しきを、頭も胸も革に裹《つつ》みて飾れる鋲《びょう》の数は篩《ふる》ひ落せし秋の夜の星宿《せいしゅく》を一度に集めたるが如き心地である。女は息を凝らして眼を据える。

　曲がれる堤に沿ふて、馬の首を少し左へ向け直すと、今迄は横にのみ見えた姿が、真正面に鏡にむかつて進んでくる。太き槍を*レストに収めて、左の肩に盾を懸けたり。女は領《えり》を延ばして盾に描ける模様を確《しか》と見分け様とする体《てい》であつたが、かの騎士は何の会釈もなく此鉄鏡《てつきょう》を突き破つて通り抜ける勢で、愈《いよいよ》目の前に近づいた時、女は思はず梭《ひ》を抛《な》げて、鏡に向つて高くランスロツトと叫んだ。ランスロツトは兜の廂《ひさし》の下より耀く眼を放つて、シヤロツトの高き台《うてな》を見上げる。爛々《らんらん》たる騎士の眼と、針を束ねたる如き女の鋭どき眼とは鏡の裡《うち》にてはたと出合つた。此時シヤロツトの女は再び「サー、ランスロツト」と叫んで、忽《たちま》ち窓の傍に馳け寄つて蒼き顔を半ば世の中に突き出す。人と馬とは、高き台の下を、遠きに去る地震の如くに馳け抜ける。

　ぴちりと音がして皓々《こうこう》たる鏡は忽ち真二つに割れる。割れたる面は再びぴち〳〵と氷を砕くが如く粉微塵《こなみじん》になつて室の中に飛ぶ。七巻八巻《ななまきやまき》織りかけたる布帛《きぬ》はふつ〳〵と切れて風なきに鉄片と共に舞ひ上る。紅の糸、緑の糸、黄の糸、紫の糸はほつれ、千切《ちぎ》れ、解け、もつれて土蜘蛛の張る網の如くにシヤロツトの女の顔に、手に、袖に、長き髪毛にまつはる。「シヤロツトの女を殺すものはランスロツト。ランスロツトを殺すものはシヤロツトの女。わが末期の呪を負ふて北の方へ走れ」と女は両手を高く天に挙げて、朽ちたる木の野分《のわき》を受けたる如く、五色の糸と氷を欺《あざむ》く砕片の乱るゝ中に鞺《どう》と仆《たお》れる。

三　袖

可憐なるエ*レーンは人知らぬ菫《すみれ》の如くア*ストラツトの古城を照らして、ひそかに墜ちし春の夜の星の、紫深き露に染まりて月日を経たり。訪ふ人は固《もと》よりあらず。共に住むは二人の兄と眉さへ白き父親のみ。

「騎士はいづれに去る人ぞ」と老人は穏かなる声にて問ふ。

「北の方なる仕合に参らんと、是迄は鞭《むちう》つて追懸けたれ。夏の日の永きにも似ず、いつしか暮れて、暗がりに路さへ岐《わか》れたるを。――乗り捨てし馬も恩に嘶《いなな》かん。一夜の宿の情け深きに、酬《むく》ひまつるものなきを恥づ」と答へたるは、具足を脱いで、黄なる袍《*ほう》に姿を改めたる騎士なり。シヤロツトを馳せる時何事とは知らず、岩の凹みの秋の水を浴びたる心地して、かりの宿りを求め得たる今に至る迄、頬の蒼きが特更《ことさら》の如く目に立つ。

エレーンは父の後ろに少さき身を隠して、此アストラツトに、如何《いか》なる風の誘ひてか、かく凜々《りり》しき壮夫《ますらお》を吹き寄せたると、折々は鶴と瘠《や》せたる老人の肩をすかして、恥かしの睫の下よりランスロツトを見る。菜の花、豆の花ならば戯るゝ術もあらう。*偃蹇《えんけん》として*澗底《かんてい》に嘯《うそぶ》く松が枝には舞ひ寄る路のとてもなければ、白き胡蝶は薄き翼を収めて身動きもせぬ。

「無心ながら宿貸す人に申す」と稍《やや》ありてランスロツトが云ふ。「明日《あす》と定まる仕合の催しに、後れて乗り込む我の、何の誰《たれ》よと人に知らるゝは興なし。新しきを嫌はず、古きを辞せず、人の見知らぬ盾あらば貸し玉へ」

老人ははたと手を拍つ。「望める盾を貸し申さう。——長男チアー*は去《さん》ぬる騎士の闘技に足を痛めて今猶蓐《いまなおじょく》を離れず。其時彼が持ちたるは白地に赤く十字架を染めたる盾なり。只の一度の仕合に傷《きずつ》きて、其創口《きずぐち》はまだ癒えざれば、赤き*血架《けつか》は空しく壁に古りたり。是を翳して思ふ如く人々を驚かし給へ」

ランスロツトは腕を扼《やく》して「夫《それ》こそは」と云ふ。老人は猶言葉を継ぐ。

「次男ラヴン*は健気《けなげ》に見ゆる若者にてあるを、アーサー王の催《もよおし》にかゝる晴の仕合に参り合はせずば、騎士の身の口惜しかるべし。只君が栗毛の蹄のあとに倶《ぐ》し連れよ。翌日《あす》を急げと彼に申し聞かせん程に」

ランスロツトは何の思案もなく「心得たり」と心安げに云ふ。老人の頰に畳める皺のうちには、嬉しき波がしばらく動く。女ならずばわれも行かんと思へるはエレーンである。

木に倚《よ》るは蔦、*まつはりて幾世を離れず。宵に逢ひて朝に分るゝ君と我の、われにはまつはるべき月日もあらず。繊き身の寄り添はゞ、幹吹く嵐に、根なしかづらと倒れもやせん。寄り添はずば、人知らずひそかに括《くく》る恋の糸、振り切つて君は去るべし。愛溶けて瞼《まぶた》に余る、露の底なる光りを見ずや。わが住める館こそ古るけれ、春を知る事は生れて十八度に過ぎず。物の憐れの胸に漲《みなぎ》るは、鎖《とざ》せる雲の自ら晴れて、麗《うらら》かなる日影の大地を渡るに異ならず。野をうづめ谷を埋めて千里の外に暖かき光りをひく。明かなる君が眉目《びもく》にはたと行き逢へる今の思は、坑《あな》を出でゝ天下の春風に吹かれたるが如きを――言葉さへ交はさず、あすの別れとはつれなし。

燭《しょく》尽きて更《こう》*を惜めども、更《こう》尽きて客は寝《い》ねたり。寝ねたるあとにエレーンは、合はぬ瞼の間より男の姿の無理に瞳の奥に押し入らんとするを、幾たびか払ひ落さんと力《つと》めたれど詮なし。強いて合はぬ目を合せて、此影を追はんとすれば、いつの間にか其人の姿は既に瞼の裏《うち》に潜む。苦しき夢に襲はれて、世を恐ろしと思ひし夜もある。魂《たまぎ》消える物《もの》の怪《け》の話におのゝきて、眠らぬ耳に鶏の声をうれしと起き出でた事もある。去れど恐ろしきも苦しきも、皆われ安かれと願ふ心の反響に過ぎず。われと云ふ可愛《かわゆ》き者の前に夢の魔を置き、物の怪の祟りを据えての恐と苦しみである。今宵の悩みは其等にはあらず。我と云ふ個霊の消え失せて、求むれども遂に得難《えがた》きを、驚きて迷ひて、果ては情なくて斯《か》くは乱るゝなり。我を司どるものゝ我にはあらで、先に見し人の姿なるを奇《く》しく、怪しく、悲しく念じ煩《わずら》ふなり。いつの間に我はランスロットと変りて常の心はいづこへか喪《うしな》へる。エレーンと吾名を呼ぶに、応ふるはエレーンならず、中庭に馬乗り捨てゝ、廂深き兜の奥より、高き櫓《やぐら》を見上げたるランスロットである。再びエレーンと呼ぶにエレーンはランスロツトぢやと答へる。エレーンは亡《う》せてかと問へば在りと云ふ。いづこにと聞けば知らぬと云ふ。エレーンは微かなる毛孔《けあな》の末に潜みて、いつか昔しの様に帰らん。エレーンに*八万四千の毛孔ありて、エレーンが八万四千壺の香油を注《そそ》いで、日に其膚《はだえ》を滑かにするとも、潜めるエレーンは遂に出現し来る期《ご》はなからう。

やがてわが部屋の戸帳を開きて、エレーンは壁に釣る長き衣《きぬ》を取り出す。燭にすかせば燃ゆる真紅の色なり。室にはびこる夜を呑んで、一枚の衣に真昼の日影を集めたる如く鮮かである。エレーンは衣の領《えり》を右手につるして、暫《しば》らくは眩ゆきものと眺めたるが、やがて左に握る短刀を鞘《さや》ながら二三度振る。から〳〵と床に音さして、すはと云ふ間に閃きは目を掠めて紅深きうちに隠れる。見れば美しき衣の片袖は惜気もなく、断たれて残るは鞘の上にふわりと落ちる。途端に裸ながらの手燭は、風に打たれて颯《さ》と消えた。外は片破月《かたわれづき》の空に更《ふ》けたり。

右手《めて》に捧ぐる袖の光をしるべに、暗きをすりぬけてエレーンはわが部屋を出る。右に折れると兄の住居、左を突き当れば今宵の客の寝所である。夢の如くなよやかなる女の姿は、地を踏まざるに歩めるか、影よりも静かにランスロットの室の前にとまる。——ランスロットの夢は成らず。聞くならくアーサー大王のギニギアを娶《めと》らんとして、心惑へる折、座《い》ながらに世の成行を知るマーリンは、首を掉《ふ》りて慶事を肯《がえ》んぜず。此女後に思はぬ人を慕ふ事あり、娶る君に悔あらん。と只管《ひたすら》に諫《いさ》めしとぞ。聞きたる時の我に罪なければ思はぬ人の誰なるかは知るべくもなく打ち過ぎぬ。思はぬ人の誰なるかを知りたる時、天が下に数多く生れたるものゝうちにて、この悲しき命に廻《めぐ》り合せたる我を恨み、このうれしき幸を享《う》けたる己れを悦びて、楽みと苦みの綯《ないまじ》りたる縄を断たんともせず、此年月を経たり。心疚《や》ましきは願はず。疚ましき中に蜜あるはうれし。疚ましければこそ蜜をも醸《かも》せと思ふ折さへあれば、卓を共にする騎士の我を疑ふ此日に至る迄王妃を棄てず。只疑の積もりて証拠《あかし》と凝らん時——ギニギアの捕はれて杭*に焼かるゝ時——此時を思へばランスロットの夢は未だ成らず。

眠られぬ戸に何物かちよと障つた気合《けはい》である。枕を離るゝ頭の、音する方に、しばらくは振り向けるが、又元の如く落ち付いて、あとは古城の亡骸《なきがら》に脈も通はず。静である。

再び障つた音は、殆《ほと》んど敲《たた》いたと云ふべくも高い。慥《たし》かに人ありと思ひ極めたるランスロットは、やをら身を臥床《ふしど》に起して、「たぞ」と云ひつゝ戸を半ば引く。差しつくる蠟燭の火のふき込められしが、取り直して今度は戸口に立てる乙女の方にまたゝく。乙女の顔は翳《かざ》せる赤き袖の影に隠れて居る。面はゆきは灯火《ともしび》のみならず。

「此深き夜を……迷へるか」と男は驚きの舌を途切れ〱に動かす。

「知らぬ路にこそ迷へ。年古るく住みなせる家のうちを——鼠だに迷はじ」と女は微かなる声ながら、思ひ切つて答へる。

男は只怪しとのみ女の顔を打ち守る。女は尺に足らぬ紅絹《もみ》の衝立《ついたて》に、花よりも美くしき顔をかくす。常に勝る豊頰《ほうきよう》の色は、湧く血潮の疾《と》く流るゝか、あだやかなる絹のたすけか。たゞ隠しかねたる鬢《びん》の毛の肩に乱れて、頭には白き薔薇を輪に貫ぬきて三輪挿したり。

白き香りの鼻を撲《う》つて、絹の影なる花の数さへ見分けたる時、ランスロットの胸には忽《たちま》ちギニヰアの夢の話が湧き返る。何故とは知らず、悉《ことごと》く身は痿《な》へて、手に持つ燭を取り落せるかと驚ろきて我に帰る。乙女はわが前に立てる人の心を読む由もあらず。

「紅に人のまことはあれ。恥づかしの片袖を、乞はれぬに参らする。兜*に捲いて勝負せよとの願なり」とかの袖を押し遣る如く前に出す。男は容易に答へぬ。

「女の贈り物受けぬ君は騎士か」とエレーンは訴ふるが如くに下よりランスロットの顔を覗く。

覗かれたる人は薄き唇を一文字に結んで、燃ゆる片袖を、右の手に半ば受けたる儘、当惑の眉を思案に刻む。やゝありて云ふ。「戦に臨む事は大小六十余度、闘技の場に登つて槍を交へたる事は其数を知らず。未だ婦人の贈り物を、身に帯びたる試しなし。情あるあるじの子の、情深き賜物を辞《いな》むは礼なけれど……」

「礼とも云へ、礼なしとも云ひてやみね。礼の為めに、夜を冒《おか》して参りたるにはあらず。思の籠る此片袖を、天が下の勇士に贈らん為に参りたり。切に受けさせ給へ」とこゝ迄踏み込みたる上は、かよわき乙女の、却《かえ》つて一徹に動かすべくもあらず。ランスロツトは惑ふ。

カメロツトに集まる騎士は、弱きと強きを通じてわが盾の上に描かれたる紋章を知らざるはあらず。又わが腕に、わが兜に、美しき人の贈り物を見たる事なし。あすの試合に後るゝは、始めより出づる筈ならぬを、半途より思ひ返しての仕業《しわざ》故である。闘技の埒《らち》に馬乗り入れてランスロツトよ、後れたるランスロツトよ、と謳《うた》はるゝ丈ならば其迄《それまで》の浮名である。去れど後れたるは病のため、後れながらも参りたるはまことの病にあらざる証拠《あかし》よと云はゞ何と答へん。今幸に知らざる人の盾を借りて、知らざる人の袖を纏ひ、二十三十の騎士を斃《たお》す迄深くわが面を包まば、ランスロツトと名乗りをあげて人驚かす夕暮に、――誰彼共にわざと後れたる我を肯《うけが》はん。病と臥《ふ》せる我の作略《さりやく》を面白しと感ずる者さへあらう。――ランスロツトは漸《ようや》くに心を定める。

部屋のあなたに輝くは物の具である。鎧の胴に立て懸けたるわが盾を軽々と片手に提《さ》げて、女の前に置きたるランスロットは云ふ。

「嬉しき人の真心を兜にまくは騎士の誉れ。難有《ありがた》し」とかの袖を女より受取る。

「うけてか」と片頬《かたほ》に笑《え》める様は、谷間の姫百合に朝日影さして、しげき露の痕なく晞《かわ》けるが如し。

「あすの勝負に用なき盾を、逢ふ迄の形身と残す。試合果てゝ再びこゝを過ぎる迄守り給へ」

「守らでやは」と女は跪《ひざまず》いて両手に盾を抱く。ランスロットは長き袖を眉のあたりに掲げて

「赤し、赤し」と云ふ。

此時櫓《やぐら》の上を烏鳴き過ぎて、夜はほのぼのと明け渡る。

四　罪

アーサーを嫌ふにあらず、ランスロットを愛するなりとはギニギアの己れにのみ語る胸のうちである。

北の方なる試合果てゝ、行けるものは皆館に帰れるを、ランスロットのみは影さへ見えず。帰れかしと念ずる人の便りは絶えて、思はぬものゝ鑣《くつわ》を連ねてカメロットに入るは、見るも益な

し。一日には二日を数へ、二日には三日を数へ、遂に両手の指を悉《ことごと》く折り尽して十日に至る今日迄猶《なお》帰るべしとの願を掛けたり。

「遅き人のいづこに繋《つな》がれたる」とアーサーは左迄《さまで》に心を悩ませる気色《けしき》もなく云ふ。

高き室の正面に、石にて築く段は二級、半ばは厚き毛氈《もうせん》にて蔽《おお》ふ。段の上なる、大なる椅子に豊かに倚《よ》るがアーサーである。

「繋ぐ日も、繋ぐ月もなきに」とギニヸアは答ふるが如く答へざるが如くもてなす。王を二尺左に離れて、床几の上に、繊き指を組み合せて、膝より下は長き裳《もすそ》にかくれて履《くつ》の在りかさへ定かならず。

よそ〳〵しくは答へたれ、心は其人の名を聞きてさへ躍るを。話しの種の思ふ坪に生へたるを、寒き息にて吹き枯らすは口惜し。ギニヸアは又口を開く。

「後れて行くものは後れて帰る掟か」と云ひ添へて片頬に笑ふ。女の笑ふときは危うい。

「後れたるは掟ならぬ恋の掟なるべし」とアーサーも穏かに笑ふ。アーサーの笑にも特別の意味がある。

恋といふ字の耳に響くとき、ギニヸアの胸は、錐《きり》に刺されし痛《いたみ》を受けて、すはやと躍り上る。耳の裏には颯《さ》と音して熱き血を注《さ》す。アーサーは知らぬ顔である。

「あの袖の主こそ美しからん。……」

「あの袖とは？　袖の主とは？　美しからんとは？」とギニギアの呼吸ははづんで居る。

「白き挿毛《さしげ》に、赤き鉢巻ぞ。去る人の贈り物とは見たれ。繋がるゝも道理ぢや」とアーサーは又からからと笑ふ。

「主の名は？」

「名は知らぬ。只美しき故に美しき小女と云ふと聞く。過ぐる十日を繋がれて、残る幾日を繋がるゝ身は果報なり。カメロットに足は向くまじ」

「美しき小女！　美しき小女！」と続け様に叫んでギニギアは薄き履《くつ》に三たび石の床を踏みならす。肩に負ふ髪の時ならぬ波を描いて、二尺余りを一筋毎に末迄渡る。

夫《おっと》に二心なきを神の道との教は古るし。神の道に従ふの心易きも知らずと云はじ。心易きを自ら捨てゝ、捨てたる後の苦しみを嬉しと見しも君が為なり。春風に心なく、花自ら開く。花に罪ありとは下れる世の言の葉に過ぎず。恋を写す鏡の明なるは鏡の徳なり。かく観ずる裡《うち》に、人にも世にも振り棄てられたる時の慰藉はあるべし。かく観ぜんと思ひ詰めたる今頃を、わが乗れる足台は覆《くつが》へされて、踵《くびす》を支ふるに一塵だになし。引き付けられたる鉄と磁石の、自然に引き付けられたれば咎《とが》も恐れず、世を憚りの関一重《せきひとえ》あなたへ越せば、生涯の落ち付はあるべしと念じたるに、引き寄せたる磁石は火打石と化して、吸はれし鉄は無限の空裏《くうり》を冥府《よみ》へ隕《お》つる。わが座《す》はる床几の底抜けて、わが乗る壇の床崩れて、わが踏む大地の殻《こく》裂けて、己れを支ふる者は悉《ことごと》く消えたるに等し。ギニヰアは組める手を胸の前に合せたる儘、右左より骨も摧《くだ》けよと圧《お》す。片手に余る力を、片手に抜いて、苦しき胸の悶《もだえ》を人知れぬ方へ洩らさんとするなり。

「なに事ぞ」とアーサーは聞く。

「なに事とも知らず」と答へたるは、アーサーを欺《あざむ》けるにもあらず、又己を誣《し》ひたるにもあらず。知らざるを知らずと云へるのみ。まことはわが口にせる言葉すら知らぬ間に咽《のど》を転《まろ》び出でたり。

ひく浪の返す時は、引く折の気色を忘れて、逆《さか》しまに岸を嚙む勢の、前よりは凄じきを、浪自らさへ驚くかと疑ふ。はからざる便りの胸を打ちて、度を失へるギニヰアの、己れを忘るゝ迄われに遠ざかれる後には、油然《ゆうぜん》として常よりも切なき吾に復《かえ》る。何事も解せぬ風情に、驚ろきの眉をわが額の上にあつめたるアーサーを、わが夫と悟れる時のギニヰアの眼には、アーサーは少《しば》らく前のアーサーにあらず。

人を傷けたるわが罪を悔ゆるとき、傷負へる人の傷ありと心付かぬ時程悔《くい》の甚しきはあらず。聖徒に向つて鞭を加へたる非の恐しきは、鞭《むちう》てるものゝ身に跳ね返る罰なきに、自らと其非を悔いたればなり。吾を疑ふアーサーの前に恥づる心は、疑はぬアーサーの前に、わが罪を心のうちに鳴らすが如く痛からず。ギニギアは悚然《しょうぜん》として骨に徹する寒さを知る。

「人の身の上はわが上とこそ思へ。人恋はぬ昔は知らず、嫁《とつ》ぎてより幾夜か経たる。赤き袖の主のランスロットを思ふ事は、御身のわれを思ふ如くなるべし。贈り物あらば、吾も十日を、二十日を、帰るを、忘るべきに、罵《のの》しるは卑し」とアーサーは王妃の方を見て不審の顔付である。

「美しき小女!」とギニギアは三たびエレーンの名を繰り返す。このたびは鋭どき声にあらず。去りとては憐を寄せたりとも見えず。

アーサーは椅《よ》子に倚る身を半ば回《めぐ》らして云ふ。「御身とわれと始めて逢へる昔を知るか。丈《じょう》に余る石の十字を深く地に埋めたるに、蔦這《は》ひかゝる春の頃なり。路に迷ひて御堂にしばし憩はんと入れば、銀に鏤《ちり》ばむ祭壇の前に、空色の衣を肩より流して、黄金《こがね》の髪に雲を起せるは誰ぞ」

女はふるへる声にて「あゝ」とのみ云ふ。床《ゆか》しからぬにもあらぬ昔の、今は忘るゝをのみ心易しと念じたる矢先に、忽然《こつぜん》と容赦もなく描き出されたるを堪《た》へ難く思ふ。

「安からぬ胸に、捨てゝ行ける人の帰るを待つと、凋《しお》れたる声にてわれに語る御身の声をきく迄は、天《あま》つ下れるマリヤの此寺の神壇《しんだん》に立てりとのみ思へり」

逝ける日は追へども帰らざるに、逝ける事は長《とこ》しへに暗きに葬むる能《あた》はず。思ふまじと誓へる心に発矢《はつし》と中《あた》る古き火花もあり。

「伴ひて館《やかた》に帰し参らせんと云へば、黄金《こがね》の髪を動かして何処《いづこ》へともとうなづく……」と途中に句を切つたアーサーは、身を起して、両手にギニギアの頰を抑へながら上より妃の顔を覗き込む。新たなる記憶につれて、新たなる愛の波が、一しきり打ち返したのであらう。――王妃の頰は屍を抱くが如く冷たい。アーサーは覚えず抑へたる手を放す。折から廻廊を遠く人の踏む音がして、罵る如き幾多の声は次第にアーサーの室に逼《せま》る。

入口に掛けたる厚き幕は総《ふさ》に絞らず、長く垂れて床をかくす。かの足音の戸に近く少《しば》らくとまる時、垂れたる幕を二つに裂ひて、髪多く丈高き一人の男があらはれり。モ*ードレッドである。

モードレッドは会釈もなく室の正面迄つかくと進んで、王の立てる壇の下にとどまる。続いて入るはアグ*ラヴェン、逞ましき腕の、寛《ゆる》き袖を洩れて、赭《あか》き頸の、かたく衣の襟に括られて、色さへ変る程肉づける男である。二人の後には物色する遑《いとま》なきに、どやくと、我勝ちに乱れ入りて、モードレッドを一人《ひとり》前に、ずらりと並ぶ。数は凡てにて十二人。何事かなくては叶はぬ。

モードレッドは、王に向つて会釈せる頭《かしら》を擡《もた》げて、そこ力のある声にて云ふ。「罪あるを罰するは王者の事か」

「問はずもあれ」と答へたアーサーは今更《いまさら》と云ふ面持である。

「罪あるは高きをも辞せざるか」とモードレッドは再び王に向つて問ふ。

アーサーは我とわが胸を敲《たた》いて「黄金《おうごん》の冠は邪《よこしま》の頭に戴かず。天子の衣は悪を隠さず」と壇上に延び上る。肩に括《くく》る緋の衣の、裾は開けて、白き裏が雪の如く光る。

「罪あるを許さずと誓はば、君が傍《かたえ》に座せる女をも許さじ」とモードレッドは臆する気色もなく、一指を挙げてギニギアの眉間を指す。ギニギアは屹《き》と立ち上る。

茫然たるアーサーは雷火に打たれたる啞の如く、わが前に立てる人――地を抽《ぬ》き出でし巌とばかり立てる人を見守る。口を開けるはギニギアである。

「罪ありと我を誣《し》ひるか。何をあかしに、何の罪を数へんとはする。詐《いつわ》りは天も照覧あれ」と繊き手を抜け出でよと空高く挙げる。

「罪は一つ。ランスロツトに聞け。あかしはあれぞ」と鷹の眼を後ろに投ぐれば、並びたる十二人は悉《ことごと》く右の手を高く差し上げつゝ、「神も知る、罪は逃れず」と口々に云ふ。

ギニギアは倒れんとする身を、危く壁掛に扶《たす》けて「ランスロツト!」と幽《かすか》に叫ぶ。王は迷ふ。肩に纏《まつ》はる緋の衣の裏を半ば返して、右手の掌《たなごころ》を十三人の騎士に向けたる儘にて迷ふ。

此時館《やかた》の中に「黒し、黒し」と叫ぶ声が石堞《せきちよう》に響を反して、窈然《ようぜん》と遠く鳴る木枯の如く伝はる。やがて河に臨む水門を、天にひびけと、銹《さ》びたる鉄鎖に軋《きし》らせて開く音がする。室の中なる人々は顔と顔を見合はす。只事ではない。

五　舟

は父と妹に物語る。

「*兜《かぶと》に巻ける絹の色に、槍突き合はす敵の目も覚むべし。ランスロットは其日の試合に、二十余人の騎士を仆《たお》して、引き挙ぐる間際に始めて吾名をなのる。驚く人の醒めぬ間を、ラヴンと共に埒《らち》を出でたり。行く末は勿論アストラットぢや」と三日過ぎてアストラットに帰れるラヴン

「ランスロット？」と父は驚きの眉を張る。女は「あな」とのみ髪に挿す花の色を顫《ふる》はす。

「二十余人の敵と渡り合へるうち、何者の槍を受け損じてか、鎧の胴を二寸下りて、左の股に創《きず》を負ふ……」

「深き創か」と女は片唾《かたず》を呑んで、懸念の眼を睜《みは》る。

「鞍に堪へぬ程にはあらず。夏の日の暮れ難きに暮れて、蒼き夕を草深き原のみ行けば、馬の蹄は露に濡れたり。……二人は一言も交はさぬ。ランスロットの何の思案に沈めるかは知らず、われは昼の試合のまたあるまじき派出《はで》やかさを偲《しの》ぶ。風渡る梢もなければ馬の沓《くつ》の地を鳴らす音のみ高し。……路は分れて二筋となる」

「左へ切ればこゝ迄十哩《マイル》ぢや」と老人が物知り顔に云ふ。

「ランスロットは馬の頭を右へ立て直す」

「右？ 右はシヤロツトへの本街道、十五哩《マイル》は確かにあらう」是も老人の説明である。

「其シヤロツトの方へ――後より呼ぶ吾を顧みもせで轡《くつわ》を鳴らして去る。已《や》むなくて吾も従ふ。不思議なるはわが馬を振り向けんとしたる時、前足を躍らしてあやしくも嘶《いな》ける事なり。嘶く声の果知らぬ夏野に、末広に消えて、馬の足掻《あがき》の常の如く、わが手綱の思ふ儘に運びし時は、ランスロツトの影は、夜と共に微かなる奥に消えたり。――われは鞍を敲《たた》いて追ふ」

「追ひ付いてか」と父と妹は声を揃へて問ふ。

「追ひ付ける時は既に遅くあつた。乗る馬の息の暗《やみ》押し分けて白く立ち上るを、いやがうへに鞭《むちう》つて長き路を一散《いつさん》に馳け通す。黒きものゝ夫《それ》かとも見ゆる影が、二丁許り先に現はれたる時、われは肺を逆《さか》しまにしてランスロツトと呼ぶ。黒きものは聞かざる真似して行く。幽かに聞えたるは轡の音か。怪しきは差して急げる様もなきに容易《たやす》くは追ひ付かれず。漸くの事間一丁程に逼りたる時、黒きものは夜の中に織り込まれたる如く、ふつと消える。合点行かぬわれは益《ますます》追ふ。シヤロツトの入口に渡したる石橋に、蹄《ひづめ》も砕けよと乗り懸けしと思へば、馬は何物にか躓《つまず》きて前足を折る。騎《の》るわれは鬣《たてがみ》をさかに扱《こ》いて前にのめる。戞《かつ》と打つは石の上と心得しに、われより先に斃れたる人の鎧の袖なり」

「あぶない！」と老人は眼の前の事の如くに叫ぶ。

「あぶなきはわが上ならず。われより先に倒れたるランスロットの事なり……」

「倒れたるはランスロットか」と妹は魂消《たまぎ》ゆる程の声に、椅子の端を握る。椅子の足は折れたるにあらず。

「橋の袂《たもと》の柳の裏《うち》に、人住むとしも見えぬ庵室あるを、試みに敲けば、世を逃れたる隠士の居なり。幸ひと冷たき人を担《かつ》き入るゝ。兜を脱げば眼さへ氷りて……」

「薬を掘り、草を煮るは隠士の常なり。ランスロットを蘇《よみがえ》してか」と父は話し半ばに我句を投げ入るゝ。

「よみ返しはしたれ。よみに在る人と択ぶ所はあらず。吾に帰りたるランスロットはまことの吾に帰りたるにあらず。魔に襲はれて夢に物云ふ人の如く、あらぬ事のみ口走る。あるときは罪〳〵と叫び、あるときは王妃——ギニギア——シヤロットと云ふ。隠士が心を込むる草の香りも、煮えたる頭には一点の涼気《りょうき》を吹かず。……」

「枕辺にわれあらば」と小女《おとめ》は思ふ。

「一夜の後たぎりたる脳の漸く平らぎて、静かなる昔の影のちら〳〵と心に映る頃、ランスロットはわれに去れと云ふ。心許さぬ隠士は去るなと云ふ。兎角《とかく》して二日を経たり。三日目の朝、われと隠士の眠覚めて、病む人の顔色の、今朝如何《いかが》あらんと臥床《ふしど》を窺へば——在らず。剣の先にて古壁に刻み残せる句には罪は吾を追ひ、吾は罪を追ふとある」

「逃《のが》れしか」と父は聞き、「いづこへ」と妹はきく。

「いづこと知らば尋ぬる便りもあらん。茫々と吹く夏野の風の限りは知らず。西東《にしひがし》日の通ふ境は極めがたければ、独り帰り来ぬ。——隠士は云ふ、病怠《おこた》らで去るかの人の身は危うし。狂ひて走る方はカメロットなるべしと。うつゝのうちに口走れる言葉にてそれと察せしと見ゆれど、われは確《しか》と、さは思はず」と語り終つて盃《さかずき》に盛る苦き酒を一息に飲み干《ほ》して虹の如き気を吹く。妹は立つてわが室に入る。

花に戯むるゝ蝶のひるがへるを見れば、春に憂ありとは天下を挙げて知らぬ。去れど冷やかに日落ちて、月さへ闇に隠るゝ宵を思へ。——ふる露のしげきを思へ。——薄き翼のいかばかり薄きかを思へ。——広き野の草の陰に、琴の爪程小さきもの〻潜むを思へ。——畳む羽に置く露の重きに過ぎて、夢さへ苦しかるべし。果知らぬ原の底に、あるに甲斐なき身を縮めて、誘ふ風にも砕くる危うきを恐るゝは淋しからう。エレーンは長くは持たぬ。

エレーンは盾を眺めて居る。ランスロットの預けた盾を眺め暮して居る。其盾には丈《たけ》高き女の前に、一人の騎士が跪《ひざま》づいて、愛と信とを誓へる模様が描かれて居る。騎士の鎧は銀、女の衣は炎の色に燃えて、地は黒に近き紺を敷く。赤き女のギニギアなりとは憐れなるエレーンの夢にだも知る由がない。

エレーンは盾の女を己れと見立てゝ、跪まづけるをランスロットと思ふ折さへある。斯くあれと念ずる思ひの、いつか心の裏《うち》を抜け出でゝ、斯くの通りと盾の表にあらはれるのであらう。斯くありて後と、あらぬ礎《いしずえ》を一度び築ける上には、そら事を重ねて、其そら事の未来さへも想像せねば已まぬ。

重ね上げたる空想は、又崩れる。児戯に積む小石の塔を蹴返す時の如くに崩れる。崩れたるあとの吾に帰りて見れば、ランスロットは在らぬ。気を狂ひてカメロットの遠きに走れる人の、吾が傍にあるべき所謂《いわれ》はなし。離るゝとも、誓さへ渝《かわ》らずば、千里を繋ぐ牽《ひ》き綱もあらう。ランスロットとわれは何を誓へる？ エレーンの眼には涙が溢れる。

涙の中に又思ひ返す。ランスロットこそ誓はざれ。一人誓へる吾の渝《かわ》るべくもあらず。二人の中に成り立つをのみ誓とは云はじ。われとわが心にちぎるも誓には洩れず。此誓だに破らずばと思ひ詰める。エレーンの頬の色は褪《あ》せる。

死ぬ事の恐しきにあらず、死したる後にランスロットに逢ひ難きを恐るゝ。去れど此世にての逢ひ難きに比ぶれば、未来に逢ふの却《かえ》つて易きかとも思ふ。罌粟《けし》散るを憂しとのみ眺むべからず、散ればこそ又咲く夏もあり。エレーンは食を断つた。

衰へは春野焼く火と小さき胸を侵《お》かして、愁は衣に堪へぬ玉骨《ぎょくこつ》を寸々《すんずん》に削る。今迄は長き命とのみ思へり。よしやいつ迄もと貪る願はなくとも、死ぬと云ふ事は夢にさへ見しためしあらず。束の間の春と思ひあたれる今日となりて、つら〳〵世を観ずれば、日に開く蕾《つぼみ》の中にも恨はあり。円く照る明月《めいげつ》のあすをと問はゞ淋しからん。エレーンは死ぬより外の浮世に用なき人である。

今は是迄の命と思ひ詰めたるとき、エレーンは父と兄とを枕辺に招きて「わが為めにランスロツトへの文《ふみ》かきて玉はれ」と云ふ。父は筆と紙を取り出でゝ、死なんとする人の言の葉を一々に書き付ける。

「天が下に慕へる人は君ひとりなり。君一人の為めに死ぬるわれを憐れと思へ。陽炎《かげろう》燃ゆる黒髪の、長き乱れの土となるとも、胸に彫るランスロツトの名は、星変る後の世迄も消えじ。愛の炎に染めたる文字の、*土水《どすい》の因果を受くる理《ことわり》なしと思へば。睫《まつげ》に宿る露の珠に、写ると見れば砕けたる、君の面影の脆くもあるかな。わが命もしかく脆きを、涙あらば濺《そそ》げ。基督も知る、死ぬる迄清き乙女なり」

書き終りたる文字は怪しげに乱れて定かならず。年寄の手の顫《ふる》へたるは、老の為とも悲の為とも知れず。

女又云ふ。「息絶えて、身の暖かなるうち、右の手に此文を握らせ給へ。手も足も冷え尽したる後、ありとある美しき衣《きぬ》にわれを着飾り給へ。隙間なく黒き布しき詰めたる小船の中にわれを載せ給へ。山に野に白き薔薇、白き百合を採り尽して舟に投げ入れ給へ。——舟は流し給へ」

かくしてエレーンは眼を眠る。眠りたる眼は開く期《ご》なし。父と兄とは*唯々《いい》として遺言の如く、憐れなる少女《おとめ》の亡骸《なきがら》を舟に運ぶ。

古き江《え》に漣《さざなみ》さへ死して、風吹く事を知らぬ顔に平かである。舟は今緑り籠むる陰を離れて中流に漕ぎ出づる。櫂《かい》操るは只一人、白き髪の白き髯の翁と見ゆ。ゆるく搔《か》く水は、物憂げに動いて、一櫂ごとに鉛の如き光りを放つ。舟は波に浮ぶ睡蓮《すいれん》の睡《ねむ》れる中に、音もせず乗り入りては乗り越して行く。蕚《うてな》傾けて舟を通したるあとには、軽く曳く波足と共にしばらく揺れて花の姿は常の静《しずけ》さに帰る。押し分けられた葉の再び浮き上る表には、時ならぬ露が珠を走らす。

舟は*杳然《ようぜん》として何処《いずく》ともなく去る。美しき亡骸《なきがら》と、美しき衣《きぬ》と、美しき花と、人とも見えぬ一個の翁とを載せて去る。翁は物をも云はぬ。只静かなる波の中に長き櫂をくゞらせては、くゞらす。木に彫る人を鞭《むちう》つて起《た》たしめたるか、櫂を動かす腕の外には活《い》きたる所なきが如くに見ゆる。

と見れば雪よりも白き白鳥が、収めたる翼に、波を裂いて王者の如く悠然と水を練り行く。長き頸の高く伸《の》したるに、気高き姿はあたりを払つて、恐るゝものゝありとしも見えず。うねる流を傍目《わきめ》もふらず、舳《へさき》に立つて舟を導く。舟はいづく迄もと、鳥の羽に裂けたる波の合ぬ間を随ふ。両岸の柳は青い。

シャロツトを過ぐる時、いづくともなく悲しき声が、左の岸より古き水の寂寞《じやくまく》を破つて、動かぬ波の上に響く。「うつせみの世を、……うつゝ……に住めば……」絶えたる音はあとを引いて、引きたるは又しばらくに絶えんとす。聞くものは死せるエレーンと、艫《とも》に座る翁のみ。翁は耳さへ借さぬ。只長き櫂《かい》をくゞらせてはくゞらする。思ふに聾なるべし。

空は打ち返したる綿を厚く敷けるが如く重い。流を挟む左右の柳は、一本毎に緑りをこめて朦々と烟る。娑婆《しやば》と冥府《めいふ》の界《さかい》に立ちて迷へる人のあらば、其人の霊を並べたるが此気色である。画に似たる少女《おとめ》の、舟に乗りて他界へ行くを、立ちならんで送るのでもあらう。

舟はカメロツトの水門に横付けに流れて、はたと留まる。白鳥の影は波に沈んで、岸高く峙《そばだ》てる楼閣の黒く水に映るのが物凄い。水門は左右に開けて、石階の上にはアーサーとギニギアを前に、城中の男女が悉《ことごと》く集まる。

エレーンの屍は凡ての屍のうちにて最も美しい。涼しき顔を、雲と乱るゝ黄金の髪に埋めて、笑へる如く横はる。肉に付着するあらゆる肉の不浄を拭ひ去つて、霊其物《そのもの》の面影を口鼻《こうび》の間に示せるは朗かにも又極めて清い。苦しみも、憂ひも、恨みも、憤りも——世に忌はしきもの丶痕なければ土に帰る人とは見えず。

王は厳《おごそ》かなる声にて「何者ぞ」と問ふ。櫂の手を休めたる老人は唖の如く口を開かぬ。ギニギアはつと石階を下りて、乱る丶百合の花の中より、エレーンの右の手に握る文《ふみ》を取り上げて何事と封を切る。

悲しき声は又水を渡りて、「うつくしき……恋、色や……うつらう」と細き糸ふつて波うたせたる時の如くに人々の耳を貫く。

読み終りたるギニギアは、腰をのして舟の中なるエレーンの額——透き徹るエレーンの額に、顫《ふる》へたる唇をつけつ丶「美くしき少女！」と云ふ。同時に一滴の熱き涙はエレーンの冷たき頬の上に落つる。

十三人の騎士は目と目を見合せた。

趣味の遺伝

一

陽気の所為《せい》で神も気違になる。「人を屠《ほふ》りて餓えたる犬を救へ」と雲の裡《うち》より叫ぶ声が、逆《さか》しまに日本海を撼《うご》かして満洲の果迄響き渡つた時、日人《にちじん》と露人《ろじん》ははつと応へて百里に余る一大屠場を*朔北《さくほく》の野に開いた。すると渺々《びょうびょう》たる平原の尽くる下より、眼にあまる*獒狗《ごうく》の群が、腥《なまぐさ》き風を横に截《き》り縦に裂いて、四つ足の銃丸を一度に打ち出した様に飛んで来た。狂へる神が小躍りして「血を啜《すす》れ」と云ふを合図に、ぺら〱と吐く焔の舌は暗き大地を照らして咽喉《のど》を越す血潮の湧き返る音が聞えた。今度は黒雲の端を踏み鳴らして「肉を食《くら》へ」と神が号《さけ》ぶと「肉を食へ！肉を食へ！」と犬共も一度に咆《ほ》え立てる。やがてめり〱と腕を食ひ切る、深い口をあけて耳の根迄胴にかぶり付く、一つの脛《すね》を啣《くわ》へて左右から引き合ふ。漸《ようや》くの事肉は大半平げたと思ふと、又*冪々《べきべき》たる雲を貫ぬいて恐しい神の声がした。「肉の後には骨をしやぶれ」と云ふ。すはこそ骨だ。犬の歯は肉よりも骨を噛むに適して居る。狂ふ神の作つた犬には狂つた道具が具はつて居る。今日の振舞を予期して工夫して呉れた歯ぢや。鳴らせ鳴らせと牙を鳴らして骨にかゝる。ある者は摧《くじ》いて髄を吸ひ、ある者は砕いて地に塗る。歯の立たぬ者は横にこいで牙を磨ぐ。……怖い事だと例の通り空想に耽りながらいつしか新橋*へ来た。見ると停車場前の広場は一杯の人で凱旋門*を通して二間許りの路を開いた儘《まま》、左右には割り込む事も出来ない程行列して居る。何だらう？

行列の中には怪し気な*絹帽《シルクハット》を阿弥陀《あみだ》に被《かぶ》つて、耳の御蔭で目隠しの難を喰ひ止めて居るのもある。*仙台平《せんだいひら》を窮屈さうに穿《は》いて*七子《ななこ》の紋付を人の着物の様にじろ〳〵眺めて居るのもある。フロツク、コートは承知したがズツクの白い運動靴をはいて同じく白の手袋を一寸見給へと云はぬ許りに振り廻して居るのは奇観だ。さうして二十人に一本宛《ずつ》位の割合で手頃な旗を押し立てゝ居る。大抵は紫に字を白く染め抜いたものだが、中には白地に黒々と達筆を振つたのも見える。此旗さへ見たら此群集の意味も大概分るだらうと思つて一番近いのを注意して読むと木村六之助君の凱旋を祝す*連雀《れんじやく》町有志者とあつた。はゝあ歓迎だと始めて気が付いて見ると、先刻《さつき》の異装《いそう》紳士も何となく立派に見える様な気がする。のみならず戦争を狂神の所為《せい》の様に考へたり、軍人を犬に食はれに戦地へ行く様に想像したのが急に気の毒になつて来た。実は待ち合す人があつて停車場迄行くのであるが、停車場へ達するには是非共此群集を左右に見て誰も通らない真中を只一人歩かなくつてはならん。よもやこの人々が余の詩想を洞見《どうけん》しはしまいが、只さへ人の注視をひき己一人に集めて往来を練つて行くのは極りが悪るい者であるのに、犬に喰ひ残された者の家族と聞いたら定めし怒る事であらうと思ふと、一層調子が狂ふ所を何でもない顔をして、急ぎ足に停車場の石段の上迄漕ぎ付けたのは少し苦しかつた。

場内へ這入つて見るとこゝも歓迎の諸君で容易に思ふ所へ行けぬ。漸くの事一等の待合へ来て見ると約束をした人は未だ来て居らぬらしい。暖炉の横に赤い帽子を被つた士官が何か頻《しき》りに話しながら折々佩剣《はいけん》をがちやつかせて居る。其傍に絹帽《シルクハット》が二つ並んで、其一つには葉巻の烟りが輪になつてたなびいて居る。向ふの隅に白襟の細君が品のよい五十恰好《かつこう》の婦人と、傍《わ》きの人には聞えぬ程な低い声で何事か耳語《ささや》いで居る。所へ*唐桟《とうざん》の羽織を着て鳥打帽を斜めに戴いた男が来て、入場券は貰へません改札場の中はもう一杯ですと注進する。大方出入の者であらう。室の中央に備へ付けたテーブルの周囲には待ち草臥《くたび》れの連中が寄つてたかつて新聞や雑誌をひねくつて居る。真面目に読んでるものは極めて少ないのだから、ひねくつて居ると云ふのが適当だらう。

約束をした人は中々来ん。少々退屈になつたから、少し外へ出て見様かと室の戸口をまたぐ途端に、脊広を着た髯のある男が擦れ違ひながら「もう直《じき》です二時四十五分ですから」と云つた。時計を見ると二時三十分だ、もう十五分すれば凱旋の将士が見られる。こんな機会は容易にない、序《ついで》だからと云つては失礼かも知れんが実際余の様に図書館以外の空気をあまり吸つた事のない人間は態々《わざわざ》歓迎の為めに新橋迄くる折もあるまい、丁度幸だ見て行かうと了見《りようけん》を定めた。

室を出て見ると場内も亦《また》往来の様に行列を作つて、中には態々見物に来た西洋人も交つて居る。西洋人ですらくる位なら帝国臣民たる吾輩は無論歓迎しなくてはならん、万歳の一つ位は義務にも申して行かうと漸くの事で行列の中へ割り込んだ。

「あなたも御親戚を御迎ひに御出になつたので……」

「えゝ。どうも気が急《せ》くものですから、つい昼飯《ひるめし》を食はずに来て、……もう二時間半許り待ちます」と腹は減つても中々元気である。所へ三十前後の婦人が来て

「凱旋の兵士はみんな、こゝを通りませうか」と心配さうに聞く。大切の人を見はぐつては一大事ですと云はぬ許りの決心を示して居る。腹の減つた男はすぐ引き受けて

「えゝ、みんな通るんです、一人残らず通るんだから、二時間でも三時間でもこゝにさへ立つて居れば間違ひつこありません」と答へたのは中々自信家と見える。然し昼飯も食はずに待つて居ろと迄は云はなかつた。

汽車の笛の音を形容して喘息病《ぜんそくや》みの鯨の様だと云つた仏蘭西《フランス》の小説家があるが、成程旨《うま》い言葉だと思ふ間もなく、長蛇の如く蜿蜒《のた》くつて来た列車は、五百人余の健児を一度にプラットフォームの上に吐き出した。

「ついた様ですぜ」と一人が領《くび》を延すと

「なあに、こゝに立つてさへ居れば大丈夫」と腹の減つた男は泰然として動ずる景色もない。此男から云ふと着いても着かなくても大丈夫なのだらう。夫にしても腹の減つた割には落ち付いたものである。

やがて一二丁向ふのプラットフォームの上で万歳！　と云ふ声が聞える。其声が波動の様に順送りに近付いてくる。例の男が「なあに、まだ大丈……」と云ひ懸けた尻尾《しつぽ》を埋めて余の左右に並んだ同勢は一度に万ー歳！　と叫んだ。其声の切れるか切れぬうちに一人の将軍が挙手の礼を施しながら余の前を通り過ぎた。色の焦《や》けた、胡麻塩髯の小作りな人である。左右の人は将軍の後を見送りながら又万歳を唱へる。余も——妙な話しだが実は万歳を唱へた事は生れてから今日に至る迄一度もないのである。万歳を唱へてはならんと誰からも申し付けられた覚は毛頭ない。又万歳を唱へては悪るいと云ふ主義でも無論ない。然《しか》し其場に臨んでいざ大声を発し様とすると、いけない。小石で気管を塞がれた様でどうしても万歳が咽喉笛《のどぶえ》へこびり付いたぎり動かない。どんなに奮発しても出て呉《く》れない。——然し今日は出してやらうと先刻《さつき》から決心をして居た。実は早く其機がくればよいがと待ち構へた位である。隣りの先生ぢやないが、なあに大丈夫と安心して居たのである。喘息病みの鯨が吼えた当時からそら来たなと迄覚悟をして居た位だから周囲のものがワーと云ふや否や尻馬についてすぐやらうと実は舌の根迄出しかけたのである。出しかけた途端に将軍が通つた。将軍の日に焦《こ》げた色が見えた。将軍の髯の胡麻塩なのが見えた。其瞬間に出しかけた万歳がぴたりと中止して仕舞つた。何故？

何故か分るものか。何故とか此故《このゆえ》とか云ふのは事件が過ぎてから冷静な頭脳に復したとき当時を回想して始めて分解し得た智識に過ぎん。何故が分る位なら始めから用心をして万歳の逆戻りを防いだ筈である。予期出来ん咄嗟《とっさ》の働きに分別が出るものなら人間の歴史は無事なものである。余の万歳は余の支配権以外に超然として止まつたと云はねばならぬ。万歳がとまると共に胸の中に名状しがたい波動が込み上げて来て、両眼から二雫《ふたしずく》ばかり涙が落ちた。

将軍は生れ落ちてから色の黒い男かも知れぬ。然し*遼東《りょうとう》の風に吹かれ、*奉天《ほうてん》の雨に打たれ、*沙河《しゃか》の日に射《い》り付けられゝば大抵なものは黒くなる。地体黒いものは猶《なお》黒くなる。髯も其通りである。出征してから白銀《しろがね》の筋は幾本殖えたであらう。今日始めて見る我等の眼には、昔の将軍と今の将軍を比較する材料がない。然し指を折つて日夜に待詫びた夫人令嬢が見たならば定めし驚くだらう。戦《いくさ》は人を殺すか左なくば人を老いしむるものである。将軍は頗《すこぶ》る瘠せて居た。是も苦労の為めかも知れん。して見ると将軍の身体中で出征前と変らぬのは身の丈《たけ》位なものであらう。余の如きは*黄巻青帙《こうかんせいちつ》の間に起臥して書斎以外に如何なる出来事が起るか知らんでも済む天下*

の逸民《いつみん》である。平生戦争の事は新聞で読まんでもない、又其状況は詩的に想像せんでもない。然し想像はどこ迄も想像で新聞は横から見ても縦から見ても紙片に過ぎぬ。だからいくら戦争が続いても戦争らしい感じがしない。其気楽な人間が不図《ふと》停車場に紛れ込んで第一に眼に映じたのが日に焦《や》けた顔と霜に染つた髯である。戦争はまのあたりに見えぬけれど戦争の結果――慥《たし》かに結果の一片、然も活動する結果の一片が眸底《ぼうてい》を掠めて去つた時は、此一片に誘はれて満洲の大野《たいや》を蔽ふ大戦争の光景があり〳〵と脳裏に描出せられた。

然も此戦争の影とも見るべき一片の周囲を繞《めぐ》る者は万歳と云ふ歓呼の声である。此声が即ち満洲の野に起つた咄喊《とつかん》の反響である。万歳の意義は字の如く読んで万歳に過ぎんが咄喊となると大分趣が違ふ。咄喊はワーと云ふ丈で万歳の様に意味も何もない。然し其意味のない所に大変な深い情が籠つて居る。人間の音声には黄色いのも濁つたのも澄んだのも太いのも色々あつて、其言語調子も亦《また》分類の出来ん位区々《まちまち》であるが一日二十四時間のうち二十三時間五十分迄は皆意味のある言葉を使つて居る。*着衣の件、喫飯《きつぱん》の件、談判の件、懸引《かけひき》の件、挨拶の件、雑話の件、凡て件と名のつくものは皆口から出る。仕舞には件がなければ口から出るものは無いと迄思ふ。そこへもつて来て、件のないのに意味の分らぬ音声を出すのは尋常ではない。出しても用の足りぬ声を使ふのは経済主義から云ふても功利主義から云つても割に合はぬに極つて居る。其割に合はぬ声を不作法に他人様の御聞《おきき》に入れて何等の理由もないのに罪もない鼓膜に迷惑を懸けるのは*よくせきの事でなければならぬ。咄喊は此よくせきを煎じ詰めて、煮詰めて缶詰めにした声である。死ぬか、生きるか娑婆か地獄かと云ふ際どい針線《はりがね》の上に立つて身震ひをするとき自然と横膈膜の底から湧き上がる至誠の声である。助けて呉れと云ふうちに誠はあらう、殺すぞと叫ぶうちにも誠はない事もあるまい。然し意味の通ずる丈其丈《それだけ》誠の度は少ない。意味の通ずる言葉を使ふ丈の余裕分別のあるうちは一心不乱の至境に達したとは申されぬ。咄喊にはこんな人間的な分子は交つて居らん。ワーと云ふのである。此ワーには厭味もなければ思慮もない。理もなければ非もない。詐《いつわ》りもなければ懸引もない。徹頭徹尾ワーである。結晶した精神が一度に破裂して上下四囲の空気を震盪《しんとう》さしてワーと鳴る。万歳の助けて呉れの殺すぞのとそんなけちな意味を有しては居らぬ。ワー其物が直ちに精神である。霊である。人間である。誠である。而《しか》して人界崇高の感は耳を傾けて此誠を聴き得たる時に始めて享受し得ると思ふ。耳を傾けて数十人、数百人、数千数万人の誠を一度に聴き得たる時に此崇高の感は始めて無上絶大の*玄境《げんきよう》に入《い》る。——余が将軍を見て流した涼しい涙は此玄境の反応だらう。

将軍のあとに続いてオリーヴ色の新式の軍服を着けた士官が二三人通る。是は出迎と見えて其表情が将軍とは大分違ふ。*居《きよ》は気を移すと云ふ孟子の語は小供の時分から聞いて居たが戦争から帰つた者と内地に暮らした人とは斯程《かほど》に顔付が変つて見えるかと思ふと一層感慨が深い。どうかもう一遍将軍の顔が見たいものだと延び上つたが駄目だ。只場外に群がる数万の市民が有らん限りの鬨《とき》を作つて停車場の硝子《ガラス》窓が破れる程に響くのみである。余の左右前後の人々は漸くに列を乱して入口の方へなだれかゝる。見たいのは余と同感と見える。余も黒い波に押されて一二間石段の方へ流れたが、それぎり先へは進めぬ。こんな時には余の性分としていつでも損をする。寄席がはねて木戸を出る時、待ち合せて電車に乗る時、人込みに切符を買ふ時、何でも多人数競争の折には大抵最後に取り残される、此場合にも先例に洩れず首尾よく人後に落ちた。而《しか》も普通の落ち方ではない。遥かこなたの人後だから心細い。葬式の赤飯に手を出し損つた時なら何とも思はないが、帝国の運命を決する活動力の断片を見損ふのは残念である。どうにかして見てやりたい。広場を包む万歳の声は此時四方から大濤《おおなみ》の岸に崩れる様な勢で余の鼓膜に響き渡つた。もうたまらない。どうしても見なければならん。不図《ふと》思ひついた事がある。去年の春麻布のさる町を通行したら高い練塀《ねりべい》のある広い屋敷のうちで何か多人数打ち寄つて遊んでゞも居るのか面白さうに笑ふ声が聞えた。余は此時どう云ふ腹工合か一寸此邸内を覗いて見たくなつた。全く腹工合の所為《せい》に相違ない。腹工合でなければ、そんな馬鹿気た了見の起る訳がない。源因はとにかく見たいものは見たいので源因の如何《いかん》に因《よ》つて変化出没する訳には行かぬ。然し今云ふ通り高い土塀の向ふ側で笑つて居るのだから壁に穴のあいて居らぬ限りは到底思ひ通り志望を満足する事は何人の手際でも出来かねる。到底見る事が叶はないと四囲の状況から宣告を下されると猶《なお》見てやり度《たく》なる。愚な話だが余は一目でも邸内を見なければ誓つて此町を去らずと決心した。然し案内も乞はずに人の屋敷内に這入り込むのは盗賊の仕業だ。と云つて案内を乞ふて這入るのは猶いやだ。此邸内の者共の御世話にならず、しかもわが人格を傷《きずつ》けず正々堂々と見なくては心持ちがわるい。さうするには高い山から見下すか、風船*の上から眺めるより外に名案もない。然し双方共当座の間に合ふ様な手軽なものとは云へぬ。よし、その儀なら此方《こつち》にも覚悟がある。高等学校時代で練習した高飛《たかとび》の術を応用して、飛び上がつた時に一寸見てやらう。是は妙策だ、幸い人通りもなし、あつた所が自分で自分が飛び上るに文句をつけられる因縁はない。やるべしと云ふので突然双脚《そうきやく》に精一杯の力を込めて飛び上がつた。すると熟練の結果は恐ろしい者で、かの土塀の上へ首が――首所ではない肩迄が思ふ様に出た。此機をはづすと到底目的は達せられぬと、ちらつく両眼を無理に据ゑて、こゝぞと思ふあたりを瞥見《べつけん》すると女が四人でテニスをして居た。余が飛び上がるのを相図《あいず》に四人が申し合せた様にホヽヽと癇《かん》の高い声で笑つた。おやと思ふうちにどたりと元の如く地面の上に立つた。

これは誰が聞いても滑稽である。冒険の主人公たる当人ですらあまり馬鹿気て居るので今日迄何人にも話さなかつた位自ら滑稽と心得て居る。然し滑稽とか真面目とか云ふのは相手と場合によつて変化する事で、高飛び其物が滑稽とは理由のない言草《いいぐさ》である。女がテニスをして居る所へ此方《こつち》が飛び上がつたから滑稽にもなるが、＊ロメオがジユリエツトを見る為に飛び上つたつて滑稽にはならない。ロメオ位な所では未だ滑稽を脱せぬと云ふなら余は猶《なお》一歩を進める。此凱旋の将軍、英名赫々《かくかく》たる偉人を拝見する為めに飛び上がるのは滑稽ではあるまい。それでも滑稽か知らん？　滑稽だつて構ふものか。見たいものは、誰が何と云つても見たいのだ飛び上がらう、夫がいゝ、飛び上がるに若《し》くなしだと、とう〳〵又先例によつて一蹴を試むる事に決着した。先づ帽子をとつて小脇に抱《か》い込む。此前は経験が足りなかつたので足が引力作用で地面へ引き着けられた勢に、買ひたての中折帽が挨拶もなく宙返りをして、一間許り向へ転がつた。夫をから車を引いて通り掛つた車夫が拾つて笑ひながらえへゝと差し出した事を記憶して居る。此度《こんど》は其手は喰はぬ。是なら大丈夫と帽子を確《しか》と抑へながら爪先で敷石を弾《はじ》く心持で暗に姿勢を整へる。人後に落ちた仕合せには邪魔になる程近くに人も居らぬ。しばし衰へた、歓声は盛り返す潮の岩に砕けた様にあたり一面に湧き上がる。こゝだと思ひ切つて、両足が胴のなかに飛び込みはしまひかと疑ふ程脚力をふるつて跳ね上つた。

幌を開いた＊ランドウが横向に凱旋門を通り抜け様とする中に――居た――居た。例の黒い顔が湧き返る声に囲まれて過去の紀念の如く華やかなる群衆の中に点じ出されて居た。将軍を迎へた*儀仗兵《ぎじようへい》の馬が万歳の声に驚ろいて前足を高くあげて人込の中に外《そ》れ様とするのが見えた。将軍の馬車の上に紫の旗が一流れ颯《さつ》となびくのが見えた。新橋へ曲る角の三階の宿屋の窓から*藤鼠《ふじねずみ》の着物をきた女が白いハンケチを振るのが見えた。

見えたと思ふより早く余が足は又停車場の床の上に着いた。凡てが一瞬間の作用である。ぱつと射る稲妻の飽く迄明るく物を照らした後が常よりは暗く見える様に余は茫然として地に下りた。将軍の去つたあとは群衆も自から乱れて今迄の様に静粛ではない。列を作つた同勢の一角が崩れると、堅い黒山が一度に動き出して濃い所が漸々《だんだん》薄くなる。気早《きばや》な連中はもう引き揚げると見える。所へ将軍と共に汽車を下りた兵士が三々五々隊を組んで場内から出てくる。服地の色は褪《さ》めて、ゲートルの代りには黄な羅紗《らしや》を畳んでぐる〳〵と脛へ巻き付けて居る。いづれもあらん限りの髯を生やして、出来る丈色を黒くして居る。是等も戦争の片破《かたわ》れである。大和魂を鋳固《いかた》めた製作品である。実業家も入《い》らぬ、新聞屋も入らぬ、芸妓《げいしや》も入らぬ、余の如く書物と睨めくらをして居るものは無論入らぬ。只此《この》髯茫々として、むさくるしき事乞食を去る遠からざる紀念物のみはなくて叶はぬ。彼等は日本の精神を代表するのみならず、広く人類一般の精神を代表して居る。人類の精神は算盤《そろばん》で弾《はじ》けず、三味線に乗らず、三頁にも書けず、百科全書中にも見当らぬ。只此兵士等の色の黒い、みすぼらしい所に髣髴《ほうふつ》として揺曳《ようえい》して居る。*出山《しゅっせん》の釈迦はコスメチックを塗つては居らん。金の指輪も穿《は》めて居らん。芥溜《ごみだめ》から拾ひ上げた雑巾をつぎ合せた様なもの一枚を羽織つて居る許りぢや。夫すら全身を掩《おお》ふには足らん。胸のあたりは北風の吹き抜けで、肋骨の枚数は自由に読める位だ。此釈迦が尊ければ此兵士も尊といと云はねばならぬ。昔し*元寇《げんこう》の役《えき》に*時宗《ときむね》が*仏光国師《ぶっこうこくし》に謁《えつ》した時、国師は何と云ふた。威を振つて*驀地《ばくち》に進めと吼《ほ》えたのみである。このむさくろしき兵士等は仏光国師の熱喝《ねつかつ》を喫した訳でもなからうが驀地に進むと云ふ禅機*に於て時宗と古今其揆《き》を一にして居る。彼等は驀地に進み了《りょう》して*曠如《こうじょ》と吾家に帰り来りたる英霊漢*である。天上を行き天下を行き、行き尽してやまざる底《てい》の気魄が吾人《ごじん》の尊敬に価《あたい》せざる以上は八*荒の中に尊敬すべきものは微塵程もない。黒い顔！　中には日本に籍があるのかと怪まれる位黒いのが居る。――刈り込まざる髯！　棕櫚箒《しゅろぼうき》を砧《きぬた》で打つた様な髯――此気魄は*這裏《しゃり》に*磅礴《ほうはく》として蟠《わだか》まり*沆瀁《こうよう》として漲《みなぎ》つて居る。

兵士の一隊が出てくる度《たび》に公衆は万歳を唱へてやる。彼等のあるものは例の黒い顔に笑《えみ》を湛へて嬉し気に通り過ぎる。あるものは傍目《わきめ》をふらずのそ〳〵と行く。歓迎とは如何なる者ぞと不審気に見える顔もたまには見える。又ある者は自己の歓迎旗の下に立つて揚々と後れて出る同輩を眺めて居る。あるひは石段を下るや否や迎のものに擁《よう》せられて、余りの不意撃に挨拶さへも忘れて誰彼《だれかれ》の容赦なく握手の礼を施こして居る。出征中に満洲で覚えたのであらう。

其中に――是がはからずも此話をかく動機になつたのであるが――年の頃二十八九の軍曹が一人居た。顔は他の先生方と異なる所なく黒い、髯も延びる丈延ばして恐らくは去年から持ち越したものと思はれるが眼鼻立ちは外の連中とは比較にならぬ程立派である。のみならず亡友浩《こう》さんと兄弟と見違へる迄よく似て居る。実は此男が只一人石段を下りて出た時ははつと思つて馳《か》け寄らうとした位であつた。然し浩さんは下士官ではない。志願兵から出身した歩兵中尉である。しかも故《こ》歩兵中尉で今では*白山《はくさん》の御寺に一年余も厄介になつて居る。だからいくら浩さんだと思ひたくつても思へる筈がない。但人情は妙なもので此軍曹が浩さんの代りに旅順*で戦死して浩さんが此軍曹の代りに無事で還つて来たら嘸《さぞ》結構であらう。御母《おつか》さんも定めし喜ばれるであらうと、露見する気支《きづかい》がないものだから勝手な事を考へながら眺めて居た。軍曹も何か物足らぬと見えて頻《しき》りにあたりを見廻して居る。外のものゝ様に足早に新橋の方へ立ち去る景色もない。何を探がして居るのだらう、もしや東京のものでなくて様子が分らんのなら教へて遣りたいと思つて猶《なお》目を放さずに打ち守つて居ると、どこをどう潜り抜けたものやら六十許りの婆さんが飛んで出て、いきなり軍曹の袖にぶら下がつた。軍曹は中肉ではあるが脊は普通より慥《たし》かに二寸は高い。之《これ》に反して婆さんは人並外れて丈《たけ》が低い上に年のせいで腰が少々曲つて居るから、抱き着いたとも寄り添ふたとも形容は出来ぬ。もし余が脳中にある和漢の字句を傾けて、其中から此有様を叙するに最も適当なる詞《ことば》を探したなら必ずぶら下がるが当選するにきまつて居る。此時軍曹は紛失物が見当つたと云ふ風で上から婆さんを見下す。婆さんはやつと迷児《まいご》を見付けたと云ふ体《てい》で下から軍曹を見上げる。やがて軍曹はあるき出す。婆さんもあるき出す。矢張りぶらさがつた儘である。近辺に立つ見物人は万歳々々と両人を囃《はや》し立てる。婆さんは万歳抔《など》には毫も耳を借《か》す景色はない。ぶらさがつたぎり軍曹の顔を下から見上げた儘《まま》吾が子に引き摺られて行く。冷飯草履《ひやめしぞうり》と鋲《びょう》を打つた兵隊靴が入り乱れもつれ合つて、うねりくねつて新橋の方へ遠《とお》ざかつて行く。余は浩さんの事を思ひ出して悵然《ちょうぜん》と草履と靴の影を見送つた。

二

浩さん！ 浩さんは去年の十一月旅順で戦死した。二十六日は風の強く吹く日であつたさうだ。遼東《りょうとう》の大野《たいや》を吹きめぐつて、黒い日を海に吹き落さうとする野分《のわき》の中に、松樹山《しょうじゅざん》の突撃は予定の如く行はれた。時は午後一時である。掩護《えんご》の為めに味方の打ち出した大砲が敵塁《てきるい》の左突角《とっかく》に中《あた》つて五丈程の砂烟りを捲き上げたのを相図に、散兵壕《さんぺいごう》から飛び出した兵士の数は幾百か知らぬ。蟻の穴を蹴返した如くに散り〳〵に乱れて前面の傾斜を攀ぢ登る。見渡す山腹は敵の敷いた鉄条網で足を容《い》るゝ余地もない。所を梯子《はしご》を担ひ土嚢を脊負《しよ》つて区々《まちまち》に通り抜ける。工兵の切り開いた二間に足らぬ路は、先を争ふ者の為めに奪はれて、後より詰めかくる人の勢に波を打つ。こちらから眺めると只一筋の黒い河が山を裂いて流れる様に見える。其黒い中に敵の弾丸は容赦なく落ちかゝつて凡てが消え失せたと思ふ位濃い烟が立ち揚る。怒る野分は横さまに烟りを千切《ちぎ》つて遥かの空に攫《さら》つて行く。あとには依然として黒い者が*簇然《そうぜん》と蠢《うご》めいて居る。此蠢めいて居るものゝうちに浩さんが居る。火桶《ひおけ》を中に浩さんと話をするときには浩さんは大きな男である。色の浅黒い髯の濃い立派な男である。浩さんが口を開いて興に乗つた話をするときは相手の頭の中には浩さんの外何もない。今日の事も忘れ明日の事も忘れ聴き惚れて居る自分の事も忘れて浩さん丈になつて仕舞ふ。浩さんは斯様《かよう》に偉大な男である。どこへ出しても浩さんなら大丈夫、人の目に着くに極つて居ると思つて居た。だから蠢《うご》めいて居る抔《など》と云ふ下等な動詞は浩さんに対して用ひたくない。ないが仕方がない。現に蠢めいて居る。鍬《くわ》の先に掘り崩された蟻群《ぎぐん》の一匹の如く蠢めいて居る。杓《ひしゃく》の水を喰《くら》つた蜘蛛の子の如く蠢めいて居る。如何なる人間もかうなると駄目だ。大いなる山、大いなる空、千里を馳け抜ける野分、八方を包む烟り、*鋳鉄の咽喉から吼《ほ》えて飛ぶ丸《たま》——是等《これら》の前には如何なる偉人も偉人としては認められぬ。俵に詰めた大豆の一粒の如く無意味に見える。嗚呼《ああ》浩さん！　一体どこで何をして居るのだ？　早く平生の浩さんになつて一番*露《ろ》助《すけ》を驚かしたらよからう。黒くむらがる者は丸《たま》を浴びる度《たび》にぱつと消える。消えたかと思ふと吹き散る烟の中に動いて居る。消えたり動いたりして居るうちに蛇の塀をわたる様に頭から尾迄波を打つて然も全体が全体として漸々《だんだん》上へ上へと登つて行く、もう敵塁《てきるい》だ。浩さん真先に乗り込まなければいけない。烟の絶間から見ると黒い頭の上に旗らしいものが靡《なび》いて居る。風の強い為めか、押し返される所為《せい》か真直ぐに立つたと思ふと寝る。落ちたのかと驚ろくと又高くあがる。すると又斜めに仆《たお》れかゝる。浩さんだ、浩さんだ。浩さんに相違ない。多人数集まつて揉《も》みに揉んで騒いで居る中にもし一人でも人の目につくものがあれば浩さんに違ない。自分の妻は天下の美人である。此天下の美人が晴れの席へ出て隣りの奥様と撰ぶ所なく一向目立たぬのは不平な者だ。己れの子が己れの家庭にのさばつて居る間は天にも地にも懸易《かけがえ》のない若旦那である。此若旦那が制服を着けて学校へ出ると、向ふの小間物屋のせがれと席を列《なら》べて、しかも其間に少しも懸隔《けんかく》のない様に見えるのは一寸物足らぬ感じがするだらう。余の浩さんに於《おけ》るも其通り。浩さんはどこへ出しても平生の浩さんらしくなければ気が済まん。擂鉢《すりばち》の中に攪《か》き廻される里芋の如く紛然雑然とゴロ〳〵して居てはどうしても浩さんらしくない。だから、何でも構はん旗を振らうが、剣を翳《かざ》さうが、とにかく此混乱のうちに少しなりとも人の注意を惹《ひ》くに足る働をするものを浩さんにしたい。したい段ではない。必ず浩さんに極つて居る。どう間違つたつて浩さんが碌々《ろくろく》*として頭角をあらはさない抔と云ふ不見識な事は予期出来んのである。——夫だからあの旗持《はたもち》は浩さんだ。

黒い塊りが敵塁の下迄来たから、もう塁壁を攀《のぼ》ぢ上るだらうと思ふうち、忽《たちま》ち長い蛇の頭はぽつりと二三寸切れてなくなつた。是は不思議だ。丸《たま》を喰《くら》つて斃《たお》れたとも見えない。狙撃を避ける為め地に寐たとも見えない。どうしたのだらう。すると頭の切れた蛇が又二三寸ぷつりと消えてなくなつた。是は妙だと眺めて居ると順繰《じゅんぐり》に下から押し上る同勢が同じ所へ来るや否や忽ちなくなる。しかも砦の壁には誰一人としてとり付いたものがない。塹壕《ざんごう》だ。敵塁と我兵の間には此邪魔物があつて、此邪魔物を越さぬ間は一人も敵に近《ちかづ》く事は出来んのである。彼等はえい〳〵と鉄条網を切り開いた急坂を登りつめた揚句、此壕《ほり》の端《はた》迄来て一も二もなく此深い溝の中に飛び込んだのである。担つて居る梯子《はしご》は壁に懸ける為め、脊負《しょ》つて居る土嚢は濠を埋める為めと見えた。濠はどの位埋つたか分らないが、先の方から順々に飛び込んではなくなり、飛び込んではなくなつてとう〳〵浩さんの番に来た。愈《いよいよ》浩さんだ。確《しつ》かりしなくてはいけない。高く差し上げた旗が横に靡いて寸断々々《ずたずた》に散るかと思ふ程強く風を受けた後旗竿が急に傾いて折れたなと疑ふ途端に浩さんの影は忽ち見えなくなつた。愈飛び込んだ！ 折から*二龍山《にりゅうざん》の方面より打ち出した大砲が五六発、大空に鳴る烈風を劈《つんざ》いて一度に山腹に中《あた》つて山の根を吹き切る許り轟《とどろ》き渡る。迸《ほとば》しる砂烟《すなけむり》は淋しき初冬の日蔭を籠《こ》めつくして、見渡す限りに有りとある物を封じ了《おわ》る。浩さんはどうなつたか分らない。気が気でない。あの烟の吹いて居る底だと見当をつけて一心に見守る。夕立を遠くから望む様に密に蔽ひ重なる濃き者は、烈しき風の捲返してすくひ去らうと焦《あせ》る中に依然として凝り固つて動かぬ。約二分間は眼をいくら擦《こす》つても盲目同然どうする事も出来ない。然し此烟りが晴れたら——若《も》し此烟りが散り尽したら、屹度《きつと》見えるに違ない。浩さんの旗が壕の向側に日を射返して耀き渡つて見えるに違ない。否向側を登りつくしてあの高く見える堞《ひめがき》の上に翩々《へんぺん》と翻《ひるがえ》つて居るに違ない。外の人なら兎に角浩さんだから、その位の事は必ずあるに極つて居る。早く烟が晴れゝばいい。何故晴れんだらう。占《し》めた、敵塁の右の端の突角《とつかく》の所が朧気《おぼろげ》に見え出した。中央の厚く築き上げた石壁も見え出した。然し人影はない。はてな、もうあすこ等に旗が動いて居る筈だが、どうしたのだらう。それでは壁の下の土手の中頃に居るに相違ない。烟は拭《ぬぐ》ふが如く一掃《ひとはき》に上から下迄漸次《ぜんじ》に晴れ渡る。浩さんはどこにも見えない。是はいけない。田螺《たにし》の様に蠢《うご》めいて居たほかの連中もどこにも出現せぬ様子だ。愈《いよいよ》いけない。もう出るか知らん、五秒過ぎた。まだか知らん、十秒立つた。五秒は十秒と変じ、十秒は二十、三十と重なつても誰一人《たれいちにん》の塹壕から向ふへ這ひ上る者はない。ない筈である。塹壕に飛び込んだ者は向へ渡す為めに飛び込んだのではない。死ぬ為めに飛び込んだのである。彼等の足が壕底に着くや否や*穹窖《きゆうこう》より覘《ねらい》を定めて打ち出す機関砲は、杖を引いて竹垣の側面を走らす時の音がして瞬く間に彼等を射殺した。殺されたものが這ひ上がれる筈がない。石を置いた沢庵の如く積み重なつて、人の眼に触れぬ坑内に横《よこた》はる者に、向へ上がれと望むのは、望むもの丶無理である。横はる者だつて上がりたいだらう、上りたければこそ飛び込んだのである。いくら上がり度《たく》ても、手足が利かなくては上がれぬ。眼が暗んでは上がれぬ。胴に穴が開いては上がれぬ。血が通はなくなつても、脳味噌が潰《つぶ》れても、肩が飛《とん》でも身体《からだ》が棒の様に鯱張《しやちこば》つても上がる事は出来ん。二龍山から打出した砲烟が散じ尽した時に上がれぬ許りではない。寒い日が旅順の海に落ちて、寒い霜が旅順の山に降つても上がる事は出来ん。*ステツセルが開城して二十の砲砦《ほうさい》が悉《ことごと》く日本の手に帰しても上る事は出来ん。*日露の講和が成就して乃木将軍が目出度《めでたく》凱旋しても上がる事は出来ん。百年三万六千日*乾坤《けんこん》を提《さ》げて迎に来ても上がる事は遂に出来ぬ。是が此塹壕に飛び込んだもの丶運命である。而《しか》して亦《また》浩さんの運命である。*蠢々《しゆんしゆん》として御玉杓子《おたまじやくし》の如く動いて居たものは突然と此底のない坑《あな》のうちに落ちて、浮世の表面から闇の裡《うち》に消えて仕舞つた。旗を振らうが振るまいが、人の目につかうがつくまいが斯《こ》うなつて見ると変りはない。浩さんがしきりに旗を振つた所はよかつたが、壕《ほり》の底では、ほかの兵士と同じ様に冷たくなつて死んで居たさうだ。

ステツセルは降《くだ》つた。講和は成立した。将軍は凱旋した。兵隊も歓迎された。然し浩さんはまだ坑《あな》から上つて来ない。図らず新橋へ行つて色の黒い将軍を見、色の黒い軍曹を見、脊の低い軍曹の御母《おつか》さんを見て涙迄流して愉快に感じた。同時に浩さんは何故壕から上がつて来んのだらうと思つた。浩さんにも御母さんがある。此軍曹のそれの様に脊は低くない、又冷飯草履《ひやめしぞうり》を穿《は》いた事はあるまいが、もし浩さんが無事に戦地から帰つてきて御母さんが新橋へ出迎へに来られたとすれば矢張りあの婆さんの様にぶら下がるかも知れない。浩さんもプラットフォームの上で物足らぬ顔をして御母さんの群集の中から出てくるのを待つだらう。それを思ふと可哀さうなのは坑を出て来ない浩さんよりも、浮世の風にあたつて居る御母さんだ。塹壕に飛び込む迄は兎に角、飛び込んで仕舞へば夫迄である。娑婆の天気は晴であらうとも曇であらうとも頓着はなからう。然し取り残された御母さんはさうは行かぬ。そら雨が降る、垂《た》れ籠《こ》めて浩さんの事を思ひ出す。そら晴れた、表へ出て浩さんの友達に逢ふ。歓迎で国旗を出す、あれが生きて居たらと愚痴っぽくなる。洗湯《せんとう》で年頃の娘が湯を汲んで呉れる、あんな嫁が居たらと昔を偲ぶ。是では生きて居るのが苦痛である。それも子福者《こぶくしや》であるなら一人なくなつても、あとに慰めてくれるものもある。然し親一人子一人の家族が半分欠けたら、瓢簞《ひようたん》の中から折れたと同じ様なものでしめ括《くく》りがつかぬ。軍曹の婆さんではないが年寄りのぶら下がるものがない。御母さんは今に浩一が帰つて来たらばと、皺だらけの指を日夜に折り尽してぶら下がる日を待ち焦《こ》がれたのである。其ぶら下がる当人は旗を持つて思ひ切りよく塹壕の中へ飛び込んで、今に至る迄上がつて来ない。白髪は増したかも知れぬが将軍は歓呼の裡《うち》に帰来した。色は黒くなつても軍曹は得意にプラツトフオームの上に飛び下りた。白髪にならうと日に焼け様と帰りさへすればぶら下がるに差し支へはない。右の腕を繃帯で釣るして左の足が義足と変化しても帰りさへすれば構はん。構はんと云ふのに浩さんは依然として坑から上がつて来ない、上がつて来ないと、あとを追ひかけて仕舞には御母さんも坑の中へ飛び込むかも知れない。

幸ひ今日は閑《ひま》だから浩さんのうちへ行つて久し振りに御母さんを慰めてやらう？慰めに行くのはいゝがあすこへ行くと、行く度《たび》に泣かれるので困る。先達《せんだつ》て抔は一時間半許り泣き続けに泣かれて、仕舞には大抵な挨拶はし尽して、大に応対に窮した位だ。其時御母さんはせめて気立ての優しい嫁でも居りましたら、こんな時には力になりますのにと頻《しき》りに嫁々と繰り返して大に余を困らせた。それも一段落告げたからもう善からうと御免蒙りかけると、あなたに是非見て頂くものがあると云ふから、何ですと聴いたら浩一の日記ですと云ふ。成程亡友の日記は面白からう。元来日記と云ふものは其日〳〵の出来事を書き記るすのみならず、又時々刻々の心ゆきを遠慮なく吐き出すものだから、如何に親友の手帳でも断りなしに目を通す訳には行かぬが、御母さんが承諾する——否先方から依頼する以上は無論興味のある仕事に相違ない。だから御母さんに読んでくれと云はれたときは大に乗気になつて夫は是非見せて頂戴と迄云はうと思つたが、此上《このうえ》又日記で泣かれる様な事があつては大変だ。到底余の手際《てぎわ》では切り抜ける訳には行かぬ。ことに時刻を限つてある人と面会の約束をした刻限も逼《せま》つて居るから、是は追つて改めて上がつて緩々《ゆるゆる》拝見を致す事に願ひませうと逃げ出した位である。以上の理由で訪問はちと避易《へきえき》の体《てい》である。尤《もつと》も日記は読みたくない事もない。泣かれるのも少しなら厭とは云はない。元々木や石で出来上つたと云ふ訳ではないから人の不幸に対して一滴の同情位は優に表し得る男であるが如何せん性来《しようらい》余り口の製造に念が入つて居らんので応対に窮する。御母さんがまああなた聞いて下さいましと啜《すす》り上げてくると、何と受けてい〻か分らない。夫を無理矢理に体裁を繕《つく》ろつて半間《はんま》に調子を合せ様とすると切角の慰藉的好意が水泡と変化するのみならず、時には思ひも寄らぬ結果を呈出して熱湯と迄沸騰する事がある。是では慰めに行つたのか怒らせに行つたのか先方でも了解に苦しむだらう。行きさへしなければ薬も盛らん代りに毒も進めぬ訳だから危険はない。訪問は何《いず》れ其内として、まづ今日は見合せ様。

訪問は見合せる事にしたが、昨日の新橋事件を思ひ出すと、どうも浩さんの事が気に掛つてならない。何等かの手段で親友を弔つてやらねばならん。*悼亡《とうぼう》の句抔は出来る柄でない。文才があれば平生の交際を其儘《そのまま》記述して雑誌にでも投書するが此筆では夫も駄目と。何かないかな？　うむある〳〵寺参りだ。浩さんは松樹山の塹壕からまだ上つて来ないが其紀念の遺髪は遥かの海を渡つて駒込の寂光院に埋葬された。こゝへ行つて御参りをしてきやうと*西片町の吾家を出る。冬の取つ付きである。小春と云へば名前を聞いてさへ*熟柿の様ないゝ心持になる。ことに今年はいつになく暖かなので袷羽織《あわせばおり》に綿入一枚の出《い》で立ちさへ軽々とした快い感じを添へる。先の斜めに減つた杖を振り廻しながら寂光院と*大師流《だいしりゆう》に古い紺青で彫りつけた額《がく》を眺めて門を這入ると、*精舎《しようじや》は格別なもので門内は蕭条《しようじよう》として一塵の痕も留めぬ程掃除が行き届いて居る。是はうれしい。肌の細かな赤土が泥濘《ぬか》りもせず干乾《ひから》びもせず、ねつとりとして日の色を含んだ景色程難有《ありがた》いものはない。西片町は学者町か知らないが雅な家は無論の事、落ちついた土の色さへ見られない位近頃は住宅が多くなつた。学者がそれ丈殖《ふ》えたのか、或は学者がそれ丈不風流なのか、まだ研究して見ないから分らないが、かうやつて広々とした境内へ来ると、平生は学者町で満足を表して居た眼にも何となく坊主の生活が羨しくなる。門の左右には周囲二尺程な赤松が泰然として控へて居る。大方百年位前から斯《かく》の如く控へて居るのだらう。鷹揚な所が頼母《たのも》しい。神無月の松の落葉とか昔は称へたものださうだが葉を振つた景色は少しも見えない。只蟠《わだかま》つた根が奇麗な土の中から瘤《こぶ》だらけの骨を一二寸露はして居る許りだ。老僧か、小坊主か*納所《なつしよ》かあるひは門番が凝性《こりしよう》で大方日に三度位掃くのだらう。松を左右に見て半町程行くとつき当りが本堂で、其右が庫裏《くり》である。本堂の正面にも金泥《きんでい》の額が懸つて、鳥の糞か、紙を嚙んで叩きつけたのか点々と筆者の神聖を汚がして居る。八寸角の欅柱《けやきばしら》には、のたくつた草書の聯*が読めるなら読んで見ろと澄してかゝつて居る。成程読めない。読めない所を以て見ると余程名家の書いたものに違ひない。ことによると王羲之《おうぎし》*かも知れない。えらさうで読めない字を見ると余は必ず王羲之にしたくなる。王羲之にしないと古い妙な感じが起らない。本堂を右手に左へ廻ると墓場である。墓場の入口には化銀杏《ばけいちよう》がある。但し化の字は余のつけたのではない。聞く所によると此界隈で寂光院のばけ銀杏と云へば誰も知らぬ者はないさうだ。然し何が化けたつて、こんなに高くはなりさうもない。三抱《みかかえ》もあらうと云ふ大木だ。例年なら今頃はとくに葉を振つて、から坊主になつて、野分のなかに唸《うな》つて居るのだが、今年は全く破格な時候なので、高い枝が悉《ことごと》く美しい葉をつけて居る。下から仰ぐと目に余る黄金の雲が、穏かな日光を浴びて、所々鼈甲《べつこう》の様に輝くからまぼしい位見事である。其雲の塊りが風もないのにはら〳〵と落ちてくる。無論薄い葉の事だから落ちても音はしない、落ちる間も亦頗《またすこぶ》る長い。枝を離れて地に着く迄の間に或《あるい》は日に向ひ或は日に背いて色々な光を放つ。色々に変りはするものゝ急ぐ景色もなく、至つて豊かに、至つてしとやかに降つて来る。だから見て居ると落つるのではない、空中を揺曳《ようえい》して遊んで居る様に思はれる。閑静である。——凡てのものゝ動かぬのが一番閑静だと思ふのは間違つて居る。動かない大面積の中に一点が動くから一点以外の静さが理解出来る。しかも其一点が動くと云ふ感じを過重《かちよう》ならしめぬ位、否其一点の動く事其れ自らが*定寂《じようじやく》の姿を帯びて、しかも他の部分の静粛な有様を*反思《はんし》せしむるに足る程に靡いたなら――其時が一番閑寂の感を与へる者だ。銀杏の葉の一陣の風なきに散る風情は正に是である。限りもない葉が朝、夕を厭はず降つてくるのだから、木の下は、黒い地の見えぬ程扇形《おうぎがた》の小さい葉で敷きつめられて居る。さすがの寺僧もこゝ迄は手が届かぬと見えて、当座は掃除の煩《はん》を避けたものか、又は堆《うずた》かき落葉を興ある者と眺めて、打ち棄てゝ置くのか。兎に角美しい。

しばらく化銀杏の下に立つて、上を見たり下を見たり佇《たたず》んで居たが、漸くの事幹のもとを離れて愈《いよいよ》墓地の中へ這入り込んだ。此寺は由緒のある寺ださうで所々に大きな蓮台《れんだい》の上に据ゑつけられた石塔が見える。右手の方に柵を控へたのには梅花院殿瘠鶴《せきかく》大居士とあるから大方大名か旗本の墓だらう。中には至極簡略で尺たらずのもある。慈雲童子と楷書で彫つてある。小供だから小さい訳だ。此外石塔も沢山ある、戒名も飽きる程彫り付けてあるが、申し合せた様に古いの許りである。近頃になつて人間が死なゝくなつた訳でもあるまい、矢張り従前の如く相応の亡者《もうじや》は、年々御客様となつて、あの剝げかゝつた額の下を潜るに違ない。然し彼等が一度《ひとた》び化銀杏の下を通り越すや否や急に古る仏となつて仕舞ふ。何も銀杏の所為《せい》と云ふ訳でもなからうが、大方の檀家は寺僧の懇情で、余り広くない墓地の空所を狭めずに、先祖代々の墓の中に新仏《しんぼとけ》を祭り込むからであらう。浩さんも祭り込まれた一人である。

浩さんの墓は古いと云ふ点に於て此古い卵塔場《らんとうば》*内で大分幅の利く方である。墓はいつ頃出来たものか確《しか》とは知らぬが、何でも浩さんの御父さんが這入り、御爺《おじい》さんも這入り、其又御爺さんも這入つたとあるから決して新らしい墓とは申されない。古い代りには形勝の地を占めて居る。隣り寺を境に一段高くなつた土手の上に三坪程な平地があつて石段を二つ踏んで行き当りの真中にあるのが御爺さんも御父さんも浩さんも同居して眠つて居る河上家代々之墓である。極めて分り易ひ。化銀杏を通り越して一筋道を北へ二十間歩けばよい。余は馴れた所だから例の如く例の路をたどつて半分程来て、ふと何の気なしに眼をあげて自分の詣《まい》るべき墓の方を見た。見るともう来て居る。誰だか分らないが後ろ向になつて頻《しき》りに合掌して居る様子だ。はてな。誰だらう。誰だか分り様はないが、遠くから見ても男でない丈は分る。恰好《かつこう》から云つても慥《たし》かに女だ。女なら御母さんか知らん。余は無頓着の性質で女の服装抔は一向不案内だが、御母さんは大抵黒繻子《くろじゆす》の帯をしめて居る。所が此女の帯は——後から見ると最も人の注意を惹《ひ》く、女の背中一杯に広がつて居る帯は決して黒つぽいものでもない。光彩陸離*たる矢鱈《やたら》に奇麗なものだ。若い女だ！と余は覚えず口の中で叫んだ。かうなると余は少々ばつがわるい。進むべきものか退くべきものか一寸留つて考へて見た。女は夫《それ》とも知らないから、しやがんだ儘熱心に河上家代々の墓を礼拝して居る。どうも近寄りにくい。去ればと云つて逃げる程悪事を働いた覚はない。どうしやうと迷つて居ると女はすつくら立ち上がつた。後ろは隣りの寺の孟宗藪で寒い程緑りの色が茂つて居る。其滴《した》たる許り深い竹の前にすつくりと立つた。背景が北側の日影で、黒い中に女の顔が浮き出した様に白く映る。眼の大きな頬の緊《しま》つた領《えり》の長い女である。右の手をぶらりと垂れて、指の先でハンケチの端をつかんで居る。其ハンケチの雪の様に白いのが、暗い竹の中に鮮かに見える。顔とハンケチの清く染め抜かれた外は、あつと思つた瞬間に余の眼には何物も映らなかつた。余が此年になる迄に見た女の数は夥《おびただ》しいものである。往来の中、電車の上、公園の内、音楽会、劇場、縁日、随分見たと云つて宜《よろ》しい。然し此時程驚ろいた事はない。此時程美しいと思つた事はない。余は浩さんの事も忘れ、墓詣りに来た事も忘れ、極りが悪るいと云ふ事さへ忘れて白い顔と白いハンケチ許り眺めて居た。今迄は人が後ろに居やうとは夢にも知らなかつた女も、帰らうとして歩き出す途端に、茫然として佇ずんで居る余の姿が眼に入つたものと見えて、石段の上に一寸立ち留まつた。下から眺めた余の眼と上から見下す女の視線が五間を隔てゝ互に行き当つた時、女はすぐ下を向いた。すると飽く迄白い頬に裏から朱を溶いて流した様な濃い色がむら〳〵と煮染《にじ》み出した。見るうちに夫が顔一面に広がつて耳の付根《つけね》迄真赤に見えた。是は気の毒な事をした。化銀杏の方へ逆戻りを仕様。いやさうすれば却《かえ》つて忍び足に後でもつけて来た様に思はれる。と云つて茫然と見とれて居ては猶《なお》失礼だ。*死地に活を求むと云ふ兵法もあると云ふ話しだから是は勢よく前進するに若《し》くはない。墓場へ墓詣《はかまい》りをしに来たのだから別に不思議はあるまい。只躊躇するから怪しまれるのだ。と決心して例のステツキを取り直して、つか〳〵と女の方にあるき出した。すると女も俯向《うつむ》いた儘歩《ほ》を移して石段の下で逃げる様に余の袖の傍を擦りぬける。*ヘリオトロープらしい香りがぷんとする。香が高いので、小春日に照りつけられた袷羽織《あわせばおり》の脊中からしみ込んだ様な気がした。女が通り過ぎたあとは、やつと安心して何だか我に帰つた風に落ち付いたので、元来何者だらうと又振り向いて見る。すると運悪く又眼と眼が行き合つた。此度《こんど》は余は石段の上に立つてステツキを突いて居る。女は化銀杏の下で、行きかけた体を斜めに捩《ねじ》つて此方《こっち》を見上げて居る。銀杏は風なきに猶ひら〳〵と女の髪の上、袖の上、帯の上へ舞ひさがる。時刻は一時か一時半頃である。丁度去年の冬浩さんが大風の中を旗を持つて散兵壕《さんぺいごう》から飛び出した時である。空は研ぎ上げた剣を懸けつらねた如く澄んで居る。秋の空の冬に変る間際程高く見える事はない。羅《うすもの》に似た雲の、微かに飛ぶ影も眸《ひとみ》の裡《うち》には落ちぬ。羽根があつて飛び登ればどこ迄も飛び登れるに相違ない。然しどこ迄昇つても昇り尽せはしまいと思はれるのが此空である。無限と云ふ感じはこんな空を望んだ時に最もよく起る。此無限に遠く、無限に遥《はる》かに、無限に静かな空を会釈もなく裂いて、化銀杏が黄金の雲を凝らして居る。其隣には寂光院の屋根瓦が同じく此蒼穹《そうきゆう》の一部を横に劃して、何十万枚重なつたものか黒々と鱗の如く、暖かき日影を射返して居る。――古き空、古き銀杏、古き伽藍と古き墳墓が寂寞《じやくまく》として存在する間に、美くしい若い女が立つて居る。非常な対照である。竹藪を後ろに脊負《しよ》つて立つた時は只顔の白いのとハンケチの白いの許り目に着いたが、今度はすらりと着こなした衣の色と、其衣を真中から輪に截《き》つた帯の色がいちゞるしく目立つ。縞柄《しまがら》だの品物抔は余の様な無風流漢には残念ながら記述出来んが、色合丈は慥《たし》かに華やかな者だ。こんな物寂《さ》びた境内に一分たりとも居るべき性質のものでない。居るとすればどこからか戸迷《とまどい》をして紛れ込んで来たに相違ない。三越*陳列場の断片を切り抜いて落柿舎《らくししや》*の物干竿《ものほしざお》へかけた様なものだ。対照の極とは是であらう。――女は化銀杏の下から斜めに振り返つて余が詣《まい》る墓のありかを確かめて行きたいと云ふ風に見えたが、生憎《あいにく》余の方でも女に不審があるので石段の上から眺め返したから、思ひ切つて本堂の方へ曲つた。銀杏はひら〳〵と降つて、黒い地を隠す。

余は女の後姿を見送つて不思議な対照だと考へた。昔し住吉*の祠《やしろ》で芸者を見た事がある。其時は時雨《しぐれ》の中に立ち尽す島田姿が常よりは妍《あで》やかに余が瞳を照した。箱根*の大地獄で二八*余りの西洋人に遇つた事がある。其折は十丈も煮え騰《あが》る湯煙りの凄じき光景が、しばらくは和らいで安慰の念を余が頭に与へた。凡ての対照*は大抵此二つの結果より外には何も生ぜぬ者である。在来の鋭どき感じを削つて鈍くするか、又は新たに視界に現はるゝ物象を平時よりは明瞭に脳裏に印し去るか、是が普通吾人の予期する対照である。所が今睹《み》た対象は毫もそんな感じを引き起さなかつた。相除《そうじょ》の対照でもなければ相乗の対照でもない。古い、淋しい消極的な心の状態が滅じた景色は更にない、と云つて此美くしい綺羅を飾つた女の容姿が、音楽会や、園遊会で逢ふよりは一《ひ》と際目立つて見えたと云ふ訳でもない。余が寂光院の門を潜つて得た情緒は、浮世を歩む年齢が逆行して*父母《ふも》未生以前《みしょういぜん》に溯つたと思ふ位、古い、物寂びた、憐れの多い、捕へる程確《しか》とした痕迹もなき迄、淡く消極的な情緒である。此情緒は藪を後ろにすつくりと立つた女の上に、余の眼が注がれた時に毫も矛盾の感を与へなかつたのみならず、落葉の中に振り返る姿を眺めた瞬間に於て、却《かえ》つて一層の深きを加へた。古伽藍と剝げた額《がく》、化銀杏と動かぬ松、*錯落《さくらく》と列《なら》ぶ石塔——死したる人の名を彫《きざ》む死したる石塔と、花の様な佳人とが融和して一団の気と流れて円熟*無礙《むげ》の一種の感動を余の神経に伝へたのである。

斯《こ》んな無理を聞かせられる読者は定めて承知すまい。それは文士の嘘言だと笑ふ者さへあらう。然し事実はうそでも事実である。文士だらうが不文士だらうが書いた事は書いた通り懸価《かけね》のない所をかいたのである。もし文士がわるければ断つて置く。余は文士ではない、西片町に住む学者だ。若《も》し疑ふなら此問題をとつて学者的に説明してやらう。読者*は沙翁《さおう》の悲劇マクベスを知つて居るだらう。マクベス夫婦が共謀して主君のダンカンを寝室の中で殺す。殺して仕舞ふや否や門の戸を続け様に敲《たた》くものがある。すると門番が敲く〳〵と云ひながら出て来て酔漢の管《くだ》を捲く様なたわいもない事を呂律《ろれつ》の廻らぬ調子で述べ立てる。是が対照だ。対照も対照も一通りの対照ではない。人殺しの傍《わき》で都々逸《どどいつ》を歌ふ位の対照だ。所が妙な事は此滑稽を挿んだ為めに今迄の凄《せい》愴《そう》たる光景が多少和らげられて、此に至つて一段とくつろぎが付いた感じもなければ、又滑稽が事件の排列の具合から平生より一倍の可笑味《おかしみ》を与へると云ふ訳でもない。それでは何等の功果もないかと云ふと大変ある。劇全体を通じての物凄さ、怖しさは此一段の諧謔の為めに白熱度に引き上げらるゝのである。猶《なお》拡大して云へば此場合に於ては諧謔其物が畏怖である、恐懼《きょうく》である、悚然《しょうぜん》として粟《あわ》を肌に吹く要素になる。其訳を云へば先づかうだ。

　吾人《ごじん》が事物に対する観察点が従来の経験で支配せらるゝのは言を待たずして明瞭な事実である。経験の勢力は度数と、単独な場合に受けた感動の量に因《よ》つて高下増減するのも争はれぬ事実であらう。絹布団に生れ落ちて御意《ぎょい》だ仰《おお》せだと持ち上げられる経験が度重《たびかさ》なると人間は余に頭を下げる為めに生れたのぢやなと御意遊ばす様になる。金で酒を買ひ、金で妾《めかけ》を買ひ、金で邸宅、朋友、*従五位《じゆごい》迄買つた連中は金さへあれば何でも出来るさと金庫を横目に睨んで高《たか》を括《くく》つた鼻先を虚空遥かに反《そ》り返へす。一度の経験でも御多分には洩れん。*箔屋町《はくやちょう》の大火事に身代《しんだい》を潰《つぶ》した旦那は*板橋の一つ番でも蒼くなるかも知れない。*濃尾の震災に瓦の中から掘り出された*生き仏は*ドンが鳴つても念仏を唱へるだらう。正直な者が生涯に一返万引を働いても疑を掛ける知人もないし、冗談を商買にする男が十年に半日真面目な事件を担ぎ込んでも誰も相手にするものはない。つまる所吾々の観察点と云ふものは従来の惰性で解決せられるのである。吾々の生活は千差万別であるから、吾々の惰性も商買により職業により、年齢により、気質により、両性によりて各《おのおの》異なるであらう。が其通り劇を見るときにも小説を読むときにも全篇を通じた調子があつて、此調子が読者、観客の心に反応すると矢張り一種の惰性になる。もし此惰性を構成する分子が猛烈であればある程、惰性其物も牢《ろう》として動かすべからず抜くべからざる傾向を生ずるに極つて居る。マクベスは妖婆、毒婦、兇漢の行為動作を*刻意《こくい》に描写した悲劇である。読んで冒頭より門番の滑稽に至つて*冥々の際読者の心に生ずる唯一の惰性は怖と云ふ一字に帰着して仕舞ふ。過去が既に怖である、未来も亦《また》怖なるべしとの予期は、自然と己れを放射して次に出現すべき如何なる出来事をも此怖に関連して解釈しやうと試みるのは当然の事と云はねばならぬ。船に酔つたものが陸に上つた後迄も大地を動くものと思ひ、臆病に生れ付いた雀が案山子《かがし》を例の爺さんかと疑ふ如く、マクベスを読む者も亦怖の一字をどこ迄も引張つて、怖を冠すべからざる辺に迄持つて行かうと力《つと》むるは怪しむに足らぬ。何事をも怖化せんとあせる矢先に現はるゝ門番の狂言諧謔とは受け取れまい。

世間には*諷語《ふうご》と云ふがある。諷語は皆表裏二面の意義を有して居る。先生を馬鹿の別号に用ひ、大将を匹夫《ひっぷ》の渾名《あだな》に使ふのは誰も心得て居やう。此筆法で行くと人に謙遜するのは益《ますます》人を愚にした待遇法で、他を称揚するのは熾《さかん》に他を罵倒した事になる。表面の意味が強ければ強い程、裏側の含蓄も漸く深くなる。御辞儀一つで人を愚弄するよりは、履物を揃へて人を揶揄する方が深刻ではないか。此心理を一歩開拓して考へて見る。吾々が使用する大抵の命題は反対の意味に解釈が出来る事とならう。さあどつちの意味にしたものだらうと云ふときに例の惰性が出て苦もなく判断して呉れる。滑稽の解釈に於ても其通りと思ふ。滑稽の裏には真面目がくつ付いて居る。大笑の奥には熱涙《ねつるい》が潜んで居る。雑談《じようだん》の底には*啾々《しゆうしゆう》たる鬼哭《きこく》が聞える。とすれば怖と云ふ惰性を養成した眼を以て門番の諧謔を読む者は、其諧謔を正面から解釈したものであらうか、裏側から観察したものであらうか。裏面から観察するとすれば酔漢の妄語《もうご》のうちに身の毛もよだつ程の畏懼《いく》の念はある筈だ。元来諷語は*正語《せいご》よりも皮肉なる丈《だけ》正語よりも深刻で猛烈なものである。虫さへ厭ふ美人の根性を透見《とうけん》して、毒蛇の化身即ち此天女なりと判断し得たる刹那に、其罪悪は同程度の他の罪悪よりも一層怖るべき感じを引き起す。全く人間の諷語であるからだ。白昼の化物の方が定石の幽霊よりも或る場合には恐ろしい。諷語であるからだ。廃寺に一夜をあかした時、庭前の一本杉の下で*カツポレを躍るものがあつたら此カツポレは非常に物凄からう。是も一種の諷語であるからだ。マクベスの門番は山寺のカツポレと全然同格である。マクベスの門番が解けたら寂光院の美人も解ける筈だ。

　百花の王を以て許す牡丹さへ崩れるときは、富貴の色も只好事家の憐れを買ふに足らぬ程脆《もろ》いものだ。美人薄命と云ふ諺もある位だから此女の寿命も容易に保険はつけられない。然し妙齢の娘は概して活気に充《み》ちて居る。前途の希望に照されて、見るからに陽気な心持のするものだ。のみならず*友染《ゆうぜん》とか、*繻珍《しゅちん》とか、ぱつとした色気のものに包まつて居るから、横から見ても縦から見ても派出である、立派である、春景色である。其一人が――最も美くしき其一人が寂光院の墓場の中に立つた。浮かない、古臭い、沈静な四顧《しこ》の景物の中に立つた。すると其愛らしき眼、其はなやかな袖が忽然と本来の面目を変じて蕭条《しょうじょう》たる周囲に流れ込んで、境内寂寞《けいだいじゃくまく》の感を一層深からしめた。天下に墓程落付いたものはない。然し此女が墓の前に延び上がつた時は墓よりも落ちついて居た。銀杏の黄葉《こうよう》は淋しい。況《ま》して化けるとあるから猶《なお》淋しい。然し此女が化銀杏の下に横顔を向けて佇んだときは、銀杏の精が幹から抜け出したと思はれる位淋しかつた。*上野の音楽会でなければ釣り合はぬ服装をして、帝国ホテルの夜会にでも招待されさうな此女が、なぜかくの如く四辺の光景と*映帯《えいたい》して索寞《さくばく》の観を添へるのか。是も諷語だからだ。マクベスの門番が怖しければ寂光院の此女も淋しくなくてはならん。

御墓を見ると花筒に菊がさしてある。垣根に咲く豆菊《まめぎく》の色は白いもの許りである。是も今の女の所為《しょい》に相違ない。家から折つて来たものか、途中で買つて来たものか分らん。若《も》しや名刺でも括《くく》りつけてはないかと葉裏迄覗《のぞ》いて見たが何もない。全体何物だらう？　余は高等学校時代から浩さんとは親しい付き合ひの一人であつた。うちへはよく宿《とま》りに行つて浩さんの親類は大抵知つて居る。然し指を折つてあれこれと順々に勘定して見ても、こんな女は思ひ出せない。すると他人か知らん。浩さんは人好きのする性質で、交際も大分広かつたが、女に朋友がある事はついに聞いた事がない。尤《もつと》も交際をしたからと云つて、必らず余に告げるとは限つて居らん。が浩さんはそんな事を隠す様な性質ではないし、よし外の人に隠したからと云つて余に隠す事はない筈だ。かう云ふと可笑《おか》しいが余は河上家の内情は相続人たる浩さんに劣らん位精《くわ》しく知つて居る。さうして夫は皆浩さんが余に話したのである。だから女との交際だつて、もし実際あつたとすればとくに余に告げるに相違ない。告げぬ所を以て見ると知らぬ女だ。然し知らぬ女が花迄提《さ》げて浩さんの墓参りにくる訳がない。是は怪しい。少し変だが追懸けて名前丈でも聞いて見様か、夫も妙だ。いつその事黙つて後を付けて行く先を見届け様か、それでは丸で探偵だ。そんな下等な事はしたくない。どうしたら善からうと墓の前で考へた。浩さんは去年の十一月塹壕に飛び込んだぎり、今日迄上がつて来ない。河上家代々の墓を杖で敲《たた》いても、手で揺り動かしても浩さんは矢張塹壕の底に寐て居るだらう。こんな美人が、こんな美しい花を提げて御詣りに来るのも知らずに寐て居るだらう。だから浩さんはあの女の素性も名前も聞く必要もあるまい。浩さんが聞く必要もないものを余が探究する必要は猶更《なおさら》ない。いや是はいかぬ。かう云ふ論理ではあの女の身元を調べてはならんと云ふ事になる。然し其は間違つて居る。何故？ 何故は追つて考へてから説明するとして、只今の場合是非共聞き糺《ただ》さなくてはならん。何でも蚊《か》でも聞かないと気が済まん。いきなり石段を一股に飛び下りて化銀杏の落葉を蹴散らして寂光院の門を出で先づ左の方を見た。居ない。右を向いた。右にも見えない。足早に四つ角迄来て目の届く限り東西南北を見渡した。矢張り見えない。とう〳〵取り逃がした。仕方がない、御母《おつか》さんに逢つて話をして見様、ことによつたら容子が分るかも知れない。

三

六畳の座敷は南向で拭き込んだ椽側の端に*神代杉《じんだいすぎ》の手拭懸《てぬぐいかけ》が置いてある。軒下から丸い手水《ちようず》桶《おけ》を鉄の鎖で釣るしたのは洒落《しや》れて居るが、其下に一叢《ひとむら》の木賊《とくさ》をあしらつた所が一段の趣を添へる。四つ目垣の向ふは二三十坪の茶畠で其間に梅の木が三四本見える。垣に結《ゆ》ふた竹の先に洗濯した白足袋が裏返しに乾してあつて其隣りには如露《じよろ》が逆さまに被《かぶ》せてある。其根元に豆菊が塊まつて咲いて累々と白玉《はくぎよく》を綴《つづ》つてゐるのを見て「奇麗ですな」と御母さんに話しかけた。

「今年は暖たかだもんですから、よく持ちます。あれもあなた、浩一の大好きな菊で……」

「へえ、白いのが好きでしたかな」

「白い、小いさい豆の様なのが一番面白いと申して自分で根を貰つて来て、わざわざ植えたので御座います」

「成程そんな事がありましたな」と云つたが、内心は少々気味が悪かつた。寂光院の花筒に挿《はさ》んであるのは正に此種の此色の菊である。

「御叔母《おば》さん近頃は御寺参りをなさいますか」

「いえ、先達て中から風邪の気味で五六日伏せつて居りましたものですから、つい〳〵仏へ無沙汰を致しまして。――うちに居つても忘れる間はないのですけれども――年をとりますと、御湯に行くのも退儀*になりましてね」

「時々は少し表をあるく方が薬ですよ。近頃はいゝ時候ですから……」

「御親切に難有《ありがと》う存じます。親戚のもの抔も心配して色々云つて呉れますが、どうもあなた何分元気がないものですから。それにこんな婆さんを態々《わざわざ》連れてあるいて呉れるものもありませず」

　かうなると余はいつでも言句に窮する。どう云つて切り抜けてい〻か見当がつかない。仕方がないから「はああ」と長く引つ張つたが、御母さんは少々不平の気味である。さあしまつたと思つたが別に片付け様もないから、梅の木をあちらこちら飛び歩るいて居る四十雀《しじゆうから》を眺めて居た。御母《おつか》さんも話の腰を折られて無言である。

「御親類に若い御嬢さんでもあると、こんな時には御相手にい〻ですがね」と云ひながら不調法なる余にしては天晴《あつぱれ》な出来だと自分で感心して見せた。

「生憎そんな娘も居りませず。それに人の子には矢張り遠慮勝ちで……せがれに娵《よめ》でも貰つて置いたら、こんな時には嘸《さぞ》心丈夫だらうと思ひます。ほんに残念な事をしました」

　そら娵が出た。くる度によめが出ない事はない。年頃の息子に嫁を持たせたいと云ふのは親の情として左もあるべき事だが、死んだ子に娵を迎へて置かなかつたのを残念がるのは少々*平仄《ひようそく》が合はない。人情はこんなものか知らん。まだ年寄になつて見ないから分らないがどうも一般の常識から云ふと少し間違つて居る様だ。それは一人で詫しく暮らすより気に入つた嫁の世話になる方が誰だつて頼りが多からう。然し嫁の身になつても見るがい〻。結婚して半年も立たないうちに夫は出征する。漸く戦争が済んだと思ふと、いつの間にか戦死して居る。二十《はたち》を越すか越さないのに、姑と二人暮しで一生を終る。こんな残酷な事があるものか。御母さんの云ふ所は老人の立場から云へば無理もない訴だが、然し随分我儘な願だ。年寄は是だからいかぬと、内心は頗《すこぶ》る不平であつたが、滅多な抗議を申し込むと又気色を悪るくさせる危険がある。切角《せつかく》慰めに来ていつも失策をやるのは余り器量のない話だ。まあ〳〵だまつて居るに若《し》くはなしと覚悟を極めて、反《かえ》つて反対の方角へと楫《かじ》をとつた。余は正直に生れた男である。然し社会に存在して怨まれずに世の中を渡らうとすると、どうも嘘がつきたくなる。正直と社会生活が両立するに至れば嘘は直ちにやめる積りで居る。

「実際残念な事をしましたね。全体浩さんは何故嫁をもらはなかつたんですか」

「いえ、あなた色々探して居りますうちに、旅順へ参る様になつたもので御座んすから」

「それぢや当人も貰ふ積りで居たんでせう」

「それは……」と云つたが、其ぎり黙つて居る。少々様子が変だ。或《あるい》は寂光院事件の手懸りが潜伏して居さうだ。白状して云ふと、余は此時浩さんの事も、御母さんの事も考へて居なかつた。只あの不思議な女の素性と浩さんとの関係が知りたいので頭の中は一杯になつて居る。此日に於ける余は平生の様な同情的動物ではない、全く冷静な好奇獣とも称すべき代物に化して居た。人間も其日〳〵で色々になる。悪人になつた翌日は善男に変じ、小人の昼の後に君子の夜がくる。あの男の性格は抔と手にとつた様に吹聴する先生があるがあれは利口の馬鹿と云ふもので其日〳〵の自己を研究する能力さへないから、こんな傍若無人の囈語《げいご》を吐いて、独りで恐悦がるのである。探偵程劣等な家業は又とあるまいと自分にも思ひ、人にも宣言して憚からなかつた自分が、純然たる探偵的態度を以て事物に対するに至つたのは、頗るあきれ返つた現象である。一寸言ひ淀んだ御母さんは、思ひ切つた口調で

「其事に就て浩一は何かあなたに御話をした事は御座いませんか」

「嫁の事ですか」

「えゝ、誰か自分の好いたものがある様な事を」

「いゝえ」と答へたが、実は此問こそ、こつちから御母さんに向つて聞いて見なければならん問題であつた。

「御叔母《おば》さんには何か話しましたらう」

「いゝえ」

望の綱は是限《これぎ》り切れた。仕方がないから又眼を庭の方へ転ずると、四十雀は既にどこかへ飛び去つて、例の白菊の色が、水気を含んだ黒土に映じて見事に見える。其時不図《ふと》思ひ出したのは先

日の日記の事である。御母さんも知らず、余も知らぬ、あの女の事があるひは書いてあるかも知れぬ。よしあからさまに記してなくても一応目を通したら何か手懸りがあらう。御母さんは女の事だから理解出来んかも知れんが、余が見ればかうだらう位の見当はつくだらう。是は催促して日記を見るに若《し》くはない。

「あの先日御話しの日記ですね。あの中に何かかいてはありませんか」

「えゝ、あれを見ないうちは何とも思はなかつたのですが、つい見たものですから……」と御母さんは急に涙声になる。又泣かした。是だから困る。困りはしたものゝ、何か書いてある事は慥《たし》かだ。かうなつては泣かうが泣くまいがそんな事は構つて居られん。

「日記に何か書いてありますか？それは是非拝見しませう」と勢よく云つたのは今から考へて赤面の次第である。御母さんは起《た》つて奥へ這入る。

やがて襖をあけてポツケツト入れの手帳を持つて出てくる。表紙は茶の皮で一寸見ると紙入の様な体裁である。朝夕内がくしに入れたものと見えて茶色の所が黒ずんで、手垢でぴか〳〵光つて居る。無言の儘日記を受取つて中を見様とすると表の戸がから〳〵と開いて、頼みますと云ふ声がする。生憎《あいにく》来客だ。御母さんは手真似《てまね》で早く隠せと云ふから、余は手帳を内懐《うちぶところ》に入れて「宅へ帰つて見てもいゝですか」と聞いた。御母さんは玄関の方を見ながら「どうぞ」と答へる。やがて下女が何とか様が入らつしやいましたと注進にくる。何とか様に用はない。日記さへあれば大丈夫早く帰つて読まなくつてはならない。其ではと挨拶をして*久堅町《ひさかたまち》の往来へ出る。*伝通院の裏を抜けて表町の坂を下りながら路々考へた。どうしても小説だ。然し小説に近い丈何だか不自然である。然し是から事件の真相を究めて、全体の成行が明瞭になりさへすれば此不自然も自づと消滅する訳だ。兎に角面白い。是非探索——探索と云ふと何だか不愉快だ——探究として置かう。是非探究して見なければならん。其にしても昨日あの女のあとを付けなかつたのは残念だ。もし向後《こうご》あの女に逢ふ事が出来ないとすると此事件は判然と分りさうにもない。入《い》らぬ遠慮をして*流星光底《りゆうせいこうてい》ぢやないが逃がしたのは惜い事だ。元来品位を重んじ過ぎたり、あまり高尚にすると、得《え》てこんな事になるものだ。人間はどこかに泥棒的分子がないと成功はしない。紳士も結構には相違ないが、紳士の体面を傷《きず》つけざる範囲内に於て泥棒根性を発揮せんと折角の紳士が紳士として通用しなくなる。泥棒気のない純粋の紳士は大抵行き倒れになるさうだ。よし是からはもう少し下品になつてやらう。とくだらぬ事を考へながら*柳町の橋の上迄来ると、水道橋の方から一輛の人力車が勇ましく白山の方へ馳け抜ける。車が自分の前を通り過ぎる時間は何秒と云ふ僅《わず》かの間であるから、余が冥想の眼をふとあげて車の上を見た時は、乗つて居る客は既に眼界から消えかゝつて居た。が其人の顔は？ あゝ寂光院だと気が着いた頃はもう五六間先へ行つて居る。こゝだ下品になるのはこゝだ。何でも構はんから追ひ懸けろと、下駄の歯をそちらに向けたが、徒歩で車のあとを追ひ懸けるのは余り下品すぎる。気狂でなくつてはそんな馬鹿な事をするものはない。車、車、車は居らんかなと四方を見廻したが生憎《あいにく》一輛も居らん。其うちに寂光院は姿も見えない位遥かあなたに馳け抜ける。もう駄目だ。気狂と思はれる迄下品にならなければ世の中は成功せんものかなと*惘然《ぼうぜん》として西片町へ帰つて来た。

取り敢《あえ》ず、書斎に立て籠つて懐中から例の手帳を出したが、何分夕景ではつきりせん。実は途上でもあちこちと拾ひ読みに読んで来たのだが、鉛筆でなぐりがきに書いたものだから明るい所でも容易に分らない。ランプを点《つ》ける。下女が御飯はと云つて来たから、めしは後で食ふと追ひ返す。偖《さて》一頁から順々に見て行くと皆陣中の出来事のみである。しかも*倥偬《こうそう》の際に分陰《ふんいん》を偸《ぬす》んで記しつけたものと見えて大概の事は一句二句で弁じて居る。「風、坑道内にて食事。握り飯二個、泥まぶれ」と云ふのがある。「夜来風邪の気味、発熱。診察を受けず、例の如く勤務」と云ふのがある。「テント外の歩哨《ほしよう》散弾に中《あた》る。テントに仆《たお》れかゝる。血痕を印す」「五時大突撃。中隊全滅、不成功に終る。残念!!!」残念の下に!が三本引いてある。無論記憶を助ける為めの手控であるから、毫も文章らしい所はない。字句を修飾したり、彫琢したりした痕跡は薬にしたくも見当らぬ。然しそれが非常に面白い。只有の儘を有の儘に写して居る所が大に気に入つた。ことに俗人の使用する壮士的口吻がないのが嬉しい。怒気天を衝《つ》くだの、暴慢なる露人だの、*醜虜《しゆうりよ》の胆《たん》を寒からしむだの、凡てえらさうで安つぽい辞句はどこにも使つてない。文体は甚だ気に入つた、流石《さすが》に浩さんだと感心したが、肝心の寂光院事件はまだ出て来ない。段々読んで行くうちに四行ばかり書いて上から棒を引いて消した所が出て来た。こんな所が怪しいものだ。之《これ》を読みこなさなければ気が済まん。手帳をランプのホヤに押し付けて透かして見る。二行目の棒の下からある字が三分の二ばかり食《は》み出して居る。郵の字らしい。それから骨を折つてやう〳〵郵便局の三字丈け片づけた。郵便局の上の字は不、邦、丈《だけ》見えて居る。是は何だらうと三分程ランプと相談をしてやつと分つた。本郷郵便局である。こゝ迄はやつと漕ぎつけたが其外は裏から見ても逆さに見てもどうしても読めない。とう〳〵断念する。夫から二三頁進むと突然一大発見に遭遇した。「二三日一睡もせんので勤務中坑内で仮寝。郵便局で逢つた女の夢を見る」

余は覚えずどきりとした。「只二三分の間、顔を見た許りの女を、程経《ほどへ》て夢に見るのは不思議である」此句から急に言文一致になつて居る。「余程衰弱して居る証拠であらう、然し衰弱せんでもあの女の夢なら見るかも知れん。旅順へ来てから是で三度見た」

余は日記をぴしやりと敲《たた》いて是《これ》だ！ と叫んだ。御母さんが嫁々と口癖の様に云ふのは無理はない。是を読んで居るからだ。夫を知らずに我儘だの残酷だのと心中で評したのは、こつちが悪るいのだ。成程こんな女が居るなら、親の身として一日でも添はしてやりたいだらう。御母さんが嫁が居たら〳〵と云ふのを今迄誤解して全く自分の淋しいのをまぎらす為と許り解釈して居たのは余の眼識の足らなかつた所だ。あれは自分の我儘で云ふ言葉ではない。可愛い息子を戦死する前に、半月でも思ひ通りにさせてやりたかつたと云ふ謎なのだ。成程男は呑気なものだ。然し知らん事なら仕方がない。それは先づよしとして元来寂光院が此女なのか、或《あるい》はあれは全く別物で、浩さんの郵便局で逢つたと云ふのは外の女なのか、是が疑問である。此疑問はまだ断定は出来ない。是丈の材料でさう早く結論に高飛びはやりかねる。やりかねるが少しは想像を容《い》れる余地もなくては、凡ての判断はやれるものではない。浩さんが郵便局であの女に逢つたとする。郵便局へ遊びに行く訳はないから、切手を買ふか、為替《かわせ》を出すか取るかしたに相違ない。浩さんが切手を手紙へ貼る時に傍に居たあの女が、どう云ふ拍子かで差出人の宿所姓名を見ないとは限らない。あの女が浩さんの宿所姓名を其時に覚え込んだとして、之《これ》に小説的分子を五分《ごぶ》許り加味すれば寂光院事件は全く起らんとも云へぬ。女の方は夫で解せたとして浩さんの方が不思議だ。どうして一寸逢つたものをさう何度も夢に見るかしらん。どうも今少し慥《たし》かな土台が欲しいがと猶《なお》読んで行くと、こんな事が書いてある。「近世の軍略に於て、攻城は至難なるものゝ一として数へらる。我が攻囲軍の死傷多きは怪しむに足らず。此二三ケ月間に余が知れる将校の城下に斃《たお》れたる者は枚挙に遑《いとま》あらず。死は早晩余を襲ひ来らん。余は日夜に両軍の砲声を聞きて、今かくと順番の至るを待つ」成程死を決して居たものと見える。十一月二十五日の条にはかうある。「余の運命も愈《いよいよ》明日に逼《せま》つた」今度は言文一致である。「軍人が軍《いく》さで死ぬのは当然の事である。死ぬのは名誉である。ある点から云へば生きて本国に帰るのは死ぬべき所を死に損なつた様なものだ」戦死の当日の所を見ると「今日限りの命だ。二龍山《にりゆうざん》を崩す大砲の声がしきりに響く。死んだらあの音も聞えぬだらう。耳は聞えなくなつても、誰か来て墓参りをして呉れるだらう。さうして白い小さい菊でもあげてくれるだらう。寂光院は閑静な所だ」とある。其次に「強い風だ。愈《いよいよ》是から死にゝ行く。丸《たま》に中《あた》つて仆《たお》れる迄旗を振つて進む積りだ。御母《おつか》さんは寒いだらう」日記はこゝでぷつりと切れて居る。切れて居る筈だ。

余はぞつとして日記を閉ぢたが、愈あの女の事が気に懸つて堪らない。あの車は白山の方へ向いて馳けて行つたから、何でも白山方面のものに相違ない。白山方面とすれば本郷の郵便局へ来んとも限らん。然し白山だつて広い、名前も分らんものを探ねて歩いたつて、さう急に知れる訳がない。兎に角今夜の間に合ふ様な簡略な問題ではない。仕方がないから晩食《ばんめし》を済まして其晩はそれぎり寐る事にした。実は書物を読んでも何が書いてあるか茫々として海に対する様な感があるから、已《やむ》を得ず床へ這入つたのだが、偖《さて》夜具の中でも思ふ通りにはならんもので、終夜安眠が出来なかつた。

　翌日学校へ出て平常の通り講義はしたが、例の事件が気になつていつもの様に授業に身が入らない。控所へ来ても他の職員と話しをする気にならん。学校の退《ひ》けるのを待ちかねて、其足で寂光院へ来て見たが、女の姿は見えない。昨日の菊が鮮やかに竹藪の緑に映じて雪の団子の様に見える許りだ。夫から白山から原町、林町の辺をぐる〳〵廻つて歩いたが矢張り何等の手懸りもない。其晩は疲労の為め寐る事丈はよく寐た。然し朝になつて授業が面白く出来ないのは昨日と変る事はなかつた。三日目に教員の一人を捕まへて君白山方面に美人が居るかなと尋ねて見たら、うむ沢山居る、あつちへ引き越し玉へと云つた。帰りがけに学生の一人に追ひ付いて君は白山の方に居るかと聞いたら、いゝえ森川町ですと答へた。こんな馬鹿な騒ぎ方をして居たつて始まる訳のものではない。矢張り平生の如く落ち付いて、緩《ゆ》るりと探究するに若《し》くなしと決心を定めた。それで其晩は煩悶焦慮《はんもんしょうりょ》もせず、例の通り静かに書斎に入つて、先達中《せんだつてじゅう》からの取調物を引き続いてやる事にした。

　近頃余の調べて居る事項は遺伝と云ふ大問題である。元来余は医者でもない、生物学者でもない。だから遺伝と云ふ問題に関して専門上の智識は無論有して居らぬ。有して居らぬ所が余の好奇心を挑撥する所で、近頃ふとした事から此問題に関して其起原発達の歴史やら最近の新説やらを一通り承知したいと云ふ希望を起してそれから此研究を始めたのである。遺伝と一口に云ふと頗る単純な様であるが段々調べて見ると複雑な問題で、是丈研究して居ても充分生涯の仕事はある。*メンデリズムだの、*ワイスマンの理論だの、*ヘツケルの議論だの、其弟子の*ヘルトウイツヒの研究だの、*スペンサーの進化心理説だのと色々の人が色々の事を云ふて居る。そこで今夜は例の如く書斎の裡《うち》で近頃出版になつた英吉利《イギリス》の*リードと云ふ人の著述を読む積りで、二三枚丈は何気なくはぐつて仕舞つた。するとどう云ふ拍子か、かの日記の中の事柄が、書物を読ませまいと頭の中へ割り込んでくる。さうはさせぬと又一枚程開けると、今度は寂光院が襲つて来る。漸くそれを追払つて五六枚無難に通過したかと思ふと、御母さんの*切り下げの*被布姿《ひふすがた》がページの上にあらはれる。読む積りで決心して懸つた仕事だから読めん事はない。読めん事はないがページとページの間に狂言が這入る。夫でも構はずどし〳〵進んで行くと、此狂言と本文の間が次第々々に接近して来る。仕舞にはどこからが狂言でどこ迄が本文か分らない様にぼうつとして来た。此夢の様な有様で五六分続けたと思ふうち、忽《たちま》ち頭の中に電流を通じた感じがしてはつと我に帰つた。「さうだ、此問題は遺伝で解ける問題だ。遺伝で解けば屹度《きつと》解ける」とは同時に吾口《わがくち》を突いて飛び出した言語である。今迄は但不思議である小説的である、何となく落ちつかない、何か疑惑を晴らす工夫はあるまいか、夫には当人を捕へて聞き糺《ただ》すより外に方法はあるまいとのみ速断して、其結果は朋友に冷かされたり、屑屋《くずや》流に駒込近傍を徘徊したのである。然しこんな問題は当人の支配権以外に立つ問題だから、よし当人を尋ねあてゝ事実を明らかにした所で不思議は解けるものでない。当人から聞き得る事実其物が不思議である以上は余の疑惑は落ち付き様がない。昔はこんな現象を因果と称へて居た。因果は諦らめる者、泣く子と地頭には勝たれぬ者と相場が極つて居た。成程因果と言ひ放てば因果で済むかも知れない。然し二十世紀の文明は此《この》因を極めなければ承知しない。しかもこんな芝居的夢幻的現象の因を極めるのは遺伝によるより外に仕様はなからうと思ふ。本来ならあの女を捕まへて日記中の女と同人か別物かを明にした上に遺伝の研究を始めるのが順当であるが、本人の居所さへ慥《たし》かならぬ只今では、此順序を逆にして、彼等の血統から吟味して、下から上へ溯る代りに、昔から今に繰りさげて来るより外に道はあるまい。何れにしても同じ結果に帰着する訳だから構はない。

そんならどうして両人の血統を調べたものだらう。女の方は何者だか分らないから、先づ男の方から調べてかゝる。浩さんは東京で生れたから東京つ子である。聞く所によれば浩さんの御父さんも江戸で生れて江戸で死んださうだ。すると是も江戸つ子である。御爺さんも御爺さんの御父さんも江戸つ子である。すると浩さんの一家は代々東京で暮らした様であるが其実町人でもなければ幕臣でもない。聞く所によると浩さんの家は紀州の藩士であつたが江戸詰《づめ》で代々こちらで暮らしたのださうだ。紀州の家来と云ふ事丈分れば夫で充分手懸りはある。紀州の藩士は何百人あるか知らないが現今東京に出て居る者はそんなに沢山ある筈がない。ことにあの女の様に立派な服装をして居る身分なら藩主の家へ出入りをするに極つて居る。藩主の家に出入するとすれば其姓名はすぐに分る。是が余の仮定である。もしあの女が浩さんと同藩でないとすると此事件は当分埒《らち》があかない。放つて置いて自然天然寂光院に往来で邂逅するのを待つより外に仕方がない。然し余の仮定が中《あた》るとすると、あとは大抵余の考へ通りに発展して来るに相違ない。余の考によると何でも浩さんの先祖と、あの女の先祖の間に何事かあつて、其因果でこんな現象を生じたに違ひない。是が第二の仮定である。かうこしらへてくると段々面白くなつてくる。単に自分の好奇心を満足させる許《ばかり》ではない。目下研究の学問に対して尤《もつと》も興味ある材料を給与する貢献的事業になる。こう態度が変化すると、精神が急に爽快になる。今迄は犬だか、探偵だか余程下等なものに零落した様な感じで、夫が為め脳中不愉快の度を大分高めて居たが、此仮定から出立すれば正々堂々たる者だ。学問上の研究の領分に属すべき事柄である。少しも疚《や》ましい事はないと思ひ返した。どんな事でも思ひ返すと相当のジヤスチフヒケーシヨンはある者だ。悪るかつたと気が付いたら黙座して思ひ返すに限る。

あくる日学校で和歌山県出の同僚某《ぼう》に向つて、君の国に老人で藩の歴史に詳しい人は居ないかと尋ねたら、此同僚首をひねつてあるさと云ふ。因《よ》つて其人物を承《うけたま》はると、もとは家老だつたが今では家令*と改名して依然として生きて居ると何だか妙な事を答へる。家令なら猶《なお》都合がいゝ、平常藩邸に出入する人物の姓名職業は無論承知して居るに違ない。

「其老人は色々昔の事を記憶して居るだらうな」

「うん何でも知つて居る。維新の時なぞは大分働いたさうだ。槍の名人でね」

槍抔は下手でも構はん。昔し藩中に起つた異聞奇譚《いぶんきたん》を、老耄《ろうもう》せずに覚えて居てくれゝばいゝのである。だまつて聞いて居ると話が横道へそれさうだ。

「まだ家令を務めて居る位なら記憶は慥《たし》かだらうな」

「たしか過ぎて困るね。屋敷のものがみんな弱つて居る。もう八十近いのだが、人間も随分丈夫に製造する事が出来るもんだね。当人に聞くと全く槍術《そうじゅつ》の御蔭だと云つてる。夫で毎朝起きるが早いか槍をしごくんだ……」

「槍はいゝが、其老人に紹介して貰へまいか」

「いつでもして上げる」と云ふと傍に聞いて居た同僚が、君は白山の美人を探がしたり、記憶のいゝ爺さんを探したり、随分多忙だねと笑つた。こつちは夫れ所ではない。此老人に逢ひさへすれば、自分の鑑定が中《あた》るか外れるか大抵の見当がつく。一刻も早く面会しなければならん。同僚から手紙で先方の都合を聞き合せてもらふ事にする。

二三日は何の音沙汰もなく過ぎたが、御面会をするから明日三時頃来て貰ひたいと云ふ返事が漸くの事来たよと同僚が告げてくれた時は大に嬉しかつた。其晩は勝手次第に色々と事件の発展を予想して見て、先づ七分迄は思ひ通りの事実が暗中から白日の下に引き出されるだらうと考へた。さう考へるにつけて、余の此事件に対する行動が——行動と云はんより寧《むし》ろ思ひ付きが、中々巧みである、無学なものなら到底こんな点に考への及ぶ気遣はない、学問のあるものでも才気のない人には此様な働きのある応用が出来る訳がないと、寐ながら大得意であつた。ダーヰン*が進化論を公けにした時も、ハミルトン*がクオーターニオン*を発明した時も大方こんなものだらうと独りでいゝ加減に極めて見る。自宅*の渋柿は八百屋から買つた林檎より旨いものだ。

翌日は学校が午《ひる》ぎりだから例刻を待ちかねて麻布迄車代二十五銭を奮発して老人に逢つて見る。老人の名前はわざと云はない。見るからに頑丈な爺さんだ。白い髯を細長く垂れて、黒紋付に八王子平《はちおうじひら》*で控えて居る。「やあ、あなたが、何の御友達で」と同僚の名を云ふ。丸で小供扱だ。是から大発明をして学界に貢献しやうと云ふ余に対してはやゝ横柄である。今から考へて見ると先方が横柄なのではない、こつちの気位が高過ぎたから普通の応接ぶりが横柄に見えたのかも知れない。

夫から二三件世間なみの応答を済まして、愈《いよいよ》本題に入つた。

「妙な事を伺ひますが、もと御藩《ごはん》に河上と云ふのが御座いましたらう」余は学問はするが応対の辞にはなれて居らん。藩といふのが普通だが先方の事だから尊敬して御藩《ごはん》と云つて見た。こんな場合に何と云ふものか未だに分らない。老人は一寸笑つたやうだ。

「河上――河上と云ふのはあります。河上才三と云ふて留守居*を務めて居つた。其子が貢五郎と云ふて矢張り江戸詰で――先達て旅順で戦死した浩一の親ぢやて。――あなた浩一の御つき合ひか、夫《それ》は〳〵。いや気の毒な事で――母はまだある筈ぢやが……」と一人で弁ずる。

河上一家の事を聞く積りなら、態々《わざわざ》麻布下《くんだ》り迄出張する必要はない。河上を持ち出したのは河上対某との関係が知りたいからである。然し此某なるものゝ姓名が分らんから話しの切り出し様がない。

「其河上に就いて何か面白い御話はないでせうか」

老人は妙な顔をして余を見詰めて居たが、やがて重苦しく口を切つた。

「河上？ 河上にも今御話しする通り何人もある。どの河上の事を御尋ねか」

「どの河上でも構はんです」

「面白い事と云ふて、どんな事を？」

「どんな事でも構ひません。ちと材料が欲しいので」

「材料？　何になさる」厄介な爺さんだ。

「ちと取調べたい事がありまして」

「なある。貢五郎と云ふのは大分慷慨家《こうがいか》で、維新の時抔は大分暴ばれたものだ――或る時あなた長い刀を提げてわしの所へ議論に来て、……」

「いえ、さう云ふ方面でなく。もう少し家庭内に起つた事柄で、面白いと今でも人が記憶して居る様な事件はないでせうか」老人は黙然と考へて居る。

「貢五郎といふ人の親はどんな性質でしたらう」

「才三かな。是は又至つて優しい、――あなたの知つて居らるゝ浩一に生き写しぢや。よく似て居る」

「似て居ますか？」と余は思はず大きな声を出した。

「あゝ、実によく似て居る。それで其頃は維新には間もある事で、世の中も穏かであつたのみならず、役が御留守居だから、大分金を使つて風流をやつたさうだ」

「其人の事に就いて何か艶聞か――艶聞と云ふと妙ですが、――何かないでせうか」

「いや才三に就ては憐れな話がある。其頃家中《かちゆう》に小野田帯刀《たてわき》と云ふて、二百石取りの侍が居て、丁度河上と向ひ合つて屋敷を持つて居つた。此帯刀《たてわき》に一人の娘があつて、それが又藩中第一の美人であつたがな、あなた」

「成程」うまい段々手懸りが出来る。

「夫で両家は向ふ同志だから、朝夕往来をする。往来をするうちに其娘が才三に懸想《けそう》をする。何でも才三方へ嫁に行かねば死んでしまふと騒いだのだて――いや女と云ふものは始末に行かぬもので――是非行かして下されと泣くぢや」

「ふん、それで思ふ通り行きましたか」成蹟は良好だ。

「で帯刀から人を以て才三の親に懸合ふと、才三も実は大変貰ひたかつたのだから其旨を返事する。結婚の日取り迄極める位に事が捗《はか》どつたて」

「結構な事で」と申したが是で結婚をしてくれては少々困ると内心ではひや〳〵して聞いて居る。

「そこ迄は結構だつたが、――飛んだ故障が出来たぢや」

「へえゝ」さう来なくつてはと思ふ。

「其頃国家老*に矢張才三位な年恰好《としかつこう》なせがれが有つて、此せがれが又帯刀の娘に恋慕して、是非貰ひたいと聞き合せて見るともう才三方へ約束が出来たあとだ。いかに家老の勢でも是許りはどうもならん。所が此せがれが幼少の頃から殿様の御相手をして成長したもので、非常に御上《おかみ》の御気に入りでの、あなた。――どこをどう運動したものか殿様の御意《ぎよい》で其方《そのほう》の娘をあれに遣はせと云ふ御意が帯刀に下りたのだて」

「気の毒ですな」と云つたが自分の見込が着々中《あた》るので実に愉快で堪らん。是で見ると朋友の死ぬ様な兇事でも、自分の予言が的中するのは嬉しいかも知れない。着物を重ねないと風邪を引くぞと忠告をした時に、忠告をされた当人が吾が言を用ひないでしかもぴん〳〵して居ると心持ちが悪るい。どうか風邪が引かしてやりたくなる。人間は斯様《かよう》に我儘なものだから、余一人を責めてはいかん。「実に気の毒な事だて、御上の仰せだから内約があるの何のと申し上げても仕方がない。それで帯刀が娘に因果を含めて、とう〳〵河上方を破談にしたな。両家が従来の通り向ふ合せでは、何かにつけて妙《みよう》でないと云ふので、帯刀は国詰になる、河上は江戸に残ると云ふ取り計《はからい》をわしのおやぢがやつたのぢや。河上が江戸で金を使つたのも全くそんなこんなで残念を晴らす為だらう。それで此事がな、今だから御話しする様なものゝ、当時はぱつとすると両家の面目に関はると云ふので、内々にして置いたから、割合に人が知らずに居る」

「その美人の顔は覚えて御出でゞすか」と余に取つては頗る重大な質問をかけて見た。

「覚えて居るとも、わしも其頃は若かつたからな。若い者には美人が一番よく眼につく様だて」と皺だらけの顔を皺許りにしてから〳〵と笑つた。

「どんな顔ですか」

「どんなと云ふて別に形容しやうもない。然し血統と云ふは争はれんもので、今の小野田の妹がよく似て居る。――御存知はないかな、矢張り大学出だが――工学博士の小野田を」

「白山の方に居るでせう」ともう大丈夫と思つたから言ひ放つて、老人の気色を伺ふと
「矢張り御承知か。原町に居る。あの娘もまだ嫁に行かん様だが。――御屋敷の御姫様の御相手に時々来ます」

占めた〳〵これ丈聞けば充分だ。一から十迄余が鑑定の通りだ。こんな愉快な事はない。寂光院は此小野田の令嬢に違ない。自分ながらかく迄機敏な才子とは今迄思はなかつた。余が平生主張する趣味の遺伝と云ふ理論を証拠立てるに完全な例が出て来た。ロメオがジュリエットを一目見る、さうして此女に相違ないと先祖の経験を数十年の後に認識する。エレーン*がランスロットに始めて逢ふ此男だぞと思ひ詰める、矢張り父母《ふも》未生以前《みしよういぜん》に受けた記憶と情緒が、長い時間を隔てゝ脳中に再現する。二十世紀の人間は散文的である。一寸見てすぐ惚れる様な男女を捕へて軽薄と云ふ、小説だと云ふ、そんな馬鹿があるものかと云ふ。馬鹿でも何でも事実は曲げる訳には行かぬ、逆《さ》かさにする訳にもならん。不思議な現象に逢はぬ前なら兎に角、逢ふた後にも、そん

な事があるものかと冷淡に看過するのは、看過するもの丶方が馬鹿だ。斯様《かよう》に学問的に研究的に調べて見れば、ある程度迄は二十世紀を満足せしむるに足る位の説明はつくのである。とこ丶迄は調子づいて考へて来たが、不図思ひ付いて見ると少し困る事がある。此老人の話しによると、此男は小野田の令嬢も知つて居る、浩さんの戦死した事も覚えて居る。すると此両人は同藩の縁故で此屋敷へ平生出入して互に顔位は見合つて居るかも知れん。ことによると話をした事があるかも分らん。さうすると余の標榜する趣味の遺伝と云ふ新説も其論拠が少々薄弱になる。これは両人が只一度本郷の郵便局で出合つた事にして置かんと不都合だ。浩さんは徳川家へ出入する話をついにした事がないから大丈夫だらう、ことに日記にあ丶書いてあるから間違はない筈だ。然し念の為め不用心だから尋ねて置かうと心を定めた。

「さつき浩一の名前を仰《おつし》やつた様ですが、浩一は存生中《ぞんじようちゆう》御屋敷へよく上がりましたか」

「い丶え、只名前丈聞いて居る許りで、——おやぢは先刻御話をした通り、わしと終夜激論をした位な間柄ぢやが、せがれは五六歳のときに見たぎりで——実は貢五郎が早く死んだものだから、屋敷へ出入する機会もそれぎり絶えて仕舞ふて、——其後は頓《とん》と逢ふた事がありません」

さうだらう、さう来なくつては辻褄《つじつま》が合はん。第一余の理論の証明に関係してくる。先づ是なら安心。御蔭様でと挨拶をして帰りかけると、老人はこんな妙な客は生れて始めてだとでも思つたものか、余を送り出して玄関に立つたまゝ、余が門を出て振り返る迄見送つて居た。

是からの話は端折《はしよ》つて簡略に述べる。余は前にも断はつた通り文士ではない。文士なら是からが大に腕前を見せる所だが、余は学問読書を専一にする身分だから、こんな小説めいた事を長々しくかいて居るひまがない。新橋で軍隊の歓迎を見て、其感慨から浩さんの事を追想して、夫から寂光院の不可思議な現象に逢つて其現象が学問上から考へて相当の説明がつくと云ふ道行きが読者の心に合点出来れば此一篇の主意は済んだのである。実は書き出す時は、あまりの嬉しさに勢ひ込んで出来る丈精密に叙述して来たが、慣れぬ事とて、余計な叙述をしたり、不用な感想を挿入したり、読み返して見ると自分でも可笑《おか》しいと思ふ位精《くわ》しい。其代りこゝ迄書いて来たらもういやになつた。今迄の筆法でこれから先を描写すると又五六十枚もかゝねばならん。追々学期試験も近づくし、夫に例の遺伝説を研究しなくてはならんから、そんな筆を舞はす時日は無論ない。のみならず、元来が寂光院事件の説明が此篇の骨子だから、漸くの事こゝ迄筆が運んで来て、もういゝと安心したら、急にがつかりして書き続ける元気がなくなつた。

老人と面会をした後には事件の順序として小野田と云ふ工学博士に逢はなければならん。是は困難な事でもない。例の同僚からの紹介を持つて行つたら快よく談話をしてくれた。二三度訪問するうちに、何かの機会で博士の妹に逢はせてもらつた。妹は余の推量に違はず例の寂光院であつた。妹に逢つた時顔でも赤らめるかと思つたら存外淡泊で毫も平生と異なる様子のなかつたのは聊《いささ》か妙な感じがした。こゝ迄はすら〳〵事が運んで来たが、只一つ困難なのは、どうして浩さんの事を言ひ出したものか、其方法である。無論デリケートな問題であるから滅多に聞けるものではない。と云つて聞かなければ何だか物足らない。余一人《よいちにん》から云へば既に学問上の好奇心を満足せしめたる今日、これ以上立ち入つてくだらぬ詮議をする必要は認めて居らん。けれども御母さんは女丈に底の底迄知りたいのである。日本は西洋と違つて男女の交際が発達して居らんから、独身の余と未婚の此妹と対座して話す機会はとてもない。よし有つたとした所で、無暗《むやみ》に切り出せば徒《いたず》らに処女を赤面させるか、或は知りませぬと跳ね付けられる迄の事である。と云つて兄の居る前では猶更《なおさら》言ひにくい。言ひにくいと申すより言ふを敢てすべからざる事かも知れない。墓参り事件を博士が知つて居るならばだけれど、若し知らんとすれば、余は好んで人の秘事を曝露する不作法を働いた事になる。かうなるといくら遺伝学を振り廻しても埒《らち》はあかん。自ら才子だと飛び回つて得意がつた余も茲《ここ》に至つて大に進退に窮した。とゞのつまり事情を逐一打ち明けて御母さんに相談した。所が女は中々智慧がある。

御母さんの仰せには「近頃一人の息子を旅順で亡くして朝、夕淋しがつて暮らして居る女が居る。慰めてやらうと思つても男ではうまく行かんから、おひまな時に御嬢さんを時々遊びにやつて上げて下さいとあなたから博士に頼んで見て頂きたい」とある。早速博士方へまかり出て鸚鵡《おうむ》的口吻《こうふん》を弄して旨を伝へると博士は一も二もなく承諾してくれた。これが元で御母さんと御嬢さんとは時々会見をする。会見をする度に仲がよくなる。一所に散歩をする、御饌《ごぜん》をたべる、丸で御嫁さんの様になつた。とう〳〵御母さんが浩さんの日記を出して見せた。其時に御嬢さんが何と云つたかと思つたらそれだから私は御寺参《まいり》をして居りましたと答へたそうだ。何故白菊*を御墓へ手向《たむ》けたのかと問ひ返したら、白菊が一番好きだからと云ふ挨拶であつた。

余は色の黒い将軍を見た。婆さんがぶら下がる軍曹を見た。ワーと云ふ歓迎の声を聞いた。さうして涙を流した。浩さんは塹壕へ飛び込んだきり上つて来ない。誰も浩さんを迎に出たものはない。天下に浩さんの事を思つて居るものは此御母さんと此御嬢さん許りであらう。余は此両人の睦まじき様を目撃する度に、将軍を見た時よりも、軍曹を見た時よりも、清き涼しき涙を流す。博士は何も知らぬらしい。

坊っちゃん

一

親*譲りの無鉄砲で小供の時から損ばかりして居る。小*学校に居る時分《じぶん》学校の二階から飛び降りて一週間程腰を抜かした事がある。なぜそんな無闇をしたと聞く人があるかも知れぬ。別段深い理由でもない。新*築の二階から首を出して居たら、同級生の一人が冗談に、いくら威張つても、そこから飛び降りる事は出来まい。弱虫やーい。と囃《はや》したからである。小使に負ぶさつて帰つて来た時、おやぢが大きな眼をして二階位から飛び降りて腰を抜かす奴があるかと云つたから、此次は抜かさずに飛んで見せますと答へた。

親類のものから西洋製のナイフを貰つて奇麗な刃を日に翳《かざ》して、友達に見せて居たら、一人が光る事は光るが切れさうもないと云つた。切れぬ事があるか、何でも切つて見せると受け合つた。そんなら君の指を切つて見ろと注文したから、何だ指位《くらい》此通りだと右*の手の親指の甲《こう》をはすに切り込んだ。幸ナイフが小さいのと、親指の骨が堅かつたので、今だに親指は手に付いて居る。然し創痕《きずあと》は死ぬ迄消えぬ。

庭を東へ二十歩に行き尽すと、南上がりに聊《いささ》か許《ばか》りの菜園《さいえん》があつて、真中に栗の木が一本立つて居る。是は命より大事な栗だ。実の熟する時分は起き抜けに*脊戸《せど》を出て落ちた奴を拾つてきて、学校で食ふ。菜園の西側が山城屋と云ふ質屋の庭続きで、此質屋に勘太郎といふ十三四の忰《せがれ》が居た。勘太郎は無論弱虫である。弱虫の癖に四つ目垣を乗りこえて、栗を盗みにくる。ある日の夕方折戸《おりど》の蔭に隠れて、とう〳〵勘太郎を捕《つら》まへてやつた。其時勘太郎は逃げ路を失つて、一生懸命に飛びかゝつて来た。向ふは二つ許り年上である。弱虫だが力は強い。*鉢の開いた頭を、こつちの胸へ宛てゝぐい〳〵押した拍子に、勘太郎の頭がすべつて、おれの袷《あわせ》の袖の中に這入つた。邪魔になつて手が使へぬから無暗《むやみ》に手を振つたら、袖の中にある勘太郎の頭が、右左へぐら〳〵靡《なび》いた。仕舞に苦しがつて袖の中から、おれの二の腕へ食い付いた。痛かつたから勘太郎を垣根へ押しつけて置いて、*足搦《あしがら》をかけて向へ斃《たお》してやつた。山城屋の地面は菜園より六尺がた低い。勘太郎は四つ目垣を半分崩して、自分の領分へ真逆様に落ちて、ぐうと云つた。勘太郎が落ちるときに、おれの袷の片袖がもげて、急に手が自由になつた。其晩母が山城屋へ詫びに行つた序《つい》でに袷の片袖も取り返して来た。

　此外いたづらは大分やつた。大工の兼公と肴屋《さかなや》の角《かく》をつれて、茂作の人参畠をあらした事がある。人参の芽が出揃はぬ処へ藁が一面に敷いてあつたから、其上で三人が半日相撲をとりつゞけに取つたら、人参がみんな踏みつぶされて仕舞つた。古川の持つて居る田圃の井戸を埋めて尻*を持ち込まれた事もある。太い孟宗の節を抜いて、深く埋めた中から水が湧き出て、そこいらの稲に水がかゝる仕掛であつた。其時分はどんな仕掛か知らぬから、石や棒ちぎれをぎう〳〵井戸の中へ挿し込んで、水が出なくなつたのを見届けて、うちへ帰つて飯を食つて居たら、古川が真赤になつて怒鳴り込んで来た。慥《たし》か罰金を出して済んだ様である。

おやぢは些《ちつ》ともおれを可愛がつて呉れなかつた。母は兄*許り贔負《ひいき》にして居た。此兄はやに*色が白くつて、芝居の真似をして女形になるのが好きだつた。おれを見る度にこいつはどうせ碌なものにはならないと、おやぢが云つた。乱暴で乱暴で行く先が案じられると母が云つた。成程碌なものにはならない。御覧の通りの始末である。行く先が案じられたのも無理はない。只懲役に行かないで生きて居る許りである。

母が病気で死ぬ二三日前台所で宙返りをしてへつつい*の角で肋骨を撲《う》つて大《おおい》に痛かつた。母が大層怒つて、御前の様なものゝ顔は見たくないと云ふから、親類へ泊りに行つて居た。するととう〳〵死んだと云ふ報知《しらせ》が来た。さう早く死ぬとは思はなかつた。そんな大病なら、もう少し大人しくすればよかつたと思つて帰つて来た。さうしたら例の兄がおれを親不孝だ、おれの為めに、おつかさんが早く死んだんだと云つた。口惜しかつたから、兄の横っ面を張つて大変叱られた。

母が死んでからは、おやぢと兄と三人で暮して居た。おやぢは何にもせぬ男で、人の顔さへ見れば貴様は駄目だ〳〵と口癖の様に云つて居た。何が駄目なんだか今に分らない。妙なおやぢが有つたもんだ。兄は実業家になるとか云つて頻《しき》りに英語を勉強して居た。元来女の様な性分で、ずるいから、仲がよくなかつた。十日に一遍位の割で喧嘩をして居た。ある時将棋をさしたら卑怯な*待駒をして、人が困ると嬉しさうに冷やかした。あんまり腹が立つたから、手に在《あ》つた飛車を眉間へ擲《たた》きつけてやつた。眉間が割れて少々血が出た。兄がおやぢに言付《いつ》けた。おやぢがおれを勘当すると言ひ出した。

其時はもう仕方がないと観念して先方の云ふ通り勘当される積りで居たら、十年来召し使つて居る清《きよ》と云ふ下女が、泣きながらおやぢに詫《あや》まつて、漸《ようや》くおやぢの怒りが解けた。それにも関らずあまりおやぢを怖いとは思はなかつた。却《かえ》つて此清と云ふ下女に気の毒であつた。此下女はもと由緒のあるものだつたさうだが、*瓦解のときに零落して、つい奉公迄する様になつたのだと聞いて居る。だから婆さんである。此婆さんがどう云ふ因縁か、おれを非常に可愛がつて呉れた。不思議なものである。母も死ぬ三日前に愛想をつかした――おやぢも年中持て余してゐる――町内では乱暴者の*悪太郎と爪弾《つまはじ》きをする――此おれを無暗に珍重してくれた。おれは到底人に好かれる性《たち》でないとあきらめて居たから、他人から*木の端《はし》の様に取り扱はれるのは何とも思はない、却つて此清の様にちやほやしてくれるのを不審に考へた。清は時々台所で人の居ない時に「あなたは真っ直でよい御気性だ」と賞《ほ》める事が時々あつた。然しおれには清の云ふ意味が分からなかつた。好い気性なら清以外のものも、もう少し善くしてくれるだらうと思つた。清がこんな事を云ふ度におれは御世辞は嫌だと答へるのが常であつた。すると婆さんは夫《それ》だから好い御気性ですと云つては、嬉しさうにおれの顔を眺めて居る。自分の力でおれを製造して誇つてる様に見える。少々気味がわるかつた。

母が死んでから清は愈《いよいよ》おれを可愛がつた。時々は小供心になぜあんなに可愛がるのかと不審に思つた。つまらない、廃《よ》せばいゝのにと思つた。気の毒だと思つた。夫でも清は可愛がる。折々は自分の小遣で*金鍔《きんつば》や*紅梅焼を買つてくれる。寒い夜などはひそかに蕎麦粉《そばこ》を仕入れて置いて、いつの間にか寐《ね》て居る枕元へ蕎麦湯を持つて来てくれる。時には鍋焼饂飩《うどん》さへ買つてくれた。只食ひ物許りではない。*靴足袋《くつたび》ももらつた、*鉛筆も貰つた。帳面も貰つた。是はずつと後の事であるが金を三円許り借《か》してくれた事さへある。何も借《か》せと云つた訳ではない。向で部屋へ持つて来て御小遣がなくて御困りでせう、御使ひなさいと云つて呉れたんだ。おれは無論入らないと云つたが、是非使へと云ふから、借りて置いた。実は大変嬉しかつた。其三円を蝦蟇口《がまぐち》へ入れて、懐へ入れたなり便所へ行つたら、すぽりと*後架《こうか》の中へ落して仕舞つた。仕方がないから、のそ

〳〵出て来て実は是々だと清に話した所が、清は早速竹の棒を捜して来て、取つて上げますと云つた。しばらくすると井戸端でざあ〳〵音がするから、出て見たら竹の先へ蝦蟇口の紐を引き懸けたのを水で洗つて居た。夫から口をあけて*壱円札を改めたら茶色になつて模様が消えかゝつて居た。清は火鉢で乾《かわ》かして、是でいゝでせうと出した。一寸かいで見て臭いやと云つたら、それぢや御出しなさい、取り換えて来て上げますからと、どこでどう胡魔化したか札の代りに銀貨を三円持つて来た。此三円は何に使つたか忘れて仕舞つた。今に帰すよと云つたぎり、帰さない。今となつては十倍にして帰してやりたくても帰せない。

　清が物を呉れる時には必ずおやぢも兄も居ない時に限る。おれは何が嫌だと云つて人に隠れて自分丈《だけ》得をする程嫌な事はない。兄とは無論仲がよくないけれども、兄に隠して清から菓子や色鉛筆を貰ひたくはない。なぜ、おれ一人に呉れて、兄さんには遣らないのかと清に聞く事がある。すると清は澄したもので御兄様《おあにいさま》は御父様が買つて御上げなさるから構ひませんと云ふ。是は不公平である。おやぢは頑固だけれども、そんな依《え》怙《こ》贔負《ひいき》はせぬ男だ。然し清の眼から見るとさう見えるのだらう。全く愛に溺れて居たに違ない。元は身分のあるものでも*教育のない婆さんだから仕方がない。単に是許《こればかり》ではない。贔負目は恐ろしいものだ。清はおれを以て将来立身出世して立派なものになると思ひ込んで居た。其癖勉強をする兄は色許り白くつて、迚《とて》も役には立たないと一人できめて仕舞つた。こんな婆さんに逢つては叶はない。自分の好きなものは必ずえらい人物になつて、嫌なひとは屹度《きつと》落ち振れるものと信じて居る。おれは其時から別段何になると云ふ了見《りようけん》もなかつた。然し清がなる〳〵と云ふものだから、矢っ張り何かに成れるんだらうと思つて居た。今から考へると馬鹿々々しい。ある時抔《など》は清にどんなものになるだらうと聞いて見た事がある。所が清にも別段の考もなかつた様だ。只*手車《てぐるま》へ乗つて、立派な*玄関のある家をこしらへるに相違ないと云つた。

夫から清はおれがうちでも持つて独立したら、一所になる気で居た。どうか置いて下さいと何遍も繰り返して頼んだ。おれも何だかうちが持てる様な気がして、うん置いてやると返事丈はして置いた。所が此女は中々想像の強い女で、あなたはどこが御好き、*麹町《こうじまち》ですか*麻布ですか、御庭へぶらんこを御こしらへ遊ばせ、*西洋間は一つで沢山です抔と勝手な計画を独りで並べて居た。其時は家なんか欲しくも何ともなかつた、西洋館も日本建も全く不用であつたから、そんなものは欲しくないと、いつでも清に答へた。すると、あなたは慾がすくなくつて、心が奇麗だと云つて又賞《ほ》めた。清は何と云つても賞めてくれる。

母が死んでから五六年の間は此状態で暮して居た。おやぢには叱られる。兄とは喧嘩をする。清には菓子を貰ふ、時々賞められる。別に望もない、是で沢山だと思つて居た。ほかの小供も一《いち》概《がい》にこんなものだらうと思つて居た。只清が何かにつけて、あなたは御可哀想だ、不仕合《ふしあわせ》だと無暗に云ふものだから、それぢや可哀想で不仕合せなんだらうと思つた。其外に苦になる事は少しもなかつた。只おやぢが小使を呉れないには閉口した。

母が死んでから六年目の正月におやぢも卒中《そっちゅう》で亡くなつた。其年の四月におれはある私立の中学校を卒業する。六月に兄は商業学校*を卒業した。兄は何とか会社の九州の支店に口があつて行かなければならん。おれは東京でまだ学問をしなければならない。兄は家を売つて財産を片付けて任地へ出立すると云ひ出した。おれはどうでもするが宜《よ》からうと返事をした。どうせ兄の厄介になる気はない。世話をしてくれるにした所で、喧嘩をするから向でも何とか云ひ出すに極つて居る。なまじい保護を受ければこそ、こんな兄に頭を下げなければならない。牛乳配達*をしても食つてられると覚悟をした。兄は夫から道具屋を呼んで来て、先祖代々の瓦落多《がらくた》を二束三文《にそくさんもん》に売つた。家屋敷はある人の周旋でさる金満家に譲つた。此方《このほう》は大分金になつた様だが、詳しい事は一向知らぬ。おれは一ヶ月以前から、しばらく前途の方向のつく迄神田の小川町*へ下宿をして居た。清は十何年居たうちが人手に渡るのを大に残念がつたが、自分のものでないから、仕様がなかつた。あなたがもう少し年をとつて入らつしやれば、こゝが御相続*が出来ますものをとしきりに口説いて居た。もう少し年を取つて相続が出来るものなら、今でも相続が出来る筈だ。婆さんは何も知らないから年さへ取れば兄の家がもらへると信じて居る。

兄とおれは斯様《かよう》に分れたが、困つたのは清の行く先である。兄は無論連れて行ける身分でなし、清も兄の尻にくつ付いて九州下《くんだ》り迄出掛ける気は毛頭なし、と云つて此時のおれは四畳半の安下宿に籠つて、夫すらもいざとなれば直ちに引き払はねばならぬ始末だ。どうする事も出来ん。清に聞いて見た。どこかへ奉公でもする気かねと云つたらあなたが御うちを持つて、奥さまを御貰ひになる迄は、仕方がないから甥の厄介になりませうと漸く決心した返事をした。此甥は裁判所の書記で先づ今日《こんにち》には差支《さしつかえ》なく暮して居たから、今迄も清に来るなら来いと二三度勧めたのだが、清は仮令《たとい》下女奉公はしても年来住み馴れた家の方がいゝと云つて応じなかつた。然し今の場合知らぬ屋敷へ奉公易《がえ》をして入《い》らぬ気兼を仕直すより、甥の厄介になる方がましだと思つたのだらう。夫にしても早くうちを持ての、妻を貰への、来て世話をするのと云ふ。親身の甥よりも他人のおれの方が好きなのだらう。

九州へ立つ二日前兄が下宿へ来て金を六百円出して是を資本にして商買《しょうばい》をするなり、学資にして勉強をするなり、どうでも随意に使ふがいゝ、其代りあとは構はないと云つた。兄にしては感心なやり方だ。何の六百円位貰はんでも困りはせんと思つたが、例に似ぬ淡泊な処置が気に入つたから、礼を云つて貰つて置いた。兄は夫から五十円出して之《これ》を序《ついで》に清に渡してくれと云つたから、異議なく引き受けた。二日立つて*新橋の停車場で分れたぎり兄には其後一遍も逢はない。

おれは六百円の使用法に就て寐ながら考へた。商買をしたつて面倒くさくつて旨く出来るものぢやなし、ことに六百円位の金で商買らしい商買がやれる訳でもなからう。よしやれるとしても、今の様ぢや人の前へ出て教育を受けたと威張れないから詰り損になる許りだ。資本抔はどうでもいゝから、これを学資にして勉強してやらう。六百円を三に割つて一年に二百円宛《ずつ》使へば三年間は勉強が出来る。三年間一生懸命にやれば何か出来る。夫からどこの学校へ這入らうと考へたが、学問は生来どれもこれも好きでない。ことに*語学とか文学とか云ふものは真平御免《まつぴらごめん》だ。*新体詩などゝ来ては二十行あるうちで一行も分らない。どうせ嫌なものなら何をやつても同じ事だと思つたが、幸ひ*物理学校の前を通り掛つたら生徒募集の広告が出て居たから、何も縁だと思つて規則書をもらつてすぐ入学の手続をして仕舞つた。今考へると是も親譲りの無鉄砲から起つた失策だ。

三年間まあ人並に勉強はしたが別段たちのいゝ方でもないから、席順はいつでも下から勘定する方が便利であつた。然し不思議なもので、三年立つたらとう／＼卒業して仕舞つた。自分でも可笑《おか》しいと思つたが苦情を云ふ訳もないから大人しく卒業して置いた。

卒業してから八日目に校長が呼びに来たから、何の用だらうと思つて、出掛けて行つたら、*四国辺のある中学校で数学の教師が入《い》る。*月給は四十円だが、行つてはどうだと云ふ相談である。

おれは三年間学問はしたが実を云ふと教師になる気も、田舎へ行く考へも何もなかつた。尤《もつと》も教師以外に何をしやうと云ふあてもなかつたから、此相談を受けた時、行きませうと即席に返事をした。是も親譲りの無鉄砲が祟つたのである。

引き受けた以上は赴任せねばならぬ。此三年間は四畳半に蟄居《ちつきよ》して小言は只の一度も聞いた事がない。喧嘩もせずに済んだ。おれの生涯のうちでは比較的呑気な時節であつた。然しかうなると此四畳半も引き払はなければならん。生れてから東京以外に踏み出したのは、同級生と一所に鎌倉へ遠足した時許《ばか》りである。今度は鎌倉所《どころ》ではない。大変な遠くへ行かねばならぬ。地図で見ると海浜《かいひん》で針の先程小さく見える。どうせ碌な所ではあるまい。どんな町で、どんな人が住んでるか分らん。分らんでも困らない。心配にはならぬ。只行く許《ばかり》である。尤も少々面倒臭い。

家を畳んでからも清の所へは折々行つた。清の甥と云ふのは存外結構な人である。おれが行くたびに、居りさへすれば、何くれと款待《もて》なして呉れた。清はおれを前へ置いて、色々おれの自慢を甥に聞かせた。今に学校を卒業すると麹町《こうじまち》辺へ屋敷を買つて役所へ通ふのだ抔と吹聴した事もある。独りで極めて一人で喋舌《しやべ》るから、こつちは困つて顔を赤くした。夫も一度や二度ではない。折々おれが小さい時寝小便をした事迄持ち出すには閉口した。甥は何と思つて清の自慢を聞いて居たか分らぬ。只清は昔風の女だから、自分とおれの関係を封建時代の主従の様に考へて居た。自分の主人なら甥の為にも主人に相違ないと合点したものらしい。甥こそいゝ面《つら》の皮だ。

愈《いよいよ》約束が極まつて、もう立つと云ふ三日前に清を尋ねたら、北向の三畳に風邪を引いて寐て居た。おれの来たのを見て、起き直るが早いか、坊っちやん何時《いつ》家《うち》を御持ちなさいますと聞いた。卒業さへすれば金が自然とポツケツトの中に湧いて来ると思つて居る。そんなにえらい人をつらまへて、まだ坊っちやんと呼ぶのは愈《いよいよ》馬鹿気《げ》て居る。おれは単簡《たんかん》に当分うちは持たない。田舎へ行くんだと云つたら、非常に失望した容子で、胡魔《ごま》塩《しお》の鬢《びん》の乱れを頻《しき》りに撫でた。余り気の毒だから「行く事は行くがぢき帰る。来年の夏休には屹度《きつと》帰る」と慰めてやつた。夫でも妙な顔をして居るから「何か見やげを買つて来てやらう、何が欲しい」と聞いて見たら「越後の笹飴《ささあめ》が食べたい」と云つた。越後の笹飴なんて聞いた事もない。第一方角が違ふ。「おれの行く田舎には笹飴はなさゝうだ」と云つて聞かしたら「そんなら、どつちの見当です」と聞き返した。「西の方だよ」と云ふと「箱根のさきですか手前ですか」と問ふ。随分持てあました。

出立の日には朝から来て、色々世話をやいた。来る途中小間物屋で買つて来た歯磨と楊子《ようじ》と手拭をズツクの革鞄《かばん》に入れて呉れた。そんな者は入《い》らないと云つても中々承知しない。車を並べて停車場へ着いて、プラツトフォームの上へ出た時、車へ乗り込んだおれの顔を昵《じつ》と見て「もう御別れになるかも知れません。*存分御機嫌やう」と小さな声で云つた。目に涙が一杯たまつて居る。

おれは泣かなかつた。然しもう少しで泣く所であつた。汽車が余っ程動き出してから、もう大丈夫だらうと思つて、窓から首を出して、振り向いたら、矢っ張り立つて居た。何だか大変小さく見えた。

二

ぶうと云つて汽船がとまると、艀《はしけ》が岸を離れて、漕ぎ寄せて来た。船頭は真っ裸に赤ふんどしをしめてゐる。野蛮な所だ。尤《もつと》も此熱さでは着物はきられまい。日が強いので水がやに光る。見詰めて居ても眼がくらむ。事務員に聞いて見るとおれは此所《こゝ》へ降りるのださうだ。見た所では大*森位な漁村だ。人を馬鹿にしてゐらあ、こんな所に我慢が出来るものかと思つたが仕方がない。威勢よく一番に飛び込んだ。続《つ》づいて五六人は乗つたらう。外に大きな箱を四っ許《ばかり》積み込んで赤ふんは岸へ漕ぎ戻して来た。陸《おか》へ着いた時も、いの一番に飛び上がつて、いきなり、磯に立つて居た鼻たれ小僧をつらまへて中学校はどこだと聞いた。小僧は茫《ぼん》やりして、知らんがの、と云つた。気の利かぬ田舎ものだ。猫の額程な町内の癖に、中学校のありかも知らぬ奴があるものか。所へ妙な*筒《つつ》っぽうを着た男がきて、こつちへ来いと云ふから、尾《つ》いて行つたら、港屋とか云ふ宿屋へ連れて来た。やな女が声を揃へて御上がりなさいと云ふので、上がるのがいやになつた。門《かど》口《ぐち》へ立つたなり中学校を教へろと云つたら、中学校は是から汽車で二里許り行かなくつちやいけないと聞いて、猶《なお》上がるのがいやになつた。おれは、筒っぽうを着た男から、おれの革鞄を二つ引きたくつて、のそ〳〵あるき出した。宿屋のものは変な顔をして居た。

停車場はすぐ知れた。切符も訳なく買つた。乗り込んで見るとマッチ箱の様な汽車だ。ごろ〳〵と五分許り動いたと思つたら、もう降りなければならない。道理で切符が安いと思つた。たつた三銭である。夫から車を傭《やと》つて、中学校へ来たら、もう放課後で誰も居ない。宿直は一寸用達に出たと小使が教へた。随分気楽な宿直がゐるものだ。校長でも尋ね様かと思つたが、草臥《くたび》れたから、車に乗つて宿屋へ連れて行けと車夫に云ひ付けた。車夫は威勢よく山城屋と云ふうちへ横付にした。山城屋とは質屋の勘太郎の屋号と同じだから一寸面白く思つた。

何だか二階の楷子段《はしごだん》の下の暗い部屋へ案内した。熱くつて居られやしない。こんな部屋はいやだと云つたら生憎《あいにく》みんな塞がつて居りますからと云ひながら革鞄を抛り出した儘《まま》出て行つた。仕方がないから部屋の中へ這入つて汗をかいて我慢して居た。やがて湯に入れと云ふから、ざぶりと飛び込んで、すぐ上がつた。帰りがけに覗《のぞ》いて見ると涼しさうな部屋が沢山空いてゐる。失敬な奴だ。嘘をつきあがつた。それから下女が膳を持つて来た。部屋は熱つかつたが、飯《めし》は下宿のよりも大分旨《うま》かつた。給仕をしながら下女がどちらから御出になりましたと聞くから東京から来たと答へた。すると東京はよい所で御座いませうと云つたから当り前だと云つてやつた。膳を下げた下女が台所へ行つた時分、大きな笑ひ声が聞えた。くだらないから、すぐ寐たが、中々寐られない。熱い許りではない。騒々しい。下宿の五倍位八釜《やかま》しい。うと〳〵としたら清の夢を見た。清が越後の笹飴を笹ぐるみ、むしや〳〵食つて居る。笹は毒だから、よしたらよからうと云ふと、いえ此笹が御薬で御座いますと云つて旨さうに食つて居る。おれがあきれ返つて大きな口を開いてハヽヽヽと笑つたら眼が覚めた。下女が雨戸を明けてゐる。相変らず空の底が突き抜けた様な天気だ。

道中をしたら茶代をやるものだと聞いて居た。茶代をやらないと粗末に取り扱はれると聞いて居た。こんな、狭くて暗い部屋へ押し込めるのも茶代をやらない所為《せゐ》だらう。見すぼらしい服装《なり》をして、ズツクの革鞄と*毛繻子《けじゆす》の蝙蝠傘《こうもり》を提げてるからだらう。田舎者の癖に人を見括《みくび》つたな。一番茶代をやつて驚かしてやらう。おれは是でも学資の余りを三十円程懐に入れて東京を出て来たのだ。汽車と汽船の切符代と雑費を差し引いて、まだ十四円程ある。みんなやつたつて是からは月給を貰ふんだから構はない。田舎者はしみつたれだから五円もやれば驚ろいて目を廻すに極つて居る。どうするか見ろと済して顔を洗つて、部屋へ帰つて待つてると、夕べの下女が膳を持つて来た。盆を持つて給使をしながら、やににや〳〵笑つてる。失敬な奴だ。*顔のなかを御祭りでも通りやしまいし。是でも此下女の面より余っ程上等だ。飯を済ましてからにしやうと思つて居たが、癪《しやく》に障つたから、中途で五円札を一枚出して、あとで是を帳場へ持つて行けと云つたら、下女は変な顔をして居た。夫から飯を済ましてすぐ学校へ出懸《でかけ》た。靴は磨いてなかつた。

学校は昨日車で乗りつけたから、大概の見当は分つて居る。四っ角を二三度曲がつたらすぐ門の前へ出た。門から玄関迄は御影石《みかげいし》で敷きつめてある。きのふ此敷石の上を車でがら〳〵と通つた時は、無暗に仰山《ぎようさん》な音がするので少し弱つた。途中から小倉《こくら》の制服を着た生徒に沢山逢つたが、みんな此門を這入つて行く。中にはおれより脊が高くつて強さうなのが居る。あんな奴を教へるのかと思つたら何だか気味が悪るくなつた。名刺を出したら校長室へ通した。校長は薄髯のある、色の黒い、眼の大きな狸の様な男である。やに勿体《もつたい》ぶつて居た。まあ精出して勉強してくれと云つて、恭《うやうや》しく大きな印の捺《おさ》つた辞令を渡した。此辞令は東京へ帰るとき丸めて海の中へ抛り込んで仕舞つた。校長は今に職員に紹介してやるから、一々其人に此辞令を見せるんだと言つて聞かした。余計な手数だ。そんな面倒な事をするより此辞令を三日間教員室へ張り付ける方がましだ。

教員が控所へ揃ふには一時間目の喇叭《らつぱ》が鳴らなくてはならぬ。大分時間がある。校長は時計を出して見て、追々ゆるりと話す積だが、先づ大体の事を呑み込んで置いて貰はうと云つて、夫から教育の精神について長い御談義を聞かした。おれは無論いゝ加減に聞いて居たが、途中から是は飛んだ所へ来たと思つた。校長の云ふ様にはとても出来ない。おれ見た様な無鉄砲なものをつらまへて、生徒の模範になれの、一校の師表と仰がれなくては行かんの、学問以外に個人の徳化を及ぼさなくては教育者になれないの、と無暗に法外な注文をする。そんなえらい人が月給四十円で遥々《はるばる》こんな田舎へくるもんか。人間は大概似たもんだ。腹が立てば喧嘩の一つ位は誰でもするだらうと思つてたが、此様子ぢや滅多に口も聞《き》けない、散歩も出来ない。そんな六《む》づかしい役なら雇ふ前からこれ〳〵だと話すがいゝ。おれは嘘をつくのが嫌だから、仕方がない、だまされて来たのだとあきらめて、思ひ切りよく、こゝで断はつて帰つちまはうと思つた。宿屋へ五円やつたから、財布の中には九円なにがししかない。九円ぢや東京迄は帰れない。茶代なんかやらなければよかつた。惜しい事をした。然し九円だつて、どうかならない事はない。旅費は足りなくつても嘘をつくよりましだと思つて、到底*あなたの仰《おつし》やる通りにや、出来ません、此辞令は返しますと云つたら、校長は狸の様な眼をぱちつかせておれの顔を見て居た。やがて、今のは只希望である、あなたが希望通り出来ないのはよく知つて居るから心配しなくつてもいゝと云ひながら笑つた。その位よく知つてるなら、始めから威嚇《おどか》さなければいゝのに。

さう、かうする内に喇叭が鳴つた。教場の方が急にがやがやする。もう教員も控所へ揃ひましたらうと云ふから、校長に尾《つ》いて教員控所へ這入つた。広い細長い部屋の周囲に机を並べてみんな腰をかけて居る。おれが這入つたのを見て、みんな申し合せた様におれの顔を見た。見世物ぢやあるまいし。夫から申し付けられた通り一人一人の前へ行つて辞令を出して挨拶をした。大概は椅子を離れて腰をかゞめた許りであつたが、念の入つたのは差し出した辞令を受け取つて一応拝見をして夫を恭しく返却した。丸で宮芝居*の真似だ。十五人目に体操の教師へ廻つて来た時には、同じ事を何返《なんべん》もやるので少々ぢれつたくなつた。向は一度で済む、こつちは同じ所作を十五返繰り返して居る。少しはひとの了見も察して見るがいゝ。

挨拶をしたうちに教頭のなにがしと云ふのが居た。是は文学士ださうだ。文学士と云へば大学の卒業生だからえらい人なんだらう。妙に女の様な優しい声を出す人だつた。尤《もつと》も驚ろいたのは此暑いのにフランネル*の襯衣《しやつ》を着て居る。いくら薄い地には相違なくつても暑いには極つてる。文学士丈に御苦労千万な服装《なり》をしたもんだ。しかも夫が赤シヤツだから人を馬鹿にしてゐる。あとから聞いたら此男は年が年中赤シヤツを着るんださうだ。妙な病気があつたものだ。当人の説明では赤は身体《からだ》に薬になるから、衛生の為めにわざ〳〵誂《あつ》らへるんださうだが、入《い》らざる心配だ。そんなら序《ついで》に着物も袴も赤にすればいゝ。夫から英語の教師に古賀とか云ふ大変顔色の悪るい男が居た。大概顔の蒼い人は瘠せてるもんだが此男は蒼くふくれて居る。昔し小学校へ行く時分、浅井の民さんと云ふ子が同級生にあつたが、此浅井のおやぢが矢張り、こんな色つやだつた。浅井は百姓だから、百姓になるとあんな顔になるのかと清に聞いて見たら、さうぢやありません、あの人は*うらなりの唐茄子《とうなす》許り食べるから、蒼くふくれるんですと教へて呉れた。それ以来蒼くふくれた人を見れば必ずうらなりの唐茄子を食つた酬《むくい》だと思ふ。此英語の教師もうらなり許り食つてるに違ない。尤もうらなりとは何の事か今以《いまもつ》て知らない。清に聞いて見た事はあるが、清は笑つて答へなかつた。大方清も知らないんだらう。夫からおれと同じ数学の教師に堀田と云ふのが居た。是は逞しい毬栗《いがぐり》坊主で、*叡山《えいざん》の悪僧と云ふべき面構である。人が叮嚀に辞令を見せたら見向きもせず、やあ君が新任の人か、些《ち》と遊びに来給へアハヽヽヽと云つた。何がアハヽヽヽだ。そんな礼儀を心得ぬ奴の所へ誰が遊びに行くものか。おれは此時から此坊主に*山嵐と云ふ渾名《あだな》をつけてやつた。漢学の先生は流石《さすが》に堅いものだ。昨日御着で、嘸《さぞ》御疲れで、夫でもう授業を御始めで、大分励精で、——とのべつに弁じたのは愛嬌のある御爺さんだ。画学の教師は全く芸人風だ。べら〱した*透綾《すきや》の羽織を着て、扇子をぱちつかせて、御国はどちらで*げす、え？　東京？　夫《そ》りや嬉しい、御仲間が出来て……私もこれで*江戸っ子ですと云つた。こんなのが江戸っ子なら江戸には生れたくないもんだと心中に考へた。其ほか一人々々に就てこんな事を書けばいくらでもある。然し際限がないからやめる。

挨拶が一通り済んだら、校長が今日はもう引き取つてもいゝ、尤も授業上の事は数学の主任と打ち合せをして置いて、明後日から課業を始めてくれと云つた。数学の主任は誰かと聞いて見たら例の山嵐であつた。忌々《いまいま》しい、こいつの下に働くのかおや〳〵と失望した。山嵐は「おい君どこに宿つてるか、山城屋か、うん、今に行つて相談する」と云ひ残して白墨を持つて教場へ出て行つた。主任の癖に向から来て相談するなんて不見識な男だ。然し呼び付けるよりは感心だ。

夫から学校の門を出て、すぐ宿へ帰らうと思つたが、帰つたつて仕方がないから、少し町を散歩してやらうと思つて、無暗に足の向く方をあるき散らした。県庁も見た。古い前世紀の建築である。*兵営も見た。*麻布の聯隊《れんたい》より立派でない。大通りも見た。神楽坂を半分に狭くした位な道幅で町並はあれより落ちる。*廿五万石の城下だつて高の知れたものだ。こんな所に住んで御城下だ抔と威張つてる人間は可哀想なものだと考へながらくると、いつしか山城屋の前へ出た。広い様でも狭いものだ。是で大抵は見尽したのだらう。帰つて飯でも食はうと門口《かどぐち》を這入つた。帳場に坐つて居たかみさんが、おれの顔を見ると急に飛び出して来て御帰り……と板の間へ頭をつけた。靴を脱いで上がると、御座敷があきましたからと下女が二階へ案内をした。十五畳の表二階で大きな床《とこ》の間がついて居る。おれは生れてからまだこんな立派な坐敷へ這入つた事はない。此後いつ這入れるか分らないから、洋服を脱いで浴衣一枚になつて坐敷の真中へ大の字に寐て見た。

いゝ心持ちである。

昼飯を食つてから早速清へ手紙をかいてやつた。おれは文章がまづい上に字を知らないから手紙をかくのが大嫌だ。又やる所もない。然し清は心配して居るだらう。難船して死にやしないか抔と思つちや困るから、奮発して長いのを書いてやつた。其文句はかうである。

「きのふ着いた。つまらん所だ。十五畳の坐敷に寐て居る。宿屋へ茶代を五円やつた。かみさんが頭を板の間へすりつけた。夕べは寐られなかつた。清が笹飴を笹ごと食ふ夢を見た。来年の夏は帰る。今日学校へ行つてみんなにあだなをつけてやつた。校長は狸、教頭は赤*しやつ、英語の教師はうらなり、数学は山嵐、画学はの*だいこ。今に色々な事をかいてやる。左様《さよ》なら」

手紙をかいて仕舞つたら、いゝ心持ちになつて眠気がさしたから、最前の様に坐敷の真中へのびのびと大の字に寐た。今度は夢も何も見ないでぐつすり寐た。この部屋かいと大きな声がするので眼が覚めたら、山嵐が這入つて来た。最前は失敬、君の受持ちは……と人が起き上がるや否や談判を開かれたので大に狼狽した。受持ちを聞いて見ると別段六づかしい事もなさゝうだから承知した。此位な事なら、明後日は愚《おろか》、明日から始めろと云つたつて驚ろかない。授業上の打合せが済んだら、君はいつ迄こんな宿屋に居る積りでもあるまい、僕がいゝ下宿を周旋してやるから移り玉へ。外のものでは承知しないが僕が話せばすぐ出来る。早い方がいゝから、今日《けふ》見て、あす移つて、あさつてから学校へ行けば極りがいゝと一人で呑み込んで居る。成程十五畳敷にいつ迄居る訳にも行くまい。月給をみんな宿料に払つても追つつかないかもしれぬ。五円の茶代を奮発してすぐ移るのはちと残念だが、どうせ移るものなら、早く引き越して落ち付く方が便利だから、そこの所はよろしく山嵐に頼む事にした。すると山嵐は兎も角も一所に来て見ろと云ふから、行つた。町はづれの岡の中腹にある家で至極閑静だ。主人は骨董を売買するいか銀と云ふ男で、女房は亭主よりも四つ許り年嵩《としかさ》の女だ。中学校に居た時ヰツチと云ふ言葉を習つた事があるが此女房は正にヰツチに似て居る。ヰツチだつて人の女房だから構はない。とうとう明日から引き移る事にした。帰りに山嵐は通町で氷水を一杯奢つた。学校で逢つた時はやに横風《おうふう》な失敬な奴だと思つたが、こんなに色々世話をしてくれる所を見ると、わるい男でもなさゝうだ。只おれと同じ様にせつかちで肝癪持《かんしやくもち》らしい。あとで聞いたら此男が一番生徒に人望があるのださうだ。

三

愈《いよいよ》学校へ出た。初めて教場へ這入つて高い所へ乗つた時は、何だか変だつた。講釈をしながら、おれでも先生が勤まるのかと思つた。生徒は八釜《やかま》しい。時々図抜けた大きな声で先生と云ふ。先生には答へた。今迄物理学校で毎日先生々々と呼びつけて居たが、先生と呼ぶのと、呼ばれるのは雲泥の差だ。何だか足の裏がむづ〱する。おれは卑怯な人間ではない、臆病な男でもないが、惜しい事に胆力が欠けて居る。先生と大きな声をされると、腹の減つた時に丸の内で*午砲《どん》を聞いた様な気がする。最初の一時間は何だかいゝ加減にやつて仕舞つた。然し別段困つた質問も掛けられずに済んだ。控所へ帰つて来たら、山嵐がどうだいと聞いた。うんと単簡に返事をしたら山嵐は安心したらしかつた。

二時間目に白墨を持つて控所を出た時には何だか敵地へ乗り込む様な気がした。教場へ出ると今度の組は前より大きな奴ばかりである。おれは江戸っ子で華奢《きやしや》に小作りに出来て居るから、どうも高い所へ上がつても押しが利かない。喧嘩なら相撲取とでもやつて見せるが、こんな*大僧を四十人も前へ並べて、只一枚の舌をたゝいて恐縮させる手際はない。然しこんな田舎者に弱身を見せると癖になると思つたから、成るべく大きな声をして、少々巻き舌で講釈してやつた。最初のうちは、生徒も烟に捲かれてぼんやりして居たから、それ見ろと益《ますます》得意になつて、べらんめい調を用ゐてたら、一番前の列の真中に居た、一番強さうな奴が、いきなり起立して先生と云ふ。そら来たと思ひながら、何だと聞いたら、「あまり早くて分からんけれ、まちつと、ゆる〱遣つて、おくれんかな、もし」と云つた。おくれんかな、もしは生温《なまぬ》るい言葉だ。早過ぎるなら、ゆつくり云つてやるが、おれは江戸っ子だから君等の言葉は使へない、分らなければ、分る迄待つてるがいゝと答へてやつた。此調子で二時間目は思つたより、うまく行つた。只帰りがけに生徒の一人が一寸此問題を解釈しておくれんかな、もし、と出来さうもない幾何の問題を持つて逼《せま》つたには冷汗を流した。仕方がないから何だか分らない此次教へてやると急いで引き揚げたら、生徒がわあと囃《はや》した。其中に出来ん〳〵と云ふ声が聞える。箆棒《べらぼう》め、先生だつて、出来ないのは当り前だ。出来ないのを出来ないと云ふのに不思議があるもんか。そんなものが出来る位なら四十円でこんな田舎へくるもんかと控所へ帰つて来た。今度はどうだと又山嵐が聞いた。うんと云つたが、うん丈では気が済まなかつたから、此学校の生徒は分らずやだなと云つてやつた。山嵐は妙な顔をして居た。

　三時間目も、四時間目も昼過ぎの一時間も大同少異であつた。最初の日に出た級は、いづれも少々づゝ失敗した。教師ははたで見る程ぢやないと思つた。授業は一と通り済んだが、まだ帰れない、三時迄ぽつ然として待つてなくてはならん。三時になると、受持級の生徒が自分の教室を掃除して報知にくるから検分をするんださうだ。夫から、出席簿を一応しらべて漸く御暇《おひま》が出る。いくら月給で買はれた身体《からだ》だつて、あいた時間迄学校へ縛りつけて机と睨めつくらをさせるなんて法があるものか。然しほかの連中はみんな大人しく御規則通りやつてるから新参のおればかり、だゞを捏《こ》ねるのも宜《よろ》しくないと思つて我慢して居た。帰りがけに、君何でも蚊《か》んでも三時過迄学校にゐさせるのは愚《ぐ》だぜと山嵐に訴へたら、山嵐はさうさアハヽヽと笑つたが、あとから真面《まがお》になつて、君あまり学校の不平を云ふと、いかんぜ。云ふなら僕丈に話せ、随分妙な人も居るからなと忠告がましい事を云つた。四っ角で分れたから詳しい事は聞くひまがなかつた。

夫からうちへ帰つてくると、宿の亭主が御茶を入れませうと云つてやつて来る。御茶を入れると云ふから御馳走をするのかと思ふと、おれの茶を遠慮なく入れて自分が飲むのだ。此様子では留守中も勝手に御茶を入れませうを一人で履行して居るかも知れない。亭主が云ふには手前は書画骨董がすきで、とう〳〵こんな商買を内々で始める様になりました。あなたも御見受申す所大分御風流で居らつしやるらしい。ちと道楽に御始めなすつては如何《いかが》ですと、飛んでもない勧誘をやる。二年前ある人の使に帝国ホテル*へ行つた時は錠前直しと間違へられた事がある。ケツト*を被つて、鎌倉の大仏を見物した時は車屋から親方と云はれた。其外今日迄見損《みそくな》はれた事は随分あるが、まだおれをつらまへて大分御風流で居らつしやると云つたものはない。大抵はなりや様子でも分る。風流人なんて云ふものは、画を見ても、頭巾を被るか短冊を持つてるものだ。このおれを風流人だ抔と真面目に云ふのは只の曲者《くせもの》ぢやない。おれはそんな呑気な隠居のやる様な事は嫌だと云つたら、亭主はへヽヽヽと笑ひながら、いえ始めから好きなものは、どなたも御座いませんが、一反《いつたん》此道に這入ると中々出られませんと一人で茶を注《つ》いで妙な手付をして飲んで居る。

実はゆふべ茶を買つてくれと頼んで置いたのだが、こんな苦い濃い茶はいやだ。一杯飲むと胃に答へる様な気がする。今度からもつと苦くないのを買つてくれと云つたら、かしこまりましたと又一杯しぼつて飲んだ。人の茶だと思つて無暗に飲む奴だ。主人が引き下がつてから、あしたの下読をしてすぐ寐て仕舞つた。

それから毎日々々学校へ出ては規則通り働く、毎日々々帰つて来ると主人が御茶を入れませうと出てくる。一週間許りしたら学校の様子も一と通りは飲み込めたし、宿の夫婦の人物も大概は分つた。ほかの教師に聞いて見ると辞令を受けて一週間から一ヶ月位の間は自分の評番《ひょうばん》がいゝだらうか、悪るいだらうか非常に気に掛かるさうであるが、おれは一向そんな感じはなかつた。教場で折々しくぢると其時丈はやな心持だが三十分許り立つと奇麗に消えて仕舞ふ。おれは何事によらず長く心配しやうと思つても心配が出来ない男だ。教場のしくぢりが生徒にどんな影響を与へて、其影響が校長や教頭にどんな反応を呈するか丸で無頓着であつた。おれは前に云ふ通りあんまり度胸の据つた男ではないのだが、思ひ切りは頗《すこぶ》るいゝ人間である。此学校がいけなければすぐどつかへ行く覚悟で居たから、狸も赤シヤツも、些《ちつ》とも恐しくはなかつた。まして教場の小僧共なんかには愛嬌も御世辞も使ふ気になれなかつた。学校はそれでいゝのだが下宿の方はさうはいかなかつた。亭主が茶を飲みに来る丈なら我慢もするが、色々なものを持つてくる。始めに持つて来たのは何でも印材で、十ばかり並べて置いて、みんなで三円なら安い物だ御買なさいと云ふ。田舎巡りのヘボ絵師ぢやあるまいし、そんなものは入《い》らないと云つたら、今度は華山とか何とか云ふ男の花鳥の掛物をもつて来た。自分で床《とこ》の間へかけて、いゝ出来ぢやありませんかと云ふから、さうかなと好加減に挨拶をすると、*華山には二人ある、一人は何とか華山で、一人は何とか華山ですが、此幅はその何とか華山の方だと、くだらない講釈をしたあとで、どうです、あなたなら十五円にして置きます。御買なさいと催促をする。金がないと断はると、金なんか、いつでも宜《よ》う御座いますと中々頑固だ。金があつても買はないんだと、其時は追っ払つちまつた。其次には鬼瓦《おにがわら》位な大硯《おおすずり》を担ぎ込んだ。是は*端渓《たんけい》です、端渓ですと二遍も三遍も端渓がるから、面白半分に端渓た何だいと聞いたらすぐ講釈を始め出した。端渓には上層中層下層とあつて、今時のものはみんな上層ですが、是は慥《たし》かに中層です、此*眼《がん》を御覧なさい。眼が三っあるのは珍らしい。*潑墨《はつぼく》の具合も至極宜しい、試して御覧なさいと、おれの前へ大きな硯を突きつける。いくらだと聞くと、持主が支那から持つて帰つて来て是非売りたいと云ひますから、御安くして三十円にして置きませうと云ふ。此男は馬鹿に相違ない。学校の方はどうか、かうか無事に勤まりさうだが、かう骨董責《ぜめ》に逢つてはとても長く続きさうにない。

其うち学校もいやになつた。ある日の晩大町と云ふ所を散歩して居たら郵便局の隣りに蕎麦とかいて、下に東京と注を加へた看板があつた。おれは蕎麦が大好きである。東京に居つた時でも蕎麦屋の前を通つて薬味の香《にお》ひをかぐと、どうしても暖簾《のれん》がくゞりたくなつた。今日迄は数学と骨董で蕎麦を忘れて居たが、かうして看板を見ると素通りが出来なくなる。序《つい》でだから一杯食つて行かうと思つて上がり込んだ。見ると看板程でもない。東京と断はる以上はもう少し奇麗にしさうなものだが、東京を知らないのか、金がないのか、滅法《めつぽう》きたない。畳は色が変つて御負けに砂でざら〳〵して居る。壁は煤で真黒だ。天井はランプの油烟で燻《くす》ぼつてるのみか、低くつて、思はず首を縮める位だ。只*例々《れいれい》と蕎麦の名前をかいて張り付けたねだん付け丈は全く新しい。何でも古いうちを買つて二三日前から開業したに違なからう。ねだん付の第一号に天麩羅とある。おい天麩羅を持つてこいと大きな声を出した。すると此時迄隅の方に三人かたまつて、何かつる〳〵、ちゆ〳〵食つてた連中が、ひとしくおれの方を見た。部屋が暗いので、一寸気がつかなかつたが顔を合せると、みんな学校の生徒である。先方で挨拶をしたから、おれも挨拶をした。其晩は久し振に蕎麦を食つたので、旨かつたから天麩羅を四杯平げた。

　翌日何の気もなく教場へ這入ると、黒板一杯位な大きな字で、天麩羅先生とかいてある。おれの顔を見てみんなわあと笑つた。おれは馬鹿々々しいから、天麩羅を食つちや可笑《おか》しいかと聞いた。すると生徒の一人が、然し四杯は過ぎるぞな、もし、と云つた。四杯食はうが五杯食はうがおれの銭でおれが食ふのに文句があるもんかと、さつさと講義を済まして控所へ帰つて来た。十分立つて次の教場へ出ると一つ天麩羅四杯也。但し笑ふ可《べか》らず。と黒板にかいてある。さつきは別に腹も立たなかつたが今度は癪に障つた。冗談も度を過ごせばいたづらだ。焼持《やきもち》の黒焦《くろこげ》の様なもので誰も賞め手はない。田舎者は此呼吸が分からないから、どこ迄押して行つても構はないと云ふ了見だらう。一時間あるくと見物する町もない様な狭い都に住んで、外に何にも芸がないから、天麩羅事件を*日露戦争の様に触れちらかすんだらう。憐れな奴等だ。小供の時から、こんなに教育されるから、いやにひねつこびた、植木鉢の楓《かえで》見た様な小人《しようじん》が出来るんだ。無邪気なら一所に笑つてもいゝが、こりやなんだ。小供の癖に乙《おつ》に毒気を持つてる。おれはだまつて、天麩羅を消して、こんないたづらが面白いか、卑怯な冗談だ。君等は卑怯と云ふ意味を知つてるか、と云つたら、自分がした事を笑はれて怒《おこ》るのが卑怯ぢやらうがな、もしと答へた奴がある。やな奴だ。わざ〳〵東京から、こんな奴を教へに来たのかと思つたら情なくなつた。余計な減らず口を利《き》かないで勉強しろと云つて、授業を始めて仕舞つた。夫から次の教場へ出たら天麩羅を食ふと減らず口が利き度《たく》なるものなりと書いてある。どうも始末に終へない。あんまり腹が立つたから、そんな生意気な奴は教へないと云つてすた〳〵帰つて来てやつた。生徒は休みになつて喜こんださうだ。かうなると学校より骨董の方がまだましだ。

天麩羅蕎麦もうちへ帰つて、一晩寐たらそんなに肝癪に障らなくなつた。学校へ出て見ると、生徒も出てゐる。何だか訳が分らない。夫から三日許りは無事であつたが、四日目の晩に住田と云ふ所へ行つて団子を食つた。此住田と云ふ所は温泉*のある町で城下から汽車だと十分許り、歩行《ある》いて三十分で行かれる。料理屋も温泉宿も、公園もある上に遊廓《ゆうかく》がある。おれの這入つた団子屋は遊廓の入口にあつて、大変うまいと云ふ評判だから、温泉に行つた帰りがけに一寸食つて見た。今度は生徒にも逢はなかつたから、誰も知るまいと思つて、翌日学校へ行つて、一時間目の教場へ這入ると団子二皿七銭とかいてある。実際おれは団子を二皿食つて七銭払つた。どうも厄介な奴等だ。二時間目にも屹度《きつと》何かあると思ふと遊廓の団子旨い〳〵と書いてある。あきれ返つた奴等だ。団子が夫《それ》で済んだと思つたら今度は赤手拭*と云ふのが評判になつた。何の事だと思つたら、詰らない来歴だ。おれはこゝへ来てから、毎日住田の温泉へ行く事に極めて居る。ほかの所は何を見ても東京の足元にも及ばないが温泉丈は立派なものだ。折角来たもんだから毎日這入つてやらうと云ふ気で、晩飯前に運動旁《かたがた》出掛る。所が行くときには必ず西洋手拭の大きな奴をぶら下げて行く。此手拭が湯に染つた上へ、赤い縞が流れ出したので、一寸見ると紅色に見える。おれは此手拭を行きも帰りも、汽車に乗つてもあるいても、常にぶら下げて居る。それで生徒がおれの事を赤手拭赤手拭と云ふんださうだ。どうも狭い土地に住んでるとうるさい者だ。まだある。温泉は三階の新築で上等は浴衣をかして、流*しをつけて八銭で済む。其上に女が天目《てんもく》*へ茶を載せて出す。おれはいつでも上等へ這入つた。すると四十円の月給で毎日上等へ這入るのは贅沢だと云ひ出した。余計な御世話だ。まだある。湯壺は花崗石《みかげいし》を畳み上げて、十五畳敷位の広さに仕切つてある。大抵は十三四人漬《つか》つてるがたまには誰も居ない事がある。深さは立つて乳の辺まであるから、運動の為めに、湯の中を泳ぐのは中々愉快だ。おれは人の居ないのを見済しては十五畳の湯壺を泳ぎ巡つて喜こんで居た。所がある日三階から威勢よく下りて今日も泳げるかなとざくろ口を覗いて見ると、大きな札へ黒々と湯の中で泳ぐべからずとかいて貼りつけてある。湯の中で泳ぐものは、あまり有るまいから、此貼札《はりふだ》はおれの為めに特別に新調したのかも知れない。おれはそれから泳ぐのは断念した。泳ぐのは断念したが、学校へ出て見ると、例の通り黒板に湯の中で泳ぐべからずと書いてあるには驚ろいた。何だか生徒全体がおれ一人を探偵して居る様に思はれた。くさ〳〵した。生徒が何を云つたつて、やらうと思つた事をやめる様なおれではないが、何でこんな狭苦しい鼻の先がつかへる様な所へ来たのかと思ふと情なくなつた。それでうちへ帰ると相変らず骨董責《ぜめ》である。

四

学校には宿直があつて、職員が代る〱之《これ》をつとめる。但し狸と赤シャツは例外である。何で此両人が当然の義務を免かれるのかと聞いて見たら、*奏任《そうにん》待遇だからと云ふ。面白くもない。月給は沢山とる、時間は少ない、夫で宿直を逃がれるなんて不公平があるものか。勝手な規則をこしらへて、それが当り前だと云ふ様な顔をしてゐる。よくまああんなに図迂〱《ずうずう》しく出来るものだ。これに就ては大分不平であるが、山嵐の説によると、いくら一人で不平を並べたつて通るものぢやないさうだ。一人だつて二人だつて正しい事なら通りさうなものだ。山嵐は might is right といふ英語を引いて説諭を加へたが、何だか要領を得ないから、聞き返して見たら強者の権利と云ふ意味ださうだ。強者の権利位なら昔から知つて居る。今更《いまさら》山嵐から講釈をきかなくつてもいゝ。強者の権利と宿直とは別問題だ。狸や赤シャツが強者だなんて、誰が承知するものか。議論は議論として此宿直が愈《いよいよ》おれの番に廻つて来た。一体*疳性《かんしよう》だから夜具《やぐ》蒲団抔《など》は自分のものへ楽に寐ないと寐た様な心持ちがしない。小供の時から、友達のうちへ泊つた事は殆《ほと》んどない位だ。友達のうちでさへ厭なら学校の宿直は猶更《なおさら》厭だ。厭だけれども、是が四十円のうちへ籠つてゐるなら仕方がない。我慢して勤めてやらう。

教師も生徒も帰つて仕舞つたあとで、一人ぽかんとして居るのは随分間が抜けたものだ。宿直部屋は教場の裏手にある寄宿舎の西はづれの一室だ。一寸這入つて見たが、西日をまともに受けて、苦しくつて居たゝまれない。田舎丈あつて秋がきても、気長に暑いもんだ。生徒の賄《まかない》を取りよせて晩飯《めし》を済ましたが、まづいには恐れ入つた。よくあんなものを食つて、あれ丈に暴《あば》れられたもんだ。それで晩飯を急いで四時半には片付けて仕舞ふんだから豪傑に違ない。飯は食つたが、まだ日が暮れないから寐る訳に行かない。一寸温泉に行きたくなつた。宿直をして、外へ出るのはいゝ事だか、悪るい事だかしらないが、かうつくねんとして重禁錮《じゆうきんこ》*同様な憂目に逢ふのは我慢の出来るもんぢやない。始めて学校へ来た時当直の人はと聞いたら、一寸用達に出たと小使が答へたのを妙だと思つたが、自分に番が廻つて見ると思ひ当る。出る方が正しいのだ。おれは小使に一寸出てくると云つたら、何か御用ですかと聞くから、用ぢやない、温泉へ這入るんだと答へて、さつさと出掛けた。赤手拭を宿へ忘れて来たのが残念だが今日は先方で借りるとしやう。

夫から可成《なるべく》ゆるりと、出たり這入つたりして、漸く日暮方《ひくれがた》になつたから、汽車へ乗つて古町《こまち》の停車場迄来て下りた。学校迄は是から四丁だ。訳はないとあるき出すと、向ふから狸が来た。狸は是から此汽車で温泉へ行かうと云ふ計画なんだらう。すたく急ぎ足にやつてきたが、擦れ違つた時おれの顔を見たから、一寸挨拶をした。すると狸はあなたは今日《けふ》は宿直ではなかつたですかねえと真面目くさつて聞いた。無かつたですかねえもないもんだ。二時間前おれに向つて今夜は始めての宿直ですね。御苦労さま。と礼を云つたぢやないか。校長なんかになると、いやに曲りくねつた言葉を使ふもんだ。おれは腹が立つたから、えゝ宿直です、宿直ですから、是から帰つて泊る事は慥《たし》かに泊りますと云ひ捨てゝ済ましてあるき出した。竪町の四っ角迄くると今度は山嵐に出っ喰《く》はした。どうも狭い所だ。出てあるきさへすれば必ず誰かに逢ふ。「おい君は宿直ぢやないか」と聞くから「うん、宿直だ」と答へたら、「宿直が無暗に出てあるくなんて、不都合ぢやないか」と云つた。「些《ちつ》とも不都合なもんか、出てあるかない方が不都合だ」と威張つて見せた。「君のづぼらにも困るな、校長か教頭に出逢ふと面倒だぜ」と山嵐に似合はない事を云ふから「校長にはたつた今逢つた。暑い時には散歩でもしないと宿直も骨でせうと校長が、おれの散歩をほめたよ」と云つて、面倒臭いから、さつさと学校へ帰つて来た。

夫から日はすぐくれる。くれてから二時間許りは小使を宿直部屋へ呼んで話をしたが、夫も飽きたから、寐られない迄も床へ這入らうと思つて、寐巻《ねまき》に着換えて、蚊帳《かや》を捲くつて、赤い毛布《ケツト》を跳ねのけて、*頓《とん》と尻持《しりもち》を突いて、仰向けになつた。おれが寐るときに頓と尻持をつくのは小供の時からの癖だ。わるい癖だと云つて小川町の下宿に居た時分、二階下に居た法律学校の書生が苦情を持ち込んだ事がある。法律の書生なんてものは弱い癖に、やに口が達者なもので、愚《ぐ》な事を長たらしく述べ立てるから、寐る時にどん〳〵音がするのはおれの尻がわるいのぢやない。下宿の建築が粗末なんだ。掛ヶ合ふなら下宿へ掛け合へと凹《へこ》ましてやつた。此宿直部屋は二階ぢやないから、いくら、どしんと倒れても構はない。成《な》る可《べ》く勢よく倒れないと寐た様な心持ちがしない。あゝ愉快だと足をうんと延ばすと、何だか両足へ飛び付いた。ざら〳〵して蚤《のみ》の様でもないからこいつあと驚ろいて、足を二三度毛布の中で振つて見た。するとざら〳〵と当つたものが、急に殖え出して臑《すね》が五六ヶ所、股が二三ヶ所、尻の下でぐちやりと踏み潰したのが一つ、臍《へそ》の所迄飛び上がつたのが一つ――愈《いよいよ》驚ろいた。早速起き上がつて、毛布をぱつと後ろへ抛ると、蒲団の中から、バツタが五六十飛び出した。正体の知れない時は多少気味が悪るかつたが、バツタと相場が極まつて見たら急に腹が立つた。バツタの癖に人を驚ろかしやがつて、どうするか見ろと、いきなり括《くく》り枕を取つて、二三度擲《たた》きつけたが、相手が小さ過ぎるから勢よく抛げつける割に利目《ききめ》がない。仕方がないから、又布団の上へ坐つて、煤掃《すすはき》の時に蓙《ござ》を丸めて畳を叩く様に、そこら近辺を無暗にたゝいた。バツタが驚ろいた上に、枕の勢で飛び上がるものだから、おれの肩だの、頭だの鼻の先だのへくつ付いたり、ぶつかつたりする。顔へ付いた奴は枕で叩く訳に行かないから、手で攫《つか》んで、一生懸命に擲きつける。忌々《いまいま》しい事に、いくら力を出しても、ぶつかる先が蚊帳だから、ふわりと動く丈で少しも手答がない。バツタは擲きつけられた儘蚊帳へつらまつて居る。死にもどうもしない。漸くの事三十分許《ばかり》でバッタは退治《たいじ》た。箒を持つて来てバッタの死骸を掃き出した。小使が来て何ですかと云ふから、何ですかもあるもんか、バッタを床の中に飼つとく奴がどこの国にある。間抜め。と叱つたら、私は存じませんと弁解をした。存じませんで済むかと箒を椽側へ抛り出したら、小使は恐る〳〵箒を担いで帰つて行つた。

おれは早速寄宿生を三人ばかり総代に呼び出した。すると六人出て来た。六人だらうが、十人だらうが構ふものか。寐巻の儘腕まくりをして談判を始めた。

「なんでバッタなんか、おれの床の中へ入れた」

「バッタた何ぞな」と真先の一人がいつた。やに落ち付いて居やがる。此学校ぢや校長ばかりぢやない、生徒迄曲りくねつた言葉を使ふんだらう。

「バッタを知らないのか、知らなけりや見せてやらう」と云つたが、生憎掃き出して仕舞つて一匹も居ない。又小使を呼んで、「さつきのバッタを持つてこい」と云つたら、「もう掃溜《はきだめ》へ棄てゝしまひましたが、拾つて参りませうか」と聞いた。「うんすぐ拾つて来い」と云ふと小使は急いで馳《か》け出したが、やがて半紙の上へ十匹許り載せて来て「どうも御気の毒ですが、生憎夜で是丈しか見当りません。あしたになりましたらもつと拾つて参ります」と云ふ。小使迄馬鹿だ。おれはバッタの一つを生徒に見せて「バッタた是だ。大きなずう体をして、バッタを知らないた、何の事だ」と云ふと、一番左の方に居た、顔の丸い奴が「そりや、イナゴぞな、もし」と生意気におれを遣り込めた。「箆棒《べらぼう》め、イナゴもバツタも同じもんだ。第一先生を捕《つら》まへてなもした何だ。菜飯《なめし》は田楽の時より外に食ふもんぢやない」とあべこべに遣り込めてやつたら「なもしと菜飯とは違ふぞな、もし」と云つた。いつ迄行つてもなもしを使ふ奴だ。

「イナゴでもバツタでも、何でおれの床の中へ入れたんだ。おれがいつ、バツタを入れて呉れと頼んだ」

「誰れも入れやせんがな」

「入れないものが、どうして床の中に居るんだ」

「イナゴは温《ぬく》い所が好きぢやけれ、大方一人で御這入《おはい》りたのぢやあろ」

「馬鹿あ云へ。バツタが一人で御這入りになるなんて――バツタに御這入りになられてたまるもんか。――さあなぜこんないたづらをしたか、云へ」

「云へてゝ、入れんものを説明しやうがないがな」

けちな奴等だ、自分で自分のした事が云へない位なら、てんで仕《し》ないがいゝ。証拠さへ挙がらなければ、しらを切る積りで図太く構へて居やがる。おれだつて中学に居た時分は少しはいたづらもしたもんだ。然しだれがしたと聞かれた時に、尻込みをする様な卑怯な事は只の一度もなかつた。仕たものは仕たので、仕ないものは仕ないに極つてる。おれなんぞは、いくら、いたづらをしたつて潔白なものだ。嘘を吐《つ》いて罰を逃げる位なら、始めからいたづらなんかやるもんか。いたづらと罰はつきもんだ。罰があるからいたづらも心持ちよく出来る。いたづら丈で罰は御免蒙るなんて下劣な根性がどこの国に流行《はや》ると思つてるんだ。金は借りるが、返す事は御免だと云ふ連中はみんな、こんな奴等が卒業してやる仕事に相違ない。全体中学校へ何しに這入つてるんだ。学校へ這入つて、嘘を吐いて、胡魔化して、蔭でこせ〳〵生意気な悪いたづらをして、さうして大きな面で卒業すれば教育を受けたもんだと癇違《かんちがい》をして居やがる。話せない雑兵《ぞうひょう》だ。

おれはこんな腐つた了見の奴等と談判するのは胸糞《むなくそ》が悪るいから、「そんなに云はれなきや、聞かなくつていゝ。中学校へ這入つて、上品も下品も区別が出来ないのは気の毒なものだ」と云つて六人を逐《お》っ放《ぱな》してやつた。おれは言葉や様子こそ余り上品ぢやないが、心はこいつらよりも遥かに上品な積りだ。六人は悠々と引き揚げた。上部丈《うわべ》は教師のおれより余っ程えらく見える。実は落ち付いて居る丈猶《なお》悪るい。おれには到底是程の度胸はない。

夫から又床へ這入つて横になつたら、さつきの騒動で蚊帳《かや》の中はぶん〳〵唸《うな》つて居る。手燭《てしよく》をつけて一匹宛《ずつ》焼くなんて面倒な事は出来ないから、釣手をはづして、長く畳んで置いて部屋の中で横竪十文字に振ふつたら、環が飛んで手の甲をいやと云ふ程撲《ぶ》つた。三度目に床へ這入つた時は少々落ち付いたが中々寐られない。時計を見ると十時半だ。考へて見ると厄介な所へ来たもんだ。一体中学の先生なんて、どこへ行つても、こんなものを相手するなら気の毒なものだ。よく先生が品切れにならない。余っ程辛防《しんぼう》強い*朴念仁《ぼくねんじん》がなるんだらう。おれには到底やり切れない。それを思ふと清なんてのは見上げたものだ。教育もない身分もない婆さんだが、人間としては頗る尊とい。今迄はあんなに世話になつて別段難有《ありがた》いとも思はなかつたが、かうして、一人で遠国へ来て見ると、始めてあの親切がわかる。越後の笹飴が食ひたければ、わざ〳〵越後迄買ひに行つて食はしてやつても、食はせる丈の価値は充分ある。清はおれの事を慾がなくつて、真直《まつすぐ》な気性だと云つて、ほめるが、ほめられるおれよりも、ほめる本人の方が立派な人間だ。何だか清に逢ひたくなつた。

清の事を考へながら、*のつそつして居ると、突然おれの頭の上で、数で云つたら三四十人もあらうか、二階が落つこちる程どん、どん、どん、と拍子を取つて床板を踏みならす音がした。すると足音に比例した大きな鬨《とき》の声が起つた。おれは何事が持ち上がつたのかと驚ろいて飛び起きた。飛び起きる途端には〻あさつきの意趣返《いしゆがえ》しに生徒があばれるのだなと気がついた。手前のわるい事は悪るかつたと言つて仕舞はないうちは罪は消えないもんだ。わるい事は、手前達に覚があるだらう。本来なら寐てから後悔してあしたの朝でもあやまりに来るのが本筋だ。たとひ、あやまらない迄も恐れ入つて、静粛に寐て居るべきだ。それを何だ此騒ぎは。寄宿舎を建てゝ豚でも飼つて置きあしまいし。気狂ひじみた真似も大抵にするがいゝ。どうするか見ろと、寐巻の儘宿直部屋を飛び出して、楷子段《はしごだん》を三股半に二階迄躍り上がつた。すると不思議な事に、今迄頭の上で、慥《たし》かにどたばた暴れて居たのが、急に静まり返つて、人声《ひとけ》所《どころ》か足音もしなくなつた。是は妙だ。ランプは既に消してあるから、暗くてどこに何が居るか判然と分らないが、人気のあるとないとは様子でも知れる。長く東から西へ貫いた廊下には鼠一匹も隠れて居ない。廊下のはづれから月がさして、遥か向ふが際どく明るい。どうも変だ、已《お》れは小供の時から、よく夢を見る癖があつて、夢中に跳ね起きて、わからぬ寐言を云つて、人に笑はれた事がよくある。十六七の時ダイヤモンドを拾つた夢を見た晩なぞは、むくりと立ち上がつて、そばに居た兄に、今のダイヤモンドはどうしたと、非常な勢で尋ねた位だ。其時は三日ばかりうち中の笑ひ草になつて大に弱つた。ことによると今のも夢かも知れない。然し慥《たし》かにあばれたに違ないがと、廊下の真中で考へ込んで居ると、月のさして居る向ふのはづれで、一二三わあと、三四十人の声がかたまつて響いたかと思ふ間もなく、前の様に拍子を取つて、一同が床板を踏み鳴らした。夫れ見ろ夢ぢやない矢っ張り事実だ。静かにしろ、夜なかだぞ、とこつちも負けん位な声を出して、廊下を向へ馳けだした。おれの通る路は暗い、只はづれに見える月あかりが目標だ。おれが馳け出して二間も来たかと思ふと、廊下の真中で、堅い大きなものに向脛《むこうずね》をぶつけて、あゝ痛いが頭へひゞく間に、身体《からだ》はすとんと前へ抛り出された。こん畜生と起き上がつて見たが、駈けられない。気はせくが、足丈は云ふ事を利かない。じれつたいから、一本足で飛んで来たら、もう足音も人声も静まり返つて、森《しん》として居る。いくら人間が卑怯だつて、こんなに卑怯に出来るものぢやない。まるで豚だ。かうなれば隠れて居る奴を引きずり出して、あやまらせてやる迄はひかないぞと、心を極めて寝室の一つを開けて中を検査し様と思つたが開かない。錠をかけてあるのか、机か何か積んで立て懸けてあるのか、押しても、押しても決して開かない。今度は向ふ合せの北側の室《へや》を試みた。開かない事は矢っ張り同然である。おれが戸をあけて中に居る奴を引つ捕《つ》らまへてやらうと、焦慮《いらっ》てると、又東のはづれで鬨《とき》の声と足拍子が始まつた。此野郎申し合せて、東西相応じておれを馬鹿にする気だな、とは思つたが偖《さて》どうしていゝか分らない。正直に白状してしまふが、おれは勇気のある割合に智慧が足りない。こんな時にはどうしていゝか薩張《さつぱ》りわからない。わからないけれども、決して負ける積りはない。此儘に済ましてはおれの顔にかゝはる。江戸っ子は意気地がないと云はれるのは残念だ。宿直をして鼻垂《はなた》れ小僧にからかはれて、手のつけ様がなくつて、仕方がないから泣寝入りにしたと思はれちや一生の名折《なおれ》だ。是でも元は旗本だ。旗本の元は清和*源氏で、多田*の満仲《まんじゆう》の後裔だ。こんな土百姓とは生れからして違ふんだ。只智慧のない所が惜しい丈だ。どうしてい〻か分らないのが困る丈だ。困つたつて負けるものか。正直だから、どうしていゝか分らないんだ。世の中に正直が勝たないで、外に勝つものがあるか、考へて見ろ。今夜中に勝てなければ、あした勝つ。あした勝てなければ、あさつて勝つ。あさつて勝てなければ、下宿から弁当を取り寄せて勝つ迄こゝに居る。おれはかう決心をしたから、廊下の真中へあぐらをかいて夜のあけるのを待つて居た。蚊がぶん〳〵来たけれども何ともなかつた。さつき、ぶつけた向脛を撫《な》でゝ見ると、何だかぬら〳〵する。血が出るんだらう。血なんか出たければ勝手に出るがいゝ。其うち最前からの疲れが出て、つい〳〵寐て仕舞つた。何だか騒がしいので、眼が覚めた時はえっ糞しまつたと飛び上がつた。おれの坐つてた右側にある戸が半分あいて、生徒が二人、おれの前に立つて居る。おれは正気に返つて、はつと思ふ途端に、おれの鼻の先にある生徒の足を引っ攫《つか》んで、力任《ちからまか》せにぐいと引いたら、そいつは、どたりと仰向に倒れた。ざまを見ろ。残る一人が一寸狼狽した所を、飛びかゝつて、肩を抑へて二三度こづき廻したら、あつけに取られて、眼をぱち〳〵させた。さあおれの部屋迄来いと引つ立てると、弱虫だと見えて、一も二もなく尾《つ》いて来た。夜はとうにあけて居る。

おれが宿直部屋へ連れて来た奴を詰問し始めると、豚は、打《ぶ》つても擲《たた》いても豚だから、只知らんがなで、どこ迄も通す了見と見えて、決して白状しない。其うち一人来る、二人来る、段々二階から宿直部屋へ集まつてくる。見るとみんな眠さうに瞼《まぶた》をはらして居る。けちな奴等だ。一晩位寐ないで、そんな面《つら》をして男と云はれるか。面でも洗つて議論に来いと云つてやつたが、誰も面を洗ひに行かない。

おれは五十人余りを相手に約一時間許り押問答をして居ると、ひよつくり狸がやつて来た。あとから聞いたら、小使が学校に騒動がありますつて、わざ〳〵知らせに行つたのださうだ。是しきの事に、校長を呼ぶなんて意気地がなさ過ぎる。夫だから中学校の小使なんぞをして居るんだ。

校長は一と通りおれの説明を聞いた、生徒の言草《いいぐさ》も一寸聞いた。追つて処分する迄は、今迄通り学校へ出ろ。早く顔を洗つて、朝飯を食はないと時間に間に合はないから、早くしろと云つて寄宿生をみんな放免した。手温《てぬ》るい事だ。おれなら即席に寄宿生をこと〴〵く退校して仕舞ふ。こんな悠長な事をするから生徒が宿直員を馬鹿にするんだ。其上おれに向つて、あなたも嘸《さぞ》御心配で御疲れでせう、今日は御授業に及ばんと云ふから、おれはかう答へた。「いへ、ちつとも心配ぢやありません。こんな事が毎晩あつても、命のある間は心配にやなりません。授業はやります、一晩位寐なくつて、授業が出来ない位なら、頂戴した月給を学校の方へ割戻《わりもど》します」校長は何と思つたものか、暫《しば》らくおれの顔を見詰めて居たが、然し顔が大分はれて居ますよと注意した。成程何だか少々重たい気がする。其上べた一面痒《かゆ》い。蚊が余っ程刺したに相違ない。おれは顔中ぼり〱掻《か》きながら、顔はいくら臌《は》れたつて、口は慥かにきけますから、授業には差し支ませんと答へた。校長は笑ひながら、大分元気ですねと賞《ほ》めた。実を云ふと賞めたんぢやあるまい、ひやかしたんだらう。

五

君釣りに行きませんかと赤シャツがおれに聞いた。赤シャツは気味の悪るい様に優しい声を出す男である。丸で男だか女だか分りやしない。男なら男らしい声を出すもんだ。ことに大学卒業生ぢやないか。物理学校でさへおれ位な声が出るのに、文学士がこれぢや見つともない。

おれはさうですなあと少し進まない返事をしたら、君釣をした事がありますかと失敬な事を聞く。あんまりないが、小供の時、*小梅《こうめ》の釣堀で鮒《ふな》を三匹釣つた事がある。夫から*神楽坂の毘沙門《びしやもん》の縁日で八寸許りの鯉《こい》を針で引つかけて、しめたと思つたら、ぽちやりと落として仕舞つたが是は今考へても惜しいと云つたら、赤シャツは顋《あご》を前の方へ突き出してホヽヽヽと笑つた。何もさう気取つて笑はなくつても、よささうなものだ。「夫れぢや、まだ釣の味は分らんですな。御望みならちと伝授しませう」と頗《すこぶ》る得意である。だれが御伝授をうけるものか。一体釣や猟をする連中はみんな不人情な人間ばかりだ。不人情でなくつて、殺生をして喜ぶ訳がない。魚《さかな》だつて、鳥だつて殺されるより生きてる方が楽に極まつてる。釣や猟をしなくつちや活計《かつけい》がたゝないなら格別だが、何不足なく暮して居る上に、生き物を殺さなくつちや寐られないなんて贅沢な話だ。かう思つたが向ふは文学士丈に口が達者だから、議論ぢや叶《かな》はないと思つて、だまつてた。すると先生此おれを降参させたと痞違《かんちがい》して、早速伝授しませう。御ひまなら、今日どうです、一所に行つちや。吉川君と二人ぎりぢや、淋しいから、来給へとしきりに勧める。吉川君と云ふのは画学の教師で例の野だいこの事だ。此野*だは、どういふ了見だか、赤シヤツのうちへ朝夕出入して、どこへでも随行して行く。丸で同輩ぢやない。主従見た様だ。赤シヤツの行く所なら、野だは必ず行くに極つて居るんだから、今更《いまさら》驚ろきもしないが、二人で行けば済む所を、なんで無愛想のおれへ口を掛けたんだらう。大方高慢ちきな釣道楽で、自分の釣る所をおれに見せびらかす積かなんかで誘つたに違ない。そんな事で見せびらかされるおれぢやない。鮪《まぐろ》の二匹や三匹釣つたつて、びくともするもんか。おれだつて人間だ、いくら下手だつて糸さへ卸《おろ》しや、何かかゝるだらう、こゝでおれが行かないと、赤シヤツの事だから、下手だから行かないんだ、嫌だから行かないんぢやないと邪推するに相違ない。おれはかう考へたから、行きませうと答へた。それから、学校を仕舞つて、一応うちへ帰つて、支度を整へて、停車場で赤シヤツと野だを待ち合せて、浜へ行つた。船頭は一人で、舟は細長い東京辺では見た事もない恰形《かつこう》である。さつきから船中《ふねぢう》見渡すが釣竿が一本も見えない。釣竿なしで釣が出来るものか、どうする了見だらうと、野だに聞くと、沖釣には竿は用ゐません、糸丈でげすと顋を撫でゝ黒人《くろうと》じみた事を云つた。かう遣り込められる位ならだまつて居れば宜かつた。

船頭はゆつくり〳〵漕いでゐるが熟練は恐しいもので、見返へると、浜が小さく見える位もう出てゐる。高柏寺《こうはくじ》の五重の塔が森の上へ抜け出して針の様に尖がつてる。向側を見ると青島《あおしま》が浮いてゐる。是は人の住まない島ださうだ。よく見ると石と松ばかりだ。成程石と松ばかりぢや住めつこない。赤シヤツは、しきりに眺望していゝ景色だと云つてる。野だは絶景でげすと云つてる。絶景だか何だか知らないが、いゝ心持には相違ない。ひろ〴〵とした海の上で、潮風に吹かれるのは薬だと思つた。いやに腹が減る。「あの松を見給へ、幹が真直で、上が傘の様に開いてターナーの画にありさうだね」と赤シヤツが野だに云ふと、野だは「全くターナーですね。どうもあの曲り具合つたらありませんね。ターナーそつくりですよ」と心得顔である。ターナーとは何の事だか知らないが、聞かないでも困らない事だから黙つて居た。舟は島を右に見てぐるりと廻つた。波は全くない。是で海だとは受け取りにくい程平《たいら》だ。赤シヤツの御蔭で甚《はなは》だ愉快だ。出来る事なら、あの島の上へ上がつて見たいと思つたから、あの岩のある所へは舟はつけられないんですかと聞いて見た。つけられん事もないですが、釣をするには、あまり岸ぢやいけないですと赤シャツが異議を申し立てた。おれは默つてた。すると野だがどうです教頭、是からあの島をターナー島と名づけ様ぢやありませんかと余計な発議をした。赤シャツはそいつは面白い、吾々は是からさう云はうと賛成した。此吾々のうちにおれも這入つてるなら迷惑だ。おれには青島で沢山だ。あの岩の上に、どうです、*ラフハエルのマドンナを置いちや。いゝ画が出来ますぜと野だが云ふと、マドンナの話はよさうぢやないかホヽヽヽと赤シャツが気味の悪るい笑ひ方をした。なに誰も居ないから大丈夫ですと、一寸おれの方を見たが、わざと顔をそむけてにや〳〵と笑つた。おれは何だかやな心持ちがした。マドンナだらうが、小旦那《こだんな》だらうが、おれの関係した事でないから、勝手に立たせるがよからうが、人に分らない事を言つて、分らないから聞いたつて構やしませんてえ様な風をする。下品な仕草《しぐさ》だ。是で当人は私も江戸っ子でげす抔と云つてる。マドンナと云ふのは何でも赤シャツの馴染《なじみ》の芸者の渾名《あだな》か何かに違ないと思つた。なじみの芸者を無人島の松の木の下に立たして眺めて居れば世話はない。夫れを野だが油絵にでもかいて展覧会へ出したらよからう。

此所《こゝ》らがいゝだらうと船頭は船をとめて、錨《いかり》を卸した。*幾尋《いくひろ》あるかねと赤シャツが聞くと、六尋《ひろ》位だと云ふ。六尋位ぢや鯛《たい》は六づかしいなと、赤シャツは糸を海へなげ込んだ。大将鯛を釣る気と見える、豪胆なものだ。野だは、なに教頭の御手際ぢやかゝりますよ。それになぎですからと御世辞を云ひながら、是も糸を繰り出して投げ入れる。何だか先に錘《おもり》の様な鉛がぶら下がつてる丈だ。浮《うき》がない。浮がなくつて釣をするのは寒暖計なしで熱度をはかる様なものだ。おれには到底出来ないと見てゐると、さあ君もやり玉へ糸はありますかと聞く。糸はあまる程ありますが、浮《うき》がありませんと云つたら、浮がなくつちや釣が出来ないのは素人ですよ。かうしてね、糸が水底へついた時分に、船縁《ふなべり》の所で人指しゆびで呼吸をはかるんです、食ふとすぐ手に答へる。——そらきた、と先生急に糸をたぐり始めるから、何かかゝつたと思つたら何にもかゝらない、餌がなくなつてた許りだ。いゝ気味《きび》だ。教頭、残念な事をしましたね、今のは慥《たし》かに大ものに違なかつたんですが、どうも教頭の御手際でさへ逃げられちや、今日《けふ》は油断が出来ませんよ。然し逃げられても何ですね。浮と睨めくらをしてゐる連中よりはましですね。丁度歯《は》どめがなくつちや自転車へ乗れないのと同程度ですからねと野だは妙な事ばかり喋舌《しやべ》る。よつぽど撲《なぐ》りつけてやらうかと思つた。おれだつて人間だ、教頭ひとりで借り切つた海ぢやあるまいし。広い所だ。鰹《かつお》の一匹位義理にだつて、かゝつて呉れるだらうと、どぼんと錘《おもり》と糸を抛り込んで、いゝ加減に指の先であやつつてゐた。

しばらくすると、何だかぴく〳〵と糸にあたるものがある。おれは考へた。こいつは魚《さかな》に相違ない。生きてるものでなくつちや、かうぴくつく訳がない。しめた、釣れたとぐい〳〵手繰《たぐ》り寄せた。おや釣れましたかね、*後世《こうせい》恐るべしだと野だがひやかすうち、糸はもう大概手繰り込んで只五尺ばかり程しか、水に浸《つ》いて居らん。船縁から覗いて見たら、金魚の様な縞のある魚《さかな》が糸にくつついて、右左へ漾《ただよ》いながら、手に応じて浮き上がつてくる。面白い。水際から上げるとき、ぽちやりと跳ねたから、おれの顔は潮水だらけになつた。漸くつらまへて、針をとらうとするが中々取れない。捕《つら》まへた手はぬる〳〵する。大に気味がわるい。面倒だから糸を振つて胴の間へ擲《たた》きつけたら、すぐ死んで仕舞つた。赤シャツと野だは驚ろいて見てゐる。おれは海の中で手をざぶ〳〵と洗つて、鼻の先へあてがつて見た。まだ腥臭《なまぐさ》い。もう懲《こ》り〳〵だ、何が釣れたつて魚《さかな》は握りたくない。魚《さかな》も握られたくなからう。さう〳〵糸を捲いて仕舞つた。

一番槍は御手柄だが*ゴルキぢや、と野だが又生意気を云ふと、ゴルキと云ふと*露西亜《ロシア》の文学者見た様な名だねと赤シャツが洒落《しやれ》た。さうですね、丸で露西亜の文学者ですねと野だはすぐ賛成しやがる。ゴルキが露西亜の文学者で、*丸木が芝の写真師で、米のなる木が命の親だらう。一体此赤シャツはわるい癖だ。誰を捕まへても片仮名の唐人の名を並べたがる。人には夫々《それぞれ》専門があつたものだ。おれの様な数学の教師にゴルキだか*車力《しやりき》だか見当がつくものか、少しは遠慮するがいゝ。云ふなら*フランクリンの自伝だとか*プッシング、ツー、ゼ、フロントだとか、おれでも知つてる名を使ふがいゝ。赤シャツは時々*帝国文学とか云ふ真赤な雑誌を学校へ持つて来て難有《ありがた》さうに読んでゐる。山嵐に聞いて見たら、赤シヤツの片仮名はみんなあの雑誌から出るんださうだ。帝国文学も罪な雑誌だ。

それから赤シヤツと野だは一生懸命に釣つて居たが、約一時間許りのうちに二人で十五六上げた。可笑《おか》しい事に釣れるのも、釣れるのも、みんなゴルキ許りだ。鯛なんて薬にしたくつてもありやしない。今日《けふ》は露西亜文学の大当りだと赤シヤツが野だに話してゐる。あなたの手腕でゴルキなんですから、私なんぞがゴルキなのは仕方がありません。当り前ですなと野だが答へてゐる。船頭に聞くと此小魚《こざかな》は骨が多くつて、まづくつて、とても食へないんださうだ。只肥料《こやし》には出来るさうだ。赤シヤツと野だは一生懸命に肥料《こやし》を釣つて居るんだ。気の毒の至りだ。おれは一匹で懲りたから、胴の間へ仰向けになつて、さつきから大空を眺めて居た。釣をするより此方が余っ程洒落《しやれ》て居る。

すると二人は小声で何か話し始めた。おれにはよく聞えない、又聞きたくもない。おれは空を見ながら清の事を考へて居る。金があつて、清をつれて、こんな奇麗な所へ遊びに来たら嘸《さぞ》愉快だらう。いくら景色がよくつても野だ抔と一所ぢや詰らない。清は皺苦茶《しわくちや》だらけの婆さんだが、どんな所へ連れて出たつて恥づかしい心持ちはしない。野だの様なのは、馬車に乗らうが、船に乗らうが、凌雲閣*へのらうが、到底寄り付けたものぢやない。おれが教頭で、赤シヤツがおれだつたら、矢っ張りおれにへけつけ御世辞を使つて赤シヤツを冷かすに違ない。江戸っ子は軽薄だと云ふが成程こんなのが田舎巡りをして、私は江戸っ子でげすを繰り返して居たら、軽薄は江戸っ子で、江戸っ子は軽薄の事だと田舎者が思ふに極まつてる。こんな事を考へて居ると、何だか二人がくすくす笑ひ出した。笑ひ声の間に何か云ふが途切れ途切れで頓《とん》と要領を得ない。

「え？　どうだか……」「……全くです……知らないんですから……罪ですね」「まさか……」

「バツタを……本当ですよ」

おれは外の言葉には耳も傾けなかつたが、バツタと云ふ野だの語《ことば》を聴いた時は、思はず屹《きつ》となつた。野だは何の為かバツタと云ふ言葉丈ことさら力を入れて、明瞭におれの耳に這入る様にして、其あとをわざとぼかして仕舞つた。おれは動かないで矢張り聞いて居た。

「又例の堀田が……」「さうかも知れない……」「天麩羅……ハ、、、、」「……煽動して……」

「団子も？……」

言葉は斯様《かよう》に途切れ途切れであるけれども、バツタだの天麩羅だの、団子だのと云ふ所を以て推《お》し測つて見ると、何でもおれの事に就て内所話しをして居るに相違ない。話すならもつと大きな声で話すがいゝ、又内所話をする位なら、おれなんか誘はなければいゝ。いけ好かない連中だ。バツタだらうが足踏*だらうが、非はおれにある事ぢやない。校長が一と先づあづけろと云つたから、狸の顔にめんじて只今の所は控えて居るんだ。野だの癖に入《い》らぬ批評をしやがる。毛筆《けふで》でもしやぶつて引っ込んでるがいゝ。おれの事は、遅かれ早かれ、おれ一人で片付けて見せるから、差支《さしつかえ》はないが、又例の堀田がとか煽動してとか云ふ文句が気にかゝる。堀田がおれを煽動して騒動を大きくしたと云ふ意味なのか、或《あるい》は堀田が生徒を煽動しておれをいぢめたと云ふのか方角がわからない。青空を見て居ると、日の光が段々弱つて来て、少しはひやりとする風が吹き出した。線香の烟の様な雲が、透《す》き徹る底の上を静かに伸《の》して行つたと思つたら、いつしか底の奥に流れ込んで、うすくもやを掛けた様になつた。

　もう帰らうかと赤シヤツが思ひ出した様に云ふと、えゝ丁度時分ですね。今夜はマドンナの君に御逢ひですかと野だが云ふ。赤シヤツは馬鹿あ云つちやいけない、間違になると、船縁《ふなべり》に身を倚《も》たした奴を、少し起き直る。エへゝゝゝ大丈夫ですよ。聞いたつて……と野だが振り返つた時、おれは皿の様な眼を野だの頭の上へまともに浴びせ掛けてやつた。野だはまぼしさうに引き繰り返つて、や、こいつは降参だと首を縮めて、頭を搔いた。何と云ふ*猪口才《ちよこざい》だらう。

　船は静かな海を岸へ漕ぎ戻る。君釣はあまり好きでないと見えますねと赤シヤツが聞くから、えゝ寐て居て空を見る方がいゝですと答へて、吸ひかけた巻烟草《まきたばこ》を海の中へたゝき込んだら、ジユと音がして*艪《ろ》の足で搔き分けられた浪の上を揺られながら漾《ただよ》つていつた。「君が来たんで生徒も大に喜んで居るから、奮発してやつて呉れ給へ」と今度は釣には丸で縁故もない事を云ひ出した。「あんまり喜んでも居ないでせう」「いえ、御世辞ぢやない。全く喜んで居るんです、ね、吉川君」「喜んでる所ぢやない。大騒ぎです」と野だはにやくと笑つた。こいつの云ふ事は一々癪《しやく》に障るから妙だ。「然し君注意しないと、険呑《けんのん》ですよ」と赤シャツが云ふから「どうせ険呑です。かうなりや険呑は覚悟です」と云つてやつた。実際おれは免職になるか、寄宿生を悉《ことごと》くあやまらせるか、どつちか一つにする了見で居た。「さう云つちや、取りつき所もないが――実は僕も教頭として君の為を思ふから云ふんだから、わるく取つちや困る」「教頭は全く君に好意を持つてるんですよ。僕も及ばずながら、同じ江戸っ子だから、可成《なるべく》長く御在校を願つて、御互に力にならうと思つて、是でも蔭ながら尽力して居るんですよ」と野だが人間並の事を云つた。野だの御世話になる位なら首を縊《くく》つて死んぢまはあ。

「夫でね、生徒は君の来たのを大変歓迎して居るんだが、そこには色々な事情があつてね。君も腹の立つ事もあるだらうが、こゝが我慢だと思つてまあ辛防してくれ玉へ。決して君の為にならない様な事はしないから」

「色々の事情た、どんな事情です」

「夫が少し込み入つてるんだが、まあ段々分りますよ。僕が話さないでも自然と分つて来るです、ね吉川君」

「えゝ中々込み入つてますからね。一朝一夕にや到底分りません。然し段々分ります、僕が話さないでも自然と分つて来るです」と野だは赤シヤツと同じ様な事を云ふ。

「そんな面倒な事情なら聞かなくてもいゝんですが、あなたの方から話し出したから伺ふんです」

「そりや御尤《ごもつとも》だ。こつちで口を切つて、あとをつけないのは無責任ですね。夫れぢや是丈の事を云つて置きませう。あなたは失礼ながら、まだ学校を卒業したてで、教師は始めての、経験である。所が学校と云ふものは中々情実のあるもので、さう書生流に淡泊には行かないですからね」

「淡泊に行かなければ、どんな風に行くんです」

「さあ君はさう率直だから、まだ経験に乏しいと云ふんですがね……」

「どうせ経験には乏しい筈です。履歴書にもかいときましたが二十三年四ヶ月ですから」

「さ、そこで思はぬ辺から乗ぜられる事があるんです」

「正直にして居れば誰が乗じたつて怖《こわ》くはないです」

「無論怖くはない、怖くはないが、乗ぜられる。現に君の前任者がやられたんだから、気を付けないといけないと云ふんです」

野だが大人しくなつたなと気が付いて、ふり向いて見るといつしか艫《とも》の方で船頭と釣の話をして居る。野だが居ないんで余っ程話しよくなつた。

「僕の前任者が、誰れに乗ぜられたんです」

「だれと指すと、其人の名誉に関係するから云へない。又判然と証拠のない事だから云ふと此方《こっち》の落度になる。とにかく、折角君が来たもんだから、こゝで失敗しちや僕等も君を呼んだ甲斐がない。どうか気を付けてくれ玉へ」

「気をつけろつたつて、是より気の付け様はありません。わるい事をしなけりや好いんでせう」

赤シヤツはホヽヽと笑つた。別段おれは笑はれる様な事を云つた覚はない。今日只今に至る迄是でいゝと堅く信じて居る。考へて見ると世間の大部分の人はわるくなる事を奨励して居る様に思ふ。わるくならなければ社会に成功はしないものと信じて居るらしい。たまに正直な純粋な人を見ると、坊ちやんだの小僧だのと難癖《なんくせ》をつけて軽蔑する。夫ぢや小学校や中学校で嘘をつくな、正直にしろと倫理の先生が教へない方がいゝ。いつそ思ひ切つて学校で嘘をつく法とか、人を信じない術とか、人を乗せる策を教授する方が、世の為にも当人の為にもなるだらう。赤シヤツがホヽヽと笑つたのは、おれの単純なのを笑つたのだ。単純や真率が笑はれる世の中ぢや仕様がない。清はこんな時に決して笑つた事はない。大に感心して聞いたもんだ。清の方が赤シヤツより余っ程上等だ。

「無論悪るい事をしなければ好いんですが、自分丈悪るい事をしなくつても、人の悪るいのが分らなくつちや、矢っ張りひどい目に逢ふでせう。世の中には磊落《らいらく》な様に見えても、淡泊な様に見えても、親切に下宿の世話なんかしてくれても、滅多に油断の出来ないのがありますから……。大分寒くなつた。もう秋ですね、浜の方は靄《もや》でセピヤ色になつた。いゝ景色だ。おい、吉川君どうだい、あの浜の景色は、……」と大きな声を出して野だを呼んだ。なある程こりや*奇絶《きぜつ》ですね。時間があると写生するんだが、惜しいですね。此儘にして置くのはと野だは大《おおい》に*たゝく。

港屋の二階に灯《ひ》が一つついて、汽車の笛がヒューと鳴るとき、おれの乗つて居た舟は磯の砂へざぐりと、舳《へさき》をつき込んで動かなくなつた。御早う御帰りと、かみさんが、浜に立つて赤シヤツに挨拶をする。おれは船端《ふなばた》から、やつと掛声をして磯へ飛び下りた。

六

野だは大嫌だ。こんな奴は沢庵石をつけて海の底へ沈めちまふ方が日本の為だ。赤シヤツは声が気に食はない。あれは持前の声をわざと気取つてあんな優しい様に見せてるんだらう。いくら気取つたつて、あの面《つら》ぢや駄目だ。惚《ほ》れるものがあつたつてマドンナ位なものだ。然し教頭丈に野だより六づかしい事を云ふ。うちへ帰つて、あいつの申し条を考へて見ると一応尤《もつと》もの様でもある。判然とした事を云はないから、見当がつきかねるが、何でも山嵐がよくない奴だから用心しろと云ふのらしい。それなら、さうと確乎《はつきり》断言するがいゝ、男らしくもない。さうして、そんな悪るい教師なら、早く免職さしたらよからう。教頭なんて文学士の癖に意気地のないもんだ。蔭口をきくのでさへ、公然と名前が云へない位な男だから、弱虫に極まつてる。弱虫は親切なものだから、あの赤シヤツも女の様な親切ものなんだらう。親切は親切、声は声だから、声が気に入らないつて、親切を無にしちや筋が違ふ。夫にしても世の中は不思議なものだ、虫の好かない奴が親切で、気の合つた友達が悪漢《わるもの》だなんて、人を馬鹿にして居る。大方田舎だから万事東京のさかに行くんだらう。物騒な所だ。今に火事が氷つて、石が豆腐になるかも知れない。然し、あの山嵐が生徒を煽動するなんて、いたづらをしさうもないがな。一番人望のある教師だと云ふから、やらうと思つたら大抵の事は出来るかも知れないが、――第一そんな廻りくどい事をしないでも、ぢかにおれを捕《つら》まへて喧嘩を吹き懸けりや手数が省ける訳だ。おれが邪魔になるなら、実は是々《これこれ》だ、邪魔だから辞職してくれと云や、よさゝうなもんだ。物は相談づくでどうでもなる。

向ふの云ひ条が尤もなら、明日《あした》にでも辞職してやる。こゝ許り米が出来る訳でもあるまい。どこの果《はて》へ行つたつて、のたれ死はしない積だ。山嵐も余っ程話せない奴だな。

こゝへ来た時第一番に氷水を奢《おご》つたのは山嵐だ。そんな裏表のある奴から、氷水でも奢つてもらつちや、おれの顔に関はる。おれはたつた一杯しか飲まなかつたから一銭五厘しか払はしちやない。然し一銭だらうが五厘だらうが、詐欺師の恩になつては、死ぬ迄心持ちがよくない。あした学校へ行つたら、壱銭五厘返して置かう。おれは清から三円借りて居る。其三円は五年経つた今日迄まだ帰さない。返せないんぢやない、帰さないんだ。清は今に帰すだらう抔と、苟《かりそ》めにもおれの懐中をあてにはして居ない。おれも今に帰さう抔と他人がましい義理立てはしない積だ。こつちがこんな心配をすればする程清の心を疑ぐる様なもので、清の美しい心にけちを付けると同じ事になる。帰さないのは清を踏みつけるのぢやない、清をおれの片破《かたわ》れと思ふからだ。清と山嵐とは固《もと》より比べ物にならないが、たとひ氷水だらうが、甘茶だらうが、他人から恵を受けて、だまつて居るのは向ふを一と角の人間と見立てゝ、其人間に対する厚意の所作だ。割前《わりまえ》を出せば夫丈の事で済む所を、心のうちで難有《ありがた》いと恩に着るのは銭金《ぜにかね》で買へる返礼ぢやない。無位無官でも一人前の独立した人間だ。独立した人間が頭を下げるのは百万両より尊とい御礼と思はなければならない。

おれは是でも山嵐に一銭五厘奮発させて、百万両より尊とい返礼をした気で居る。山嵐は難有いと思つて然るべきだ。それに裏へ廻つて卑劣な振舞をするとは怪《け》しからん野郎だ。あした行つて一銭五厘返して仕舞へば借も貸もない。さうして置いて喧嘩をしてやらう。

おれはこゝ迄考へたら、眠くなつたからぐう〳〵寐て仕舞つた。あくる日は思ふ仔細があるから、例刻より早ャ目に出校して山嵐を待ち受けた。所が中々出て来ない。うらなりが出て来る。漢学の先生が出て来る。野だが出て来る。仕舞には赤シャツ迄出て来たが、山嵐の机の上は白墨が一本竪に寐て居る丈で閑静なものだ。おれは、控所へ這入るや否や返さうと思つて、うちを出る時から、湯銭《ゆせん》の様に手の平へ入れて一銭五厘、学校迄握つて来た。おれは膏《あぶら》っ手だから、開けて見ると一銭五厘が汗をかいて居る。汗をかいてる銭を返しちや、山嵐が何とか云ふだらうと思つたから、机の上へ置いてふう〳〵吹いて又握つた。所へ赤シャツが来て昨日は失敬、迷惑でしたらうと云つたから、迷惑ぢやありません、御蔭で腹が減りましたと答へた。すると赤シャツは山嵐の机の上へ肱《ひじ》を突いて、あの*盤台面《ばんだいづら》をおれの鼻の側面へ持つて来たから、何をするのかと思つたら、君昨日帰りがけに船の中で話した事は、秘密にしてくれ玉へ。まだ誰にも話しやしますまいねと云つた。女の様な声を出す丈に心配性な男と見える。話さない事は慥《たし》かである。然し是から話さうと云ふ心持ちで、既に一銭五厘手の平に用意して居る位だから、こゝで赤シャツから口留めをされちや、些《ち》と困る。赤シヤツも赤シヤツだ。山嵐と名を指さないにしろ、あれ程推察の出来る謎をかけて置きながら、今更其謎を解いちや迷惑だとは教頭とも思へぬ無責任だ。元来ならおれが山嵐と戦争をはじめて鎬《しのぎ》を削つてる真中へ出て堂々とおれの肩を持つべきだ。夫でこそ一校の教頭で、赤シヤツを着て居る主意も立つと云ふもんだ。

おれは教頭に向つて、まだ誰にも話さないが、是から山嵐と談判する積だと云つたら、赤シヤツは大に狼狽して、君そんな無法な事をしちや困る。僕は堀田君の事に就いて、別段君に何も明言した覚はないんだから——君がもし玆《ここ》で乱暴を働いてくれると、僕は非常に迷惑する。君は学校に騒動を起す積りで来たんぢやなからうと妙に常識をはづれた質問をするから、当り前です、月給をもらつたり、騒動を起したりしちや、学校の方でも困るでせうと云つた。すると赤シヤツはそれぢや昨日の事は君の参考丈にとめて、口外してくれるなと汗をかいて依頼に及ぶから、よろしい、僕も困るんだが、そんなにあなたが迷惑ならよしませうと受け合つた。君大丈夫かいと赤シヤツは念を押した。どこ迄女らしいんだか奥行がわからない。文学士なんて、みんなあんな連中なら詰らんものだ。辻褄《つじつま》の合はない、論理に欠けた注文をして恬然《てんぜん》として居る。然も此おれを疑ぐつてる。憚《はばか》りながら男だ。受け合つた事を裏へ廻つて反古《ほご》にする様なさもしい了見は持つてるもんか。

所へ両隣りの机への所有主も出校したんで、赤シャツは早々自分の席へ帰つて行つた。赤シャツは歩るき方から気取つてる。部屋の中を往来するのでも、音を立てない様に靴の底をそつと落す。音を立てないであるくのが自慢になるもんだとは、此時から始めて知つた。泥棒の稽古ぢやあるまいし、当り前にするがいゝ。やがて始業の喇叭《らっぱ》がなつた。山嵐はとう〳〵出て来ない。仕方がないから、一銭五厘を机の上へ置いて教場へ出掛けた。

授業の都合で一時間目は少し後れて、控所へ帰つたら、ほかの教師はみんな机を控へて話をして居る。山嵐もいつの間にか来て居る。欠勤だと思つたら遅刻したんだ。おれの顔を見るや否や今日《けふ》は君の御蔭で遅刻したんだ。罰金を出し玉へと云つた。おれは机の上にあつた一銭五厘を出して、是をやるから取つて置け。先達《せんだつ》て通町で飲んだ氷水の代だと山嵐の前へ置くと、何を云つてるんだと笑ひかけたが、おれが存外真面目で居るので、詰らない冗談をするなと銭をおれの机の上へ掃《は》き返した。おや山嵐の癖にどこ迄も奢る気だな。

「冗談ぢやない本当だ。おれは君に氷水を奢られる因縁がないから、出すんだ。取らない法があるか」

「そんなに壱銭五厘が気になるなら取つてもいゝが、なぜ思ひ出した様に、今時分《じぶん》返すんだ」

「今時分でも、いつ時分でも返すんだ。奢られるのが、いやだから返すんだ」

山嵐は冷然とおれの顔を見てふんと云つた。赤シャツの依頼がなければ、こゝで山嵐の卑劣をあばいて大喧嘩をしてやるんだが、口外しないと受け合つたんだから動きがとれない。人がこんなに真赤になつてるのにふんと云ふ理窟があるものか。

「氷水の代は受け取るから、下宿は出て呉れ」

「壱銭五厘受け取れば夫でいゝ。下宿を出やうが、出まいが、おれの勝手だ」

「所が勝手でない、昨日《きのふ》、あすこの亭主が来て君に出て貰ひたいと云ふから、其訳を聞いたら、亭主の云ふのは尤《〔もつと〕》もだ。夫でももう一応慥《〔たし〕》かめる積りで今朝《けさ》あすこへ寄つて詳しい話を聞いてきたんだ」

おれには山嵐の云ふ事が何の意味だか分らない。

「亭主が君に何を話したんだか、おれが知つてるもんか。さう自分丈で極めたつて仕様があるか。訳があるなら、訳から話すが順だ。てんから亭主の云ふ方が尤もだなんて失敬千万な事を云ふな」

「うん、そんなら云つてやらう。君は乱暴であの下宿で持て余まされて居るんだ。いくら下宿の女房だつて、下女たあ違ふぜ。足を出して拭かせるなんて、威張《〔いば〕》り過ぎるさ」

「おれが、いつ下宿の女房に足を拭かせた」

「拭かせたかどうだか知らないが、兎に角向ふぢや、君に困つてるんだ。下宿料の十円や十五円は懸物を一幅《いつぷく》売りや、すぐ浮いてくるつて云つてたぜ」

「利《き》いた風な事をぬかす野郎だ。そんなら、なぜ置いた」

「なぜ置いたか、僕は知らん、置く事は置いたんだが、いやになつたんだから、出ろと云ふんだらう。君出てやれ」

「当り前だ。居てくれと手を合せたつて、居るものか。一体そんな云ひ懸りを云ふ様な所へ周旋する君からしてが不埒《ふらち》だ」

「おれが不埒か、君が大人しくないんだか、どつちかだらう」

山嵐もおれに劣らぬ肝癪持ちだから、負け嫌な大きな声を出す。控所に居た連中は何事が始まつたかと思つて、みんな、おれと山嵐の方を見て、顋《あご》を長くしてぼんやりして居る。おれは、別に恥づかしい事をした覚はないんだから、立ち上がりながら、部屋中一通り見巡はしてやつた。みんなが驚ろいてるなかに野だ丈は面白さうに笑つて居た。おれの大きな眼が、貴様も喧嘩をする積りかと云ふ権幕で、野だの干瓢《かんぴよう》＊づらを射貫いた時に、野だは突然真面目な顔をして、大につゝしんだ。少し怖はかつたと見える。其うち喇叭が鳴る。山嵐も、おれも喧嘩を中止して教場へ出た。

午後は、先夜おれに対して無礼を働いた寄宿生の処分法に就ての会議だ。会議と云ふものは生れて始めてだから頓《とん》と容子《ようす》が分らないが、職員が寄つて、たかつて自分勝手な説をたてゝ、夫を校長が好い加減に纏めるのだらう。纏めると云ふのは黒白《こくびやく》の決しかねる事柄に就て云ふべき言葉だ。この場合の様な、誰が見たつて、不都合としか思はれない事件に会議をするのは暇潰《ひまつぶ》しだ。誰が何と解釈したつて異説の出様筈がない。こんな明白なのは即座に校長が処分して仕舞へばいゝのに。随分決断のない事だ。校長つてものが、これならば、何の事はない、煮え切らない、愚図《ぐず》の異名だ。

会議室は校長室の隣りにある細長い部屋で、平常は食堂の代理を勤める。黒い皮で張つた椅子が二十脚ばかり、長いテーブルの周囲に並んで一寸神田の西洋料理屋位な格だ。其テーブルの端に校長が坐つて、校長の隣りに赤シヤツが構へる。あとは勝手次第に席に着くんださうだが、体操の教師丈はいつも席末に謙遜すると云ふ話だ。おれは様子が分らないから、博物の教師と漢学の教師の間へ這入り込んだ。向ふを見ると山嵐と野だが並んでる。野だの顔はどう考へても劣等だ。喧嘩はしても山嵐の方が遥かに趣がある。おやぢの葬式の時に、*小日向《こびなた》の養源寺の座敷にかゝつてた懸物は此顔によく似て居る。坊主に聞いて見たら*韋駄天《いだてん》と云ふ怪物ださうだ。今日《けふ》は怒つてるから、眼をぐる〳〵廻しちや、時々おれの方を見る。そんな事で威嚇《おど》かされて堪まるもんかと、おれも負けない気で、矢っ張り眼をぐりつかせて、山嵐をにらめてやつた。おれの眼は恰好《かつこう》はよくないが、大きい事に於ては大抵な人には負けない。あなたは眼が大きいから役者になると屹度《きつと》似合ひますと清がよく云つた位だ。

もう大抵御揃でせうかと校長が云ふと、書記の川村と云ふのが一っ二っと頭数を勘定して見る。一人足りない。一人不足ですがと考へてゐたが、是は足りない筈だ。唐茄子《とうなす》のうらなり君が来て居ない。おれとうらなり君とはどう云ふ宿世《すくせ》の因縁かしらないが、此人の顔を見て以来どうしても忘れられない。控所へくれば、すぐ、うらなり君が眼につく、途中をあるいて居ても、うらなり先生の様子が心に浮ぶ。温泉へ行くと、うらなり君が時々蒼い顔をして湯壺のなかに膨《ふく》れて居る。挨拶をするとへえと恐縮して頭を下げるから気の毒になる。学校へ出てうらなり君程大人しい人は居ない。滅多に笑つた事もないが、余計な口をきいた事もない。おれは君子と云ふ言葉を書物の上で知つてるが、是は字引にある許りで、生きてるものではないと思つてたが、うらなり君に逢つてから始めて、矢っ張り正体のある文字だと感心した位だ。

此位関係の深い人の事だから、会議室へ這入るや否や、うらなり君の居ないのは、すぐ気がついた。実を云ふと、此男の次へでも坐はらうかと、ひそかに目標にして来た位だ。校長はもうやがて見えるでせうと、自分の前にある紫の伏紗包《ふくさづつみ》をほどいて、*蒟蒻版《こんにやくばん》の様な者を読んで居る。赤シャツは琥珀《こはく》のパイプを絹ハンケチで磨き始めた。此男は是が道楽である。赤シャツ相当の所だらう。ほかの連中は隣り同志で何だか私語《さゝや》き合つて居る。手持無沙汰なのは鉛筆の尻に着いて居る、護謨《ゴム》の頭でテーブルの上へしきりに何か書いて居る。野だは時々山嵐に話しかけるが、山嵐は一向応じない。只うん、とかあゝと云ふ許りで、時々怖い眼をして、おれの方を見る。おれも負けずに睨め返す。

所へ待ちかねた、うらなり君が気の毒さうに這入つて来て少々用事がありまして、遅刻致しましたと慇懃《いんぎん》に狸に挨拶をした。では会議を開きますと狸は先づ書記の川村君に蒟蒻版を配付させる。見ると最初が処分の件、次が生徒取締の件、其他二三ヶ条である。狸は例の通り勿体《もったい》ぶつて、教育の生霊《いきりよう》と云ふ見えでこんな意味の事を述べた。「学校の職員や生徒に過失のあるのは、みんな自分の寡徳《かとく》の致す所で、何か事件がある度に、自分はよく是で校長が勤まるとひそかに慚愧《ざんき》の念に堪へんが、不幸にして今回も亦《また》かゝる騒動を引き起したのは、深く諸君に向つて謝罪しなければならん。然し一たび起つた以上は仕方がない、どうにか処分をせんければならん、事実は既に諸君の御承知の通であるからして、善後策について腹蔵《ふくぞう》のない事を参考の為めに御述べ下さい」

おれは校長の言葉を聞いて成程校長だの狸だのと云ふものは、えらい事を云ふもんだと感心した。かう校長が何もかも責任を受けて、自分の咎《とが》だとか、不徳だとか云ふ位なら、生徒を処分するのは、やめにして、自分から先へ免職になつたら、よさゝうなもんだ。さうすればこんな面倒な会議なんぞを開く必要もなくなる訳だ。第一常識から云つても分つてる。おれが大人しく宿直をする。生徒が乱暴をする。わるいのは校長でもなけりや、おれでもない、生徒丈に極つてる。もし山嵐が煽動したとすれば、生徒と山嵐を退治《たいじ》れば夫で沢山だ。人の尻を自分で脊負《しょ》い込んで、おれの尻だ、おれの尻だと吹《ふ》れ散らかす奴が、どこの国にあるもんか、狸でなくつちや出来る芸当ぢやない。彼はこんな条理に適《かな》はない議論を吐いて、得意気に一同を見廻した。所が誰も口を開くものがない。博物の教師は第一教場の屋根に烏がとまつてるのを眺めて居る。漢学の先生は蒟蒻版を畳んだり、延ばしてる。山嵐はまだおれの顔をにらめて居る。会議と云ふものが、こんな馬鹿気たものなら、欠席して昼寐でもして居る方がましだ。

おれは、ぢれつたく成つたから、一番大《おおい》に弁じてやらうと思つて、半分尻をあげかけたら、赤シヤツが何か云ひ出したから、やめにした。見るとパイプを仕舞つて、縞のある絹ハンケチで顔をふきながら、何か云つて居る。あの手巾《はんけち》は屹度《きつと》マドンナから巻き上げたに相違ない。男は白い麻を使ふもんだ。「私も寄宿生の乱暴を聞いて甚だ教頭として不行届であり、且《か》つ平常の徳化が少年に及ばなかつたのを深く慚《は》づるのであります。でかう云ふ事は、何か陥欠《かんけつ》があると起るもので、事件其物を見ると何だか生徒丈がわるい様であるが、其真相を極めると責任は却《かえ》つて学校にあるかも知れない。だから表面上にあらはれた所丈で厳重な制裁を加へるのは、却つて未来の為めによくないかとも思はれます。且《か》つ少年血気のものであるから活気があふれて、善悪の考はなく、半ば無意識にこんな悪戯《いたずら》をやる事はないとも限らん。で固《もと》より処分法は校長の御考にある事だから、私の容喙《ようかい》する限ではないが、どうか其辺を御斟酌《しんしゃく》になつて、なるべく寛大な御取計を願ひたいと思ひます」

成程狸が狸なら、赤シヤツも赤シヤツだ。生徒があばれるのは、生徒がわるいんぢやない、教師が悪るいんだと公言して居る。気狂が人の頭を撲り付けるのは、なぐられた人がわるいから、気狂がなぐるんださうだ。難有《ありがた》い仕合せだ。活気にみちて困るなら運動場へ出て相撲でも取るがいゝ、半ば無意識に床の中へバツタを入れられて堪るもんか。此様子ぢや寐頸《ねくび》をかゝれても、半ば無意識だつて放免《ほうめん》する積だらう。

おれはかう考へて、何か云はうかなと考へて見たが、云ふなら人を驚ろかす様に滔々《とうとう》と述べたてなくつちや詰らない、おれの癖として、腹が立つたときに口をきくと、二言か三言で必ず行き塞《つま》つて仕舞ふ。狸でも赤シヤツでも人物から云ふと、おれよりも下等だが、弁舌は中々達者だから、まづい事を喋舌《しやべ》つて揚足《あげあし》を取られちや面白くない。一寸腹案を作つて見様と、胸のなかで文章を作つてる。すると前に居た野だが突然起立したには驚ろいた。野だの癖に意見を述べるなんて生意気だ。野だは例のへら〳〵調で「実に今回のバツタ事件及び咄喊《とつかん》事件は吾々《われわれ》心ある職員をして、ひそかに吾校将来の前途に危惧の念を抱かしむるに足る珍事でありまして、吾々職員たるものは此際奮《ふる》つて自ら省みて、全校の風紀を振粛《しんしゆく》しなければなりません。それで只今校長及び教頭の御述べになつた御説は、実に肯綮《こうけい》*に中《あた》つた剴切《がいせつ》な御考へで私は徹頭徹尾賛成致します。どうか成るべく寛大の御処分を仰ぎたいと思ひます」と云つた。野だの云ふ事は言語はあるが意味がない。漢語をのべつに陳列するぎりで訳が分らない。分つたのは徹頭徹尾賛成致しますと云ふ言葉だけだ。

おれは野だの云ふ意味は分らないけれども、何だか非常に腹が立つたから、腹案も出来ないうちに起《た》ち上がつて仕舞つた。「私は徹頭徹尾反対です……」と云つたがあとが急に出て来ない。「……そんな頓珍漢《とんちんかん》な、処分は大嫌です」とつけたら、職員が一同笑ひ出した。「一体生徒が全然悪るいです。どうしても詫《あや》まらせなくつちあ、癖になります。退校さしても構ひません。……何だ失敬な、新しく来た教師だと思つて……」と云つて着席した。すると右隣りに居る博物が「生徒がわるい事も、わるいが、あまり厳重な罰抔《など》をすると却《かえ》つて反動を起していけないでせう。矢っ張り教頭の仰しやる通り、寛《かん》な方に賛成します」と弱い事を云つた。左隣りの漢学は穏便《おんびん》説に賛成と云つた。歴史も教頭と同説だと云つた。忌々《いまいま》しい、大抵のものは赤シャツ党だ。こんな連中が寄り合つて学校を立てゝ居りや世話はない。おれは生徒をあやまらせるか、辞職するか二つのうち一つに極めてるんだから、もし赤シャツが勝ちを制したら、早速うちへ帰つて荷作りをする覚悟で居た。どうせ、こんな手合を弁口《べんこう》で屈伏させる手際はなし、させた所で、いつ迄御交際を願ふのは、此方《こつち》で御免だ。学校に居ないとすればどうなつたつて構ふもんか。また何か云ふと笑ふに違ない。だれが云ふもんかと澄して居た。

すると今迄だまつて聞いて居た山嵐が奮然として、起ち上がつた。野郎又赤シャツ賛成の意を表するな、どうせ、貴様とは喧嘩だ、勝手にしろと見てゐると、山嵐は硝子《ガラス》窓を振はせる様な声で「私は教頭及び其他諸君の御説には全然不同意であります。と云ふものは此事件はどの点から見ても、五十名の寄宿生が新来の教師某氏《ぼうし》を軽侮して之《これ》を翻弄し様とした所為《しよい》とより外には認められんのであります。教頭は其源因を教師の人物如何《いかん》に御求めになる様でありますが失礼ながら夫は失言かと思ひます。某氏が宿直にあたられたのは着後早々の事で、未だ生徒に接せられてから二十日に満たぬ頃であります。此短かい二十日間に於て生徒は君の学問人物を評価し得る余地がないのであります。軽侮されべき至当な理由があつて、軽侮を受けたのなら生徒の行為に斟《しん》酌《しやく》を加へる理由もありませうが、何等の源因もないのに新来の先生を愚弄する様な軽薄な生徒を*寛仮《かんか》しては学校の威信に関はる事と思ひます。教育の精神は単に学問を授ける許りではない、高尚な、正直な、武士的な元気を鼓吹《こすい》すると同時に、野卑な、軽躁《けいそう》な、暴慢な悪風を掃蕩《そうとう》するにあると思ひます。もし反動が恐しいの、騒動が大きくなるのと姑息《こそく》な事を云つた日には此弊風《へいふう》はいつ矯正出来るか知れません。かゝる弊風を杜絶《とぜつ》する為めにこそ吾々はこの校に職を奉《ほう》じて居るので、之《これ》を見逃がす位なら始めから教師にならん方がいゝと思ひます。私は以上の理由で、寄宿生一同を厳罰に処する上に、当該教師の面前に於て公けに謝罪の意を表せしむるのを至当の所置と心得ます」と云ひながら、どんと腰を卸した。一同はだまつて何にも言はない。赤シヤツは又パイプを拭《ふ》き始めた。おれは何だか非常に嬉しかつた。おれの云はうと思ふ所をおれの代りに山嵐がすつかり言つてくれた様なものだ。おれはかう云ふ単純な人間だから、今迄の喧嘩は丸で忘れて、大に難有《ありがた》いと云ふ顔を以て、腰を卸した山嵐の方を見たら、山嵐は一向知らん面をしてゐる。

しばらくして山嵐は又起立した。「只今一寸失念して言ひ落しましたから、申します。当夜の宿直員は宿直中外出して温泉に行かれた様であるが、あれは以《もつ》ての外の事と考へます。苟《いや》しくも自分が一校の留守番を引き受けながら、咎《とが》める者のないのを幸に、場所もあらうに温泉抔へ入湯に行く抔と云ふのは大な失体《しったい》である。生徒は生徒として、此点に就ては校長からとくに責任者に御注意あらん事を希望します」

妙な奴だ、ほめたと思つたら、あとからすぐ人の失策をあばいて居る。おれは何の気もなく、前の宿直が出あるいた事を知つて、そんな習慣だと思つて、つい温泉迄行つて仕舞つたんだが、成程さう云はれて見ると、これはおれが悪るかつた。攻撃されても仕方がない。そこでおれは又起《た》つて「私は正に宿直中に温泉へ行きました。是は全くわるい。あやまります」と云つて着席したら、一同が又笑ひ出した。おれが何か云ひさへすれば笑ふ。つまらん奴等だ。貴様等に是程自分のわるい事を公けにわるかつたと断言出来るか、出来ないから笑ふんだらう。

夫から校長は、もう大抵御意見もない様でありますから、よく考へた上で処分しませうと云つた。序《ついで》だから其結果を云ふと、寄宿生は一週間の禁足になつた上に、おれの前へ出て謝罪をした。謝罪をしなければ其時辞職して帰る所だつたが、なまじい、おれの云ふ通になつたのでとう〳〵大変な事になつて仕舞つた。夫はあとから話すが、校長は此時会議の引き続きだと号してこんな事を云つた。生徒の風儀は、教師の感化で正していかなくてはならん、其一着手として、教師は可成《なるべく》飲食店抔に出入しない事にしたい。尤《もつと》も送別会抔の節は特別であるが、単独にあまり上等でない場所へ行くのはよしたい――たとへば蕎麦屋だの、団子屋だの――と云ひかけたら又一同が笑つた。野だが山嵐を見て天麩羅と云つて目くばせをしたが山嵐は取り合はなかつた。いゝ気味だ。

おれは脳がわるいから、狸の云ふことなんか、よく分らないが、蕎麦屋や団子屋へ行つて、中学の教師が勤まらなくつちや、おれ見た様な食ひ心棒《しんぼう》にや到底出来つ子ないと思つた。それなら夫でいゝから、初手から蕎麦と団子の嫌なものと注文して雇ふがいゝ。だんまりで辞令を下げて置いて、蕎麦を食ふな、団子を食ふなと罪な御布令《おふれ》を出すのは、おれの様な外に道楽のないものに取つては大変な打撃だ。すると赤シヤツが又口を出した。「元来中学の教師なぞは社会の上流に位するものだからして、単に物質的の快楽ばかり求める可《べ》きものでない。其方に耽《ふけ》るとつい品性にわるい影響を及ぼす様になる。然し人間だから、何か娯楽がないと、田舎へ来て狭い土地では到底暮せるものではない。其で釣に行くとか、文学書を読むとか、又は新体詩や俳句を作るとか、何でも高尚な精神的娯楽を求めなくつてはいけない……」

だまつて聞いてると勝手な熱を吹く。沖へ行つて肥料《こやし》を釣つたり、ゴルキが露西亜の文学者だつたり、馴染《なじみ》の芸者が松の木の下に立つたり、古池*へ蛙が飛び込んだりするのが精神的娯楽なら、天麩羅を食つて団子を呑み込むのも精神的娯楽だ。そんな下*さらない娯楽を授けるより赤シヤツの洗濯でもするがいゝ。あんまり腹が立つたから「マドンナに逢ふのも精神的娯楽ですか」と聞いてやつた。すると今度は誰も笑はない。妙な顔をして互に眼と眼を見合せてゐる。赤シヤツ自身は苦しさうに下を向いた。夫れ見ろ。利いたらう。只気の毒だつたのはうらなり君で、おれが、かう云つたら蒼い顔を益《ますます》蒼くした。

七

おれは即夜《そくや》下宿を引き払つた。宿へ帰つて荷物をまとめて居ると、女房が何か不都合でも御座いましたか、御腹の立つ事があるなら、云つて御呉れたら改めますと云ふ。どうも驚ろく。世の中にはどうして、こんな要領を得ない者ばかり揃つてるんだらう。出て貰ひたいんだか、居て貰ひたいんだか分りやしない。丸で気狂だ。こんな者を相手に喧嘩をしたつて江戸っ子の名折れだから、車屋をつれて来てさつさと出て来た。

出た事は出たが、どこへ行くと云ふあてもない。車屋が、どちらへ参りますと云ふから、だまつて尾《つ》いて来い、今にわかる、と云つて、すたくやつて来た。面倒だから山城屋へ行かうかとも考へたが、又出なければならないから、つまり手数だ。かうして歩行《ある》いてるうちには下宿とか、何とか看板のあるうちを目付け出すだらう。さうしたら、そこが天意に叶《かな》つたわが宿と云ふ事にしやう。とぐるく、閑静で住みよさゝうな所をあるいてるうち、とうく鍛冶屋町《かじやちよう》へ出て仕舞つた。こゝは士族屋敷で下宿屋抔のある町ではないから、もつと賑《にぎ》やかな方へ引き返さうかとも思つたが、不図いゝ事を考へ付いた。おれが敬愛するうらなり君は此町内に住んで居る。うらなり君は土地の人で先祖代々の屋敷を控えてゐる位だから、此辺の事情には通じて居るに相違ない。あの人を尋ねて聞いたら、よさゝうな下宿を教へてくれるかも知れない。幸《さいわい》一度挨拶に来て勝手は知つてるから、捜《さ》がしてあるく面倒はない。こゝだらうと、いゝ加減に見当をつけて、御免〳〵と二返許り云ふと、奥から五十位な年寄が、古風な*紙燭《しそく》をつけて、出て来た。おれは若い女も嫌ではないが、年寄を見ると何だかなつかしい心持ちがする。大方清がすきだから、其魂が方々の御婆さんに乗り移るんだらう。是は大方うらなり君の御母《おつか》さんだらう、*切り下げの品格のある婦人だが、よくうらなり君に似て居る。まあ御上がりと云ふ所を、一寸御目にかゝりたいからと主人を玄関迄呼び出して、実は是々だが君どこか心当りはありませんかと尋ねて見た。うらなり先生夫《それ》は嘸《さぞ》御困りで御座いませう、としばらく考へて居たが、此裏町に萩野と云つて老人夫婦ぎりで暮らして居るものがある、いつぞや座敷を明けて置いても無駄だから、慥《たし》かな人があるなら借《か》してもいゝから周旋してくれと頼んだ事がある。今でも借《か》すかどうか分らんが、まあ一所に行つて聞いて見ませうと、親切に連れて行つてくれた。其夜から萩野の家の下宿人となつた。驚いたのは、おれがいか銀の座敷を引き払ふと、翌日から入れ違に野だが平気な顔をして、おれの居た部屋を占領した事だ。さすがのおれも是にはあきれた。世の中はいかさま師許《ばか》りで、御互に*乗せつこをして居るのかも知れない。いやになつた。

世間がこんなものなら、おれも負けない気で、世間並にしなくつちや、遣《や》り切れない訳になる。*巾着切《きんちやくき》りの上前をはねなければ三度の御膳が戴けないと、事が極まればかうして、生きてるのも考へ物だ。と云つてぴん〳〵した達者なからだで、首を縊《くく》つちや先祖へ済まない上に外聞がわるい。考へると物理学校抔へ這入つて、数学なんて役にも立たない芸を覚えるよりも、六百円を資本《もとで》にして牛乳屋でも始めればよかつた。さうすれば清もおれの傍《そば》を離れずに済むし、おれも遠くから婆さんの事を心配しずに暮される。一所に居るうちは、さうでもなかつたが、かうして田舎へ来て見ると清は矢っ張り善人だ。あんな気立のいゝ女は日本中さがして歩行《ある》いたつて滅多にはない。婆さん、おれの立つときに、少々風邪《かぜ》を引いて居たが今頃はどうしてるか知らん。先達ての手紙を見たら嘸《さぞ》喜んだらう。それにしても、もう返事がきさうなものだが――おれはこんな事許り考へて二三日暮して居た。

気になるから、宿の御婆さんに、東京から手紙は来ませんかと時々尋ねて見るが、聞くたんびに何にも参りませんと気の毒さうな顔をする。こゝの夫婦はいか銀とは違つて、もとが士族だけに双方共上品だ。爺さんが夜るになると、変な声を出して謡《うたい》をうたふには閉口するが、いか銀の様に御茶を入れませうと無暗〔むやみ〕に出て来ないから大きに楽だ。御婆さんは時々部屋へ来て色々な話をする。どうして奥さんをお連れなさつて、一所に御出でなんだのぞなもしなどゝ質問をする。奥さんがある様に見えますかね。可哀想に是でもまだ二十四ですぜと云つたら、それでも、あなた二十四で奥さんが御有りなさるのは当り前ぞなもしと冒頭を置いて、どこの誰さんは二十で御嫁を御貰ひたの、どこの何とかさんは二十二で子供を二人御持ちたのと、何でも例を半ダース許り挙げて反駁を試みたには恐れ入つた。それぢや僕も二十四で御嫁を御貰ひるけれ、世話をして御呉れんかなと田舎言葉を真似て頼んで見たら、御婆さん正直に本当かなもしと聞いた。

「本当《ほんとう》の本当《ほんま》のつて僕あ、嫁が貰ひ度〔たく〕つて仕方がないんだ」

「左様《さう》ぢやらうがな、もし。若いうちは誰もそんなものぢやけれ」此挨拶には痛み入つて返事が出来なかつた。

「然し先生はもう、御嫁が御有りなさるに極つとらい。私はちやんと、もう、睨《ね》らんどるぞなもし」

「へえ、活眼だね。どうして、睨《ね》らんどるんですか」

「何故《どう》してゝ。東京から便りはないか、便りはないかてゝ、毎日便りを待ち焦〔こ〕がれて御いでるぢやないかなもし」

「こいつあ驚いた。大変な活眼だ」

「中《あた》りましたらうがな、もし」

「さうですね。中つたかも知れませんよ」

「然し今時《いまどき》の女子《をなご》は、昔と違ふて油断が出来んけれ、御気を御付けたがえゝぞなもし」

「何ですかい、僕の奥さんが東京で間男でもこしらへて居ますかい」

「いゝえ、あなたの奥さんは慥《たし》かぢやけれど……」

「それで、漸《やつ》と安心した。夫ぢや何を気を付けるんですい」

「あなたのは慥か――あなたのは慥かぢやが――」

「何処《どこ》に不慥かなのが居ますかね」

「こゝ等にも大分居ります。先生、あの遠山の御嬢さんを御存知かなもし」

「いゝえ、知りませんね」

「まだ御存知ないかなもし。こゝらであなた一番の別嬪《べつぴん》さんぢやがなもし。あまり別嬪さんぢやけれ、学校の先生方はみんなマドンナ〳〵と言ふといでるぞなもし。まだ御聞きんのかなもし」

「うん、マドンナですか。僕あ芸者の名かと思つてた」

「いゝえ、あなた。マドンナと云ふと唐人の言葉で、別嬪さんの事ぢやらうがなもし」

「さうかも知れないね。驚いた」

「大方画学の先生が御付けた名ぞなもし」

「野だがつけたんですかい」

「いゝえ、あの吉川先生が御付けたのぢやがなもし」

「其マドンナが不慥《ふたしか》なんですかい」

「其マドンナさんが不慥なマドンナさんでな、もし」

「厄介だね。渾名《あだな》の付いてる女にや昔から碌なものは居ませんからね。さうかも知れませんよ」

「ほん当にさうぢやなもし。*鬼神《きじん》の御松ぢやの、*妲妃《だつき》の御百ぢやのてゝ怖い女が居りましたなもし」

「マドンナも其同類なんですかね」

「其マドンナさんがなもし、あなた。そらあの、あなたを此所《こゝ》へ世話をして御呉れた古賀先生なもし――あの方の所へ御嫁に行く約束が出来て居たのぢやがなもし――」

「へえ、不思議なもんですね。あのうらなり君が、そんな艶福《えんぷく》のある男とは思はなかつた。人は見懸けによらない者だな。ちつと気を付けやう」

「所が、去年あすこの御父《とう》さんが、御亡くなりて、――夫迄は御金もあるし、銀行の株も持つて御出《おいで》るし、万事都合がよかつたのぢやが――夫からと云ふものは、どう云ふものか急に暮し向きが思はしくなくなつて――詰り古賀さんがあまり御人が好《よ》過ぎるけれ、御欺《だま》されたんぞなもし。それや、これやで御輿入《おこしいれ》も延びて居る所へ、あの教頭さんが御出でゝ、是非御嫁にほしいと御云《おい》ひるのぢやがなもし」

「あの赤シヤツがですか。ひどい奴だ。どうもあのシヤツは只のシヤツぢやないと思つてた。それから？」

「人を頼んで懸合ふてお見ると、遠山さんでも古賀さんに義理があるから、すぐには返事が出来かねて――まあよう考へて見やう位の挨拶を御《お》したのぢやがなもし。すると赤シヤツさんが、手蔓《てづる》を求めて遠山さんの方へ出入をおしる様になつて、とう〱あなた、御嬢さんを手馴付《てなづ》けてお仕舞ひたのぢやがなもし。赤シヤツさんも赤シヤツさんぢやが、御嬢さんも御嬢さんぢやてゝ、みんなが悪るく云ひますのよ。一反《いつたん》古賀さんへ嫁に行くてゝ承知をしときながら、今更学士さんが御出だけれ、其方に替へよてゝ、それぢや*今日《こんにち》様へ済むまいがなもし、あなた」

「全く済まないね。今日様所《どころ》か明日様にも明後日様にも、いつ迄行つたつて済みつこありませんね」

「夫で古賀さんに御気の毒ぢやてゝ、御友達の堀田さんが教頭の所へ意見をしに御行《おゆ》きたら、赤シヤツさんが、*あしは約束のあるものを横取りする積はない。破約になれば貰ふかも知れんが、今の所は遠山家と只交際をして居る許りぢや、遠山家と交際をするのに別段古賀さんに済まん事もなからうと御云ひるけれ、堀田さんも仕方がなしに御戻りたさうな。赤シヤツさんと堀田さんは、それ以来折合がわるいと云ふ評判ぞなもし」

「よく色々な事を知つてますね。どうして、そんな詳しい事が分るんですか。感心しちまつた」

「狭いけれ何でも分りますぞなもし」

分り過ぎて困る位だ。此容子《ようす》ぢやおれの天麩羅や団子の事も知つてるかも知れない。厄介な所だ。然し御蔭様でマドンナの意味もわかるし、山嵐と赤シヤツの関係もわかるし、大に後学になつた。只困るのはどつちが悪る者だか判然しない。おれの様な単純なものには白とか黒とか片づけて貰はないと、どつちへ味方をしていゝか分らない。

「赤シヤツと山嵐たあ、どつちがいゝ人ですかね」

「山嵐て何ぞなもし」

「山嵐と云ふのは堀田の事ですよ」

「そりや強い事は堀田さんの方が強さうぢやけれど、然し赤シヤツさんは学士さんぢやけれ、働らきはある方《かた》ぞな、もし。夫から優《やさ》しい事も赤シヤツさんの方が優しいが、生徒の評判は堀田さんの方がえゝといふぞなもし」

「つまり何方《どつち》がいゝんですかね」

「つまり月給の多い方が豪《えら》いのぢやらうがなもし」

是ぢや聞いたつて仕方がないから、やめにした。夫から二三日して学校から帰ると、御婆さんがにこ〳〵して、へえ御待ち遠さま。やつと参りました。と一本の手紙を持つて来てゆつくり御覧と云つて出て行つた。取り上げて見ると清からの便りだ。符箋《〔ふせん〕》が二三枚ついてるから、よく調べると、山城屋から、いか銀の方へ廻して、いか銀から、萩野へ廻つて来たのである。其上山城屋では一週間許り逗留して居る。宿屋丈に手紙迄泊《〔とめ〕》る積なんだらう。開いて見ると、非常に長いもんだ。坊っちやんの手紙を頂いてから、すぐ返事をかゝうと思つたが、生憎《〔あいにく〕》風邪を引いて一週間許り寐て居たものだから、つい遅くなつて済まない。其上今時《いまどき》の御嬢さんの様に読み書きが達者でないものだから、こんなまづい字でも、かくのに余っ程骨が折れる。甥に代筆を頼まうと思つたが、折角あげるのに自分でかゝなくつちや、坊っちやんに済まないと思つて、わざ〳〵下《〔し〕》たがきを一返して、それから清書をした。清書をするには二日で済んだが、下た書きをするには四日かゝつた。読みにくいかも知れないが、是でも一生懸命にかいたのだから、どうぞ仕舞迄読んでくれ。と云ふ冒頭で四尺ばかり何やら蚊《か》やら認《したた》めてある。成程読みにくい。字がまづい許《ばかり》ではない、大抵平仮名だから、どこで切れて、どこで始まるのだか句読をつけるのに余っ程骨が折れる。おれは焦《せ》っ勝ちな性分だから、こんな長くて、分りにくい手紙は五円やるから読んでくれと頼まれても断はるのだが、此時ばかりは真面目になつて、始から終《しまい》迄読み通した。読み通した事は事実だが、読む方に骨が折れて、意味がつながらないから、又頭から読み直して見た。部屋のなかは少し暗くなつて、前の時より見にくゝなつたから、とう〳〵椽鼻《えんばな》へ出て腰をかけながら鄭《てい》寧《ねい》に拝見した。すると初秋の風が芭蕉の葉を動かして、素肌に吹きつけた帰りに、読みかけた手紙を庭の方へなびかしたから、仕舞ぎはには四尺あまりの半切れがさら〳〵と鳴つて、手を放すと、向ふの生垣迄飛んで行さうだ。おれはそんな事には構つて居られない。坊っちゃんは竹を割つた様な気性だが、只肝癪が強過ぎてそれが心配になる。――ほかの人に無暗に渾名《あだな》なんかつけるのは人に恨まれるもとになるから、矢鱈《やたら》に使つちやいけない、もしつけたら、清丈に手紙で知らせろ。――田舎者は人がわるいさうだから、気をつけて苛《ひど》い目に遭《あ》はない様にしろ。――気候だつて東京より不順に極つてるから、寐冷《ねびえ》をして風邪を引いてはいけない。坊っちゃんの手紙はあまり短過ぎて、容子がよくわからないから、此次には責《せ》めて此手紙の半分位の長さのを書いてくれ。――宿屋へ茶代を五円やるのはいゝが、あとで困りやしないか、田舎へ行つて頼りになるのは御金ばかりだから、なるべく倹約して、万一の時に差支へない様にしなくつちやいけない。――御小遣がなくて困るかも知れないから、為替《かわせ》で十円あげる。――先達て坊っちやんからもらつた五十円を、坊っちやんが、東京へ帰つて、うちを持つ時の足しにと思つて、郵便局へ預けて置いたが、此十円を引いてもまだ四十円あるから大丈夫だ。――成程女と云ふものは細かいものだ。

おれが椽鼻で清の手紙をひらつかせながら、考へ込んで居ると、しきりの襖をあけて、萩野の御婆さんが晩めしを持つてきた。まだ見て御出でるのかなもし。えつぽと長い御手紙ぢやなもし、と云つたから、えゝ大事な手紙だから、風に吹かしては見、吹かしては見るんだと、自分でも要領を得ない返事をして膳についた。見ると今夜も薩摩芋の煮つけだ。こゝのうちは、いか銀よりも鄭寧で、親切で、しかも上品だが、惜しい事に食ひ物がまづい。昨日《きのふ》も芋一昨日《をとゝひ》も芋で今夜も芋だ。おれは芋は大好きだと明言したには相違ないが、かう立てつゞけに芋を食はされては命がつゞかない。うらなり君を笑ふ所か、おれ自身が遠からぬうちに、芋のうらなり先生になつちまふ。清ならこんな時に、おれの好きな鮪《まぐろ》のさし身か、蒲鉾《かまぼこ》のつけ焼を食はせるんだが、貧乏士族のけちん坊と来ちや仕方がない。どう考へても清と一所でなくつちあ駄目だ。もしこの学校に長くでも居る模様なら、東京から召《よ》び呼《よ》せてやらう。天麩羅蕎麦を食つちやならない、団子を食つちやならない、夫で下宿に居て芋許り食つて黄色くなつて居ろなんて、教育者はつらいものだ。禅宗坊主だつて、是よりは口に*栄耀《えよう》をさせて居るだらう。――おれは一皿の芋を平げて、机の抽《ひき》斗《だし》から生卵を二つ出して、茶碗の縁でたゝき割つて、漸く凌《しの》いだ。生卵でも営養《えいよう》をとらなくつちあ一週二十一時間の授業が出来るものか。

今日《けふ》は、清の手紙で湯に行く時間が遅くなつた。然し毎日行きつけたのを一日でも欠かすのは心持がわるい。汽車にでも乗つて出懸様と、例の赤手拭をぶら下げて停車場迄来ると二三分前に発車した許りで、少々待たなければならぬ。ベンチへ腰を懸けて、*敷島を吹かして居ると、偶然にもうらなり君がやつて来た。おれはさつきの話を聞いてから、うらなり君が猶更《なおさら》気の毒になつた。平常から天地の間に居候《いそうろう》をして居る様に、小さく構へてゐるのが如何にも憐れに見えたが、今夜は憐れ所の騒ぎではない。出来るならば月給を倍にして、遠山の御嬢さんと明日《あした》から結婚さして、一ヶ月許り東京へでも遊びにやつて遣りたい気がした矢先だから、や御湯ですか、さあ、こつちへ御懸けなさいと威勢よく席を譲ると、うらなり君は恐れ入つた体裁で、いえ構ふておくれなさるな、と遠慮だか何だか矢っ張立つてる。少し待たなくつちや出ません、草臥《くたび》れますから御懸けなさいと又勧めて見た。実はどうかして、そばへ懸けて貰ひたかつた位に気の毒で堪らない。それでは御邪魔を致しませうと漸くおれの云ふ事を聞いて呉れた。世の中には野だ見た様に生意気な、出ないで済む所へ必ず顔を出す奴も居る。山嵐の様におれが居なくつちや日本が困るだらうと云ふ様な面を肩の上へ載せてる奴もゐる。さうかと思ふと、赤シヤツの様に*コスメチツクと色男の問屋を以て自ら任じてゐるのもある。教育が生きてフロツクコートを着ればおれになるんだと云はぬ許りの狸もゐる。皆々夫《そ》れ相応に威張つてるんだが、このうらなり先生の様に在れどもなきが如く、人質に取られた人形の様に大人しくしてゐるのは見た事がない。顔はふくれて居るが、こんな結構な男を捨てゝ赤シヤツに靡《なび》くなんて、マドンナも余っ程気の知れない*おきやんだ。赤シヤツが何ダース寄つたつて、これ程立派な旦那様が出来るもんか。

「あなたは、何所《どっ》か悪いんぢやありませんか。大分たいぎさうに見えますが……」

「いえ、別段是と云ふ持病もないですが……」

「そりや結構です。からだが悪いと人間も駄目ですね」

「あなたは大分御丈夫の様ですな」

「えゝ瘠せても病気はしません。病気なんてものあ大嫌ですから」

うらなり君は、おれの言葉を聞いてにや〱と笑つた。

所へ入口で若々しい女の笑声が聞えたから、何心なく振り反つて見るとえらい奴が来た。色の白い、ハイカラ頭の、脊の高い美人と、四十五六の奥さんとが並んで切符を売る窓の前に立つて居る。おれは美人の形容抔が出来る男でないから何にも云へないが全く美人に相違ない。何だか水晶の珠《たま》を香水で暖《あつ》ためて、掌《てのひら》へ握つて見た様な心持ちがした。年寄の方が脊は低い。然し顔はよく似て居るから親子だらう。おれは、や、来たなと思ふ途端に、うらなり君の事は全然《すつかり》忘れて、若い女の方ばかり見てゐた。すると、うらなり君が突然おれの隣から、立ち上がつて、そろ〳〵女の方へ歩行《ある》き出したんで、少し驚いた。マドンナぢやないかと思つた。三人は切符所の前で軽く挨拶してゐる。遠いから何を云つてるのか分らない。

停車場の時計を見るともう五分で発車だ。早く汽車がくればいゝがなと、話し相手が居なくなつたので待ち遠しく思つて居ると、又一人あはてゝ場内へ馳け込んで来たものがある。見れば赤シヤツだ。何だかべら〳〵*然たる着物へ縮緬《ちりめん》の帯をだらしなく巻きつけて、例の通り金鎖《きんぐさ》りをぶらつかして居る。あの金鎖りは贋《にせ》物である。赤シヤツは誰も知るまいと思つて、見せびらかして居るが、おれはちやんと知つてる。赤シヤツは馳け込んだなり、何かきよろ〳〵して居たが、切*符売下所《うりさげじよ》の前に話して居る三人へ慇懃《いんぎん》に御辞儀をして、何か二こと、三こと、云つたと思つたら、急にこつちへ向いて、例の如く猫足*にあるいて来て、や君も湯ですか、僕は乗り後れやしないかと思つて心配して急いで来たら、まだ三四分ある。あの時計は慥《たしか》かしらんと、自分の金側《きんがわ》を出して、二分程ちがつてると云ひながら、おれの傍《そば》へ腰を卸した。女の方はちつとも見返らないで杖の上へ顋《あご》をのせて、正面ばかり眺めて居る。年寄の婦人は時々赤シヤツを見るが、若い方は横を向いた儘である。いよ〳〵マドンナに違ない。

やがて、ピユーと汽笛が鳴つて、車がつく。待ち合せた連中はぞろ〳〵吾《わ》れ勝《がち》に乗り込む。赤シヤツはいの一号に上等へ飛び込んだ。上等へ乗つたつて威張れる所ではない。住田まで上等が五銭で下等が三銭だから、僅《わず》か二銭違ひで上下の区別がつく。かう云ふおれでさへ上等を奮発して白切符*を握つてるんでもわかる。尤《もつと》も田舎者はけちだから、たつた二銭の出入でも頗る苦になると見えて、大抵は下等へ乗る。赤シヤツのあとからマドンナとマドンナの御袋が上等へ這入り込んだ。うらなり君は活版で押した様に下等ばかりへ乗る男だ。先生、下等の車室の入口へ立つて、何だか躊躇の体であつたが、おれの顔を見るや否や思ひ切つて、飛び込んで仕舞つた。おれは此時何となく気の毒でたまらなかつたから、うらなり君のあとから、すぐ同じ車室へ乗り込んだ。上等の切符で下等へ乗るに不都合はなからう。

温泉へ着いて、三階から、浴衣のなりで湯壺へ下りて見たら、又うらなり君に逢つた。おれは会議や何かでいざと極まると、咽喉《のど》が塞《ふさ》がつて饒舌《しやべ》れない男だが、平常は随分弁ずる方だから、色々湯壺のなかでうらなり君に話しかけて見た。何だか憐れぽくつて堪らない。こんな時に一口でも先方の心を慰めてやるのは、江戸っ子の義務だと思つてる。所が生憎うらなり君の方では、うまい具合にこつちの調子に乗つてくれない。何を云つても、えとかいえとかぎりで、しかも其えといえが大分面倒らしいので、仕舞にはとう〳〵切り上げて、こつちから御免蒙《ごめんこうむ》つた。

湯の中では赤シヤツに逢はなかつた。尤も風呂の数は沢山あるのだから、同じ汽車で就《つ》いても、同じ湯壺で逢ふとは極まつて居ない。別段不思議にも思はなかつた。風呂を出て見るといゝ月だ。町内の両側に柳が植つて、柳の枝が丸るい影を往来の中へ落して居る。少し散歩でもしやう。北へ登つて町のはづれへ出ると、左に大きな門があつて、門の突き当りが御寺で、左右が妓楼《ぎろう》である。山門のなかに遊廓があるなんて、前代未聞の現象だ。一寸這入つて見たいが又狸から会議の時にやられるかも知れないから、やめて素通りにした。門の並びに黒い暖簾《のれん》をかけた、小さな格子窓の平屋はおれが団子を食つて、しくぢつた所だ。丸提灯《まるぢようちん》に汁粉、御雑煮とかいたのがぶらさがつて、提灯の火が、軒端《のきば》に近い一本の柳の幹を照らしてゐる。食ひたいなと思つたが我慢して、通り過ぎた。

食ひたい団子の食へないのは情ない。然し自分の許嫁《いひなづけ》が他人に心を移したのは、猶《なお》情ないだらう。うらなり君の事を思ふと、団子は愚《おろ》か、三日位断食しても不平はこぼせない訳だ。本当に人間程宛《あて》にならないものはない。あの顔を見ると、どうしたつて、そんな不人情な事をしさうには思へないんだが――うつくしい人が不人情で、冬瓜《とうがん》の水膨《みずぶく》れの様な古賀さんが善良な君子なのだから、油断が出来ない。淡泊だと思つた山嵐は生徒を煽動したと云ふし。生徒を煽動したのかと思ふと、生徒の処分を校長に逼《せま》るし。厭味で練りかためた様な赤シヤツが存外親切で、おれに余所《よそ》ながら注意をしてくれるかと思ふと、マドンナを胡魔化《ごまか》したり。胡魔化したのかと思ふと、古賀の方が破談にならなければ結婚は望まないんだと云ふし。いか銀が難癖をつけて、おれを追ひ出すかと思ふと、すぐ野だ公が入れ替つたり――どう考へても宛《あて》にならない。こんな事を清にかいてやつたら定めて驚く事だらう。箱根の向だから化物が寄り合つてるんだと云ふかも知れない。

おれは、性来構はない性分だから、どんな事でも苦にしないで今日迄凌いで来たのだが、此所《こゝ》へ来てからまだ一ヶ月立つか、立たないうちに、急に世のなかを物騒に思ひ出した。別段際《きわ》だつた大事件にも出逢はないのに、もう五つ六つ年を取つた様な気がする。早く切り上げて東京へ帰るのが一番よからう。抔《など》と夫から夫へ考へて、いつか石橋を渡つて野芹川《のぜりがわ》の堤へ出た。川と云ふとえらさうだが実は一間位な、ちよろ〳〵した流で、土手に沿ふて十二丁程下ると相生村《あいおい》へ出る。村には観音様がある。

温泉《ゆ》の町を振り返ると、赤い灯が、月の光の中にかゞやいて居る。大鼓が鳴るのは遊廓に相違ない。川の流れは浅いけれども早いから、神経質の水の様にやたらに光る。ぶら〳〵土手の上をあるきながら、約三丁も来たと思つたら、向に人影が見え出した。月に透かして見ると影は二つある。温泉へ来て村へ帰る若い衆かも知れない。夫にして唄もうたはない。存外静かだ。

段々歩行《ある》いて行くと、おれの方が早足だと見えて、二つの影法師が、次第に大きくなる。一人は女らしい。おれの足音を聞きつけて、十間位の距離に逼《せま》つた時、男が忽《たちま》ち振り向いた。月は後からさして居る。其時おれは男の様子を見て、はてなと思つた。男と女は又元の通りにあるき出した。おれは考があるから、急に全速力で追っ懸けた。先方は何の気もつかずに最初の通り、ゆる〳〵歩を移して居る。今は話し声も手に取る様に聞える。土手の幅は六尺位だから、並んで行けば三人が漸くだ。おれは苦もなく後ろから追ひ付いて、男の袖を擦《す》り抜けざま、二足前へ出した踵《くびす》をぐるりと返して男の顔を覗き込んだ。月は正面からおれの五分刈の頭から顋《あご》の辺り迄、会釈もなく照す。男はあつと小声に云つたが、急に横を向いて、もう帰らうと女を促がすが早いか、温泉《ゆ》の町の方へ引き返した。

赤シヤツは図太くて胡魔化す積か、気が弱くて名乗り損なつたのかしら。所が狭くて困つてるのは、おれ許りではなかつた。

八

赤シャツに勧められて釣に行つた帰りから、山嵐を疑ぐり出した。無い事を種に下宿を出ろと云はれた時は、愈《いよいよ》不埒な奴だと思つた。所が会議の席では案に相違して滔々《とうとう》と生徒厳罰論を述べたから、おや変だなと首を捩《ひね》つた。萩野の婆さんから、山嵐が、うらなり君の為に赤シャツと談判をしたと聞いた時は、それは感心だと手を拍《う》つた。此様子ではわる者は山嵐ぢやあるまい、赤シャツの方が曲つてるんで、好加減な邪推を実《まこと》しやかに、しかも遠廻しに、おれの頭の中へ浸み込ましたのではあるまいかと迷つてる矢先へ、野芹川の土手で、マドンナを連れて散歩なんかして居る姿を見たから、それ以来赤シャツは曲者《くせもの》だと極めて仕舞つた。曲者だか何だかよくは分らないが、とも角も善い男ぢやない。表と裏とは違つた男だ。人間は竹の様に真直でなくつちや頼母《たのも》しくない。真直なものは喧嘩をしても心持がいゝ。赤シャツの様なやさしいのと親切なのと、高尚なのと、琥珀《こはく》のパイプとを自慢さうに見せびらかすのは油断が出来ない、滅多に喧嘩も出来ないと思つた。喧嘩をしても、*回向院の相撲の様な心持のいゝ喧嘩は出来ないと思つた。さうなると一銭五厘の出入で控所全体を驚ろかした議論の相手の山嵐の方がはるかに人間らしい。会議の時に金壺眼《かなつぼまなこ》をぐりつかせて、おれを睨めた時は憎い奴だと思つたが、あとで考へると、それも赤シヤツのねち〳〵した猫撫声《ねこなでごえ》よりはましだ。実はあの会議が済んだあとでよつぽど仲直りをしやうかと思つて、一こと二こと話しかけて見たが、野郎返事もしないで、まだ眼を剝《むく》つて見せたから、此方《こつち》も腹が立つて其儘にして置いた。

夫れ以来山嵐はおれと口を利かない。机の上へ返した一銭五厘は未だに机の上に乗つて居る。ほこりだらけになつて乗つて居る。おれは無論手が出せない、山嵐は決して持つて帰らない。此一銭五厘が二人《ふたり》の間の墻壁《しょうへき》になつて、おれは話さうと思つても話せない、山嵐は頑《がん》として黙つてる。おれと山嵐には一銭五厘が祟つた。仕舞には学校へ出て一銭五厘を見るのが苦になつた。

山嵐とおれが絶交の姿となつたに引き易《か》へて、赤シヤツとおれは依然として在来の関係を保つて、交際をつゞけて居る。野芹川で逢つた翌日抔は、学校へ出ると第一番におれの傍《そば》へ来て、君今度の下宿はいゝですかの、又一所に露西亜文学を釣りに行かうぢやないかのと色々な事を話しかけた。おれは少々憎らしかつたから、昨夕《ゆふべ》は二返逢ひましたねと云つたら、えゝ停車場で――君はいつでもあの時分出掛けるのですか、遅いぢやないかと云ふ。野芹川の土手でも御目に懸りましたねと喰《く》らはしてやつたら、いゝえ僕はあつちへは行かない、湯に這入つて、すぐ帰つたと答へた。何もそんなに隠さないでもよからう、現に逢つてるんだ。よく嘘をつく男だ。是で中学の教頭が勤まるなら、おれなんか大学総長がつとまる。おれは此時から愈《いよいよ》赤シヤツを信用しなくなつた。信用しない赤シャツとは口をきいて、感心して居る山嵐とは話をしない。世の中は随分妙なものだ。

ある日の事赤シャツが一寸君に話があるから、僕のうち迄来てくれと云ふから、惜しいと思つたが温泉行きを欠勤して四時頃出掛けて行つた。赤シャツは一人ものだが、教頭丈に下宿はとくの昔に引き払つて立派な玄関を構へて居る。家賃は九円五十銭ださうだ。田舎へ来て九円五十銭払へばこんな家へ這入れるなら、おれも一つ奮発して、東京から清を呼び寄せて喜ばしてやらうと思つた位な玄関だ。頼むと云つたら、赤シャツの弟が取次に出て来た。此弟は学校の生徒で、おれに代数と算術を教はる至つて出来のわるい子だ。其癖渡《わた》りものだから生れ付いての田舎者よりも人が悪るい。

赤シャツに逢つて用事を聞いて見ると、大将例の琥珀のパイプで、きな臭《くさ》い烟草《たばこ》をふかしながら、こんな事を云つた。「君が来てくれてから、前任者の時代よりも成蹟がよくあがつて、校長も大にいゝ人を得たと喜んで居るので——どうか学校でも信頼して居るのだから、其積りで勉強していたゞきたい」

「へえ、さうですか、勉強つて今より勉強は出来ませんが——」

「今の位で充分です。只先達て御話しゝた事ですね、あれを忘れずに居て下さればいゝのです」

「下宿の世話なんかするものあ剣呑だと云ふ事ですか」

「さう露骨に云ふと、意味もない事になるが──まあ善いさ──精神は君にもよく通じて居る事と思ふから。そこで君が今の様に出精《しゆっせい》して下されば、学校の方でも、ちやんと見て居るんだから、もう少しゝて都合さへつけば、待遇の事も多少はどうにかなるだらうと思ふんですがね」

「へえ、俸給《ほうきゆう》ですか。俸給なんかどうでもいゝんですが、上がれば上がつた方がいゝですね」

「それで幸ひ今度転任者が一人出来るから──尤《もつと》も校長に相談して見ないと無論受け合へない事だが──其俸給から少しは融通が出来るかも知れないから、それで都合をつける様に校長に話して見やうと思ふんですがね」

「どうも難有《ありがと》ふ。だれが転任するんですか」

「もう発表になるから話しても差し支ないでせう。実は古賀君です」

「古賀さんは、だつてこゝの人ぢやありませんか」

「こゝの地の人ですが、少し都合があつて──半分は当人の希望です」

「どこへ行くんです」

「*日向《ひゆうが》の延岡で──土地が土地だから一級俸上つて行く事になりました」

「誰か代りが来るんですか」

「代りも大抵極まつてるんです。其代りの具合で君の待遇上の都合もつくんです」

「はあ、結構です。然し無理に上がらないでも構《かまい》ません」

「とも角も僕は校長に話す積りです。夫で校長も同意見らしいが、追つては君にもつと働らいて頂だかなくつてはならん様になるかも知れないから、どうか今から其積りで覚悟をしてやつて貰ひたいですね」

「今より時間でも増すんですか」

「いゝえ、時間は今より減るかも知れませんが——」

「時間が減つて、もつと働くんですか、妙だな」

「一寸聞くと妙だが、——判然とは今言ひにくひが——まあつまり、君にもつと重大な責任を持つて貰ふかも知れないと云ふ意味なんです」

おれには一向分らない。今より重大な責任と云へば、数学の主任だらうが、主任は山嵐だから、やつこさん中々辞職する気遣《きづかい》はない。夫に、生徒の人望があるから転任や免職は学校の得策であるまい。赤シヤツの談話はいつでも要領を得ない。要領は得なくつても用事は是で済んだ。夫から少し雑談をして居るうちに、うらなり君の送別会をやる事や、就てはおれが酒を飲むかと云ふ問や、うらなり先生は君子で愛すべき人だと云ふ事や——赤シャツは色々弁じた。仕舞に話をかへて君俳句をやりますかと来たから、こいつは大変だと思つて、俳句はやりません、左様《さよ》ならと、そこ〳〵に帰つて来た。発句は芭蕉か髪結床《かみいどこ》の親方のやるもんだ。数学の先生が朝貌《あさがお》やに釣瓶《つるべ》をとられて堪るものか。

帰つてうんと考へ込んだ。世間には随分気の知れない男が居る。家屋敷は勿論、勤める学校に不足のない故郷がいやになつたからと云つて、知らぬ他国へ苦労を求めに出る。夫も花の都の電車が通つてる所なら、まだしもだが、日向の延岡とは何の事だ。おれは船つきのいゝ此所《こゝ》へ来てさへ、一ヶ月立たないうちにもう帰りたくなつた。延岡と云へば山の中も山の中も大変な山の中だ。赤シャツの云ふ所によると船から上がつて、一日馬車へ乗つて、宮崎へ行つて、宮崎から又一日車へ乗らなくつては着けないさうだ。名前を聞いてさへ、開けた所とは思へない。猿と人とが半々に住んでる様な気がする。いかに聖人のうらなり君だつて、好んで猿の相手になりたくもないだらうに、何と云ふ物数奇《ものずき》だ。

所へ不相変《あいかわらず》婆さんが夕食を運んで出る。今日《けふ》も亦《また》芋ですかいと聞いて見たら、いえ今日《けふ》は御豆腐ぞなもしと云つた。どつちにしたつて似たものだ。

「御婆さん古賀さんは日向へ行くさうですね」

「ほん当に御気の毒ぢやがな、もし」

「御気の毒だつて、好んで行くんなら仕方がないですね」

「好んで行くて、誰がぞなもし」

「誰がぞなもしつて、当人がさ。古賀先生が物数奇に行くんぢやありませんか」

「そりやあなた、大違ひの勘五郎ぞなもし」

「勘五郎かね。だつて今赤シヤツがさう云ひましたぜ。夫が勘五郎なら赤シヤツは嘘つきの法《ほ》螺右衛門《らえもん》だ」

「教頭さんが、さう御云《おい》ひるのは尤《もつと》もぢやが、古賀さんの御往《い》きともないのも尤もぞなもし」

「そんなら両方尤もなんですね。御婆さんは公平でいゝ。一体どう云ふ訳なんですい」

「今朝《けさ》古賀のお母さんが見えて、段々訳を御話《おはな》したがなもし」

「どんな訳を御話したんです」

「あそこも御父さんが御亡くなりてから、あたし達が思ふ程暮し向が豊かになうて御困りぢやけれ、御母さんが校長さんに御頼みて、もう四年も勤めて居るものぢやけれ、どうぞ毎月頂くものを、今少しふやして御呉れんかてゝ、あなた」

「成程」

「校長さんが、ようまあ考へて見とこうと御云ひたげな。夫で御母さんも安心して、今に増給の御沙汰があろぞ、今月か来月かと首を長くし待つて御いでた所へ、校長さんが一寸来て来《く》れと古賀さんに御云ひるけれ、行つて見ると、気の毒だが学校は金が足りんけれ、月給を上げる訳にゆかん。然し延岡になら空いた口があつて、其方《そつち》なら毎月五円余分にとれるから、御望み通りでよからうと思ふて、其手続きにしたから行くがえゝと云はれたげな。――」

「ぢや相談ぢやない、命令ぢやありませんか」

「左様《さよ》よ。古賀さんはよそへ行つて月給が増すより、元の儘でもえゝから、こゝに居《お》りたい。屋敷もあるし、母もあるからと御頼みたけれども、もうさう極めたあとで、古賀さんの代りは出来て居るけれ仕方がないと校長が御云ひたげな」

「へん人を馬鹿にしてら、面白くもない。ぢや古賀さんは行く気はないんですね。どうれで変だと思つた。五円位上がつたつて、あんな山の中へ猿の御相手をしに行く唐変木《とうへんぼく》はまづないからね」

「唐変木て、先生なんぞなもし」

「何でもいゝでさあ、――全く赤シャツの作略《さりやく》だね。よくない仕打だ。まるで欺撃《だましうち》ですね。それでおれの月給を上げるなんて、不都合な事があるものか。上げてやるつたつて、誰が上がつて遣るものか」

「先生は月給が御上りるのかなもし」

「上げてやるつて云ふから、断はらうと思ふんです」

「何で、御断はりるのぞなもし」

「何でも御断はりだ。御婆さん、あの赤シヤツは馬鹿ですぜ。卑怯でさあ」

「卑怯でもあんた、月給を上げておくれたら、大人しく頂いて置く方が得《とく》ぞなもし。若いうちはよく腹の立つものぢやが、年をとつてから考へると、も少しの我慢ぢやあつたのに惜しい事をした。腹立てた為めにこないな損をしたと悔むのが当り前ぢやけれ、お婆《ばあ》の言ふ事をきいて、赤シヤツさんが月給をあげてやろと御言ひたら、難有《ありがと》うと受けて御置《おゝき》なさいや」

「年寄の癖に余計な世話を焼かなくつてもいゝ。おれの月給は上がらうと下がらうとおれの月給だ」

婆さんはだまつて引き込んだ。爺さんは呑気な声を出して謡をうたつてる。謡といふものは読んでわかる所を、やに六づかしい節をつけて、わざと分らなくする術だらう。あんなものを毎晩飽きずに唸《うな》る爺さんの気が知れない。おれは謡所《どころ》の騒ぎぢやない。月給を上げてやらうと云ふから、別段欲しくもなかつたが、入《い》らない金を余して置くのも勿体《もつたい》ないと思つて、よろしいと承知したのだが、転任したくないものを無理に転任させて其男の月給の上前を跳《は》ねるなんて不人情な事が出来るものか。当人がもとの通りでいゝと云ふのに延岡下《くんだ》り迄落ちさせるとは一体どう云ふ了見だらう。*太宰権帥《だざいのごんのそつ》でさへ博多近辺で落ちついたものだ、*河合又五郎だつて*相良《さがら》でとまつてるぢやないか。とにかく赤シャツの所へ行つて断はつて来なくつちあ気が済まない。

小倉《こくら》の袴をつけて又出掛けた。大きな玄関へ突つ立つて頼むと云ふと、又例の弟が取次に出て来た。おれの顔を見てまた来たかと云ふ眼付をした。用があれば二度だつて三度だつて来る。よる夜なかだつて叩き起さないとは限らない。教頭の所へ御機嫌伺ひにくる様なおれと見損《みそくな》つてるか。是でも月給が入《い》らないから返しに来んだ。すると弟が今来客中だと云ふから、玄関でいゝから一寸御目にかゝりたいと云つたら奥へ引き込んだ。足元を見ると、畳付きの薄っぺらな、*のめりの駒下駄がある。奥でもう万歳ですよと云ふ声が聞える。御客とは野だだなと気がついた。野だでなくては、あんな黄色い声を出して、こんな芸人じみた下駄を穿《は》くものはない。

しばらくすると、赤シャツがランプを持つて玄関迄出て来て、まあ上がり給へ、外の人ぢやない吉川君だ、と云ふから、いえ、此所《こゝ》で沢山です。一寸話せばいゝんです、と云つて、赤シャツの顔を見ると金時の様だ。野だ公と一杯飲んでると見える。

「さつき僕の月給をあげてやると云ふ御話でしたが、少し考が変つたから断はりに来たんです」

　赤シャツはランプを前へ出して、奥の方からおれの顔を眺めたが、咄嗟《とつさ》の場合返事をしかねて茫然として居る。増給を断はる奴が世の中にたつた一人飛び出して来たのを不審に思つたのか、断はるにしても、今帰つた許りで、すぐ出直して来なくてもよさゝうなものだと、呆《あき》れ返つたのか、又は双方合併したのか、妙な口をして突っ立つた儘である。

「あの時承知したのは、古賀君が自分の希望で転任すると云ふ話でしたからで……」

「古賀君は全く自分の希望で半ば転任するんです」

「さうぢやないんです、こゝに居たいんです。元の月給でもいゝから、郷里に居たいのです」

「君は古賀君から、さう聞いたのですか」

「そりや当人から、聞いたんぢやありません」

「ぢや誰から御聞きです」

「僕の下宿の婆さんが、古賀さんの御母さんから聞いたのを今日僕に話したのです」

「ぢや、下宿の婆さんがさう云つたのですね」

「まあさうです」

「それは失礼ながら少し違ふでせう。あなたの仰《おつし》やる通りだと、下宿屋の婆さんの云ふ事は信ずるが、教頭の云ふ事は信じないと云ふ様に聞えるが、さう云ふ意味に解釈して差支《さしつかえ》ないでせうか」

おれは一寸困つた。文学士なんてものは矢っ張りえらいもんだ。妙な所へこだわつて、ねち〳〵押し寄せてくる。おれはよく親父から貴様はそゝっかしくて駄目だ〳〵と云はれたが、成程少々そゝつかしい様だ。婆さんの話を聞いてはつと思つて飛び出して来たが、実はうらなり君にもうらなりの御母さんにも逢つて詳しい事情は聞いて見なかつたのだ。だからかう文学士流に斬《き》り付けられると、一寸受け留めにくい。

正面からは受け留めにくいが、おれはもう赤シヤツに対して不信任を心の中で申し渡して仕舞つた。下宿の婆さんもけちん坊の慾張り屋に相違ないが、嘘は吐《つ》かない女だ、赤シヤツの様に裏表はない。おれは仕方がないから、かう答へた。

「あなたの云ふ事は本当かも知れないですが――とにかく増給は御免蒙ります」

「それは益《ますます》可笑《おか》しい。今君がわざ〳〵御出に成つたのは増俸を受けるには忍びない、理由を見出したからの様に聞えたが、其理由が僕の説明で取り去られたにも関はらず増俸を否《いな》まれるのは少し解《げ》しかねる様ですね」

「解しかねるかも知れませんがね。とに角断りますよ」

「そんなに否《いや》なら強ひてと迄は云ひませんが、さう二三時間のうちに、特別の理由もないのに豹変《ひょうへん》しちや、将来君の信用にかゝはる」

「かゝはつても構はないです」

「そんな事はない筈です、人間に信用程大切なものはありませんよ。よしんば今一歩譲つて、下宿の主人が……」

「主人ぢやない、婆さんです」

「どちらでも宜《よろ》しい。下宿の婆さんが君に話した事を事実とした所で、君の増給は古賀君の所得を削つて得たものではないでせう。古賀君は延岡へ行かれる。其代りがくる。其代りが古賀君よりも多少低給で来てくれる。其剰余《じょうよ》を君に廻はすと云ふのだから、君は誰にも気の毒がる必要はない筈です。古賀君は延岡で只今よりも栄進される、新任者は最初からの約束で安くゝる。それで君が上がられゝば、是程都合のいゝ事はないと思ふですがね。いやなら否でもいゝが、もう一返うちでよく考へて見ませんか」

おれの頭はあまりえらくないのだから、何時《いつ》もなら、相手がかう云ふ巧妙な弁舌を揮《ふる》へば、おやさうかな、それぢや、おれが間違つてたと恐れ入つて引きさがるのだけれども、今夜はさうは行かない。こゝへ来た最初から赤シヤツは何だか虫が好かなかつた。途中で親切な女見《み》た様な男だと思ひ返した事はあるが、それが親切でも何でもなさゝうなので、反動の結果今ぢや余っ程厭になつて居る。だから先がどれ程うまく論理的に弁論を逞《たくまし》くしやうとも、堂々たる教頭流におれを遣り込め様とも、そんな事は構はない。議論のいゝ人が善人とはきまらない。遣り込められる方が悪人とは限らない。表向は赤シヤツの方が重々尤《もつと》もだが、表向がいくら立派だつて、腹の中迄惚《ほ》れさせる訳には行かない。金や威力や理窟で人間の心が買へる者なら、高利貸でも巡査でも大学教授でも一番人に好かれなくてはならない。中学の教頭位な論法でおれの心がどう動くものか。人間は好き嫌で働らくものだ。論法で働らくものぢやない。

「あなたの云ふ事は尤もですが、僕は増給がいやになつたんですから、まあ断はります。考へたつて同じ事です。左様なら」と云ひすてゝ門を出た。頭の上には天の川が一筋かゝつて居る。

九

うらなり君の送別会のあると云ふ日の朝、学校へ出たら、山嵐が突然、君先達《せんだつて》はいか銀が来て、君が乱暴して困るから、どうか出る様に話して呉れと頼んだから、真面目に受けて、君に出てやれと話したのだが、あとから聞いて見ると、あいつは悪るい奴で、よく偽筆《ぎひつ》へ贋《にせ》落款抔《など》を押して売りつけるさうだから、全く君の事も出鱈目《でたらめ》に違ない。君に懸物や骨董を売りつけて、商売にしやうと思つてた所が、君が取り合はないで儲けがないものだから、あんな作りごとをこしらへて胡魔化したのだ。僕はあの人物を知らなかつたので君に大変失敬した勘弁し給へと長々しい謝罪をした。

おれは何とも云はずに、山嵐の机の上にあつた、壱銭五厘をとつておれの蝦蟇口《がまぐち》のなかへ入れた。山嵐は君それを引き込めるのかと不審さうに聞くから、うんおれは君に奢《おご》られるのが、いやだつたから、是非返す積りで居たが、其後段々考へて見ると、矢っ張奢つて貰ふ方がいゝ様だから、引き込ますんだと説明した。山嵐は大きな声をしてアハヽヽと笑ひながら、そんなら、何故《なぜ》早く取らなかつたのだと聞いた。実は取らう〳〵と思つてたが、何だか妙だから其儘にして置いた。近来は学校へ来て一銭五厘を見るのが苦になる位いやだつたと云つたら、君は余っ程負け惜しみの強い男だと云ふから、君は余っ程剛情張《ごうじょつぱ》りだと答へてやつた。それから二人の間にこんな問答が起つた。

「君は一体どこの産だ」

「おれは江戸っ子だ」

「うん、江戸っ子か、道理で負け惜みが強いと思つた」

「君はどこだ」

「僕は会津だ」

「*会津っぽか、強情な訳だ。今日《けふ》の送別会へ行くのかい」

「行くとも、君は?」

「おれは無論行くんだ。古賀さんが立つ時は、浜迄見送りに行かうと思つてる位だ」

「送別会は面白いぜ、出て見玉へ。今日は大に飲む積だ」

「勝手に飲むがいゝ。おれは肴《さかな》を食つたら、すぐ帰る。酒なんか飲む奴は馬鹿だ」

「君はすぐ喧嘩を吹き懸ける男だ。成程江戸っ子の軽跳《けいちよう》な風を、よく、あらはしてる」

「何でもいゝ、送別会へ行く前に一寸おれのうちへ御寄り、話しがあるから」


山嵐は約束通りおれの下宿へ寄つた。おれは此間から、うらなり君の顔を見る度《たび》に気の毒で堪らなかつたが、愈《いよいよ》送別の今日となつたら、何だか憐れつぽくつて、出来る事なら、おれが代りに行つてやりたい様な気がしだした。それで送別会の席上で、大に演説でもして其行《こう》を盛にしてやりたいと思ふのだが、おれのべらんめえ調ぢや、到底物にならないから、大きな声を出す山嵐を雇つて、一番赤シャツの荒胆《あらぎも》を挫《ひし》いでやらうと考へ付いたから、わざ〳〵山嵐を呼んだのである。

おれは先づ冒頭としてマドンナ事件から説き出したが、山嵐は無論マドンナ事件はおれより詳しく知つて居る。おれが野芹川の土手の話をして、あれは馬鹿野郎だと云つたら、山嵐が君はだれを捕《つら》まへても馬鹿呼はりをする。今日《けふ》学校で自分の事を馬鹿と云つたぢやないか。自分が馬鹿なら、赤シャツは馬鹿ぢやない。自分は赤シャツの同類ぢやないと主張した。夫ぢや赤シャツは腑抜《ふぬ》けの呆助《ほうすけ》だと云つたら、さうかも知れないと山嵐は大に賛成した。山嵐は強い事は強いが、こんな言葉になると、おれより遥かに字を知つて居ない。会津っぽなんてものはみんな、こんなものなんだらう。

夫から増給事件と将来重く登用すると赤シャツが云つた話をしたら山嵐はふゝんと鼻から声を出して、それぢや僕を免職する考だなと云つた。免職する積だつて、君は免職になる気かと聞いたら、誰がなるものか、自分が免職になるなら、赤シャツも一所に免職させてやると大に威張つた。どうして一所に免職させる気かと押し返して尋ねたら、そこはまだ考へて居ないと答へた。山嵐は強さうだが、智慧はあまりなさゝうだ。おれが増給を断はつたと話したら、大将大きに喜んで流石《さすが》江戸っ子だ、えらいと賞めてくれた。

うらなりが、そんなに厭がつてゐるなら、何故《なぜ》留任の運動をしてやらなかつたと聞いて見たら、うらなりから話を聞いた時は、既にきまつて仕舞つて、校長へ二度、赤シャツへ一度行つて談判して見たがどうする事も出来なかつたと話した。夫に就ても古賀があまり好人物過ぎるから困る。赤シャツから話があつた時、断然断《こと》はるか、一応考へて見ますと逃げればいゝのに、あの弁舌に胡魔化されて、即席に許諾したものだから、あとから御母さんが泣きついても、自分が談判に行つても役に立たなかつたと非常に残念がつた。

今度の事件は全く赤シャツが、うらなりを遠《とおざ》けて、マドンナを手に入れる策略なんだらうとおれが云つたら、無論さうに違ない。あいつは大人しい顔をして、悪事を働いて、人が何か云ふと、ちやんと逃道《にげみち》を拵《こし》らへて待つてるんだから、余っ程奸物《かんぶつ》だ。あんな奴にかゝつては鉄拳制裁でなくつちや利《き》かないと、瘤《こぶ》だらけの腕をまくつて見せた。おれは序《つい》でだから、君の腕は強さうだな柔術でもやるかと聞いて見た。すると大将二の腕へ力瘤を入れて、一寸攫《つか》んで見ろと云ふから、指の先で揉《も》んで見たら、何の事はない湯屋にある軽石の様なものだ。

おれは余り感心したから、君その位の腕なら、赤シャツの五人や六人は一度に張り飛ばされるだらうと聞いたら、無論さと云ひながら、曲げた腕を伸ばしたり、縮ましたりすると、力瘤がぐるり〳〵と皮のなかで廻転する。頗《すこぶ》る愉快だ。山嵐の証明する所によると、かんじん綯《よ》りを二本より合せて、この力瘤の出る所へ巻きつけて、うんと腕を曲げると、ぷつりと切れるさうだ。かんじよりなら、おれにも出来さうだと云つたら、出来るものか、出来るならやつて見ろと来た。

切れないと外聞がわるいから、おれは見合せた。

君どうだ、今夜の送別会に大に飲んだあと、赤シャツと野だを撲《なぐ》つてやらないかと面白半分に勧めて見たら、山嵐はさうだなと考へて居たが、今夜はまあよさうと云つた。何故《なぜ》と聞くと、今夜は古賀に気の毒だから――それにどうせ撲る位なら、あいつらの悪るい所を見届て現場で撲らなくつちや、こつちの落度になるからと、分別のありさうな事を附加した。山嵐でもおれよりは考へがあると見える。

ぢや演説をして古賀君を大にほめてやれ、おれがすると江戸っ子のぺら〳〵になつて重みがなくていけない。さうして、きまつた所へ出ると、急に*溜飲《りゆういん》が起つて咽喉の所へ、大きな丸《たま》が上がつて来て言葉が出ないから、君に譲るからと云つたら、妙な病気だな、ぢや君は人中《ひとなか》ぢや口は利けないんだね、困るだらう、と聞くから、何そんなに困りやしないと答へて置いた。

さうかうするうち時間が来たから、山嵐と一所に会場へ行く。会場は花晨亭《かしんてい》と云つて、当地《こゝ》で第一等の料理屋ださうだが、おれは一度も足を入れた事がない。もとの家老とかの屋敷を買ひ入れて、其儘開業したと云ふ話だが、成程見懸《みかけ》からして厳《いか》めしい構だ。家老の屋敷が料理屋になるのは、陣羽織を縫ひ直して、胴着にする様なものだ。

二人が着いた頃には、人数ももう大概揃つて、五十畳の広間に二つ三っ人間の塊まりが出来て居る。五十畳丈に床《とこ》は素敵に大きい。おれが山城屋で占領した十五畳敷の床とは比較にならない。尺を取つて見たら二間あつた。右の方に、赤い模様のある瀬戸物の瓶《かめ》を据えて、其中に松の大きな枝が挿してある。松の枝を挿して何にする気か知らないが、何ヶ月立つても散る気遣がないから、銭が懸らなくつて、よからう。あの瀬戸物はどこで出来るんだと博物の教師に聞いたら、あれは瀬戸物ぢやありません、*伊万里ですと云つた。伊万里だつて瀬戸物ぢやないかと、云つたら、博物はえへゝゝゝと笑つて居た。あとで聞いて見たら、瀬戸で出来る焼物だから、瀬戸と云ふのださうだ。おれは江戸っ子だから、陶器の事を瀬戸物といふのかと思つて居た。床《とこ》の真中に大きな懸物があつて、おれの顔位な大きさな字が二十八字かいてある。どうも下手なものだ。あんまり下味《まづ》いから、漢学の先生に、なぜあんなまづいものを例々と懸けて置くんですと尋ねた所、先生があれは*海屋《かいおく》と云つて有名な書家のかいた者だと教へてくれた。海屋だか何だか、おれは今だに下手だと思つて居る。

やがて書記の川村がどうか御着席をと云ふから、柱があつて靠《よ》りかゝるのに都合のいゝ所へ坐つた。海屋の懸物の前に狸が羽織、袴で着席すると、左に赤シヤツが同じく羽織袴で陣取つた。右の方は今日の主人公だと云ふのでうらなり先生、是も日本服で控へて居る。おれは洋服だから、かしこまるのが窮屈だつたから、すぐ胡坐《あぐら》をかいた。隣りの体操教師は黒づぼんで、ちやんとかしこまつて居る。体操の教師丈にいやに修業が積んで居る。やがて御膳が出る。徳利が並ぶ。幹事が立つて、一言開会の辞を述べる。夫から狸が立つ、赤シヤツが起《た》つ。悉《ことごと》く送別の辞を述べたが、三人共申し合せた様にうらなり君の、良教師で好人物な事を吹聴して、今回去られるのは洵《まこと》に残念である、学校としてのみならず、個人として大に惜しむ所であるが、御一身上の御都合で、切に転任を御希望になつたのだから致し方がないと云ふ意味を述べた。こんな嘘をついて送別会を開いて、それでちつとも恥かしいとも思つて居ない。ことに赤シヤツに至つて三人のうちで一番うらなり君をほめた。此良友を失ふのは実に自分に取つて大なる不幸であると迄云つた。しかも其《その》いひ方がいかにも、尤《もつと》もらしくつて、例のやさしい声を一層やさしくして、述べ立てるのだから、始めて聞いたものは、誰でも屹度《きつと》だまされるに極つてる。マドンナも大方此手で引掛けたんだらう。赤シヤツが送別の辞を述べ立てゝゐる最中、向側に坐つて居た山嵐がおれの顔を見て一寸稲光《いなびかり》をさした。おれは返電として、人指し指でべつかんこう*をして見せた。

赤シヤツが席に復するのを待ちかねて、山嵐がぬつと立ち上がつたから、おれは嬉しかつたので、思はず手をぱちくと拍《う》つた。すると狸を始め一同が悉くおれ方を見たには少々困つた。山嵐は何を云ふかと思ふと只今校長始めことに教頭は古賀君の転任を非常に残念がられたが、私は少々反対で古賀君が一日も早く当地を去られるのを希望して居ります。延岡は僻遠《へきえん》の地で、当地に比べたら物質上の不便はあるだらう。が、聞く所によれば風俗の頗る淳朴《じゆんぼく》な所で、職員生徒悉く上代樸直《じようだいぼくちよく》の気風を帯びて居るさうである。心にもない御世辞を振り蒔《ま》いたり、美しい顔をして君子を陥れたりするハイカラ野郎は一人もないと信ずるからして、君の如き温良篤厚《おんりようとくこう》の士は必ず其地方一般の歓迎を受けられるに相違ない。吾輩は大に古賀君の為めに此転任を祝するのである。終りに臨んで君が延岡に赴任されたら、其地の淑女*にして、君子の好逑《こうきゆう》となるべき資格あるものを択《えら》んで一日も早く円満なる家庭をかたぢ作つて、かの不貞無節なる御転婆《おてんば》を事実上に於て慚死《ざんし》せしめん事を希望します。えへん〳〵と二つばかり大きな咳払《せきばら》ひをして席に着いた。おれは今度も手を叩かうと思つたが、又みんながおれの面《かお》を見るといやだから、やめにして置いた。山嵐が坐ると、今度はうらなり先生が起《た》つた。先生は御鄭寧に、自席から、座敷の端の末座《まつざ》迄行つて、慇懃《いんぎん》に一同に挨拶をした上、今般は一身上の都合で九州へ参る事になりましたに就て、諸先生方が小生の為に此盛大なる送別会を御開き下さつたのは、まことに感銘の至りに堪へぬ次第で——ことに只今は校長、教頭其他諸君の送別の辞を頂戴して、大いに難有《ありがた》く服膺《ふくよう》する訳であります。私は是から遠方へ参りますが、何卒《なにとぞ》従前の通り御見捨なく御愛顧の程を願ひます。とへえつく張つて席に戻つた。うらなり君はどこ迄人が好いんだか、殆《ほと》んど底が知れない。自分がこんなに馬鹿にされてゐる校長や、教頭に恭《うやうや》しく御礼を云つてゐる。それも義理一遍の挨拶ならだが、あの様子や、あの言葉つきや、あの顔つきから云ふと、心から感謝してゐるらしい。こんな聖人に真面目に御礼を云はれたら、気の毒になつて、赤面しさうなものだが狸も赤シヤツも真面目に謹聴して居る許りだ。

挨拶が済んだら、あちらでもチユー、こちらでもチユー、と云ふ音がする。おれも真似をして汁を飲んで見たがまづいもんだ。口取《くちとり》に蒲鉾はついてるが、どす黒くて竹輪《ちくは》の出来損ないである。刺身も並んでるが、厚くつて鮪の切り身を生《なま》で食ふと同じ事だ。それでも隣り近所の連中はむしや〳〵旨《うま》さうに食つて居る。大方江戸前の料理を食つた事がないんだらう。

其うち燗徳利《かんどくり》が頻繁に往来し始めたら、四方が急に賑やかになつた。野だ公は恭しく校長の前へ出て盃を頂いてる。いやな奴だ。うらなり君は順々に献酬《けんしゆう》をしてて、一巡周《めぐ》る積と見える。甚だ御苦労である。うらなり君がおれの前へ来て、一つ頂戴致しませうと袴のひだを正して申し込まれたから、おれも窮屈にヅボンの儘かしこまつて、一盃差し上げた。折角参つて、すぐ御別れになるのは残念ですね。御出立はいつです、是非浜迄御見送をしませうと云つたら、うらなり君はいえ御用多の所決して夫には及びませんと答へた。うらなり君が何と云つたつて、おれは学校を休んで送る気で居る。

夫から一時間程するうちに席上は大分乱れて来る。まあ一杯、おや僕が飲めと云ふのに……などと呂律《ろれつ》の巡りかねるのも一人二人出来て来た。少ゝ退屈したから便所へ行つて、昔し風な庭を星明りにすかして眺めて居ると山嵐が来た。どうだ、最前《さつき》の演説はうまかつたらう。と大分得意である。大賛成だが一ヶ所気に入らないと抗議を申し込んだら、どこが不賛成だと聞いた。

「美しい顔をして人を陥れる様なハイカラ野郎は延岡に居らないから……と君は云つたらう」

「うん」

「ハイカラ野郎丈では不足だよ」

「ぢや何と云ふんだ」

「ハイカラ野郎の、ペテン師の、イカサマ師の、猫被《ねこつかぶ》りの、香具師《やし》の、モ*、ンガーの、岡*っ引きの、わん〳〵鳴けば犬も同然な奴とでも云ふがいゝ」

「おれにはさう舌は廻らない。君は能弁だ。第一単語を大変沢山知つてる。それで演舌《えんぜつ》が出来ないのは不思議だ」

「なにこれは喧嘩のときに使はうと思つて、用心の為に取つて置く言葉さ。演舌となつちや、かうは出ない」

「さうかな、然しぺら〳〵出るぜ。もう一遍やつて見給へ」

「何遍でもやるさ、いゝか。——ハイカラ野郎のペテン師の、イカサマ師の……」

と云ひかけて居ると、椽側《えんがわ》をどたばた云はして、二人ばかり、よろ〳〵しながら馳け出して来た。

「両君そりやひどい、――逃げるなんて、――僕が居るうちは決して逃さない、さあのみ玉へ。――いかさま師？――面白い、いかさま面白い。――さあ飲み玉へ」

とおれと山嵐をぐい〳〵引つ張つて行く。実は此両人共便所に来たのだが、酔つてるもんだから、便所へ這入るのを忘れて、おれ等を引つ張るのだらう。酔つ払ひは目の中《あた》る所へ用事を拵《こしら》へて、前の事はすぐ忘れて仕舞ふんだらう。

「さあ、諸君、いかさま師を引つ張つて来た。さあ飲ましてくれ玉へ。いかさま師をうんと云ふ程、酔はしてくれ玉へ。君逃げちやいかん」

と逃げもせぬ、おれを壁際へ圧《お》し付けた。諸方を見廻して見ると、膳の上に満足な肴《さかな》の乗つて居るのは一つもない。自分の分を奇麗に食ひ尽して、五六間先へ遠征に出た奴も居る。校長はいつ帰つたか姿が見えない。

所へ御座敷はこちら？と芸者が三四人這入つて来た。おれも少し驚ろいたが、壁際へ押し付けられて居るんだから、凝《じつ》として只見て居た。すると今迄床柱へもたれて例の琥珀《こはく》のパイプを自慢さうに啣《くわ》へて居た、赤シヤツが急に起《た》つて、座敷を出にかゝつた。向から這入つて来た芸者の一人が、行き違ひながら、笑つて挨拶をした。その一人は一番若くて一番奇麗な奴だ。遠くで聞えなかつたが、おや今晩は位云つたらしい。赤シヤツは知らん顔をして出て行つたぎり、顔を出さなかつた。大方校長のあとを追懸けて帰つたんだらう。

芸者が来たら座敷中急に陽気になつて、一同が鬨《とき》の声を揚げて歓迎したのかと思ふ位、騒々しい。さうして或る奴は*なんこを攫《つか》む。その声の大きな事、丸で居合抜の稽古の様だ。こつちでは*拳を打つてる。よっ、はっ、と夢中で両手を振る所は、*ダーク一座の操《あやつり》人形より余っ程上手だ。向ふの隅ではおい御酌だ、と徳利を振つて見て、酒だ〳〵と言ひ直して居る。どうも八釜《やかま》しくて騒々しくつて堪らない。其うちで手持無沙汰に下を向いて考へ込んでるのはうらなり君許りである。自分の為に送別会を開いてくれたのは、自分の転任を惜んでくれるんぢやない。みんなが酒を呑んで遊ぶ為だ。自分独りが手持無沙汰で苦しむ為だ。こんな送別会なら、開いてもらはない方が余っ程ましだ。

しばらくしたら、銘々胴間声《どうまごえ》を出して何か唄ひ始めた。おれの前へ来た一人の芸者が、あんた、なんぞ、唄ひなはれ、と三味線を抱へたから、おれは唄はない、貴様唄つて見ろと云つたら、*金や太鼓でねえ、迷子の迷子の三太郎と、どんどこ、どんのちやんちきりん。叩いて廻つて逢はれるものならば、わたしなんぞも、金や太鼓でどんどこ、どんのちやんちきりんと叩いて廻つて逢ひたい人がある、と二た息にうたつて、おゝしんどと云つた。おゝしんどなら、もつと楽なものをやればいゝのに。

すると、いつの間にか傍《そば》へ来て坐つた、野だが、鈴ちやん逢ひたい人に逢つたと思つたら、すぐ御帰りで、御気の毒さま見た様でげすと相変らず嘶《はな》し家見た様な言葉使ひをする。知りまへんと芸者はつんと済ました。野だは頓着なく、*たま〳〵逢ひは逢ひながら……と、いやな声を出して義太夫の真似をやる。*おきなはれやと芸者は平手で野だの膝を叩いたら野だは*恐悦して笑つてる。此芸者は赤シャツに挨拶をした奴だ。芸者に叩かれて笑ふなんて、野だも御目出度い者だ。鈴ちやん僕が*紀伊《き》の国を踊るから、一つ弾いて頂戴と云ひ出した。野だは此上まだ踊る気で居る。

向ふの方で漢学の御爺さんが歯のない口を歪めて、*そりや聞えません伝兵衛さん、御前とわたしのその中は……と迄は無事に済したが、それから？と芸者に聞いて居る。爺さんなんて物覚のわるいものだ。一人が博物を捕《つら》まへて、近頃こないなのが、でけましたぜ、弾いて見まほうか。よう聞いて、居なはれや――*花月巻《かげつまき》、白いリボンのハイカラ頭、乗るは自転車、弾くはヴィオリン、半可《はんか》の英語でぺら〳〵と、I am glad to see you と唄ふと、博物は成程面白い、英語入りだねと感心して居る。

山嵐は馬鹿に大きな声を出して、芸者、芸者と呼んで、おれが剣舞をやるから、三味線を弾けと号令を下した。芸者はあまり乱暴な声なので、あつけに取られて返事もしない。山嵐は委細構はず、ステツキを持つて来て、*踏破千山万岳烟《ふみやぶるせんざんばんがくのけむり》と真中へ出て独りで隠し芸を演じて居る。所へ野だが既に紀伊《き》の国を済まして、*かつぽれを済まして、*棚の達磨さんを済して丸裸の越中褌《えつちゆうふんどし》一つになつて、棕梠箒《しゆろぼうき》を小脇に抱い込んで、*日清談判破裂《につしんだんぱんはれつ》して……と座敷中練りあるき出した。まるで気違だ。

おれはさつきから苦しさうに袴も脱がず控えて居るうらなり君が気の毒でたまらなかつたが、なんぼ自分の送別会だつて、越中褌の裸踊迄《まで》羽織袴で我慢して見て居る必要はあるまいと思つたから、そばへ行つて、古賀さんもう帰りませうと退去を勧めて見た。するとうらなり君は今日は私の送別会だから、私が先へ帰つては失礼です、どうぞ御遠慮なくと動く景色もない。なに構ふもんですか、送別会なら送別会らしくするがいゝです、あの様《ざま》を御覧なさい。気狂会です。さあ行きませうと、勧まないのを無理に勧めて、座敷を出かゝる所へ、野だが箒を振り〳〵進行して来て、や御主人が先へ帰るとはひどい。日清談判だ。帰せないと箒を横にして行く手を塞《ふさ》いだ。おれはさつきから肝癪が起つてる所だから、日清談判なら貴様は*ちやん〳〵だらうと、いきなり拳骨《げんこつ》で、野だの頭をぽかりと喰《くら》はしてやつた。野だは二三秒の間毒気を抜かれた体《てい》で、ぼんやりして居たが、おや是はひどい。御撲《ぶち》になつたのは情ない。この吉川を御打擲《ちやうちやく》とは恐れ入つた。

愈以《いよいよもつ》て日清談判だ。とわからぬ事をならべて居る所へ、うしろから山嵐が何か騒動が始まつたと見て取つて、剣舞をやめて、飛んで来たが、此ていたらくを見て、いきなり頸筋《くびすじ》をうんと攫《つか》んで引き戻した。日清……いたい。いたい。どうも是は乱暴だと振りもがく所を横に捩《ねじ》つたら、すとんと倒れた。あとはどうなつたか知らない。途中でうらなり君に別れて、うちへ帰つたら十一時過ぎだつた。

十

祝勝会で学校は御休みだ。練兵場で式があると云ふので、狸は生徒を引卒《いんそつ》して参列しなくてはならない。おれも職員の一人として一所にくつついて行くんだ。町へ出ると日の丸だらけで、まぼしい位である。学校の生徒は八百人もあるのだから、体操の教師が隊伍を整へて、一組一組の間を少しづゝ明けて、それへ職員が一人か二人宛《ずつ》監督として割り込む仕掛けである。仕掛だけは頗《すこぶ》る巧妙なものだが、実際は頗る不手際である。生徒は小供の上に、生意気で、規律を破らなくつては生徒の体面にかゝはると思つてる奴等だから、職員が幾人《いくたり》ついて行つたつて何の役に立つもんか。命令も下さないのに勝手な軍歌*をうたつたり、軍歌をやめるとワーと訳もないのに鬨《とき》の声を揚げたり、丸で浪人が町内をねりあるいてる様なものだ。軍歌も鬨の声も揚げない時はがや

〳〵何か喋舌《しゃべ》つてる。喋舌らないでも歩行《ある》けさうなもんだが、日本人はみんな口から先へ生れるのだから、いくら小言を云つたつて聞きつこない。喋舌るのも只喋舌るのではない、教師のわる口を喋舌るんだから、下等だ。おれは宿直事件で生徒を謝罪さして、まあ是ならよからうと思つて居た。所が実際は大違ひである。下宿の婆さんの言葉を借りて云へば、正に大違ひの勘五郎である。生徒があやまつたのは心から後悔してあやまつたのではない。只校長から、命令されて、形式的に頭を下げたのである。商人が頭許りさげて、狡《ずる》い事をやめないのと一般で生徒も謝罪丈はするが、いたづらは決してやめるものでない。よく考へて見ると世の中はみんな此生徒の様なものから成立して居るかも知れない。人があやまつたり詫びたりするのを、真面目に受けて勘弁するのは正直過ぎる馬鹿と云ふんだらう。あやまるのも仮りにあやまるので、勘弁するのも仮りに勘弁するのだと思つてれば差し支ない。もし本当にあやまらせる気なら、本当に後悔する迄叩きつけなくてはいけない。

おれが組と組の間に這入つて行くと、天麩羅だの、団子だの、と云ふ声が堪《た》へずする。而《しか》も大勢だから、誰が云ふのだか分らない。よし分つてもおれの事を天麩羅と云つたんぢやありません、団子と申したのぢやありません、それは先生が神経衰弱だから、ひがんで、さう聞くんだ位云ふに極まつてる。こんな卑劣な根性《こんじょう》は封建時代から、養成した此土地の習慣なんだから、いくら云つて聞かしたつて、教へてやつたつて、到底直りつこない。こんな土地に一年も居ると、潔白なおれも、この真似をしなければならなく、なるかも知れない。向でうまく言ひ抜けられる様な手段で、おれの顔を汚すのを抛つて置く、*樗蒲一《ちよぼいち》はない。向が人ならおれも人だ。生徒だつて、小供だつて、ずう体はおれより大きいや。だから刑罰として何か返報をしてやらなくつては義理がわるい。所がこつちから返報をする時分に尋常の手段で行くと、向から逆捩《さかねじ》を食はして来る。貴様がわるいからだと云ふと、初手から逃げ路が作つてある事だから滔々《とうとう》と弁じ立てる。弁じ立てゝ置いて、自分の方を表向き丈立派にして夫からこつちの非を攻撃する。もと〳〵返報にした事だから、こちらの弁護は向ふの非が挙がらない上は弁護にならない。つまりは向から手を出して置いて、世間体はこつちが仕掛けた喧嘩の様に見做《みな》されて仕舞ふ。大変な不利益だ。夫なら向ふのやるなり、*愚迂多良童子《ぐうたらどうじ》を極め込んで居れば、向は益《ますます》増長する許り、大きく云へば世の中の為にならない。そこで仕方がないから、こつちも向の筆法を用ゐて捕まへられないで、手の付け様のない返報をしなくてはならなくなる。さうなつては江戸っ子も駄目だ。駄目だが一年もかうやられる以上は、おれも人間だから駄目でも何でも左様《さう》ならなくつちや始末がつかない。どうしても早く東京へ帰つて清と一所になるに限る。こんな田舎に居るのは堕落しに来て居る様なものだ。*新聞配達をしたつて、こゝ迄堕落するよりはましだ。

かう考へて、いや〳〵、附いてくると、何だか先鋒《せんぽう》が急にがや〳〵騒ぎ出した。同時に列はぴたりと留まる。変だから、列を右へはづして、向ふを見ると、大手町を突き当つて薬師町へ曲がる角の所で、行き詰《つま》つたぎり、押し返したり、押し返されたりして揉み合つて居る。前方から静かに静かにと声を涸《か》らして来た体操教師に何ですと聞くと、曲り角で中学校と師範学校が衝突したんだと云ふ。

中学と師範とはどこの県下でも犬と猿の様に仲がわるいさうだ。なぜだかわからないが、丸で気風が合はない。何かあると喧嘩をする。大方狭い田舎で退屈だから、暇潰《ひまつぶ》しにやる仕事なんだらう。おれは喧嘩は好きな方だから、衝突と聞いて、面白半分に馳け出して行つた。すると前の方にゐる連中は、しきりに何だ地方税の癖に、引き込めと、怒鳴つてる。後ろからは押せ押せと大きな声を出す。おれは邪魔になる生徒の間をくゞり抜けて、曲がり角へもう少しで出様《でよう》とした時に、前へ！　と云ふ高く鋭どい号令が聞えたと思つた。師範学校の方は粛々《しゆくしゆく》として進行を始めた。先を争つた衝突は、折合がついたには相違ないが、つまり中学校が一歩を譲つたのである。資格から云ふと師範学校の方が上ださうだ。

祝勝の式は頗る簡単なものであつた。旅団長が祝詞《しゆくし》を読む、知事が祝詞を読む。参列者が万歳を唱へる。それで御仕舞だ。余興は午后《ごご》にあると云ふ話だから、一先づ下宿へ帰つて、此間中から、気に掛つてゐた、清への返事をかきかけた。今度はもつと詳しく書いてくれとの注文だから、可成《なるべく》念入に認《したた》めなくつちやならない。然しいざとなつて、半切《はんきれ》を取り上げると、書く事は沢山あるが、何から書き出していゝか、わからない。あれに仕様か、あれは面倒臭い。これにしやうか、是は詰らない。何か、すら〱と出て、骨が折れなくつて、さうして清が面白がる様なものはないかしらん、と考へて見ると、そんな注文通りの事件は一つもなささうだ。おれは墨を磨《す》つて、筆をしめして、巻紙を睨《にら》めて、――巻紙を睨めて、筆をしめして、墨を磨つて――同じ所作を同じ様に何返も繰り返したあと、おれには、とても手紙はかけるものではないと、諦らめて硯の蓋をして仕舞つた。手紙なんぞをかくのは面倒臭い。矢っ張り東京迄出掛けて行つて、逢つて話をする方が簡便だ。清の心配は察しないでもないが、清の注文通りの手紙をかくのは*三七日《さんしちにち》の断食よりも苦しい。

おれは筆と巻紙を抛り出して、ごろりと転がつて肱枕《ひじまくら》をして庭の方を眺めて見たが、矢っ張り清の事が気にかゝる。其時おれはかう思つた。かうして遠くへ来て迄、清の身の上を案じてゐてやりさへすれば、おれの真心《まこと》は清に通じるに違ない。通じさへすれば手紙なんぞやる必要はない。やらなければ無事で暮してると思つてるだらう。たよりは死んだ時か、病気の時か、何か事の起つた時にやりさへすればいゝ訳だ。

庭は十坪程の平庭《ひらにわ》で、是と云ふ植木もない。只一本の蜜柑があつて、塀のそとから、目標になる程高い。おれはうちへ帰ると、いつでも此蜜柑を眺める。東京を出た事のないものには蜜柑の生《な》つてゐる所は頗る珍らしいものだ。あの青い実が段〻熟してきて、黄色になるんだらうが、定めて奇麗だらう。今でも最《も》う半分色の変つたのがある。婆さんに聞いて見ると、頗る水気《みづけ》の多い、旨《うま》ひ蜜柑ださうだ。今に熟《うれ》たら、たんと召し上がれと云つたから、毎日少し宛《ずつ》食つてやらう。もう三週間もしたら、充分食へるだらう。まさか三週間内に此所《こゝ》を去る事もなからう。

おれが蜜柑の事を考へて居る所へ、偶然山嵐が話しにやつて来た。今日は祝勝会だから、君と一所に御馳走を食はうと思つて牛肉*を買つて来たと、竹の皮の包を袂《たもと》から引きずり出して、座敷の真中へ抛り出した。おれは下宿で芋責《いもぜめ》豆腐責になつてる上、蕎麦屋行き、団子屋行きを禁じられてる際だから、そいつは結構だと、すぐ婆さんから鍋と砂糖をかり込んで、煮方《にかた》に取りかゝつた。

山嵐は無暗に牛肉を頰張りながら、君あの赤シャツが芸者に馴染《なじみ》のある事を知つてるかと聞くから、知つてるとも、此間うらなりの送別会の時に来た一人《ひとり》がさうだらうと云つたら、さうだ僕は此頃漸く勘づいたのに、君は中々敏捷《びんしょう》だと大にほめた。

「あいつは、ふた言目《こと》には品性だの、精神的娯楽だのと云ふ癖に、裏へ廻つて、芸者と関係なんかつけとる、怪しからん奴だ。夫もほかの人が遊ぶのを寛容するならいゝが、君が蕎麦屋へ行つたり、団子屋へ這入るのさへ取締上害になると云つて、校長の口を通して注意を加へたぢやないか」

「うん、あの野郎の考ぢや芸者買は精神的娯楽で、天麩羅や、団子は物質的娯楽なんだらう。精神的娯楽なら、もつと*大べらにやるがいゝ。何だあの様《ざま》は。馴染の芸者が這入つてくると、入れ代りに席をはづして、逃げるなんて、どこ迄も人を胡魔化す気だから気に食はない。さうして人が攻撃すると、僕は知らないとか、露西亜文学だとか、*俳句が新体詩の兄弟分だとか云つて、人を烟に捲く積りなんだ。あんな弱虫は男ぢやないよ。全く御殿女中の生れ変りか何かだぜ。ことによると、彼奴《あいつ》のおやぢは*湯島のかげまかも知れない」

「湯島のかげまた何だ」

「何でも男らしくないもんだらう。——君そこの所はまだ煮えて居ないぜ。そんなのを食ふと条虫《さなだむし》が湧くぜ」

「さうか、大抵大丈夫だらう。それで赤シャツは人に隠れて、温泉の町の角屋《〔かどや〕》へ行つて、芸者と会見するさうだ」

「角屋つて、あの宿屋か」

「宿屋兼料理屋さ。だからあいつを一番へこます為には、彼奴《あいつ》が芸者をつれて、あすこへ這入り込む所を見届けて置いて面詰《めんきつ》するんだね」

「見届ける、つて、夜番でもするのかい」

「うん、角屋の前に枡屋《ますや》と云ふ宿屋があるだらう。あの表二階をかりて、障子へ穴をあけて、見て居るのさ」

「見て居るときに来るかい」

「来るだらう。どうせ一と晩ぢやいけない。二週間許りやる積りでなくつちや」

「随分疲れるぜ。僕あ、おやぢの死ぬとき一週間許り徹夜して看病した事があるが、あとでぼんやりして、大に弱つた事がある」

「少し位身体《からだ》が疲れたつて構はんさ。あんな奸物をあの儘にして置くと、日本の為にならないから、僕が天に代つて誅戮《ちゆうりく》を加へるんだ」

「愉快だ。さう事が極まれば、おれも加勢してやる。夫で今夜から夜番をやるのかい」

「まだ枡屋に懸合つてないから、今夜は駄目だ」

「それぢや、いつから始める積りだい」

「近々のうちやるさ。いづれ君に報知をするから、さうしたら、加勢して呉れ給へ」

「よろしい、いつでも加勢する。僕は計略《はかりごと》は下手だが、喧嘩とくると是で中々すばしこいぜ」

おれと山嵐がしきりに赤シャツ退治の計略を相談して居ると、宿の婆さんが出て来て、学校の生徒さんが一人、堀田先生に御目にかゝりたいてゝ御出でたぞなもし。今御宅へ参じたのぢやが、御留守ぢやけれ、大方こゝぢやらうてゝ捜し当てゝ御出でたのぢやがなもしと、閾《しきい》の所へ膝を突いて山嵐の返事を待つてる。山嵐はさうですかと玄関迄出て行つたが、やがて帰つて来て、君、生徒が祝勝会の余興を見に行かないかつて誘ひに来たんだ。今日は高知から、何とか踊りをしにわざ〳〵こゝ迄多人数乗り込んで来てゐるのだから、是非見物しろ、滅多に見られない踊だと云ふんだ、君も一所に行つて見給へと山嵐は大に乗り気で、おれに同行を勧める。おれは踊なら東京で沢山見て居る。毎年八幡様の御祭りには屋台が町内へ廻つてくるんだから汐酌《しおく》みでも何でもちやんと心得て居る。土佐っぽの馬鹿踊なんか、見たくもないと思つたけれども、折角山嵐が勧めるもんだから、つい行く気になつて門へ出た。山嵐を誘に来たものは誰かと思つたら赤シャツの弟だ。妙な奴が来たもんだ。

会場へ這入ると、回向院《えこういん》の相撲か本門寺の御会式《おえしき》の様に幾流《いくなが》れとなく長い旗を所々へ植え付けた上に、世界万国の国旗を悉《ことごと》く借りて来た位、縄から縄、綱から綱へ渡しかけて、大きな空が、いつになく賑やかに見える。東の隅に一夜作りの舞台を設けて、こゝで所謂《いわゆる》高知の何とか踊りをやるんださうだ。舞台を右へ半町許りくると葭簀《よしず》の囲ひをして、活花が陳列してある。みんなが感心して眺めて居るが、一向くだらないものだ。あんなに草や竹を曲げて嬉しがるなら、脊虫の色男や、跛の亭主を持つて自慢するがよからう。

舞台とは反対の方面で、頻《しき》りに花火を揚げる。花火の中から風船が出た。帝国万歳とかいてある。天主の松の上をふわ〳〵飛んで衛所のなかへ落ちた。次は、ぽんと音がして、黒い団子が、しゆつと秋の空を射抜く様に揚がると、それがおれの頭の上で、ぽかりと割れて、青い烟が傘の骨の様に開いて、だら〳〵と空中に流れ込んだ。風船がまた上がつた。今度は陸海軍万歳と赤地に白く染め抜いた奴が風に揺られて、温泉の町から、相生村の方へ飛んでいつた。大方観音様の境内へでも落ちたらう。

式の時は左程でもなかつたが、今度は大変な人出だ。田舎にもこんなに人間が住んでるかと驚ろいた位うぢや〳〵して居る。利口な顔はあまり見当らないが、数から云ふと慥《たしか》に馬鹿に出来ない。其うち評判の高知の何とか踊が始まつた。踊といふから*藤間《ふじま》か何ぞのやる踊りかと早合点して居たが、是は大間違であつた。

いかめしい向ふ鉢巻をして、*立《た》っ付《つ》け袴を穿《は》いた男が十人許り宛《ずつ》、舞台の上に三列に並んで、其三十人が悉《ことごと》く抜き身を携《さ》げて居るには魂消《たまげ》た。前列と後列の間は僅か一尺五寸位だらう、左右の間隔は夫より短かいとも長くはない。たつた一人列を離れて舞台の端に立つてるのがある許りだ。此仲間外れの男は袴丈はつけて居るが、向ふ鉢巻は倹約して、抜身の代りに、胸へ太鼓を懸けて居る。太鼓は大神楽《（だいかぐら）》の太鼓と同じ物だ。此男がやがて、いやあ、はあゝと呑気な声を出して、妙な謡をうたひながら、太鼓をぽこぽん、ぽこぽんと叩く。歌の調子は前代未聞の不思議なものだ。*三河万歳と*普陀洛《（ふだらく）》やの合併したものと思へば大した間違にはならない。

歌は頗る悠長なもので、夏分《なつぶん》の水飴の様に、だらしがないが、句切りをとる為めにぽこぽんを入れるから、のべつの様でも拍子は取れる。此拍子に応じて三十人の抜き身がぴか〳〵と光るのだが、是は又頗る迅速な御手際で、拝見して居ても冷々《ひや〳〵》する。隣りも後ろも一尺五寸以内に生きた人間が居て、其人間が又切れる抜き身を自分と同じ様に振り舞はすのだから、余っ程調子が揃はなければ、同志撃《（どうしうち）》を始めて怪我をする事になる。夫れも動かないで刀丈前後とか上下とかに振るのなら、まだ危険《あぶなく》もないが、三十人が一度に足踏をして横を向く時がある。ぐるりと廻る事がある。膝を曲げる事がある。隣りのものが一秒でも早過ぎるか、遅過ぎれば、自分の鼻は落ちるかも知れない。隣りの頭はそがれるかも知れない。抜き身の動くのは自由自在だが、其動く範囲は一尺五寸立方のうちにかぎられた上に、前後左右のものと同方向に同速度にひらめかなければならない。こいつは驚いた、中々以て汐酌《（しおくみ）》や*関の戸の及ぶ所でない。聞いて見ると、是は甚だ熟練の入《い》るもので容易な事では、かう云ふ風に調子が合はないさうだ。ことに六づかしいのは、かの万歳節《まんざいぶし》のぼこぼん先生ださうだ。三十人の足の運びも、手の働きも、腰の曲げ方も、悉《ことごと》くこのぼこぼん君の拍子一つで極まるのださうだ。傍《はた》で見て居ると、此大将が一番呑気さうに、いやあ、はあゝと気楽にうたつてるが、其実は甚だ責任が重くつて非常に骨が折れるとは不思議なものだ。

おれと山嵐が感心のあまり此踊を余念なく見物して居ると、半丁許り、向の方で急にわつと云ふ鬨《とき》の声がして、今迄穏やかに諸所を縦覧して居た連中が、俄《にわ》かに波を打つて、右左りに揺《うご》き始める。喧嘩だ〳〵と云ふ声がすると思ふと、人の袖を潜り抜けて来た赤シヤツの弟が、先生又喧嘩です、中学の方で今朝《けさ》の意趣返しをするんで、又師範の奴と決戦を始めた所です、早く来て下さいと云ひながら又人の波のなかへ潜《もぐ》り込んでどつかへ行つて仕舞つた。

山嵐は世話の焼ける小僧だ又始めたのか、いゝ加減にすればいゝのにと逃げる人を避《よ》けながら、一散に馳け出した。見て居る訳にも行かないから取り鎮《しず》める積だらう。おれは無論の事逃げる気はない。山嵐の踵《かゝと》をふんであとからすぐ現場へ馳けつけた。喧嘩は今が真最中である。師範の方は五六十人もあらうか、中学は慥《たし》かに三割方多い。師範は制服をつけてゐるが、中学は式後大抵は日本服に着換へてゐるから、敵味方はすぐわかる。然し入り乱れて組んづ、解《ほご》れつ戦つてるから、どこから、どう手を付けて引き分けていゝか分らない。山嵐は困つたなと云ふ風で、暫《しば》らく此乱雑な有様を眺めて居たが、かうなつちや仕方がない。巡査がくると面倒だ。飛び込んで分け様と、おれの方を見て云ふから、おれは返事もしないで、いきなり、一番喧嘩の烈《はげ》しさうな所へ躍り込んだ。止《よ》せ〳〵。そんな乱暴をすると学校の体面に関はる。よさないかと、出る丈の声を出して、敵と味方の分界線らしい所を突き貫け様としたが、中々さう旨くは行かない。一二間這入つたら、出る事も引く事も出来なくなつた。目の前に比較的大きな師範生が、十五六の中学生と組み合つてゐる。止《よ》せと云つたら、止さないかと、師範生の肩を以て、無理に引き分け様とする途端にだれか知らないが、下からおれの足をすくつた。おれは不意を打たれて、握つた肩を放して、横に倒れた。堅い靴でおれの脊中の上へ乗つた奴がある。両手と膝を突いて下から、跳ね起きたら、乗つた奴は右の方へころがり落ちた。起き上がつて見ると、三間許り向ふに山嵐の大きな身体《からだ》が生徒の間に挟まりながら、止《よ》せ〳〵、喧嘩は止せ〳〵と揉み返されてるのが見えた。おい到底駄目だと云つて見たが聞えないのか返事もしない。

ひゆうと風を切つて飛んで来た石が、いきなりおれの頬骨へ中《あた》つたなと思つたら、後ろからも脊中を棒でどやした奴がある。教師の癖に出て居る、打て〳〵と云ふ声がする。教師は二人だ。大きい奴と、小さい奴だ。石を抛《な》げろ。と云ふ声もする。おれは、なに生意気な事をぬかすな、田舎者の癖にと、いきなり、傍に居た師範生の頭を張りつけてやつた。石が又ひゆうと来る。今度はおれの五分刈の頭を掠めて後ろの方へ飛んで行つた。山嵐はどうなつたか、見えない。かうなつちや仕方がない。始めは喧嘩をとめに這入つたんだが、どやされたり、石をなげられたりして、恐れ入つて引き下がるうんでれがんがあるものか。おれを誰だと思ふんだ。身長《なり》は小さくつても喧嘩の本場で修業を積んだ兄《にい》さんだと無茶苦茶に張り飛ばしたり、張り飛ばされたりして居ると、やがて巡査だ巡査だ逃げろ〳〵と云ふ声がした。今迄葛練り《くずね》の中で泳いでる様に身動きも出来なかつたのが、急に楽になつたと思つたら、敵も味方も一度に引き上げて仕舞つた。田舎者でも退却は巧妙だ。クロパトキンより旨い位である。

山嵐はどうしたかと見ると、紋付の一重羽織をずたずた〳〵にして、向ふの方で鼻を拭いて居る。鼻柱をなぐられて大分出血したんださうだ。鼻がふくれ上がつて真赤になつて頗る見苦しい。おれは飛白《かすり》の袷を着て居たから泥だらけになつたけれども、山嵐の羽織程な損害はない。然し頬ぺたがぴり〳〵して堪らない。山嵐は大分血が出て居るぜと教へてくれた。

巡査は十五六名来たのだが、生徒は反対の方面から退却したので、捕まつたのは、おれと山嵐丈である。おれらは姓名をつげて、一部始終を話したら、とも角も警察迄来いと云ふから、警察へ行つて、署長の前で事の顚末《てんまつ》を述べて下宿へ帰つた。

十一

あくる日眼が覚めて見ると、身体《からだ》中痛くて堪らない。久しく喧嘩をしつけなかつたから、こんなに答へるんだらう。これぢやあんまり自慢も出来ないと床の中で考へて居ると、婆さんが四国新聞を持つて来て枕元へ置いてくれた。実は新聞を見るのも退儀なんだが、男がこれしきの事に閉口《へこ》たれて仕様があるものかと無理に腹這《はらばい》になつて、寐ながら、二頁を開《あ》けて見ると驚ろいた。昨日《きのふ》の喧嘩がちやんと出て居る。喧嘩の出て居るのは驚ろかないのだが、中学の教師堀田某《ぼう》と、近頃東京から赴任した生意気なる某とが、順良なる生徒を*使嗾《しそう》して此騒動を喚起せるのみならず、両人は現場にあつて生徒を指揮したる上、漫《みだ》りに師範生に向つて暴行を擅《ほしいまま》にしたりと書いて、次にこんな意見が附記してある。本県の中学は昔時より善良温順の気風を以て全国の羨望する所なりしが、軽薄なる*二豎子《じゆし》の為めに吾校の特権を毀損《きそん》せられて、此不面目を全市に受けたる以上は、吾人《ごじん》は奮然として起《た》つて其責任を問はざるを得ず。吾人は信ず、吾人が手を下す前に、当局者は相当の処分を此無頼漢の上に加へて、彼等をして再び教育界に足を入るゝ余地なからしむる事を。さうして一字毎にみんな黒点を加へて、御灸《おきゆう》を据えた積りで居る。おれは床の中で、糞でも喰らへと云ひながら、むつくり飛び起きた。不思議な事に今迄身体《からだ》の関節《ふしぶし》が非常に痛かつたのが、飛び起きると同時に忘れた様に軽くなつた。

おれは新聞を丸めて、庭へ抛げつけたが、夫でもまだ気に入らなかつたから、わざ〳〵後架《こうか》へ持つて行つて棄てゝ来た。新聞なんて無暗な嘘を吐《つ》くもんだ。世の中に何が一番法螺《ほら》を吹くと云つて、新聞程の法螺吹きはあるまい。おれの云つて然《しか》る可《べ》き事をみんな向ふで並べて居やがる。それに近頃東京から赴任した生意気な某とは何だ。天下に某と云ふ名前の人があるか考へて見ろ。是でも歴然《れつき》とした姓もあり名もあるんだ。系図が見たけりや、多田満仲《ただのまんじゆう》以来の先祖を一人残らず拝ましてやらあ。――顔を洗つたら、頬ぺたが急に痛くなつた。婆さんに鏡をかせと云つたら、けさの新聞を御見たかなもしと聞く。読んで後架へ棄てゝ来た。欲しけりや拾つて来いと云つたら、驚いて引き下がつた。鏡で顔を見ると昨日《きのふ》と同じ様に傷がついてゐる。是でも大事な顔だ、顔へ傷まで付けられた上へ生意気なる某などゝ、某呼ばはりをされゝば沢山だ。

今日の新聞に辟易《へきえき》して学校を休んだ抔《など》と云はれちや一生の名折れだから、飯を食つていの一号に出頭した。出てくる奴も、出てくる奴も、おれの顔を見て笑つてゐる。何が可笑《おか》しいだ。貴様達にこしらへて貰つた顔ぢやあるまいし。其うち、野だが出て来て、いや昨日は御手柄で、――名誉の御負傷でげすか、と送別会の時に撲《なぐ》つた返報と心得たのか、いやに冷《ひや》かしたから、余計な事を言はずに絵筆でも舐《な》めて居ろと云つてやつた。するとこりや恐れ入りやした。然し嘸《さぞ》御痛い事でげせうと云ふから、痛からうが痛くなからうがおれの面《つら》だ。貴様の世話になるもんかと怒鳴りつけてやつたら、向ふ側の自席へ着いて、矢っ張りおれの顔を見て、隣りの歴史の教師と何か内所話をしては笑つてゐる。

夫から山嵐が出頭した。山嵐の鼻に至つては紫色に膨脹して、掘つたら中から膿《うみ》が出さうに見える。自惚《うぬぼれ》の所為《せゐ》か、おれの顔より余っ程手ひどく遣られてゐる。おれと山嵐は机を並べて、隣り同志の近しい仲で、御負けに其机が部屋の戸口から真正面にあるんだから運がわるい。妙な顔が二つ塊まつてゐる。ほかの奴は退屈にさへなると屹度《きつと》此方《こつち》ばかり見る。飛んだ事でと口で云ふが、心のうちでは此馬鹿がと思つてるに相違ない。夫でなければ、あゝ云ふ風に私語《さゝやき》合つてはくすく〳〵笑ふ訳がない。教場へ出ると生徒は拍手を以て迎へた。先生万歳と云ふものが二三人あつた。景気がいゝんだか、馬鹿にされてるんだか分らない。おれと山嵐がこんなに注意の焼点《しようてん》となつてるなかに、赤シヤツ許《ばかり》は平常の通り傍《そば》へ来て、どうも飛んだ災難でした。僕は君等に対して御気の毒でなりません。新聞の記事は校長とも相談して、正誤を申し込む手続きにして置いたから、心配しなくつてもいゝ。僕の弟が堀田君を誘に行つたから、こんな事が起つたので、僕は実に申し訳がない。それで此件に就ては飽く迄尽力する積だから、どうかあしからず抔と半分謝罪的な言葉を並べて居る。校長は三時間目に校長室から出て来て、困つた事を新聞がかき出しましたね。六づかしくならなければいゝがと多少心配さうに見えた。おれには心配なんかない、先で免職をするなら、免職される前に辞表を出して仕舞ふ丈だ。然し自分がわるくないのにこつちから身を引くのは法螺吹きの新聞屋を益《ますます》増長させる訳だから、新聞屋を正誤させて、おれが意地にも務めるのが順当だと考へた。帰りがけに新聞に談判に行かうと思つたが、学校から取消の手続はしたと云ふから、やめた。

おれと山嵐は校長と教頭に時間の合間を見計つて、嘘のない、所を一応説明した。校長と教頭はさうだらう、新聞屋が学校に恨を抱いて、あんな記事をことさらに掲げたんだらうと論断した。赤シヤツはおれらの行為を弁解しながら控所を一人ごとに廻つてあるいて居た。ことに自分の弟が山嵐を誘ひ出したのを自分の過失であるかの如く吹聴して居た。みんなは全く新聞屋がわるい、怪《け》しからん、両君は実に災難だと云つた。

帰りがけに山嵐は、君赤シヤツは臭いぜ、用心しないとやられるぜと注意した。どうせ臭いんだ、今日から臭くなつたんぢやなからうと云ふと、君まだ気が付かないか、きのふわざ〳〵、僕等を誘ひ出して喧嘩のなかへ、捲き込んだのは策だぜと教へてくれた。成程そこ迄は気がつかなかつた。山嵐は粗暴な様だが、おれより智慧のある男だと感心した。

「あゝやつて喧嘩をさせて置いて、すぐあとから新聞屋へ手を廻してあんな記事をかゝせたんだ。実に奸物だ」

「新聞迄も赤シャツか。そいつは驚いた。然し新聞が赤シャツの云ふ事をさう容易《たやす》く聴くかね」

「聴かなくつて。新聞屋に友達が居りや訳はないさ」

「友達が居るのかい」

「居なくつても訳ないさ。嘘をついて、事実是々《これこれ》だと話しや、すぐ書くさ」

「ひどいもんだな。本当に赤シャツの策なら、僕等は此事件で免職になるかも知れないね」

「わるくすると、遣《や》られるかも知れない」

「そんなら、おれは明日《あした》辞表を出してすぐ東京へ帰つちまはあ。こんな下等な所に頼んだつて居るのはいやだ」

「君が辞表を出したつて、赤シャツは困らない」

「それもさうだな。どうしたら困るだらう」

「あんな奸物の遣る事は、何でも証拠の挙がらない様に、挙がらない様にと工夫するんだから、反駁するのは六ヶかしいね」

「厄介だな。それぢや濡衣《ぬれぎぬ》を着るんだね。面白くもない。*天道是耶非《てんどうぜかひ》かだ」

「まあ、もう二三日様子を見様ぢやないか。夫で愈《いよいよ》となつたら、温泉の町で取つて抑へるより仕方がないだらう」

「喧嘩事件は、喧嘩事件としてか」

「さうさ。こつちはこつちで向ふの急所を抑へるのさ」

「それもよからう。おれは策略は下手なんだから、万事宜《よろ》しく頼む。いざとなれば何でもする」

おれと山嵐は是で分れた。赤シヤツが果《はた》して山嵐の推察通りをやつたのなら、実にひどい奴だ。到底智慧比べで勝てる奴ではない。どうしても腕力でなくつちや駄目だ。成程世界に戦争は絶えない訳だ。個人でも、とどの詰りは腕力だ。

あくる日、新聞のくるのを待ちかねて、披《ひら》いて見ると、正誤所《どころ》か取り消も見えない。学校へ行つて狸に催促すると、あした位《くらい》出すでせうと云ふ。明日《あした》になつて*六号活字で少さく取消が出た。然し新聞屋の方で正誤は無論して居らない。又校長に談判すると、あれより手続のしやうはないのだと云ふ答だ。校長なんて狸の様な顔をして、いやに*フロツク張《ば》つてゐるが存外無勢力なものだ。虚偽の記事を掲げた田舎新聞一つ詫《あや》まらせる事が出来ない。あんまり腹が立つたから、それぢや私が一人で行つて主筆に談判すると云つたら、それは行《い》かん、君が談判すれば又悪口を書かれる許りだ。つまり新聞屋にかゝれた事は、うそにせよ、本当にせよ、詰りどうする事も出来ないものだ。あきらめるより外に仕方がないと、坊主の説教じみた説諭を加へた。新聞がそんな者なら、一日も早く打《ぶ》つ潰《つぶ》して仕舞つた方が、われ〳〵の利益だらう。新聞にかゝれるのと、泥鼈《すつぽん》に喰ひつかれるとが似たり寄つたりだとは今日只今狸の説明に因つて始めて承知仕《つかまつ》つた。

夫から三日許りして、ある日の午後、山嵐が憤然とやつて来て、愈《いよいよ》時機が来た、おれは例の計画を断行する積だと云ふから、さうかそれぢやおれもやらうと、即坐に一味徒党に加盟した。所が山嵐が、君はよす方がよからうと首を傾けた。何故と聞くと君は校長に呼ばれて辞表を出せと云はれたかと尋ねるから、いや云はれない。君は？ と聴き返すと、今日校長室で、まことに気の毒だけれども、事情已《やむ》を得んから処決してくれと云はれたとの事だ。

「そんな裁判はないぜ。狸は大方腹鼓を叩き過ぎて、胃の位地が顚倒したんだ。君とおれは、一所に、祝勝会へ出てさ、一所に*高知のぴか〳〵踊りを見てさ、一所に喧嘩をとめに這入つたんぢやないか。辞表を出せといふなら公平に両方へ出せと云ふがいゝ。なんで田舎の学校はさう理窟が分らないんだらう。焦慮《ぢれつた》いな」

「それが赤シヤツの指金《さしがね》だよ。おれと赤シヤツとは今迄の行懸《ゆきがか》り上到底両立しない人間だが、君の方は今の通り置いても害にならないと思つてるんだ」

「おれだつて赤シヤツと両立するものか。害にならないと思ふなんて生意気だ」

「君はあまり単純過ぎるから、置いたつて、どうでも胡魔化されると考へてるのさ」

「猶《なお》悪いや。誰が両立してやるものか」

「夫に先達て古賀が去つてから、まだ後任が事故の為に到着しないだらう。其上に君と僕を同時に追ひ出しちや、生徒の時間に明きが出来て、授業にさし支へるからな」

「夫ぢやおれを*間《あい》のくさびに一席伺はせる気なんだな。こん畜生、だれが其手に乗るものか」

翌日おれは学校へ出て校長室へ入つて談判を始めた。

「何で私に辞表を出せと云はないんですか」

「へえ？」と狸はあつけに取られて居る。

「堀田には出せ、私には出さないで好《い》ゝと云ふ法がありますか」

「それは学校の方の都合で……」

「其都合が間違つてまさあ。私が出さなくつて済むなら堀田だつて、出す必要はないでせう」

「其辺は説明が出来かねますが――堀田君は去られても已《やむ》を得んのですが、あなたは辞表を御出しになる必要を認めませんから」

成程狸だ、要領を得ない事ばかり並べて、しかも落ち付き払つてる。おれは仕様がないから
「それぢや私も辞表を出しませう。堀田君一人辞職させて、私が安閑として、留まつて居られ

ると思つて入《い》らつしやるかも知れないが、私にはそんな不人情な事は出来ません」

「それは困る。堀田も去りあなたも去つたら、学校の数学の授業が丸で出来なくなつて仕舞ふから……」

「出来なくなつても私の知つた事ぢやありません」

「君さう我儘を云ふものぢやない、少しは学校の事情も察して呉れなくつちや困る。夫れに、来てから一月立つか立たないのに辞職したと云ふと、君の将来の履歴に関係するから、其辺も少しは考へたらいゝでせう」

「履歴なんか構ふもんですか、履歴より義理が大切です」

「そりや御尤《ごもつとも》――君の云ふ所は一々御尤だが、わたしの云ふ方も少しは察して下さい。君が是非辞職すると云ふなら辞職されてもいゝから、代りのある迄どうかやつて貰ひたい。とにかく、うちでもう一返考へ直して見て下さい」

考へ直すつて、直し様のない明々白々たる理由だが、狸が蒼くなつたり、赤くなつたりして、可愛想になつたから一と先《まず》考へ直す事として引き下がつた。赤シヤツには口もきかなかつた。どうせ遣《や》つ付けるなら塊《かた》めて、うんと遣つ付ける方がいゝ。

山嵐に狸と談判した模様を話したら、大方そんな事だらうと思つた。辞表の事はいざとなる迄おれよりも利巧らしいから万事山嵐の忠告に従ふ事にした。

其儘にして置いても差支《さしつかえ》あるまいとの話だつたから、山嵐の云ふ通りにした。どうも山嵐の方が

山嵐は愈《いよいよ》辞表を出して、職員一同に告別の挨拶をして浜の港屋迄下つたが、人に知れない様に引き返して、温泉の町の枡屋の面《おもて》二階へ潜んで、障子へ穴をあけて覗き出した。是を知つてるものはおれ許りだらう。赤シヤツが忍んで来ればどうせ夜だ。しかも宵の口は生徒や其他の目があるから、少なくとも九時過ぎに極つてる。最初の二晩はおれも十一時頃迄張番をしたが、赤シヤツの影も見えない。三日目には九時から十時半迄覗いたが矢張り駄目だ。駄目を踏んで夜なかに下宿へ帰る程馬鹿気た事はない。四五日すると、うちの婆さんが少〻心配を始めて、奥さんの御有りるのに、夜遊びはおやめたがえゝぞなもしと忠告した。そんな夜遊びとは夜遊が違ふ。こつちのは天に代つて誅戮《ちゆうりく》を加へる夜遊びだ。とは云ふものゝ一週間も通つて、少しも験《げん》が見えないと、いやになるもんだ。おれは性急《せつかち》な性分だから、熱心になると徹夜でもして仕事をするが、其代り何によらず長持ちのした試しがない。如何に天誅党*でも飽きる事に変りはない。六日目には少々いやになつて、七日目にはもう休まうかと思つた。そこへ行くと山嵐は頑固なものだ。宵から十二時過迄は眼を障子へつけて、角屋の丸*ぼやの瓦斯燈《ガスとう》の下を睨めつきりである。おれが行

くと今日は何人客があつて、泊りが何人、女が何人と色々な統計を示すのには驚ろいた。どうも来ない様ぢやないかと云ふと、うん、慥《たし》かに来る筈だがと時々腕組をして溜息をつく。可愛想に、もし赤シヤツが此所《こゝ》へ一度来て来《く》れなければ、山嵐は生涯天誅を加へる事は出来ないのである。

八日目には七時頃から下宿を出て、先づ緩《ゆ》るりと湯に入つて、夫から町で鶏卵を八っ買つた。是は下宿の婆さんの芋責《いもぜめ》に応ずる策である。其玉子を四つ宛《ずつ》左右の袂《たもと》へ入れて、例の赤手拭を肩へ乗せて、懐手《ふところで》をしながら、枡屋の楷子段《はしごだん》を登つて山嵐の座敷の障子をあけると、おい有望々々と韋駄天《いだてん》の様な顔は急に活気を呈した。昨夜《ゆふべ》迄は少し塞《ふさ》ぎの気味で、はたで見て居るおれさへ、陰気臭いと思つた位だが、此顔色を見たら、おれも急にうれしくなつて、何も聞かない先から、愉快々々と云つた。

「今夜七時半頃あの小鈴と云ふ芸者が角屋へ這入つた」

「赤シヤツと一所か」

「いゝや」

「それぢや駄目だ」

「芸者は二人づれだが、——どうも有望らしい」

い」

「どうしてつて、あゝ云ふ狡《ずる》い奴だから、芸者を先へよこして、後《あと》から忍んでくるかも知れない」

「どうして」

「さうかも知れない。もう九時だらう」

「今九時十二分許りだ」と帯の間からニツケル製の時計を出して見ながら云つたが「おい洋燈《らんぷ》を消せ、障子へ二つ坊主頭が写つては可笑《おか》しい。狐はすぐ疑ぐるから」

おれは＊一貫張《いつかんばり》の机の上にあつた置き洋燈《らんぷ》をふつと吹きけした。星明りで障子丈は少々あかるい。月はまだ出て居ない。おれと山嵐は一生懸命に障子へ面《かお》をつけて、息を凝《こ》らして居る。チーンと九時半の柱時計が鳴つた。

「おい来るだらうかな。今夜来なければ僕はもう厭だぜ」

「おれは銭のつゞく限りやるんだ」

「銭つていくらあるんだい」

「今日迄で八日分五円六十銭払つた。いつ飛び出しても都合のいゝ様に毎晩勘定するんだ」

「夫は手廻《てまわ》しがいゝ。宿屋で驚いてるだらう」

「宿屋はいゝが、気が放せないから困る」

「其代り昼寐をするだらう」

「昼寐はするが、外出が出来ないんで窮屈で堪らない」

「天誅も骨が折れるな。是で天網恢々疎《てんもうかいかいそ》にして洩らしちまつたり、何かしちや、詰らないぜ」

「なに今夜は屹度《きつと》くるよ。――おい見ろ〳〵」と小声になつたから、おれは思はずどきりとした。黒い帽子を戴いた男が、角屋の瓦斯燈を下から見上げた儘《まま》暗い方へ通り過ぎた。違つて居る。おや〳〵と思つた。其うち帳場の時計が遠慮もなく十時を打つた。今夜もとう〳〵駄目らしい。

世間は大分静かになつた。遊廓で鳴らす太鼓が手に取る様に聞える。月が温泉《ゆ》の山の後からのつと顔を出した。往来はあかるい。すると、下《しも》の方から人声が聞えだした。窓から首を出す訳には行かないから、姿を突き留める事は出来ないが、段々近付いて来る模様だ。からん〳〵と駒下駄を引き擦《ず》る音がする。眼を斜めにするとやつと二人の影法師が見える位に近付いた。

「もう大丈夫ですね。邪魔ものは追つ払つたから」正しく野だの声である。「強がる許りで策がないから、仕様がない」是は赤シヤツだ。「あの男もべらんめえに似て居ますね。あのべらんめえと来たら、勇み肌の坊つちやんだから愛嬌がありますよ」「増給がいやだの辞表が出したいのつて、ありやどうしても神経に異状があるに相違ない」おれは窓をあけて、二階から飛び下りて、思ふ様《さまぶ》打ちのめして遣らうと思つたが、やつとの事で辛防《しんぼう》した。二人はハ、、、と笑ひながら、瓦斯燈の下を潜つて、角屋の中へ這入つた。

「おい」

「おい」

「来たぜ」

「とう〳〵来た」

「是で漸く安心した」

「野だの畜生、おれの事を勇み肌の坊っちゃんだと抜かしやがつた」

「邪魔物と云ふのは、おれの事だぜ。失敬千万な」

おれと山嵐は二人の帰路を要撃しなければならない。然し二人はいつ出て来るか見当がつかない。山嵐は下へ行つて今夜ことによると夜中に用事があつて出るかも知れないから、出られる様にして置いてくれと頼んで来た。今思ふと、よく宿のものが承知したものだ。大抵なら泥棒と間違られる所だ。

赤シャツの来るのを待ち受けたのはつらかつたが、出て来るのを凝《じつ》として待つてるのは猶〔なお〕つらい。寐る訳には行かないし、始終障子の隙から睨めて居るのもつらいし、どうも、かうも心が落ちつかなくつて、是程難儀な思をした事は未だにない。いつその事角屋へ踏み込んで現場を取つて抑へ様と発議したが、山嵐は一言にして、おれの申し出を斥《しりぞ》けた。自分共が今時分飛び込んだつて、乱暴者だと云つて途中で遮《さえぎ》られる。訳を話して面会を求めれば居ないと逃げるか、別室へ案内をする。不用意の所へ踏み込めると仮定した所で何十とある座敷のどこに居るか分るものではない、退屈でも出るのを待つより外に策はないと云ふから、漸くの事でとう〳〵朝の五時迄我慢した。

角屋から出る二人の影を見るや否や、おれと山嵐はすぐあとを尾《つ》けた。一番汽車はまだないから、二人とも城下迄あるかなければならない。温泉《ゆ》の町をはづれると一丁許りの杉並木があつて左右は田甫《たんぼ》になる。それを通りこすとこゝかしこに藁葺《わらぶき》があつて、畠の中を一筋に城下迄通る土手へ出る。町さへはづれゝば、どこで追ひ付いても構はないが、可成《なるべく》なら、人家のない、杉並木で捕まへてやらうと、見えがくれについて来た。町を外れると急に馳け足の姿勢で、はやての様に後ろから、追ひ付いた。何が来たかと驚ろいて振り向く奴を待てと云つて肩に手をかけた。野だは狼狽の気味で逃げ出さうと云ふ景色だつたから、おれが前へ廻つて行手《ゆくて》を塞《ふさ》いで仕舞つた。

「教頭の職をもつてるものが何で角屋へ行つて泊つた」と山嵐はすぐ詰《なじ》りかけた。

「教頭は角屋へ泊つて悪るいと云ふ規則がありますか」と赤シヤツは依然として鄭寧な言葉を使つてる。顔の色は少々蒼い。

「取締上不都合だから、蕎麦屋や団子屋へさへ這入つて行かんと、云ふ位《くらい》謹直な人が、なぜ芸者と一所に宿屋へとまり込んだ」野だは隙を見ては逃げ出さうとするからおれはすぐ前に立ち塞がつて「べらんめえの坊つちやんた何だ」と怒鳴り付けたら「いえ君の事を云つたんぢやないんです、全くないんです」と鉄面皮に言訳がましい事をぬかした。おれは此時気がついて見たら、両手で自分の袂《たもと》を握つてる。追つかける時に袂の中の卵がぶら〳〵して困るから、両手で握りながら来たのである。おれはいきなり袂へ手を入れて、玉子を二つ取り出して、やつと云ひながら、野だの面《つら》へ擲《たた》き付けた。玉子がくちやりと割れて鼻の先から黄味がだら〳〵流れだした。野だは余っ程仰天《ぎょうてん》した者と見えて、わつと言ひながら、尻持《しりもち》をついて、助けて呉れと云つた。おれは食ふ為めに玉子は買つたが、打《ぶ》つける為めに袂へ入れてる訳ではない。只肝癪のあまりに、いつぶつけるともなしに打《ぶ》つけて仕舞つたのだ。然し野だが尻持を突いた所を見て始めて、おれの成功した事に気がついたから、此畜生、此畜生と云ひながら残る六つを無茶苦茶に擲き付けたら、野だは顔中黄色になつた。

おれが玉子をたゝきつけて居るうち、山嵐と赤シヤツはまだ談判最中である。

「芸者を連れて僕が宿屋へ泊つたと云ふ証拠がありますか」

「宵に貴様のなじみの芸者が角屋へ這入つたのを見て云ふ事だ。胡魔化せるものか」

「胡魔化す必要はない。僕は吉川君と二人で泊つたのである。芸者が宵に這入らうが、這入るまいが、僕の知つた事ではない」

「だまれ、」と山嵐は拳骨を食《くら》はした。赤シヤツはよろ〳〵したが「是は乱暴だ、狼藉《ろうぜき》である。理非を弁じないで腕力に訴へるのは無法だ」

「無法で沢山だ」とまたぽかりと撲《な》ぐる。「貴様の様な奸物はなぐらなくつちや、答へないんだ」とぽか〳〵なぐる。おれも同時に野だを散々に擲き据えた。仕舞には二人とも杉の根方にうづくまつて動けないのか、眼がちら〳〵するのか、逃げ様ともしない。

「もう沢山か、沢山でなけりや、まだ撲つてやる」とぽかん〳〵と両人でなぐつたら、「もう沢山だ」と云つた。野だに貴様も沢山かと聞いたら「無論沢山だ」と答えた。

「貴様等は奸物だから、かうやつて天誅を加へるんだ。これに懲《こ》りて以来つゝしむがいゝ。いくら言葉巧みに弁解が立つても正義は許さんぞ」と山嵐が云つたら両人共だまつてゐた。ことによると口をきくのが退儀なのかも知れない。

「おれは逃げも隠れもせん。今夜五時迄は浜の港屋に居る。用があるなら、巡査なりなんなり、よこせ」と山嵐が云ふから、おれも「おれも逃げも隠れもしないぞ。堀田と同じ所に待つてるから警察へ訴へたければ、勝手に訴へろ」と云つて、二人してすた〳〵あるき出した。

おれが下宿へ帰つたのは七時少し前である。部屋へ這入るとすぐ荷作りを始めたら、婆さんが驚ろいて、どう御しるのぞなもしと聞いた。御婆さん、東京へ行つて奥さんを連れてくるんだと答へて勘定をすまして、すぐ汽車へ乗つて浜へ来て港屋へ着くと、山嵐は二階で寐て居た。おれは早速辞表を書かうと思つたが、何と書いてい丶か分らないから、私儀都合有之《これあり》辞職の上東京へ帰り申候につき左様御承知被下度《くだされたく》候以上とかいて校長宛《あて》にして郵便で出した。

汽船は夜六時の出帆である。山嵐もおれも疲れて、ぐう〳〵寐込んで眼が覚めたら、午後二時であつた。下女に巡査は来ないかと聞いたら参りませんと答へた。赤シヤツも野だも訴へなかつたなあと二人で大きに笑つた。

其夜おれと山嵐は此不浄な地を離れた。船が岸を去れば去る程い丶心持ちがした。神戸*から東京迄は直行で新橋へ着いた時は、漸く娑婆へ出た様な気がした。山嵐とはすぐ分れたぎり今日迄逢ふ機会がない。

清の事を話すのを忘れて居た。——おれが東京へ着いて下宿へも行かず、革鞄《かばん》を提げた儘、清や帰つたよと飛び込んだら、あら坊っちゃん、よくまあ、早く帰つて来て下さつたと涙をぽた〳〵と落した。おれも余り嬉しかつたからもう田舎へは行かない、東京で清とうちを持つんだと云つた。

其後ある人の周旋で*街鉄《がいてつ》の技手になつた。月給は二十五円で、屋賃《やちん》は六円だ。清は玄関付きの家でなくつても至極満足の様子であつたが気の毒な事に今年の二月肺炎に罹《かか》つて死んで仕舞つた。死ぬ前日おれを呼んで坊つちやん後生だから清が死んだら、坊っちやんの御寺へ埋めて下さい。御墓のなかで坊つちやんの来るのを楽しみに待つて居りますと云つた。だから清の墓は*小日向《こびなた》の養源寺にある。

注解

松村昌家
相原和邦

凡　例

・各項冒頭にゴチック体の和洋数字を付して該当語句の掲出頁および行数を示した。
・人名等固有名詞の表記について
(i) 作品本文中の表記が通行の表記と異なる場合は、『広辞苑』『岩波西洋人名辞典』『岩波世界人名大辞典』などを参考にして別表記も示した。
(ii) ロシア人名はローマ字表記に従い、適宜、英語表記も示した。
(iii) 外国人名はローマン体で示し、書名(作品名)はイタリック体で示した。
・出典などの引用にあたっては、漢字は新字体、仮名遣いは原文通りとした。ただし漢詩文の読み下し、および振り仮名は現代仮名遣いとした。
・本全集の他巻の注を参照する場合、その所載巻を①、③、④、……で表わし、該当注の頁行数を記した。巻表示のないものは本巻所載の注である。
・先行の諸注、わけても『漱石全集』第二巻(岩波書店、一九六六)の注解には多大の恩恵を受けた。また、『漱石文学全集』第二巻(集英社、一九七〇)、および、『坊っちゃん』については『日本近代文学大系25 夏目漱石集Ⅱ』(角川書店、一九六九)の達成からも多くの恩恵を受けた。
・本巻の注解は、『倫敦塔』『カーライル博物館』『幻影の盾』『琴のそら音』『一夜』『薤露行』『趣味の遺伝』については松村昌家が、『坊っちゃん』については相原和邦が担当した。

倫敦塔

『倫敦塔』は、漱石自身が篇末に記しているように「想像的の文字」として執筆された。しかしその執筆にあたっては、実際に訪問した印象だけでなく、東北大学の漱石文庫に所蔵されている、*Baedeker's London and Its Environs*(1898)(以下『ベデカ版ロンドン案内』)、Dick, W. R., *A Short Sketch of the Beauchamp Tower, Tower of London: and also a Guide to the Inscriptions and Devices left on the Walls thereof*(以下『ビーチャム塔素描』)などの案内記を参照していることが知られている。また英国史に関しては、ロンドンで購読していた*Cassell's Illustrated History of England*(以下『キャッセル版図説英国史』)の記述ならびに図版を参考にしている。そのほかにも、例えばある場面の描写についてエインズワース『ロンドン塔』Ainsworth, W. H., *The Tower of London*(Cassell's Standard Library 25, 1903)を参照したことを漱石自らが告白しているなど、材源についてさまざまな研究や指摘がなされている。この度の本篇注解の改訂に際して、とくに塚本利明『漱石と英文学――「漾虚集《ようきょしゅう》」の比較文学的研究』(彩流社、一九九九)から多くの教示を得た。

三1　二年の留学　漱石は熊本の第五高等学校教授在職中の明治三十三年に、文部省より英国留学を命ぜられ、九月八日に横浜を出帆して十月二十八日にロンドン着、二年の留学を終えて三十五年十二月五日にロンドンを出発、翌年一月二十四日東京に帰着した。

三1　倫敦塔を見物した　明治三十三年十月三十一日の日記に「Tower Bridge, London Bridge, Tower, Monument ヲ見ル」とある。ここにいう'Tower'が「倫敦塔」(the Tower of London)。ロンドン塔(次頁の図)は、一〇六六年に英国王となったウィリアム征服王によってテムズ川に向かってロンドンの防備を固めるための要塞として建造され、歴代の王によって塔の数が加えられ、エドワード一世(在位一二七二―一三〇七）の時代に外側の防壁が完成した。ロンドン塔は、要塞のほか、宮殿、国事犯の牢獄、処刑場など、さまざまな役割を担ってきた。Monument は一六六六年のロンドン大火を記念して、クリストファー・レンの設計で建てられた塔。高さ六十メートルあまりで、石造一本の塔としては世界一高い。塔頂には何条もの炎をか

たどった金箔の飾りがついている。飛び降り自殺防止のために一八四二年に展望台全体が網で囲いこまれた。

三5　御殿場の兎　御殿場は静岡県東北部の富士裾野東南麓。兎は英語に置き換えると、hare-hearted のように、小心者の意になる。

三8　マクス、ノルダウ　Max Nordau (1849–1923) 本名は Maximilian Simon Südfeld ドイツ（ユダヤ系）の評論家・作家。初め医学を学んだが、のちに時代批評を主眼とする文筆活動に専念。

三8　退化論　*Entartung* (1893) マクス・ノルダウの主著。十九世紀末の知性感性にわたる激しい変動を、退化・堕落と断じてきびしく指弾し、変動を好まぬ人々の共感を得た。この本は一八九三年に *Degeneration* という題で英訳され、英米両国において大変な人気を博した。漱石の蔵書（東北大学漱石文庫蔵）にはそのハイネマン社刊の英訳本（一八九八年）がある。

三12　蜘蛛手十字　縦横に交叉しているようす。

四1　網条鉄道　ケーブルで牽引する鉄道。当時のロンドンには、ハイゲイト・アンド・ハムステッド・ケーブル・トラムウェイ（一八八四年開業）とロンドン・ト

ラムウェイズ(一八九二年開業)があった。また、ロンドン塔のすぐ下流にテムズ川をくぐる四〇〇メートルあまりの地下のケーブル鉄道(タワー地下鉄)が一八七〇年に開通したが、一八九〇年代早々に廃止された。

四6 来るに来所なく去るに去所を知らず　どこから来て、どこへ行くのか分からない。『大慧《だいえ》普覚《ふかく》禅師《ぜんじ》書《しょ》』に「既に来処を知らず、又去処をも知らず」とある。

四11 宿世の夢の焼点　「宿世」は仏教語で過去の世、「焼点」は焦点。

四11 倫敦塔の歴史は……　漱石がロンドン滞在中の一九〇一年に二巻本の普及版として刊行されたWilliam Hepworth Dixon, *Her Majesty's Tower*(初版は一八六九年)序文末尾に、"In short, the history of the Tower is the history of England in a concrete form:"とある。

四12 龕中　神仏の像を納める厨子の中。

五1 塔橋　前出「日記」(注三1参照)にいう'Tower Bridge'。ロンドン塔東南端と対岸とを結んでテムズ川に架けられた(一八九四年開通)、ロンドン名物の一つとなっている橋。ロンドン港水域を巨船が航行する時には、中央部が跳ね上がる仕掛けになっている。橋上に対峙しているゴシック様式の高い塔が独特の景観をつくり出している。

五4 帆懸舟　ヨット。

五6 伝馬　伝馬船。荷物などを運送するはしけぶね。

五12 地城　山城の対語。平地に構えられた城郭。

五13 九段の遊就館　麹《こうじ》町区(現、千代田区)九段坂上の靖国神社境内にある煉瓦造りの建物。明治十二年に創立、十四年に開館した。博物館として日清・日露戦争の戦利品や武器を陳列。

六5 塔門　ライオン門(Lion Gate)のこと。エドワード一世の時代から一八三四年まで国王の動物園があったことからこの名がある。現在は事務所と売店がある。

六8 憂の国に行かんとするものは此門を潜れ……　ダンテ『神曲』「地獄篇」第三歌第一行から第九行。漱石の蔵書*Inferno*に、これと同じ訳文の書入れがある(本全集第二十七巻参照)。なお、四行目の後半から五行目にかけて、単行本『漾虚集』では、改行せずに「神威は、最上智は、最初愛は、われを作る」となっている。明治三十八年一月二十日付皆川正禧《みなかわまさき》宛書簡に、

「ダンテの句は仰せの如く故意《わざ》とらしく候。あれはあまり句が長すぎる為もあります何だか知つて居る事を気取つて無理に挿入した様な感じがある。少し気ざと思ふ」とある。

六10　迷惑の人　原語では'la perduta gente'、英訳本ではすべて'the people lost'となっている。「地獄に堕ちた人たち」という意味。

七2　中塔　Middle Tower エドワード一世の時代に築かれたものだが、大部分が十八世紀に改築された。

七2　鐘塔　Bell Tower ジョン王(在位一一九九―一二一六)の時代には完成していたといわれる。巨大な円筒状の塔上に警備のための木造小塔があり、緊急時に警鐘を鳴らしていたのでこの名がつけられた。トマス・モアやモンマス公などが幽閉されたところ。

七2　真鉄の楯、黒鉄の甲　それぞれ質の高いはがねの楯、時代がかった黒光りのする鉄で出来た甲の意味だが、ここでは堅固な武装軍勢の比喩。

七6　ある時は無二に鳴らし、ある時は無三に鳴らす　無二無三は『法華経』にいう「唯一乗の法あり。二無くまた三無し」からきている。唯一無二の意から転じて、脇目もふらず、ひたすらに鐘を鳴らす。

七7　祖来る時は祖を殺しても鳴らし……　『臨済録』「示衆」一〇の「仏に逢うては仏を殺し、祖に逢うては祖を殺し(中略)父母に逢うては父母を殺し(中略)始めて解脱を得ん」に基づく。

七10　逆賊門　Traitor's Gate ヘンリー三世(在位一二一六―七二)の時代に、王室用の舟を通わすための水門として建造されたが、のちにウェストミンスターから送りこまれる「逆賊」を乗せた舟の舟着場となった。

七10　聖タマス塔　St. Thomas's Tower 逆賊門の上に立つ塔で、ヘンリー三世によって建てられた。一一六二年にロンドン塔の管理長官をつとめたカンタベリーの大主教セント・トマス・ア・ベケットの名に因《ちな》む。

八4　白き髯を胸迄垂れて……　『キャッセル版図説英国史』第二巻第十一章に、「白き髯を胸迄垂」らしているクランマー像が二つ掲載されている。一つは、イギリスの画家フレデリック・グドールが描いた一頁大のカラー図版「逆賊門のクランマー、一五五三年」(F. Goodall, *Cranmer at Traitors' Gate, 1553*)、そしてもう一つは、ランベス宮殿蔵の大僧正クランマーの肖像(図)である。皆川宛書簡(注六8参照)に、「囚人が舟から上る所はわざと突飛にかいて驚かして見たのです。あれは突飛な所を買つてもらひたい」とある。

八5 大僧正クランマー　Cranmer, Thomas (1489-1556) イギリスの宗教改革者。ヘンリー八世の離婚問題に関し王に有利な発言をして特別の処遇を受け、カンタベリー大僧正となる。のちにカトリック教徒のメアリー一世によって反逆の罪を問われてロンドン塔内に幽閉され、数年後に火刑に処せられた。

八6 ワイアット　Wyatt, *Sir* Thomas (1521?-54) イタリアのソネット詩型をイギリスにとり入れたことで有名な詩人トマス・ワイアット(一五〇三?—四二)の息子。メアリー女王がスペイン皇太子フェリペとの結婚を決めたのに反対してケント州に反乱を起こし、ロンドンを占領しようとしたが、失敗して処刑された。

八8 ローリー　Raleigh, *Sir* Walter (1554-1618) イギリスの軍人・探検家・著述家。エリザベス女王の寵を受けナイト爵に叙せられ、処女王に因んで北米植民地に「ヴァージニア」の名を与えた。その後、女王の寵を失って一時ロンドン塔に幽閉された。ジェームズ一世即位後反逆罪を問われて再び塔に入獄、獄中で『万国史』(一六一四)を書いた。一六一八年に処刑。

八11 血塔　Bloody Tower もとはGarden Towerと呼ばれていたが、本文に描かれている二王子殺害のような残虐な殺害事件が起こり、血塔と名づけられた。

八13 薔薇の乱　バラ戦争(the Wars of Roses, 1455-85) 王位をめぐってランカスター家とヨーク家との間に続いた内乱。前者が紅バラ、後者が白バラを紋章としたことからこの名がある。

九1 酒舗　酒屋、飲屋のこと。

九2 一件　例のこと。あのこと。情婦のことを遠回しにいったもの。

九5 眉を攅め　眉を寄せる。後漢、蔡琰《さいえん》の「胡《こ》笳十八《かじゅうはっ》拍《ぱく》」に「眉を攅めて月に向い、雅琴を撫す」とあり、一般には憂いを含んだようすを表わすが、ここでは単に、高所を見上げる時の表情を描写したもの。

九9 納戸色　ねずみ色がかったあい色。

九12 二人の小児　エドワード四世の二王子。シェイクスピアの『リチャード三世』に描かれているように、叔父グロスター(Gloucester)公(のちリチャード三世)の奸計の犠牲となって殺されたことになっている。

九13 幼なき方は床に腰をかけて　このあたりは、ポール・ドラローシュ(注三八13参照)の絵画「エドワードの二王子」(*Les Enfants d'Édouard*, 1830)に基づいたものだが、兄と弟とは反対に描かれている。絵では「床に腰をかけて、寝台の柱に半ば身を倚たせ」ているのが兄である(下図参照)。

一〇1 色が極めて白い　『リチャード三世』では「アラバスターのように白い腕」(第四幕第三場)となっている。

一〇5 「わが眼の前に……　この部分はおそらく漱石の創作であろう。一〇行目の「朝ならば……」の部分も同様。

一〇15 「命さへ助けて呉るゝなら……　トマス・モアの『王リチャード三世の歴史』(一五四三)の 'Alas! I would my uncle would let me have my life yet, though I lose my kingdom.'(「ああ、叔父上が命さえ助けて下さるなら、国は失ってもよい」)とほぼ一致する。前記『キャッセル版図説英国史』もモアのこの箇

所を引用している(第二巻第三章五四—五五頁)。

二1 伯父様　グロスター公。

二4 一人の女　二王子の母。エドワード四世の妃エリザベス。

二15 鏘然　金石のふれ合う音の形容。

三1 白塔　White Tower ロンドン塔の中心をなす、最も古く最も壮大な塔。一〇九七年頃に完成、ヘンリー三世の時代から壁が白色に塗られたことから白塔と呼ばれるようになった。

三3 ノーマン時代　ノルマン王統の支配下にあった時代。一〇六六年フランスのノルマンディ公ウィリアムがイギリスを征服してから一一五四年までをいう。

三4 リチャード二世　Richard II(1367-1400. 在位1377-99) エドワード黒太子の子。祖父エドワード三世の後をついで十歳で即位したが、治世の後半は専制的となり、ランカスター公ヘンリーの挙兵によって廃位暗殺された。

三5 ヘンリー　Henry Bolingbroke のちのヘンリー四世(一三六七—一四一三。在位一三九九—一四一三)。従兄リチャード二世に追われてフランスに亡命したが、兵を挙げてリチャード二世を破って王位に即き、ランカスター王朝最初の王となる。

三8 ポント、フラクト城　Pontefract Castle ヨークシャー西部にあり、退位後のリチャード二世がここに幽閉され殺された。今は廃墟となっている。

三8 聖ポール寺　セント・ポール大聖堂(St. Paul's Cathedral) ウェストミンスター寺院と並び称せられるロンドン最大の聖堂。一六六六年の大火後クリストファー・レンの設計によってルネサンス式に再建。

三10 エクストン　Exton. *Sir* Pierce of シェイクスピアの『リチャード二世』で、リチャード二世を殺害する人物。

三14 万国史　注六8参照。ローリーが『万国史』を書いたのは白塔ではなく、一六〇三年から一六年までの十三年間、血塔に幽閉されている間のことであった。

三15 エリザ式　エリザベス時代(一五五八—一六〇三)風の。

四2 武器陳列場　白塔にはヘンリー八世時代から現代に至るまでのさまざまな武器が集められていて、世界最大級の武具陳列場となっている。

一四6　ヘンリー六世の着用したもの　「ヘンリー六世の着用した」甲冑についての記録はない。ここは、おそらく「ヘンリー八世の着用したもの」となるべきであろう。

一四9　ビーフ、イーター　beefeater　ロンドン塔の守衛の通称。エドワード六世の時代にはじまり、今も当時と同じチューダー王朝の制服を着ている。

一四11　美術学校の生徒の様な服　東京美術学校は東京芸術大学の前身。開校翌年の明治二十三年に校長に就任した岡倉天心の考案によって、古代日本人の服装に模した制服が定められた。

一四14　三国誌　羅貫中作の長篇小説『三国志演義』のこと。中国四大奇書の一つで、劉備《りゅうび》、関羽、張飛の活躍で知られる。

一五3　日本製の古き具足　『ベデカ版ロンドン案内』の“Suit of Japanese armour presented to Charles II by the Mogul”によっている(大村喜吉『漱石と英語』本の友社、二〇〇〇、一七六頁)。

一五4　チャーレス二世　Charles II (1630-85. 在位 1660-85) 清教徒革命で父王チャールズ一世が処刑されたあとフランスに逃れていたが、一六六〇年に帰国、王位についた(王政復古)。

一五6　ボーシャン塔　Beauchamp Tower 通常はビーチャム塔と呼ばれる。リチャード二世に対する反逆罪で一三九七年から九九年までここに幽閉されたウォリック伯トマス・ド・ビーチャム Thomas de Beauchamp (?-1401) の名に因む。もともとフランスのノルマンディから渡ってきたこの貴族の名を、漱石はフランス流に読んで「ボーシャン」とした。漱石は塔の内部の描写に当たって、W・R・ディックの『ビーチャム塔素描』を利用している。

一五7　仕置場の跡　白塔の西側タワー・グリーンにある。一般に処刑はタワー・ヒルで公衆の面前で執行されたが、群衆が反乱を起こす恐れがある時には、外部から遮断されたこの地で断頭の刑が執行された。ヘンリー八世の第二妃アン・ブリン、後出のレディ・ジェイン・グレイなどがここで処刑された。

一五12　碧血　周の萇弘《ちょうこう》が君主を諫《いさ》めて容れられず自殺したところ、その血が化して碧玉《へきぎょく》になったという故事に基づく。

一六9　エドワード三世　Edward III (1312-77. 在位1327-77) エドワード二世の子。フランス王位継承権を主張して、百年戦争の原因をつくった。有名なガーター勲章の制度は、彼の治世に定められた。漱石は「ボーシャン塔」の建立を十四世紀の後半、エドワード三世の時代と見ているが、これはおそらく彼が利用していた『ベデカ版ロンドン案内』によったからだと思われる。『ビーチャム塔素描』(注一五6参照)の序文には「十二あるいは十三世紀に建てられた」と記されている。従来はヘンリー三世(在位一二一六―七二)時代の建物だとする考えが有力であったが、B. Weinreb, C. Hibbert 編 *London Encyclopaedia* (1983)は、一二七五年から八五年の間に建てられた塔の一つだという見方をしている。

一六11　九十一種の題辞　『ビーチャム塔素描』は九十一種の題辞(Inscriptions)の解説からなっている。

一七11　「我が望は基督にあり」　'MY HOPE IS IN CHRIST.' 『ビーチャム塔素描』に最初の題辞として挙げられている。同書の解説によれば、この句の筆者パスリユは Walter Paslew だが、事績は不詳。つづいて、ランカシャーのウォーリ大修道院長ジョン・パスリユ(John Paslew)が、一五三七年三月十二日に処刑されたことについての記述がある。漱石はウォルターとジョンをいっしょにして「パスリユといふ坊様」としている。

一七12　JOHAN DECKER　『ビーチャム塔素描』にも '...of whom no account can be found.' とある。

一七13　T. C.　「戸の入口に」ある題辞は正確にいえば 'T. C.' でなければならない。'T. C.' のイニシアルは二階の壁面にあり、Thomas Clarke の名を表わすものであることが分かっている。

二〇2　一挺の斧　首切り斧。本篇後記にもあるように、漱石はエインズワースの『ロンドン塔』(注二六13参照)第四十章に描かれている「獄卒のしきりに斧を磨ぐの状」に格別の関心を寄せている(『文学論』第四編第六章の「仮対法」の項参照)。また、漱石所蔵の Ainsworth, *The Tower of London* にも、同じ箇所にではないが、'Axe' の書込みがある。

二一8　ダツドレー家の紋章　ダッドレー家はノーサンバランド公ジョン・ダッドレー John Dudley (1502?-

53)の一族。図はビーチャム塔に刻まれている紋章と題辞。

三1 G…… ノーサンバランド公の四男で、ジェイン・グレイの夫であるギルフォード Guildford の頭文字(本文三四頁参照)。

三5 Yow that these beasts…… 前記ディックの『ビーチャム塔素描』に、この読み方が示されている。文字の写っていない三行目の後半は仮に 'there may be found' と補うと、全体の意味がよりはっきりする。「この二匹の動物を注意して見れば、それらがここに描き込まれている理由が容易に判断できよう。合わせて縁飾りを見れば、〔そこには〕大地を求めたがっている四人の兄弟の名前が〔見出せる〕」。

三14 ジエーン、グレー Jane Grey (1537–54) ヘンリー七世の曾孫《ひまご》。ノーサンバランド公の政治的野心のため、その四男ギルフォードと結婚させられ、エドワード六世の死後、義父と夫によって無理に王位に即かされた。わずか九日間でメアリー一世に王位を奪われ、まもなく義父や夫らにつづいて処刑された。図は「ジェイン」の題辞。

亖2 プレートーを読んで…… 一五四九年の夏、アスカムがドイツへ旅立つに先立ち、別れを告げるためにレスターシャーのブラドゲイト・ホールにジェイン・グレイを訪ねると、彼女の両親をはじめ家中の者が狩猟に出かけているのに、彼女だけは勉強部屋で、「紳士たちがボッカチオの陽気な物語を読むときと同じような喜びをもって、プレートー(プラトン)の『パイドン』をギリシア語で読んでいた」という話が、その『教育論』(*The Schoolmasters*, 1570)の初めの部分

に語られている。この逸話は、エインズワースの『ロンドン塔』(注二六13参照)第二巻第三十七章では、マーティン塔に幽閉されているジェイン・グレイを訪れたアスカムの思い出として語られており、『キャッセル版図説英国史』第二巻第十六章にも図版入りでとり入れられている。アスカム Ascham, Roger (1515–68) はイギリスの人文学者。母校ケンブリッジ大学でギリシア語教師をつとめたのち、プリンセスとしてのエリザベス一世の家庭教師となる。この時にジェインもいっしょに教えを受けたことがあった。

二三 11 磨ぎすました斧を左手に突いて……　この場面はポール・ドラローシュの絵画「レディ・ジェイン・グレイの処刑」(*The Execution of Lady Jane Grey*, 1833)に基づいて描かれている(下図参照)。

二四 6 ギルドフォード、ダッドレー　ギルフォード・ダッドレー Guildford Dudley ノーサンバランド公の第四子で、ジェイン・グレイの夫。一五五四年に処刑された。

二四 7 まだ真との道に……　ジェインから王位を奪ったカトリック教徒のメアリーは、敬虔なプロテスタントであったジェイン・グレイに改宗を迫っていた。メアリーの告白聴罪司祭ジョン・フェクナムの度重なる説得にもかかわらず、ジェインは頑として節をまげず、一五五四年二月十二日に、タワー・グリーンで断頭台の露と消えた。ドラローシュの絵には、ロンドン塔副長官として描かれている人物を、漱石は「坊さん」、すなわちフェクナムとして読みとっている。

二四 15 ガイ、フォークス　Guy Fawkes (1570–1606)

イギリスの火薬陰謀事件の実行責任者。熱心なカトリック教徒であったフォークスは、ジェームズ一世のカトリック迫害に憤慨して、一味と共に一六〇五年十一月五日、議会の開院式に臨む王をねらって議事堂の爆破を企てたが、密告により捕えられてロンドン塔に入れられた。エインズワース(注三六13参照)の小説 *Guy Fawkes* (1841)によれば、フォークスは鐘塔(注七2参照)の拷問室で尋問と拷問攻めにあい、「ねずみのはびこる地下牢」で苦しめられた後、ロンドン塔副長官公邸の広間で開かれた審問会議(以後この広間は「会議室」と呼ばれる)で自白に追いこまれた。そしてウェストミンスターのオールド・パレス・ヤードで絞首刑に処せられた。鐘塔は副長官公邸の西端にあって、その一部をなす。ガイ・フォークスの陰謀事件に因んで毎年十一月五日を Guy Fawkes Day と呼び、子供たちがわら人形を引きまわした後、夜に焼き捨てる風習がある。

三五 **1** 三本のマッチ　この場合のマッチは slow match (導火線)のこと。フォークスが捕えられた時、一束の導火線とつけ木を持っていたことがエインズワースの小説 *Guy Fawkes* 第二編第十四章に描かれている。

三六 **8** 沙翁の歴史劇リチャード三世　シェイクスピアが一五九七年に発表した歴史劇で、エドワード四世の末弟のグロスター公が、策略と残忍な行為を重ねたあげくに野望を達成、リチャード三世として王位に即くが、ボスワスの戦いでリッチモンド伯(のちのヘンリー七世)に倒される。

三六 **9** クラレンス公爵　Clarence, George, *Duke* of (1449–78)　リチャード三世と三つ違いの兄。兄王エドワード四世の嫌疑を受けてロンドン塔に幽閉されているところを、グロスターの指示を受けた二人の刺客によって暗殺される(『リチャード三世』第一幕第四場)。

三六 **9** 正筆　出来事のありのままの描写。

三六 **9** 王子を絞殺する模様　『リチャード三世』第四幕第三場の冒頭。リチャード三世に雇われた刺客の頭ティレルの独白を通じて、その模様が語られる。

三六 **10** 仄筆　出来事を間接的に伝える「オフステージ」の方法。

三六 **13** エーンズウオース　Ainsworth, William Harrison (1805–82)　イギリス十九世紀を代表する歴史小説家。殊に一八三六年から四五年までの間、挿絵画家として有名なジョージ・クルクシャンクとコンビで書いた作品に名作が多い。『ロンドン塔』はその一つ。

二六13 倫敦塔 *The Tower of London* エインズワースが一八四〇年に発表した歴史小説。レディ・ジェイン・グレイをヒロインとし、一五五三年に彼女が女王としてロンドン塔に入城するところから始まり、翌年二月に処刑されたところで終わる。宮廷のロマンスと政治的陰謀とゴシック小説風のミステリーが全篇の緊迫感を高めている。

二七1 ソルスベリ伯爵夫人 本名は Margaret Pole (1473-1541) その息子レジナルド Reginald がヘンリー八世の離婚に反対したことに絡んで王の憎しみを買い、ロンドン塔で処刑された。

二七8 The axe was sharp.... この歌は次のように訳されている。

「斧は鋭い、鉛のようにおもい、/首にふれれば、さっと飛ぶ頭!/シュッ! シュッ! シュッ! シュッ!

クイン・アンは白い喉《のど》を台木に置いて、/しずかに待った、最後の打撃を、/斧はおちた、首は飛んだ、/けれどもあまり早いので、彼女は苦痛を知らなんだ!/シュッ! シュッ! シュッ! シュッ!

ソールズベリの伯爵夫人は上品に死なない/身分の高いに似合わぬことだ。/おれは斧を振り上げて、脳天を打ち割った、/その時の刃こぼれがまだなおらない。/シュッ! シュッ! シュッ! シュッ!

クイン・キャサリン・ハウワドはおれに謝礼をくれた——/金の鎖だ、らくに死なしてくれという、/高価な贈り物、むだではなかった、/おれが首にふれると、さっと飛んだ!/シュッ! シュッ! シュッ! シュッ!」(石田幸太郎訳『ロンドン塔』による)

二六6 Queen Catherine Howard カサリン・ハワード(一五二〇?—四二)。ヘンリー八世の第五王妃。一五四〇年に結婚したが、姦通罪を問われて処刑された。

二八13 ドラロツシ ドラローシュ Paul Delaroche (1797-1856) 本名は Hippolyte De La Roche でフランスの画家。一八二四年頃から歴史画家として知られるようになり、得意とする演劇的表現は、ヨーロッパ中に影響を与えた。漱石のいう「二王子幽閉」とは、ルーヴル美術館蔵の「エドワードの二王子」だとされているが、実は一八三一年にこれを小型化したもう一つの作品が制作され、それは「ロンドン塔のエドワード五世とヨーク公」(*Edward V and the Duke of York in the Tower* 一般的には *The Princes in the Tower*)という題でロンドンのマンチェスター・スクエアーにあるウォレス・コレクションに収められている。ウォレス・コレクションは漱石留学の一九〇〇年六月に国の美術館として公開されて評判になった。漱石が見た「ロンドン塔の二王子」は、こちらのほうであろう。漱石文庫には、F. Miller, *Pictures in the Wallace Collection* (1902)が含まれており、前記『キャッセル版図説英国史』第二巻第三章にもドラローシュの *The Princes in the Tower* が掲載されている。「ジェイン・グレイの処刑」は、漱石の留学当時ナショナル・ギャラリーから分館のナショナル・ギャラリー・オブ・ブリティッシュ・アート(現在のテート)に移されていた。その後、一九七三年にナショナル・ギャラリーに返還されて現在に至っている。

カーライル博物館

「カーライル博物館」の名称は Carlyle's House だが、一八九八年刊『ベデカ版ロンドン案内』(『倫敦塔』の注解前文参照)には Carlyle Museum とあり、漱石はこれによって「博物館」としている(塚本利明「漱石とカーライル――『カーライル博物館』を中心に」『専修人文論集』第六十七号、二〇〇〇年)。なお、本篇の材源としては右記のほかに、同じく漱石文庫蔵の *Carlyle's House* (1900)に依拠していることが、大村喜吉「「カーライル博物館」における漱石の虚構」『アシニーアム』第七号、一九六六年(同『漱石と英語』二〇〇〇、所収)に詳しく検討されている。明治三十九年五月、大倉書店から『漾虚集』が刊行された時、漱石が同書の挿絵を担当した中村不折宛に「カーライルの家の写真は持ち合せずカーライルの家に関する案内記様のものは別封にて入御覧候」(二月十九日付)と書いているのは、この小冊子のことである。

三三 **1** 公園の片隅　ロンドン、ハイドパークの東北の隅。Speakers' Cornerと呼ばれるこの場所で、日曜日などにはさまざまな弁士が通行人相手に熱弁をふるう。なお、チェルシーの教区牧師でカーライルと親交のあったレジナルド・ブラントによると、カーライルは散歩好きで、老後もハイド・パーク、バタシーあるいはケンジントンあたりを五、六マイル歩いていた(Blunt, R., *The Carlyle's Chelsea Home*, 1895)。

三三 **1** 演説をして居る者がある　明治三十四年八月二十五日(日)の日記に「Fardel氏ヲChelseaニ訪フ昼餐後共ニHyde Parkヲ散歩ス、辻演説ヲ聴ク」とある。

三三 **1** 釜形の尖つた帽子　カーライルは少々の悪天候でも傘は持たず、つばの広い帽子(次頁の図参照)をかぶって歩くのが常であった。

三三 **3** 村夫子　田舎出の大人。カーライルはスコットランド、ダムフリースシャーの村エクルフェカンの出身で、その風采からいって、いかにも「村夫子」であった。

三三 **4** カーライル　Carlyle, Thomas (1795–1881) スコットランド生まれのイギリス思想家・評論家・歴史家。『衣裳哲学』(一八三三―三四)、『フランス革命史』(一八三七)、『英雄崇拝論』(一八四一)などの著作がある。

三三 **5** チエルシー　Chelsea ロンドン南西部、テムズ川北岸にある住宅地。古く文人・画家が多く住んだので有名。

三三 **6** セージと云ふは鳥の名　おそらくsage grouse(雷鳥の一種)、sage sparrow(ホオジロ科の小鳥)などを連想したのだろう。

三三 **10** 公園　この公園はバタシー・パーク。次注の下宿から北へ約一・五マイルの所にある。

三四 **3** 下宿　漱石は二年にわたる留学期間中に五回下宿を変えた。ここにいう下宿は最後五番目の、81 The Chase, Clapham Common, Miss Leale方での下宿をさす。テムズ川を挟んでチェルシーの南方にある。

三四 **6** 彼の多年住み古した家屋敷　一八八一年カーライルの死後その家は荒廃状態におちいったが、体裁を整え一八九五(明治二十八)年七月二十六日から「カーライル博物館」Carlyle's House として一般に公開されるようになった(図はその庭。本文四三頁参照)。

三四 6 チエイン、ロウ　Cheyne Row　チエインは昔このあたりの地主であった貴族の名、ロウは家の並んでいる「通り」を意味し、しばしば町名として用いられる。この通りがつくられたのは一七〇八年。カーライルは一八三四年から八一年に世を去るまで、チェーン・ロー五番地(一八七七年に二四番地に変更)に住んでいた。なお、地主だった貴族の名が「チェイニー」と発音されたことに因み、チェイニー・ローとも呼ばれる。

三四 10 トマス、モア　*Sir* Thomas More(1478-1535)　イギリスの著述家・大法官。『ユートピア』(一五一六)の作者として名高い。一五二九年大法官となったが、ヘンリー八世の離婚に反対したために反逆罪に問われ、ロンドン塔に幽閉、処刑された。

三四 10 スモレット　Smollett, Tobias George(1721-71)　イギリスの小説家。最初、外科医の職についたが、ピカレスク小説の流れを汲む『ロデリック・ランドム』(一七四八)や『ペリグリン・ピックル』(一七五一)で成功を収めて小説家に転向。『ハンフリー・クリンカー』(一七七一)はその代表作。

三四 11 リ、ハント　Leigh Hunt(1784-1859)　イギリスの随筆家・批評家・詩人。一八〇八年に兄のジョンと急進的週刊誌『エグザミナー』を創刊、編集に当たったのをはじめ、多方面にわたる批評・ジャーナリズムの活動に携わった。

三四 13 カーライルの細君　Jane Baillie Welsh Carlyle

(1801-66) 才媛の聞こえ高く、すぐれた文体の書簡集がある。トマスとは一八二六年に結婚。

三四 13 シェレー　Shelley, Percy Bysshe (1792-1822)　キーツ、バイロンと並び称せられるイギリス・ロマン派の代表的詩人。「西風に寄せる歌」(一八一九)、「ひばりに寄せる歌」(一八二〇)、長篇詩『縛《いまし》めを解かれたプロメテウス』(一八二〇)などがある。

三四 13 エリオット　Eliot, George (1819-80)　本名 Mary Ann Evans イギリス十九世紀の代表的女流作家。『フロス河の水車場』(一八六〇)、『ミドルマーチ』(一八七一―七二)などの傑作がある。彼女は死の直前三週間をチェーン・ウォーク四番地ですごした。チェーン・ウォークは、チェーン・ローの南、テムズ川ぞいの落ち着いた住宅が並ぶ通り。

三四 14 ロセッチ　Rossetti, Dante Gabriel (1828-82)　イギリスの画家・詩人。一八四八年、ホルマン・ハント、ジョン・エヴァレット・ミレーらとラファエル前派の活動を始めた。ロセッティは一八六二年から八二年までチェーン・ウォーク十六番地 'Queen's House' に住んでいた。

三五 4 ある朝遂に橋を渡って其有名なる庵り……　漱石の明治三十四(一九〇一)年八月三日(土)の日記に、「午後 Cheyne Road 24 ニ至リ Carlyle ノ故宅ヲ見ル頗ル粗末ナリ Cheyne Walk ニ至リ Eliot ノ家ト D. G. Rossetti ノ家ヲ見ル」とある。ここにある Cheyne Road は、チェーン・ローの北側と直角に交わっている。

三五 12 ハンプステッド　ハムステッド Hampstead ロンドン北部の住宅地。漱石はロンドン到着後二週目の一九〇〇年十一月十二日から 85 Priory Road, West Hampstead の Miss Milde 方に二回目の下宿を定め、十二月二十四日頃までの期間をここですごした。

三五 15 「御申越の借家は二軒共不都合も……　一八三四年五月二十七日付カーライル夫人の手紙。これ以下、漱石はカーライルの甥アレグザンダー・カーライルの書いた *Carlyle's House* を参考にして見学記を書いている。

三六 6 下女の持つて居たカナリヤ　カーライル夫人の愛鳥 'Chico' のこと。

三六 8 三百五十円　カーライルが払っていた家賃は三

十五ポンド。漱石が留学した頃は、大体一ポンドが十円であったから、このような計算になっている。ただし、物価指数は一八三四年当時のほうが、約四割高かった。

三六9 クロムエル　Cromwell, Oliver (1599–1658) イギリスの将軍・清教徒の政治家。清教徒革命に活躍し、チャールズ一世を処刑した後、イギリス共和国の護民官となった。カーライルは一八四五年に『オリヴァー・クロムウェルの書簡と演説』二巻を著した。

三六9 フレデリック大王　Frederick the Great (1712–86. 在位 1740–86) プロシア王フリードリヒ二世の尊称。オーストリア継承戦争や七年戦争などで武威を輝かした。カーライルは十四年間の準備期間を費やして全六巻の『フレデリック大王伝』(一八五八—六五)を著した。

三六10 ヂスレリー　ディズレイリ Disraeli, Benjamin (1804–81) ビーコンスフィールド伯爵。イギリス保守党の指導者。十九世紀後半に二度(一八六八、一八七四—八〇)にわたって首相をつとめた。『ヴィヴィアン・グレイ』(一八二六)、『コニングズビー』(一八四四)、『シビル——二つの国民』(一八四五)などを書いた小説家としても知られる。

三六11 年給を擯けて　一八七四年十二月二十七日、時の首相ベンジャミン・ディズレイリはカーライルに書簡を送り、大バース勲位の贈呈と年金給付をヴィクトリア女王に具申したい旨を申し出たが、カーライルはこれを断った。

三六15 余が名を記録した　カーライル博物館に備え付けてある「訪問者名簿」の一九〇一年八月三日のところにK. Ikeda(池田菊苗《きくなえ》)と並んでK. Natsumeの署名がある。本文には「四たび此家に入り四たび此名簿に余が名を記録した覚えがある」とあるが、このほかに漱石の名が記されている形跡はない。

三七1 日本人の姓名は一人もない　「訪問者名簿」に、漱石以前に署名をした一人の日本人がいる。一九〇〇年十一月十九日のところに、Tadasu Yoshimoto/Japanとある(角野喜六の調査による)。なお、カーライルの家が博物館として公開される以前には、植村正久が一八八八年九月十二日に、新渡戸稲造が一八九〇年にここを訪れている。新渡戸は一九〇二年にも訪れた。

三七11　百三十五部　漱石は『学燈』明治三十八年二月十五日号に「カーライル蔵書目録」を発表している。その中の「二階ニアル者」の項に一三五部の書籍名が挙げられている。

三七12　ビスマーク　Bismarck, Otto Eduard Leopold (1815-98) プロシアの政治家、ドイツ帝国初代宰相。ドイツ統一とその帝国主義的発展とに功績があった。

三七12　普魯西の勲章　一八七四年二月十二日にカーライルは、『フレデリック大王伝』著作の功績により、プロシア政府から名誉勲位(The Order of Merit)を贈られた。

三九5　エストミンスター、アベー　ウェストミンスター寺院 Westminster Abbey 一〇五〇年頃のゴシック式建築の教会堂。国王の戴冠式はここで行われる。歴代の国王や名士の墓がある。

三九5　セント、ポールス　注一三8参照。その「高塔」(ドーム)の高さは三六五フィート(約一一一メートル)。

三九13　余は四度び首を引き込めた　単行本『漾虚集』では「又首を引き込めた」に改められる。本文一〇行目では「三度び首を出した」とあるから「四度び」はおかしい。この作品には「四階作の真四角な家」、「四千万の愚物」、「四角な家」、「四たび此家に入り四たび此名簿に……」、「四角四面に暮した」のように「四」が頻出し、同音の反覆を楽しんでいるように感じられる。

四〇3　九鼎　古代中国の禹王《うおう》が九つの州から献上させた銅で鋳造した鼎《かなえ》。代々の天子の受けつぐ宝物。またとない貴重なもののたとえ。

四〇14　アチック　attic　屋根裏(部屋)。図はアチックで

執筆中のカーライル。

四一10　エイトキン夫人　Mrs. Aitken　カーライルの五人の妹のうちの一人。「書翰」は一八五三年八月十一日付のもの。

四一15　二千円の費用　書斎をつくるのに要した費用は、二〇〇ポンド弱であった。注三六8参照。

四二5　ショペンハウア　Schopenhauer, Arthur (1788-1860)　ドイツの哲学者。その哲学は厭世観を基調として成り立ち、十九世紀後半に広く普及した。主著『意志と表象としての世界』二巻(一八一九)。本全集第二十一巻「ノートⅢ-8 Pain and Pleasure」に「車馬喧《けん》囂《ごう》Schopenhauer and Carlyle ノ例」が挙がっている。

四二6　カント　Kant, Immanuel (1724-1804)　ドイツの哲学者。『純粋理性批判』(一七八一)、『実践理性批判』(一七八八)、『判断力批判』(一七九〇)を通じて、啓蒙期の形而上学的哲学を越えて、認識批判の立場から超越論的哲学を組織した。この本文の文章は漱石蔵書にある *Essays of Schopenhauer* (trans. by Mrs. R. Dicks) 中の 'On Noise' の冒頭の一節に基づいている。

四二6　活力論　カントの大学卒業論文『活力測定考』(*Gedanken von der wahren Schätzung der lebendigen Kräft*)をさす。

四二10　麁獷　荒々しく粗雑なこと。

四三2　テニソン　注一四五8参照。テニソンが実際に初めてカーライルを訪問したのは、一八四〇年九月五日付の弟アレグザンダー宛書簡によれば、その日付より「数週間前のある夜」で、R・ブラント(注三1参照)やオーガスタス・ラリが作成したカーライル年譜(*Guide to Carlyle*)を見てもテニソンの初訪問は一八四〇年である。では漱石の「千八百四十四年十月十二日」は何によるのか。カーライルのE・フィッツジェラルド宛書簡に照らして考えてみる必要がある。一八四四年十月二十六日付の書簡で、最近テニソンが訪ねてきて深夜に至るまで「忘れ得ぬ」時を共に過ごしたことが書かれている。日付がほとんど同一になっているのは何らかのつながりがあることを意味しているのではないか。漱石はカーライル書簡からヒントを得て、テニソンのカーライル初訪問の日付を編み出したのである。なおブラントの *The Carlyles' Chelsea Home* から、関連の一筋を引いておく。「アルフレッド・テニソンが一八四〇年七月に初めて来訪。カーライルが夕方の散歩から戻って見ると、テニソンは、カーライル夫人と小さな庭に腰をおろして、おとなしく煙草を吹かしていた」。

四二三 3 互に烟草を燻らすのみ　カーライルは、執筆と読書のとき以外はいつも陶製の長煙管《ながギセル》をくゆらせていた。テニソンもまた「喫煙部門で私が今日までお伴をしたなかで最強のスモーカーの一人」だったと、カーライルを讃嘆せしめるほどの愛煙家であった(一八四二年十二月二十八日付弟アレグザンダー宛書簡)。

四二三 9 ニロ　Nero 白毛のスパニエル犬で、一八五〇年から十年間、カーライル夫妻のよき仲間であった。前記R・ブラントの『カーライルのチェルシーの家』に、ニロが荷馬車に轢《ひ》かれたあと一八六〇年二月一日に死に、庭の隅に埋められ、名前と死亡日を記した墓石がたてられたことが書いてある。愛犬にローマ皇帝(ネロ)の名をつけるあたり、またその墓を作ってやるあたり、『硝子戸の中』の犬ヘクトーのことを思わせる。

四二三 12 さゝやかなる天幕　右記『カーライルのチェルシーの家』には天幕の下で煙管を吸いながら憩うカーライルの姿が写っている。四一八頁の図参照。

幻影の盾

『幻影の盾』の材源としては、全体的に漱石文庫蔵のラザフォード『トルバドゥール』Rutherford, J. *The Troubadours: their Loves and their Lyrics*, 1873 に負っていることが、岡三郎「「幻影の盾」のヨーロッパ中世文学的材源」『青山学院大学文学部紀要』第十七号、一九七六年(同著『夏目漱石研究』第一巻、国文社、一九八一、所収)に指摘されている。以下の注解もこれによるところが少なくない。なお本篇の執筆については、明治三十八年二月八日付野間真綱《のままつな》宛書簡に、「まぼろしの楯といふ文章をかかうと思つて大体趣向は出来たがうまく行きさうにない」とある。

四二七 5 バロン　baron 勲功によって領地を与えられた国王の直臣、または地方の豪族。

四二七 7 アーサー大王　King Arthur 五世紀頃に在位したといわれる、イギリスの伝説的国王、国民的英雄。

中世イギリス、フランス、ドイツに彼と円卓の騎士にまつわる伝説が形成され、やがてサー・トマス・マロリーの『アーサー王の死』(注四五1参照)によって集成されて、後世の文学に多大の影響を及ぼした。

四七7　ブレトン　Breton　ブルターニュ人。ブルターニュ Brittany(フランス名 Bretagne)はイギリス海峡とビスケー湾との間のフランス北西部の半島地方。五世紀にブリテン島から渡ってきたケルト人難民が住みついたことからこの名がある。

四七11　円卓の勇士　Knights of the Round Table　アーサー王伝説の騎士たち。円卓の周囲には一五〇人の騎士が坐れることになっており、その坐る位置によって上下の差別をつけないのが、その特徴である。

四八2　仙姫　アーサー王伝説などに登場する超自然的な女性。マロリーの『アーサー王の死』に即していえば、アーサー王に宝剣エクスカリバーを与える「湖の貴女」、あるいはニミュエに代表されるように、善悪両方の属性をもつ。

四八4　「愛の庁」の憲法　十二世紀後半か十三世紀初めにフランスの宮廷付き礼拝堂司祭アンドレアス・カペラヌス(アンドレ・ル・シャプラン)によって書かれた『恋愛術』(*Tractatus amoris*)第二巻第八章の終わりのほうに、三十一箇条の恋愛の掟が掲げられている。しかもそれが鷹のとまり木に細い金の鎖で結びつけられた羊皮紙に記されてあったとある。また同じく第八章にブレトンの騎士が、森の中で出くわした「仙姫の援を得て」首尾よくアーサー王の宮廷の鷹を手に入れるということも語られている。しかし、この本はラテン語で書かれ、版も稀であった上に、一九四一年までは英訳本も存在しなかったから、漱石が直接に『恋愛術』に接したことは考え難い。この部分もラザフォードの『トルバドゥール』の記載によっている。

四八7　鞍壺　鞍の前輪《まえわ》後輪《しずわ》の間、すなわち人がまたがるところ。

四八11　上﨟　年功(＝﨟)を積んだ、身分の高い僧、また、一般に高貴な人。ここでは身分の高い婦人。

四八13　バーガンデの私生子　バーガンデ Burgundy はブルゴーニュ(Bourgogne)。フランス中東部の地方。同時代の『年代記』などによれば、この私生子の名は Jehan de Luxemburg で、正しくは「サン・ポールの私生子」"bastard de Saint-Pol"であるが、漱石はラザフォードに従っている。

四八13 ラ、ベル、ジャルダン　ラザフォードの表記 La Belle Jardin に従ったものであるが、これは「ボー・ジャルダンの塔」"la Tour de Beau-Jardan"が正しい。ラザフォードはこの言葉と、「美しき巡礼」"la Belle Pèlerine"とを混同して表記しており、その間違いを漱石はそのまま踏襲した。「ボー・ジャルダンの塔」は、カレーとその南東のサントーメルを結ぶ街道。

四八15 「清き巡礼の子」　「サン・ポールの私生子」と結婚したジャクリーヌ・ド・ラ・トレモワール(Jacqueline de La Trémoille)だとされる。

四九2 パギース　パヴィース pavis(e) 中世の戦闘で使われた全身を掩《おお》う凸状の大楯(下図右)。

四九3 ギージ　guige 腕を通すものとは別に、楯を首からさげるようになっている革ひも。もともとノルマン人特有のもので、戦闘の時に両手を自由に使えるという利点があった(下図左)。

四九5 ヰリアム　十一、二世紀頃のフランスの多くの叙事詩に登場する英雄 Guillaume d'Orange すなわちウィリアム・オブ・オレンジ(William of Orange)から思いついた名前であろう。『ローランの歌』などで有名なフランス中世武勲詩の中に、*Prise d'Orange*(オランジュ攻略)や*Enfance Guillaume*(ギヨームの幼少時代)等を含むウィリアム・オブ・オレンジ・サークルがあり、この英雄の武勲とロマンスがうたわれている。

四九12 漣漪　さざ波。

五〇2 俊鶻　勢いのよいはやぶさ。

五〇12 ゴーゴン　ゴルゴン Gorgon ギリシア神話のフォルキュス(Phorkys)の三人の娘――ステンノー、エウリュアレ、メドゥサ――の各一人をさす名称。頭髪が多数の蛇からなっている。

五一 1　メデューサ　メドゥサ Medusa ゴルゴンのなかでも最も恐ろしく、醜怪な顔を有し、その目は見た者を石に化す力をもっていたという。漱石が所蔵していたPaul Lacombe, *Les Armes et les Armures* (1868) の英訳本の *Arms and Armour* (1876) に、マドリードの王立武器博物館蔵で十六世紀頃の製作とされる「メドゥサの盾」(図)が出ている。

五一 8　業障　仏教にいう三障または四障の一つ。悪業の障り、すなわち悪業をつくって正道を邪魔すること。

五三 5　カタパルト　catapult 木製の枠に取りつけた梃《て》子《こ》と綱の力を利用して、石、矢、槍などを飛ばす戦闘用の装置。

五三 9　未了の恋　現世においてまだつき果てない前世の因縁としての恋。仏教にいう「未了の因」に基づく。

五三 14　狼のルーファス　ルーファス Rufus は「赤味を帯びた」の意味で、歴史的にはイギリス征服王ウィリアム一世の第三子で、そのあとをついだウィリアム二世(在位一〇八七—一一〇〇)は、顔色が赤かったことからウィリアム・ルーファスと呼ばれた。ウォルター・スコットの長篇詩 *Marmion* (1808, 漱石文庫蔵の版は Macmillam, 1891) 第一編序三一五行に "Red King" があり、William Rufus をさすという注がついている。漱石は、主人公ウィリアムからの連想でルーファスを思いついたと思われるが、ルーファスは一方で Lupus すなわち「狼」にも通ずる。

五四 5　觥片　さかずきの破片。觥はさかずき(もともとは兕牛《じぎゅう》の角で作った七升入りの大さかずき)。

五四 11　pro gloria et patria　ラテン語。栄光と祖国のために。前記ラコンブ(注五一1参照)の『武器と甲冑』には、この銘が刻まれた剣が掲載されている。

五四 14　睚眦の恨　人ににらまれたというほどの、わずかな恨み。「睚眦」は、「にらむ」の意。『史記』「范雎列伝」に「一飯の徳も必ず償し、睚眦の怨も必ず報ず」とある。

五五1　毫釐の争に千里の恨を報ぜん　ほんのわずかな争いのために大きな仕返しをしよう。「毫釐」はわずか。極めてわずかなもののたとえ。「釐」は厘《りん》と同じ意味で、極めて小さな数。『史記』「太史公自序」に「之を毫釐に失えば差《たが》うに千里を以てす」とある。

五五3　瞋恚の焰　ほのおの燃えたつような、激しい怒り・恨み、また憎しみ。瞋も恚も共に「怒る」の意。

五五5　セント、ジョージ　St. George　イングランドの守護聖者。古代小アジア東部のカッパドキアで龍を退治、同国をキリスト教に改宗させたという伝説から、騎馬で龍と戦う姿に描かれる。

五七11　点睛　睛《ひとみ》を書きこむ、の意。転じて物事を立派に完成させるための最後の仕上げ。南朝の梁の画家 張《ちょう》僧繇《そうよう》が金陵安楽寺の壁画に白龍を描いて、その睛を書きこんだところ、たちまち風雲生じて白龍は天にのぼったという故事(『歴代名画記』七)による。画龍点睛。

五七13　初夜　戌《いぬ》の刻の称で、今の午後八時頃。『言海』(明治二十二年)によれば、「今、常ニイフ所ハ、夕ヨリ夜半マデノ称」とある。

五九12　Druerie　中世フランス語で「愛、恋」の成就を意味する。

六〇14　驀地に　まっしぐらに。

六一6　シワルド　デンマークの中世バラッドにうたわれたSivard(デンマークの王子)を、このように読んだのであろう。漱石が一九〇〇年十一月七日から約二カ月間ロンドン大学のユニヴァーシティ・カレッジで講義を受けたW・P・ケア(一八五五―一九二三)の名著『叙事詩とロマンス――中世文学論集』(一八九七)に、このバラッドの詳しい紹介がある。「シーヴァル」はドイツの叙事詩『ニーベルンゲン』に出てくるジークフリートの原型。

六一9　フラー　Hurrah 万歳、フレー。歓喜・賛成・激励を表わす。

六二7　「幻影の盾の由来」　明治三十七、八年頃の「断片一九H」に「〇先祖が北ノ国ノ巨人ト戦ツテ楯ヲ得ル、巨人楯ヲ与フルトキ楯の功ヲ説ク」とある。

六三7　ブラヴー　ブラヴォー bravo イタリア語に発し、うまいぞ、でかした、など、称賛の間投詞として用いられる。

六三 8　豎子　子供。未熟者を軽蔑していう語。
六三 10　ワルハラ　Valhalla　北欧神話における最高神オーディンの神殿。戦死した勇士の魂を迎え入れる天国。
六三 10　オヂン　オーディン　Odin　北欧神話の最高神で、知、詩、戦争、農業をつかさどる。
六三 13　暗窖　暗いあなぐら。
六三 15　蓋天蓋地　天を蓋《おお》い地を蓋うこと。大正五年十一月二十日作の漢詩「無題」に、「蓋天蓋地是無心」の一行がある。
六四 4　抃舞　手を打って喜び舞う。
六五 13　トルバダウ　トルバドゥール　troubadour　吟遊詩人のこと。十一—十四世紀頃フランス南部・スペイン東部・イタリア北部地方で活躍した叙情詩人。騎士道・宮廷恋愛をプロヴァンス語でつづり、それを吟誦した。
六六 12　女が乗つたら赤に易へさせやう　帆柱の小旗の色によって恋人の到来を知らせるのは、『トリスタンとイゾルデの物語』に基づく趣向である。十二世紀中葉のフランスの吟遊詩人トマの『トリスタン』やベディエ編『トリスタン・イズー物語』(一八九〇)、A・C・スウィンバーンの『ライオネスのトリストラム』(一八八二)には、ブルターニュで瀕死の状態で待つトリスタン(トリストラム)のところへ戻る船にイズールト(イズー)が乗っていれば白い帆を、乗っていなければ黒い帆を掲げて知らせることになっている。ただワーグナーのオペラ『トリスタンとイゾルデ』だけは帆に変えて旗の有無によってイゾルデの到来を告げる趣向になっている。
六七 10　ボーシイルの会　ボーシイルは、Beaucaire(ボーケール)の第二番目の"a"を抜いて読んだもの。前記ラザフォードの誤記を漱石がそのまま踏襲したことによる。ボーケールはフランス南部、ローヌ川に面しタラスコンと向かい合う小都市。ボーケールを挟んで「プロヴンサル」伯の領地プロヴァンスとツールース(トゥールーズ)が東と西とに分かれている。あとに続いて描かれている浪費この上ない「試合の催し」のありようは、一一七四年にイギリス王ヘンリー二世が、ナルボンヌ公レーモンとアラゴン王アルフォンスとの和解に際して、ボーケールで開いた大会議の模様とほぼ一致する。J. Lafitt-Houssat, *Troubadours et Cours d'Amour*(1950)(正木喬訳『恋愛評定』一九五七)参照。

六八4　シミニアンの大守　ラザフォードの『トルバドゥール』に"Lord of Siminiane"とあるのによっている。前注『恋愛評定』に照らしてみると、シミニアンの太守の名はベルトラン・ランボー(Bertrand Rambaut)で、彼は「十二対の牛に田を耕させて、三万エキュ〔金貨〕を……そこへ播かせた」という。

六八5　アグールト　Agoult『恋愛評定』(注六七10参照)ではRaymond d'Agoutとなっている。単行本『漾虚集』ではアグー。

六八6　ギレム　ギヨーム・グロ・ド・マルテル Guillaume Gros de Martelle の Guillaume(英語の William)を英語流に読んだもの。『漾虚集』ではマルテロ。

六八9　レイモンド　注六八5のRaymondの英語読み。『漾虚集』ではレイモン。

七〇8　鼻嵐　馬の鼻息のあらいさまを嵐にたとえている。

七一6　ダンジヨン　dungeon　城内の土牢。

七二10　牛を呑む　広くて雄大な。「呑牛之気」(牛を丸呑みするほど、気持ちの大きいこと)に基づく。

七三1　二六時中　一昼夜。四六時中。昔の時の制で昼夜をそれぞれ六時に分けたことからきている言い方。

七四3　梨地に点じた蒔絵　金銀粉を蒔いた上に透明の漆を塗り、これを通して金銀粉が見えるようにした蒔絵。

七四12　堞　城壁の上に作る丈の低い垣。姫垣・女墻《じょしょう》。

七五14　疳走る　普通「甲走る」と書く。音声が細く、高く、鋭くひびく。

七六9　油然として　雲などが盛んにわき起こるさま。

七六14　心の眼　英語の成句"in one's mind's eye"と同じ。シェイクスピアの『ハムレット』第一幕第二場に、"In my mind's eye, Horatio."という王子ハムレットの台詞がある。「心に浮かぶ」「想像する」「魂の中で見える」という時に用いる。『草枕』「一」には「五彩の絢爛《けんらん》は自から心眼に映る」とある。

七八9　一畝　「畝」は土地面積の単位。一畝は約〇・九九二アール(百平方メートル)。

七九5　知らぬ世の楽器を弾く……　シオドア・ウォッツ＝ダントンの『エイルウィン』(一八九八)で、ジプシー女シンファイがクルス(crwth)という楽器を弾いて尋ねる人の生霊を現わすのと同じ趣向(第三章の四、五、第四章の一を参照)。漱石は明治三十二年八月号の『ホトトギス』に、『小説「エイルヰン」の批評』を載せてこの場面に注意を向け、全体としてこの小説を高く評価している。注⑬九四6参照。

七九8　湛然　水をたたえているようす。

八〇2　寥廓　がらんとしていること。

八〇2　蕭瑟　ものさびしいこと。秋風がものさびしく吹くさま。

八〇3　幽冷　ひっそりしていること。

八〇13　蜘蛛の囲　蜘蛛の巣。

八一1　空蕩万里　どこまでもがらんとして、ただひろびろとしていること。

八一1　豁かになる　視界がひろがる。

八一10　純一無雑　『法華経』序品《じょほん》でいう、飾りや偽りのないこと。まこと一すじ。

琴のそら音

八七3　相馬焼　福島県北東部相馬地方に産する陶器。慶安元(一六四八)年、京都の仁清のもとで修業した田代源吾右衛門(のちに清治右衛門と改名)が相馬郡中村に開窯。茶器類が多い。藩主の家紋に因んだ奔馬の絵を焼き付けたことから相馬駒焼ともいわれた。

八九5　勅任　明治憲法下の旧制で、勅命によって叙任された官吏、すなわち一等や二等の高等官の称。

八九5　奏任　天皇が親しく任命する勅任に対し、内閣総理大臣が奏薦して任命すること(注三八〇3参照)。

八九11　婆さん　明治三十八年五月二十一日付野村伝四宛書簡で、この作品の「「婆さん」が不自然の様な感じがして居た所です」と述べている。

九三3　伝通院辺の何とか云ふ坊主　かつて漱石が住んでいた小石川区表町七十三番地法蔵院の住職豊田立本《とよだりゅうほん》のことであろう。明治二十七年十月三十一日付当住所よりの正岡子規宛書簡に、「小生の住所は先　殿《(ママ)》通院の山門につき当り左りに折れて又つき当り今度は右に折れて半町程先の左側の長屋門のある御寺に御座候浄土宗の寺にて住持は易断人相見抔《など》に有名な人豊田立本といふ」とある。『思ひ出す事など』「二十八」参照。

九三 11　御眼鏡　物を見て、その善悪・可否を考え定めること。

九三 15　三十匁の出殻　三十匁袋詰の番茶の出がらし。一匁《もんめ》は三・七五グラム。

九四 1　狩野法眼元信　文明八(一四七六)—永禄二(一五五九)年。室町後期の画家。漢画の線描によって対象を明確に描写し、鮮やかな色彩を加えることによって平明で装飾的な画面を生んだ。彼の様式は後世「古法《こほう》眼《げん》」と俗称されて、神格化された。なお、相馬焼の茶碗の底に金色の馬を描くのは、江戸時代狩野尚信《かのうなおのぶ》がはじめたといわれる。

九四 5　野馬　野飼いの馬。福島県相馬地方で、毎年七月に相馬野馬追祭の行事が行われる。もと武士が放牧された野馬を追うことから発展した行事である。

九五 1　湊合　いっしょに集まる。輳合。

九五 8　身代限　破産。江戸時代、負債主が定められた期日までに負債を償還できない場合、一定の手続を経て身代(＝財産)全部を債権者に提供して債務に当てたこと。

九六 4　武庫山卸し　武庫山すなわち兵庫県の六甲山から吹き下ろす風。義経都落ちを扱った謡曲『舟弁慶』で、大物浦《だいもつのうら》(尼崎市)から漕ぎ出した一行が、この六甲おろしに遭って難渋する。ここでは危険の原因をはらむもののたとえ。

九八 7　黒木軍　日露戦争の時、黒木為楨《ためもと》大将(一八四四—一九二三)が司令官となって偉功をたてた第一軍。

九九 2　林屋正三　天明元(一七八一)—天保十三(一八四二)年。江戸の落語家。正蔵という名をもって林屋派の祖となる。初代三笑亭可楽の門に入り、道具入り怪談を創案、戯作も書いた。なお五代目からは林家となる。

九九 13　巋然　抜きんでていること。巋は高い形容。

一〇〇 9　漢水は依然として西南に流れる　漢水は中国の長江(揚子江)最長の支流。陝西《せんせい》省に源を発し、東南に流れ、陝西省南部、湖北省西部および中部を経て、武漢市で長江に注ぐ。したがって「西南に流れる」は事実に反する。ただ、李白の「江上吟」にいう「功名富貴若《も》し長《とこし》えに在らば、漢水も亦《ま》た応《まさ》に西北に流るべし」の最後の句を逆に置き換えたとも考えられる。

一〇三 **6** しけ〴〵　つくづく。よくよく。

一〇三 **10** ロード、ブローアム　Lord Brougham　本名はヘンリー・ピーター・ブルーム Henry Peter Brougham(1778-1868)　イギリスの政治家・法律家・下院議員として活躍したのち、グレイ内閣の上院議長をつとめ(一八三〇—三四)、一八三二年の選挙法改正案に関する審議で雄弁をふるったことで有名。『エディンバラ・レヴュー』創刊者の一人。ロンドン大学の創立に尽力、有用知識普及協会を設立(一八二六)して民衆教育に力を注いだ。

一〇三 **11** 幽霊　ブルームの回想録 *The Life and Times of Henry Lord Brougham*(1871)第一巻に、彼がスウェーデン旅行中の一七九九年十二月十九日の真夜中すぎに、ある宿屋の風呂に入っていて、幼な友達G——の幽霊を見る話が出ている。この話は、漱石が所蔵していたアンドルー・ラング著 *The Book of Dreams and Ghosts*(1899)に"Lord Brougham's Story"として再録されており、それを通じて漱石に伝わったと思われる(塚本利明『漱石と英文学』彩流社、一九九九、二九一—二九二頁参照)。

一〇三 **14** 英国の文学者　ブルームと英国の文学とのつながりは注一〇三 **10** で述べたように、当時の批評家として有名なフランシス・ジェフリーやシドニー・スミスと共同で『エディンバラ・レヴュー』を創刊したことであったが、塚本利明はブルームが一八〇八年一月刊行の同誌にバイロンの処女詩集『無為の時』*Hours of Idleness*(注⑭五〇五 **13** 参照)に対して嘲笑的な酷評を書き、漱石が『文学論』においてそれに注目している点を挙げて彼の「文学者」的側面を重視している(前掲書二八九—二九〇頁)。

一〇四 **8** 白山御殿町　徳川五代将軍綱吉の別邸の白山御殿に由来する町名。一九六七年に、白山三丁目—五丁目に町名を変更。

一〇四 **13** 盲唖学校　東京盲唖学校。当時、小石川区指ケ谷町御殿坂の上にあった。

一〇四 **13** 植物園　現在の東京大学理学部付属小石川植物園のこと。

一〇四 **14** 時の鐘　時刻を知らせる鐘。上野の鐘が有名であり、「余」が聴いたのもこの鐘の音だろうと思われていたが、武田勝彦は距離的関係を理由に関口駒井町の新長谷寺の鐘(通称、目白不動の鐘)の可能性が高いという(『漱石の東京』早稲田大学出版部、一九九七、一一頁)。注①三〇三5参照。

一〇五7　極楽水　文京区小石川四丁目の共同印刷株式会社の西側、現在の小石川四丁目十三番地の光円寺から十五番地の宗慶寺に至る地域の俗称。宗慶寺から湧き出た水に因んで名づけられたという。『満韓ところ〳〵』「十三」に、「橋本左五郎とは、明治十七年の頃、小石川の極楽水の傍で御寺の二階を借りて一所に自炊をしてゐた事がある」と出ている。ここにいう「御寺」とは小石川植物園近くの新福寺のこと。

一〇五8　闃然として　静かでさびしいさま。

一〇五15　蜜柑箱の様なものに白い巾をかけて　『琴のそら音』発表前後よく漱石を訪れていた寺田寅彦の随筆『銀座アルプス』(昭和八年)にも、明治三十二年に上京した頃の思い出として「寒の雨降る夜中頃に蜜柑箱のやうなものに赤ん坊の亡骸を収めた淋しい御葬ひが来たりした」というくだりがある。

一〇七11　切支丹坂　文京区小日向一丁目の旧切支丹屋敷近くの坂。切支丹屋敷とは寛永十七(一六四〇)年に大目付兼切支丹奉行となった井上筑後守の下屋敷のことで、キリシタン禁教後、棄教しない者はこの屋敷内の牢に投ぜられた。山屋敷とも呼ばれた。

一〇九11　三分心　幅が三分(約一センチメートル)のランプの心。普通は五分心を用いた。

一一〇4　チエスターフヒールド　隠しボタンでベルトなしのオーバーコート。十九世紀のイギリス貴族 *Earl of Chesterfield* に由来。

一一三2　胸打　刀のみねで打つこと。みね打ち。

一一四15　半夜　よなか。

一一六2　池の端　上野の不忍池の傍にある土地なのでこの称があり、池を距てて、池の端仲町と池の端七軒町とがあった。

一一九4　如鱗木　木目が魚の鱗に似た木材。樟《くすのき》や欅《けやき》など。

一一九15　中央会堂　明治四十二年十一月九日付中島六郎宛書簡に「音楽会へは娘をつれてフロックで出掛ました。ソソツカシイので本郷の中央会堂へ行つて仕舞ました」とあるところからみて、本郷中央教会をさすと思われる。

一三〇 6 日本一の御機嫌にて候　謡曲『舟弁慶』で、ワキの弁慶が主君義経に静御前を留め置くように進言し、聞き入れられた時に喜んでいう台詞。

一三一 10 紅炉上の雪　紅炉は火の盛んに燃えている囲炉裏。その上に雪を置けばたちまちとけて消えてしまう。『碧巌録』第六十九則に「衲僧家《のうそうけ》、紅炉上の一点の雪の如し」とある。紅炉上の雪のように私欲や疑惑のとけることをいう。

一三三 7 安宅鮓　深川安宅《あたけ》の「松のすし」のことか。両国の「与兵衛ずし」と共に江戸前ずしの代表格であった。

一三三 13 みんな神経さ　三遊亭円朝の講談『真景《しんけい》累ケ《かさねが》淵《ふち》』(安政六(一八五九)年作)の冒頭に「今日より怪談のお話を申上げまするが、怪談ばなしと申すは近来大きに廃りまして、余り寄席で致す者もございません。と申すものは、幽霊と云ふものは無い、全く神経病だと云ふことになりましたから、怪談は開化先生方はお嫌ひなさる事でございます」とある。表題の「真景」も「神経」のもじり。

一三四 1 山桜　明治三十七年に新製発売され、明治三十九年に製造廃止になった口付き紙巻き煙草。

一三四 7 食道楽　明治三十六年に刊行された村井弦斎(一八六三—一九二七)の小説。春夏秋冬それぞれの季節の食物の選択法、料理法、食事法を語って大変な人気を博し、脚本化されて舞台にもかけられた。

一三六 12 致された　だまされた。

一夜

『吾輩は猫である』「六」に、詩人の越智東風《おちとうふう》が「一夜」にふれていう場面がある。「先達《せんだつ》ても私の友人で送籍《そうせき》と云ふ男が一夜といふ短篇をかきましたが、誰が読んでも朦朧《もうろう》として取り留めがつかないので、当人に逢つて篤《とく》と主意のある所を糺《ただ》して見たのですが当人もそんな事は知らないよと云つて取り合はないのです。全く其辺が詩人の特色かと思ひます」。

一二一 5 「描けども成らず、描けども成らず」　描ききれない。『無門関』第二十三「不思善悪」の頌《じゅ》中に、「描不成兮画不就」(描けども成らず、画《えが》けども就《な》らず)」とある。なお、明治四十五年六月作の漢詩(「無題」)に「春風描不成」(春風描けども成らず)という句がある。本全集第十八巻の同句への訳注参照。

一二一 11 縫ひ　繍《ぬいもの》の略。刺繍。

一二一 12 小豆皮　小豆色に染めたなめし皮。もとはオランダ渡りであったが、のちに和製のものもできた。

一二二 9 夕暮の糸　明治三十七、八年頃の「断片一九H」に「○朝、昼、夜、夕暮の糸」とある。

一二三 4 紈扇　白い練絹をはったうちわ。一三九頁に「丸張りの絹団扇」とある。

一二三 4 古き壺には古き酒がある　『マタイによる福音書』第九章第十七節「新しいぶどう酒を古い革袋に入れる者はいない。そんなことをすれば、革袋は破れ、ぶどう酒は流れ出て、革袋もだめになる。新しいぶどう酒は、新しい革袋に入れるものだ。そうすれば、両方とも長持ちする」に基づく。

一二三 11 坤　未《ひつじ》(南南西)と申《さる》(西南西)の方角の中間で、西南。

一二三 11 鉄牛寺　架空の寺であろう。「鉄牛」は江戸前期の黄檗宗《おうばくしゅう》の僧。寛永五(一六二八)—元禄十三(一七〇〇)年。万福寺の創建並びに法弟鉄眼の大蔵経刊行に尽力した。諡号《しごう》は大慈普応国師。

一二四 2 九仞の上に一簣を加へる　「九仞の功を一簣に虧《か》く」をもじったもの。『書経』「旅獒《りょごう》」に「山を為《つく》ること九仞、功を一簣に虧く」とある。九仞すなわち非常に高い山を築くのに、最後に一杯の簣《もっこ》の土を欠いても完成しない、の意。事が今にも成就しようとして最後のわずかな油断のために失敗するたとえに用いる。

一三四 6　歌麻呂　喜多川歌麿。宝暦三(一七五三)—文化三(一八〇六)年。江戸後期の浮世絵師。殊に美人画にすぐれ、その分野で大首絵《おおくびえ》と呼ばれる上半身像を創案、浮世絵の黄金期をつくった。

一三四 10　蚊遣筒　蚊を追い払うために線香などを焚くのに用いる筒形の容器。

一三五 2　黒塗に蒔絵を散らした筒　黒漆の地塗りに、金粉、銀粉、貝殻などで絵模様をほどこした蚊遣筒。

一三五 3　茶毘　梵語 jhāpeta(焼身・焚焼の意)の漢訳。火葬。

一三五 12　宣徳の香炉　明の宣徳年間(一四二六—三五)に、江西省景徳鎮に設けられた官営の陶窯で作られた香炉。

一三五 12　青玉　サファイア。

一三六 3　蟰蛸懸不揺、篆烟遶竹梁　蟰蛸は蜘蛛、篆烟は篆書の文字のようにくねりながら立ちのぼる煙。竹梁は竹製のひさし。明治三十一年三月作の漢詩「春日静坐」の中の句。同詩は『草枕』「六」にもみえる。

一三六 9　華表　ここでは普通に「鳥居」をさすのではなくて、白居易「江州を望む詩」に「江廻りて望見す双華表《かひょう》、知る是れ潯陽《じんよう》西郭の門」にみるように、城郭などの入口に建てた門と考えるべきであろう。

一三六 12　渋蛇の目　柿渋を裏表に塗った蛇の目傘。

一三七 9　高麗縁　畳縁の一種。白地の綾に雲形、菊花などの模様を黒く織り出したもの。

一三七 11　古伊万里　江戸時代からつづいている有田焼の分類の一名称。ほかに初期伊万里染付、柿右衛門、幕末伊万里染付などと分類して称せられる。有田焼は江戸時代を通じて伊万里港から国内外に積み出されたので、伊万里焼として知られるようになった。

一三七 15　灰吹　煙草の吸殻を吹き落としたり、たたき入れるために、煙草盆に付いている筒。

一三八 8　蜜を含んで針を吹く　明治三十七、八年頃の「断片一八」に「蜜を含み針を吹く。薬を飲み毒を吐く」とある。

一三八 9　ビステキ　ビフテキ。漱石はほとんどの場合 beefsteak を「ビステキ」と書いている。

一三八 10　蘭麝　蘭の花と麝香の香り。転じてよい香り。

聖武天皇の時代に中国から「蘭奢《らんじゃ》(麝)待《たい》」という名香が伝来し、「黄熟香《おうじゅくこう》」という名称で正倉院御物目録に記載されている。

一三九 11　若冲　伊藤若冲。享保元(一七一六)—寛政十二(一八〇〇)年。江戸中期の画家。京都の生まれで、初め狩野派を学び、のち中国の古画や光琳《こうりん》風を研究、動植物画に一派を開いた。特に鶏の絵は有名。

一四〇 10　好事魔多し　よいこと、うまくいきそうなことには、とかく邪魔が入りやすい。

一四一 7　昔し阿修羅が……　阿修羅(梵語 Asura)は古代インドの神の一族。帝釈天など天上の神々に戦いを挑む悪神とされる。仏教では天龍八部衆の一つとして仏法の守護神とされる一方、六道の一つとして人間以下の存在とされる。たえず闘争を好み、地下や海底に住むといわれる。阿修羅が帝釈天と戦って敗れるという話は、例えば『臨済録』の「示衆」一〇に「祇《ただ》阿修羅の天帝釈《てんたいしゃく》と戦うが如きは、戦敗れて八万四千の眷属《けんぞく》を領して、藕糸《ぐうし》の孔中《こうちゅう》に入って蔵《かく》る」と出ている。

一四一 7　藕糸孔中に入って蔵れた　蓮の茎を折った時に出る糸の細い孔の中にかくれた。

一四一 8　維摩　維摩詰《ゆいまきつ》。『維摩経』の中心となって活躍する架空の人物。中インドのバイシャーリーの大富豪で、しかも仏教教理に通達していた人とされ、菩薩の化身であると説かれている。

一四一 8　胡桃の裏に潜んで、われを尽大千世界の……　シェイクスピアの『ハムレット』第二幕第二場(二五四—二五五行)におけるハムレットの台詞。原文は、'O God, I could be bounded in a nutshell and count myself a king of infinite space . . .'。「尽大千世界」は広大無辺を意味する仏語で、右の引用の 'infinite space' に相当する。

一四一 9　粟粒芥顆　粟の粒と芥子の実。ともに微小なもののたとえ。

一四一 10　一生　一学生。修業中の者。

一四一 12　百年は一年の如く、一年は一刻の如し……　『幻影の盾』末尾の「百年を十で割り、十年を百で割つて、贏《あま》す所の半時に百年の苦楽を乗じたら矢張り百年の生を享けたと同じ事ぢや」に通ずる。

一四一 15　蜀川十様の錦　中国の蜀(現在の四川省)で作り出された十種類の美しい錦。蜀川は四川省成都付近を流れる蜀江。漢代からこの地の特産物として知られていた錦を、「蜀江の錦」と称する。漱石文庫蔵の『禅林句集』に、「西川十様の錦、花を添えて色転《うた》た鮮かなり」とある。西川は西蜀すなわち蜀の国。

薤露行

「薤露」は人生のはかないことをたとえた言葉であり、中国古代の挽歌の題として用いられた。明治三十九年三月二日付川本(当時横前)敏亮宛書簡に、「題は古楽府《こがふ》中にある名の由に候御承知の通り「人生は薤上《かいじよう》の露の如く晞《かわ》き易《やす》し」と申す語より来り候。無論音にてカイロとよむ積に候」とある。「古楽府」とは漢代に起こった楽府、すなわち漢詩の一体で、その楽曲を「行」という。薤はにら。

一四五 1　マロリー　Malory, *Sir* Thomas (?–1471)　イギリスの騎士・文筆家。『アーサー王の死』(次注参照)により散文物語作家の父たる位置を占めて、後世のイギリス文学に大きな影響を与えた。

一四五 1　アーサー物語　『アーサー王の死』*Le Morte D'Arthur* をさす。全二十一巻からなるアーサー王伝説の集大成で一四七〇年に完成、一四八五年にキャクストンによって出版された。

一四五7　ランスロット　*Sir* Lancelot (Launcelot)　円卓の騎士（注一四七11参照）中第一の勇士。アーサー王の花嫁としてのギニヴィアを迎えに遣わされたのがきっかけとなって、二人は道ならぬ恋におちいり、彼の人生ばかりでなく、究極的にはアーサー王の悲劇的終焉の原因となる。

一四五7　ギニギア　ギニヴィア Guinevere　アーサー王の妃。

一四五8　テニソン　Tennyson, Alfred (1809-92)　イギリスの詩人。一八五〇年に *In Memoriam* を発表して好評を得、ワーズワスのあとをついで桂冠詩人に任命された。

一四五8　アイヂルス　テニソンの長篇叙事詩『国王の牧歌』*Idylls of the King* (1859-85) のこと。『薤露行』と関係の深い「ランスロットとエレーン」'Lancelot and Elaine' を含めて全十二篇からなる。

一四六2　カメロット　Camelot　アーサー王の宮殿があったと伝えられる架空の地名。マロリーはこれをウィンチェスターと見ているが、サマセット州の Camelford あるいは、南ウェールズの Caeleon だという説もある。

一四六5　石階の二級　石の階段の二段（下まで）。級は段、きざはし。

一四七12　円卓の騎士　注一四七11参照。

一四七13　「うれしきものに罪を思へば……」　明治三十九年三月二日付川本敏亮宛の書簡に、相手からの疑問に答えて「「恐ろしき罪は犯したれど其内に嬉しき節もあれば其嬉しさに引かされて永く此罪を犯して居りたしと迄恋に心を奪はれたるうき吾身なり」と云ふ考にて使用致候」と説明されている。

一四八7　長き逢ふ瀬の淵と変らば　忍び逢うことが度重って、恋心がつのり淵のように深くなってしまったならば。『百人一首』に「筑波嶺《つくばね》の峰より落つるみなの川恋ぞつもりて淵となりぬる」（陽成院《ようぜいいん》）がある。

一四八8　戞然　堅い物が触れて高く鋭い音をたてるさま。戞は金属などのかち合う音の擬声語。

一四八15　窈窕として　奥深いものしずかな心で。『詩経』「周南」の「関雎」に「窈窕たる淑女」とあり、ここの「窈窕」を『毛伝』は「幽深也」と注す。大正五年九月十七日作の漢詩(「無題」)に「独坐窈窕虚白裏」(独り窈窕虚白の裏《うち》に坐すれば)とある。

一四九 5　石火　燧石《ひうちいし》を打って出す火。転じて短い瞬間。「電光石火」、「石火の光」などの句を作る。

一五〇 10　口縄　朽縄すなわち蛇(形の類似から)の古称。

一五〇 12　一尋　尋は縄・水深などをはかる長さの単位。一尋は両手を左右にひろげた時の両手先の間の距離で、五尺(約一五〇センチメートル)または六尺(約一八〇センチメートル)。

一五二 3　挿毛　飾りとしてつける動物の毛。

一五二 5　シャロットの女　テニソンの詩 *The Lady of Shalott*(1832)に基づく。テニソンはこの詩をイタリアの小説『スカロッタの姫』*Donna di Scalotta* に基づいて書いた。下図はウィリアム・ホルマン・ハントによる「シャーロットの女」。

一五三 14　跼蹐　跼天蹐地の略。頭が天に触れるのを恐れて背を曲げて歩き、地がくぼむのを恐れてぬき足で歩くが如く、ひどく恐れながら生活すること。

一五四 3　万頃の乱れ　ここでは広い水面が一面に波立つこと。「頃」は中国の地積の単位。

一五四 7　活殺生死の乾坤を定裏に拈出して……　生と死の変転の激しい世界の動きを限られた面に拈《ひね》り出し、五色にいろどられた美しい情景をもひっそりと映し出す(鏡の中の)世界である。

一五四 10　マーリン　Merlin 魔法使いとしてアーサー王伝説に登場し、アーサー王のために力を尽くすが、ニミュエの誘惑にかかって岩の下に閉じこめられてしまう。テニソンの『国王の牧歌』では湖の貴女ヴィヴィアンにたぶらかされる男として描かれている。

一五四 12　砉然　物の離れる音の形容。砉は骨と皮とが離れる音。

一五五 1　瑩朗　鏡の面がきれいに澄んでいること。

一五五 5　繒　きぬ。

一五六 2　罪障　悟りをひらいたり極楽往生したりする上で、妨げとなる罪(悪い行い)。

一五六 6　リア　Lear　シェイクスピアの悲劇『リア王』*King Lear*(1605)の主人公。「荒野の中に白き髯飛ぶ」は、第三幕第二場の嵐の場面におけるその姿。

一五八 2　毿々と　毛の長いさま。

一五八 6　レスト　rest　槍受け、槍支え(馬上に槍を構えるため鎧《よろい》の胸当てにつけた掛け金)。

一五九 6　エレーン　Elaine　ランスロットに対するエレーンの悲恋はマロリーの『アーサー王の死』第十八巻第九章に語られているが、漱石は多くをテニソンの『国王の牧歌』第七篇「ランスロットとエレーン」によっている。下図はギュスターヴ・ドレによる「舟の中のエレーン」。

一五九 6　アストラット　Astolat　アーサー王伝説中の地名で、一般にサリー州のギルフォード(Guildford)だと考えられている。

一五九 12　袍　うわぎ。

一六〇 3　偃蹇として　高くそびえ立って。

一六〇 3　澗底　谷の深いところ。

一六〇 8　チアー　マロリーの『アーサー王の死』第十八巻第九章に *Sir* Tirre として出ている。テニソンの『国王の牧歌』の「ランスロットとエレーン」では *Sir* Torre.

一六〇 10　血架　一行前の「白地に赤く十字架を染めたる盾」をさす。

一六〇 13　ラヴェン　*Sir* Lavaine　エレーンの兄。ランスロットに従って馬上試合の場に赴くが、「ランスロットとエレーン」では、その前にエレーンの象徴的な「夢」をランスロットに語るという重要な役割を演じ

ている。
一六一 3　蔦　女性、あるいは女性の献身的愛の象徴として、ヴィクトリア朝の文学作品、たとえばアントニー・トロロープの『バーチェスター塔』(一八五七)第四十九章や、アーサー・ヒューズの絵画「長びく婚約」(*The Long Engagement*, 1859)などに描かれている。
一六一 10　更　日没から日の出までの間を五等分して呼ぶ時刻の名。例えば、初更(午後七時から九時頃)、三更(午後十一時から午前一時頃)など。
一六二 7　八万四千　仏教用語で数の多いことを表わす語。「八万四千の法門」、「八万四千の煩悩」などという。
一六三 11　杭に焼かる、時　不倫を犯した人妻が火刑に処せられることをさす。
一六四 13　兜に捲いて勝負せよ　中世の騎士たちの間には、愛し慕う貴婦人の贈り物を身につけて合戦や試合の場に臨むならわしがあった。
一六九 6　誣ひたる　「誣いる」は、あざむく。
一七〇 2　悚然として　恐れるようす。びくびくして。
一七〇 10　黄金の髪　テニソンの『国王の牧歌』第十篇「ギニヴィア」でも、ギニヴィアの髪が'golden head', 'golden hair'と形容されている。しかし、漱石が書いているような状況は含まれていない。
一七一 8　モードレッド　Modred または Mordred アーサー王の甥。マロリーの『アーサー王の死』では、アーサー王がそれと知らずに腹違いの妹に産ませた子になっている。円卓の騎士の間の裏切り者となり、王に反逆、王位簒奪《さんだつ》を図って殺されるが、アーサー王も事実上彼によって滅ぼされる。
一七一 10　アグラヴェン　Agravain または Agrawain アーサー王伝説中の人物。モードレッドと共にランスロットと敵対、アーサー王に対し、ギニヴィアとランスロットの関係を暴露する。
一七二 14　石堞　石でこしらえた姫垣。
一七二 14　窈然　奥深くかすかなさま。
一七三 3　鍪　かぶとの鉢。
一七八 13　土水の因果　土や水の影響。
一七九 6　唯々として　いわれたことに従って。
一七九 13　杳然として　はるか遠くへ。

趣味の遺伝

明治三十九年二月十三日付森田草平宛書簡の中で、漱石は「趣味の遺伝といふ趣味は男女相愛するといふ趣味の意味です」と述べている。

一八五 4　朔北の野　北方の野。ここでは「満洲」をさす。日露戦争(明治三十七—三十八)の戦場であった。

一八五 4　獒狗　猛犬。

一八五 10　羃々たる　雲の垂れこめる形容。羃はおおうの意。唐、李華「古戦場を弔うの文」に「鬼神聚《あつま》りて雲羃羃たり」とある。

一八六 2　新橋　新橋停車場をさす。明治五年に日本最初の鉄道が東京—横浜間に開通した時、東京側の起点となった。明治二十二年新橋—神戸間を結ぶ東海道本線開通に伴って一世を風靡《ふうび》した鉄道唱歌の歌い出しに用いられて有名になった。大正三年東京駅ができた後、汐留と改称されて貨物専用駅となった。現在の新橋駅は当時の烏森駅を改称したもの。

一八六 3　凱旋門　日露戦争終結後、戦場からの帰還兵を迎えるために、新橋駅頭に巨大な楼門が建てられていた。

一八六 5　絹帽　シルクハット。一般に男子の正装の時の円筒状の帽子。毛足のあるシルク地で作る。

一八六 6　仙台平　極上質の絹袴地の一種。元禄前後頃、仙台藩主が西陣から織師を招いて織りはじめたという。

一八六 6　七子　七子織(斜子織とも書く)の略。たて糸とよこ糸ともに七本の撚糸を使ったことからその名がある。また、布面が魚卵のようにみえるので「魚子織」、糸が並んで組織するので「並子織」とも書き表わす。おもに羽織、着物に使われた。

一八六 11　連雀町　東京神田区(現、千代田区)の町名。連雀は行商人のこと。連雀商人が集まって商売を行った所には連雀座、あるいは連雀町が成立した。

一八七 8　唐桟　細番の諸撚《もろより》綿糸で平織にした雅趣のある縞織物。通人が羽織、着物などに用いた。

一八九 9　万歳を唱へた事　芥川龍之介『漱石山房の冬』に、漱石の話として「自分はまだ生涯に三度しか万歳を唱へたことはない」と記されている。

一九〇 9　遼東　中国東北区(旧満洲)の遼寧省東南部一帯をいう。遼東半島の南端に、日露戦争の激戦地として知られる旅順がある。

一九〇 9　奉天　中国東北区の主都、瀋陽《しんよう》の旧名。日露戦争最後の大会戦の地。

一九〇 10　沙河　奉天の南約十五キロメートルにある地。

一九〇 15　黄巻青帙　書物のこと。黄巻は、虫食いを防ぐために黄蘗の樹皮で染めた紙を用いたことから生じた名称であり、青帙は、青い布で作った書物のおおい。

一九〇 15　天下の逸民　世俗と無関係に、自適の生活を楽しむ人。

一九一 12　着衣の件、喫飯の件　日常の動作をいう禅語。『馬祖道一《ばそどういつ》禅師語録』に、「長《とこしな》えに法性三昧中に在って、著衣喫飯、言談祇対《ただ》す」とある。

一九二 1　よくせき　やむを得ないさま。よくよく(の)。

一九二 12　玄境　奥深い境地。

一九二 15　居は気を移す　人は住む場所や環境に自然に感化される。『孟子』「尽心上」に「居は気を移し、養は体を移す」とある。漱石は明治二十二年に『居移気説』と題する作文を書いている。

一九四 6　風船　気球のこと。飛行機の現れる前、一般の好奇心をそそり、例えば明治二十三年英国人スペンサーは、横浜などで気球乗りを興行して成功を収め、二十四年歌舞伎座で黙阿弥の舞踊劇「風船乗評判高閣《うわさのたかどの》」が、「スペンサーの風船乗」と称し上演された。

一九五 3　ロメオがジュリエットを見る為に……　シェイクスピア『ロミオとジュリエット』第二幕第一場に、ロミオがジュリエットに会うために塀を乗り越えてキャピュレット家の庭にしのびこむところがある。続いて第二場で有名なバルコニーの場面が展開する。

一九五 15　ランドウ　landau　前後に向き合う座席上に、それぞれ折りたたみ式幌のついた四輪の客馬車。ババリア地方の町ランダウで最初につくられたので、この名がある。

一九六 2　儀仗兵　儀礼・警備のために天皇、皇族、大臣、高官、あるいは外国の賓客などにつけられる兵隊。儀仗は、儀式の際に用いる兵仗(武器)。

一九六 3　藤鼠　薄紫色でやや鼠色がかった色。

一九七 1　出山の釈迦　生・老・病・死の四苦を脱するために、インドのヒマラヤ南麓の生家カピラ宮殿を出て苦業を積んだ頃の釈迦牟尼《むに》。

一九七 4 元寇の役　鎌倉時代、元の軍隊が日本に来襲した事件。文永十一（一二七四）年と弘安四（一二八一）年の二度にわたったが、二度とも日本軍の奮戦と大風により敗退。

一九七 5 時宗　北条時宗。建長三（一二五一）―弘安七（一二八四）年。鎌倉幕府の執権。通称、相模《さがみ》太郎。二度にわたる元寇をよく防いだ。

一九七 5 仏光国師　一二二六―八六。宋の明州慶元府生まれの臨済宗の僧。名は祖元、字は子元、号は無学。弘安二（一二七九）年に北条時宗に招かれて来日、建長寺に住し、弘安五年、円覚寺を開山した。祖元は時宗や鎌倉武士を積極的に教化し、禅による精神的鍛練を指導した。『仏光国師語録』十巻がある。

一九七 5 驀地に　まっしぐらに。

一九七 6 禅機　禅のはたらき。

一九七 7 曠如と　広く大きな気持ちで。「曠」は広い、大きい、の意。

一九七 7 英霊漢　尊敬されるべきすぐれた魂をもった男（たち）。

一九七 8 八荒　全世界。八極ともいう。

一九七 10 這裏　這は「此」の意。このうち。このなか。

一九七 10 磅礴　広く満ちふさがるさま。

一九七 11 沆瀁　水をたたえているように、ひろびろとしているさま。

一九八 7 白山の御寺　白山は小石川区（現、文京区）の地名。二〇八頁に出てくる「駒込の寂光院」をさす。架空の寺である。

一九八 8 旅順　遼東半島の南端にある港湾地区。日露戦争の最大の激戦地。注一九〇9参照。

一九九 6 冷飯草履　粗末なわら草履。

一九九 8 悵然　悲しい気持ち。

一九九 11 松樹山　旅順の北方にある山。日露戦争の際、ロシア軍の堡塁があった。日本軍は坑道作戦によってこの堡塁を爆破し、苦戦の末明治三十七年十二月三十一日にこれを占領した。

一九九 13 散兵壕　敵前で適当の距離を隔てて散開した兵隊が、戦闘を有効にするために設けた壕。

二〇〇 5 簇然　むらがっているさま。

二〇〇 13 鋳鉄　炭素を含んだ鉄合金で、鋳物用工業材料だが、ここではそれで作った大砲。
三〇〇 **15** 露助　ロシア人を嘲っていう語。日露戦争前後によく使われた。
三〇一 **15** 碌々　平々凡々。
三〇三 **14** 二龍山　旅順北郊の山。松樹山(注一九九11参照)と共にロシア軍の堡塁が築かれたが、明治三十七年十二月二十九日に、日本軍が占領した。
三〇四 **1** 穹窖　弓なりに曲がった天井をもった穴倉。ここでは、トーチカ。
三〇四 **8** ステッセル　Stessel, Anatolii Mikhailovich (1848-1915) ロシアの将軍。日露戦争の際、旅順の守備に当たった。乃木大将の軍に包囲されて防戦につとめたが、ついに降服。そのために軍法会議にかけられ死刑を宣告されたが、のちに減刑、釈放された。
三〇四 **9** 日露の講和　明治三十八年九月、イングランドのハンプシャー州南岸ポーツマスにおいて、日本首席全権小村寿太郎とロシア首席全権ウィッテとの間で講和条約が締結された。ポーツマス条約。
三〇四 **10** 乾坤を提げて　乾坤は天と地、あるいは日と月。天地間のあらゆるものを総動員して、の意。
三〇四 **11** 蠢々　うごめき乱れるさま。
三〇七 **14** 悼亡　友人や妻など親しい者の死をいたみ悲しむこと。
三〇八 **2** 西片町　漱石はこの作品を発表した明治三十九年の十二月に、本郷区駒込千駄木町五十七番地から本郷区駒込西片町十番地ろノ七号に転居している。
三〇八 **3** 熟柿の様ない、心持　明治二十九年の漱石の句に「日あたりや熟柿の如き心地あり」がある。
三〇八 **5** 大師流　弘法大師空海を開祖と称する書道の一流派。中世末に空海の装飾的な書風をさらに誇張して創始された。
三〇八 **6** 精舎　梵語のヴィハーラ(vihāra)の漢訳語で、仏教寺院のこと。仏道に精進する者が住む舎という意味。
三〇八 **14** 納所　納所坊主の略。寺の会計や庶務をつかさどる僧。納所は、寺院で施し物を納め、会計などの寺務を取り扱う所。
三〇九 **2** 聯　柱または壁などの左右に、相対してかけて飾りとする細長い書画の板。
三〇九 **4** 王羲之　東晋の書家。三〇七―三六五。字は逸

少。中国はもとより日本でも、古来書聖として尊敬された。

二〇2　定寂　永遠に静寂なこと。煩悩の惑乱がなくて寂静《じゃくじょう》の徳がそなわっていること。天台宗で仏国土を四つに分けた四土の一つ、常寂光土からきている。「常寂光土」は永遠・絶対の浄土であり、常住不変で静寂な、光明のあふれる仏の居所を言い表わす。

二〇2　反思　反省。

二一3　卵塔場　墓場。「卵塔」は六角または八角の台座の上に卵形の塔身を載せた石塔。

二一14　光彩陸離　きらきらと輝く光が美しく入り乱れるさま。

二二3　すつくら　本文次行の「すつくり」の訛り。「すつくと」と同じ。

二三2　死地に活を求むと云ふ兵法　軍を死地において決死の覚悟で奮闘させてはじめて、活路を見出すことができる、とする孫子の兵法。『孫子』「九地篇」に「之を亡地に投じて然る後存し、之を死地に陥れて然る後生く」とある。

二三6　ヘリオトロープ　ペルー原産の植物ヘリオトロープの花から採り、あるいはそれと同じ香りに調合した香水。

二四8　三越陳列場　今の三越の前名、三越呉服店の俗称。その前身三井呉服店時代の坐売りの方式を改め、客が自由に商品を選べるように陳列場を設けたことから、このように呼ばれるようになった。

二四9　落柿舎　京都嵯峨野小倉山の東麓にあった向井去来の別荘。現在のものは明治初年に建立。

二四13　住吉の祠　大阪市住吉区にある住吉神社のこと。

二四14　箱根の大地獄　箱根火山の中央火口丘、神山北部中腹にある大涌谷のこと。

二四14　二八　十六歳。娘ざかりの年ごろ。

二五1　対照　『文学論』第四編第六章「対置法」において、漱石は対照のもつさまざまな効果を論じている。注二六1参照。

二五7　父母未生以前　父母がまだ生まれない前。ここでは、遠い過去、前世の意。もともとこれは禅語で、相対世界を離れた絶対無差別の境をさす。

二五10　錯落　入り混っているさま。

二五11　円熟無礙　障りのない完全な形の。

二六1　読者は沙翁の悲劇マクベスを……　以下は、シェイクスピアの四大悲劇の一つ『マクベス』第二幕第二場から第三場にかけて展開する内容への言及である。古来この門たたきの場面は有名で、漱石は『文学論』第四編第六章において「仮対法」を論じるのに、この「*Macbeth* の門衛の場」を援用している。

二六15　従五位　位階の一つ。位階は正と従によって表わされ、それぞれに一位から八位までの位階があった。一般に五位以上が貴族階級とされた。

二七1　箔屋町の大火事　明治十三年十二月二十六日に、日本橋区箔屋町から出火して、周囲三十数カ町に広がり、延焼戸数一万五千余にのぼった大火事。

二七2　板橋の一つ番　板橋は昔の中仙道第一の宿駅で、江戸の中心から遠く離れていた。一つ番は普通一つ半。半鐘を一打ちずつ間をおいて鳴らし、遠方の出火を告げる方法。都心を遠く離れた板橋からでさえも遠い火事――つまり災害の及ぶおそれのない火事のこと。

二七2　濃尾の震災　明治二十四年十月二十八日に、美濃(岐阜県)と尾張(愛知県)を襲った大地震。

二七2　生き仏　本来は、この世に生きている人間で仏のように徳の高い慈悲深い人をいうが、ここでは、危く死地を脱して生き返った人。

二七2　ドン　午砲。正午を知らせるために発していた空砲の音。東京では明治四(一八七一)年にはじまり、昭和四(一九二九)年に廃止。

二七10　刻意に　克明に。『荘子』「刻意篇」に、「意を刻みて行いを尚ぶ」とある。

二七11　冥々の際　知らず知らずのうちに。

二八3　諷語　遠まわしにいう言語。正語の反対。

二八10　啾々たる鬼哭　わびしい亡霊の泣き声。

二八13　正語　正面からいった、作為のない言葉。

二九2　カツポレ　「カッポレカッポレ、甘茶でカッポレ」と囃しことばのある俗謡に合わせて踊る陽気な踊り。明治中期頃に全盛をきわめた。注二六七3参照。

二九8　友染　友禅(友禅染)のこと。

二九8　繻珍　繻子の地に金糸・銀糸、その他の色糸を使って模様を浮き織りにした織物。ポルトガル語 setim、オランダ語 satijn、一説に唐音「七糸緞《しちんたん》」の転訛とも。

二九14　上野の音楽会　上野公園内の東京音楽学校(現、

東京芸術大学）の奏楽堂で催された音楽会。その演奏会の模様が『野分』「四」に描き出されている。

三〇1 映帯　光や色彩がうつり合うこと。

三一13 神代杉　水や土に埋もれて多くの年数を経た杉材。高級建築の装飾や工芸品の材料などに用いられる。

三三13 退儀　普通「大儀」と書く。骨が折れること。苦労。転じて、面倒で、おっくうなこと。

三三12 平仄が合はない　漢詩の韻律を構成する平字（平声《ひょうしょう》の韻に属するもの）と仄字（上・去・入声《にっしょう》の韻に属するもの）の関係がうまくいっていない、の意から転じて、話の前後のつじつまが合わないことをいう。

三七2 久堅町　小石川区久堅町。現在の小石川五丁目。久堅保育園にその名が残っている。

三七3 伝通院　当時の小石川区表町、現在の文京区小石川三丁目にある浄土宗の寺院。無量山寿経寺と号する。関東十八檀林の一つで、応永二十二（一四一五）年に創建。徳川家康の生母於大《おだい》の方が葬られその法号伝通院の名で呼ばれるようになった。

三七8 流星光底　頼山陽の漢詩「不識庵の機山を撃つ図に題す」（不識庵＝上杉謙信、機山＝武田信玄）の結句「流星光底長蛇を逸す」を借りて、空しく取り逃がしたことをいったもの。詩にいう「流星」は刀光のひらめきのたとえ。したがってこの句は、振りおろした剣の光が流星のようにきらめくさまを形容している。

三七12 柳町　小石川区柳町。現在の小石川一丁目のあたり、柳町小学校にその名を留めている。「橋」は小石川に架かっていた橋。

三八5 惘然　気ぬけしてぼんやりしたさま。呆然に同じ。

三八9 倥偬　忙しいさま。

三九1 醜虜　みにくいえびす。敵国人を卑しめていった語。

三三3 メンデリズム　Mendelism メンデルの法則。オーストリアの植物学者 Gregor Johann Mendel（1822-84）が、一八六五年に発表した遺伝の法則。

三三3 ワイスマン　ヴァイスマン Weismann, August（1834-1914）ドイツの動物学者。ハエ、貝、ミジンコなどの発生を研究、のちに眼疾のため理論家となった。自然淘汰の万能を唱え、これによって進化に説明を与えようとし、自説を新ダーウィン主義と称した。注①

一三七12参照。

二三三3　ヘッケル　Haeckel, Ernst Heinrich (1834-1919)　ドイツの生物学者・哲学者。ダーウィンの進化論を支持し、この思想をもとに一種の形而上学的唯物論ともいうべき学問体系を構成した。

二三三3　ヘルトウイッヒ　Hertwig, Oscar (1849-1922)　ドイツの動物学者。精虫が卵子に入ると核の合同が行われることを証明した。彼の弟 Richard von Hertwig (1850-1937) も動物学者で、兄弟合同で胚葉説をたてたほか、ウニを用いてストリキニンによる人工受精を行い、またカエルの性分化を明らかにした。

二三三4　スペンサー　Spencer, Herbert (1820-1903)　イギリスの哲学者・社会学者。進化と発展を哲学の中心概念とし、生物、心理、社会、道徳などの諸現象を、この立場から統一理解しようとした。主著、*First Principles* (1862)。

二三三5　リード　Read, Carveth (1848-1931)　イギリスの哲学者。経験主義的認識論に立ちつつ、汎心論的世界観をいだく。漱石の蔵書に、その著、*Natural and Social Morals, or the Phases of Human Progress* (1909) が含まれている。

二三三8　切り下げ　切り下げ髪の略。女性の髪の結い方の一つで、髪の毛の端を頸部のあたりで切りそろえて垂らす。未亡人などの髪型。

二三三8　被布　着物の上にはおる衣服の一つ。羽織に似るが、衽《おくみ》深く左右に合わせ、盤領《まるえり》のもの。江戸末期より茶人や俳人が着用。のちに婦人や子供の外出用となり、さらに洋風を加味して東《あずま》コートに変化した。

二三四4　泣く子と地頭には勝たれぬ　諺。道理をもって争っても勝ち目のないことにいう。「地頭」は源頼朝が、源行家、義経を捕える名目で、各地の荘園、公領に置いた職。諺では横暴な役人の代名詞として用いられている。

二三六2　家令　律令制で、親王・内親王などの家で家務・会計を管理した人の称であったが、明治以後、宮家や華族の家務の管理人をいうようになった。

二三七7　ダーキン　ダーウィン Darwin, Charles Robert (1809-82)　イギリスの博物学者、進化論の提唱者。ビーグル号に乗り組んで南半球の各地を調査し、『種の起源』(一八五九) を発表、生物学界だけでなく、社会的・宗教的に大きな影響を及ぼした。

三三七 **8**　ハミルトン　Hamilton, William Rowan (1805-65) ダブリン生まれのイギリスの数学者・天文学者。早熟の天才として知られる。九歳にして十三カ国語に通じ、ダブリンのトリニティ・カレッジ在学中の一八二七年に天文学教授ならびに王立アイルランド天文台の所員に任ぜられた。数学では、代数学を三次元の幾何学に近づけた「四元数」の着想を得て、これを発展させた。

三三七 **8**　クオーターニオン　quaternion 四元数。一八四三年にW・R・ハミルトンによって考案された数で、$w+xi+yj+zk$ の形で表わされる。なお w, x, y, z は実数で、i, j, k は虚数単位。

三三七 **9**　自宅の渋柿は……　自分の考えや意見を信じこんで得意になっているさまをたとえて言ったもの。本全集二十一巻「ノートV-7 信仰ノ害(文芸トノ関係)」に、次のような類似のアフォリズム的表現がみえる。「○frruit ハ自分ノ家ノニ限ルト云フ。他ヨリ貰ヘルヲ以テ猶《なお》買ヘルヨリ善シトス　○butter ハ自分ノ家ノニ限ルト云フ　家ヨリ持チ来レルヲ食シテ猶自分ノ家ノニ限ルト云フ」。

三三七 **12**　八王子平　東京都八王子市付近から産出される袴地の織物。

三三八 **5**　留守居　江戸時代、諸藩の江戸屋敷に置かれた職名。幕府や他藩との連絡に当たった。

三四〇 **14**　国家老　江戸時代、大名の領国にいて勤務し、主君参勤の留守を預かった家老。

三四三 **11**　エレーンがランスロットに始めて逢ふ……　『薤露行』の三「袖」の章ならびに注を参照。

三四六 **5**　白菊を御墓へ手向けた　これを書いた頃、漱石は明治三十九年一月号の『ホトトギス』に発表された伊藤左千夫の『野菊の墓』を読んだ。そして三十八年十二月二十九日付左千夫宛書簡で、「小生帝文(『帝国文学』)に趣味の遺伝と云ふ小説をかきました君の程自然も野趣もないが亡人の墓に白菊を手向けるといふ点に於て少々似て居りますから序《ついで》によんで下さい」と書いている。なお、この結末部分に関して漱石は、明治三十九年一月十六日付皆川正禧宛書簡で「趣味の遺伝御読み被下難有候。結末の一気呵成の所をほめて下されたのは望外の幸福と存候。実は時間がたりなくて、かけなかつたのです、仕舞をもつとかゝんと、前の詳細な叙述な〔に〕比例を失する様に思ひます」と述べ、また『坊っちゃん』執筆中の明治三十九年三月二十三日付高浜虚子宛書簡では「趣味の遺伝で時間がなくて急ぎすぎたから今度はゆる〳〵やる積です」とも述べている。

坊っちゃん

談話『文学談』(『文学界』明治三十九年九月)の中で、主人公「坊っちゃん」という人物について漱石は次のように語っている。「手近な話が、『坊っちゃん』の中《うち》の坊つちゃんと云ふ人物は或点までは愛すべく、同情を表すべき価値のある人物であるが、単純過ぎて経験が乏し過ぎて現今の様な複雑な社会には円満に生存しにくい人だなと読者が感じて合点しさへすれば、それで作者の人生観が読者に徹したと云うてよいのです」。また、談話『僕の昔』(『趣味』明治四十年二月)には本篇の描写にかかわる記述が少なからずある。

二四九 2　親譲りの無鉄砲　親の代からの向こうみずな性格。なお、出自への言及は、「是でも元は旗本だ。旗本の元は清和源氏で、多田の満仲の後裔だ。こんな土百姓とは生れからして違ふんだ」(二八九頁)、「系図が見たけりや、多田満仲以来の先祖を一人残らず拝ましてやらあ」(三八三頁)などがある。

二四九 2 小学校　漱石の就学当時(明治十年前後)は、小学校は六歳で入学し、上等・下等各八級の十六級を八年で終える課程となっている。しかし、漱石自身は六、七年で修了している(小宮豊隆『夏目漱石』)。また、明治三十三(一九〇〇)年八月二十日の「小学校令改正」では、「尋常小学校ノ修業年限ハ四箇年トシ高等小学校ノ修業年限ハ二箇年、三箇年又ハ四箇年トス」とある。教育の国家的体系の急速な整備が目差されていたものの、政府の目標が五万三七六〇校の小学校設立であったのに、明治三十五年の実情では、二万七〇七六校で約半数に過ぎない。

二四九 4 新築の二階　明治八年の小学校に関する統計によると、小学校校舎のうち、十八パーセントが新築校舎で、その他は全部借用、そのうち寺院を使用したものが四十パーセント、民家借用が三十三パーセント、その他官庁、会社、神社、倉庫、旧藩邸などを借用したものが九パーセントである(海後宗臣『日本教育史』、講座『教育科学』一九三二、所収)。

明治二十四年四月八日の「小学校設備準則」第三条二は、「校舎ハ成ルヘク平屋造ナルヲ要ス若《も》シ二階造ナルトキハ成ルヘク幼年生ノ教室ヲ階下ニ置クヲ要ス」とある。この場面では、珍しい新築の二階だったから主人公と同級生とのやりとりが生まれたのである。

二四九 10 右の手の親指の甲をはすに切り込んだ　この叙述から、主人公は左利きだったことが分かる。作者の資質の反映だと思われる。

二五〇 2 脊戸　裏門、裏口。

二五〇 6 鉢の開いた頭　鉢は頭蓋骨。鉢周りの大きい頭。

二五〇 10 足搦　相手の足に自分の足をからみつけて倒すこと。あしがらみ。

二五一 1 尻を持ち込まれた　苦情をいわれた。

二五一 6 兄　漱石には四人の兄があり、従来、「色の白い鼻筋の通つた美くしい男」(『硝子戸の中』)であった、長兄の風貌の投影が指摘されている。しかし、ここでは敬意を抱いていた長兄とは違い、敵役となっている。

二五一 6 やに　「いやに」の江戸なまり。

二五一 11 へっつい　かまど。注①七13参照。

二五二 5 待駒　将棋の手の一つ。相手の王将の逃げ道にそなえて、待ち伏せのように駒を打つ。

二五二 11　瓦解　ここでは徳川幕府の崩壊、すなわち明治維新の変動をさす。

二五二 14　悪太郎　腕白者。乱暴者。

二五二 15　木の端　木切れ。とるにたらぬもの。漱石が学生時代に房総を旅行した時の漢文による紀行文『木屑録』の「木屑」に同じ。

二五三 9　金鍔　金鍔焼。うどん粉を水でこねて薄く平らにのばした皮で餡を包み、刀の鍔形に焼いたもの。庶民に好まれた菓子。

二五三 9　紅梅焼　梅の花の形に押し抜いて焼いた煎餅。

二五三 11　靴足袋　靴下。

二五三 11　鉛筆　「坊っちゃん」の子供時代、鉛筆は珍しいものであった。日本に初めて鉛筆が渡来したのは江戸時代初期である。しかし、明治になっても、一般には学習用の筆記具として用いられることは少なかった。学習用の筆記具には、低年齢の子供には石盤および蠟石を棒状にした石筆、年長の子供には伝統的な毛筆がほぼ明治期を通して用いられていた。商品としての鉛筆は明治十年頃にドイツから輸入されており、「木筆」と称されて唐物屋の店頭に陳列された。三越呉服店が積極的に輸入、宣伝し、新しもの好きの人々に喜ばれたのは、明治四十年代に入ってからである。

二五三 15　後架　便所。ここでは便壺。

二五四 3　壱円札　明治十七（一八八四）年九月に発行された日本銀行券。銀貨準備銀行券とされ、兌換《だかん》券であったから、銀貨と交換することができた。

二五四 13　教育のない婆さん　明治五年の学制公布によって、義務教育が実施されたが、ここは、その「教育」を受けなかったという意。

二五五 5　手車　自家用人力車。

二五五 5　玄関のある家　江戸時代、武家屋敷は身分に応じた玄関が設けられたが、民家には原則として禁じられていた。明治維新以後は、家造りに関する禁令も廃されたので庶民の住宅も競って玄関を設けた。また、西洋風の住宅の入口も玄関と呼ばれ、大きな住宅では表玄関、中玄関が設けられることもあった。明治末期から大正期にかけては、玄関を構えることがひとかどの社会人として認められる象徴となった。漱石の生家は庄屋だったので維新以前に玄関造りが許され、「お玄関様」、「玄関々々《げんかげんか》」などと呼ばれていたことが、談話『僕の昔』や『硝子戸の中』で回想されている。

二五五9　麹町　麹町区麹町(現、千代田区麹町)。江戸時代旗本屋敷が多かった。明治期になり、旗本屋敷は次第に政府官僚の邸宅として、旧観をそのままに住宅地として復活していった。当時は山の手の高級住宅地であった。

二五五9　麻布　前注と同じく高級住宅地。

二五五10　西洋間　明治時代の和洋折衷様式の住宅で、主として接客用の応接間として用いられる部屋。椅子式の起居様式で、外観や室内意匠には洋風の様式をとり入れ、客用の玄関の近くに設けられるのが一般的な特徴。明治に入り、初めて洋風建築をとり入れた時期には、上流住宅で家族用居住部分と、洋風の来客接待部分をそれぞれ別棟で建てたが、明治三十年代には簡略化されて西洋間をもつ間取り形式が大都市の中流住宅に普及し、応接間という室名も生まれた。

二五六5　商業学校　兄の卒業時期から考えて、中学校卒業後に進む高等商業学校(ここでは、一橋大学の前身)をさすと思われる。

二五六9　牛乳配達　牛乳を一般大衆が飲用するようになったのは明治期に入ってからである。横浜でオランダ人に雇われ乳牛の飼育と搾乳をやっていた前田留吉が独立して、慶応二(一八六六)年牛乳の販売をはじめた。これが日本最初の牛乳屋である。薬用に飲まれたこともあって繁昌し、耕牧舎、愛光舎、北辰舎等の大きな店も誕生した。ここでは、特別の技能を要しない仕事の例として「配達」が挙げられている。牛乳小売店の店員となるほか、苦学生のアルバイトという意味合いも込められていよう。注⑪一〇八8参照。

二五六12　神田の小川町へ下宿　東京の下宿は本郷と神田に集中していた。漱石も明治十八年ごろ神田猿楽町の末富屋に下宿していたことがある。

二五六14　相続　明治三十一(一八九八)年公布の旧民法九七〇条においては、家督相続人について、男子、嫡出子、年長者の優先を規定している。

二五八1　新橋の停車場　当時の新橋駅は、のちの貨物線汐留《しおどめ》駅にあたり、鉄道輸送の中心をなしていた。烏森駅が新橋駅に、新橋駅が汐留駅に、呉服橋駅が東京駅に改称されるのは大正三年のことである。注一六六2参照。

二五八 7　語学とか文学　この作品が発表された明治三十九年四月当時、東京帝国大学および第一高等学校で英語と英文学を教え、文学の創作をしていたのは漱石自身である。

二五八 7　新体詩　明治時代、西洋の詩歌の形式と精神をとり入れるに際し、日本の旧来の詩歌、特に漢詩とは違うものであることを強調して「新体ノ詩」「新体詩」と称した。漱石自身もいくつかの新体詩を試みている。注①九1参照。

二五八 9　物理学校　現在の東京理科大学の前身。当時は三学年制で、一学年二学期の六学期編成。この学校は入学は易しいかわりに、進級・卒業が極めて難しいので有名であった。卒業生は程度が高いという世評があり、大半は中学教師となった。

二五八 14　四国辺のある中学校　漱石は明治二十八年四月、愛媛県尋常中学校の英語教師として松山へ赴任した。

二五八 15　月給は四十円　当時の教員を含む公務員の給与は、例えば、明治三十六年三月勅令「公立職員俸給令」によると四十円の俸給は八号俸、男子の場合下から三番目である。一級ごとに五円ずつ昇給した。漱石の松山中学赴任時の初任給は八十円であり、校長の六十円より高かった。「坊っちゃん」の給与はその半分であり、いわゆる平教師として位置づけられている。

二五九 6　同級生と一所に鎌倉へ遠足した　『満韓ところ〴〵』「十二」に、「明治二十年の頃だつたと思ふ。同じ下宿にごろ〳〵してゐた連中が七人程、江の島迄日《ひ》着《づき》日帰りの遠足を遣つた事がある」と、漱石自身の江の島行(明治二十年)についてその思い出を述べている。

二六〇 15　存分　初出以来「随分」と印字された。原稿は「存分」と書く。

二六一 7　大森位な漁村　当時の東京府荏原《えばら》郡(現、東京都大田区)にある地名。明治四十年頃の大森は、東海道線の大森駅をもち、海水浴、鉱泉など東京郊外の行楽地であったが、もともと羽田浦に面した小漁村(明治三十年に「大森町」となった)で海苔《のり》採集などで有名であった。

二六一 13　筒っぽう　筒袖の着物。江戸時代に子供の着物や大人の肌着として用いられた。また、下男・下女の略服や、職人・物売りなどの仕事着として用いられることも多かった。

二六三10　毛繻子　経《たて》に綿糸、緯《よこ》に毛糸を用いて織った綾織。それで張った洋傘は、絹織りの上物に比べると安値であった。

二六三15　顔のなかを御祭りでも通りやしまいし　他人に顔をじろじろ見られた時にいう江戸っ子特有の啖呵《たんか》。二六六頁の「見世物ぢやあるまいし」も同様の言い方。

二六四10　捺つた　「捺された」の訛り。

二六五11　到底あなたの仰やる通りにや、出来ません　漱石が松山中学在職当時(明治二十八年十一月)、愛媛県尋常中学校『保恵会雑誌』に発表した『愚見数則』には「余は教育者に適せず、教育家の資格を有せざればなり、其不適当なる男が、糊口の口を求めて、一番得易きものは、教師の位地なり」とある。なお、談話『時機が来てゐたんだ』と講演『私の個人主義』には、高等師範学校校長加納治五郎と漱石との間に本文と同様のやりとりがあったことが回想されている。

二六六5　宮芝居　安芝居。神社の祭礼に小屋掛けなどをしてやる小芝居から転じたもの。

二六六10　フランネル　flanel(オランダ語) 紡毛織物の一つ。平織または綾織の、柔軟で軽く、布面をややけば立たせたもの。

二六七3　うらなりの唐茄子　うらなりは延びたつるの末《うら》になった実。本成《もとなり》の対。唐茄子はかぼちゃのこと。栄養がゆきとどかず青白いかぼちゃを、元気のない人にたとえたもの。

二六七7　叡山の悪僧　鎌倉時代に比叡山延暦寺にいた僧兵。「悪」は強いの意。弁慶などが連想される。

二六七9　山嵐　山に吹く嵐。ここでは齧歯《げっし》目《もく》の小動物ヤマアラシ(山荒、豪猪)。背中の毛が長い棘状に逆立つので「毬栗坊主」と結びつけて、この渾名となったものか。明治三十九年四月四日付大谷繞石《おおたにじょうせき》宛書簡には「山嵐の如きは中学のみならず高等学校にも大学にも居らぬ事と存候」とみえる。

二六七12　透綾　「すきや」は「すきあや」が約《つづ》まったもの。薄地の絹織物で、夏向きの布。

二六七12　でげす　「でございます」の転訛。通人、幇間などが好んで使った言葉。明治二十二年五月二十七日付正岡子規宛書簡に「七草集には流石《さすが》の某も実名を曝《さら》すは恐レビデゲスと少しく通がりて当座の間に合せに漱石となんしたり顔に認め侍り」とあり、三十九年三月八日付寺田寅彦宛書簡にも「あまりたのまれるのもよしあし、でげす」とある。

二六七13　江戸っ子　江戸っ子意識は、明治期にも何度も喧伝される。明治三十二(一八九九)年創刊の『江戸っ子新聞』も「我が江戸つ子新聞が市民的性格、換言すれば所謂江戸つ子的気質、即ち社界的義侠心《ぎきょうしん》の日に退廃するを慨し、弱者の良友となり強者の敵となつて蹶《けっ》起《き》」すると主張する。また、同年、幸田露伴も『一国の首都』を著して、「江戸児の江戸を愛重せる、実に深厚といふべきならずや」と江戸っ子の面目を賛美している。

二六八8　兵営　漱石が松山に滞在した明治二十八年当時、旧松山城内に歩兵第二十二連隊が置かれていた。

二六八8　麻布の聯隊　麻布区(現、港区)にあった第一師団第三連隊のこと。

二六八9　廿五万石の城下　松山は久松氏十五万石の城下町であった。「春や昔十五まん石の城下かな」という子規の句がある。なお、後出の町名や屋号も、この「廿五万石」の表現同様に、必ずしも実在のものではない。

二六九7　赤しやつ　講演『私の個人主義』に「「坊ちゃん」の中に赤シヤツといふ渾名を有《も》つてゐる人があるが、あれは一体誰の事だと私は其時分よく訊かれたものです。誰の事だつて、当時其中学に文学士と云つたら私一人なのですから、もし「坊ちやん」の中の人物を一々実在のものと認めるならば、赤シヤツは即ちかういふ私の事にならなければならんので、――甚だ有難い仕合せと申上げたいやうな訳になります」とある。

二六九8　のだいこ　野太鼓。芸がなく客への追従《ついしょう》と座のとりもちに終始する幇間(たいこもち)を落としめていう言葉。野幇間。もと、しろうとが内職でしている幇間を蔑んでいう呼称。

二七〇6　ヰツチ　ウィッチ witch 魔女。

二七一2　午砲　正午の号砲。注二三七2参照。

二七一8　大僧　年輩からいえば小僧程度なのに、体ばかり大きいのをユーモラスにいった語。

二七三9　帝国ホテル　明治二十三年に開業した、最も由緒のある高級ホテル。なお、錠前直しと間違えられた条りは、馬場孤蝶「漱石先生」(『中央公論』明治四十一年四月)および、同「追想の断片」(『新小説』臨時号、大正六年一月)によれば、当時帝国大学英文学科の学生であった漱石が、新任のウード教授に帝国ホテルに呼ばれて行った時、ウードに漱石自身が錠前直しと間違えられたことがあったという。また、明治四十一年三月十九日付馬場孤蝶宛書簡で、先の孤蝶の文章に対して「錠前直し其他一向御構ひなく」と記し、公表されたことを是認している。

二七三 **9** ケット　ブランケット blanket の略。毛布、また、外套の代わりに用いた、毛氈《もうせん》のようなものをいった。

二七五 **4** 華山には二人ある　いずれも江戸時代の画家で、渡辺崋山(寛政五(一七九三)—天保十二(一八四一)年)と、横山華山(天明四(一七八四)—天保八(一八三七)年)をさす。

二七五 **8** 端渓　端渓はもと中国広東省高要県の東にある斧柯山《ふかざん》を流れる幅一丈の小渓の名。転じて斧柯山一帯から産する紫色を基調とする硯石をいう。

二七五 **10** 眼　硯石の斑紋。端渓硯には、鴝鵒眼《くよくがん》があり、珍重された。鴝鵒は、モズに似た形の鳥で、黒い翼の下に白斑がある。

二七五 **11** 潑墨　硯の墨のすれぐあい。普通には「発」とあるべきところ。「潑墨」は本来、水墨山水画法の一つ。

二七六 **7** 例々と　「麗々」の意か。漱石の用字。なお、三五九頁にも「例々と懸けて置く」とある。

二七七 **6** 日露戦争の様に触れちらかす　日露戦争は明治三十七年二月に開戦、戦況記事は新聞紙上を賑わし、各地で祝勝会などが行われた。

二七八 **3** 温泉　道後温泉がモデルとされる。「道後温泉場規則」には「士族卒平民一般ニ入湯之向ハ湯場、張出相守無銭之入湯不相成候条」「一　士族卒平民一般混浴平ニ区別無之候事」(明治五年七月、『松山市史料集』第一二巻、松山市、一九八六年)とある。また、「道後温泉場規則改正」(明治五年八月)では「一、壱弐三ノ湯共男女混浴堅不相成候事　一、同無銭ニ而入湯不相成候事」となっている。「湯銭」は貴賤の混浴を避けるために一部分を幕で隔てた「幕湯」が「一時間　十人迄弐十五銭」、「一ノ湯」が「雑浴一人前五厘」、「二三ノ湯」が「一厘」であった。

二七八 **9** 赤手拭　赤手拭については、漱石が松山中学で教えていた当時の生徒の一人である真鍋嘉一郎に次のような回想がある。「温泉に入つて湯垢であかくなつたのではありません。西洋手拭の縞の赤い線が滲《にじ》み出したもので赤くにじんで居るのであります」(「漱石先生の思ひ出」『日本医事新報』第九二七号、一九四〇年)。

二七九 1 流しをつけて　三助に頼んで垢を流してもらって。

二七九 1 天目　ここは天目茶碗を載せる「天目台」のこと。天目茶碗は、中国浙江省天目山に産する鉢形の抹茶茶碗。それを模した同型の茶碗も天目と呼ぶ。

二八〇 3 奏任待遇　奏任官と同一の待遇を受けること。「奏任」は当時の官吏の任命方式。総理大臣の奏薦によって任命した。明治十九(一八八六)年三月の高等官官等俸給令により高等官は勅任官と奏任官とに分けられた。この広義の勅任官のうち特に天皇の親任式をもって叙任される最高の官吏(大臣・大使など)を親任官と称し、これ以外の高等官(一等官・二等官)を狭義の勅任官と称した。これに対して、総理大臣の奏薦によって任命する三等官以下が奏任官であり、奏任待遇はこれに準ずるものであった。

二八〇 11 疳性　疳の強い性分。癇性。神経過敏で潔癖。

二八一 7 重禁錮　旧刑法の刑名。禁錮場に留置して定役を科す。刑期は十一日以上五年以下。

二八二 13 頓と　擬態語「トンと」。なお、「頓」には「倒れる」の意がある。

二八七 3 朴念仁　無口で愛想のない人、道理のわからない人、気のきかないものを罵っていう語。

二八七 10 のつそつ　いろいろに姿勢を変え、輾転《てんてん》反側するさま。「伸《の》っつ反《そ》っつ」の促音の省略されたもの。

二八九 14 清和源氏　第五十六代清和天皇(在位、天安二(八五八)—貞観十八(八七六)年)を始祖とする氏族。

二八九 15 多田の満仲　延喜十二(九一二)—長徳三(九九七)年。平安中期の鎮守府将軍。摂津多田に住み清和源氏の基盤をつくった。

二九二 9 小梅　向島小梅村(現、墨田区)。

二九二 9 神楽坂の毘沙門の縁日　神楽坂上の善国寺(新宿区神楽坂五丁目)の境内にある毘沙門堂の縁日。

二九三 1 活計　暮し。生計。

二九三 6 野だ　「野だいこ」の略。

二九四 9 ターナー　Turner, Joseph Mallord William

(1775-1851) イギリスの風景画家。

二五五4 ラファエル　ラファエロ Raffaello Santi (1483-1520) ルネサンス期のイタリアを代表する画家。多くの聖母像(マドンナ)を描いた。

二五五13 幾尋あるかね　一尋は約一八〇センチメートル。注二五〇12参照。

二五七1 後世恐るべし　「後輩は恐るべきものだ」の意。本来は「後生」で、『論語』「子罕《しかん》篇」の「後生畏《おそ》るべし」による。

二五七9 ゴルキ　ベラに似た魚で、松山地方ではギゾーと呼ばれる。

二五七9 露西亜の文学者　ゴーリキー Gorkii, Maksim (1868-1936)のこと。戯曲『どん底』は、当時すでに日本でも翻訳されていて有名であった。

二五七11 丸木　当時、芝区(現、港区)新桜田町で営業していた写真師丸木利陽《まるきりよう》。日本でスタジオを構えて写真館を営んだ最初の人。

二五七13 車力　大八車等をひいて荷物運搬を業とする者。ゴルキとかけた地口。

二五七14 フランクリンの自伝　Benjamin Franklin (1706-90)の *Autobiography* (1818)。息子宛の手紙の形で一七七一年から書きはじめ、未完に終わった自叙伝。世界各国で広く読まれ、日本でも当時中学校の教科書として使われた。

二五七14 プッシング、ツー、ゼ、フロント　*Pushing to the Front* アメリカの雑誌編集者、実業家マーデン Marden, Orison Swett (1850-1924)の著書。実利主義を説き、前注同様教科書によく使われた。

二五七15 帝国文学とか云ふ真赤な雑誌　東京帝国大学文科関係の機関誌(図)。明治二十八年一月の創刊。「帝国文学の表紙こそ目覚むる心地こそすれ。真紅の地に、花筏を白く抜いた、恰《あたか》も友禅染の長繻絆《ながじゅばん》に似た、艶麗限りないものであつた」(笹川臨風『明治還魂紙《すきがえし》』一九四六)。のちに図案が変わっても、紅色が基調となった。漱石は「片仮名」(本文次行)すなわち横文字を専

攻したばかりでなく、『帝国文学』の編集にもかかわり、『倫敦塔』や『趣味の遺伝』などの作品をこの雑誌に発表した。

二六八15 凌雲閣　明治二十三年、浅草公園に建設された八角形煉瓦造りの遊覧用の塔で、「十二階」とも呼ばれた。関東大震災で倒壊した。注③四一11参照。

二九一1 へけつけ　軽薄で、饒舌なこと。

二九九15 足踏　初出以来「雪踏」と印字された。原稿は「足踏」と書く。原稿を踏まえ、米つき装置もしくは鳴子をさす「ばったり」とする解もある。

三〇〇12 猪口才　生意気なこと。小利口。

三〇〇15 艪の足　艪を漕ぐ時、水中に浸《ひた》った部分。艪足。

三〇四8 奇絶　たいそう珍しい。絶妙。

三〇四9 たゝく　太鼓をたたくことで、お世辞をいう意。

三〇七12 盤台面　『東京語辞典』(小峰大羽編、大正六年)に「円く平たくしてみにくき顔を罵りて云ふ語」とある。盤台は、浅く広いながてのたらいで、おもに魚屋が使う。

三一一13 干瓢づら　細長い顔。「干瓢」は、かんぴょうを作る夕顔の実。

三一二13 小日向の養源寺　養源寺は、文京区千駄木に古くからあるが、小日向とは関係がない。夏目家の菩提寺である本法寺は、文京区小日向にあるので、それを念頭においたのであろう。注四〇〇4参照。

三一二14 韋駄天　足が速いことで有名な、仏法守護の神。おそろしい形相をしている。

三一四1 蒟蒻版　謄写版が普及する前に用いられた、こんにゃくを版に使った簡易な複写の装置。また、その複写されたもの。

三一七6 肯綮に中つた　物事の急所・要所に適中した、の意。「肯綮」は骨と肉が結ばれる所。『荘子』「養生主篇」にある「枝《し》経《けい》肯綮にも未だ嘗《こころ》みず」による。

三一九2 寛仮　寛大に扱う。大目に見る。

三二一13 古池へ蛙が飛び込んだりする　芭蕉の句「古池や蛙飛び込む水の音」を引いて、俳句を作ることをおもしろくいったもの。

三二一14 下さらない　いただけない。「貰つて難有く無しとの義」(『東京語辞典』)。

三二三6 紙燭　太く作ったこよりを油にひたし、火をともして灯火にしたもの。この当時は手のついたランプ状のもの。

三二三8　切り下げ　切り下げ髪の略。注三二三8参照。

三二四2　乗せつこ　だましあい。

三二四4　巾着切り　すり。

三二五11　睨らんどる　見抜いている。「ねらむ」は「にらむ」の訛り。

三二七10　鬼神の御松　歌舞伎『新版越白波《こしのしらなみ》』(三世桜田治助作、世話物。嘉永四年市村座初演。通称「鬼神の御松」)で有名になった女賊。

三二七10　妲妃の御百　歌舞伎『善悪両面児手柏《ぜんあくりょうめんこのてがしわ》』(河竹黙阿弥作、世話物。慶応三年市村座初演)で有名になった女賊。妲妃は、殷の紂王の寵妃、残忍・淫蕩であったので、一般に毒婦の意に用いられるようになった。

三二八14　今日様　今日を守る神。天道様、日輪様に同じ。

三二九3　あし　「私」の伊予なまり。正岡子規も談話などに使っている。

三三一7　椽鼻　縁側のはし。縁端の意。

三三一9　半切れ　「半切れ紙」の略。手紙用の横長の和紙。もとは杉原紙(播州杉原村原産)を横二つに切って使ったことからいう。元禄頃からは巻紙となった。

三三二8　えつぽと　「よっぽど」の松山方言。

三三三3　栄耀　おごり。ぜいたく。食物にぜいたくなことを意味する語に「栄耀喰《えようぐい》」がある。

三三三8　敷島　明治三十七年七月に専売局から発売された口付き紙巻き煙草(注①二五三4参照)。

三三四3　コスメチック　cosmetic　整髪に用いる男性用化粧品。いわゆるチック。

三三四7　おきやん　御俠。おてんば。軽はずみな女。

三三五10　べら〳〵然たる着物　薄くてしなしなした絹の着物。注①二六8「べんべら者」参照。

三三五12　切符売下所　切符売り場。出札口。官尊民卑の当時の気風がうかがわれる。

三三五14　猫足　猫がするように足音をたてない歩き方。

三三六7　白切符　当時、上等は白、下等は赤を用いた。

三四〇12　回向院の相撲　回向院は本所区(現、墨田区)東両国にある浄土宗の寺院。明和五年からここで勧進相撲が興行されはじめ、天保年間以降は年二回となった。

三四三15　日向の延岡　宮崎県の北部、日向灘に臨む町。僻遠の地として用いられている。三四五頁に「名前を聞いてさへ、開けた所とは思へない」とあるのは、天孫降臨を語る日向系神話がこの日向の地を舞台としているからであろう。

三四五 3　髪結床の親方　「かみいどこ」は「かみゆいどこ」の縮まったかたち。その親方などが俳句を作るのを「床屋俳諧」といった。

三四五 3　朝貌やに釣瓶をとられて　加賀の千代女の句「朝顔に釣瓶とられて貰ひ水」をもじって、そんなものに捉えられてたまるか、というのである。

三四九 3　太宰権帥　大宰帥《だざいのそつ》、つまり、大宰府の長官に代わる権《かり》の官。ここでは、右大臣から左遷されて大宰府に赴いた菅原道真のことをいっている。

三四九 3　河合又五郎　松平備前侯の藩士。同僚渡辺数馬の弟源太夫を殺して江戸へ逃げたが、寛永十一(一六三四)年、数馬とその義兄荒木又右衛門に伊賀上野で討たれた。

三四九 3　相良　熊本県人吉市の旧称。相良氏の城下町であった。伊賀越《ごえ》仇討を扱った浄瑠璃『伊賀越道中双六《すごろく》』(天明三年、近松半二・近松加作《かさく》合作)の第六、「沼津の段」に「股五郎が落着く先は九州相良」とあるのに依拠している。注③一九七13参照。

三四九 9　のめりの駒下駄　裏側の前方を斜めに削って、歩く時、のめるように作った男子用の下駄。

三五五 2　会津っぽ　会津生まれ。「ぽ」は「坊」の訛り。「江戸っ子」の「子」と同じ。

三五八 8　溜飲が起つて　胸がいっぱいになって。「溜飲」は、胃の具合が悪く、酸性のおくびを生じること。「胸焼け」に同じ。

三五九 5　伊万里　伊万里焼の略。有田焼・唐津焼など肥前(佐賀県)産の磁器の総称。注三三七11参照。

三五九 10　海屋　貫名《ぬきな》海屋。安永七(一七七八)—文久三(一八六三)年。幕末三筆の一人。唐様書道の第一人者。

三六〇 11　べつかんこう　下瞼を引き下げて赤い瞼裏を見せるしぐさ。「べかこう」「べっかこう」ともいう。

三六一 5　淑女にして、君子の好逑となるべき　『詩経』「周南」の「関雎」に「窈窕たる淑女は君子の好逑」とあり、たおやかな乙女は立派な男子の好い配偶であると歌われているのを使ったもの。注一四八15参照。

三六三 8　モ、ンガー　モモンガー(ももんが)はむささびに似た獣。尾の生えているものや毛深いものを嫌っていう語で、人を罵るときの言葉。ももんじい。

三六三8　岡っ引き　目明し。傍《おか》にいて捕吏を手引する者。

三六五5　なんこ　豆・小石・杉箸の折れなどを握って、互いにその数をあてる酒席の遊戯。「何箇」の義。拳の一種。

三六五6　拳　相対して掌の開閉、指の屈伸などで勝負をあらそう中国から伝来した遊戯。なんこ拳のほか、本拳・四ッ谷拳・商人拳・太平拳・狐拳・虫拳・虎拳・藤八拳など諸種のものがある。石拳(じゃんけん)も拳の一つ。次の「よっ、はっ」は拳のかけ声。

三六五6　ダーク一座の操人形　イギリス人ダーク一座の糸繰り人形。明治二十年代から大正年間まで、浅草花屋敷を中心に興行された。

三六五13　金や太鼓でねえ　「金」は「鉦」をさす。鉦や太鼓で囃《はや》し立てながら失せ物を捜し歩くこと。

三六六5　たま〳〵逢ひは逢ひながら　浄瑠璃『増補生《しょう》写《うつし》朝顔話』(近松徳叟《とくそう》作、翠松園《すいしょうえん》主人補)の「宿屋の段」に「泣いて明石の風待ちに、たまたま逢ひは逢ひながら、つれなき嵐に吹き分けられ」の文句がある。

三六六6　おきなはれ　おやめなさい。

三六六6　恐悦　かしこまって喜ぶ。ここでは、人目があるのでやや固くなっているのを皮肉っているのである。

三六六8　紀伊の国　端唄《はうた》の一つ。文政期(一八一八―三〇)もしくは嘉永期(一八四八―五四)頃から酒席の踊り歌として流行した。その歌詞は「紀伊の国は音無川の水上に、立たせ給ふは船玉山、船玉十二社大明神。さて東国に至りては、玉姫稲荷が三囲《みめぐり》へ、狐の嫁入お荷物を担ぐは、合力稲荷様。頼めば田町の袖摺日、さしづめ今宵は待女郎、仲人は真崎、真黒な、九郎助稲荷に誑《たぶら》かされて、児までなしたる信田妻」である。

三六六9　そりや聞えません伝兵衛さん　浄瑠璃『近頃《ちかごろ》河原達引《かわらのたてひき》』の中之巻「堀川の段」で、御俊の嘆く台詞。「そりや聞えませぬ伝兵衛様、お言葉無理とは思はねど」が正統。

三六六12　花月巻……　明治三十八、九年の「断片三三」に、この歌詞が記録されている。「花月巻」は、廂髪《ひさしがみ》の新型で「もとどり」を低くし「まげ」を出したもの。新橋の料亭「花月」のおかみの創案といわれている(次頁の図、『銀座界隈』による)。「自転車」は明治十二、三年頃に爆発的な人気を呼び、同二十二、三年頃より実用として使えるゴム車輪が、さらに三十年頃に空気入りゴム車輪が伝えられて、一般に普及するようになった。明治三十一年には、上野不忍池のほとりで自転車競走が初めて開かれるまでになっている。「ヴイオリン」ももとより西洋渡来の品である。国産品は琴三味線製造業の松永定次郎が明治十三年八月に完成させたのが第一号である。ただこれはまだ試作品で、一応のものができたのは、それから二十年も改良工夫を加えてからであった。なお、この歌詞には、文明開化の時流に乗った明治初期のハイカラ女性に対する揶揄《やゆ》がこめられている。

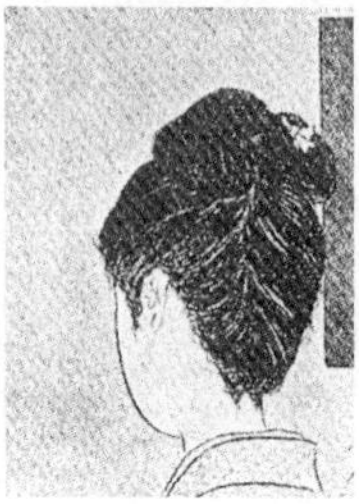

三六七2　踏破千山万岳烟　明治維新の勤皇家斎藤一徳（監物）の詩「児島高徳の桜樹に書すの図に題す」の第一句。この漢詩は、明治以来愛誦された。なお、児島高徳は、『太平記』によれば、後醍醐天皇の隠岐《おき》配流の時、天皇を救出しようとして果たせず、院ノ庄の桜の樹を削り、「天莫空勾践。時非無范蠡」（天、勾践《こうせん》を空《むな》しうすること莫《なか》れ。時に范蠡《はんれい》無きにしも非《あら》ず）と記したとされる、伝説的な人物。

三六七3　かっぽれ　「活惚」の字を当てる。「カッポレ踊り」ともいう。俗謡に合わせる滑稽な踊り。乞食踊りをとり入れて、幕末に、吉原の幇間平坊主が創始したといわれる。名称は「わたしやお前に（オ）カッポレた」による。本唄は「活惚々、甘茶で活惚、塩茶で活惚、ヨーイトナ、ヨイヨイ。沖の暗いのに、白帆が見える、ヨイトコラセ、あれは紀の国ヤレコノコレハノサ、サノサ、蜜柑船ぢやえ」だが、替え唄も多い。明治中期までは大道芸としても行われ、一部が花柳界や歌舞伎の舞踊として残っている。

三六七3　棚の達磨さん　俗曲。歌詞は「余り辛気くささに、棚の達磨さんをちょいと下ろし、鉢巻させたり、ママころがしてもみたり」である。

三六七4　日清談判破裂して　壮士の演歌「欣舞節」の歌い出し。「日清談判破裂して、品川乗出す吾妻艦、続いて金剛浪速艦、国旗堂々翻し……」が第一節で、四節からなる。若宮万次郎の作詞という。

三六七13　ちゃん〳〵　日清戦争前後に使われた、中国人を嘲って呼んだ語。

三六八13　軍歌　軍隊で、兵の志気を高揚させるための歌。俗に、軍隊生活を歌った歌謡曲。明治元(一八六八)年薩長軍の江戸進撃の折に生まれた「宮さん宮さん」(品川弥二郎作詞、大村益次郎作曲)が日本の軍歌の第一号。作品『坊っちゃん』が発表された明治三十九年は日露戦争の直後なので軍歌が流行した。「広瀬中佐」「橘中佐」「水師営の会見」「日本海海戦」などがこのとき生まれ、「戦友」などは後々まで歌われた。

三七〇3　樗蒲一　中国伝来の賭博の一つ。勝負の意から転じて「ぺてん師」「とんま」などの意があり、ここでは「とんま」の意か。歌舞伎『恋慕相撲春顔触《こいずもうはるのかおぶれ》』には「喧嘩をしてなぐられるなどと、そんなちょぼ一はありゃしねえ」とある。

三七〇10　愚迂多良童子　無気力な怠け者。ぐず。

三七〇15　新聞配達　日本で新聞が誕生した頃は書店に委託して販売していたが、明治五(一八七二)年創刊の『東京日日新聞』が各家庭に配達する宅配制を実施し、他紙もこれをまねるようになって、しだいに新聞配達業の店が全国各地に作られた。さらに、明治三十四年『報知新聞』が自社の新聞だけの配達・販売を行わせる専売店を各地に設置すると他紙もこれにならった。

三七一4　師範学校　小学校の教員を養成するため各地に設置された旧制の公立学校。明治初期から第二次大戦後の教育改革まで存続した。学資は地方税によって賄《まかな》い、兵役上の特典を与える代わりに卒業後の教職義務を課した。明治十九年の師範学校令で規定した「順良、信愛、威重」の三気質の養成は、明治三十年の「師範教育令」にも継承されて、長らく日本の聖職者的教師像の鋳型とされた。

三七一9　地方税　地方自治体が課す税金。ここでは、その補助を受けている師範学校をけなすために用いられている。真鍋嘉一郎の回想「漱石先生の思ひ出」(注三六9参照)には、「その当時師範学校は県費ですけれども、松山中学の前身伊予中学時代は教育義会の醵金《きょきん》でありますから、地方税の厄介になつて居りません。それで師範学校の生徒を目して地方税〳〵と嘲つて云つて居りました。処が県立中学になつても、従前からの慣習で師範学校の生徒を地方税と罵詈《ばり》し、事ある毎に中学生と師範学校の生徒が喧嘩をして居りました」とある。

三七二9　三七日　二十一日間、つまり三週間。

三七三8　牛肉　牛肉を食べることは、江戸時代には一部の地方や武士の間で行われるのみであった。横浜に初めて牛肉店ができたのは文久二（一八六二）年であり、東京では慶応二（一八六六）年に、白金今里町（港区）に家畜処理場がつくられ、居留地の外国人に供給したのが始まりである。牛鍋屋、略して牛屋が文明開化の象徴として繁昌するようになったのは明治三年頃からで、仮名垣魯文『安愚楽鍋《あぐらなべ》』（明治四年）には「牛鍋食わねば開けぬ奴」と書かれている。なお、漱石が時々門下生を自宅に招いて牛肉を一緒に食していたことは、次の葉書からうかがわれる。すなわち明治三十八年二月二十三日付野間真綱宛、同日付野村伝四宛に「明後二十五日土曜日食牛会を催ふす」とある。

三七四5　大べら　人目かまわず。「おおびら」の訛り。おおっぴら。

三七四7　俳句が新体詩の兄弟分　俳体詩が念頭にある。俳体詩は原則として連句と同じく十七字と十四字の句を交互に連ねて行き、一貫した意味を具えたもの。雑誌『ホトトギス』（明治三十七年十一月）には漱石と虚子の作品『尼』が掲げられている。注①一三7参照。

三七四9　湯島のかげま　「陰間」は男色を売る少年。江戸時代、湯島天神前の陰間茶屋は有名であった。

三七六9　汐酌み　謡曲『松風』から、汐汲み女の姿だけを舞踊化した所作事の総称。

三七六13　本門寺の御会式　本門寺は、日蓮宗四大本山の一つで、現在の大田区池上にある日蓮終焉の地である。御会式というのは、日蓮の祥月命日にあたる十月十三日を中心に営む法要。

三七七12　藤間　日本舞踊の流派名。藤間流。

三七七14　立っ付け袴　普通「裁着袴」と書く。裾を紐で膝にくくりつけ、下は脚絆《きゃはん》のように裾口を狭く仕立てた袴。カルサン（軽袴）ともいう。

三七八5　三河万歳　愛知県西尾市を中心とした旧三河地方を根拠地として発達した万歳。年頭に各地を門付けし、祝言を述べて舞う。

三七八5　普陀洛や　「普陀洛」は普通、「普陀落」「補陀落」と書く。インド南端にある観世音が出現した霊山。

ここでは、それを詠み込んだ御詠歌の冒頭の句。以下、「岸打つ波は三熊野の那智のお山に響く滝津瀬」と続く。

三七八15 関の戸　常磐津浄瑠璃所作事「積恋雪関扉《つもるこいゆきのせきのと》」(宝田寿来《じゅらい》作詞、鳥羽屋《とばや》里長《りちょう》作曲)の略称。

三八一3 うんでれがん　馬鹿、臆病者を罵る言葉。江戸時代の方言を扱った『浪花聞書《なにわききがき》』に「うんてれがん　おろか成もののことを云」とある。江戸後期の流行語で、方言としても岐阜県大垣・和歌山・福岡県博多などで使われている。

三八一7 クロパトキン　Kuropatkin, Aleksei Nikolaevich (1848–1925) ロシアの将軍。日露戦争当時の極東軍総指令官。敗戦、退却した将軍として日本でも広く知られ、「敗けて逃げるはロシアの兵、敵の大将クロパトキン」などと歌われた。

三八二7 使嗾　おだてる。けしかける。「嗾」は「そそのかす」こと。

三八二10 二豎子　ここでは二人の青二才。豎子は小童の意。

三八六15 天道是耶非か　天道は果たして善に味方するかどうか疑わしい。身の不運を恨む言葉。『史記』「伯夷《はくい》列伝」に「所謂天道是か非か」とあるのによる語。

三八七10 六号活字　新聞、雑誌などで、雑報、後記などの記事に使われた小活字。

三八七12 フロック張つてゐる　フロックコートを着て物々しい構えをしている。三三四頁の「教育が生きてフロックコートを着ればおれになるんだと云はぬ許りの狸」という語句を踏まえている。フロックコートは、一九二〇年代半ばまで用いられた昼間の男性用礼服。

三八八10 高知のぴか〳〵踊り　花取踊り。または、太刀踊り。三七六頁で「土佐っぽの馬鹿踊」と呼び、三七八頁で「抜き身がぴか〳〵と光る」とも述べた踊りをさす。現在、土佐清水が中心。

三八九5 間のくさびに一席伺はせる　木と木をつなぎ合わせるくさびのように、二人の間に入って時間つなぎをすること。落語家などが前置きにするきまり文句。

三九一12 天誅党　「天に代つて誅戮を加へる」といっているのを踏まえて、こう名乗っている。幕末、大和で挙兵した勤皇志士の一党「天誅組」が意識されている。

三九一14 丸ぼや　ガス灯にかぶせた胴のふくらんだ火屋《ほや》。

三九三7　一貫張　漆器の一つ。木型に紙を貼り重ねた上に漆を塗った細工物。一閑張り。

三九四3　天網恢々疎にして洩らし　『老子』「七十三」の「天網恢恢、疎にして失わず」、すなわち天の法網は目があらく見えても、悪人を逃すことはない、という言葉を受けつつ、ここでは逆をいって滑稽化している。

三九九9　神戸から東京迄は直行で　明治二十二(一八八九)年七月一日、琵琶湖東岸を走る湖東線の開通により、東海道線新橋―神戸間が全通し、同区間に直通旅客列車一往復が開通した。所用時間は上りが二十時間十分、下りが二十時間五分であった。加えて、二十九年九月一日、新橋―神戸間に一往復の急行運転を開始し、十七時間二十二分を要した。

四〇〇1　街鉄の技手　市内電車の技術官。運転手という説もあるが、幹部技術者である技師の指示を受けて実務に当たった技術者をさすと思われる。「ギテ」と呼ばれ、現場で職工を監督した。「街鉄」は当時、東京市内の電車を経営していた三つの民間会社の一つで、東京市街鉄道会社が正式名(注①一六九14参照)。明治三十六年に数寄屋橋―神田橋間で運転をはじめ、明治四十四年に公営に移管された。『坊っちゃん』が執筆された明治三十九年の三月には、電車賃値上げに対する反対運動が起こり、電車焼打ちにも発展して、街鉄が注目を集めた。

四〇〇4　小日向の養源寺　「おやぢの葬式の時に、小日向の養源寺の座敷にかゝつてた懸物は此顔によく似て居る」(三一二頁)とあるように、「坊っちゃん」の家の菩提寺という設定。

後記

今次『漱石全集』の本文について

一、小説や評論など発表を目的とした文章はもとより、書簡や日記・断片にいたるまで、原稿等の自筆資料が現存するものについては、できるだけその自筆資料を底本として本文を作成した。

二、原稿等の自筆資料を参看できない場合は、原則としてもっとも早く活字として発表された資料を底本として本文を作成した。

三、右記の底本となるべき資料の取り扱いにおいて、小説・小品・論文・評論・俳句・漢詩・日記・ノート・書簡などのジャンルに固有の問題は、該当する各巻末の後記に記す。以下に述べる方針は、主に小説と小品にかかわるものである。

四、本全集の本文作成にあたっては、右記の底本をできるだけ忠実に翻刻(活字化)した。ただし、衍《えん》字《じ》・欠字を含む明らかな誤記・誤植の類は底本以外の本文資料(初出の雑誌・新聞または単行本など)により訂正した。訂正の内容は校異表に掲げた。

翻刻にともなう処理について以下に述べる。自筆資料によらない場合もこれに準ずる。

(一)　字体について

a　仮名について

i　平仮名のうち、「か、く、こ、し、す、た、な、に、は、よ、り、れ、わ」などは変体仮名で書かれることがあるが、翻刻にあたってはすべて通行の字体を使用する。

ii　片仮名の「ネ」「ヰ」に対して「子」「井」と書かれる場合も通行の字体を使用する。

iii　合字の、「ヰ」、「𪜈」、「ヿ」はそれぞれ「とき」、「とも、ども」、「こと」とする。

iv　右記以外については、原則として底本の表記に従う。ただし、片仮名の「ヤ」がしばしば平仮名「や」で書かれるが(例=ピやノ、セピや、シやツ)、全集本文では「ヤ」と表記する。また、助詞「は」が「ハ」と表記される場合なども、通常の「は」に従う。

b　漢字について

i　原則として、常用漢字表・人名漢字表に定められている字体(新字体)を使用する。

ii　右の表に含まれない漢字については、現在正字体として一般に通行している字体を使用する。

iii　異体字、譌字《かじ》、略字(書き文字)は使用しない。

例=畧→略　峯→峰　羣→群　橦→撞　栲→拷　柮→拙　搆→構　埽→掃　堀→掘(動詞)
荅→答　苐→第　䓁→等　籔→藪　籍→藉(「かりる」「なぐさめる」の意)　况→況
凉→涼　凖→準　冐→冒　眤→昵　暸→瞭　虗→虚　䖏→処　號→号　凥→尻
宄→究　比→此(「この」「これ」の意)　柴→柴　柰→奈　畨→番　審→審　仰→仰
迎→迎　嚴→厳　囬→回　靣→面　貟→員　今→今　角→角　丫→了　竒→奇

癹→発　騐→騒　葢→蓋　甞→嘗　耻→恥　銕→鉄　罸→罰　迄→迄　脉→脈
徃→往　煑→煮　梦→夢　陰→陰　叚→段　皃→貌　虽→雖　売→殻(「から」の意)
飞→飛　时→時　数→数　恊→協　森→森　侭→儘　於→於　遊→遊　渊→淵
势→勢　筭→算　义→義　丗→世　ホ→等　嬉→嬉
傾→傾　濶→闊　類→類　挂→掛　作→作

＊例示した字体は、いずれもそのように書かれることもある、という意味の例である。

iv　書き文字であるために類似の別の文字と区別できない文字に対しては、文脈から判断される通行の字体(用字)に従う。

例＝己・已・巳、刺・剌、抔・杯、楊・揚、挺・梃、宣・宜、挟・狭など。

v　次の文字は底本の表記に従う。

例＝煙・烟、灯・燈、啣・銜、惧・懼、跡・蹟・迹、裏・裡、溯・遡、壜・罎、缶・罐など。

(二)　用字・表記について

a　固有名詞について

i　人名・地名など現実の固有名の表記は、原則として底本にある表記に従う。

ii　登場人物名または呼称が誤記されたときは訂する。

例＝多々羅→多々良、高野→高柳、原田→原口、由緒→由雄、伯父→叔父、シーワルド→

シワルドなど。

b　漢字の文字遣い・漢字熟語について

i　原則として底本の表記に従う。

ii　以下の場合に修訂をほどこすことがある。

イ　漢籍由来の漢語や仏教語で、誤記(誤植)・当て字と判断されるとき

例＝凱切→剴切、庶境→蔗境、結伽→結跏など。

(注　「億劫」のように、原義が変容して日常語として使用されていると考えられる語の場合は、「臆怯」「臆劫」などの表記も底本の表記に従う)

ロ　偶然の誤記とは思われない表記のうちで、一般の慣用と異なる場合

例＝水昌→水晶、密柑→蜜柑、専問→専門、誤楽→娯楽、癖む→僻む、階老→偕老など。

ハ　意味は通じるが、音としての読みが一般になじまない熟語

例＝臌脹→膨脹、圧逼→圧迫、放抛→放擲(放棄)、特勝→殊勝など。

(注　「嘵舌《しゃべる》」のように漱石が自らルビを振っている場合は、この限りではない。また、「臌」の字が「臌《ふく》れる」などとあるときは「膨」としない)

iii　現在の慣用とは違うが、明治期の慣用として底本の表記に従う例をいくつか挙げる。

イ　用字として互いに区別しない語

例＝義・儀・議（不思議、礼義など）、憶・臆・億（記臆、臆劫など）、検・険・倹・捡（保倹など）、座・坐（坐敷など）、卒・率（引卒、卒直など）、体・態（状体など）、小・少（小女、少異など）、廃・癈、丁・町など。

ロ　音通する語

例1＝「来る」の意味で「呉」を使い、逆に「……を（して）呉れる」の意味で「来」を使うとき。

例2＝「要る」、「行く」、「居る」などの意味で「入」が使われるとき。

例3＝「持つて」の意味の「以」や、「利く」の意味の「聞」。

ハ　その他の例

例＝借《か》す、商買、辛防、繻絆、簞笥、椽側、楷子段、価段《ねだん》など。

c　仮名遣いについて

i　仮名遣いは、原則として底本の表記に従う。衍字や欠字は修訂する。

ii　「矢っ張り」や「一ヶ月」などの小字は、「矢つ張り」などと表記されることもあり、その大小は底本に従う。

d　ルビ（振り仮名）について

i　底本のルビを、仮名遣いそのままに復元する。

ii　衍字は訂正する。また、「働《はたら》らく」のようにルビと送り仮名とで衍字となっているときは、送り仮名を優先し「働《はた》らく」のようにルビを訂する。

iii　編集部が補うルビは現代仮名遣いとし、原ルビと区別し〔　〕で括る。

e　記号類(約物)ならびに組みの形式について

i　反復符は、「々」「ゞ」(漢字一字に使用)、「ゝ」(平仮名に使用)、「ヽ」(片仮名に使用)、「〱」(二字以上の繰り返しに使用)という漱石の使用傾向に原則として従う。

ii　句読点やカギ括弧(「　」)は、原則として底本の表記に従う。句点の有無や、カギ括弧の掛かりと受けの関係などに脱落や重複があるときは訂する。

iii　ダーシ(——)、リーダー(……)は、二倍物を使用する。

iv　字下げ、改行などの体裁は、原則として底本の表記に従うが、文字と約物、または約物同士の空きは、読み易さの観点から適宜調節する。

五、自筆資料が参看できない場合は、活字化された資料に基づくが、活字化された資料には、印刷上の「誤植」が含まれている可能性がある。その事への配慮から、自筆資料によらない場合の修訂の基準は自筆資料による場合と異なることがある。

例＝助詞の「は」が変体仮名「𛂞」で書かれると、「も」と誤植されることがしばしば認められる。

六、前述のように、底本を訂正したときは、訂正箇所とその内容を巻末の校異表に示す。また、同校異表には本全集本文と初出の雑誌・新聞や単行本などとの間に異同がある場合も示した。ただし、字体、底本にないルビ(振り仮名)、約物等組み方の形式などに関する異同は省略した。詳しくは校異表の凡例に記した。

第二巻について

第二巻には『倫敦塔』『カーライル博物館』『幻影の盾』『琴のそら音』『一夜』『薤露行』『趣味の遺伝』『坊っちゃん』を収める。個々の作品ごとに、原稿、初出雑誌、単行本について以下に略述し、本全集本文との関係を述べる。

倫敦塔

一、原稿について

『倫敦塔』の原稿は、現存の有無を確認できず参看できなかった。

二、初出雑誌について

『倫敦塔』は雑誌『帝国文学』（大日本図書）の第十一巻第一（明治三十八年一月十日発行）に、「夏目金之助」の署名で発表された。

作品本文のあとに「後書」ともいうべき文章が、本文より小さい活字で組まれており、その末尾には「（三十七年十二月二十日）」と記されている。

ルビ（振り仮名）は付されていない。

三、単行本について

『倫敦塔』は単行本『漾虚集』に収められた。『漾虚集』は本巻に収めた『倫敦塔』から『趣味の遺伝』までの七つの作品からなる短篇集である。他の作品にも共通する事項を含めここで『漾虚集』について記しておく。

『漾虚集』の初版の発行年月日は、明治三十九年五月十七日であり、発行所は『吾輩は猫である』と同じく大倉書店と服部書店である。巻頭には「序」が付され、その日付と署名は「明治三十九年四月」、「漱石」となっている(「序」は本全集第十六巻「評論・雑篇」に収録する)。収録作品は、『倫敦塔』『カーライル博物館』『幻影の盾』『琴のそら音』『一夜』『薤露行』『趣味の遺伝』(収録順)である。

『漾虚集』の書誌については、後版や縮刷本を含めて本全集第二十七巻「別冊(下)」において詳述する。また、『漾虚集』に収録された作品を再録した単行本などの書誌についても、そこでの記述に委ねる。ここでは本文にかかわる次の二点について記す。

(一) 『漾虚集』の初版本については、門下生などから誤字誤植の指摘を受けていたことが漱石の書簡などから知られ、また漱石自身も「実は僕も訂正の積で一度よんで誤の多いので驚ろいた位」(明治三十九年六月七日付鈴木三重吉宛書簡)と述べている。したがって、『漾虚集』に関しては、そこに収録された作品の本文とその異同を考えるときには、初版だけでなく後版も参看する必要があると思われる。

『漾虚集』の初版から第四版(第四刷)までの奥付に記された発行日日付、発行所、印刷所は次のようである(発行年月順に仮にABCDEと名付ける)。

A(初版)　明治三十九年五月十七日発行、大倉書店・服部書店、秀英舎
B(再版)　明治三十九年五月二十二日再版印刷発行、大倉書店・服部書店、秀英舎
C(訂正三版)　明治四十年三月十日訂正三版発行、大倉書店・服部書店、秀英舎
D(訂正三版)　明治四十年九月一日訂正三版発行、大倉書店・服部書店、大倉印刷所
E(第四版)　明治四十一年五月十日第四版発行、大倉書店・服部書店、大倉印刷所

右のうち、Bの本文はAとほとんど変わるところがない。CDはABと異なるが、CとDの間にもわずかな相違が認められる。また、EはCDに近い。ただしEには数頁にわたり新たに組み直したと考えられる箇所があり、その部分には相当数の誤植が認められる。第五版以降については十分な検討を加えることができなかったが、

F(第八版)　大正三年五月六日訂正第八版発行、大倉書店・服部書店、大倉印刷所

を見るかぎりでは大きな変更は加えられなかったようである。以上のことから、本全集本文作成の上で参考にする校異の対校本としては、AとともにCを採用することとする。なお、Cについて実際に参照したのは岩波書店所蔵の本であるが、阪急学園池田文庫所蔵の同じ奥付をもつ本(コピーにより参照)では、本文はAとほとんど全く同じであり、「訂正」のあとが見当たらないことを注記しておく。

㈡『漾虚集』が単行本として上梓されるまでの途中の段階の資料として、初校の校正刷が現存する(日本近代文学館蔵)。ただし、校正刷の九七―一〇〇頁(本文八一頁一三行―八三頁末尾)を欠く。これも、本文異同の過程を知るうえで貴重な資料であると考えられる。ただし、左記の要素をふくんでいる。

a　初出雑誌と初校校正刷とのあいだの異同に、次の二種類がある。

i　初出雑誌の誤植や表現を訂正したと思われる異同

ii　初校校正刷で新たに発生した誤植による異同

b　初校校正刷に書き込まれた赤字による訂正に、次の二種類がある。

i　漱石の筆跡によると思われる訂正

ii　漱石以外の人の手によると思われる訂正

c　初校校正刷と初版とのあいだの異同について。

i　赤字による訂正がないのに異同が生じていることがある

ii　赤字による訂正にもかかわらず異同が生じていないことがある

以上のことから、この資料については書き込まれた赤字のみに注目し(校異表凡例参照)、かつその筆跡による差異は考慮しないことにする(赤字は句読点にまで及ぶので筆跡の厳密な区別が困難なこと、また他筆による赤字訂正はおおむね漱石が校正する以前に誤植などを訂正したもので漱石が認知していたと考えられることなどによる)。

『漾虚集』所収の『倫敦塔』の本文では、初出本文に付された「後書」は同じように小活字で組まれているが末尾の日付は付されていない。ルビ(振り仮名)はごくわずか付されている。

四、本文について

本全集本文は、初出の雑誌『帝国文学』の本文を底本とし、前掲の「今次『漱石全集』の本文について」に示した方針にもとづいて、これを翻刻した。本全集本文の、初出本文、単行本(初版・訂正三版)所収本文などとの異同は校異表に記す。

ルビは底本には付せられていないが、編集部によるルビを〔 〕で括って付した。その読みは、昭和四十年版『漱石全集』(岩波書店刊)のルビを参考にしたが、表記は現代仮名遣いによった。また注解のある言葉や表現には＊印を付した。編集部によるルビ、および注解の＊印は以下の作品についても同様である。

カーライル博物館

一、原稿について

『カーライル博物館』の原稿は、現存の有無を確認できず参看できなかった。

二、初出雑誌について

『カーライル博物館』は雑誌『学燈』(丸善)第九年第一号(明治三十八年一月十五日発行)の巻頭に、「夏目金之助」の署名で発表された。

本文が完結した後に、小字で「カアライルの旧居に所蔵するカアライル遺書目録は次号に掲ぐべし」とある(次号(第九年第二号)にその目録が掲載された)。ルビはごくわずか付されている。

三、単行本について
『カーライル博物館』は単行本『漾虚集』に収められた。『漾虚集』については『倫敦塔』の項参照。『漾虚集』所収の本文には、初出本文の末尾の小字による一文は認められない。ルビは初出本文よりわずかに増えている。

四、本文について
本全集本文は、初出の雑誌『学燈』の本文を底本とし、前掲の「今次『漱石全集』の本文について」に示した方針にもとづいて、これを翻刻した。底本の末尾にある一文は省略した。本全集本文の、初出本文、単行本(初版・訂正三版)所収本文などとの異同は校異表に記す。

幻影の盾

一、原稿について
『幻影の盾』の原稿は、現存の有無を確認できず参看できなかった。

二、初出雑誌について

『幻影の盾』は雑誌『ホトトギス』(ほとゝぎす発行所)の第八巻第七号(明治三十八年四月一日発行)の「附録」に、「夏目漱石」の署名で発表された(『ホトトギス』の同号は「第一百号」にあたり、「吾輩は猫である(三)」も掲載された)。

「附録」は雑誌の本体の末尾に付されており、「まぼろしの盾」と題した橋口五葉による「扉画」のあとに、本全集の四七頁の冒頭四行に相当する「前書」ともいうべき文章が改丁・小字で組まれている。その後に、同じく改丁で作品名と著者名が「幻影の盾」、「夏目漱石」のように印刷され作品本文が始まっている。また、本文末尾には「(二月十八日)」と記されている。作品が完結した後には、頁を改めて、次のような「まぼろしの楯のうた」が「奇瓢」(目次によれば野間奇瓢)署名で記されている。

まぼろしの　のろひの楯／血走りし　蛇のまなざし／なき呼ばひ　たける時しも／ぬばたまの　暗の空より／稲妻の　閃めく思／やけ落ちし　城のひさしゆ／盾の面に　炎吐くとき／天地も　鳴りどよもほし／はたゝ神　とどろく思／仏手柑の　黄ばむ以太利亜／緑なす　波路はるけく／紅の旗みゆときし／てり渡る　望の光／げにくしき　幻の盾／げにくしき　筆のゆきかひ

なお、本文にルビは付されていない。

三、単行本について

『幻影の盾』は単行本『漾虚集』に収められた。『漾虚集』については『倫敦塔』の項参照。『漾虚集』

所収の本文には、初出本文に付された「前書」に相当する一文は認められない。また、同じく末尾に付されていた日付は認められないが、「奇瓢」署名の「まぼろしの楯のうた」は付されている。ルビは、わずかではあるが新たに付されている。

四、本文について

本全集本文は、初出本文を底本とし、前掲の「今次『漱石全集』の本文について」に示した方針にもとづいて、これを翻刻した。初出本文に付された「前書」は本文冒頭におき、初出本文末尾の「日付」ならびに「まぼろしの楯のうた」は省略した。本全集本文の、初出本文、単行本(初版・訂正三版)所収本文などとの異同は校異表に記す。

琴のそら音

一、原稿について

『琴のそら音』の原稿は、松屋製の「十二ノ廿五」(十二行二十五字詰が二面)の原稿用紙に書かれている(個人蔵)。第一紙には「琴のそら音」「夏目漱石」「三十八年四月稿」が三行に分けて書かれているが、「漱」の字の偏は消されていて確認できない。また「三十八年四月稿」には一本の縦線が文字を貫いて引かれている。第二紙には「琴のそら音　夏目漱石」と表題と著者名が繰り返され、本文が始まっている(本巻口絵参照)。ただし、「漱」の字については第一紙と同様、偏は消されていて確認できない。第二紙からの本文は、すべて三十七枚である。ルビはごくわずか付されている。

二、初出雑誌について

『琴のそら音』は雑誌『七人』(七人発行所)の七(第七号、明治三十八年五月一日発行)に、「夏目嗽石」の署名で発表された。ルビは原稿と同じである。

三、単行本について

『琴のそら音』は単行本『漾虚集』に収められた。『漾虚集』については『倫敦塔』の項参照。『漾虚集』所収の本文では、ルビは原稿および初出本文よりわずかに増えている。

四、本文について

本全集本文は、原稿を底本とし、前掲の「今次『漱石全集』の本文について」に示した方針に従って、これを翻刻した。本全集本文の、初出本文、単行本(初版・訂正三版)所収本文などとの異同は校異表に記す。

一夜

一、原稿について

『一夜』の原稿は、現存の有無を確認できず参看できなかった。

二、初出雑誌について

『一夜』は雑誌『中央公論』(反省社)の第二十年第九号(明治三十八年九月一日発行)に、「夏目漱石」の署名で発表された。表題と署名の前には「詞藻」「禁転載」とあり、また本文末尾には「(三十八年七月二十六日)」と記されている。ルビは付されていない。

三、単行本について

『一夜』は単行本『漾虚集』に収められた。『漾虚集』については『倫敦塔』の項参照。『漾虚集』所収の本文には、初出本文の末尾に付されていた日付は認められない。ルビもない。

四、本文について

本全集本文は、初出本文を底本とし、前掲の「今次『漱石全集』の本文について」に示した方針にもとづいて、これを翻刻した。ただし初出本文末尾の「日付」は省略した。また初出本文では、会話を示すカギがすべて二重(『　』)であるが、これは通常のカギ(「　」)に改めた。本全集本文の、初出本文、単行本(初版・訂正三版)所収本文などとの異同は校異表に記す。

薤露行

一、原稿について

『薤露行』の原稿は、現存の有無を確認できず参看できなかった。

二、初出雑誌について

『薤露行』は雑誌『中央公論』(反省社)の第二十年第十一号(二百号、明治三十八年十一月一日発行)に、「夏目漱石」の署名で発表された。作品は五章にわかれるが、その表示は「㈠夢」「㈡鏡」……のように数字に括弧がつけられている。本文末には「(完)」とある。ルビはごくわずか付されている。

三、単行本について

『薤露行』は単行本『漾虚集』に収められた。『漾虚集』については『倫敦塔』の項参照。『漾虚集』所収の本文では、章を表わす数字には「(一)」のように括弧が付されている。初出本文の末尾に付されていた「(完)」は認められない。ルビは初出本文よりわずかに増えている。

四、本文について

本全集本文は、初出本文を底本とし、前掲の「今次『漱石全集』の本文について」に示した方針にもとづいて、これを翻刻した。章を表わす数字は「一」、「二」のように括弧なしで表示した。作品末尾の「(完)」は省略した。本全集本文の、初出本文、単行本(初版・訂正三版)所収本文などとの異同は校異表に記す。

趣味の遺伝

一、原稿について

『趣味の遺伝』の原稿は、現存の有無を確認できず参看できなかった。

二、初出雑誌について

『趣味の遺伝』は雑誌『帝国文学』(大日本図書)の第十二巻第一(明治三十九年一月十日発行)に、「夏目漱石」の署名で発表された。作品は三章にわかれるが、その表示は「一」「二」「三」である。ルビは付されていない。

三、単行本について

『趣味の遺伝』は単行本『漾虚集』に収められた。『漾虚集』については『倫敦塔』の項参照。『漾虚集』所収の本文では、章を表わす数字には「(一)」のような括弧が付されている。ルビは初出本文よりわずかに増えている。

四、本文について

本全集本文は、初出本文を底本とし、前掲の「今次『漱石全集』の本文について」に示した方針にもとづいて、これを翻刻した。本全集本文の、初出本文、単行本(初版・訂正三版)所収本文などとの異同は校異表に記す。

坊っちゃん

一、原稿について

『坊っちゃん』の原稿は、その精巧な複製が番町書房より一九七〇年四月十五日に発行された。今回の翻刻はこの複製版に拠った。ここではその複製版を原稿と称することにする。

原稿は、松屋製の「十二ノ廿四」(十二行二十四字詰が二面)の原稿用紙に書かれている。第一紙には作品名が「坊っちゃん」と書かれ、第二紙には「坊っちゃん　夏目漱石」と表題と著者名が一行に記されたあとに本文が始まっている。第二紙からの本文は、すべて一四九枚である。作品は十一章にわかれるが、第一章には番号がなく、第二章からは「二」「三」「四」……と表示されている。ルビはごくわずか付されている。

『坊っちゃん』の原稿については、漱石の明治三十九年三月二十三日付けの高浜虚子宛書簡に「松山だか何だか分らない言葉が多いので閉口、どうぞ一読の上御修正を願たいものですが御ひまはないでせうか」と述べられていることをうけて、原稿紙に残された推敲の跡に、虚子に擬せられる手によるものがあることが指摘されている。本全集の本文確定にあたっては、推敲の跡が虚子の筆跡によるものであるかどうかは参酌せず、加除訂正を経ている原稿の最終的な形を確定稿であるとみなしてこれを翻刻した。ただし、漱石自身によると虚子によるとを問わず、『坊っちゃん』の自筆原稿における推敲の跡を出来るかぎり紹介し、合わせて複数の研究者によって虚子筆とされているものがどれであるかを、巻末に「『坊っちゃん』加除訂正一覧」として示すこととした。

二、初出雑誌について

『坊っちゃん』は雑誌『ホトトギス』(ほとゝぎす発行所)の第九巻第七号(明治三十九年四月一日発

行)に、「夏目漱石」の署名で発表された。章の番号は、第一章に表示がないことも含めて、原稿通りである。ルビは原稿とほぼ同じである(なお、『ホトトギス』の同号には「吾輩は猫である(十)」も掲載された)。

三、単行本について

『坊っちやん』は単行本『鶉籠』に収められた。

『鶉籠』の初版は、明治四十年一月一日、春陽堂から発行された。巻頭には「序」が付され、その日付と署名は「明治三十九年十一月」、「夏目漱石」となっている(「序」は本全集第十六巻「評論・雑篇」に収録する)。収録作品は、『坊っちやん』『二百十日』『草枕』(収録順)の三作品である。

『鶉籠』所収の本文では、章の番号は、第一章に表示がないことも含めて、原稿、初出本文と同様である。ルビは、原稿および初出本文とわずかに異なっている。

『鶉籠』の書誌については、後版や縮刷本を含めて本全集第二十七巻「別冊(下)」において詳述する。また、以降に刊行された『坊っちやん』のみを収録した単行本や、他の作品とともに収録した単行本についての書誌も、そこでの記述に委ねる。

四、本文について

本全集本文は、原稿を底本とし、前掲の「今次『漱石全集』の本文について」に示した方針に従って、これを翻刻した。章については、第一章に相当する冒頭に「一」を加えた。本全集本文の、初出本文、単行本『鶉籠』所収本文などとの異同は校異表に記す。

なお、本全集本文には、差別的表現ないし、差別にかかわる用語が使用されている箇所があるが、漱石の表現・表記を尊重し、原文のまま翻刻した。

（岩波書店漱石全集編集部）

校異表

凡例

○校異は、漱石自筆原稿(「原」と略記)、初出掲載雑誌(「初」と略記)、単行本『漾虚集』、『鶉籠』の初版(「単」と略記)、および『漾虚集』訂正第三版(明治四十年三月十日発行、「三」と略記)を対象とする。なお、『漾虚集』については、後記(「第二巻について」)に述べた「初校の校正刷への赤字書き込み」も参考にした(後述)。

○全集本文と右の諸本の間の異同を、以下に校異表として記した。校異表は、異同のある頁行数のあとの上段に本全集本文を掲げ、その表記が原稿(原)、雑誌(初)、単行本初版(単)、三版(三)と異なっている場合にこれを下段に記す。

○校異表に掲げる諸本の本文については、全集本文の表記法に準じ新字体で表記する(後述4a参照)。ルビ(振り仮名)はそのルビが異同に関係しない場合には省略する。

○異同のうちいくつかの事項の扱いについて述べる。

　1　ルビについて。すでに述べたように、本全集本文のルビは底本に付されているものと、編集部で施した(　)付きのものがある。このうち、底本にあるルビを変更する場合(誤記と判断される場合など)はその旨を記す。底本にはなく対校本で付されたルビについては、校異表に掲げない。また、底本のルビが対校本で改変された場合も、誤植、仮名遣い、清濁、音便などに類する場合は原則として掲げない。

2　句読点について。その異同は原則として掲げる。

3　仮名について。変体仮名はじめ、原稿の活字化にともなう問題については掲げない（「今次『漱石全集』の本文について」四、（一）、a参照）。また、促音などで小さく表記される仮名文字について、その大小に関する異同は掲げない。

4　漢字の字体について。

a　原稿、雑誌、単行本で使われている字体が、全集本文における字体と異なる場合、新・旧、正・俗の違いなどその個々については掲げない。

b　原稿で書かれた字体で紛らわしいもの、たとえば、己と巳、刺と剌などは雑誌や単行本でも誤植されることが少なくない。これらに関する異同、および草冠と竹冠（藉と籍）、手偏と木偏（抔と杯）、偏や旁《つくり》における目、月、日（瞭と暸）などの異同についても掲げない（「今次『漱石全集』の本文について」四、（一）、b、ii・iii参照）。

5　「ゝ」「々」「〱」などの反復符について。これらを使用しているか否か、また使用している符号が、「ヽ」か「ゝ」か、「ゞ」か「々」かなどの異同については、原則として掲げない。

6　カギ、括弧、ダーシ（――）、リーダー（……）などの約物について。それらの有無は掲げるが、その一重、二重（「」、『』）、大小、長短などの形態の変化は掲げない。

7　組み方の体裁について。改行、行アケなど、行単位の異同は掲げるが、それ以外の、字下がりや字間のアキの有無・大小については、原則として掲げない。ただし、漱石自身によると思われる指示に関して異同がある場合は、注記する。

○『漾虚集』では、初校の校正刷が現存し、そこには著者自身による訂正などが赤字で書き込まれている。校異表に掲げた異同のうちで、その赤字が示している箇所には傍線をほどこし、適宜注記を付した。ただし、原稿を底本とした『琴のそら音』については初校校正刷は参照しなかった。

○底本を訂するとき、諸本のいずれとも一致しない訂正を施した場合は、表中の全集本文の上に▼印を置く。

頁	行	全集本文	異同および注記

倫　敦　塔

（底本＝初出）〔傍線は、単行本の初校校正刷への書込みであることを示す〕

頁	行	全集本文	異同および注記
三	1	倫敦塔	（初）倫敦培
三	3	残念だ。	（初）残念だ、
三	3	見物は一度	（初）見物も一度
三	4	のは着後	（初）のも着後
三	5	ん。丸で	（初）ん、丸で
三	6	疑ひ、朝夕	（初）疑ひ。朝夕
三	9	なく又	（単・三）なく、又
三	10	から恐々	（単・三）から、恐々
四	1	なかつた。	（単・三）なつた。
四	4	聞く。かく	（初）聞くかく
四	7	が余は	（単・三）が、余は
四	7-	横つて	（単・三）横ぎつて
四	11	だ。倫敦	（単・三）だ。〔改行〕倫敦
四	12▼	詰めた	（初・単・三）詰めた
五	9	走れ電車	（単・三）走れ、電車

頁	行	全集本文	異同および注記
五	14	並べて	（単・三）並へて
五	15	飽和	（初）抱和
六	6	磁石	（単・三）滋石
六	7	とき	（単・三）とき、
六	9	くゞれ。	（単・三）くゞれ
六	10	くゞれ。	（単・三）くゞれ
六	11	神威われを作る。	（単・三）神威は、最上智は、最初愛は、われを作る。
六	12	最上智、最初愛。我が前に	（単・三）我が前に
七	3	の鐘を	（単・三）の鐘を
七	7	朝、雪の	（初）朝雪の
七	10	タマス塔	（初）タマス鐘
七	15	てる。彼	（初）てる彼
八	7	懸け、銀	（単・三）懸け銀
八	13	門に入る	（単・三）門の入ル
八	14	ある。血塔	（単・三）ある、血塔
九	1	兵隊	（初）兵体
九	4	いせいか	（単・三）い所為か
九	7	戸帳	（単・三）戸張
九	7	ほの暗い	（初）月の暗い

九 8 まで動 (初)まで動
九 10 女神の像と、像の周囲に (単・三)女神の像の周囲に
九 10 横には、 (初)横にも、
九 11 と、深く (単・三)と深く
一〇 2 殆んど (初)始んど
一〇 5 わが眼 (単・三)我が眼
一〇 5 に、わが (単・三)にわが
一〇 7 憐れなる (単・三)憐なる
一〇 8 に顔を (単・三)に首を
一〇 13 床几 (初・単)床凡
一一 5 ては居る (初)ても居る
一一 11 り。女人 (初)り女人
一二 4 泣く。 (単)泣く
一二 5 かわる。 (単・三)変｜る。
一二 7 矇朧 (単・三)朦朧
一二 9 寐覚 (単・三)寝覚
一二 10 立ち聞き (単・三)立聞き
一二 11▼た」と (初・単・三)た。」と
一二 12 る」。黒 (単・三)る。」｜黒
一三 2 昔しの天主 (単・三)昔の｜天主(初校校正刷は「昔し天主」と組まれ、「し」を赤字で「の」に直している)
一三 5 受けたる (単・三)受たる
一三 9 時、二万 (単・三)時二万
一四 2 螺旋状 (初)累旋状
一四 5 ある。其 (単・三)ある其
一四 6 したものと (単・三)したるもと
一四 10 ない。彼 (初)ない彼
一四 11 所を｜帯で (初)所も帯で
一四 12 ある。模 (初)ある模
一四 12 蝦夷人 (初)蝦吏人
一四 14 其ビーフ (単・三)其ピーフ
一四 15 ない、肥 (単・三)ない。肥
一五 2 一寸、顔 (単・三)一寸顔
一五 3 行く。彼 (単・三)行く彼
一五 7 で鎖の (単・三)で、｜鎖の
一五 8 のが或る (単・三)のが、或る
一五 9 据えらる (三)据ゑらる
一五 9 見てやれ (単・三)見て、やれ
一五 10 先に白き (単・三)先に、｜白き
一五 13 動く。見 (初)動く見
一五 14 ぬ。傍に (初)ぬ傍に
一五 15▼鳥を (初・単・三)鳥を
一六 4 居ます」と (初)居ますと

一六 4 たぎり　(単・三)たきり
一六 5 済して　(単・三)澄して
一六 13 て、空し　(単・三)て空し
一六 15 し、小と　(単・三)し小と
一七 2 忍ばし　(単・三)偲ばし
一七 3 は、去る　(初)は。去る
一七 4 世迄　(初)世込
一七 4 思ふ。余　(初)思ふ余
一七 7 用い、　(単・三)用ゐ、
一七 9 ▾んで其　(初・単・三)んて其
一七 11 といふ坊　(初)とい坊
一七 12 た。其　(初)た其
一七 13 ない。階段　(初)ない階段
一七 14 綿密なの　(初)綿密、なの
一七 14 付け其　(単・三)付け、其
一七 15 彫り込ん　(初)彫り迄ん
一七 15 ある。少し　(初)ある少し
一八 1 れ」。次　(単・三)れ。」次
一八 2 は「凡て　(初)は凡「て
一八 3 して見る　(単・三)しで見る
一八 4 ない。意識　(単・三)ない、意識
一八 8 ▾らるゝ限りは　(初・単・三)らる限りは
一八 9 時始めて　(単・三)時、始めて
一八 13 は生き　(単・三)は、生き
一八 13 ぬ。敢て死を　(単・三)ぬ。死を
一八 13 はず只　(単・三)はず、只
一八 14 ぬ。生き　(初)ぬ生き
一九 4 ぬ。去れ　(単・三)ぬ、去れ
一九 7 を待つて　(初)を侍つて
一九 10 湿つぽい　(単・三)湿ぽい
一九 11 る。指先　(単・三)る指先
一九 12 の痕が　(初)の痕が
一九 13 声が段々　(単・三)声か段々
二〇 2 て、大き　(単・三)て大き
二〇 2 磨いで居る　(単・三)磨いて居る
二〇 3 ぴかりと光る　(初)ぴかとり光る
二〇 5 仁参　(単・三)人参
二〇 6 答える　(三)答へる
二〇 8- を転ばす。　(単)を転ばす、　(三)を廻はす、
二〇 9 シュ〱　(初)ジュ〱
二〇 9 ひ出す。　(初)ひ出す
二〇 13 さ」と平気　(初)さと」平気
二〇 14 浮気が染め　(単・三)浮気が深め
二〇 15 〱轆轤　(単・三)〱と轆轤

二〇 15 が転ばる　(単・三)が回はる
二一 5 ▼麺麭　(初・単・三)麭麺
二一 8 です」と　(初)ですと
二一 9 ダツドレー　(単・三)ダツトレー
二一 10 て恰も　(単・三)て、恰も
二一 11 ダツドレー　(単・三)ダツトレー
二一 14 ▼る。「こゝに　(初・単・三)る。こゝに
二二 2 〳〵顫へ　(単・三)〳〵と顫へ
二二 10 ある字は　(単・三)ある宇は
二二 13 書いて　(単・三)書て
二二 14 ジエーン　(単・三)ジヱーン
二二 15 ジエーン　(単・三)ジヱーン
二三 1 躙られ　(初)躍られ
二三 4 ジエーン　(単・三)ジヱーン
二三 10 うち、瞬　(単・三)うち瞬
二三 11 居た、眼　(単・三)居た眼
二三 12 短刀　(単・三)短刃
二三 12 ▼居る。余　(初・単・三)居る余
二四 3 見えね、　(初・単)見えぬ、
二四 10 正しき道　(単・三)正きし道
二四 11 云ひ終つ　(単・三)云終つ
二四 12 エイ　(単・三)ヱイ

二五 3 糠粒　(初)糖粒
二五 11 切角　(単・三)折角
二六 1 だつて、倫敦　(単・三)だつて?、倫敦〔初校校正刷の赤字の指示に従えば「だつて?——倫敦」となる〕
二六 3 ▼される。　(初)される　(単・三)された。
二六 5 から、見る　(単、三)から見る
二六 10 裏面　(初)裏面
二六 11 とき、其所　(単・三)とき。其所
二六 13 して置く　(単)しで置く
二七 2 磨いで居　(単・三)磨いて居
二七 5 ので今　(単・三)ので、今
二七 7 置かう。　(単・三)置く。
二八 6 Catherine　(初・単)Catherinc
二八 9 head and　(初)head-and　(単・三)headand
二八 15 ▼ワイアツトとある　(初・単)ワイアツトある　(三)ワイアツとある
二九 1 易ひから　(三)易いから

カーライル博物館

（底本＝初出）〔傍線は、単行本の初校校正刷への書込みであることを示す〕

三三 2 ぴたり　（単・三）ぴたり
三三 5 る。チエルシー　（単・三）る、チヱルシー
三三 6 云ふは鳥の名だに　（三）云ふ名は鳥のだに
三四 1 つかぬ鳶　（単）つかね鳶
三四 2 ぽたり　（初）ぱたり
三四 11 抔尤も　（単・三）抔が尤も
三五 6 といふ念　（単・三）とかいふ念
三五 10 之に　（単・三）之れに
三五 13 取極める　（単・三）取極る
三五 13 たのである　（初）たである
三五 14 住家　（単・三）往家
三六 2 ひ被下度候　（初）ひ度候
三六 5 ▼チエイン、ロー　（初・単・三）チエインロー
三六 8 此烟突　（単・三）此煙突
三六 9 フレデリツク　（初）フレデリク
三六 10 烟突　（単・三）煙突
三六 15 叮嚀　（単・三）丁寧
三七 5 詰つて　（初）詰つて
三七 6 ある、下　（単・三）ある。下
三七 6 ある、読　（単・三）ある。読
三七 6 ある、其　（単・三）ある。其
三七 8- もらうた　（三）もらふた
三七 9 の烟の　（単・三）の煙の
三七 10 詰つて　（初）詰つて
三七 12 普魯西　（単・三）普露西
三七 12 フレデリツク　（初・単）フレデリ
三七 13 用いた　（単・三）用ゐた
三七 13 ▼ある。頗る　（初・単・三）ある頗る
三七 15 ▼専門　（初・単・三）専問
三八 3 問い返し　（三）問ひ返し
三八 4 さい、わし　（単・三）さい。わし
三八 8 其形　（単・三）其の形
三八 11 さんは又　（初）さんも又
三八 12 余が再び　（単・三）余は再び
三八 12 を出す。　（単・三）を出した。
三八 15 思ひ青き　（単・三）思ひ、青き
三九 1 える、左り　（単・三）える。左り
三九 1 える、向に　（単・三）える。向に
三九 5- ポールス　（単・三）ボールス

三九 7 の語で (単・三)の話で
三九 7 は大家の (単・三)は家の
三九 8 座つて (三)坐つて
三九 8 で自分 (単・三)で、自分
三九 9 然カーライル (単・三)然しカーライル
三九 11 エストミンスター (三)ヱストミンスター
三九 11▼セント、ポールス (初)セントポールス (単・三)セントボールス
三九 12 家数十 (単・三)家、数十
三九 12 人数百 (単・三)人、数百
三九 12 ある動き (単・三)ある、動き
三九 12 ある。千 (単・三)ある、千
三九 13 余は四度び首を (単・三)余は又首を
三九 15 部屋の隅 (単)部屋、の隅
三九 15 寝台 (単・三)寐台
四〇 3 ある。風呂 (単・三)ある。〔改行〕風呂
四〇 4 彼が此 (初)彼は此
四〇 4 忍ばる (単・三)偲ばる
四〇 6 寝台 (単・三)寐台
四〇 6 寝て (単・三)寐て
四〇 9▼天辺に独座 (初)天遥に独座 (単・三)天辺に独坐
四〇 9- 受けたからまだ (単・三)受たから、まだ
四〇 12 縹緲 (単・三)縹渺
四一 2 わが計画 (単・三)わか計画
四一 2- にくゝ冬 (単・三)にくゝ、冬
四一 6 無遠慮 (初)無護慮
四一 13 仮令 (初)仮定
四一 13 一時に関 (初)一時の関
四一 14 座候」 (単・三)座候。」
四一 15 斯の (初)新の
四二 2 声鸚鵡 (単・三)声、鸚鵡
四二 9 感ぜず美術 (単・三)感せず美術
四二 10 麁獷 (初)麁擴
四二 10-▼ショペンハウア (初・単・三)ショペンハワア
四二 12 ませうか (単)まうか
四二 12▼促がす (初・単・三)促かす
四三 2 隅に (初)陽に
四三 4 いふ。天上 (単・三)いふ天上
四三 6 い木草ら (単・三)い木、草ら
四三 9 ます。ニロ (初)ますニロ
四三 10▼た」と (初・単・三)た。」と
四三 11 儘卿へ (単・三)儘卿へ
四三 13 後彼が (単・三)後、彼が

四三　14　無辺大　（初）無遥大

四四　1　らんと欲す　（初・単）らん欲す

幻影の盾

（底本＝初出）〔傍線は、単行本の初校校正刷への書き込みであることを示す〕

四七　1–　〔前文四行〕　（単・三）〔前文四行なし〕

四七　5　バロン　（単・三）パロン

四七　11　円卓の勇士　（単・三）円卓の勇士

四八　6　て通り　（単・三）て、通り

四八　10　待つ、五六　（単・三）待つ。五六

四九　2　ぬ。パギース　（単・三）ぬパギース

四九　10　置いて　（単・三）置て

四九　12　に数へ　（単・三）に、数へ

四九　14　▼象嵌　（初・単・三）象篏

五〇　2　こだま　（単・三）こたま

五〇　4　の顔が　（単・三）の額が

五〇　5　其顔は　（単・三）其額は

五〇　7　の裏に　（単・三）の裏に

五〇　10　のも、にじり　（初・単・三）のもにじり

五一　6　羈絆　（初）羈肸

五一　6　ふ時此盾　（単）ふ此時盾

五一　8　風の、隙　（単・三）風の隙

五二一	9	波の、立ち	(単・三)波の立ち
五二一	9	浪なき昔	(初)浪 〔一字アキ〕 き昔
五二一	10	懸かれる	(単・三)懸れる
五二一	14	と、ヰリアム	(単・三)とヰリアム
五二二	3	紅殻	(初)紅売〔売は殻の略字体〕
五二二	3	に、白城	(単・三)に白城
五二二	5	て、白い	(単・三)て白い
五二二	13	が其声	(単・三)が、其声
五二二	14	て、縁越す	(単・三)て縁越す
五二二	15	て、斜め	(単・三)て斜め
五二三	7-	する。彼	(単・三)する彼
五二三	10	も食はず	(初・単)もはず
五二三	15	確執	(単)碓執
五二四	2	に、卓上の	(単・三)に。卓上の
五二四	6	翼を切つ	(単・三)翼を、切つ
五二四	8	の、此世	(単・三)の此世
五二四	12	抜きかけ	(単・三)抜かけ
五二四	14	戦さ	(三)軍さ
五二四	15	ざわつく	(単)ずわつく
五二四	15	冴は、人を	(単・三)冴は人を
五二五	2	出す槍	(単・三)出ず槍
五二五	8	て、其末	(単・三)て其末
五二五	9	父とたより	(三)父と、たより
五二五	10	に、事	(単・三)に事
五二五	13	る、クラ、	(単・三)る。クラ、
五二五	14	十字を	(単)十字を
五二五	15	らう。内懐	(単・三)らら。内懐
五二六	2	す、それ	(単・三)す。それ
五二六	4	呪はれた	(単・三)呪れた
五二六	4-	に、千里	(単・三)に千里
五二六	5-	周囲	(単・三)囲周
五二六	7	で、銀地	(単・三)で銀地
五二六	9	と局部	(単・三)と、局部
五二六	9	く、見る	(単・三)く。見る
五二七	7	疑はる	(三)疑はれる
五二七	8	て、空と	(単・三)て空と
五二七	11▼	点睛	(初・単・三)点晴
五二七	12	善く	(単・三)能く
五二七	13	為めに	(単・三)為に
五二七	13	が、初夜	(単・三)が初夜
五二七	15	小供	(単・三)子供
五二八	8	る、むく	(単・三)るむく
五二八	14-	添える	(単・三)添へる
五二九	2	躕躇	(単・三)躊躇

五九 4 いて、頬 （単・三）いで頬
五九 5 より、昼 （初）より昼
五九 6- 示す」クラ、 （初）示す。」クラ、
五九 8 願ふ」クラ、 （初）願ふ。」クラ、
五九 11 をかける （単・三）をけかる
五九 11- ない」クラ、 （初）ない。」クラ、
五九 12 「第四の （初）第四の
五九 14 する」クラ、 （初）する。」クラ、
六〇 1 て、ゆかし （単・三）てゆかし
六〇 4 鳥の羽 （単・三）鳥の羽
六〇 6 来る。 （単・三）くる。
六〇 12 遶らぬ （単・三）繞らぬ
六〇 13 は無理 （単・三）は、無理
六〇 14 現在せぬ （単・三）現前せぬ
六〇 14 は夢と （単・三）は、夢と
六一 2 ▼思ひは （初・単・三）思ひは
六一 11 様内側 （単・三）様に内側
六一 13 由つて （単・三）由て
六一 14 ▼呪ひ、近 （初・単・三）呪ひ。近
六二 14 無論、目 （単・三）無論目
六二 2 に、室の （単・三）に室の
六三 3 テーブル （単・三）テープル

六三 14 る。我を （単・三）る我を
六三 1 鋼鉄 （単・三）銅鉄
六三 2- る。彼の （単・三）る彼の
六三 3 刀痕 （初）刀痕
六三 3 又読み （単・三）又た読み
六三 10 熔けぬ （単・三）溶けぬ
六三 15 臨めば （初）臨めぱ
六三 15 あり。呪 （単・三）あり、呪
六四 2 んとすれ （初・単）んすれ
六四 3 べし、其 （単・三）べし。其
六四 4 扑舞 （単・三）扑舞
六四 9 毛筋が （単・三）毛が
六四 12 聞かれ （単）間かれ （三）聴かれ
六四 12 る、ヰリアム （単・三）る。ヰリアム
六四 13 たのも （単・三）たも
六五 2 か、厚い （単・三）か厚い
六五 4 かと云ふ声 （単・三）か云ふと声
六五 13 や、トルバ （初・単）や、ドルバ （三）やドルバ
六六 3 拊つ。 （単）拊つ
六六 8 後なら （初）後から
六六 13 天下太平 （三）天下泰平
六七 3 ▼酒が甘く （初・単・三）酒か甘く

六七 11 ボーシイル (単・三)ポーシイル
六八 5 アグールトの (単・三)アグーの
六八 6 ギレム (単・三)マルテロ
六八 7▼へる」 (初・単・三)へる。」
六八 9 レイモンドが (単・三)レイモンが
六八 10 ぐ。裸馬 (単・三)ぐ裸馬
六八 11 か、そし (単・三)か。そし
六八 12 ギレム (単・三)マルテロ
六八 13 焼いて仕舞 (単・三)焼い仕舞
六九 3▼るな」 (初・単・三)るな。」
六九 6▼シワルド (初・単・三)シーワルド
六九 8 よ、疑へ (単・三)よ疑へ
六九 11▼シワルド (初・単・三)シーワルド
六九 11 聞いた。其 (単・三)聞いて其
六九 12 る。此 (三)る此
六九 13 に、跪い (単・三)に跪い
六九 15 ども其 (単・三)ど其
六九 15 乗るマリア (単・三)乗る、マリア
七〇 2 神、祈ら (単・三)神祈ら
七〇 3 為め、人 (初)為め。人
七〇 3 為め。マリア (初)為め、マリア
七〇 3 云へ、クラ、 (初)云へクラ、
七〇 3 云へ。ヰリアムの心 (初)云へヰリアムの心
(単)云へ。ヰリアム心
七〇 4 ぢや。夢 (初)ぢや、夢
七〇 6 から三日目 (単・三)から、三日目
七〇 8▼シワルド (初・単・三)シーワルド
七〇 9 て、二つ (単・三)て二つ
七〇 9▼シワルド (初・単・三)シーワルド
七〇 10 て、振り (単・三)て振り
七〇 11▼シワルド (初・単・三)シーワルド
七〇 13▼シワルド (初・単・三)シーワルド
七〇 13 ルドは体を (初)ルドが体を
七〇 14 阿呆、丘へ (単・三)阿呆丘へ
七〇 15▼シワルド (初・単・三)シーワルド
七一 4 四丈。丸櫓 (単・三)四丈、丸櫓〔初校校正刷には
「、」も「。」もナシ〕
七一 5 う。高さ (初)う、高さ
七一 5 丈、壁 (単・三)丈壁
七一 6 一層にのみ窓 (単・三)一層のみに窓〔初校校正
刷は「一層のみ窓」となっている〕
七一 6 穿つ。真上 (初)穿つ、真上
七一 9- 砕ける (単・三)砕くる
七一 11 て、刎橋 (単・三)て刎橋

七二 1 て、蛸 (単・三)て蛸
七二 2 て、時 (単・三)て時
七二 6▼シワルド (初・単・三)シーワルド〔二箇所〕
七二 8 て、鉢金 (単・三)て鉢金
七二 11 に、城門 (単・三)に城門
七二 12 まる。 (三)まる
七二 15 きである (単・三)きてある
七三 3 る。去れ (単)る去れ
七三 5 三たび (初)三たぴ
七三 9 壁に (単・三)壁に
七三 11 眉|は (初)睫は
七三 13 れ、後 (単・三)れ後
七三 15 圧し返 (単・三)厭し返
七三 15 る。風 (単・三)る、風
七四 4 て、動 (単・三)て動
七四 4 行く円の (単・三)行く。円の
七四 6▼焔が棒 (初・単・三)焔か棒
七四 11- 裏んで (初・単)裏んで
七五 3 が、奈落 (単・三)が奈落
七五 4 と、三分二 (単・三)と三分の二
七五 4 て、倒し (単・三)て倒し
七五 10 る。足乗 (単)る足乗 (三)る〔一字アキ〕乗
七五 13 ず、呪ひ (単・三)ず呪ひ
七六 3 る許り (単・三)る計り
七六 8- て、在り (単・三)て在り
七七 10 累|々 (初)黒々
七七 13▼かゝつた (初・単・三)かゝた
七七 14▼から、黄 (初・単・三)から。黄
七七 14 薄茶は (単・三)薄荼は
七八 4 き、様々 (単・三)き様々
七八 7 が再び落ち (単・三)が落ち
七九 1 座れる (単・三)坐|れる
七九 3 池幅 (初)池輻
七九 6▼沁む (初・単・三)泌む
七九 7 元より (三)固より
七九 15 まぼろし (単・三)まほろし
八〇 1 女「只懸命 (単・三)女只「懸命
八〇 2 る。寥廓 (単・三)る寥廓
八〇 3▼裏、幽冷 (初・単・三)裏幽冷
八〇 4- 何をか見 (単・三)何を見
八〇 7▼聞きそ (初・単・三)聞きぞ〔二箇所〕
八〇 9 程なく (単)疑なく
八〇 10 聞えず、 (単・三)聞えす、
八〇 12 鳴かぬ (単・三)鳴かぬ

八〇 12 恋はめ　(三)恋ひめ
八〇 12 暗に捨て　(単・三)闇に捨て
八〇 13 暗に　(単・三)闇に
八一 6 出す。「　(単・三)出す、「
〔以下、八三頁まで初校校正刷欠〕
八一 13 横つて　(三)横ぎつて
八二 14 此国　(単・三)此の国
八三 2 花、紫の　(単・三)花紫の
八三 4 齢ひは　(単・三)齢いは
八三 6 贏す　(単・三)剩す

琴のそら音

(底本=原稿)〔底本が原稿なので初校校正刷は参照しない〕

八七 9 寐て　(初・単・三)寝て
八八 8 さ。考へ　(初・単・三)さ、考へ
八八 8▼ふ」　(原・初・単・三)ふ。」
八八 10▼かね」と　(原・初・単・三)かね。」と
八八 15 伴なう　(三)伴なふ
八八 15▼から」と　(原・初・単・三)から。」と
八九 6 向ふが　(単)向ふ。が
八九 10 なら、もう　(初・単・三)ならもう
八九 12 のさ」　(単・三)のさ。」
八九 14 癈して　(初・単・三)廃して
九〇 3 や、宜か　(初・単・三)や宜か
九〇 6 を仰ぐ　(単・三)を抑ぐ
九〇 6▼弱る」　(原・初・単・三)弱る。」
九〇 8 丈に、御菜に関し　(単・三)丈に御菜に、関し
九〇 15▼だ」　(原・初・単・三)だ。」
九一 1 だ。君が　(単・三)だ、君が
九一 3▼だ」と　(原・初・単・三)だ。」と
九一 4 かと思ふと、妙　(単・三)かと、思ふと妙

九一 5 へえ、矢張 (単・三)へえ矢張
九一 6 ヘッて云 (初)ヘッと云
九一 9- 留つて (単・三)泊つて
九一 10- 訳がない (単・三)訳かない
九二 6 余慶な (単・三)余計な
九二 13 つて見て (原)つた見て
九二 14 余慶な (単・三)余計な
九二 14 いか、何も (単・三)い、か何も
九二 15▼あね」 (原・初・単・三)あね。」
九三 4 崇る (単)崇る
九三 15 出殼 (初)出売〔原稿も「売」、「殼」の略字としてしば〳〵「売」が書かれる〕
九三 15- 気がしなく (単・三)気がなく
九四 2 したから (原)しから
九四 7 かと思ふ (初・単・三)かと、思ふ
九四 9 只の (初・単・三)唯の
九四 13 寐て (初・単・三)寝て
九四 13 吠える (単)吠ゑる
九四 15 寐て (初・単・三)寝て
九四 15 を御付け (単・三)を付け
九四 15▼まい」 (原・初・単・三)まい。」
九五 1 来て、僕 (初・単・三)来て僕
九五 1- 湊合 (初)輳合 (単・三)輻輳
九五 2▼ない」 (原・初・単・三)ない。」
九五 4 さ。あなた (単・三)さ、あなた
九五 9 大丈夫 (単・三)大夫丈
九五 10 を嚇かす (単・三)を威嚇かす
九五 11▼ない」 (原・初・単・三)ない。」
九五 12 「嚇かす (単・三)「威嚇かす
九五 14 インフルエンザ (原・単・三)インフルエザ
九五 14 に嚇かさ (単・三)に威嚇かさ
九六 3 碧琉璃 (初・単・三)碧瑠璃
九六 5 茶碗 (単・三)茶腕
九六 6 冷たき茶 (三)冷たい茶
九六 10 ぴたり (単・三)びたり
九六 13 だが、僕 (単・三)だが僕
九六 13 親戚の (初)親〔一字アキ〕の
九六 13 が矢張りイン (単・三)がイン
九六 15 一ヶ月 (初・単・三)一箇月
九六 15 さ、此頃 (単・三)さ。此頃
九七 15 しやがんだ (単)しやんだ
九八 6▼かね」 (原・初・単・三)かね。」
九九 4 から仕様 (単・三)から、仕様
九九 4 ず、頑固 (単・三)ず頑固

校異表(琴のそら音)

九九 10 でも事実　(原)で事実
九九 14 明晰　(初)明晰
九九 15 る、刻下　(単・三)る刻下
九九 15 常識で捌　(原)常識て捌
一〇〇 1 祟だ　(単)崇だ
一〇〇 4 癈業　(初・単・三)廃業
一〇〇 4 たものと　(初・単・三)た者と
一〇〇 7 い、後学　(初・単・三)い。後学
一〇〇 10 其妻君と　(初・単・三)其妻と
一〇〇 12 せんて」　(初)せん」
一〇〇 14 時に亭主　(単・三)時に、亭主
一〇一 2▼はあ」　(原・初・単・三)はあ。」
一〇一 6 で其顚末　(単・三)で顚末
一〇一 14 其手紙　(初・単・三)其の手紙
一〇二 1 つくつたつて　(単・三)つくたつて
一〇二 3▼さ」　(原・初・単・三)さ。」
一〇二 4 い、気味　(単・三)い気味
一〇二 5 悪い、一言　(単・三)悪い一言
一〇二 6 しけ〴〵　(初・単)しげ〳〵
一〇二 8▼よ」　(原・初・単・三)よ。」
一〇三 6 於てある　(初)於て、ある
一〇三 9 なもの　(単・三)なるもの
一〇三 9 理窟　(単・三)理窟
一〇三 10-▼ブローアム　(原・初・単・三)ブロアム
一〇三 11 ブローアム　(単・三)プローアム
一〇三 13 ブローアム？ブローアム　(単・三)ブロアム？
　　プローアム
一〇四 6 大変、うち　(単・三)大変。うち
一〇四 7 帰り　(単・三)婦り
一〇四 8 云ひながら　(単)云ひがら
一〇四 10 早待つた　(三)早まつた
一〇四 11 着く砂　(単・三)着く、砂
一〇四 13 鐘だか、夜　(初・単・三)鐘だか夜
一〇五 4 する様　(原)す様
一〇五 9 遺失　(単・三)遺失
一〇五 11 ポツリ　(単・三)ボツリ
一〇五 11 なかつた　(単・三)ながつた
一〇五 15 蜜柑箱　(原)密柑箱
一〇六 10 娑婆　(単)姿婆　(三)婆婆
一〇六 11 具へて居　(単)具へで居
一〇七 4 余も死ぬ　(初・単・三)余も死ぬ
一〇七 7 所功名心　(初・単・三)所、功名心
一〇七 9 始めて覚　(原)始め覚
一〇七 9 圧す　(単・三)厭す

一〇七 11 横つて　(三)横ぎつて
一〇八 3 思へば無い　(原)思へは無い
一〇八 4 此暗闇坂　(初・単・三)此暗闇な坂
一〇八 5 が、向へ　(単・三)が向へ
一〇八 6 見えて居　(単)見えで居
一〇九 5 据え付　(初・単・三)据ゑ付
一〇九 6 枸杞垣　(原・初)杞枸垣
一〇九 10 て茗荷谷を馳け　(初・単・三)て馳け
一〇九 12 頓興　(単・三)頓狂
一〇九 12 旦那様！　(単・三)旦那様？
一〇九 14 さんは余　(初・単・三)さんも余
一一〇 4 脱いで、　(原)脱いて、
一一〇 5 く余に帰　(単・三)くわれに帰
一一〇 8 いへあの　(初・単・三)いえあの
一一〇 11 雑談事　(三)冗談事
一一〇 12 した。留　(単・三)して。留
一一〇 15 て来た。手　(単・三)て。来た手
一一一 1 手紙も使も参り　(単・三)手紙も参り
一一一 2 電報か」　(原)電報か、」
一一一 10 申し上げ　(単・三)申上げ
一一一 10 ▼ます」　(原・初・単・三)ます。」
一一一 15 にも、まだ何にも起ら　(単・三)にもまだ何にも、起ら
一一二 1 せん。旦那　(単・三)せん、旦那
一一二 1 考へて居　(単)考へで居
一一二 2 暗に　(単・三)闇に
一一二 6 あるかい　(初・単・三)あるのかい
一一二 14 馬鹿には出来　(初・単・三)馬鹿に出来
一一三 1 遠吠　(単・三)遠吠
一一三 1 ▼かな」　(原・初・単・三)かな。」
一一三 7 仕様。今夜　(単・三)仕様今夜
一一三 14 和して、い　(単・三)和し、てい
一一四 1 あゝあれ　(単・三)あ、ゝあれ
一一四 1 えて小声　(単・三)え小声
一一四 2 寐る　(初・単・三)寝る
一一四 4 継いだ直　(単)継いた直
一一四 5 唸りは　(単・三)唸り声は
一一四 5 無雑作　(単・三)無造作
一一四 7 吠える　(単)吠ゑる
一一四 7 から、吹く　(単・三)から吹く
一一四 9 周囲　(単・三)周園
一一四 10 ▼圧迫　(原・初・単・三)圧逼
一一四 12- ある、聞き　(単)ある聞き
一一四 15 此半夜　(単・三)此夜半

二五 10 吠え (単)吠ゑ〔二箇所〕
二五 12 寐返り (初・単・三)寝返り
二五 13 影が幽か (原)影か幽か
二五 13 其丸い (初・単・三)其の丸い
二五 14 眼丈を (初・単・三)眼丈けを
二五 14 て慥か (単・三)て、慥か
二五 15 気が付 (原)気か付
二六 2 のせいか (単・三)のせゐか
二六 4 癈せば (初・単・三)廃せば
二六 4 寐る (初・単・三)寝る
二六 6 睨と (単・三)凝と
二六 9 居た時 (単・三)居つた時
二六 14 ら、枕の (単・三)ら枕の
二六 15 せて来る (初)せ来る (単・三)せが来る
二七 3 事が安心 (原)事か安心
二七 4 寐返り (初・単・三)寝返り
二七 5 寐苦し (初・単・三)寝苦し
二七 6 居る皮膚 (単・三)居る。皮膚
二七 10 だが、叩く (単・三)だが叩く
二七 10 耳を (単・三)耳、を
二八 11 帰る、余 (単・三)帰る。余
二八 13 行つたぎり (原)行つぎり
二八 15 坂丁 (初・単・三)坂町
二九 2 驚ろいた (初・単・三)驚いた
二九 5 布巾 (単・三)巾布
二九 8 遠吠 (単・三)遠吠
二九 8 せい (単・三)せゐ
二九 11 驚ろい (初・単・三)驚い
二九 14 ……」 (単・三)——」
三〇 1 寐坊 (初・単・三)寝坊
三〇 11 か」と (初・単・三)か」〔改行〕と
三〇 14 癈せ (初・単・三)廃せ
三一 5 なすつた (単・三)なすた
三一 8 聞く。 (単)聞く
三一 9 来たもの (単・三)来たの
三一 11 は、私に (単・三)は。私に
三一 13 て被入つた (単・三)て入らしつた
三一 15 聞へる (初・単・三)聞える
三二 1 だ。長坐を (初・単・三)だ、長坐を
三二 5 生へて (単・三)生えて
三二 6 なすつた (原)なすた
三二 7 背中 (初・単・三)脊中
三二 8 様な、驚 (初・単・三)様な驚
三二 9 寐て (初・単・三)寝て

一三二 11 柳、桜の　(単)柳桜の
一三二 12 歓心　(単・三)疑心
一三三 1 でもない　(単・三)でない
一三三 2 奴がゐる　(初・単・三)奴が居る
一三三 4 将碁盤　(初・単・三)将棊盤
一三四 2 ランプ　(単・三)ランブ
一三四 4 神経は　(原)神質は
一三四 5 坐敷　(初・単・三)座敷
一三四 8 有耶無耶　(単・三)無耶有耶
一三四 9 だい」と　(原)だいと
一三四 11 分らない　(原)分らい
一三五 2 やす。所　(単・三)やす、所
一三五 7 ニュー　(単・三)ニュユー
一三五 11 ハ、、、、、　(初・単・三)ハ、、、
一三五 12 て助けて呉れ、助けて呉れと　(単・三)て助けて
呉れと
一三六 2 と御無理　(初・単・三)と無理
一三六 2 作蔵君　(単・三)作議君
一三六 3 源兵衛村　(原)源兵衛
一三六 5 用ひて　(単・三)用ゐて
一三六 5 催眠術　(原)催睡術
一三六 5 昔しから　(初・単・三)昔から
一三六 5 したもの　(単・三)したしの
一三六 7 ものでげす　(単)ものげす
一三六 10 ぜ」と　(原)ぜ、」と
一三六 10- よ昔しだ　(初・単・三)よ、昔だ
一三六 12 と、一人　(単・三)と一人
一三六 15 べる　(初・単・三)ベル
一三七 2 た、来て　(単・三)た来て
一三七 2 たのです　(単・三)たです
一三七 3 えゝ御　(初・単・三)えゝ、御
一三七 5 稠和　(初・単・三)調和
一三七 7- る。〔改行〕気の　(初)る。気の
一三七 8 せい　(単・三)せゐ
一三七 8 た。津田　(単)た津田
一三七 8 た時、当夜　(単)た。時当夜　(三)た時当夜

一　夜

（底本＝初出）〔傍線は、単行本の初校校正刷への書込みであることを示す〕

一三一　1　多くの夢　（単・三）多の夢

一三一　3　ゆるやかに　（単）ゆるかに

一三一　3　ける眉　（単）けるの眉

一三一　5　繰り返す　（単・三）繰返す

一三二　7　て、瞼　（単）て瞼

一三二　12　植え付　（三）植ゑ付

一三三　6　すねた体　（単）すね体

一三三　7　な」と頻　（単・三）など」頻

一三三　12　あたりで　（単・三）あたりて

一三四　1　ろ。惚れ　（初）ろ。惣れ

一三四　6▼歌麻呂　（初・単・三）歌磨呂

一三四　11　尺八を合せ　（単）尺八合をせ

一三五　3　茶毘　（単・三）茶毘〔二箇所〕

一三五　10　湿気ては　（初）湿気では

一三五　11　て、「香　（初）て、香

一三五　11　か」と　（初）かと

一三五　13　蜘蛛　（単・三）蛛蜘

一三六　3　せぬ、蜘蛛　（単・三）せぬ。蜘蛛

一三六　7　るは詩　（初）るも詩

一三六　11　はぱたと　（単・三）ははたと

一三六　12　目を開く　（単・三）目が開く〔初校校正刷は「目開く」〕

一三六　14　あれ　（初）あき〔二箇所〕

一三七　2　書いて　（単・三）画《か》いて

一三七　5　強いて　（単・三）強ひて

一三七　8　う、上が　（単・三）う。上が

一三七　9　拍子　（初・単）拍手

一三八　5▼動く」　（初・単・三）動く。」

一三八　8▼蜜を　（初・単・三）密を

一四〇　1　やかに見　（初・単）やか見

一四〇　3　ば、暖　（単・三）ば暖

一四〇　5▼や」と一人　（初・単・三）やと」一人

一四一　2▼蜜を　（初・単・三）密を

一四一　11　ある。　（単・三）ある、

一四一　14　過ぎぬ。　（単）過ぎね。

一四一　15-　変ぜん　（単・三）変せん

一四二　4　は如何　（単・三）は、如何

薤露行

（底本＝初出）〔傍線は、単行本の初校校正刷への書込みであることを示す〕

一四五 4- 主意は、こん （単・三）主意はこん〔初校校正刷は「主意、こん」で「、」を「は」に直している〕
一四五 6 りで読 （単・三）りて読
一四六 2 る騎士 （単・三）る、騎士
一四六 9- くは吾 （単・三）く吾
一四六 11 ば、深き （単・三）ば深き
一四六 11 向ひ側 （単・三）向い側
一四六 14 ば、わが （単・三）ば。わが
一四七 2 髪の黒き （単・三）髪の、黒き
一四七 3 れて斜め （単・三）れで斜め
一四七 4 る。左右 （単・三）る左右
一四七 4▼廻廊 （初・単・三）廻廓
一四七 6 は額にかゝる髪 （単・三）は髪
一四七 7 強いて （単・三）強ひて
一四七 11 の、一縷の糸 （初）の一縷の、糸
一四七 11 は、立ち （単・三）は立ち
一四八 3 竪に （単）堅に
一四八 3 る。手頸 （初）る手頸
一四八 8 再び （初）再ぴ
一四八 9 ぞ。恋は （単・三）ぞ、恋は
一四八 10 よ、此冠 （単・三）よ。此冠
一四八 12 て、高く頭の上に捧*げたる （単・三）て、抑へたる〔五二〇頁上段の付記を参照〕
一四八 13 靡き （初）麾き
一四九 8▼め――北の （初）め―北の （単・三）め北の
一四九 10▼給へ」 （初・単・三）給へ。」
一四九 13 な」と室 （単・三）なと」室〔初校校正刷にはカギ（」）がなかった〕
一五〇 2 薔薇咲く （初）薇薔咲く
一五〇 2 赤き薔薇 （初）赤き薇薔
一五〇 13 身も魂も （単）身を魂も
一五一 4 拱いだる （三）拱いたる
一五一 9 かなる柔 （単・三）かに柔
一五一 10 百合 （初）白合
一五一 10 へる心地 （単・三）へる。心地
一五一 10 ある。ランス （三）あるランス
一五一 12 鳴る （初）鳴る
一五一 12 ギニギア （初）キニギア
一五二 2 まはしき （初）まいしき

一五二	3	靡く	（初）靡く
一五二	5	シヤロット	（単・三）シヤロト
一五二	10	ふて又	（単・三）ふで又
一五三	2	が、けたゝ	（単・三）が。けたゝ
一五三	4	瑪瑙	（初）瑪璃
一五三	4-	水晶、真珠	（単）水晶真珠
一五三	7-	所なければ	（単）所なれば
一五三	11-	？――時	（単・三）？……時
一五四	4	攫はれ	（初）擢はれ
一五四	7	て、余所	（単・三）て余所
一五四	11	て、秋の	（単・三）て秋の
一五四	15	は、霧立	（単・三）は霧立
一五五	2	繽紛	（初）浜紛
一五五	5	座りて	（単・三）坐りて
一五五	7	梭の音	（初）拶の音
一五六	1	は、底知	（単・三）は底知
一五六	8	上がれる	（初）上がなる
一五六	10	顔広く	（単・三）額広く
一五六	12	輝ける	（単・三）耀ける
一五六	13	不図	（初）不円
一五七	2	で、女の	（単・三）で女の
一五七	15	知りなが	（単・三）知りりなが
一五七	15	瞬きもせ	（単・三）瞬もきせ
一五八	1	▼鍛へ	（初・単・三）鍜へ
一五八	2	靡かし	（初）靡かし
一五八	2	▼裹み	（初）裒み　（単・三）裏み
一五八	4	据える	（三）据ゑる
一五八	5	と、今迄	（単・三）と今迄
一五八	8-	ランスロツト	（単・三）ランスロト
一五八	11	ランスロツト	（単・三）ランスツト
一五八	11	寄つて	（単・三）寄て
一五八	12	に去る	（初）に〔一字アキ〕る
一五八	13	たる面	（単・三）たる、面
一五九	3	走れ」と	（単）走」と
一五九	11	に、酬	（単・三）に酬
一六〇	1	▼アストラツト	（初・単・三）アステロツト
一六〇	2	▼凜々しき	（初・単・三）稟々しき
一六〇	5	▼ランスロツト	（初・単・三）ラレスロツト
一六一	3	まつはり	（単・三）まつり
一六一	4	く嵐に	（単・三）く風に
一六一	10	ども、更	（単・三）ども更
一六一	10	は、合はぬ瞼	（単・三）は合はね瞼
一六一	11	入らんと	（単）入られんと
一六一	11-	強いて	（単・三）強ひて

一六一 12 此影　（三）此の影
一六一 14 出でた　（単・三）出てた
一六一 15 据えて　（単・三）据ゑて
一六二 3 く、怪し　（単・三）く怪し
一六二 3 なり。いつ　（単）なり、いつ
一六二 4 に、応ふ　（単・三）に応ふ
一六二 6 は亡せて　（初）は已せて
一六二 7 らん。エレ　（単・三）らん、エレ
一六二 10 ▼開きて　（初・単・三）聞きて
一六二 14 て残る　（単・三）て、残る
一六三 3 か、影　（単・三）か影
一六三 3 ランスロツトの夢　（単・三）ランススロツトの夢
一六三 4 座ながら　（単・三）居ながら
一六三 10 醸せ　（単）譲せ
一六四 3 面はゆき　（単・三）面映《おもはゆ》き
一六四 8 あだやか　（単・三）あざやか（初校校正刷は「あぢやか」）
一六四 9 貫ぬきて　（単・三）貫きて
一六四 10 絹の影なる　（三）絹の蔭なる
一六四 15 るが如く　（単・三）る如く
一六五 3 婦人の　（単・三）佳人の（初校校正刷は「婦人」）
一六五 6 を、天が　（単・三）を天が
一六五 6 踏み　（単・三）蹈み
一六五 13 わが面　（単・三）わか面
一六六 13 を、ラン　（単・三）をラン
一六七 2 ▼たり。　（初・単・三）たり
一六七 3 云ふ。　（三）云ふ
一六七 5 ある。　（単・三）ある、
一六七 6 繋ぐ日　（単・三）繋く日
一六七 9 生へた　（単・三）生えた
一六八 4 ▼笑ふ。　（初・単・三）笑ふ
一六九 1- 座はる　（単・三）坐はる
一六九 4 するなり。　（初）する〔一字アキ〕り
一六九 9 の、前　（単・三）の前
一六九 15 は、鞭　（単・三）は鞭
一七〇 1 前に恥づ　（単・三）前に、恥づ
一七〇 5 ▼卑し」とア　（初・単・三）卑しと」ア
一七〇 7 も見えず　（初）も〔一字アキ〕えず
一七〇 9 に、蔦　（単・三）に蔦
一七〇 12 出だされ　（単・三）出され
一七〇 15 に、逝け　（単・三）に逝け
一七一 2 ともと　（単・三）とも、と
一七一 3 ギアの頬　（単・三）ギアのの頬
一七一 7 ず、長く　（単・三）ず。長く

一七一 7 少らく （単・三）しばらく
一七一 8 裂ひて、髪 （単・三）裂いて髪
一七一 8 丈高き （単・三）丈。高き
一七一 8 はれり。 （単・三）はれた。
一七一 10 ▼遅ましき （初・単・三）遅きしき
一七一 10 の、かたく （単・三）のかたく
一七一 12 モードレッド （単・三）モードレット
一七一 12 並ぶ。数 （単・三）並ぶ、数
一七一 12 人。何 （単・三）人、何
一七二 2 アーサーは我 （単・三）アーサーば我
一七二 4 座せる （単・三）坐せる
一七二 6 打たれたる （単・三）打たたる
一七二 7 人を見 （単・三）人――を見
一七二 8 照覧 （初）照賢
一七二 11 知る、罪 （単・三）知る。罪
一七二 12 ▼れんとする （初・単・三）れんとる
一七二 14 黒し、黒し （単・三）黒し黒し
一七二 14 石堞 （初）石蝶
一七二 15 と、錆び （単・三）と錆び
一七三 5 ▼てアストラットに （初・単・三）てアストレットに
一七三 10 「深き （初）「探き
一七四 6 消えて （初）消えで
一七四 6 手綱 （初）手網
一七四 9 息の暗 （単・三）息の、闇
一七四 10 れたる時 （単・三）れた時
一七四 11 聞かざる （初）聞がざる
一七四 14 シヤロット （初）ンヤロット
一七五 1 ▼なり」 （初・単・三）なり」。
一七五 6 隠士 （初）陰士
一七五 11 口走る （初）ロ走る
一七六 3 ▼ある」 （初・単・三）ある」。
一七六 6 去るかの （単・三）去る、かの
一七六 7 しと。う （単・三）し。とう
一七七 5 通りと （単・三）通りと
一七七 9 ば、ラン （単・三）ばラン
一七七 10 ▼牽き綱 （初・単・三）牽き網
一七七 11 が溢れる （初）がれ溢る
一七七 13 われと （初）これと
一七八 1 ▼罌粟 （初・単・三）瞿粟
一七八 3 衰へは （初）衰へば
一七八 9 出でゝ （単・三）出てゝ
一七九 8 籠むる （単・三）罩むる
一七九 9 漕ぎ出 （単・三）漕き出

一八〇 2 ありとしも　(単・三)ありしとも
一八〇 3▼合ぬ間を　(初)合ぬるを　(単・三)合はぬ間を
一八〇 5 て、動か　(単・三)て動か
一八〇 7 座る　(単・三)坐る
一八〇 10 朦々　(単・三)濛々
一八一 5 百合　(初)白合
一八一 7 て、「うつ　(単・三)て、……うつ
一八一 7 恋、色や　(初)恋色や

〔付記〕一九九四年の全集刊行時には「捧」を不明として一字開けた形としたが、馬場美佳氏のご指摘により二〇〇二年の全集刊行時に「捧」を補った(岩波書店漱石全集編集部、二〇一七年一月)。

趣味の遺伝

〔底本＝初出〕〔傍線は、単行本の初校校正刷への書込みであることを示す〕

一八五 2 る。「人　(単)る「人
一八五 2 が、逆　(単・三)が逆
一八五 3 満洲　(単・三)満州
一八五 9 かぶり　(初)かぷり
一八五 9 く、一つ　(単・三)く。一つ
一八五 10 羃々　(初)冪々
一八六 1 る。歯　(初・単)る歯
一八六 5 目隠しの　(単・三)目隠の
一八六 6 る。仙台平　(初)る仙台平
一八六 9 が、中　(単・三)が中
一八六 14 が、停車場　(単・三)が停車場
一八六 15- をひき己一人　(単・三)をわれ一人
一八七 1 い者であるのに　(単・三)いのに
一八七 5 被つた　(単・三)被つて
一八七 8 耳語いで　(単・三)耳語いて
一八七 9 あらう　(単・三)あろう
一八七 11 居る。真　(初)居る真

一八七 11 だらう (単・三)だろう
一八七 13 に、脊広 (単・三)に脊広
一八七 13 です二時 (初)です「二時
一八八 6 えゝ。ど (単・三)えゝど
一八八 6 許り待ち (単・三)許待ち
一八八 9 引き受け (単・三)引受け
一八八 10 えゝ、み (単・三)えゝみ
一八八 13 家があ (単・三)家かあ
一八八 14- プラットフオーム (単・三)プラットホム
一八九 3 大丈夫 (初)大夫丈
一八九 3 落ち付い (単・三)落付い
一八九 5 プラットフオーム (単・三)プラットホーム
一八九 6 に、まだ大丈 (単・三)に、大丈
一八九 6 云ひ懸け (単・三)云懸け
一八九 9- 生れてから今日に至る (単・三)生れて今日至る
一八九 10 申し付け (単・三)申付け
一八九 11 悪るい (単・三)悪い
一八九 12 万歳 (単)万蔵
一九〇 1 かけたので (単・三)かたけので
一九〇 3 万歳がぴたりと (単・三)万歳が、ぴつたと
一九〇 6 出るものなら (単・三)出るなら
一九〇 7 超然として (単・三)超然して
一九〇 8 来て、両眼 (単・三)来て両眼
一九〇 10 射り付け (単・三)射付け
一九〇 10 れゝば大抵 (初)れゝは大抵
一九〇 10 る。髯 (初)る髯
一九〇 10 其通り (単・三)其の通り
一九〇 11 幾本殖え (単・三)幾本も殖え
一九〇 11 う。今日 (初)う、今日
一九〇 12 待詫び (単・三)待侘び
一九〇 14 為めかも (単・三)為かも
一九一 1 る。平生 (初)る、平生
一九一 1- い。然し (初)い、然し
一九一 2 横から見て (単・三)横からも見て
一九一 5 一片、然も (初)一片は然も
一九一 13 件がな (初)件かな
一九一 13 思ふ。そ (初)思ふ、そ
一九一 14 のは尋常 (初)のに尋常
一九二 2 て、煮 (単・三)て煮
一九二 2 て缶 (単・三)て、缶
一九二 3 婆婆か地獄 (初)婆婆の地獄
一九二 7 には厭味 (初)にも厭味
一九二 8 る。結晶 (初)る、結晶
一九二 11- 数千数万人の (単・三)数千人の

一九三 4 黒い波 （単）墨い波
一九三 5- る。寄席 （単）る寄席
一九三 7▼折には大抵 （初）折にも大抵 （単・三）折には大底
一九三 7 取り残さ （単・三）取残さ
一九三 7 る、此 （三）る。此
一九三 9 が、帝国 （単・三）か、帝国
一九三 9 のは残念 （初）のも残念
一九三 11 らん。不図 （単・三）らん。〔改行〕不図
一九三 12 のうちで （単・三）の内で
一九三 12 打ち寄つ （単・三）打寄つ
一九三 14 ば、そん （単・三）ばそん
一九三 14 了見 （単・三）料簡
一九三 14 かく見た （単・三）かく、見た
一九四 8 上がつた （単・三）上つた
一九四 9- ので突然 （単・三）ので、突然
一九四 10 者で、かの （単・三）者でかの
一九四 11 出た。此 （初）出た、此
一九四 12 据ゑて （単）据えて
一九四 14 上に立つた。 （初）上い立つた
一九五 5 為めに （単・三）為に
一九五 6 のか。見 （単・三）のか、見
一九五 8 む。此前 （初）む、此前
一九五 9 夫を （単・三）夫れを
一九五 11 る。人後 （初）る人後
一九五 12 仕合せには （単・三）仕合には
一九五 13 しまひか （単・三）しまいか
一九六 4 えた。 （初）えた
一九六 7 列を作つた （初）列作つた
一九六 12 る。実業 （初）る、実業
一九六 12 ぬ、新聞 （単・三）ぬ新聞
一九六 12 ぬ、芸妓 （単・三）ぬ芸妓
一九六 15 ず、百科 （初）ず百科
一九七 3 で、肋骨 （単・三）で肋骨
一九七 4▼ければ此 （初・単・三）けれは此
一九七 10 居る。―― （単・三）居る―
一九七 13 傍目をふらず （単・三）傍目もふらず
一九七 13 く。歓迎 （初）く歓迎
一九八 1 らう。 （初）らう
一九八 3 黒い、髯も （三）黒い髯も
一九八 6 下士官 （単・三）下士官
一九八 7 居る。だから （単・三）居るのだから〔初校校正刷では「。」が抜けている〕
一九八 8 して浩 （単・三）して、浩

一九八 12 て遺り (単・三)て遺り
一九八 13 打ち守つ (単・三)打守つ
一九八 13 やら六十 (単・三)やら、|六十
一九八 13 許りの (単・三)許の
一九九 2 がるが (単・三)がるが
一九九 3 上から婆さん (単)上から婆さん
一九九 3 見付けた (単・三)見付た
一九九 5 立てる (単・三)たてる
一九九 6 ぶらさがつた (単・三)ぶら下つた
一九九 6 引き摺ら (単・三)引摺ら
一九九 7 乱れもつ (単・三)乱れ、|もつ
一九九 7 行く。余は (初・単)行く余は
一九九 8 思ひ出し (単・三)思出し
一九九 10 浩さんは (単・三)浩んは
一九九 12 打ち出し (単・三)打出し
一九九 13 砂烟りを (単・三)砂烟を
二〇〇 4 て凡て (単・三)て、|凡て
二〇〇 6 居る。火桶 (単・三)居る。|〔改行〕火桶
二〇〇 7 髯 (単・三)髭
二〇〇 7 は相手 (単・三)は、|相手
二〇〇 9 丈夫、|人の (初)丈夫人の
二〇〇 10 た。|だから (初)た、だから
二〇〇 11 用ひた (単・三)用ぬた
二〇〇 11 い。現に (単・三)い、現に
二〇〇 13 空、千里を (単・三)空千里を
二〇一 1 らう。黒く (単・三)らう。|〔改行〕黒く
二〇一 2 に蛇の (単・三)に、|蛇の
二〇一 5 か真直 (単・三)か、真直
二〇一 8 撰ぶ所 (初)撰ぷ所
二〇一 9 懸易の (単・三)懸替|の
二〇二 5 だらう (初)だうう
二〇二 6 と順繰 (単・三)と、順繰
二〇二 6▼同勢が同 (初・単・三)同勢か同
二〇二 7- 間には此邪魔物|があつて、此邪魔物を越さぬ
(初)間には此邪魔物を越さぬ〔初校校正刷への赤字では「、」欠〕
二〇二 10 濠 (単・三)壕
二〇二 11 濠 (単・三)壕
二〇二 12 た。|愈浩さん (初)た。浩さん
二〇二 12 ない。高く (単・三)ない。|〔改行〕高く
二〇二 12 差し上げ (単・三)差上げ
二〇二 13 後旗竿 (単・三)後、旗竿
二〇三 8 い。何故 (単・三)い、何故
二〇三 8 らう。占めた、敵 (単・三)らう。|〔改行〕占めた。

敵

二〇三 9 ない。はてな、もう　(初)ないはてな。もう

二〇三 10 だが、どう　(単・三)だかどう

二〇三 12 様子　(単・三)樣子

二〇三 14 る。塹壕　(初)る塹壕

二〇四 2 い。石を　(単)い石を

二〇五 5 ば矢張　(単・三)ば、矢張

二〇五 5 もプラ　(単)もブラ　(三)も。ブラ

二〇五 15 日を待ち　(単・三)日を待ち

二〇六 5- 来ない、上がつて来ないと、あとを追ひかけて仕舞には御母さんも坑の中へ飛び込むかも知れない。　(単・三)来ない。是でも上がつて来ないなら御母さんの方からあとを追ひかけて坑の中へ飛び込むより仕方がない。

二〇六 7 て久し　(単・三)て、久し

二〇六 14 訳には行　(初)訳にも行

二〇六 15 さんに読　(初)さんが読

二〇七 4 避易　(単・三)辟易

二〇七 9 切角　(単・三)折角

二〇八 3 なる。こと　(初)なること

二〇八 11 なる。門　(初)なる門

二〇九 1 庫裏　(初)厨裏

二〇九 5 なる。王　(単・三)なる王

二〇九 9- 居る。下　(単・三)居る下

二〇九 13 放つ。色　(初)放つ色

二一〇 3 だ。銀杏　(初)だ銀杏

二一〇 6 見えて　(初)見て

二一〇 8 ▼化銀杏　(初・単・三)化杏銀

二一〇 11 中には至　(初)中にも至

二一〇 12 飽きる程　(単・三)飽きたる程

二一〇 14 て、あの　(単・三)てあの

二一一 1 懇情　(単・三)懇請

二一一 1 代々の墓　(初)代々墓

二一一 3 卵塔場　(単・三)卵塔婆

二一一 5 形勝の地　(初)形勢の地

二一一 5 る。隣　(三)る隣

二一一 7 が御爺　(単・三)が、御爺

二一一 7- り易ひ。　(単・三)り易い。

二一一 9 見た。見る　(単・三)見た。〔改行〕見る

二一一 9- ともう　(単・三)と！もう

二一二 3 藪で寒い　(初)藪が寒い

二一二 4 で、黒い中に女の　(初)で黒い中に、女の

二一二 7 つた。余が　(単・三)つた。〔改行〕余が

二一二 8- 会、劇場　(初)会劇場

二二 12 に、茫然　(単・三)に茫然
二二 14 た。すると　(初)た、すると
二三 7 た。女が　(単・三)た、女が
二三 8 た。此度　(初)た、此度
二三 14 い。然し　(初)い、然し
二四 2 して、何　(単・三)して何
二四 3 居る。――　(単・三)居る――
二四 3 に、美くし　(初)に美くし
二四 5 許り　(単・三)計り
二四 5▼色と、其衣　(初)色、其衣　(単・三)色、と其衣
二四 8 からか戸迷　(初)から戸迷
二五 1 を余が頭　(単・三)を吾頭
二五 4▼古い、淋しい消極　(初)古い、淋しい。消極　(単・三)古い淋しい消極
二五 7 父母未生　(初)父母来生
二六 7 それでは　(初)それは
二六 14 妾を買ひ、金　(単・三)妾を買ひ金
二七 1 虚空　(初)虚実
二七 1 す。一度　(単)す、一度
二七 2 でも蒼く　(三)で〔一字アキ〕蒼く
二七 4 担ぎ込ん　(単・三)担き込ん
二七 5 吾々の生活　(初)吾々が生活
二七 6 より、気質　(単・三)より気質
二七 7 あらう。が其通り劇　(単・三)あらう。が其通り。劇〔初校校正刷では、「あらう、が」のように「。」ではない〕
二七 8 読者、観客　(単・三)読者観客
二七 8 すると矢張　(初)すること矢張
二七 8 惰性　(単・三)惰情〔二箇所〕
二七 9 程、惰性　(単・三)程惰性
二七 10 妖婆、毒婦　(単)妖婆毒婦
二七 12 に出現す　(単・三)に現出す
二七 13 が陸に　(初)が。陸に
二七 15 て、怖を　(単・三)て怖を
二八 1 をも怖化　(初)をも怖化
二八 1- 狂言は、普通　(単・三)狂言、は普通
二八 2 諧謔　(単・三)諧譃
二八 3 用ひ、　(単・三)用ゐ、
二八 4 此筆法　(初)此業法
二八 9 くつ付いて　(単)くつい付て
二八 11▼諧謔　(初・単・三)諧譃〔二箇所〕
二八 14 即ち此　(単・三)即ち、此
二九 6 保険　(初)保験
二九 8 か、繻珍　(単・三)か繻珍

二九 8 から、横　(単・三)から「横
二九 9 見ても派出である、立派　(単・三)見ても立派
〔初校校正刷では「見ても立派である、立派」と組まれ「立派である、」が赤字で削除された〕
二九 10 ない、古臭い、沈　(単・三)ない古臭い沈
二九 15 が、なぜ　(単・三)がなぜ〔初校校正刷ではカギ(「」)があり、赤字で削除〕
三〇 5 らう？余　(単・三)らう。余〔初校校正刷では「？」も「。」も欠〕
三〇 6 宿りに　(単・三)泊りに
三一 4 居るだらう　(単・三)居るらだう
三一 6 居る。何　(単)居る何
三一 8 先づ左　(三)先つ左
三一 13 で拭き　(単・三)で、拭き
三二 4 から、よく　(単・三)からよく
三二 6 小いさい　(単・三)小さい
三二 6 植えた　(三)植ゑた
三二 10- 無沙汰　(単・三)無汰沙
三二 15 が、どう　(単・三)がどう
三三 1 から。それ　(単・三)から、それ〔初校校正刷には「。」も「、」もなし〕
三三 1 婆さん　(単)娑さん
三三 3 する。どう　(初)する、どう
三三 9 娵　(単・三)嫁〔初校校正刷は「娘」〕
三三 10▼ した」　(初・単・三)した。」
三三 11 そら娵が　(単・三)そら娶が
三三 11 よめ　(単・三)よめ
三三 12 あるべき　(単・三)あるきべ
三三 12 娵を　(単・三)娶を
三三 12 のを残念　(単・三)のをも残念
三三 14 詫しく　(単・三)侘しく
三三 15 いゝ。結婚　(単・三)いゝ、結婚
三四 1- 越さない　(単)越ささない　(三)越さ〔一字アキ〕ない
三四 2 のに、姑　(初)のは、姑
三四 2 暮しで一生　(単・三)暮して一生
三四 4 切角　(単・三)折角
三四 9 たんです　(単・三)たです
三四 13 も、御母　(単・三)も御母
三五 3 て、独り　(単・三)て独り
三五 10 え」と　(単・三)え、と
三五 10 が、実は　(単・三)が実は
三五 15 出した　(初)出た
三六 1 ず、余も　(単・三)ず余も
三六 3 つくだらう　(単・三)つくわけだ

三二六	6	なかつたの	（初・単）なかつの
三二六	7	のゝ、何か	（単・三）のゝ何か
三二六	10	次第である	（単・三）次第てある
三二六	11	の皮で	（単・三）の革で
三二六	13	居る。無言	（単・三）居る、無言
三二七	3	だ。然し小説	（単・三）だ。たゞ小説〔初校校正刷では「。」ナシ〕
三二七	4	て、全体	（単・三）て全体
三二七	5	何だか不	（単・三）何だが不
三二七	10	が、紳士	（単・三）が紳士〔初校校正刷では「。」が入っていた〕
三二七	12	と、水道橋	（単・三）と水道橋
三二七	14	から、余	（単・三）から余
三二七	15	は？あゝ	（初）は〔一字アキ〕あゝ
三二八	6	が、何分	（単・三）が。何分
三二八	9	す。偖	（初）す偖
三二八	10	事。握り	（初・単）事。「握り
三二八	10-	二個、泥	（単・三）二個。泥〔初校校正刷では「、」なし〕
三二八	11	気味、発熱	（単・三）気味発熱
三二八	12-	全滅、不	（単・三）全滅不
三二八	14	彫琢したりした痕跡	（単・三）彫琢した痕跡
三二九	1	しい。怒	（単・三）し。い怒
三二九	7	た。郵便	（初）た郵便
三二九	7	らうと三分	（初）らう三分
三二九	8	はやつと漕	（単・三）は漸く漕
三二九	8	逆さに	（単・三）逆さまに
三二九	10	坑内で仮寝	（単）坑内仮寝　（三）坑内仮寐
三二九	11	許りの女	（単）許りの女　（三）許り〔一字アキ〕の女
三二九	12	ある」此	（初）ある。」此
三二九	14	ぴしやり	（単・三）びしやり
三三〇	3	ない。可愛	（初）ない可愛
三三〇	6	で、浩さん	（単・三）で浩さん
三三〇	6-	断定は出来	（単・三）断定出来
三三〇	9	から、切手	（単・三）から切手
三三〇	13	ん。どう	（初）んどう
三三〇	15	我が攻囲	（単・三）我か攻囲
三三一	1	て、今か	（単・三）て今か
三三一	3	▼た」今度	（初・単・三）た。」今度
三三一	3	ある。「軍人	（単・三）ある「軍人
三三一	5	のだ」	（単・三）のだ、」
三三一	8	は寒い	（単・三）は、寒い
三三一	9	でぷつり	（単・三）で、ぷつり
三三一	9	て居る。切れて居る筈だ。	（単・三）て居る。

三二一 11 から、何　(単・三)から。何
三二一 12 い、名前　(単・三)い。名前
三二一 15 這入つたの　(単・三)這入つの
三二二 4 菊が鮮　(初)菊か鮮
三二二 6 ないのは　(単・三)なのいは
三二二 7- ら、|うむ　(初)らう、む
三二二 8 居る、あつち　(単・三)居るあつち
三二二 8 引き越し　(単・三)引|越し
三二二 9 たら、|いゝえ　(初)たらいゝえ
三二二 11 て、先達　(単・三)て先達
三二二 13- ない。|だ　(初)なひ。だ
三二二 14 ▼専門上　(初・単・三)専問上
三二二 15 する所で　(単・三)する訳で
三二二 15 新説　(単・三)学|説
三二三 1 してそれ　(単・三)して、|それ
三二三 3 メンデリズムだの、　(初)メンデリズム、だの、
三二三 3- ヘルトウイツヒ　(単・三)ヘルトワイツヒ
三二三 13 さうだ、此　(単・三)さうだ此
三二三 13 ▼遺伝　(初・単・三)伝遺
三二三 13 吾口|　(初)吾々
三二三 14 但不思議　(単・三)只|不思議
三二三 14 ある、何　(単・三)ある。何
三二三 14 ない、　(初)なひ、
三二四 7- 上に遺伝　(単・三)上で遺伝
三二四 8 ▼のが順当　(初・単・三)のか順当
三二四 8 では、此　(単・三)では此
三二四 13 も江戸で生れて江戸で死んだ　(単・三)も江戸で
死んだ
三二五 5 放つて　(単・三)抛|つて
三二五 6 と、あと　(単・三)とあと
三二五 8 かうこしらへてくる　(単・三)かうしらべ|て見る
〔初校校正刷は「かうしらへてくる」〕
三二五 12 ▼たる者だ。学　(初)た。る者だ。学　(単)たる。
者だ。学　(三)たる。者だ学
三二五 13 返した。|どんな　(初)返したどんな
三二五 13 ジヤスチフヒケーシヨン　(単・三)ジヤチスチフ|
ィ|ケーシヨン〔初校校正刷は「チヒケ」〕
三二五 14 黙座　(単・三)黙坐|
三二五 14 限る。|　(初)限る
三二五 15 ▼老人で藩　(初・単・三)老人て藩
三二六 6 を、老耄　(単・三)を老耄
三二六 9 が、人間　(単・三)が人間
三二六 12 槍は　(単)槍は
三二六 12 が、其　(単・三)が其

三三六 14 夫れ所 (単・三)それ所
三三六 14 ではない (単・三)ではい
三三七 4- と考へた。さう考へるに (単・三)と考へるに
三三七 6 気遣 (初)気遣
三三七 9 加減 (単・三)如減
三三七 9 ものだ。 (初)ものた。
三三七 12 控えて (単・三)控へて
三三七 12 が、何の (単・三)が何の
三三八 2 が、もと (単・三)が。もと
三三八 7 か、夫は (単・三)か。夫は
三三八 14 河上でも (初)河上ても
三三九 6 いえ、さう (単・三)いえさう
三三九 9 ぢや。よく (単・三)ぢや、よく〔初校校正刷は「、」「。」ナシ〕
三三九 10 ▼居る」 (初・単・三)居る。」
三三九 11 と余は (初)と〔一字アキ〕は
三三九 12 あゝ、実に (単・三)あゝ実に
三三九 14 艶聞か―― (単・三)艶聞が――
三三九 14 が、――何かない (単・三)が――ない
三三九 15- ▼居て、丁度 (初・単・三)居て。丁度
三四〇 1 て、それ (単・三)て。それ
三四〇 3 「成程」 (単・三)成程〔初校校正刷は起しのカギ(「)だけあり〕
三四〇 4 往来をする (初)往来さする
三四〇 6 で――是非 (単・三)で是非
三四〇 12 が、―― (単・三)が――
三四〇 12 ▼ぢや」 (初・単・三)ぢや。」
三四一 2 た。―― (単・三)た、――
三四一 6 用ひない (単・三)用ゐない
三四一 7 ら、余一人 (単・三)ら、一人
三四一 8 ▼かん。「実に (初・単)かん。実に (三)かん。〔改行〕「実に
三四一 9 な。両家 (初)な、両家
三四一 10 では、何 (三)では。何
三四一 11 なで残念 (初)な残念
三四一 15- 様だて」と (単・三)様で」と〔初校校正刷、《様でて」と》〕
三四二 1 笑つた。 (初)笑つた」
三四二 6 か。原町 (単・三)か原町
三四二 6 御屋敷 (初)御座敷
三四二 11 する。エレ (初)するエレ
三四二 12 此男だぞ (初)此男なぞ
三四二 12 父母未生 (単・三)父母末生
三四二 14 云ふ、小説 (単・三)云ふ小説

二四二 14 云ふ、そん (単・三)云ふそん
二四三 3 付いて見 (単・三)付いで見
二四三 8 筈だ。然 (単・三)筈だ然
二四三 11 許りで (単・三)計りで
二四三 14 くる。先づ (初)くる先づ
二四三 15 だとでも (単・三)だ、とでも
二四四 7 とて、余計 (単・三)とて余計
二四四 8 り、読み (単・三)り読み
二四四 11- 来て、もう (単・三)来てもう
二四四 15 に、何か (単・三)に何か
二四五 2 が、只一 (単・三)が只一
二四五 3 か、其 (単・三)か。其
二四五 5 ん。けれ (単・三)んけれ
二四五 9 猶更言ひにくい。言ひにくいと申す (単・三)猶
更言ひにくい。と申す
二四五 10 曝露 (単・三)暴露
二四五 15 から、お (単・三)からお
二四六 2 してくれ (単・三)しくれ
二四六 3 会見をする (単・三)会見する
二四六 3 散歩をする (単・三)散歩する
二四六 5 たらそれ (単・三)たら、それ
二四六 5 何故 (単・三)なぜ

二四六 7 下がる (単・三)下る
二四六 7- さうして (単・三)そうして

坊っちゃん

（底本＝原稿）

二四九 1▼一　（原・初・単）〔ナシ〕
二四九 2 小供　（単）子供
二四九 10 此通りだ　（初・単）此通だ
二五〇 2 脊戸　（初・単）背戸
二五〇 8 から無暗　（初・単）から、無暗
二五〇 8 右左　（初・単）左右
二五〇 9 食い付　（初・単）食ひ付
二五〇 12 山城屋へ詫　（初・単）山城屋に詫
二五一 1 踏み　（初・単）蹈み
二五一 2 出て、そこいらの稲　（単）出てらこい、その稲
二五一 4 挿し込　（初・単）押し込
二五一 6 此兄はやに　（単）此兄は、やに
二五一 7 度にこい　（単）度に、こい
二五一 8 ないと、おや　（単）ない、とおや
二五一 11 してへつつい　（単）して、へッつい
二五一 15 横っ面　（初・単）横面
二五二 4 割で　（初・単）割りで
二五二 9 居る清と　（初・単）居るお清と
二五三 7 小供心　（単）子供心
二五三 8 癈せば　（初・単）廃せば
二五三 10 寐て　（初）寝て
二五三 11 靴足袋ももらつた、鉛　（初・単）靴足袋も貰つた。
鉛
二五三 12 借して　（初・単）貸して
二五三 12 借せ　（初・単）貸せ
二五三 13 御小遣　（原）御小遺
二五四 2 引き懸　（初・単）引つ懸
二五四 5 換えて　（初・単）換へて
二五四 5 上げます　（初）上ます
二五四 6 帰すよ　（初・単）返すよ
二五四 6 たぎり、　（初・単）たきり、
二五四 6 帰さない　（単）返さない
二五四 7 帰して　（初・単）返して
二五四 7 たくても　（初・単）たくつても
二五四 7 帰せない　（初・単）返せない
二五五 2 落ち振れ　（原）落ぢ振れ
二五五 3 云ふものだ　（初・単）云ふ者だ
二五五 3 何かに成　（初・単）何にか成
二五五 9 麴丁　（初・単）麴町
二五五 12 ものは欲しく　（初）ものも欲しく

二五五　14　間は此　(初・単)間此
二五五　15　小供　(単)子供
二五六　1　た。只清が　(初・単)た。清が
二五六　1　だ、不仕合　(初・単)だ不仕合
二五六　3　小使　(初・単)小遣
二五六　8　から向　(初・単)から、向
二五六　11　さる金満家　(初・単)ある金満家
二五六　11　此方は　(初・単)此は
二五六　12　下宿をして　(初・単)下宿して
二五六　13　十何年　(単)何十年
二五七　4　て、夫　(単)て夫
二五七　5　たらあなた　(初・単)たら、あなた
二五七　6　漸く　(単)慚く
二五七　8　た家の方　(初・単)た方
二五七　9　より、甥　(初・単)より甥
二五七　9　厄介になる　(初・単)厄介なる
二五八　1　たぎり兄　(初・単)たきり兄
二五八　2　寐ながら　(初)寝ながら
二五八　3　六百円位の　(初・単)六百円の
二五八　3　商買　(初・単)商売〔二箇所〕
二五八　9　から、何も　(初・単)から何も
二五八　12　なもので　(初・単)な者で
二五八　14　何の用　(初・単)何か用
二五八　15　だが、行　(単)だが行
二五九　1　気も、田舎　(単)気も田舎
二五九　6　と此四畳半　(初・単)と四畳半
二五九　6　はなければ　(初・単)はねば
二五九　8-　住んでる　(単)住んで居る
二五九　13　から、こつ　(初・単)からこつ
二五九　13　困つて　(初・単)困まつて
二六〇　3　見て、起き　(単)見て起き
二六〇　3　御持ち　(初・単)お持ち
二六〇　4　トの中に湧　(初・単)トに湧
二六〇　4　えらい人　(単)豪い人
二六〇　8　何か見やげを買　(初・単)何を見やげに買
二六〇　14-　御別れに　(初)お別れに　(単)お別に
二六〇　15　存分　(初・単)随分
二六〇　15　機嫌やう　(初・単)機嫌よう
二六〇　15　一杯たまつて　(単)一抔溜つて
二六一　2　て、窓　(単)て窓
二六一　5　ぶうと　(初・単)ぷうと
二六一　5　と、艀が　(単)と艀が
二六一　7　眼がくらむ　(単)眼が眩む
二六一　7　見た所　(初・単)見る所

二六一 9 続づいて (初・単)続いて
二六一 9 許積み (初・単)許り積み
二六一 10 時も、いの (初・単)時もいの
二六一 10 て、いき (初・単)ていき
二六一 11 して、知 (初)して知
二六一 11 の、と云 (単)のと云
二六一 14 御上がり (初・単)お上がり
二六一 14 で、上が (初・単)で上が
二六二 1 なくつちや (初・単)なくちや
二六二 2 二っ (単)二ツ
二六二 10 楷子段 (初・単)階子段
二六二 11 ら生憎 (初・単)ら、生憎
二六二 11 ら革鞄 (初・単)ら、革鞄
二六二 12 云ふから、ざ (単)云ふからざ
二六二 14 つきあがつた (単)つきやあがつた
二六二 14 熱つかつた (単)熱かつた
二六二 15 から東京 (初・単)から、東京
二六三 1 御座い (単)御坐い
二六三 1 云つてやつた (単)答へてやつた
二六三 2 から、すぐ (単)からすぐ
二六三 2 寐 (初)寝〔二箇所〕
二六三 3 五倍位八釜 (単)五倍八釜
二六三 3 〱とした (初・単)〱した
二六三 4 から、よし (単)からよし
二六三 5 御座い (単)御坐い
二六三 10 蝙蝠傘 (初)蝙蝠傘
二六三 10 癖に人を見 (単)癖に見
二六三 13 驚ろい (初・単)驚い
二六三 15 給使 (初・単)給仕
二六三 15 ら、やにや〱 (初・単)らにやにや〱
二六三 15 御祭り (初・単)お祭り
二六四 1 此下女 (単)此の下女
二六四 1 余っ程 (初・単)余程
二六四 3 出懸た (単)出懸けた
二六四 7 脊が (初・単)背が
二六四 8 悪るく (単)悪く
二六四 10 た辞令 (初・単)た、辞令
二六四 14 揃ふには (初・単)揃ふのは
二六五 1 無論 (初・単)勿論
二六五 1 が、途中 (単)が途中
二六五 3 ては行かん (単)ても行かん
二六五 4 の、と無暗 (初・単)のと、無暗
二六五 5 だ。腹が (初・単)だ腹が
二六五 5- ば喧嘩の一つ位は誰でもする (初・単)ば誰でも

喧嘩の一つ位はする

二六五 6 思つてた　(単)思つた
二六五 6 六ヶかしい　(単)六つかしい
二六五 7 前からこれ　(単)前にこれ
二六五 7 ら、仕方　(単)ら仕方
二六五 8 断はつて　(単)断わつて
二六五 9 から、財布　(初・単)から財布
二六五 9 い。茶代　(初・単)い茶代
二六五 11 通りにや、出　(単)通にや出
二六六 1 たらうと　(単)たからと
二六六 3 挨拶　(単)拶挨
二六六 4 めた許り　(初)める許り　(単)める計り
二六六 4 取つて　(単)取ツて
二六六 5 教師へ廻　(単)教師へと廻
二六六 6 は、同じ　(単)は同じ
二六六 8 挨拶　(原)拶挨
二六六 9 人なんだ　(単)人だ
二六六 9 驚ろいた　(初・単)驚いた
二六六 10 いくら薄い　(初・単)いくらか薄い
二六六 11 苦労千万な　(単)苦労な
二六六 11- あとから聞　(単)あとで聞
二六六 12 たものだ　(初・単)た者だ
二六六 13 だが、入ら　(単)だ入ら
二六七 2 なるのか　(初・単)なるか
二六七 2 ら、さう　(単)らさう
二六七 2 ぢやありま　(単)ぢややりま
二六七 4 此英語　(初・単)此の英語
二六七 8 アハ、、、　(初・単)アハ、〔二箇所〕
二六七 10 嘸御疲　(単)嘸ぞ御疲
二六七 11 大分励精で、——と　(初)大分励精で、—と
(単)大分御励精で—、と
二六七 12 どちらで　(単)どちで
二六八 1 挨拶　(単)拶挨
二六八 1 済んだら　(初・単)済んだから
二六八 4 宿つて　(初・単)泊つて
二六八 4- へ出て行　(初・単)へ行
二六八 9 廿五万　(初・単)二十五万
二六八 9 所に住んで御　(単)所に御
二六八 10 前へ出た　(単)前に出た
二六八 12 坐つて　(初)座つて
二六八 12 が、おれ　(単)がおれ
二六八 14 坐敷　(初・単)座敷
二六八 15 坐敷　(初・単)座敷
二六九 5 所だ。十　(初)所だ〔一字アキ〕十

二六九	5	坐敷	(初・単)座敷
二六九	7	た。校長	(単)た、校長
二六九	7	教頭	(初・単)教師
二六九	7	赤しやつ	(初・単)赤シャツ
二六九	9	心持ちに	(初・単)心持に
二六九	9	から、最前	(単)から最前
二六九	9	坐敷	(初・単)座敷
二六九	11	失敬、君	(初・単)失敬君
二六九	12	受持ちを	(初・単)受持を
二七〇	1	込んで	(単)込で
二七〇	2	訳にも行	(単)訳には行
二七〇	2	追っつか	(単)追ツつか
二七〇	3	が、どう	(初・単)がどう
二七〇	3	るものなら	(初・単)る者なら
二七〇	3	引き越し	(原・初)引き起し
二七〇	4	角も一所	(初・単)角一所
二七〇	6	四つ許り	(単)四つ計り
二七〇	8	通町	(単)町通
二七〇	8	氷水を	(単)氷を
二七〇	10	肝癪持ら	(単)肝癩持ちら
二七〇	10	人望がある	(単)人望ある
二七〇	14	答へた	(単)応へた
二七一	11	は、生徒	(初・単)は生徒
二七一	11	て、べら	(単)てべら
二七一	12	たら、一番	(単)たら一番
二七一	13	ら、「あ	(単)ら「あ
二七一	13	早くて	(初・単)早うて
二七一	13	まちつと	(初・単)もちつと
二七一	14	な、もし	(初・単)なもし
二七一	14	生温るい	(初・単)生温い
二七二	2	解釈して	(初・単)解釈をして
二七二	2	かな、もし	(初・単)かなもし
二七二	3	から何	(初・単)から、何
二七二	3	分らな	(単)分からな
二七二	3	い此次	(初・単)い、此の次
二七二	5	もんか。	(初・単)ものか。
二七二	7	やだなと	(単)やだと
二七二	9	大同少異	(単)大同小異
二七二	9	いづれも	(初・単)孰れも
二七二	10	程ぢや	(単)程楽ぢや
二七二	10	一と通り	(単)一通り
二七二	10	が、まだ	(初・単)がまだ
二七二	12	夫から、	(原)夫かか、
二七二	12	一応しらべて	(初・単)一応調べて

二七二 13 身体《からだ》 （原）身体《からた》
二七二 15 我慢して （初・単）我慢をして
二七二 15 三時過迄 （単）三時迄
二七三 1 アハヽヽ （初・単）アハヽヽ
二七三 1- 真面に （初・単）真面目に
二七三 2 君あまり （初・単）君余り
二七三 2 話せ、随分 （単）話せ随分
二七三 3- た。〔改行〕夫から （初・単）た。夫から
二七三 7 商買 （単）商売
二七三 14 へヽヽ （初・単）へヽヽ
二七三 14 ら、いえ （初・単）らいえ
二七三 14 御座い （単）御坐い
二七三 15 一反此 （単）一旦此
二七四 6 一と通 （単）一通
二七四 7 ほかの （初・単）他の
二七四 7 受けて一 （初・単）受けた一
二七四 7 評番 （初・単）評判
二七四 11- あんまり （初・単）あまり
二七四 12 人間である （単）人間あるで
二七四 13 から、狸 （単）から。狸
二七四 15 なものを （初・単）な者を
二七五 1 十ばかり （単）十許り
二七五 4 から、さう （初・単）からさう
二七五 4 と、華山 （原・初・単）と。華山
二七五 5 が、此幅 （単）が此幅
二七五 5- です、あ （初・単）ですあ
二七五 6 断はる （単）断わる
二七五 7 御座い （単）御坐い
二七五 8 す、端渓ですと （単）す、と
二七五 9 たらすぐ （初・単）たら、すぐ
二七五 10 す、此 （単）す此
二七五 11 至極宜し （単）至〔一字アキ〕宜し
二七五 12 から持 （初・単）から、持
二七五 13 うか、かう （初・単）うかかう
二七五 15 た。ある （原）た。〔「一字アケル」の指示あり〕ある
（初）た。〔一字アキ〕ある
二七六 1 た時で （単）たときで
二七六 4 もない。東京と （単）もな〔三字アキ句点欠〕と
二七六 4 断はる （単）断わる
二七六 5 か、滅法 （初・単）か滅法
二七六 7 只例々と （初・単）只麗々と
二七六 10 〱、ちゆ （初・単）〱ちゆ
二七六 13 位な大きな字 （初・単）位な字
二七六 13 字で、天 （単）字で天

二七六 14 ▼可笑しいか　（原・初）可笑しか　（単）可笑いか
二七六 15- がおれ　（単）が、おれ
二七七 1 と講義　（単）と、講義
二七七 2 也。但し　（初・単）也、但し
二七七 3 焼持　（初・単）焼餅
二七七 4 から、どこ迄押　（初）からどこ迄押　（単）からど
こまで押
二七七 5 了見　（初・単）量見
二七七 6 ら、天麩　（初・単）ら天麩
二七七 6 触れちら　（初）触ちら
二七七 6 小供　（単）子供
二七七 8 小供　（単）子供
二七七 9 か、卑怯　（初）か卑怯
二七七 11 から、こん　（初・単）からこん
二七七 12 て、授業　（単）て授業
二七七 12 夫から　（単）夫れから
二七八 2 たが、四　（初・単）たか、四
二七八 7 とかいて　（初・単）と書いて
二七八 7 おれは団子を二皿　（初・単）おれは二皿
二七八 11 来たもんだ　（初・単）来た者だ
二七八 12 云ふ気　（原）云つ気
二七八 12 で、晩飯　（初・単）で晩飯
二七八 12 行くときには　（初）行くときは　（単）行く時は
二七八 13 で、一寸　（単）で一寸
二七八 13 見ると紅　（原）見る紅
二七八 15 さい者だ　（初・単）さいものだ
二七九 1 其上に女　（単）其上女
二七九 3 十五畳敷位　（初）十五畳敵位
二七九 4- 乳の辺　（初・単）乳の処
二七九 6- かなと　（初・単）かと
二七九 7 と、大き　（初・単）と大き
二七九 7 泳ぐべからず　（初）泳ぐかべらず
二七九 9 から泳ぐ　（初）から、泳ぐ
二八〇 2 〳〵之を　（初・単）〳〵これを
二八〇 3 免かれる　（初・単）免れる
二八〇 3 たら、奏任　（初・単）たら奏任
二八〇 12 小供　（単）子供
二八〇 13 四十円のうちへ　（単）四十円のうらへ
二八一 1 ぽかんと　（単）ぼかんと
二八一 1 たものだ　（初・単）た者だ
二八一 4 て、あれ　（単）てあれ
二八一 5 半には片　（初・単）半に片
二八一 6 して、外　（初・単）して外
二八一 12 日暮方に　（単）日暮に

二八二 2 と、いや (初・単)といや
二八二 4 済まし (単)澄まし
二八二 4 あるき (単)歩き
二八二 5 出っ喰 (初・単)出喰
二八二 10 から、さつ (初)からさつ
二八二 10 つて来た (初・単)つた来た
二八二 11 くれて (初・単)暮て
二八二 11 が、夫 (初・単)が夫
二八二 12 換えて (初・単)換へて
二八二 13 て、仰向 (単)て仰向
二八二 13 寐るときに (初)寝る時に (単)寐る時に
二八二 13 小供 (単)子供
二八三 2 掛ヶ合へ (初・単)掛ヶ合へ
二八三 3 いくら (単)幾ら
二八三 5 たものが (単)た物が
二八三 6 臑が (単)脛が
二八三 6 所、尻 (単)所尻
二八三 7 き上がつて (初・単)き上つて
二八三 7 ぱつと (単)はつと
二八三 7- 蒲団 (初)薄団
二八三 10 と、いき (初・単)といき
二八三 10 て、二三 (単)て二三
二八三 11 布団 (初)薄団 (単)蒲団
二八三 12 驚ろい (単)驚い
二八三 13 だの、頭 (単)だの頭
二八三 13 顔へ (初・単)頭へ
二八三 14 も、ぶつ (単)もぶつ
二八四 1 い。漸く (単)い漸く
二八四 1 事三十分 (初・単)事に三十分
二八四 4 小使は恐 (単)小使恐
二八四 5 が、十人 (初・単)が十人
二八四 6 始めた (単)初めた
二八四 9 い、生徒 (初・単)い生徒
二八四 11 小使 (原)小遣
二八四 11 ら、「もう掃 (初・単)らもう、「掃
二八四 12 た。「う (単)た。う
二八四 15 「バツタた (単)「パツタた
二八四 15 是だ (初・単)是れだ
二八四 15 バツタを (単)パツタを
二八五 1 た、顔の (初・単)た顔の
二八五 4 てもなもし (単)てもなもし
二八五 5 いつ、バツタを (単)いつバツタを
二八五 13 だ、自分で自分のし (初・単)だ、自分のし
二八五 13 位なら (初)位いなら (単)位ゐなら

校異表（坊っちゃん）

二八六	1	は、いく	（初・単）はいく
二八六	2	位なら	（初）位いなら　（単）位ゐなら
二八六	2	もんか。	（初・単）ものか。
二八六	4	国に流行る	（単）国流に行る
二八六	6	だ。学	（単）だ学
二八六	6	蔭で	（単）陰で
二八六	7	て大き	（初・単）て、大き
二八七	2	相手する	（単）相手にする
二八七	3	辛防	（単）辛抱
二八七	5	が、かう	（初・単）がかう
二八七	8	が、ほめ	（初・単）がほめ
二八七	8	方が立派	（単）方は立派
二八七	11	か、二階	（初）か、三階　（単）か二階
二八七	11	どん、と	（初・単）どんと
二八七	15	あやまり	（単）詫まり
二八八	3	楷子段	（初・単）梯子段
二八八	4	慥かに	（初・単）慥に
二八八	7	小供	（単）子供
二八八	8	跳ね起	（初・単）踏ね起
二八八	9	見た晩	（初）見る晩
二八八	9	りと立ち	（単）り立ち
二八八	10	したと、非常	（単）したと非常
二八八	14	矢っ張り	（初・単）矢張り
二八八	15	て二間	（単）て、二間
二八九	2	畜生	（原）蓄生
二八九	3▼	一本足	（原・初・単）一足本
二八九	4	るものぢや	（初・単）る者ぢや
二八九	5	て、あや	（初・単）てあや
二八九	6	て寝室	（単）て寐室
二八九	6	たが開か	（初・単）たが、開か
二八九	7	も、押しても決	（初・単）も押しても、決
二八九	13	て、手の	（単）て手の
二九〇	3	ば、あし	（単）ばあし
二九〇	4	決心をした	（単）決心した
二九〇	4	ら、廊下	（単）ら廊下
二九〇	8	坐つて	（初）座つて
二九〇	10	引っ攫ん	（初・単）引攫ん
二九〇	10	たら、そ	（初・単）たらそ
二九〇	11	て、肩を	（単）て肩を
二九〇	12	部屋迄来	（単）部屋へ来
二九〇	14	豚は、打	（初・単）豚は打
二九一	2	で、そん	（単）でそん
二九一	5	わざ〳〵	（単）わさわざ
二九一	6	して居る	（初・単）してる

二九一 8 て、朝飯 (単)て朝飯
二九一 9 こと〴〵く (単)悉く
二九一 10 な事を (単)なことを
二九一 11 及ばん (原)及ぱん
二九一 12 も、命 (単)も命
二九一 13 て、授業 (単)て授業
二九一 15 其上 (初・単)其の上
二九一 15 おれは顔中 (単)おれはおれは顔中
二九二 1 臌れた (初・単)膨れた
二九二 1 支ません (単)支へません
二九二 9 小供 (初・単)子供
二九二 10 かけて (初・単)懸て
二九二 10 が是 (初・単)が、是
二九二 12 も、よさ (単)もよさ
二九二 12 ものだ (初・単)者だ
二九二 12 ぢや、まだ (初)ぢやまだ
二九三 4 て、早速 (初・単)て早速
二九三 4 しませう (初・単)しせまう
二九三 6 事だ。 (原)事た。
二九三 13 から、行 (単)から行
二九三 14 て、浜 (初・単)て浜
二九三 15 恰形 (初・単)恰好

二九四 1 了見 (初・単)量見
二九四 1 と、野だ (単)と野だ
二九四 2 みた事 (初・単)みだ事
二九四 4 く見え (単)く、見え
二九四 8 だか何だ (原・初)だが何だ
二九四 15 は、あま (単)はあま
二九五 4 だ。あの (原)だ。「あの〔受けのカギ(」)なし〕
二九五 5 ホ、、、 (初・単)ホ、、
二九五 7 だかやな (初・単)だかいやな
二九五 8 て、分ら (初・単)て分ら
二九五 9 てえ様な (初・単)て云様な
二九五 11 眺めて (単)睨めて
二九五 11 油絵 (単)絵油
二九六 1 是も (単)是れも
二九六 1 錘 (初)鑠
二九六 3 程ありますが (単)程あるが
二九六 5- る。——そ (初・単)る。そ
二九六 6 何かか (単)何がか
二九六 6 たと思つ (単)たかと思つ
二九六 7 許り (単)計り
二九六 7 だ。教頭 (単)だ、教頭
二九六 9 なくつちや (単)なくちや

二九六	12	て、かゝ	(単)てかゝ
二九六	12	と、どぼ	(初)とどぼ
二九六	12	で、いゝ	(初・単)でいゝ
二九六	13	あやつつて	(単)あやつて
二九六	14	ぴく〳〵	(初・単)ピク〳〵
二九六	15	なくつちや	(初・単)なくちや
二九六	15	ぴくつく	(初・単)ピクつく
二九六	15	訳がない	(単)訳はない
二九七	3	くつつい	(単)くツつい
二九七	3	て、右左へ	(初・単)て左右へ
二九七	3	いながら	(初・単)い乍ら
二九七	3	上がつて	(単)上つて
二九七	4	ぽちやり	(初・単)ポチヤリ
二九七	4	て、針	(単)て針
二九七	7	先へ	(単)先きへ
二九七	11	亜の文	(原)亜のの文
二九七	12	此赤シ	(単)此のシ
二九七	12	専門	(原)専問
二九七	13	ゴルキだか	(単)ゴルキだとか
二九八	4	のも、釣れ	(単)のも釣れ
二九八	7	食へない	(単)食べられない
二九八	9	仰向け	(単)仰ふ向け
二九八	9-	余っ程	(初・単)余程
二九八	11	話し始め	(単)話しを始め
二九八	13	よくつても	(単)よくても
二九八	15	で、赤シ	(単)で赤シ
二九九	1	張りおれ	(単)張り、おれ
二九九	2	こんなの	(単)こんなもの
二九九	2	げすを繰	(初・単)げすと繰
二九九	4	何か云ふ	(単)何かと云ふ
二九九	5	「え?	(初・単)〔前行に追い込む〕
二九九	7	耳も傾	(単)耳を傾
二九九	8	さら力を	(単)さらに力を
二九九	12	〳〵で	(原)〳〵れで
二九九	13	の事に	(初・単)のことに
二九九	15	足踏	(初・単)雪踏
三〇〇	1	控えて	(初・単)控へて
三〇〇	2	事は、遅	(単)事は遅
三〇〇	3	が、又	(単)が又
三〇〇	3	堀田がと	(単)堀田かと
三〇〇	6	烟の	(初・単)煙の
三〇〇	7	で、うす	(単)でうす
三〇〇	10	エヘ、、、	(初)エヘ、、　(単)エヘ、、ヘ
三〇〇	11	引き繰り	(単)引つ繰り

三〇〇 12 と云ふ　(初・単)といふ
三〇〇 14 寐て　(初)寝て
三〇〇 14 巻烟草　(初・単)巻煙草
三〇一 5 す」と云　(原)すと」云
三〇一 5 か、寄宿　(初)か寄宿
三〇一 6 どつちか　(単)どちか
三〇一 7 為を　(単)為めを
三〇一 12 思つてまあ辛防して　(初・単)思つて、辛抱して
三〇一 15 「夫が　(単)「夫れが
三〇二 4 伺ふん　(単)伺ん
三〇二 11 …」　(初)…
三〇二 15 「無論　(初)無論
三〇三 1 です」　(原)です
三〇三 2 て、ふり　(初・単)てふり
三〇三 2 といつ　(初・単)と、いつ
三〇三 4 が、誰れ　(単)が誰れ
三〇三 7 ない。どう　(初・単)ない、どう
三〇四 4 悪るい　(単)悪い
三〇四 5 なくつちや　(単)なくちや
三〇四 6 も、滅多に油断　(初・単)も、油断
三〇四 8 景色は、……　(初・単)景色は……
三〇四 8 だ。なあ　(単)だ。「なあ
三〇四 9 て置くのはと　(単)ておくのは」と
三〇四 10 ヒユー　(単)ピユー
三〇四 12 挨拶をする　(初・単)挨拶する
三〇五 3 あいつの　(単)彼奴の
三〇五 4 事を云　(単)事は云
三〇五 5 なら、さう　(初・単)ならさう
三〇五 10 て、人を馬鹿　(単)て馬鹿
三〇五 15 づくでどう　(原)づくてどう
三〇六 1 ら、明日　(単)ら明日
三〇六 4 かつたから　(単)かつから
三〇六 5 心持ちが　(単)心持が
三〇六 6 壱銭五厘　(初・単)一銭五厘
三〇六 7 今日迄まだ　(単)今日まだ
三〇六 7 帰　(初・単)返〔三箇所〕
三〇六 7 ないんだ　(単)なんだ
三〇六 8 帰さう　(初・単)返さう
三〇六 10 帰さ　(初・単)返さ
三〇六 10 ない、清　(単)ない。清
三〇六 11 が、たと　(初・単)がたと
三〇六 11 が、他人　(単)が他人
三〇六 13 夫丈　(単)夫れ丈
三〇七 4 寐て　(初)寝て

三〇七	5	早ャ目	(初・単)早や目
三〇七	6	が、山嵐	(初・単)が山嵐
三〇七	7	寐て	(初)寝て
三〇七	8	ら、湯銭	(単)ら湯銭
三〇七	8	ら、開け	(単)ら開け
三〇七	9	ちや、山嵐	(初・単)ちや山嵐
三〇七	10	又握つ	(初)又た握つ
三〇七	12	から、何	(単)から何
三〇七	12	するのかと	(初・単)するかと
三〇七	13	は、秘密	(初)は、〔一字アキ〕密
三〇八	3	夫で	(単)夫れで
三〇八	6	別段君に	(単)別に君に
三〇八	7	覚は	(初・単)覚えは
三〇九	1	机への	(初・単)机の
三〇九	1	で、赤	(初・単)で赤
三〇九	14	壱銭五厘	(初・単)一銭五厘
三〇九	15	でも返す	(初・単)でも、返す
三〇九	15	が、いや	(初・単)がいや
三一〇	1	ば、こゝ	(単)ばこゝ
三一〇	3	にふんと	(原)にふんと
三一〇	5	壱銭五厘	(初・単)一銭五厘
三一〇	5	夫で	(初・単)夫れで
三一〇	5	が、出ま	(初・単)が出ま
三一〇	5	が、おれ	(初・単)がおれ
三一〇	6	い、昨日	(単)い昨日
三一〇	6-	ら、亭主	(初・単)ら亭主
三一〇	11	なら、訳から話す	(単)なら訳を話す
三一一	2	云つてた	(単)云つた
三一一	7	不埒だ」	(原)不埒た」
三一一	10	て、みん	(単)てみん
三一一	11	覚は	(初・単)覚えは
三一一	11	ら、立ち	(単)ら立ち
三一一	14	も、おれ	(初・単)もおれ
三一一	15-	〔一行アキ〕	(単)〔一行アキなし〕
三一二	2	て、たか	(単)てたか
三一二	4	て、不都	(単)て不都
三一二	5	即座に	(単)即坐に
三一二	6	い、煮え	(単)い煮え
三一二	6-	い、愚図	(単)い愚図
三一二	10	て、校長の隣り	(単)て、隣り
三一二	13	に、小日	(単)に小日
三一二	14	かゝつてた	(初)かゝつた　(単)かゝつて居た
三一三	4	位だ。	(単)位ゐだ。
三一三	8	ば、すぐ	(単)ばすぐ

三三 9 臌れて　(初・単)膨れて
三三 11 余計な口　(単)余計の口
三三 14 否や　(単)否なや
三四 1 様な者を　(単)様な物を
三四 5 許りで　(単)ばかりで
三四 8 書記の川村君に　(初・単)書記川村に
三四 12 引き起し　(初・単)引起し
三四 13 ない、どう　(初・単)ないどう
三五 1 は、えら　(単)はえら
三五 3 たら、よさ　(単)たらよさ
三五 6 治れば夫　(初)治すれば夫　(単)治れば、夫
三五 7 吹れ散ら　(初・単)吹き散ら
三五 10 してる。　(単)したりしてる
三五 10 が、こん　(単)がこん
三五 11 でもして　(原)でしして
三五 15 乱暴　(初)暴乱
三六 1 起るもの　(単)起るの
三六 3 あらはれた　(単)現はれた
三六 3 加へる　(単)加、へる
三六 3- 為めに　(単)為に
三六 6 になつて、なる　(単)になる
三六 8- い、教師　(初・単)い教師
三六 13 て、何か云　(初)て何か云　(単)て何か、云
三六 15 下等だ　(単)下だ
三六 15 弁舌は　(単)弁舌等は
三七 4- たるもの　(単)たもるの
三七 6 は、実に　(単)は実に
三七 6 剴切　(原)凱切
三七 8 ない。漢語　(初・単)ない、漢語
三七 11 徹頭徹尾　(初・単)徹尾徹頭
三七 13 構ひません　(単)構ひせん
三七 14 着席　(単)著席
三七 15 も、わる　(単)もわる
三八 1 左隣りの　(初・単)左隣の
三八 2 同説だと　(初・単)同説と
三八 4 たら、早速　(単)たら早速
三八 4 荷作りを　(初・単)荷作を
三八 5 で、いつ　(初・単)でいつ
三八 6 ばどう　(初)ばとう
三八 8 だまつて　(初・単)黙つて
三八 9 と、山嵐　(初・単)と山嵐
三八 10 及び其　(単)及其
三八 12 其源因　(単)其原因
三九 1 源因　(単)原因

三一九	2-	ない、高尚な、正直な、武士	(単)ない高尚な正直な武士
三一九	3	同時に、野	(単)同時に野
三一九	4	なるのと	(初・単)なると
三一九	5	この校に	(初)此校に　(単)此学校に
三一九	6	で、寄宿	(初・単)で寄宿
三一九	7	意を表	(単)意を、表
三一九	8	赤シヤツ	(初)赤シツヤ
三二〇	6	温泉へ行き	(初・単)温泉に行き
三二〇	7	貴様等に是	(初)貴様等是　(単)貴様等は是
三二〇	11	が、なま	(初・単)がなま
三二〇	13	ならん、其	(初・単)ならん其
三二一	4-	なら夫	(初・単)なら、夫
三二一	7	ツが又	(初)ツか又
三二一	9	娯楽	(原)誤楽
三二一	9	と、田舎	(単)と田舎
三二一	10	ではない	(単)でない
三二一	11	娯楽	(原)誤楽
三二一	11	なくつては	(単)なくては
三二一	12-	者だつた	(原)者たつた
三二一	13	娯楽	(原)誤楽
三二一	14	娯楽	(原)誤楽(二箇所)
三二一	15	娯楽	(原)誤楽
三二二	5	と、女房	(単)と「女房
三二二	5-	御座い	(単)御坐い
三二二	7	だか、居て	(初)だが、居て　(単)だか居て
三二二	10	が、どこへ	(単)がどこへ
三二二	10	が、どちら	(単)がどちら
三二二	11	て、すた	(単)てすた
三二二	11	から山城	(単)から、山城
三二二	14	鍛冶屋町	(単)鍛冶町
三二三	1	町ではない	(単)町でない
三二三	1	から、もつ	(初)からもつ
三二三	3	控えて	(初・単)控へて
三二三	3	ゐる位だから	(初・単)ゐるから
三二三	3	此辺の	(初)此道の　(単)此所の
三二三	4	たら、よさ	(単)たらよさ
三二三	4	かも知れ	(原)かし知れ
三二三	6	二返許り	(単)二返計り
三二三	6	が、古風	(初・単)が古風
三二三	9	を、一寸	(単)を一寸
三二三	10	と主人	(初・単)と、主人
三二三	10	て、実は	(初・単)て実は
三二三	11	御座い	(単)御坐い

三三 11 云つて老人　(初・単)云つた老人
三三 13 借して　(初・単)貸して
三三 13 借すか　(初・単)貸すか
三三 14▼た。其夜　(原・初)た。〔一字アキ〕其夜　(単)た。〔改行〕
其夜
三三 14 の家の下宿　(初・単)の下宿
三三 15 のは、おれ　(単)のはおれ
三四 1 許りで、　(単)計りて、
三四 3 なくつちや、遣り　(初)なくちや、遣り　(単)な
くちや遣り
三四 5- わるい　(初・単)悪い
三四 10 さん、おれ　(単)さん〔一字アキ〕おれ
三四 10 て居た　(単)て〔一字アキ〕た
三四 11 嘸喜ん　(単)嘸ぞ喜ん
三四 12- 居た。〔改行〕気に　(初・単)居た。気に
三五 3 たら、それ　(初・単)たらそれ
三五 4 て、どこ　(初・単)てどこ
三五 5 持ちたの　(単)持ちだの
三五 9 らうがな　(単)らうな
三五 9 此挨拶　(単)此拶挨
三五 13 活眼　(単)刮眼
三五 14 してて〻。　(初・単)してて。
三五 14 御いで　(単)御ゐで
三六 1 活眼　(単)刮眼
三六 2 らうがな、も　(初)らうがなも　(単)らうなも
三六 5 居ます　(初・単)居ります
三六 13 御聞き　(初・単)お聞き
三六 15 思つてた　(初・単)思つた
三七 1 で、別嬪　(初・単)で別嬪
三七 2 た」　(原)た」。　(初)た。」
三七 14 ぢやがな　(単)ぢやな
三八 2 が、御亡　(単)が御亡
三八 5 それや、これ　(単)それやこれ
三八 9 懸合ふ　(初・単)掛合ふ
三八 9 でも古賀　(原)でし古賀
三八 9 返事が出　(初・単)返事は出
三八 10 もし。する　(単)もし、する
三八 12 舞ひたの　(単)舞ひだの
三八 12 さんぢやて　(初)さんじやて
三八 13 一反　(単)一旦
三八 14 御出だけ　(初・単)御出たけ
三九 4 するのに別　(初・単)するには別
三九 5 御云ひる　(初)御云る
三九 10 し、大に　(初・単)し大に

三二九	12	どつちへ	(初・単)どつらへ
三三〇	1-	れ、働らき	(初・単)れ働らき
三三〇	2	ぞな、もし	(初・単)ぞなもし
三三〇	6	と、御婆	(初・単)と御婆
三三〇	7	待ち遠	(初・単)待遠
三三〇	8	から、よく	(初・単)からよく
三三〇	12	寐て	(初)寝て
三三〇	13	から、こん	(単)からこん
三三〇	14	て、わざ	(単)てわざ
三三〇	15	一返	(単)一遍
三三一	2	蚊やら	(初・単)かやら
三三一	3	て、どこ	(初・単)てどこ
三三一	5	断はる	(単)断わる
三三一	7	くゝなつ	(初・単)くゝ、なつ
三三一	8	芭蕉	(原)芭焦
三三一	10	行さう	(初・単)行きさう
三三一	10	坊っちやん	(初・単)坊ちやん
三三一	11-	なんかつけ	(初・単)なんか、つけ
三三一	12	ない、もし	(単)ないもし
三三一	14	寐冷	(初)寝冷
三三一	14	坊っちやん	(初・単)坊ちやん
三三一	15	て、容子	(単)て容子
三三一	15	から、此次	(単)から此次
三三二	1-	なるのは	(初・単)なるは
三三二	2	なくつちや	(単)なくちや
三三二	3	から、為替	(初・単)から為替
三三二	7	椽鼻	(単)椽端
三三二	7	手紙	(初)手抵
三三二	8	えつぽと長	(初)えつぽど長　(単)よつぽど長
三三二	9	ら、風に	(単)ら風に
三三二	9	と、自分	(初・単)と自分
三三二	13	所か、おれ	(単)所かおれ
三三二	13	に、芋の	(初・単)に芋の
三三二	14	時に、おれ	(単)時におれ
三三二	15	この学校	(初・単)あの学校
三三三	2	て、教育	(初・単)て教育
三三三	4	生卵でも	(単)生卵でゞも
三三三	6	は、清の	(初・単)は清の
三三三	6	欠かす	(初)欠がす
三三三	8	て、敷島	(単)て敷島
三三三	11	今夜は	(単)今後は
三三四	4	着れば	(単)著れば
三三四	5	てるん	(単)てゐるん
三三四	9	は、何所	(単)は何所

三三四 15 所へ入　(初・単)〔前行へ追い込む〕
三三五 4 は、や、来　(初・単)は、今、来
三三五 5 から、立　(単)から立
三三五 5 て、そろ　(単)てそろ
三三五 9 あはて　(単)あわて
三三五 12 馳け　(初・単)駈け
三三五 12 なり、何かきよろ　(原)なり、何がきよろ　(初)なり何かきよろ
三三五 14 ら、急　(単)ら急
三三五 14 て、例　(単)て例
三三五 14 来て、や君も　(単)来て、や、君も
三三五 15 慥かしら　(初)慥かしゝら　(単)慥かゝしら
三三六 2 見るが、若　(単)見る、が若
三三六 4 て、車が　(単)て車が
三三六 4 む。赤　(単)む赤
三三六 5 一号に　(単)一番に
三三六 5 で上等が　(単)で一等が
三三六 14- ら、色々　(単)ら色々
三三七 1 江戸っ子　(初・単)江戸ツ子
三三七 2 えゝとか　(初)えとか
三三七 2 とかぎり　(原)とがぎり
三三七 4 ら、同じ　(単)ら同じ
三三七 4 就いて　(初・単)着いて
三三七 8 が又狸　(初・単)が、又狸
三三七 11- て、通り　(単)て通り
三三七 14 は愚か　(初)はか
三三七 15 ないものは　(単)ない者は
三三八 1 人が不　(単)人が、不
三三八 1 水臌れ　(初・単)水膨れ
三三八 4- と、古賀　(単)と古賀
三三八 5 ば結婚　(単)ば、結婚
三三八 8 ないで今　(原)ないて今
三三八 10 年を取つ　(単)年取つ
三三八 14 返ると　(単)返へると
三三八 15 土手の上　(初)土手か上
三三九 1 向に　(単)向ふに
三三九 2 夫に　(単)夫れに
三三九 2 して唄　(単)しては唄
三三九 3 二っの　(初・単)二ツの
三三九 6 から、急　(初)かち、急
三三九 9 顋の辺り　(初・単)顋の廻り
三三九 10- 早いか、温泉　(単)早いか温泉
三三九 12 なつた　(原)なつつた
三四〇 4 が、うら　(初・単)がうら

三四〇 7 土手で、マ　(単)土手、で、マ
三四〇 11 パイプ　(初)パイブ
三四〇 12 思つた　(原)思つつた
三四〇 13 驚ろかし　(初・単)驚かし
三四〇 14 眄めた　(単)眺めた
三四〇 14 が、あとで考へ　(単)が、考へ
三四一 1 あとでよ　(初・単)あとで、よ
三四一 10 の、又　(初・単)の又
三四一 11 昨夕《ゆふべ》　(原)昨夕《ゆふへ》
三四一 12 君はいつでも　(単)君はついでも
三四二 5 九円五十銭　(単)九円五拾銭〔二箇所〕
三四二 7 ら、赤シ　(単)ら赤シ
三四二 7 学校の生徒で　(単)学校で
三四二 8 から生れ　(初・単)から、生れ
三四二 10 琥珀のパイ　(単)琥珀パイ
三四二 10 烟草　(単)煙草
三四二 10- ながら　(原)なから
三四二 11 成蹟　(単)成績
三四二 15- のです」　(原)のでず」
三四三 3 さ——精神　(初・単)さ精神
三四三 6 上がつた　(単)上つた
三四三 6 いゝです　(単)いゝんです

三四三 11 古賀君です　(初・単)古賀です
三四四 3 構ません　(単)構ひません
三四四 5 なくつては　(初・単)なくては
三四五 2 て、俳句　(単)て俳句
三四五 3 朝貎　(初・単)朝顔
三四五 3 釣瓶　(初)鈎瓶
三四五 4 ものか　(初・単)もんか
三四五 13 今日も亦　(原)今日もも亦
三四六 1 ぢやがな、もし　(初・単)ぢやなもし
三四六 3 で行く　(単)で、行く
三四七 2 来て来れ　(初・単)来てくれ
三四七 4 るから、御　(初)るか、ら御
三四七 5 思ふて　(初・単)思つて
三四七 5 たげな。——」　(単)たげな——。」
三四七 8 古賀さんの　(初・単)古賀の
三四八 3 断はらう　(単)断わらう
三四八 4 御断はり　(単)御断わり
三四八 5 御断はり　(単)御断わり
三四八 6 あんた　(初・単)あなた
三四八 13 なものを　(初・単)な者を
三四九 3 太宰権帥　(単)大宰権帥
三四九 4 断はつて　(単)断わつて

三四九 15 断はり (単)断わり
三五〇 3 断はる (単)断わる
三五〇 4 断はる (単)断わる
三五〇 4 なくても (単)なくつても
三五〇 4 と、呆れ (初・単)と呆れ
三五〇 8 です」 (初)です
三五一 1 差支ない (単)差支へない
三五一 3 もんだ。 (単)もんだ。
三五一 5 して来た (単)した来た
三五一 15 断りま (単)断わりま
三五二 10 約束で安 (原)約束て安
三五二 13- ば、おやさう (初・単)ばおやそう
三五三 8 断はり (単)断わり
三五三 9 かゝつて (原)かゝて
三五三 11 突然、君 (単)突然君
三五三 12 て、君が (単)て君が
三五三 12 から、どう (単)からどう
三五三 13 と、あいつ (単)とあいつ
三五四 2 した勘弁 (初・単)した、勘弁
三五四 4 壱銭五厘 (単)一銭五厘
三五四 4 ておれ (初)て、おれ
三五四 5 が、いや (初・単)がいや

三五四 6 と、矢っ (初・単)と矢っ
三五四 7 なら、何故 (単)なら何故
三五四 14 うん、江 (初・単)うん江
三五四 14 惜み (初・単)惜しみ
三五五 4 行くんだ (単)行んだ
三五五 6 ら、すぐ (初・単)らすぐ
三五五 8- 〔一行アキ〕 (単)〔一行アキなし〕
三五五 10 何だか憐 (初)何だが憐
三五五 12 が、おれ (単)がおれ
三五五 12 めえ調ぢや (初・単)めえ調子ぢや
三五五 13 挫いでや (初)挫いてや
三五六 2- はだれを (初・単)は誰を
三五六 4 は赤シヤツの (単)は赤シツヤの
三五六 5 腑抜けの (初・単)腑抜の
三五六 6 な言葉 (単)な、言葉
三五六 6 な、こん (単)なこん
三五六 11 押し返して (初)押し通して (単)押して
三五六 12 断はつた (単)断わつた
三五六 12 ら、大将 (単)ら大将
三五六 13 だ、えら (単)だえら
三五六 14 が、そん (単)がそん
三五六 14 なら、何故 (単)なら何故

三五六 14- たら、うら (単)たらうら
三五七 1 がどう (初)が、どう
三五七 2 断はる (単)断わる
三五七 12 曲げた (初・単)曲けた
三五七 14- かんじより (単)かんじんより
三五八 8- 上がつて (単)上つて
三五八 9 云つたら (単)云つたから
三五九 2 に、赤い (初・単)に赤い
三五九 2 据えて、其 (初・単)据ゑて其
三五九 6 えへゝゝゝ (初・単)えへツ
三五九 8 顔位な (単)顔位ゐな
三五九 9 例々と (初・単)麗々と
三五九 10 た者だ (初・単)た物だ
三五九 13 が羽織、袴 (単)が羽織袴
三六〇 3 で好人物 (単)で、好人物
三六〇 5 で、切に (単)で切に
三六〇 8 も、尤も (初・単)も尤も
三六〇 8 しくして、述べ (単)しく述べ
三六〇 11 て、人指 (単)て人指
三六〇 12 するのを (単)するを
三六〇 13 おれ方 (初・単)おれの方
三六〇 14 思ふと (初・単)思うと
三六〇 15 のを希望 (原)の希望
三六〇 15 で、当 (単)で当
三六一 5 好逑 (初)好述
三六一 6 かたぢ作 (初・単)かたち作
三六一 6 不貞無節 (単)不良無節
三六一 9 と、今度 (初・単)と今度
三六一 9 に、自席 (単)に自席
三六一 10 末座迄 (単)末坐迄
三六一 12 ——ことに (単)——殊に
三六二 4 チユー、と (単)チユーと
三六二 5 が、どす (単)がどす
三六二 9 してて、 (初・単)して、
三六三 2 だ、最前 (単)だ最前
三六三 8- 岡っ引き (初)岡引っき
三六三 10 にはさう (初・単)には、さう
三六三 12 て、用心 (単)て用心
三六三 12 言葉さ。 (初)言葉き。
三六三 15 さ、いゝ (初・単)さいゝ
三六四 4 師？——面 (初・単)師……面
三六四 4 飲み玉へ (原)飲む玉へ
三六四 8 諸君、いか (単)諸君いか
三六四 9 逃げちや (初)逃けちや

三六五 1 遠くで (初・単)遠くて
三六五 5 事、丸で (単)事丸で
三六五 9- みんなが (単)皆なが
三六五 10 ら、開い (初・単)ら開い
三六五 11 余っ程 (初・単)余程
三六五 12 ら、銘々 (初・単)ら銘々
三六五 13 ぞ、唄ひ (単)ぞ唄ひ
三六五 13 ら、金 (初)ら金
三六五 14 どこ、どん (単)どこどん
三六六 3 坐つた、野 (初・単)坐つて、野
三六六 5 く、たま (初・単)くたま
三六六 6 はれやと (初・単)はれと
三六六 7 に挨拶を (単)に拶挨を
三六六 9 御前 (初・単)お前
三六六 10 が、それ (初・単)がそれ
三六六 11 て、近頃 (初・単)て近頃
三六六 12 て、居な (単)て居な
三六六 12 車、弾く (初・単)車弾く
三六六 12- ヴイオ (単)ヴイオ
三六六 13 ぺら〱 (単)べら〱
三六六 13 と唄ふ (単)と、唄ふ
三六七 2 て独り (単)て、独り
三六七 5 気違だ (単)気狂だ
三六七 6 控えて (初・単)控へて
三六七 10 い。気狂 (初・単)い気狂
三六七 13 てる (初・単)て居る
三六七 13- と、いきなり拳 (単)と、拳
三六七 15 情ない (単)情けない
三六八 1 始まつた (単)始つた
三六八 3 乱暴だ (単)暴乱だ
三六八 7 引卒 (初・単)引率
三六八 8 くつつい (単)くツつい
三六八 8 だらけで、 (原)だらけて、
三六八 10 明けて、それ (単)明けてそれ
三六八 11 小供 (単)子供
三六八 11 上に、生 (単)上に生
三六八 12 体面にかゝ (原)体面はかゝ
三六八 14 あるいて (初・単)歩いて
三六九 1 みんな口 (初・単)みな口
三六九 3 是なら (単)是れなら
三六九 6 ないのと (単)ないと
三六九 7 が、いた (初・単)がいた
三六九 10 支ない。もし本 (初)支もないし本 (単)支はない。本

三六九 13 分らない　(単)分らいな
三六九 14 で、さう　(初・単)でさう
三六九 15 恨性　(初・単)根性
三七〇 1 直りつこ　(原)直りこ
三七〇 3- 小供　(初・単)子供
三七〇 4 なくつては　(初・単)なくては
三七〇 6 から滔々　(初・単)から、滔々
三七〇 7 からこつち　(初・単)から、こつち
三七〇 7 〱返報　(初)〱。返報　(単)〱、返報
三七〇 9 様に見做され　(初・単)様に、見做され
三七〇 11 用ゐて　(原)用ゐいて
三七〇 12 江戸っ子　(初)江戸子
三七一 2 と、大手　(単)と大手
三七一 3- 静かに静かに　(単)静に静に
三七一 8 好きな方だ　(単)好だ
三七一 11 た。師範　(単)たら師範
三七一 15 午后　(初・単)午後
三七一 15- 此間中から　(初・単)此間から
三七二 1 をかき　(単)を書き
三七二 1 注文だから　(原)注文だかから
三七二 11 眺めて　(初・単)睨めて
三七二 13 真心《まこと》　(単)真心《まごころ》
三七二 14 時か、何　(初)時に、何
三七三 1 で、是　(単)で是
三七三 1 蜜柑　(原)密柑
三七三 2 蜜柑　(原)密柑〔二箇所〕
三七三 5 旨ひ　(初・単)旨い
三七三 5 蜜柑　(原)密柑
三七三 7 蜜柑　(原)密柑
三七三 7 の事を　(単)のことを
三七三 7 る所へ　(単)るところへ
三七三 13 云つたら　(初)云つら
三七三 15 娯楽　(原)誤楽
三七四 1 夫も　(初・単)夫れも
三七四 2 り、団子　(単)り団子
三七四 2 通して　(初・単)通じて
三七四 4 うん、あの　(単)うんあの
三七四 4 精神的娯楽　(原)精神的誤楽　(初)精神的娯薬
三七四 4 物質的娯楽　(原)物質的誤楽
三七四 5 娯楽　(原)誤楽
三七四 6 て、逃げ　(単)て逃げ
三七四 8 に捲く　(単)にまく
三七四 9 ない」　(原)ない」。　(初)ない。
三七四 12 条虫　(初・単)條虫

三七四 13 か、大抵 (単)か大抵
三七五 1 は、彼奴 (初・単)は彼奴
三七五 2 見届けて (単)見届けて
三七五 3 る、つて (初・単)るつて
三七五 4 て、障子 (初・単)て障子
三七五 4- て、見て (初・単)て見て
三七五 8 あ、おや (単)あおや
三七五 10 さ。あん (初・単)さ、あん
三七五 12 さう事 (単)そう事
三七五 14 ぢや、いつ (初・単)ぢやいつ
三七五 15 うちやる (単)うちにやる
三七五 15 さうした (原)さうしだ
三七五 15 ら、加勢 (単)ら加勢
三七六 1 是で (初・単)是れで
三七六 2 て、学校 (初・単)て学校
三七六 4 てゝ捜し (単)てて指し
三七六 4 と、閾 (初・単)と閾
三七六 6 から、何 (初・単)から何
三七六 7 ろ、滅多 (初・単)ろ滅多
三七六 10 土佐っぽ (初・単)土佐ッぽ
三七六 10 か、見た (初・単)か見た
三七六 13 と、回向 (初・単)と回向

三七六 13 幾流れと (単)幾旒と
三七六 13 所々へ植え付 (初・単)所々に植ゑ付
三七六 14- 空が、いつ (初・単)空がいつ
三七七 1 許りくる (初・単)許りをくる
三七七 1 て、活花 (単)て活花
三七七 5 衛所 (初・単)営所
三七七 5 て、黒い (初・単)て黒い
三七七 5- が、しゆつ (初・単)がしゆつ
三七七 8 ら、相生 (初・単)ら相生
三七七 14 向ふ鉢巻 (単)後ろ鉢巻
三七七 14- で、其 (初・単)で其
三七八 2 向ふ鉢巻 (単)後ろ鉢巻
三七八 3 大神楽 (初・単)太神楽
三七八 3 な声を (初)な、声を
三七八 9 余っ程 (初・単)余程
三七八 10 刀丈前後 (初・単)刀丈け前後
三七八 12 か、遅 (初・単)か遅
三七八 14 五寸立方のうち (単)五寸角の柱のうち
三七九 3- あ、はあ (初)あはあ
三七九 6 揺き始 (初・単)揺ぎ始
三七九 7 来た赤 (初・単)来た、赤
三七九 8 で今朝 (初)で、今朝

三七九	10-	ら、一散	(初・単)ら一散
三八〇	1	此乱雑	(初・単)此の乱雑
三八〇	2	から、お	(初)か、らお
三八〇	2	で、いきなり、一	(初・単)でいきなり一
三八〇	3	〳〵。そ	(初・単)〳〵そ
三八〇	4	て、敵	(初・単)て敵
三八〇	6	と、師範	(初・単)と師範
三八〇	6	を以て	(初・単)を持て
三八〇	6	引き分け	(原)引き合け
三八〇	7	て、握	(初・単)て握
三八〇	8	脊中	(単)背中
三八〇	12	た石が、い	(単)た、石がい
三八〇	12-	も脊中	(初・単)も、脊中
三八〇	15	り、傍	(初・単)り傍
三八一	1	か、見え	(初・単)か見え
三八一	2	ない。始	(単)ない始
三八一	2	が、どや	(初・単)がどや
三八一	3	て、恐れ	(初・単)て恐れ
三八一	4	▼無茶苦茶	(原・初・単)無滅苦茶
三八一	4	り、張り	(初・単)り張り
三八一	5	身動きも	(初・単)身動も
三八一	6	引き上げ	(初・単)引上げ
三八一	8	と、紋付	(初)と、紋付　(単)と紋付
三八一	10	なつたけれど	(初)なれど
三八一	13	ら、とも	(単)らとも
三八一	13	ら、警察	(初・単)ら警察
三八一	14	て、署長	(初・単)て署長
三八二	2	と、身体	(初・単)と身体
三八二	2	から、こん	(初・単)からこん
三八二	5	と驚ろ	(初・単)と、驚ろ
三八二	7	して此	(初・単)して、此
三八二	8	上、漫り	(初・単)上漫り
三八二	11	に、当局	(初・単)に当局
三八二	12	て、彼等	(初・単)て彼等
三八二	12	なからしむる	(原)なからむる
三八二	13	据えた	(初・単)据ゑた
三八二	13	おれは床	(単)おはれ床
三八三	2	て、庭へ	(初・単)て庭へ
三八三	2	が、夫でもまだ	(初・単)が、まだ
三八三	5	るか考へ	(初・単)るか。考へ
三八三	6	や、多田	(初・単)や多田
三八三	10	上へ生	(初・単)上へ、生
三八三	10	ど〻、某	(初・単)ど〻某
三八三	11	一号	(単)一番

三八三 12 も、おれ　(単)もおれ
三八三 12 可笑しいだ　(単)可笑しいんだ
三八三 14 でげすか　(単)ですか
三八三 14 から、余計　(単)から余計
三八三 15 恐れ入りやした　(初)恐入りやした　(単)恐入り
ました
三八四 2 ら、向ふ　(初・単)ら向ふ
三八四 2 て、隣り　(初・単)て隣り
三八四 3 しては笑　(初・単)して笑
三八四 4 は紫色　(初・単)は、紫色
三八四 4 膨脹　(原)臌脹
三八四 5 か、おれ　(単)かおれ
三八四 8 が、心の　(単)が心の
三八四 8 ば、あゝ　(初・単)ばあゝ
三八四 10 分らない　(初・単)分からない
三八四 11 許は　(初・単)許りは
三八四 11 て、どうも　(初・単)てどうも
三八四 12 手続きに　(初・単)手続に
三八四 13 なくつても　(初・単)なくても
三八四 14 ず抔と　(初・単)ず、抔と
三八五 1 ない、先　(初・単)ない。先
三八五 3 て、おれ　(初・単)ておれ
三八五 4 新聞に　(初・単)新聞屋に
三八五 6 ない、所　(単)ない所
三八五 9- い、怪し　(単)い怪し
三八五 11 は、君　(初・単)は君
三八五 11 ぜ、用心　(初・単)ぜ用心
三八五 12 だ、今日　(単)だ今日
三八五 12 〱、僕　(初)わざ僕　(単)〱僕
三八五 13 て喧嘩　(初・単)て、喧嘩
三八五 13 成程　(単)或程
三八五 13- なかつた　(初・単)なつた
三八五 14 が、おれ　(単)がおれ
三八六 6 くつても　(単)くても
三八六 7 此事件　(初・単)此の事件
三八六 9 すぐ東京　(初・単)直ぐ東京
三八六 12 たら困る　(原)た困る
三八六 13- ら、反駁　(初・単)ら反駁
三八六 15 非かだ　(初・単)非耶だ
三八七 7 比べで勝　(単)比べて勝
三八七 10 少さく　(単)小なく
三八七 13- それぢや　(初・単)それじや
三八七 14 それは行かん　(初・単)それはいかん
三八七 15 よ、詰り　(単)よ。詰り

三八八 2 ら、一日 (初)ら一日
三八八 5 それぢや (初・単)それじや
三八八 5 即坐に (初)即座に
三八八 7 室で、ま (単)室て、ま
三八八 9 位地 (初・単)位置
三八八 10 に、祝勝 (初・単)に祝勝
三八八 10- たんぢや (単)たぢや
三八八 13 行懸り (初・単)行掛り
三八九 5 畜生 (原)蓄生
三八九 11 なくつて (単)なくて
三八九 11 だつて、出す (単)だつて出す
三八九 12 堀田君は (単)堀田は
三八九 15 て、留ま (初・単)て留ま
三九〇 1 事は出来 (原)事はは出来
三九〇 5 なくつちや (初・単)なくちや
三九〇 5- に、来て (初・単)に来て
三九〇 12- て、可愛 (初)て可愛
三九一 1 話だつたから (単)話だから
三九一 4 面二階 (単)表二階
三九一 4 で、障子 (初・単)で障子
三九一 6 ら、少な (初・単)ら少な
三九一 7 踏んで (単)蹈んで
三九一 9 夜遊びと (初・単)夜遊と
三九一 11 と、いや (単)といや
三九一 11- が、其 (単)が其
三九二 1 客があつ (単)客かあつ
三九二 3 来れな (初・単)くれな
三九二 3 は生涯 (初・単)は、生涯
三九二 7 けると、お (初・単)ける、とお
三九二 8 塞ぎの (原)塞きの
三九三 2 ら、芸者 (単)ら芸者
三九三 2 て、後 (初・単)て後
三九三 4 さうか (初・単)そうか
三九四 1 するだらう (単)するのだらう
三九四 3 ちや、詰 (単)ちや詰
三九四 5 黒い帽子 (単)黒帽子
三九四 5 が、角屋 (初・単)が角屋
三九四 10 二人の影 (初)二人影
三九四 11 追つ払 (初)退つ払
三九四 12 べらんめえ (単)べらめんえ
三九四 15 辛防 (初・単)辛抱
三九四 15 た。二人 (初・単)た。「二人
三九五 7 畜生 (原)蓄生
三九五 7 坊っちやん (初・単)坊ちやん

三九五 8 は、おれ （初・単）はおれ
三九五 9 然し （初・単）然かし
三九五 11 と、よく （初・単）とよく
三九五 15 なくつて （単）なくて
三九六 2 か、別室 （初・単）か別室
三九六 4 退屈 （初）退窟
三九六 8 藁葺 （単）藁葺
三九六 9 なら、人家 （単）なら人家
三九六 11 から、追ひ （単）から追ひ
三九六 13 てるもの （初）てもの
三九六 14 と云ふ （初・単）といふ
三九七 1 人が、なぜ （単）人がなぜ
三九七 2 とまり込 （単）宿り込
三九七 4- たら、両手 （初・単）たら両手
三九七 7 くちやり （単）ぐちやり
三九七 9- に、いつぶ （単）についぶ
三九七 11 此畜生 （原）此畜生〔二箇所〕
三九七 13 うち、山嵐 （初）うち山嵐
三九八 3 れ、」と （単）れ」と
三九八 3 だ、狼藉 （単）だ狼藉
三九八 4 を弁〔辯〕じ （単）を辨じ
三九八 6 据えた （初・単）据ゑた
三九八 7 か、逃げ （初・単）か逃げ
三九八 8 ら、「もう （単）ら「もう
三九八 9▼野だ （原・初・単）野田
三九八 9 に貴様 （単）に「貴様
三九八 9 かと聞 （単）か」と聞
三九八 9 答えた （初・単）答へた
三九八 13 なら、巡査 （単）なら巡査
三九八 15 ば、勝手 （単）ば勝手
三九九 2 驚ろいて （初・単）驚いて
三九九 2 御しる （単）御為《し》る
三九九 6 れて、ぐう （単）れてぐう
三九九 7 た。赤シ （単）た。「赤シ
三九九 8 なあと二 （単）なあ」と二
三九九 12 話すのを （初）話すを
三九九 13 ん、よく （単）んよく
三九九 13 まあ、早く （初・単）まあ早く
四〇〇 1 円で、屋賃 （単）円で家賃
四〇〇 2 事に今年 （初・単）事には今年

『坊っちゃん』加除訂正一覧

「後記」四九二頁で述べたように、『坊っちゃん』の原稿に見られる推敲の跡のなかには、高浜虚子に擬せられる筆跡が混じっていることが指摘されている。しかし本全集においては、漱石自身によるものか虚子のものかの判断を留保して、現在原稿に残されている表現をもとに本文を作成した。ここでは推敲の跡を掲げ、併せて、後に示す三つの文献で指摘された虚子のものと考えられている加除訂正がどれであるかを紹介する。

表中の記号は次のとおりである(頁、行などの示し方は校異表に同じ)。

・【　】は抹消された字句。縦線で消したり丸く塗りつぶしたりしたもの。
・傍線は挿入。いわゆる行間への「吹き出し」である。【　】は挿入後に削除された字句である。
・二重傍線は変更箇所、抹消して新たに書換え・加筆したり字句の前後を入れ替えたりしたもの。矢印の下は変更される前の形である。

なお、抹消・書換えで消された部分が読めないものは省略する。部分的にしか読めない時は、部分的に示した(〇は判読できなかった文字である)。また、抹消部分の読みでは、推定による読みも含まれている。訂正のなかには執筆の途中で方針変更したため、訂正前の形では文章がつながらない場合がある。ルビは、訂正に直接関係しないときは省略した。

虚子筆を推定している文献として次の三つを参照した。
・新垣宏一「『坊っちゃん』の松山ことば修正の問題——漱石と虚子による」（四国女子大学『研究紀要』第二十三集、昭和五十三年十二月）
・佐藤栄作「『坊っちゃん』自筆原稿に見られる虚子の手入れの認定」（『愛媛大学教育学部紀要、II人文・社会科学』第三十三巻第二号、二〇〇一年）
・渡部江里子「漱石の自筆原稿『坊っちゃん』における虚子の手入れ箇所の推定、ならびに考察」（『漱石雑誌小説復刻全集、第三巻 坊っちゃん』平成十三年一月二十四日、所収）

これら三つの文献がいずれも虚子のものと推定している場合には、挿入または変更箇所の始まりの部分に小さな丸印（○）を付した。三つのうち一つないし二つが虚子筆と推定しているものは三角印（△）とした。なお、佐藤の文献では確信の度合いに応じて推定に等級を与えているが、「確実」と「ほぼ確実」のみをここでは対象とした。虚子筆の推定の対象となるものが含まれている頁、行の冒頭には「・」印を付けた。

頁	行	加除訂正
一		
二四九	4	理由でも【何でも】ない。
二四九	6-	此次は抜かさずに ↑今度

頁	行	加除訂正
二四九	10	何だ指位
二四九	11	今だに親指は手に付いて居る ↑健在である
二五〇	3	食ふ。【所が】菜園の

二五〇 3 山城屋と云ふ質屋 ↑大
二五〇 5 捕まへてやつた。其時勘太郎は
二五〇 7 ぐい〳〵押した
二五〇 9 仕舞に苦しがつて ↑始末
二五〇 10 山城屋 ↑大
二五〇 12 自由になつた。其晩母が山城屋へ ↑気がした。
二五〇 14 人参 ↑仁
二五〇 15 人参 ↑仁
二五一 1 人参 ↑仁
二五一 1 古川の持つて居る田圃
二五一 3- 石や棒ちぎれをぎう〳〵井戸の中へ挿し込んで ↑
無闇に
二五一 7 好きだつた。おれを見る度にこいつは
二五一 9 始末である。↑だ
二五一 11 宙返りをして
二五一 12- 居た。するととう〳〵死んだ ↑ら
二五一 13 そんな大病なら
二五一 14 親不孝 ↑幸
二五二 4 ある時【杯は】将棋を
二五二 5 冷やかした。あんまり腹が立つたから〔ただし、原
稿が切れていて「が」は見えない〕
二五二 6 兄がおやぢに言付けた。↑は
二五二 8 其時はもう仕方がないと観念して先方の云ふ通り勘
当される積り
二五二 10- 此下女はもと【は】由緒のあるものだつたさうだ ↑
であ
二五二 11- 零落して、つい奉公迄する様になつたのだと聞いて
居る。↑た
二五二 13- 愛想をつかした――おやぢも年中持て余してゐる
――町内では乱暴者の悪太郎と爪弾きをする――
此おれを ↑いやがられてゐる
二五二 15 居たから、他人から
二五三 2 然しおれには清の云ふ
二五三 5 自分の力でおれを製造して誇つてる様に見える。↑
が／思
二五三 7 母が死んでから【は】清は
二五三 7- 可愛がるのかと不審に思つた
二五三 9- 仕入れて置いて、いつの間にか寐て居る
二五三 12 借してくれた事さへある。↑が
二五三 14 嬉しかつた。其三円を蝦蟇口へ入れて、↑翌
二五四 1 話した所が、清は ↑ら
二五四 3 水で洗つて居【るのであつ】た。
二五四 3 口をあけて壱円札を
二五四 4 乾かして、是でいゝでせうと出した。一寸かいで見

て ↑から

二五四 5 札の代りに ↑変

二五四 6 仕舞つた。今に帰すよ ↑金

二五四 9- 菓子や色鉛筆を ↑筆黒

二五四 11 構ひませんと云ふ。↑つた。

二五四 12 依怙贔負はせぬ男だ。然し清の眼から ↑である。

二五五 7 一所になる気で居た。↑る

二五五 10- 勝手な計画を独りで並べて居た。↑経

二五五 12 すると、【「】あなたは慾がすくなくつて、心が奇麗だ

二五五 15- ほかの小供も一概にこんなもの ↑外の

二五六 4- おれはある私立の中学校を

二五六 5 兄は何とか会社の九州の支店

二五六 10- 二束三文に売つた。家屋敷はある人の ↑て／を

二五七 4 引き払はねばならぬ ↑なけ

二五七 5 あなたが御うちを持つて、奥さまを

二五七 8 下女奉公はしても

二五七 15 兄は夫から五十円出して之を序に

二五八 2 六百円の使用法に就て ↑方

二五八 2- 面倒くさくつて旨く出来るものぢやなし

二五八 4 教育を受けたと威張れない ↑学問／したと

二五八 4 資本抔はどうでも ↑程

二五八 6 三年間一生懸命にやれば

二五八 7- 新体詩などゝ来ては ↑云ふもの

二五八 13 可笑しいと思つたが苦情を云ふ訳もないから大人しく卒業して置いた。↑又嬉しいとも思つた。／て仕舞つた。

二五八 14 卒業してから八日目

二五八 14- 四国辺のある中学校 ↑中

二五九 1 何もなかつた【のである】。

二五九 1- 尤も教師以外に何をしやう

二五九 4 四畳半に蟄居して

二五九 5- 時節であつた。然しかうなると此四畳半も ↑もう

二五九 7 遠足した時許りである

二五九 9 分らんでも困らない

二五九 13 独りで極めて一人で喋舌るから、こつちは困つて顔を赤くした。夫も一度や二度 ↑た事を何でも／事

二六〇 1 自分の主人なら甥の為にも ↑は

二六〇 3 起き直るが早いか ↑つて

二六〇 5 呼ぶのは愈馬鹿気て居る

二六〇 5- 田舎へ行くんだと云つたら

二六〇 8 聞いて見たら

二六〇 11 箱根のさきですか手前ですか ↑か

二六〇　12　世話をやいた。来る途中小間物屋で買つて来た歯磨と ↑て
二六一　2-　何だか大変小さく見えた。↑気の所為か

二

二六一　5　真っ裸
二六一　6　此熱さでは
二六一　10-　磯に立つて居た ↑浜
二六一　11　中学校
二六一　12　猫の額程な町内の癖に、↑の
二六一　14　やな女 ↑妙
二六二　5　動いたと思つたら、
二六二　7　尋ね様かと
二六二　10　二階の楷子段の下の
二六二　12　居た。やがて湯に
二六二　15　ましたと聞くから ↑云ふ
二六三　10　革鞄と毛繻子
二六三　11　三十円 ↑五
二六三　11-　出て来たのだ。
二六三　13-　目を廻すに極つて居る ↑だらう
二六三　15　盆を持つて給使をしながら、↑以
二六三　15　失敬な奴だ。【人の】顔のなかを
二六四　3　変な顔をして居た。夫から ↑引き下がつた。それから、すぐ学校へ出懸けて仕舞つた。今度は出懸る
二六四　4　乗りつけた【所だ】から、大概の見当は
二六四　5　此敷石の上を
二六四　15　貰はう ↑ふ
二六四　15-　云つて、夫から教育の
二六五　6-　散歩も出来ない。そんな六づかしい役なら雇ふ前から ↑さうなら
二六六　10　着て居る。いくら薄い地には相違なくつても暑い ↑尤も／いが
二六六　11　服装をしたもんだ。↑て居る
二六六　13-　さうだ【。】が、入らざる心配だ。そんなら序に
二六六　14　英語の教師に古賀とか云ふ大変顔色の
二六七　9　此坊主に山嵐と云ふ渾名 ↑を
二六七　11　大分励精で、――とのべつに
二六七　13　夫りや嬉しい、
二六八　1　校長が今日はもう ↑は
二六八　2-　数学の主任は誰かと聞いて見たら例の山嵐であつた。↑人
二六八　6-　仕方がないから、少し町を散歩してやらう
二六八　7-　古い前世紀の建築である。↑だ

二六八 8 神楽坂を半分に狭くした位
二六八 14- 事はない。此後いつ這入れるか分らない ↑又〇
二六八 15 洋服を脱いで浴衣一枚になつて坐敷の真中へ
二六九 1 いゝ心持ちである。 ↑だ。
二六九 3- 難船して死にやしないか抔と思つちや困る ↑んだらう
二六九 9 最前の様に坐敷の真中へ
二六九 15- 早い方がいゝから、今日見て、あす移つて ↑あす
二七〇 1 学校へ行けば極りがいゝ
二七〇 4 山嵐に頼む事にした。すると山嵐は兎も角も
二七〇 6 年嵩の女だ。 ↑である
二七〇 7 ヰツチに似て居る。ヰツチだつて人の女房だから ↑然し
二七〇 8 山嵐は通町で氷水を一杯奢つた
二七〇 10 肝癪持らしい。【けれども何となく〇〇〇面白い所がある。】あとで聞いたら

三

二七〇 12 教場へ這入つて高い所へ ↑出
二七一 5- 安心したらしかつた。〔改行〕二時間目に ↑〔追込み〕
二七一 9 四十人も前へ並べて
二七一 9 只一枚の舌をたゝいて恐縮させる ↑で
二七一 10 巻き舌で講釈【を】してやつた
二七一 10- 最初のうちは、生徒も烟に捲かれて
二七一 13 「あまり早くて分からんけれ
二七二 1 答へてやつた。此調子で二時間目は
二七二 2 出来さうもない幾何の問題
二七二 3 冷汗を流した。仕方がないから何だか分らない
二七二 9 昼過ぎの一時間も
二七二 9 最初の日に出た級は
二七二 11- 生徒が自分の教室を掃除して ↑部屋
二七三 4 夫からうちへ帰つてくると、宿の亭主が御茶を ↑は毎日々々学校へ出ては
二七三 6- 手前は書画骨董がすきで ↑稽
二七三 7- 大分御風流で居らつしやる
二七三 10- 其外今日迄見損はれた事は随分あるが ↑存(?)
二七三 11 まだおれをつらまへて
二七三 11- なりや様子でも分る【事だ】。
二七三 12 画を見ても、頭巾を被るか ↑分る
二七三 14- どなたも御座いません
二七四 2- かしこまりましたと又一杯しぼつて飲んだ。 ↑云つた。
二七四 6 飲み込めた ↑呑

二七四 8 悪るいだらうか
二七四 8 気に掛かるさうであるが、
二七四 10 心配が出来ない男だ
二七四 12 度胸の据つた男ではない ↑いゝ
二七五 1 何でも印材で、十ばかり並べて ↑を
二七五 4 さうかなと好加減に挨拶をする
二七五 6 あなたなら十五円にして置きます
二七五 11 おれの前へ大きな硯を突きつける。
二七六 2 暖簾がくゞりたくなつた。↑る
二七六 3 蕎麦を【離】忘れて居た
二七六 5- 畳は色が変つて御負けに砂でざら〳〵して居る。
二七七 1 さつさと講義を済まして
二七七 2 教場へ出ると一つ天麩羅四杯也
二七七 4- 此呼吸が分からないから、どこ迄押して行つても構
はないと云ふ了見だらう。↑こんな馬鹿をやるん
〔ただし「行つても構はない」〕
二七七 5 見物する町もない様な狭い都に住んで
二七七 6- こんなに教育される ↑せ
二七七 11- 減らず口を利かないで ↑聞
二七七 12 授業を始めて仕舞つた。夫から次の教場へ
二七八 1 一晩寐たらそんなに肝癪に障らなくなつた。学校へ
出て見ると、↑忘れて仕舞つた
二七八 3 温泉のある町で城下から汽車だと ↑所／町
二七八 4- 遊廓がある。おれの這入つた団子屋は ↑も／食
二七八 6- 学校へ行つて、【第】一時間目の教場へ
二七八 7- 団子二皿七銭とかいてある。実際おれは団子を二皿
食つて七銭払つた。どうも厄介な奴等だ。
二七八 12 運動旁出掛る【のである】。
二七八 14 おれは此手拭を行きも帰りも
二七八 15 狭い土地に住んでるとうるさい者だ。↑者は

四

二八〇 4 宿直を逃がれ【る理由が出来】るなんて不公平【な事】
があるものか。〔削除のうち「る理由が出来」の初
案は「る理由にな」〕
二八〇 4 勝手な規則を ↑は
二八〇 10- 議論は議論として此宿直が愈おれの
二八〇 12 寐た様な心持ちがしない。小供の時から、↑うち
二八〇 13 友達のうちでさへ厭【な位】なら
二八一 9 自分に番が廻つて見ると ↑が／に当
二八一 12 夫から可成ゆるりと
二八一 14- 擦れ違つた時おれの顔を見たから、一寸挨拶をした。
すると狸はあなたは今日は宿直では ↑ふ／互に
／会はし

二八二 1 二時間前おれに
二八二 4 四っ角迄くると今度は ↑又
二八二 5 出っ喰はした。どうも狭い所だ。
二八二 14 下宿に居た時分、二階下に居た
二八三 4- 蚤の様でもないからこいつあと驚ろいて
二八三 6 急に殖え出して【股】臑が五六ヶ所、↑へ二
二八三 6- 臍の所迄飛び上がつたのが ↑上
二八三 7- 後ろへ抛ると、蒲団の中から、
二八三 10- 抛げつける割に利目がない ↑功力(?)
二八三 13 頭だの鼻の【頭】先だのへくつ付いたり、
二八三 15 蚊帳だから、ふわりと動く丈で少しも手答がない。
バツタは
二八四 9 曲りくねつた言葉を使ふんだらう。↑やがる
二八四 10 掃き出して仕舞つて
二八四 12 と聞いた。「うんすぐ拾つて来い ↑から
二八五 3- 遣り込めてやつたら「なもしと菜飯とは違ふぞな、
もし」↑たら／は
・二八五 9 イナゴは温《ぬく》い所が好きぢやけれ ↑あたゝか
・二八五 9 御這入りたのぢやあろ」↑らう
二八五 13 けちな奴等だ、
二八五 14- 少しはいたづらもしたもんだ。然し
二八五 15- 尻込みをする様な卑怯な事は只の一度もなかつた。
仕たものは仕たので、仕ないものは仕ないに極つ
てる。↑い。／んだ
二八六 2 嘘を吐いて罰を逃げる位なら、↑突
二八六 2 いたづらなんかやるもんか。↑は
二八六 3- いたづら丈で罰は御免蒙るなんて下劣な根性がどこ
の国に流行ると思つてるんだ。↑を／不〇〇な理
窟が／あるもんか
二八六 9 中学校【位】へ這入つて
二八六 10 おれは言葉や様子こそ余り上品ぢやないが、
二八六 12 実は落ち付いて居る丈猶悪るい。
二八六 13 床へ這入つて横になつたら、↑寐様
二八六 13 蚊帳の中はぶん
二八六 15 横竪十文字に振ふつたら
二八七 2 先生なんて、どこへ行つても、こんなものを相手す
る
二八七 4- 人間としては頗る尊とい
二八七 10- 三四十人もあらうか、二階【の床】が落つこちる程
二八七 12 何事が持ち上がつたのかと驚ろいて ↑起
二八七 13 途端にはゝあさつきの意趣返しに生徒があばれるの
だなと
二八七 13- 手前のわるい事は悪るかつたと言つて仕舞はないう
ちは ↑〇所作を自白

二八七 14- 手前達に覚があるだらう。本来なら寐てから ↑ん
で
二八八 1 静粛に寐て居るべきだ。↑のが当り前
二八八 1 寄宿舎を建てゝ ↑立
二八八 2 気狂ひじみた
二八八 3 楷子段を三股半に二階迄躍り上がつた。↑梯／跨い
で
二八八 4 足音もしなくなつた。↑い
二八八 5 判然と分らないが、
二八八 6 隠れて居ない。【遥か向ふの】廊下のはづれ
二八八 8 わからぬ寐言を云つて、↑事
二八八 10 非常な勢で尋ねた位だ。↑事がある
二八八 12 三四十人の声がかたまつて ↑で
二八九 1- 廊下の真中で、堅い大きなものに向脛をぶつけて、
あ痛いが頭へひゞく間に、身体はすとんと ↑に
／痛いと云ふ
二八九 3- 静まり返つて、↑し
二八九 14- 是でも元は旗本だ。旗本の元は清和源氏で、↑幕／
幕〇
二九〇 1 分らないのが困る丈だ。↑丈
二九〇 12 引つ立てると、弱虫だと見えて ↑たら
二九〇 12- 一も二もなく尾いて来た。↑追
二九〇 14 おれが宿直部屋へ ↑は
二九〇 14 詰問し始めると ↑初
二九一 1 けちな奴等だ。
二九一 2- 誰も面を洗ひに行かない。
二九一 5 学校に騒動がありますつて、
二九一 7 おれの説明を聞いた、生徒の言草も一寸聞いた。追
つて処分する ↑て／て
二九一 9 退校して仕舞ふ【処だ】。
二九一 11 おれはかう答へた。
二九一 13 授業が出来ない位なら、↑く
二九一 15 其上べた一面痒い。
二九二 1 口は慥かにきけますから、↑聞

五

二九二 5 【「】君釣りに行きませんかと
二九二 5- 優しい声を出す男である。↑だ
二九二 10 縁日で【板台の中から、】八寸許りの鯉を
二九二 12- 釣の味は分らんですな。御望みならちと伝授しませ
う」
二九三 1 生きてる方が楽
二九三 2 何不足なく暮して居る上に、生き物を ↑へ
二九三 4 先生此おれを降参させたと疳違して、

二九三 5 吉川君 ↑加藤〔二箇所〕
二九三 6 赤シャツのうちへ朝夕出入して、
二九三 9 高慢ちきな釣道楽 ↑は
二九三 11 糸さへ卸しや、何かゝる ↑い
二九三 12- 下手だから行かないんだ、嫌だから行かないんぢやないと邪推するに相違ない。おれはかう考へたから、↑だとは思はないだらう
二九三 15 見た事もない恰形である。↑だ
二九四 1 釣竿が一本も見えない。↑も
二九四 3 だまつて居れば宜かつた。
二九四 4 漕いでゐるが熟練は恐しいもので、
二九四 4- 浜が小さく見える位もう出てゐる。
二九四 10 全くターナーですね。↑な
二九四 14 見たいと思つたから、
二九五 1 赤シャツが異議を申し立てた。↑抗
二九五 11 無人島の松の木の下に
二九五 13 此所らがいゝだらうと ↑こゝい
二九五 13 船をとめて、錨を卸した。↑錠
二九五 13- 六尋位だ【がな】と云ふ。六尋位ぢや ↑ふと、
二九六 1 糸を繰り出して投げ入れる。
二九六 1 先に錘の様な鉛がぶら下がつて ↑重り
二九六 5 船縁の所で人差しゆびで呼吸をはかる ↑で
二九六 7- 大ものに違なかつたんですが、
二九六 8- 然し逃げられても何ですね。
二九六 10- 妙な事ばかり喋舌る。よつぽど撲りつけてやらうかと
二九六 11 教頭ひとりで借り切つた海ぢやあるまいし。↑ばかり
二九六 13 あやつつてゐた。
二九七 2 水に浸いて居らん。↑漬
二九七 4 ぽちやりと跳ねた
二九七 4 つらまへて、針をとらうとするが ↑鉤
二九七 5 糸を振つて胴の間へ ↑以
二九七 7 まだ腥臭い。↑生
二九七 9 一番槍は御手柄だがゴルキぢや、↑それ
二九七 11 丸木が芝の写真師で、
二九七 13 ゴルキだか車力だか見当がつくものか、↑と云つたつて何になる
二九七 14- 云ふならフランクリンの自伝だとかプッシング、ツー、ゼ、フロントだとか、おれでも知つてる名を使ふがいゝ。↑シエクスピア／ミルトン／奴／云
二九八 3- 二人で十五六上げた。↑釣つ
二九八 7- 只肥料には出来るさうだ。↑する
二九八 9 仰向けになつて、さつきから大空を眺めて居た。

二九八 11 小声で何か話し始めた。
二九八 13 清は皺苦茶だらけの婆さんだが、↑れ
二九九 3 江戸っ子は軽薄の事だと ↑戸
二九九 6 「バッタを……本当ですよ」
二九九 8 ことさら【に】力を入れて、
二九九 12 であるけれども、バッタだの天麩羅だの、↑赤シ
二九九 13 おれの事に就て内所話しをして居る ↑を
二九九 13- 大きな声で話すがいゝ、又内所話をする位なら、
三〇〇 2 おれの事は、遅かれ早かれ、
三〇〇 4 騒動を大きくした ↑多
三〇〇 6 底の上を静かに伸して行つた ↑の
・三〇〇 8 もう帰らうかと赤シヤツが思ひ出した様に云ふと、
↑ひ出す
三〇〇 9 野だが云ふ。赤シヤツは馬鹿あ云つちやいけない、
三〇〇 11- まぼしさうに引き繰り返つて、↑く
三〇〇 13 船は静かな海を岸へ ↑を
三〇一 1- 釣には丸で縁故もない事を云ひ出した。
三〇一 2- ね、吉川君」↑加藤
三〇一 7- 好意を持つてるんですよ。
三〇一 15 少し込み入つてるんだが、
三〇二 1 ね吉川君」↑加藤
三〇二 2 「えゝ中々込み入つてますからね。一朝一夕にや到
底分りません。
三〇二 4- 話し出したから伺ふんです」↑承
三〇二 6- 是丈の事を云つて置きませう。
三〇二 7 卒業したてで、【学校の】教師は始めての、
三〇二 11 「さあ君はさう率直だから、↑う
三〇三 12 履歴書にもかいときましたが ↑て
三〇三 13 乗ぜられる事があるんです」
三〇三 12 信じて居るらしい。たまに【は】正直な
三〇四 2 大に感心して聞いたもんだ。↑た
三〇四 4 しなければ好いんですが、
三〇四 5 分らなくつちや、矢っ張りひどい目に逢ふ
・三〇四 7 浜の方は靄で ↑もや
三〇四 7 おい、吉川君 ↑加藤
三〇四 8 あの浜の景色は……」↑を
三〇四 10 汽車の笛がヒユーと鳴るとき、
三〇四 11- 浜に立つて赤シヤツに挨拶をする。

六

三〇四 14 こんな奴は沢庵石をつけて
三〇五 2 惚れるものがあつたつてマドンナ位なものだ。
三〇五 11- 石が豆腐になるかも知れない。然し、あの山嵐が
↑夫にしても

三〇五 14- 邪魔になるなら、実は是々だ、邪魔だから

三〇六 1 向ふの云ひ条が尤もなら、↑ふ事

三〇六 3- 裏表のある奴から、氷水でも奢つてもらつちや、

三〇六 7 清は今に帰すだらう抔と、

三〇六 9- こんな心配をすればする程清の心を疑ぐる様なもので、清の美しい心にけちを付けると同じ事になる。
↑だ。／も

三〇六 11 山嵐とは固より比べ物にならないが、↑られ

三〇六 11 甘茶だらうが、他人から恵を受けて、

三〇六 13 心のうちで難有いと恩に着るのは ↑謝す

三〇七 1 おれは是でも山嵐に一銭五厘奮発させて、

三〇七 1 返礼をした気で居る。↑て居る

三〇七 2 思つて【も】然るべきだ。

三〇七 2 卑劣な振舞をするとは怪しからん

三〇七 4 こゝ迄考へたら、眠くなつたから ↑て

三〇七 7- 這入るや否や【一銭五厘】返さうと思つて、うちを出る時から、【一銭五厘】湯銭の様に手の平へ入れて一銭五厘、学校迄握つて来た。

三〇七 12 持つて来たから、↑て

三〇八 2 謎をかけて置きながら、今更其謎を解いちや迷惑だとは

三〇八 4 赤シャツを着て居る主意も立つと云ふもんだ。【おれ】↑んだらう。

三〇八 6- 君に何も明言した覚はないんだから ↑名

三〇八 7 乱暴を働いてくれると、↑な

三〇八 7 非常に迷惑する。

三〇八 9- 困るでせうと云つた。すると赤シャツはそれぢや
↑ら

三〇九 1 早々自分の席へ帰つて行つた。↑机

三〇九 10 存外真面目で居るので、↑な〇

三〇九 12 因縁がないから、出すんだ。↑帰

三〇九 15 「今時分でも、いつ時分でも返すんだ。↑代

三一〇 6 亭主が来て君に出て貰ひたいと云ふから、↑くれ

三一〇 7 尤もだ。夫でももう一応慥かめる積りで

三一〇 10 知つてるもんか。さう自分丈で

三一〇 14 女房だつて、下女たあ違ふぜ。↑奴〇僕ぢ

三一一 1 知らないが、兎に角向ふぢや、

三一一 6- 一体そんな云ひ懸りを云ふ様な所へ周旋する ↑風のわるい

三一一 9 山嵐もおれに劣らぬ肝癪持ちだから、【御互に】負け嫌な大きな声を出す。

三一一 12 みんなが驚ろいてるなかに野だ丈は面白さうに笑つて居た。おれの大きな眼が、↑其／たが、

三一二 1 寄宿生の処分法に就ての会議だ。↑所

三一二 4 この場合の様な、誰が見たつて、↑あ／事件
三一二 7 愚図の異名だ。↑が
三一二 8 細長い部屋で、平常は ↑に
三一二 9 並んで一寸神田の西洋料理屋位な格だ。↑居る。
三一二 11 教師丈はいつも
三一二 11- 漢学の教師 ↑歴
三一二 12 向ふを見ると山嵐と
三一二 14 かゝつてた懸物は此顔によく似て居る。↑掛物／た
三一三 5- 川村と云ふのが一つ二つと頭数を勘定して見る。一
人足りない。↑と
三一三 12 書物の上で知つてるが、
三一三 14- うらなり君の居ないのは、すぐ気がついた。↑らん
／て居る
三一三 15 坐はらうかと、ひそかに目標にして来た位だ。
三一四 2- 此男は是が道楽である。赤シヤツ相当の所だらう。
ほかの連中は ↑事をやつて居る。
三一四 5 只うんとかあゝと云ふ許りで、
三一四 9 生徒取締の件、其他二三ヶ条である。↑次〇
三一四 11- よく是で校長が勤まるとひそかに慚愧の念に堪へん
が、
三一五 2 不徳だとか云ふ位なら、
三一六 9 気狂が人の頭を撲り付けるのは、なぐられた人がわ
るいから、↑れば
三一七 1- 文章を作つてる。すると前に居た野だが
三一七 7 寛大の御処分を仰ぎたい
三一七 10 野だの云ふ意味は分らないけれども、↑が
三一七 13 どうしても詫まらせなくつちあ、
三一七 13 退校さしても構ひません。
三一七 14 すると右隣りに居る博物が
三一八 4- うちへ帰つて荷作りをする覚悟 ↑物
三一八 5 こんな手合を弁口で屈伏させる手際 ↑せさ
三一八 5- いつ迄御交際を願ふのは、↑こん
三一八 8 奮然として、起ち上がつた。↑す
三一八 9 貴様とは喧嘩だ、勝手にしろ
三一八 9- 硝子窓を振はせる様な声で ↑様
三一八 10 「私は教頭及び其他諸君の御説には全然不同意
三一八 11 教師某氏を軽侮して之を翻弄し様とした
三一八 12 教頭は其源因を教師の人物如何に御求めになる様で
ありますが ↑に／あるやの御考の
三一八 14 二十日に満たぬ頃であります。此短かい二十日間に
於て生徒は
三一八 15- 生徒の行為に斟酌を加へる ↑所
三一九 1- 軽薄な生徒を寛仮しては ↑も
三一九 4 騒動が大きくなるのと

三一九 5 かゝる弊風を杜絶する為めにこそ吾々はこの校に職
を奉じて居る ↑塞／は吾々職員は
三一九 7 厳罰に処する上に、当該教師の面前に於て ↑事
三一九 9- おれの云はうと思ふ所をおれの代りに山嵐がすつか
り言つてくれた様な
三一九 14 宿直中外出して温泉に行かれた ↑員／湯
三一九 14- 苟しくも自分が一校の留守番を
三二〇 10 其結果を云ふと、 ↑が
三二〇 12 校長は此時会議の引き続きだと号して
三二〇 13 生徒の風儀は、教師の感化で正していかなくては
↑紀／養成
三二一 1 山嵐は取り合はなかつた。 ↑丈
三二一 3 団子屋へ行つて、 ↑ちや
三二一 5 嫌なものと注文して雇ふがいゝ。 ↑を
三二一 6 団子を食ふなと罪な御布令を出す ↑注
三二一 8- つい品性にわるい影響を及ぼす
三二一 9- 田舎へ来て狭い土地では到底暮せるものではない。
其で釣に行くとか、 ↑だから／が／だから
三二一 10- 俳句を作るとか、何でも高尚な精神的娯楽を
三二一 12 沖へ行つて肥料を釣つたり、 ↑釣に
三二一 13 馴染の芸者が松の木の下に立つたり、 ↑の

七

三二二 5 荷物をまとめて居ると、女房が何か不都合でも
三二二 6 御腹の立つ事があるなら、云つて御呉れたら改めま
す ↑ゝば
三二二 9 車屋をつれて来て
三二二 10- だまつて尾いて来い、今にわかる、と云つて、 ↑行
／から
三二二 12- 下宿とか、何とか看板のあるうちを ↑書
三二三 1- 賑やかな方へ引き返さうかとも思つたが、不図 ↑
時
三二三 7 年寄を見ると何だかなつかしい ↑は
三二三 8 方々の御婆さんに乗り移るんだらう。 ↑写
三二三 11- 老人夫婦ぎりで暮らして居る
三二三 13 借してもいゝから周旋してくれ ↑と云ふ
三二三 13 今でも借すかどうか分らんが、
三二三 15 引き払ふと、翌日から入れ違に野だが
三二四 2 乗せつこをして居るのかも知れない。 ↑んだ
三二四 4 巾着切りの上前をはねなければ ↑く
三二四 5 ぴん〳〵した達者なからだで、 ↑て
三二四 9 あんな気立のいゝ女は日本中さがして
三二五 1 御婆さんは時々部屋へ来て ↑出て
・三二五 2 どうして奥さんをお連れなさつて、 ↑なぜ

・三二五 2 一所に御出でなんだのぞなもしなど〻 ↑んか

・三二五 3- まだ二十四ですぞと云つたら、それでも、あなた二十四で奥さんが御有りなさるのは当り前ぞなもしと ↑なあに／ん

三二五 4 どこの誰さんは二十で ↑だ

三二五 5- 何でも例を半ダース許り【沢山】挙げて反駁を試みた ↑五

・三二五 7 御婆さん正直に本当かなもしと聞いた。〔「本当」に「ほんま」のルビがあったが削除されている〕

三二五 8 「本当《ほんとう》の本当《ほんま》のつて僕あ、 ↑本当《ほんま》の本当《ほんとう》の

三二五 9 「左様ぢやらうがな、もし。 ↑さう

・三二五 11- 先生はもう、御嫁が御有りなさるに極つとらい。私はちやんと、もう、睨らんどるぞなもし」 ↑る／さ／見て取つた」

・三二五 13 どうして、睨らんどるんですか」 ↑見て取つた

・三二五 14- 便りを待ち焦がれて御いでるぢやないかなもし」 ↑らうがな

・三二六 4 御気を御付けたがえゝぞなもし」 ↑」

・三二六 6 あなたの奥さんは慥かぢやけれど ↑ん／ん

・三二六 8 「あなたのは慥か――あなたのは慥かぢやが ↑ん／ん

三二六 9 「【ぢや】何処に不慥かなのが居ますかね」

・三二六 10 遠山の御嬢さんを御存知かなもし」 ↑知りかな」。

・三二六 12 「まだ 御存知ないかなもし。こゝらであなた一番の別嬪さんぢやがなもし。 ↑御知りんかな。／随一の

・三二六 13 先生方はみんなマドンナ〳〵と【御】言ふといでるぞなもし。 ↑ひとるぞな

・三二六 13- まだ御聞きんのかなもし」 ↑」

・三二七 1 マドンナと云ふと唐人の言葉で、別嬪さんの事ぢやらうがなもし」 ↑英語／」

・三二七 3 「大方画学の先生が御付けた名ぞなもし」 ↑たしか／だ／」

・三二七 5 あの吉川先生が御付けたのぢやがなもし」 ↑」

・三二七 10 「ほん当にさうぢやなもし。 ↑ぞ

・三二七 10- 怖い女が居りましたなもし」 ↑あ」

三二七 12 「マドンナも其同類なんですかね」 ↑はどうしましたか

・三二七 13- 「其マドンナさんがなもし、あなた。そらあの、あなたを此所へ世話をして御呉れた古賀先生なもし――あの方の所へ御嫁に行く約束が出来て居たのぢやがなもし――」 ↑ん／ん

三二七 15 そんな艶福のある男とは思はなかつた。

三二七 15- 人は見懸けによらない者だな。 ↑ん

三二八 2- 銀行の株も持つて御出るし、万事都合がよかつた
↑重役で羽振〇〇ぃ

・三二八 4 御欺されたん【だらう】ぞなもし。

・三二八 5- 是非御嫁にほしいと御云ひるのぢやがなもし」↑」

三二八 7- 只のシャツぢやないと思つてた【 】。それから?」

・三二八 9 「人を頼んで【御】懸合ふて　お見ると、↑ひて

・三二八 9- すぐには返事が出来かねて――まあよう考へて

・三二八 10 挨拶を御したのぢやがなもし。

・三二八 11 遠山さんの方へ出入をおしる様になつて、↑す

・三二八 11- 御嬢さんを手馴付けてお仕舞ひたのぢやがなもし。
↑ふ

・三二八 12- 赤シャツさんも赤シャツさん【だ】ぢやが、御嬢さん
も御嬢さんぢやてゝ、みんなが悪るく云ひますの
よ。↑も御嬢さん／ふのぞな

三二八 13 嫁に行くてゝ承知をしときながら、

・三二八 14 其方に替へよてゝ、それぢや今日様へ済むまいがな
もし、あなた」↑たて／あんまり人情／の

・三二九 2 古賀さんに御気の毒ぢやてゝ、↑だ

・三二九 3 破約になれば貰ふかも知れんが、↑ない

三二九 4 今の所は遠山家と只交際をして居る許りぢや、遠山
家と交際をするのに

三二九 6 折合がわるいと云ふ【て】評判ぞなもし」

・三二九 8 「狭いけれ何でも分りますぞなもし」↑」

・三二九 14 「山嵐て何ぞなもし」↑」

・三三〇 1 堀田さんの方が強さうぢやけれど、然し赤シャツさ
んは ↑ぞな。

・三三〇 2 優しい事も赤シャツさんの方が優しいが、生徒の評
判は堀田さんの方がえゝといふぞなもし」↑ぢ
やな。／いゝのぢやが――」

・三三〇 5 月給の多い方が豪いのぢやらうがなもし」↑えら
／」

三三〇 8- よく調べ【て見】ると、

三三〇 13 ないものだから、↑し、

三三一 2 冒頭で四尺ばかり何やら蚊やら認めてある。↑一間
／だか

三三一 4 分りにくい手紙は五円やるから読んでくれと ↑貰
つて

三三一 6 又頭から読み直して見た。↑た

三三一 7 少し暗くなつて、前の時より見にくゝなつたから、
とう〳〵椽鼻へ出て ↑猶更／い

三三一 10 おれはそんな事には構つて居られない。↑を

三三一 12 もしつけたら、清丈に手紙で ↑只

三三一 14- 坊っちやんの手紙はあまり短過ぎて、↑あ

三三二 3- 坊っちやんからもらつた五十円を、坊っちやんが、

東京へ ↑は未だ
・三三二 8 まだ見て御出でるのかなもし。えつぽと長い御手紙
ぢやなもし、↑えらう
三三二 9- 自分でも要領を得ない返事をして膳についた。↑事
を言つ
三三二 13 うらなり君を笑ふ所か、おれ自身が ↑場合ぢやな
い。
三三三 2 黄色くなつて居ろなんて、↑れ
三三三 3 おれは一皿の芋を平げて、↑血
三三三 13 御懸けなさいと威勢よく席を譲ると、
・三三三 13- いえ【御】構ふておくれなさるな、と ↑ひ／下
三三四 2 出ないで済む所へ
三三四 6- 大人しくしてゐるのは見た事がない。顔はふくれて
居るが、こんな結構な男を捨てゝ ↑い／こんな
／人
三三四 8 立派な旦那様が出来るもんか。【女の眼は】
三三四 9 大分たいぎさうに見えますが……」↑大
三三四 15 何心なく振り反つて見ると ↑反／振
三三五 1- 四十五六の奥さんとが並んで切符を売る窓の前に立
つて居る。おれは美人の形容抔が出来る男でない
から何にも云へないが全く美人に相違ない。何だ
か【知らないが】水晶の珠を ↑這入つて来た。／
た／が此女は
三三五 3- 年寄の方が脊は低い。然し顔はよく似て居る ↑が、
三三五 10 べら〳〵然たる着物へ縮緬の帯をだらしなく ↑金
鎖
三三六 1 女の方はちつとも見返らない
三三六 4 吾れ勝に乗り込む。
三三六 5- 住田まで上等が五銭で下等が三銭
三三六 9 先生、下等の車室の入口へ ↑上
三三六 11 此時何となく気の毒でたまらなかつた ↑だか
三三七 1 先方の心を慰めてやるのは、↑が／む
三三七 2 こつちの調子に乗つてくれない。↑へ
三三七 5 極まつて居ない。別段不思議にも ↑から、
三三七 6 柳が植つて、柳の枝が丸るい影を ↑其
三三七 9 やめて素通りにした。
三三七 11 一本の柳の幹を照らしてゐる。
三三七 13 食ひたい団子の食へないのは情ない。↑団子を食ふ
のは
三三七 14 団子【位】は愚か、三日位断食しても
三三七 15- 思へないんだが
三三八 1- 君子なのだから、油断が出来ない。淡泊だと思つた
山嵐は ↑磊落
三三八 7 化物が寄り合つてるんだ ↑集

三三八 8 どんな事でも苦にしない

三三八 10 大事件にも出逢はないのに、もう五つ六つ年を ↑うちに

三三八 11 夫から夫へ【と】考へて、いつか石橋を渡つて野芹川の堤へ出た。↑坪田

三三八 12- ちよろ〳〵した流で、【其】土手に沿ふて十二丁程下ると相生村へ出る。村には観音様がある。↑河／を(?)／沿ふて行くと／と云ふ

三三九 1- 向に人影が見え出した。月に透かして見ると影は二つある。↑る／だ

三三九 3- 一人は女らしい。おれの足音を聞きつけて、

三三九 5 其時おれは男の様子を見て、↑おれは其時

三三九 5- 男と女は又元の通りにあるき出した。

三三九 7 今は話し声も手に取る様に

三三九 8- 擦り抜けざま、二足前へ出した踵をぐるりと返して男の顔を【さし】覗き込んだ。↑て

三三九 10- 女を【催】促がすが早いか、温泉の町の方へ引き返した。↑して

三三九 12 赤シャツは図太くて胡魔化す積か、気が弱くて名乗り損なつたのかしら。↑気／る勇気が

八

三四〇 2- 下宿を出ろと云はれた時は、愈不埒な奴だと ↑つてから

三四〇 3- 所が会議の席では案に相違して滔々と生徒厳罰論を述べたから、↑処／山嵐の／聞かされて〔「山嵐の」は一度「は滔々と」に改められ、しかる後に定稿の形となる〕

三四〇 4 変だなと首を捩つた ↑思

三四〇 5 聞いた時は、それは感心だ ↑てから

三四〇 11 パイプとを自慢さうに

三四〇 12 喧嘩をしても【心持のいゝ】、回向院の相撲の様な心持のいゝ喧嘩は出来ない

三四〇 13 控所全体を驚ろかした議論の相手

三四一 1- あとでよつぽど仲直りをしやうかと

三四一 7 一銭五厘が祟つた。仕舞には学校へ出て一銭五厘を見るのが苦になつた。

三四一 8 【赤シャツは例によつて例の如き声を出して、しきりに】山嵐とおれが

三四一 13 喰らはして

三四一 14- よく嘘をつく男だ。是で中学の教頭が勤まるなら、

三四二 3- 惜しいと思つたが温泉行きを欠勤して

三四二 5 構へて居る。家賃は ↑さう

三四二 8 おれに代数と算術を教はる至つて【〳】出来のわるい

子だ。↑が
三四二　10　逢つて用事を聞いて見ると、大将例の琥珀のパイプ
で、きな臭い ↑見る／も
三四三　2　世話なんかするものあ剣呑だ
三四三　4　そこで君が今の様に ↑今度
三四三　4-　ちやんと見て居るんだから、
三四三　5　都合さへつけば、↑が
三四三　7　校長に相談して ↑とも
三四三　8　少しは融通が出来る ↑運転
三四三　10　だれが転任するんですか」
三四四　2　「代りも大抵極まつてるんです。↑誰
三四四　5　頂だかなくつてはならん様に
三四四　5-　やつて貰ひたい
三四四　11　持つて貰ふかも知れないと ↑はなくつち
三四四　13　辞職する気遣はない。夫に、生徒の人望があるから
↑しさうに／のみか／に大変
三四四　13-　得策であるまい。↑ない
三四四　15　雑談をして居るうちに、↑たら
三四四　15-　送別会をやる事や、就てはおれが酒を飲むかと云ふ
問や、↑事
三四五　1　と云ふ事や――赤シヤツは色々弁じた。仕舞に ↑
を／○中々／始
三四五　3-　釣瓶をとられて堪るものか。↑たら大騒ぎだ
三四五　5　男が居る。家屋敷は勿論 ↑もんだ。
三四五　7　おれは船つきのいゝ此所へ ↑海
三四五　10　乗らなくつては着けない ↑行
三四五　12　ないだらうに、【まあ】何と云ふ物数奇だ。↑らう
・三四五　13-　御豆腐ぞなもしと云つた。
三四六　1　ほん当に御気の毒
・三四六　3　誰がぞなもし」↑」
・三四六　4　誰がぞなもしつて、↑つ〔「の」か？〕
・三四六　5　そりやあなた、大違ひの勘五郎ぞなもし」↑ん／」
三四六　8　古賀さんの御往きともない ↑気に
・三四六　8　尤もぞなもし」↑」
三四六　9　尤もなんです【か】ね。
・三四六　10　御話したがなもし」
・三四六　12　あたし達が思ふ程
三四六　12-　豊かになうて御困りぢやけれ、↑ゆかん
三四六　13　校長さんに【は】御頼みて、
三四六　13　勧めて居るものぢやけれ、
・三四六　14　御呉れんかてゝ、あなた」↑ん
・三四七　1　ようまあ考へて見とこうと御云ひたげな。↑様ぞい
三四七　4　延岡になら空いた口があつて、↑へ転任すれば
三四七　4-　余分にとれるから、御望み通りでよからう

三四七　5　行くがえゝと云はれたげな。↑い
三四七　7　元の儘でもえゝから、↑い
三四七　8　屋敷もあるし、【老】母もあるからと
三四七　8　さう極めたあとで、古賀さんの代りは　↑此学校
三四七　9　仕方がないと校長が御云ひたげな」
・三四七　13　なんぞなもし」↑」
・三四八　2　御上りるのかなもし」↑」
・三四八　4　御断はりるのぞなもし」↑」
・三四八　6　月給を上げておくれたら、
・三四八　6　得ぞなもし。
・三四八　7-　も少しの我慢ぢやあつたのに惜しい事をした。↑だ
・三四八　8　当り前ぢやけれ、お婆【さん】の言ふ事を
三四八　8-　赤シヤツさんが月給をあげてやろと　↑月
・三四八　9　受けて御置なさいや」↑き
三四八　12　爺さんは呑気な
・三四九　5　大きな玄関へ
三四九　8　返しに来んだ。すると弟が今来客中だと云ふから、
三四九　10　奥でもう万歳ですよと云ふ声が聞える。↑だ／た
三四九　10　御客とは野だだなと　↑の
三五〇　2　眺めたが、咄嗟の場合返事をしかねて
三五〇　3　増給を断はる奴が　↑月
三五〇　4　断はるにしても、今帰つた許りで、↑さう
三五〇　6　古賀君が自分の希望で
三五一　1　信じないと云ふ様に聞えるが、↑事に
三五一　5-　実はうらなり君にも　↑古
三五一　6　見なかつたのだ。だからかう文学士流に　↑である。
三五一　7　一寸受け留めにくい。↑と
三五一　8　不信任を心の中で　↑用
三五一　9　けちん坊の慾張り屋に相違ないが、嘘は吐かない女
だ、↑婆／な
三五二　2　君の信用にかゝはる」↑。よ
三五二　9-　必要はない筈です。↑と思
三五二　15　行かない。こゝへ来た最初から　↑此処
三五三　1　反動の結果今ぢや　↑から
三五三　6　人に好かれなくてはならない。↑ん

九

三五三　11-　君先達はいか銀が来て、君が乱暴して困る
三五三　14　君に懸物や骨董を売りつけて、
三五四　1　あんな作りごとを　↑あ
三五四　2-　勘弁し給へと長々しい謝罪をした。↑と
三五四　4　おれは何とも云はずに、山嵐の机の上にあつた、壱
銭五厘をとつておれの蝦蟇口のなかへ
三五五　4　浜迄見送りに行かうと

『坊っちゃん』加除訂正一覧

三五五 6 すぐ帰る【」】。酒なんか飲む奴は馬鹿だ」
三五五 9 おれの下宿へ寄つた。↑うち
三五五 9 うらなり君の顔を見る度に気の毒で ↑が
三五五 10- 出来る事なら、おれが代りに行つてやりたい様な気
がしだした。↑ならう／する
三五五 13 赤シヤツの荒胆を挫いでやらうと考へ付いたから、
↑思つ
三五六 2 野芹川の土手の話をして、
三五六 8 将来重く登用すると赤シヤツが云つた話をしたら
三五六 11 免職させる気かと押し返して尋ねたら、↑と聞い
三五七 1 古賀があまり好人物過ぎるから困る。
三五七 5- 【おれは】今度の事件は全く赤シヤツが、うらなりを
遠けて、マドンナを手に入れる策略なんだらうと
おれが云つたら、無論さうに違ない。あいつは大
人しい顔をして、悪事を働いて、↑だ／わるい事
をし
三五八 3 山嵐はさうだなと考へて居たが、↑余っ程考へて
三五八 5 分別のありさうな事を附加した。↑云つた
三五八 11 さうかうするうち時間が来たから、↑会場は
三五八 12 足を入れた事がない。↑は
三五八 12- 屋敷を買ひ入れて、其儘開業したと云ふ話だが、↑
んだ
三五八 15 人数ももう大概揃つて、↑集
三五九 2 尺を取つて見たら二間あつた。↑十二尺
三五九 3 大きな枝が挿してある。↑を
三五九 3- 何ヶ月【散る】立つても散る気遣がないから、↑何ヶ
三五九 4 銭が懸らなくつて、よからう。
三五九 5 あれは瀬戸物ぢやありません、
三五九 15 窮屈 ↑窟
三六〇 1 御膳が出る。【杯】徳利が並ぶ。
三六〇 4 大に惜しむ【が】所であるが、
三六〇 10 送別の辞を述べ立てゝゐる ↑て
三六〇 12 【愈山】赤シヤツが席に復するのを待ちかねて、山嵐
が
三六〇 12- おれは嬉しかつたので、思はず ↑から
三六〇 13 すると狸を始め一同が
三六〇 14 校長始めことに教頭は古賀君の転任を
三六一 1 物質上の不便はあるだらう。
三六一 1 風俗の頗る淳朴な所で、↑は
三六一 6 一日も早く円満なる家庭をかたち作つて、かの不貞
無節なる御転婆を ↑団欒の／反覆
三六一 10- 九州へ参る事になりましたに就て【は】、諸先生方が
三六一 11- 送別会を御開き下さつたのは、まことに感銘の至り
に堪へぬ次第で——ことに只今は校長、教頭其他

諸君の ↑て／辱ない。私〇〇
三六一 15 馬鹿にされてゐる校長や、↑た
三六二 1- あの顔つきから云ふと、心から感謝してゐるらしい。
↑真
三六二 5- 竹輪の出来損ないである。刺身も並んでるが、厚く
つて鮪の切り身を生で食ふと同じ事だ。↑の様だ
／はあるが／の
三六三 1 昔し風な庭
三六三 8 イカサマ師の、↑教員
三六三 12 「なにこれは【用意の為め】喧嘩のときに使はうと
三六四 8 「さあ、諸君、↑う
三六四 8- いかさま師をうんと云ふ程、酔はしてくれ玉へ。
三六四 13 御座敷はこちら？と芸者が
三六四 15- 赤シヤツが急に起つて、座敷を出にかゝつた。【出懸
けに、】向から這入つて来た芸者の【うちの】一人が、
行き違ひながら、笑つて挨拶をした。
三六五 3 大方校長のあとを追懸けて帰つたんだらう。↑から
三六五 5 その声の大きな事、
三六五 6 夢中で両手を振る所は、↑つ
三六五 7- どうも八釜しくて ↑もう
三六五 8 手持無沙汰に下を向いて考へ込んでる ↑で
・三六五 12 胴間声を出して何か唄ひ始めた。

三六五 13 唄ひなはれ、と三味線を抱へたから、おれは唄はな
い、↑云つた
三六五 14 どんどこ、どんのちやんちきりん。↑どこ
三六五 14- 叩いて廻つて逢はれるものならば、↑合
三六五 15 どんどこ、どんのちやんちきりん
三六六 3 逢ひたい人に逢つたと思つたら、↑は／ら
三六六 4 言葉使ひをする。
三六六 6- 義太夫の真似をやる。おきなはれやと芸者は平手で
野だの膝を叩いたら野だは恐悦して笑つてる。此
芸者は赤シヤツに挨拶をした奴だ。芸者に叩かれ
て笑ふなんて、野だも御目出度い者だ。↑よし／
奴
三六六 9 漢学の御爺さんが歯のない口を歪めて、そりや聞え
ません伝兵衛さん、
三六六 11- 弾いて見まほうか。よう聞いて、居なはれや ↑
……や
三六六 15 山嵐は馬鹿に大きな声を出して、芸者、芸者と呼ん
で、おれが剣舞をやるから、↑だけれど
三六七 2- 所へ野だが ↑田
三六七 3- 紀伊の国を済まして、かつぽれを済まして、棚の達
磨さんを済して丸裸の越中褌一つになつて、棕梠
箒を小脇に抱い込んで、

三六七　7-　なんぼ自分の送別会だつて、越中褌の裸踊迄羽織袴で我慢して見て居る必要はあるまいと思つたから、↑羽織／な
三六七　8　古賀さんもう帰りませうと退去を勧めて見た。↑云つた。
三六七　10　気狂会です。
三六七　12　来て、や御主人が先へ帰るとはひどい。
三六七　13　日清談判なら貴様はちやん〳〵だらうと、

十

三六八　7　【今日は】祝勝会で学校は御休みだ。
三六八　12　職員が幾人ついて行つたつて ↑何
三六九　2-　只喋舌るのではない、教師のわる口を喋舌るんだから、↑ならいゝが／云ふ
三六九　6　狡い事をやめないのと一般で ↑する
三六九　7　決してやめるもので【は】ない。
三六九　8-　真面目に受けて勘弁するのは正直過ぎる馬鹿
三六九　9　あやまるのも仮りにあやまるので、↑や〇
三六九　14　それは先生が神経衰弱だから、
三七〇　1-　潔白なおれも、こ【んな奴】の真似を ↑真似
三七〇　2　言ひ抜けられる様な
三七〇　4-　ずう体はおれより大きいや。だから刑罰として何か返報をしてやらなくつては義理がわるい。所がこつちから返報をする時分に
三七〇　7　表向き丈立派にして【置いて、】夫から
三七〇　8　向ふの非が挙がらない上は ↑揚
三七〇　11　こつちも向の筆法を
三七〇　13　駄目でも何でも左様ならなくつちや始末がつかない。↑駄目に／なら
三七一　1-　列はぴたりと留まる。↑つた
三七一　2-　大手町を突き当つて薬師町へ曲がる角の所で、↑と薬師町／町
三七一　7　喧嘩をする。大方狭い田舎で退屈だから、
三七一　10　おれは邪魔になる生徒の間をくゞり抜けて、曲がり角へもう少しで出様と ↑がもう少しで
三七一　12　折合がついたには相違ないが、
三七一　14　祝勝の式は ↑式
・三七二　1-　清への返事をかきかけた。今度はもつと詳しく書いてくれとの注文だから、可成念入に ↑い／か
三七二　6-　同じ所作を同じ様に ↑為
三七二　8　手紙なんぞをかくのは面倒臭い。
三七二　9-　清の注文通りの手紙をかくのは三七日の断食よりも苦しい。
三七二　12-　遠くへ来て迄、清の身の上を案じてゐてやりさへす

れば、
・三七二 15 やりさへすればいゝ訳だ。
三七三 3 あの青い実が段〻熟してきて、↑大きくなつて
三七三 6 まさか三週間内に此所を去る事もなかろう。
三七三 8 御馳走を食はうと思つて牛肉を買つて来たと、【牛
肉の】竹の皮の包を袂から引きずり出して、↑御
馳走
三七四 1 寛容するならいゝが、
三七四 2 団子屋へ這入るのさへ【風紀上】取締上害になると云
つて、↑りにならん
三七四 6 人を胡魔化す気だから気に食はない。
三七四 8 人を烟に捲く積りなんだ。あんな弱虫は男ぢやない
よ。↑から／人間
三七四 9 彼奴のおやぢは湯島のかげまかも知れない」↑あい
つ／だぜ。
三七四 11 君そこの所は ↑さう
三七四 11- そんなのを食ふと条虫が湧くぜ」↑真名
三七五 2 面詰するんだね」【。】
三七五 3 夜番でもするのかい」
三七五 4 角屋の前に枡屋と云ふ宿屋があるだらう。あの表二
階をかりて、↑の
三七五 12 おれも加勢してやる。夫で今夜から夜番を

三七六 1 喧嘩とくると是で中々すばしこいぜ」↑は
・三七六 3 御目にかゝりたいてゝ御出でたぞなもし。
・三七六 4 大方こゝぢやらうてゝ捜し当てゝ御出でたのぢやが
なもしと、
三七六 5 山嵐はさうですかと玄関迄出て行つたが、
三七六 6 誘ひに来たんだ。今日は高知から、何とか踊りをし
に、↑一所に行かない
三七六 7 こゝ迄多人数乗り込んで来てゐる
三七六 7- 滅多に見られない踊だと云ふんだ、君も一所に ↑
から
三七六 8 おれに同行を勧める。↑を
三七六 13 回向院の相撲か本門寺の御会式の様に ↑の様に
三七七 5- 次は、ぽんと音がして、黒い団子が、しゆつと秋の
空を射抜く様に揚がると、それがおれの頭の上で、
↑風船がまた出た。今度は陸海軍万歳と赤地に白
く染め抜いて
三七七 7- 今度は陸海軍万歳と赤地に白く ↑帝国
三七七 10- 【午前の】式の時は左程でもなかつたが、今度は大変
な人出だ。【おれは】田舎にもこんなに人間が住ん
でるかと驚ろいた位うぢや〳〵して居る。↑人も
出／居／だ。
三七七 14 いかめしい向ふ鉢巻をして、

三七七　15　抜き身を携げて居る
三七七　15　僅か一尺五寸位だらう、
三七八　1　夫より短かいとも長くはない。↑い事
三七八　8　隣りも後ろも一尺五寸以内に
三七八　13　抜き身の動くのは
三七八　14　一尺五寸立方のうちに ↑の
三七八　15　汐酌や関の戸の及ぶ所でない。聞いて見ると、↑と
三七九　1　調子が合はないさうだ。
三七九　3　一番呑気さうに、いやあ、↑で
三七九　4　責任が重くつて非常に骨が折れる
三七九　5　おれと山嵐が感心のあまり此踊を余念なく見物して
居ると、↑して
三七九　8-　又師範の奴と決戦を始めた所です、早く来て下さい
と云ひながら ↑と
三七九　10-　人を避けながら、一散に馳け出した。
三七九　11-　おれは無論の事逃げる気はない。山嵐の踵をふんで
あとからすぐ現場へ馳けつけた。↑も／を追つて
三七九　13　中学【の方】は慥かに三割方多い。
三七九　13-　中学は式後大抵は日本服に着換へて
三八〇　2　おれの方を見て云ふから、↑た
三八〇　5-　十五六の中学生と組み合つてゐる。止せと云つたら、
止さないかと、↑渡り／ん
三八〇　8-　堅い靴でおれの脊中の上へ乗つた奴がある。両手と
膝を突いて下から、跳ね起きたら、↑胸／膝
三八〇　10　喧嘩は止せ〳〵と【云ひながら、】揉み返されてる
三八〇　11　聞えないのか返事もしない。↑と見えて
三八〇　15　石が又ひゆうと【飛んで】来る。
三八一　1　頭を掠めて後ろの方へ飛んで行つた。↑行つ
三八一　3-　おれを誰だと思ふんだ。身長は小さくつても
三八一　4　張り飛ばしたり、張り飛ばされたり
三八一　5　逃げろ〳〵と云ふ声がした。今迄 ↑かと思ふと、
三八一　13　一部始終を話したら、↑告げ
三八一　14　署長の前で事【情】の顛末を述べて

十一

三八二　3　あんまり自慢も出来ない【。】と
三八二　6　中学の教師堀田某と、
三八二　7　順良なる生徒を ↑淳
三八二　10　二豎子の為めに吾校の特権を ↑満
三八二　12　相当の処分を ↑所
三八二　13　さうして一字毎にみんな黒点を加へて、
三八三　3　無暗な嘘を吐くもんだ。↑事／か
三八三　6　系図が見たけりや、多田満仲以来の先祖を ↑桓武
・三八三　8　けさの新聞を御見たかなもしと聞く。読んで後架へ

棄てゝ来た。欲しけりや ↑云ふから、／から
三八四 4 掘つたら中から膿が出さう ↑なか／何
三八四 8 此馬鹿がと思つてるに相違ない。
三八五 1- おれには心配なんかない、先で免職をするなら、免
職される前に辞表を出して仕舞ふ丈だ。然し自分
がわるくないのにこつちから身を引くのは ↑す
積りだ
三八五 6- 校長と教頭に【は一応】時間の合間を見計つて、嘘の
ない、所を一応説明した。校長と教頭【と】はさう
だらう、↑話
三八五 8 赤シヤツはおれらの行為を弁解しながら ↑を弁
三八五 11 帰りがけに山嵐は【おれに】、君赤シヤツは臭いぜ、
三八五 15 喧嘩をさせて置いて、すぐあとから新聞屋へ
三八六 4 訳はないさ」【。】
三八六 7 僕等は此事件で免職になるかも知れない【だ】ね」↑
是
三八六 13 「あんな奸物の遣る事は、何でも証拠の挙がらない
様に、↑みんな
三八七 9- 学校へ行つて狸に催促すると、↑校長
三八七 12 狸の様な顔をして、いやにフロツク張つてゐる
三八七 13 田舎新聞一つ詫まらせる ↑誤
三八八 1- 新聞がそんな者なら、
三八八 4 夫から三日許りして、ある日の午後、山嵐が
三八八 6- 辞表を出せと云はれたかと尋ねるから、いや云はれ
ない。君は？ と聴き返すと、今日校長室で、まこ
とに気の毒だけれども、事情已を得んから ↑云
ふ／く／都合
三八八 11 辞表を出せといふなら ↑す
三八八 13 赤シヤツとは今迄の行懸り上到底両立しない
三八八 14 君の方は今の通り置いても害にならない
三八八 15 赤シヤツと両立するものか【」】。
三八九 1 置いたつて、どうでも ↑ても
三八九 3 夫に先達て古賀が去つてから、まだ後任が
三九〇 1 そんな不人情な事はは出来ません」〔「は」は衍字〕
三九〇 13 一と先考へ直す事として引き下がつた。
三九〇 14 うんと遣っ付ける方がいゝ。
三九〇 15 山嵐に狸と談判した模様を話したら、↑校長
三九一 3 職員一同に告別の挨拶をして ↑訣
三九一 7- 矢張り駄目だ。駄目を踏んで夜なかに下宿へ帰る程
↑四日目には
三九一 8 四五日すると、
三九一 8- 奥さんの御有りるのに、夜遊びはおやめたがえゝぞ
なもしと忠告した。
三九一 10- 少しも験が見えないと、↑現

『坊っちやん』加除訂正一覧

三九一 12 其代り何によらず長持ちのした試しがない。如何に
天誅党でも
三九二 1 統計を示すのには驚ろいた。
三九二 5 先づ緩るりと湯に入つて、
三九二 9 おれも急にうれしくなつて、
三九二 15 「芸者は二人づれだが、——どうも有望らしい」
三九三 9 九時半の柱時計が鳴つた。↑り
三九三 13 毎晩勘定するんだ」
三九四 2 外出が出来ないんで窮屈で堪らない」↑困つちまふ
三九四 5 瓦斯燈を下から見上げた【が、其】儘暗い方へ
二九四 6 おや〳〵と思つた。其うち帳場の時計が遠慮もなく
↑こりや到〇柱
三九四 8- 窓から首を出す訳には行かないから、姿を突き留め
る事は出来ないが、↑影／訳には行かな
三九四 11- 「強がる許りで策がないから、仕様がない」【。】是は
赤シヤツだ。↑い／である
三九四 15 打ちのめして遣らうと思つたが、
三九五 7 勇み肌の坊っちやんだと抜かしやがつた」↑ぬ
三九五 8 「邪魔物【て】と云ふのは、
三九五 13 赤シヤツの来るのを待ち受けたのはつらかつたが、
出て来るのを凝として待つてるのは ↑を
三九六 3 不用意の所へ踏み込める ↑を
三九六 4- 漸くの事でとう〳〵朝の五時迄我慢した。
三九六 6 【二人が】角屋から出る二人の影を
三九六 7 一丁許りの杉並木【立】があつて ↑の
三九六 8 それを通りこすと【土手の】こゝかしこに
三九六 9- 杉並木【立】で捕まへてやらうと、
三九六 10 町を外れると急に
三九六 13 「教頭の職をもつてるものが何で角屋へ行つて泊つ
た」
三九七 2- 逃げ出さうとするからおれはすぐ前に立ち塞がつて
「べらんめえの ↑一生懸命に抑へつけて
三九七 4 言訳がましい事をぬかした。おれは此時気がついて
見たら、↑此畜生と拳
三九七 12 野だは顔中黄色になつた。
三九七 13 山嵐と赤シヤツはまだ談判最中である。↑未／し
三九七 14 証拠がありますか」【。】
三九八 1 芸者が宵に這入らうが、↑に
三九八 6 散々に擲き据えた。【始】仕舞には二人とも
三九八 8- 「もう沢山だ」と云【ふ】つた。
三九八 11 言葉巧みに弁解が立つても
三九八 14 おれも「おれも逃げも隠れもしないぞ。↑せん
三九八 15 警察へ訴へたければ、↑でも
・三九九 2 どう御しるのぞなもしと聞いた。

三九九　3　すぐ汽車へ乗つて浜へ来て港屋へ着くと、↑着いて
〔初案「来て」を改めて「着いて」となったが、再び「来て」にもどった〕

三九九　4　早速辞表を書かうと思つたが、↑か

三九九　9　船が岸を去れば去る程いゝ心持ちがした。

三九九　10　漸く娑婆へ出た様な気がした。

三九九　12　東京へ着いて下宿へも行かず、↑つ

三九九　14-　東京で清とうちを持つんだと云つた。↑てた

四〇〇　1　屋賃は六円だ。↑敷

四〇〇　2-　至極満足の様子であつたが気の毒な事に今年の二月
肺炎に罹つて死んで仕舞つた。↑で

四〇〇　4-　だから清の墓は小日向の養源寺にある。↑小石川

定本 漱石全集 第二巻 （第2回配本 全28巻・別巻1）

二〇一七年一月十一日 第一刷発行
二〇一七年二月 六 日 第二刷発行

著 者 夏目《なつめ》金《きん》之助《のすけ》

発行者 岡本 厚

発行所 株式会社 岩波書店
〒101-8002 東京都千代田区一ツ橋二-五-五
電話案内 〇三-五二一〇-四〇〇〇
http://www.iwanami.co.jp/

ISBN 978-4-00-092822-9 Printed in Japan

本文印刷　株式会社　精興社
付物印刷　半七写真印刷工業株式会社
製　本　所　牧製本印刷株式会社
製　函　所　株式会社　加藤製函所
本文用紙　三菱製紙株式会社
表紙クロス　ダイニック株式会社
見返図版　東北大学附属図書館所蔵

彗星
nursing two
Silence –
flood
女
男
C
B
A
意志、積極
不断、消極
illusion
disillusion
Cornice
Frieze
Architrave
Entablature
(1)
(2)
(3)
action
character
action & character
character